무가의리 이야기
武家義理物語
The Tale of Samurai's Duty and Loyalty

역주

정형 鄭灐

서울 출생으로 문부과학성 국비유학생으로 도일, 쓰쿠바대학 대학원 일본문학 전공 석·박사 과정 수료 후 귀국해 단국대학교 문과대학 교수로 근무하고 현재 단국대학교 명예교수·일본연구소 명예소장으로 있다. 주 전공 분야는 일본근세문학연구(이하라 사이카쿠 소설연구)·일본문화론이다. 기타 활동으로는 일본 쓰쿠바대학 외국인연구원 및 국제일본문화연구센터 초빙연구원, 도쿄대학 외국인연구원, 한국일본사상사학회 회장, 한국일어일문학회 회장 등을 역임했고 현재는 한국과 일본의 고전을 연구하는 양국 연구자들의 학술모임인 한일고전연구회의 한국 측 간사를 맡고 있다. 저서로는 『일본근세소설과 신불』(제이앤씨, 2008, 대한민국학술원 우수학술도서), 『일본일본인일본문화』(다락원, 2009·2018), 『일본문학 속의 에도도쿄 표상 연구』(공저, 제이앤씨, 2010, 대한민국학술원 우수학술도서), 『日本近世文学と朝鮮』(공저, 勉誠社, 2013), 『슬픈 일본과 공생의 상상력』(공저, 논형, 2013, 대한민국학술원 우수학술도서) 등 20여 권이 있고, 역서로는 『일본인은 왜 종교가 없다고 말하는가』(아마 도시마로, 예문서원, 2001), 『천황제국가비판』(아마 도시마로, 제이앤씨, 2007), 『호색일대남』(이하라 사이카쿠, 지식을만드는지식, 2017), 개정판 『일본영대장』(이하라 사이카쿠, 지식을만드는지식, 2023) 등이 있으며 그 밖에 일본근세문학 및 문화론에 관한 40여 편의 학술 논문이 있다.

김영호 金永昊

한국외국어대학교 일본어과를 졸업하고 동대학원에서 일본 근세문학 전공으로 석사학위를 취득했다. 문부과학성 국비유학생으로 가나자와(金沢) 대학교로 유학하여 아사이 료이(浅井了意)의 문학에 대한 연구로 석사학위와 박사학위를 취득했다. 한국외국어대학교 강사를 거쳐 현재는 일본 도호쿠 가쿠인(東北学院) 대학교 교수로 재직 중이며, 한국어와 한국문화, 일본고전문학을 강의하고 있다. 전공 분야는 근세 초기 소설로서 동아시아 비교문학적인 관점에서 조선문학 및 중국문학과의 관련성에 대해 연구하고 있다. 저서로는 『아사이 료이 문학의 성립과 성격』(제이앤씨, 2012, 대한민국학술원 우수도서)과 공저『怪異を読む·書く』(国書刊行会, 2016) 등이 있으며, 역서로는 『쇼코쿠 햐쿠모노가타리』(인문사, 2013), 『일본 에도시대에 펼쳐진 중국 백화소설의 세계－『하나부사소시(英草紙)』』(제이앤씨, 2016), 『안세이 대지진의 생생한 기억과 교훈－『안세이 견문록(安政見聞録)』』, 편저로는 木越治·金永昊·加藤十握編, 『浮世草子怪談集』(『日本怪談文芸名作選』 第一巻, 国書刊行会, 2016) 등이 있다.

김미진(金美眞)

서울여자대학교 일어일문학과를 졸업하고 한국외국어대학교 대학원에서 일본 근세문학 전공으로 석사학위를 취득했다. 문부과학성 국비유학생으로 도쿄대학 대학원 인문사회계연구과에 진학하여 18~19세기 삽화본인 구사조시(草双紙) 연구로 석사학위와 박사학위를 취득했다. 서울여자대학교, 한국외국어대학교, 명지대학교 강사를 거쳐 현재는 울산대학교 일본어일본학과에 조교수로 재직 중이다. 현재 17~19세기 시각문화와 에도(江戸)의 원예문화에 대해 연구 중이다. 단저로는 『柳亭種彦の合巻の世界－過去を蘇らせる力「考証」』(若草書房, 2017)이 있으며, 최근 대표 논문으로는 「에도의 정원수 가게와 교쿠테이 바킨의 원예생활」(『일본연구』 95, 한국외대 일본연구소, 2023.3), 「일본 근세시대 읽을거리로써의 문양집(文様集)－산토 교덴(山東京伝)의 『고몬신포(小紋新法)』를 중심으로」(『日本学研究』 65, 단국대 일본연구소, 2022.1) 등이 있다.

무가의리 이야기

초판인쇄 2023년 6월 17일 **초판발행** 2023년 6월 27일
지은이 이하라 사이카쿠 **옮긴이** 정형·김영호·김미진
펴낸이 박성모 **펴낸곳** 소명출판 **출판등록** 제1998-000017호
주소 서울시 서초구 사임당로14길 15 서광빌딩 2층
전화 02-585-7840 **팩스** 02-585-7848 **전자우편** somyungbooks@daum.net
값 47,000원
ISBN 979-11-5905-810-3 93830

이 저서는 2019년 대한민국 교육부와 한국연구재단의 지원을 받아 수행된 연구임(NRF2019S1A5A7068424).

한국연구재단
학술명저번역총서

무가의리 이야기

武家義理物語

The Tale of Samurai's Duty and Loyalty

이하라 사이카쿠 지음
정형 · 김영호 · 김미진 역주

일러두기

1. 본서의 저본은 일본 쇼가쿠칸(小学館)에서 2000년에 출판된 冨士昭雄 · 広嶋進校注 · 訳,『武道伝来記 · 武家義理物語 · 新可笑記』(『新編日本古典文学全集』 第69巻)에 수록된『武家義理物語』의 원문을 사용했다. 그 이유는 본 저본이 가장 최근에 출간된 전집으로 그간에 간행된 여러 저본의 오류를 시정한 완성도 높은 원문이기 때문이다.
2. 삽화와 영인본은 일본국문학연구자료관(日本国文学研究資料館) 소장본(청구기호 : ナ4-454-1~6)을 사용했다. 단, 영인본 6권 3화의 29(314), 30(313)쪽은 파손으로 인해 판독이 불가하여 국문학연구자료관 소장본(청구기호 : ナ4-1005-11)로 보완하였다.
3. 본서의 번역, 주석, 삽화해설 및 각 이야기의 도움말은 저본뿐만 아니라 참고문헌에 언급한 각종 서적 및 사전들을 참조하거나 역주자가 한국인 독자를 대상으로 한 서적임을 감안하여 독자적으로 알기 쉽게 풀이하였다.
4. 일본어 발음의 한글표기는 국립국어연구원의 한글표기법에 의거한 외래어 표기법에 따랐으나 '이'계 장모음은 표기한다.
   예) 히에이산(比叡山), 헤이안(平安)
5. 고유명사는 국립국어연구원의 한글표기법에 의거해 일본어 원음대로 표기하는 것을 원칙으로 한다.
   ① --寺 , --山, --川은 의미가 중복되더라도 '--절', '--산', '--강'의 표기를 덧붙였다.
   단, '산'으로 끝나는 경우 한국어를 따로 표기하지 않았다.
   예) 나메리가와(滑川) 강, 겐초지(建長寺) 절, 가마쿠라야마(鎌倉山) 산, 후지산(富士山)
   ② --國은 --지방, --郡은 --마을이라 표기한다.
   ③ 서적이나 직책 등 경우에 따라 한국어로 표기하는 것이 그 성격에 대해 알기 쉬운 경우에는 한국어로 표기하였다.
   예)『호색일대남(好色一代男)』, 장군(将軍)
6. 거리, 무게, 길이, 시각 등의 단위는 현재의 단위로 환산하였으며 일일이 주석을 넣지 않았다.
   예) '오경(五更)'은 '새벽 4시', '1장(丈)'은 '3미터'
7. 동일한 어구가 반복될 경우 각 이야기에서 처음 등장할 때에만 한자 병기(併記)를 했다. 그러나 이야기가 바뀐 경우 앞 이야기에서 한자가 병기되어도 이야기의 이해를 돕기 위해 다시 병기했다.

역자 서문

이 책, 『무가의리 이야기武家義理物語』는 2019년도 한국연구재단의 '명저번역지원사업' 연구과제 공모사업에 선정되어 3인의 공동연구자의 번역연구를 통해 이루어진 최종 연구결과물이다.

한국연구재단의 명저번역지원사업은 "동·서양의 명저번역을 통한 번역의 모범적 기반 마련 및 학술성과의 세대 간 전수를 지원하고, 명저를 이해하기 쉬운 우리말로 번역함으로서 일반 대중의 동·서양 명저에 대한 접근성을 제고한다"는 목적이 있다. 따라서 이러한 명저번역지원사업의 취지에 따라 공동번역에 착수한 3인은 과제 선정 후 약 3년간에 걸쳐 『무가의리 이야기』의 번역작업을 완료했고, 이 과제의 연구책임자정형는 공동연구자 2인김영호, 김미진과 본 역서 전반에 관해 의견을 나눈 후, 연구팀을 대표해서 역자 서문을 작성하게 되었다.

본 작품의 작가 이하라 사이카쿠井原西鶴, 1642~1693, 이하 '사이카쿠'로 줄임는 일본 근세문학사에서 가장 비중 있는 소설 작가로 평가받는 문인이다. 사이카쿠는 근세기 일본의 주요 운문 장르였던 하이카이俳諧 가인歌人으로서 다양하고 방대한 창작 활동을 하는 한편으로 소설 창작에도 나서, 당시의 주요 산문 장르였던 가나조시假名草子의 문학적 형식과 질을 일변시킨 우키요조시浮世草子라는 새로운 장르를 창출한 근세문학사의 대표적인 소설작가로 자리매김되어 있다.

그는 첫 소설작품으로 1682년 『호색일대남好色一代男』을 간행한 이후 유고작을 포함해 10여 년간 20여 편의 작품을 창작했다. 이들 일련의 작품들은 주제와 내용에 따라 남녀의 애욕이 주제가 되는 호색물好色物, 상인들의 경제생활을 다루고 있는 정인물町人物, 무가사회와 무사들의 다양한 삶의 모습들을 그린 무가물武家物, 일본 전국의 각종 기이한 이야기를 비롯한 기타 주제의 작품들을 모은 잡화물雜話物 등으로 분류하는 것이 일반적인데 본 번역서인 『무가의리 이야기』는 바로 무가물에 속하는 작품이다.

『무가의리 이야기』는 본 작품의 서문에서 "활을 쏘고 말을 타는 것은 무사의 본분이다. 그러나 만일의 사태에 이르렀을 때 녹봉을 준 주군의 명령을 어기고 한 순간의 싸움과 언쟁에 휘말려, 사사로운 일 때문에 목숨을 잃게 된다면, 진정한 무사의 도리라 할 수 없다. '의리'를 위해 몸을 바치는 것이야말로 가장 고결한 무사의 도리이다"라고 작가 사이카쿠가 밝히고 있듯이 이른바 '의리'라는 규범 속에 살아가는 무사들의 이야기들을 모아 놓은 작품이다. 1년 앞서 간행된 사이카쿠 무가물의 첫 작품인 『무도전래기武道傳來記』에서는 무사들의 구체적 행위로서 '복수담'을 일관되게 묘사하고 있음에 비해 이 작품에서는 '의리'라는 추상적 개념을 주제로 내세우고 있다. 『무가의리 이야기』는 사농공상의 계급적 지배체제가 공고하게 자리 잡고 있던 근세 봉건사회에서 상인 출신의 작가인 사이카쿠가 '의리'라는 무사 계급의 윤리적 삶의 방식을 다룬 것으로 상인의 시각으로 무사들의 세계를 그려냈다는 점에서 문학사적 의의가 큰 작품이다. 이 작품에 관한 더 자세한 내용은 역자 서문 뒤에 실은 '이하라 사이카쿠의 문학인생'과 본 역서의 마지막 부분에 실은 해제를 참조해 주기 바란다.

이어서 이 작품의 번역연구의 '연구목표'에 관해 간단히 언급해 보고자 한다. 본 번역연구는 사이카쿠의 『무가의리 이야기』 6권 6책1688년 간행의 한국어 번역을 통해 작품 속 '의리'의 의미를 다양한 각도로 재조명하기 위한 논의의 발판을 마련하는 것을 연구목표로 한다. '의리'는 『무가의리 이야기』를 이해하는 데 중요한 키워드일 수밖에 없는데, 현재까지 일본에서의 선행연구는 대부분 본 작품에서의 '의리'의 의미 해석을 중심으로 이루어지고 있으며 상인 출신인 작가가 무가의 특징인 '의리'를 어떻게 작품의 소재로 삼고 그 개념을 일반화하고 있는지를 고찰하는 내용이 다수이다. 그러나 이와 같은 선행연구는 『무가의리 이야기』의 개개의 단편 작품의 내러티브에 그려진 '의리'를 고찰한 것에 그치고 있어서 더욱 다양한 각도의 연구가 필요하다.

근세시대의 다양한 문헌들 특히 문학 텍스트에서 '의리'에 관한 용어는 지금까지 연구되어 온 개념보다 훨씬 다채로운 의미로 사용되고 있었으며, 특히 에도나 오사카 등의 대도시 서민층을 형성했던 상인들의 시각에서 바라본 무사들의 '의리'에 관한 묘사를 살펴보게 되면 현재까지 연구되어온 '의리'에 관한 내용 외에 더욱 객관적이고 다양한 시점을 확인할 수 있을 것이다. 이와 같은 점에서 『무가의리 이야기』는 무사 계급이 아닌 상인 출신 작가의 시점에서 '의리'라는 주제를 설정해 창작된 최초의 문학작품으로서, 그간 연구자들이 주목하지 못했던 '의리' 연구에 관한 중요한 자료라고 할 수 있다. 따라서 본 작품의 번역과 내용에 대한 상세한 주석과 삽화 해설, 도움말을 통해 일본인의 정신세계의 바탕을 두고 있는 '의리'라는 개념을 이해하고 그것이 지니는 함의를 더욱 다양하게 조명해 가는 계기와 기반을 마련하는 것이 이 번역작업의 주요 목표라고 할 수 있을 것이다.

다음으로 본 번역연구의 학문적·사회적 기대효과에 관해서 언급해 보고자 한다. 본 번역에서의 상세한 주석, 삽화해설, 도움말 등은 일본문학 연구의 영역에만 머무르지 않고, 한국 고전문학이나 중국문학, 나아가 역사학, 민속학, 사상, 종교 등 다양한 한·일 혹은 한·중·일 비교문화론의 관점에서 연계학문에 충분한 활용가치가 있을 것이다. 이를 통해 일본적 '의리'의 다양한 모습들에 대해 구체적으로 그리고 객관적으로 이해할 수 있는 기틀이 마련될 수 있을 것이다.

또한 『무가의리 이야기』의 한국어 번역은 앞으로 더욱 가속화될 국제화 시대에 문화를 분석하는 키워드가 될 수 있을 것이다. 구체적으로 전근대 일본인의 생활상이나 의식구조에 관한 내용을 통하여, 현대 일본인들의 정신세계와 문화를 이해하기 위한 단초를 제공할 것이다. 이를 통하여 이문화 커뮤니케이션에 새로운 시야를 확보하고, 일본의 문학과 문화를 통하여 한국의 문학과 문화, 더 나아가 동아시아 문화를 보다 객관적으로 인식할 수 있는 계기가 되기를 기대한다.

또한, 무가물인 본 작품이 번역되어 한국에 소개된다면, 연구책임자가 기출간한 바 있는, 남녀의 애욕을 다룬 호색물 『호색일대남好色一代男』2017, 및 상인들의 경제 사정을 다룬 정인물 『일본영대장日本永代蔵』2009 등의 번역본에 더해 사이카쿠의 주요 작품의 한국어 번역이 완성되는 셈이다. 이는 한국의 사이카쿠 작품 연구뿐만 아니라 일본 근세기 문화를 이해하는데 상당히 큰 의의를 지니는 연구 성과가 될 것이다.

다음으로 역주자 3인의 전공분야와 3년에 걸친 번역연구의 진행 방식과 과정에 관해 언급해 보기로 한다. 이 책의 역주자 소개란에서 자세히 밝히고 있는 바와 같이 연구책임자는 일본 근세문학과 문화 전공자로서 특히 이하라 사이카쿠의 소설에 관한 다양한 연구를 행해 왔고 이번 번역연구도 그 일환이라고 할 수 있다. 다음으로 공동연구원 2인 중, 김영호도호쿠가쿠인대학(東北学院大學) 교수는 근세 초기의 소설인 가나조시假名草子의 전문가로 사이카쿠의 작품에 영향을 준 선행작품에 대한 전문연구자이고, 김미진울산대학교 조교수은 근세 후기의 삽화 소설인 구사조시草雙紙 전문가이다. 이상과 같이 우리 연구팀 3인은 일본 근세소설 문학사 전체를 조감할 수 있는 전문성을 갖추었다고 생각된다. 따라서 사이카쿠 소설 텍스트의 학술번역에 임해 통시적이고 거시적인 관점에서 효율적이고 종합적인 연구를 통해 우리 한국 독자들에게 가독성 있는 번역 및 깊이 있고 전문적인 해설의 집필이 가능했음을 밝히고자 한다.

지난 3년간에 걸친 본 번역연구의 구체적인 추진 과정은 다음과 같은 네 가지 작업을 중심으로 진행되었다.

(1) 번역 : 가장 최근에 전집형태로 간행된 冨士昭雄・広嶋進 校注・訳, 『武道伝来記・武家義理物語・新可笑記』(『新編日本古典文学全集』 第69巻, 小学館, 2000)의 원문을 기본 텍스트로 삼았다. 단, 近世文学書誌研究会 編, 『武家義理物語』(『近世文学資料類従 西鶴編』 第10巻, 勉誠社, 1975), 潁原退蔵・暉峻康隆・野間光辰 編, 『武家義理物語・新可笑記・本朝桜陰比事』(『定本西鶴全集』 第5巻, 中央公論社, 1959)의 원문과 비교・대조하는 과정을 거쳤다.

(2) 주석 : 본 번역연구의 기본 텍스트의 두주(頭注) 이외에, 麻生磯次・冨士昭雄 訳注, 『武家義理物語』(『対訳西鶴全集』 第8巻, 明治書院, 1976), 井上泰至・木越俊介・浜田泰彦 編, 『武家義理物語』(三弥井書店, 2018) 등의 각종 해설 및 사전류를 참조하여 한국 독자들이 본 작품을 충분히

이해할 수 있는 수준과 내용의 주석을 작성했다.

(3) 삽화 해설 : 근세문학의 삽화는 작품을 이해하는데 중요한 역할을 한다. 따라서 삽화가 본문의 어떤 내용을 묘사하고 있는 것인지, 그리고 본문에서는 확인할 수 없는 함축된 의미가 무엇인지를 번역자의 시각으로 해독했다.

(4) 도움말 : 해당 이야기 속 '의리'의 의미를 구체적으로 기술했다. 그리고 어떠한 역사적 사건을 바탕으로 한 경우, 사실과 허구의 경계를 명확히 밝히면서 당시의 사회문화적 요소를 해독하여 기술했다.

이상과 같은 방식으로 역주자 3인은 2019년 7월부터 2021년 6월 말까지 2년간에 걸쳐 번역, 주석, 삽화해설, 도움말 작성 작업을 진행하여 완성시킨 다음 2022년 6월 말까지 수정과 보완작업을 모두 완료하고 최종적으로는 연구 기간 내에 모든 작업을 마칠 수 있었다.

우리 연구자 3인은 기본적으로는 2개월에 1회씩 화상회의를 통해 연구발표와 회의를 실시했다. 발표는 3명이 로테이션으로 진행했고 번역한 내용 및 주석 등에 대해 의견을 교환했다. 1회 모임에 각 1화 총 3화씩 번역원고를 발표하고 각 권이 끝나면 그 다음 달에 수정 · 보완한 원고를 바탕으로 총괄 평가를 진행했다. 2020년 12월 말까지 초벌 1차 번역을 완성하였으며 이후 6개월간 본인이 담당하지 않은 번역원고를 확인하고 논의해서 재수정하는 기간을 거쳐 2022년 6월에 완성본을 한국연구재단에 제출했다. 한국연구재단의 결과물 심사를 통과한 후 여러 차례 수정 · 보완 작업을 거쳐 최종 원고를 출판사에 넘길 수 있었다.

이는 오로지 각자 맡은 바의 작업을 위해 최선을 다한 우리 번역연구팀 성과인바, 연구책임자로서 공동연구자 두 분에게 고마운 마음을 전하고자 한다. 특히 나와 공동연구자 두 분은 개인적으로 제자와 후학이라는 학연으로 시작해 현재는 두 분 다 한국과 일본의 대학교수로 재직하면서 이제는 나의 연구 동료로도 활동하고 있다. 이 번역 작품이 세 사람의 공동연구의 성과로 출간되게 된 것은 참으로 큰 의미를 지님과 동시에 나로서도 더 큰 보람과 학문적 성과를 얻게 되는 셈이기에 더할 나위 없는 기쁨으로 삼고자 한다.

끝으로 이 번역연구 과제를 지원해 주신 한국연구재단과 작품 안의 삽화와 영인본의 수록을 흔쾌히 허락해 주신 일본 국문학연구자료관国文学研究資料館 관계자 분들, 그리고 이 책의 편집에 노고를 아끼지 않았던 소명출판 여러분들에게도 감사 말씀을 전하면서 역자 서문의 글을 마치고자 한다.

2023년 초여름을 맞이하며

공동번역연구 책임자

단국대학교 명예교수 정 형

이하라 사이카쿠井原西鶴의 문학인생

1. 우키요조시 작가 이하라 사이카쿠

작가 이하라 사이카쿠井原西鶴, 1642~1693, 이하 사이카쿠로 표기[1]는 근세기 일본 에도江戶시대의 작가 중 가장 대표적인 소설작가로 평가받는 인물이다. 그는 일생 근세기 운문문학의 주요 장르였던 하이카이俳諧의 가인歌人[2]을 자처했었지만, 그의 첫 소설작품인 『호색일대남好色一代男』1682년 간행으로 시작되는 일련의 작품들이 그 문예적 특질로 인해 결과적으로 일본 근세 소설사에서 우키요조시浮世草子라는 새로운 장르로 자리매김되었다는 점은 주목할 만하다. 또한 그는 상인 출신으로 부유한 상인의 자식으로 태어난 덕에 상업활동은 하지 않고 일생을 시와 소설창작으로 일관했다는 점에서 같은 시기 우리의 조선시대의 문인들과는 궤를 달리하는 인물이라 할 수 있을 것이다.

사이카쿠가 활동했던 17세기 일본에서는 도쿠가와德川 막부 체제가 안

1 작가 사이카쿠의 출생연도는 그의 사망연도에서 나이로 추정해 밝혀진 것이다. 그의 집안 등에 관한 자료는 현재까지 발견되지 않고 있다.

2 이런 가인들을 당시에는 하이카이시(俳諧師)라고 불렀다.

정기에 접어들면서 경제사적으로 에도도쿄, 오사카, 교토와 같은 대도시의 형성과 더불어 상인 인구의 비약적인 증가와 이들의 활발한 경제활동 등에 힘입어 이른바 초기 상업자본주의에 비견되는 자생적 경제 체제가 만들어졌다. 인구는 17세기 후반기에서 18세기 초기에 걸쳐 에도와 오사카, 교토 등 주요 도시의 경우 각각 약 100만, 40만, 30만 명에 달했고, 특히 에도의 인구는 당시 세계 최고에 달했음은 잘 알려져 있다. 이러한 시대적 흐름 안에서 17세기 후반기에는 소설과 같은 문학작품도 상품으로서 유통되고 판매되는 본격적인 상업출판 시대를 맞게 되었고, 사이카쿠는 첫 소설작품인『호색일대남』을 간행한 이후, 점차 독자와 작품의 판매를 의식하는 전업작가적 자세로 창작활동을 행했음은 그의 문학 세계와 창작의도를 가늠하는 데 있어 주요한 요소라고 말할 수 있다.

일본의 근세 초기 산문문학은 17세기 초에 성립한 도쿠가와 막부의 주자학적 지배 통치 체제의 영향권 안에서 교훈성과 실용성이 표면적으로 드러나는 가나조시假名草子라고 불렸던 소설 장르가 주류를 이루었다. 사이카쿠 또한 이러한 가나조시 범주의 작가였으나 그의 소설작품 묘사에서는 기존의 가나조시 작품에서는 찾아보기 어려운 창작기법, 즉 은유와 함축, 패러디 등의 방식을 활용해 당시의 세태를 사실적寫實的이고 해학적으로 풍자하는 특유의 수사법과 오락적 창작의식이 크게 드러나고 있다는 특징이 있다. 이러한 점에서 사이카쿠의 작품은 현실을 의미하는 '우키요浮世'라는 용어가 붙은 우키요조시浮世草子의 효시라고 불리게 되었다.

즉 사이카쿠의 소설은 기존의 가나조시의 문예적 한계를 넘어 가인으로서 하이카이라는 시 형식에 다 담아낼 수 없는 당대 현실의 여러모습들에 관한 사실적이고 해학적인 소설 문학의 성격을 지니게 되었던 것이다.

2. 하이카이 시인에서 소설가로

사이카쿠의 본명은 히라야마 도고平山藤五이고, 호는 사이카쿠 외에 가쿠에이鶴永, 사이호西鵬, 니만오二萬翁 등도 사용했다. 앞에서도 기술한 바와 같이 사이카쿠는 일생동안 가인을 자처한 시인이었고, 당시에 유행했던 닌교조루리人形浄瑠璃라는 인형극의 대본작가로도 활약해 극작 활동도 한 바 있고, 우키요조시라는 새로운 소설장르를 창출함으로써 문학사적으로 보면 가인과 극작가와 소설가를 겸한 다재다능한 문학인이라고 요약될 수 있다.

사이카쿠는 당시 최대의 상업도시였던 오사카 인근의 와카야마현和歌山県에서 1642년 무렵 출생한 것으로 추정되며 15세 전후부터 하이카이에 전념해 21세에는 하이카이의 평자評者인 덴샤点者가 되었고, 후일 당대의 유력 가단歌壇이었던 단린파談林派를 대표하는 위치에 오르는 활약을 했다. 그의 가풍은 한 자리에서 5·7·5의 음수로 이루어지는 하이카이의 앞 구 5 또는 5·7인 홋쿠發句를 최대한 많이 지어내어 그 숫자의 크기를 자랑하는 이른바 야카즈하이카이矢數俳諧[3]라는 작법을 창시하고 이를 자랑으로 여겼다. 1675년에는 상처喪妻를 한 후 아내를 추모하기 위해 하루만에 1,000구를 완성하는 개성적인 면모를 보였고, 이후 그의 가인으로서의 활동은 정해진 시간에 최대한 많은 시구를 짓는 것에 주력하는 하이카이 활동을 전개한 끝에 1684년에는 오사카의 한복판에 자리잡은 스미요시 신사住吉神社에서 단 이틀간에 최고기록인 홋쿠 23,500수를 읊

3 빠른 시간에 많은 시구를 읊는 행위를 빠르게 쏘아대는 화살에 빗댄 표현이다.

는 퍼포먼스[4]를 과시했다. 이 퍼포먼스를 성공적으로 이루어낸 후 스스로를 이만옹二萬翁 즉 니만오라는 호를 자처함으로써 당대 가단의 이단아적인 모습을 드러낸 가인이었다. 그리고 사이카쿠는 이러한 하이카이 창작의 와중에서 동시에 소설창작에 나서게 된다.

3. 근세소설 우키요조시의 창작

1682년 10월, 사이카쿠는 그의 첫 소설작품 『호색일대남』을 간행했고, 이 작품이 크게 호평을 받게 되자 그는 가인을 자처하면서도 동시에 소설작가로서 40세가 넘은 나이에 많은 산문작품을 만들어내게 된다. 『호색일대남』은 주인공 요노스케世之介의 일대기 형식의 작품으로, 그의 호색편력을 중심으로 17세기 후반의 일본의 세속적 현실인 우키요浮世의 모습과 당대인들의 심적 세계를 사실적으로 그린 작품이었다. 이 작품에서 나타나고 있는 청신한 발상과 문체는 그 이전의 산문장르였던 가나조시를 뛰어넘어 현대의 풍속소설의 성격을 지니는 우키요조시라는 새로운 영역을 확립하는 것이었다.

그 후 사이카쿠는 같은 호색물好色物 계통의 작품을 창작하게 되는데 1684년 『제염대감諸艶大鑑』, 1686년 『호색오인녀好色五人女』, 『호색일대녀好色一代女』 등을 간행하면서 당대인들의 향락생활을 둘러싼 여러 모습들과 여성의 성이나 풍속과 관련된 다양한 모습들을 뛰어난 수법으로 묘파함

4 6월 5일부터 6일의 이틀에 걸쳐서 행해졌고 짧은 시간에 워낙 많은 수의 독음(獨吟)이 이루어진 탓에 그 시구의 전체 내용은 명확하게 기록될 수 없었다.

으로써 인간의 성의 문제를 소설의 주제로 설정할 수 있었다.

1685년의 『사이카쿠 여러 지방 이야기西鶴諸國話はなし』와 1687년의 『후토코로스즈리懐硯』에서는 여러 지방의 기담과 진기한 사건 등을 소재로 당대 민중들의 다양한 관심과 흥미에 부응하는 내용에 관해 묘사했다. 특히, 1686년에 간행된 『본조이십불효本朝二十不孝』라는 작품에서는 20개의 불효담을 통해 인간에게 효란 어떤 의미를 지니는가라는 본원적인 문제를 허구의 세계를 통해 제시하고 있다. 즉 불효가 일상적으로 저질러지고 있는 현실을 직시하면서 효가 지향하는 도덕적인 측면과 그것을 초월한 곳에 존재하는 인간 실존 문제를 다루고 있다.

1687년에는 한국의 전근대기 성문화에서는 생소하기만 한 남성 간의 성애를 다룬 『남색대감男色大鑑』을 창작해 자연스러운 성문화로 자리잡고 있던 당대인들의 남색 행위의 이면의 세계를 그리고 있다.

또한 사이카쿠는 도쿠가와 막부 체제의 지배계층인 무가武家의 모습들을 다루는 무가물武家物의 두 작품 『무도전래기武道傳來記』와 『무가의리 이야기武家義理物語』를 각각 1687년과 1688년에 창작하였으며 두 작품에서는 상인 출신의 작가로서 당대의 무가를 바라보는 다양한 시각이 잘 그려져 있다. 특히 『무가의리 이야기』에서 다루어지는 의리의 여러 양상에 관해서는 본 역서의 마지막 부분에 실은 '키워드로 읽는 『무가의리 이야기』'에서 자세하게 기술할 것이다.

1688년이 되자 사이카쿠는 일본 최초의 경제소설이라고 할 수 있는 『일본영대장日本永代蔵』을 간행하게 된다. 이 작품은 상인들의 경제활동의 다양한 모습을 그리는 이른바 정인물町人物의 첫 우키요조시로 에도와 오사카, 교토 등의 대도시의 많은 상인 독자들에게 환영을 받아 도시별로 여러 번 증쇄 판매가 이루어진 인기 작품이 되었다. 1692년에는 서민들의 삶의 모습을 그린 『세켄무네잔요世間胸算用』가 간행된다. 본 작품에서는 연간의 경제활동을 마감하면서 부채를 정리해야 하는 상인들의 섣달그믐날을 작품의 시간적 배경으로 설정하고 이날 종일 벌어지는 쫓고 쫓기는 채권자와 채무자 간의 여러 모습들과 중·하층 상인들의 생활상을 묘사했다. 이듬해인 1693년에는 상인들의 향락생활의 끝을 그린 『사이카쿠 오키미야게西鶴置土産』 등의 작품이 나왔으며 이후에는 그의 사후인 1694년에 간행된 『사이카쿠 오리도메西鶴織留』를 비롯하여 일본 최초의 서간체 소설로 평가되는 『요로즈노 후미호구萬の文反古』가 간행되었다.

사이카쿠는 앞에서 기술한 15개 작품을 포함해 10년 남짓한 기간에 20여 작품의 우키요조시를 창작한 다작 작가였다. 본인은 일생 하이카이의 가인을 자처했고, 근세기 일본의 시성詩聖이라는 평가를 받는 마쓰오 바쇼松尾芭蕉[5]를 라이벌로 의식하면서 활발한 가인 활동을 했다. 당대인들은 물론이고 후대에 이르러 근현대기의 연구자들은 사이카쿠의 독특한 하이카이 창작에 대해 그리 높지 않은 평가를 내리고 있으나, 우키요조시라는 새로운 산문 장르를 열었다는 점에서 오히려 그의 소설작품을 문학사적으로 높게 평가하고 있음은 일종의 아이러니라고 할 수 있을 것이다.

작가 사이카쿠는 "우키요라는 달맞이 구경을 하고 지낸 마지막 2년浮世の月見過しにけり末二年"이라는 사세辭世의 구를 남기고 1693년 8월 10일, 52

5 마쓰오 바쇼(1644~1694)는 사이카쿠와 같은 시기에 활동한 대표적인 하이카이 시인으로 현대에도 이 가인의 시는 일본뿐만 아니라 해외에서도 크게 주목을 받고 있는 일본의 국민 시인이라고 할 수 있다.

세로 생을 마감했다. 그의 묘는 현재 오사카시 주오구中央区에 있는 세이간지誓願寺 절에 안치되어 있다.

4. 『무가의리 이야기武家義理物語』에 관해

무가물의 두 번째 작품인 『무가의리 이야기』는 6권 6책의 형태로 1688년 2월에 간행되었다. 본 작품은 무가의 '의리'라는 주제에 맞추어 모두 27개의 이야기를 모아 하나의 작품으로 완성시킨 것인데, 권2의 제1화와 제2화는 하나의 복수담이 두 편에 걸쳐 전개되고 있어서 실제로는 26개의 의리담이 담겨 있다고 할 수 있다. 작품 말미의 간기에도 적혀 있듯이 이 작품은 오사카에 있는 야스이 가베安井加兵衛, 에도의 요로즈야 세이베萬屋清兵衛와 교토의 야마오카 이치베山岡市兵衛라는 출판업자를 통해 세 도시에서 동시에 판매되었다.

먼저 이 작품의 내용과 작가의 창작의도를 제대로 읽어내기 위해서는 『무가의리 이야기』라는 서명에서도 드러나고 있듯이 '의리義理'라는 용어의 의미뿐만 아니라 이와 관련된 당대의 무사들의 현실과 정신세계를 작가 사이카쿠가 어떻게 인식하고 있었는지를 작품 구조 안에서 밝혀내는 것이 우선적인 과제로 보인다.

주지하고 있는 바와 같이 '의리'는 중국 한자에서 유래한 용어로서 한국어에서는

① 사람으로서 행行해야 할 옳은 길

② 신의信義를 지켜야 할 교제상交際上의 도리道理

③ 남남끼리 혈족血族과 같은 관계關係를 맺는 일

④ 뜻이나 의미意味

정도로 요약될 수 있고, 일본어에서 '의리'는 '기리ぎり'라고 발음되는데, 일본어의 통사적 용례가 망라된 권위있는 사전으로 평가되는 『일본국어대사전日本國語大辞典』第二版,小学館에서는 다음과 같은 설명을 붙이고 있다.집필자 졸역

① 세상사의 올바른 도리 혹은 사람이 행해야 할 도리

② 직업, 계층, 부모, 주종, 자제 등의 다양한 대인관계나 교제관계에서 사람이 타인에 대해 처지나 입장을 의식해 지키지 않으면 안 되는 것으로 인식되는 것. 체면이나 면목

③ 만남이나 사교의 장에서 말하는 의례적인 인사말

④ 특히 세상살이 가운데서 어쩔 수 없이 행하는 행위나 말

⑤ 혈연 이외의 사람이 혈연과 같은 관계를 맺는 것

⑥ 뜻이나 의미意味

양국어의 '의리'의 의미체계를 비교해보면 한국어에서는 원의原意에 가깝게 주로 ① 이나 ② 의 의미 즉 사람으로서 행해야 할 옳은 길이나 도리 혹은 신의 등의 의미로 사용되어 왔다. 이에 비해 일본어에서는 한국어의 ①, ② 의 의미체계와 더불어 체면이나 면목과 같이 대인관계나 교제 관계에서 상호 관계성에 따라 타인의 입장을 인식하는 행위 혹은

세상살이 가운데서 어쩔 수 없이 이루어지는 행위나 말 등의 의미가 혼재되어 왔음을 알 수 있다. 따라서 사이카쿠가 인식하고 있었던 무사들의 '의리'의 여러 모습들은 복잡다단할 수밖에 없고 구체적인 양상은 『무가의리 이야기』의 27개의 개별 작품 안에서 전개되는 내러티브 구조 안에서 파악되어야 할 것이다.

사이카쿠는 이 작품 서문에서 "활을 쏘고 말을 타는 것은 무사의 본분이다. 그러나 만일의 사태에 이르렀을 때 녹봉을 준 주군의 명령을 어기고 한 순간의 싸움과 언쟁에 휘말려, 사사로운 일 때문에 목숨을 잃게 된다면, 진정한 무사의 도리라 할 수 없다. '의리'를 위해 몸을 바치는 것이야말로 가장 고결한 무사의 도리이다"라고 밝히고 있지만 각 개별 작품에서 나타나는 '의리'의 양상은 앞의 일본어의 의미체계와 같이 실로 다양해서 '의리'에 관한 작가의 진의를 파악하는 일은 쉬운 일이 아니다. 어쨌든 『무가의리 이야기』는 사농공상士農工商의 계급적 지배체제가 공고하게 자리 잡고 있던 근세 봉건사회에서 상인 출신의 작가인 사이카쿠가 '의리'라는 무사 계급의 윤리적 삶의 방식을 다룬 것으로 상인의 시각으로 무사들의 세계를 그려냈다는 점에서 문학사적 의의가 있다고 볼 수 있다.

무가의리 이야기_차례

『무가의리 이야기』 서문

원래 인간의 마음이란 누구나 다를 바가 없다. 그러나 장검長劍[1]을 차면 무사가 되며, 에보시烏帽子[2]를 쓰면 신관神官,[3] 검은 옷을 입으면 승려, 괭이를 집으면 농사꾼, 나무를 다듬는 자귀를 사용하면 장인匠人, 주판을 튕기면 장사꾼이 된다. 그러하기에 사람들은 자신의 가업을 가장 소중히 생각해야 한다.

활을 쏘고 말을 타는 것은 무사의 본분이다. 그러나 만일의 사태[4]에 이르렀을 때 녹봉을 준 주군의 명령을 어기고 한 순간의 싸움과 언쟁에 휘말려, 사사로운 일 때문에 목숨을 잃게 된다면, 진정한 무사의 도리라 할 수 없다. '의리'를 위해 몸을 바치는 것이야말로 가장 고결한 무사의 도리이다.

이에 본서에서는 고금을 통틀어 무사의 의리와 관련된 이야기를 전해

---

1 에도(江戸)시대의 무사는 장검과 함께 허리에는 단검을 차고 다녔다. 이에 비해 도시에 거주하는 상인층인 조닌(町人)은 단검만 찰 수 있었다.

2 남성이 일상적으로 쓰던 모자의 일종이었으나 15세기 이후부터는 각종 의식 때 장수나 귀족, 신관 등이 썼다.

3 신을 받들어 모시는 일을 맡은 관직으로 신사에서 가장 우두머리에 해당한다.

4 원문은 '自然'이다. 물론 '자연(nature)'의 뜻도 가지고 있지만, 사이카쿠는 『사이카쿠의 여러 지방 이야기(西鶴諸國はなし)』에서는 '우연', 『호색일대남(好色一代男)』에서는 '만일의 사태' 등의 뜻으로 사용하였다. 본 역서에서는 전체적인 문맥에 따라 '만일의 사태'로 풀이하였다.

듣고, 이와 같은 종류의 이야기들을 모아 실어 보았다.

조쿄貞享 5년[5] 무진戊辰년 2월 길상일吉祥日

5 조쿄 5년은 1688년에 해당한다.

◆ 도움말

『무가의리 이야기』의 서문은 크게 세 부분으로 나눌 수 있다. 첫 번째는 사이카쿠의 인간관이 나타나 있는 부분으로서 인간의 마음이란 세상의 모든 사람이 같다는 점이 제일 먼저 제시되어 있다. 당시에는 원래부터 귀한 인물은 무사, 원래부터 천한 인물은 농사꾼, 이처럼 인간이 선천적으로 가지고 있는 가치가 다르기 때문에 사농공상士農工商이라는 봉건적인 신분제도가 생겨났다는 사고방식을 당연하게 생각했다. 그러나 사이카쿠가 제시한 '인간은 모두 평등하다'는 인간관, 그리고 인간에게 신분의 차이가 생기는 이유는 바로 직업 때문이며, 직업은 후천적으로 결정된다는 것은 당시로서는 매우 획기적인 사고방식이었다. 이에 대해 사이카쿠 문학의 선구적 연구자인 데루오카 야스타카暉峻康隆는 저서『西鶴評論と研究』(下)에서 인간에게는 각각의 직업이야말로 가장 중요한 가치이며, 이에 정진해야 한다는 내용을 담으면서, 한편으로는 당시의 신분제도를 비판하는 내용이 담겨져 있다고 지적한 바 있다.

두 번째는 이상적인 무사의 모습이 제시되어 있다. 무사는 만약의 사태에 이르렀을 때 녹봉을 준 주군의 명령을 지키며, 한 순간의 싸움과 언쟁에 휘말려 사사로운 일 때문에 목숨을 잃지 않고 '의리'를 위해 몸을 바치는 것이 무사의 본분이라는 것이다. 이처럼 서문에서는 '사私'에 해당하는 개인보다 '공公'에 해당하는 주군의 명령을 우선시하는 것이야말로 무사로서의 '직분'이며 '의리'라는 것을 제시하고 있는데, 이것이 본 작품을 이해하는 데 가장 중요한 부분이라 할 수 있다.

세 번째는 본서의 편집 방향이 나타난 부분으로서 에도江戸시대의 문학작품에서 두루 볼 수 있는 매우 상투적인 표현이다. 즉, 『무가의리 이야기』에서 소개할 이야기들이 사이카쿠가 창작한 것, 즉 거짓으로 지어낸 것이라면 신빙성이 떨어지기 때문에 독자들이 읽어도 납득할 수 없게 된다. 따라서 사이카쿠는 앞으로 소개할 이야기들은 자신이 직접 전해들은 근거 있는 이야기임을 주장함으로써 독자는 이 이야기가 정말로 있었던 이야기로 생각하게 되어 설득력을 가지게 된다. 이를 통해 사이카쿠가 제시한 '의리'가 효과적으로 전달되게 되는 것이다.

그러나 본 작품을 끝까지 읽어보면, 서문에서 언급한 이상적인 무사의 모습은 거의 등장하지 않는다. 심지어 '주군'이라는 인물조차 좀처럼 등장하지 않으며, '공적인 의리'보다는 오히려 '사적인 의리'의 모습이 더 많이 그려져 있다. 또한, 한 순간의 싸움과 언쟁에 휘말려 사사로운 일 때문에 목숨을 잃게 되어 진정한 무사의 도리라 할 수 없는 모습이 자주 등장한다. 따라서 에모토 히로시江本裕·다니와키 마사치카谷脇理史 편, 『사이카쿠 사전西鶴事典』에서는 "정면으로 무사의 의리를 다룬 것은 적으며, 이야기에 포함되어 있는 약간의 의리의 요소에 집착하여 쓰여진 것이 대부분이다"라며 본서에 실린 27화의 이야기가 서문의 내용과 커다란 차이점을 보이고 있기 때문에 높은 평가를 내리지 않고 있다. 한편, 히로시마 스스무広嶋進는 「『무가의리 이야기武家義理物語』서문고序文考」에서 『무가의리 이야기』보다 2년 전에 간행된 『본조이십불효本朝二十不孝』의 서문이 '효를 권장하기 위한 한 가지 도움이 되고자 한다孝にすゝむる一助ならんかし'라며 당대의 지배자인 제5대 장군将軍 도쿠가와 쓰나요시徳川綱吉의 효도 장려정책을 의식한 서문을 지었다는 것을 언급하면서, 『무가의리 이야기』도 이와 마찬가지로 쓰나요시가 추진하고 있었던 새로운 시대의 유

교적 사도士道의 '의리'를 의식한 설화집인 것처럼 위장僞裝, camouflage하였다는 지적을 하기도 하였다.

그렇다면 본 서문을 어떻게 해석해야 할 것인가. 먼저 사이카쿠는 하이카이俳諧 시인이었다는 점에 대해 주목해야 할 것이다. 하이카이는 용어의 의미를 명확히 제시하는 것을 피하고 상징적이며 연상적인 표현기법을 많이 사용하는 것을 주안으로 삼았으며, 이러한 표현기법을 충분히 활용하여 소설을 창작하였다. 따라서, 서문을 자세히 읽어보면, 어떤 종류의 '의리'인가(예를 들면, 무사 간의 의리인가 아니면 주종관계에서의 '주'에 대한 '종'의 의리인가)에 대해서는 명확하게 언급되어 있지 않으며, '진정한 무사의 도리'란 무엇을 말하는지도 구체적으로 알기 어렵다. 그렇기 때문에 권1의 제5화처럼 만약 주군이 불합리한 명령을 내리거나 부하들을 죽음에 이르게 하는 몰상식한 인물이라 하더라도 의리를 지켜야 할 것인가와 같은 구체적인 사례에 대해서는, 서문과 관련지어 어떻게 해석해야 하는지 논란의 여지가 발생할 수 있다.

다음으로 『무가의리 이야기』가 간행되었던 시대적인 배경 속에서 본 작품의 서문을 이해해야 할 것이다. 당시는 앞에서도 지적한 바와 같이 장군 쓰나요시가 통치하던 시절로서, 무사들은 이른바 막번幕藩 체제의 평화로운 시절 속에서 더 이상 말을 타고 칼을 휘두를 필요가 없게 되었다. 오히려 남을 죽이거나 순사殉死하는 경우, 자신이 속한 조직을 위기에 빠트리게도 할 수 있는 시절이 되었던 것이다. 그렇기 때문에 무사들을 '전투'를 위해서가 아니라 '의리'라는 추상적인 윤리로 통제할 필요가 생기게 되었던 것이다.

이러한 상황 속에서 굳이 전쟁이 일어나지 않더라도 무사들에게는 비유적인 의미로서의 긴급사태의 '전투'가 갑자기 일어날 수 있기 때문에 목숨을 건 '결단'을 해야 하며 이를 신속히 실행해야 한다는 것이다. 따라서 사이카쿠는 조닌町人이라는 관점에서 바라본 새로운 시대의 무사의 '의리'에 대해 포괄적이며 다의적으로 해석되도록 하여 본 작품을 창작한 것이다.

앞으로 전개되는 27화는 어떠한 이야기들일까. 사이카쿠가 제시했던 '의리'라는 테마를 염두에 두고 본 작품을 감상하면서 의리를 둘러싼 무사들의 다양한 모습들을 살펴보도록 하자.

권1

一. 내 돈 찾으러 맨몸으로 겨울 강물 속에 뛰어들다

한 푼 아끼느라 백 냥 잃는 줄 모르네

밤 횃불은 깊은 마음의 불빛

二. 옛 모습을 떠올리게 하는 얼굴 점

언니보다 먼저 시집간 여동생

포창신疱瘡神을 원망하지 않는 언니

三. 남색男色 벗을 부르는 물떼새 무늬 향로

교토京都를 산속의 거처로 삼은 노인

어쩔 수 없는 남색의 의리

四. 신령의 벌이 내린 팽나무 집

강건한 사람에게는 꼼짝 못하는 늙은 너구리

낡은 화살통이 살아 움직이다

五. 의리를 위해 함께 죽거라

오이가와大井川 강을 목숨 걸고 건넜다네

한꺼번에 여섯 명이 갑자기 불도 귀의

내 돈 찾으러 맨몸[1]으로 겨울 강물 속에 뛰어들다

한 푼 아끼느라 백 냥 잃는 줄 모르네[2]

밤 횃불은 깊은 마음의 불빛

입에서 비롯된 화는 호랑이가 되어 말한 이를 망하게 하며, 혀는 칼이 되어 목숨을 잃게 한다.[3] 그러나 이것은 말한 사람이 처음부터 뜻했던 것은 아니다. 근심이 많은 이는 부귀하더라도 걱정이 많으며, 인생을 즐기는 이는 가난하더라도 마음은 즐거운 법이다.

거친 바람이 구름을 밀어내니 하늘은 맑게 개어 있고, 메이게쓰인名月院[4]에서 바라보는 경치는 아름답기만 한 어느 가을 저녁의 일이었다. 아오토자에몬노조青砥左衛門尉 후지쓰나藤綱[5]가 가마쿠라야마鎌倉山 신[6]에서 서

1 원문은 '裸川'이다. 이것은 '맨몸으로 돈을 찾으러 물에 들어간다'는 의미와 '겨울에 강의 물이 말라 맨 바닥이 드러난 상태'의 두 가지 뜻을 지닌다.

2 '한 푼을 아까워하다가 백 냥을 손해 본다'는 속담에서 온 말이다.

3 말을 조심하지 않으면 화를 당하며 목숨까지 잃어버리게 된다는 속담에서 온 말로서, '호랑이'와 '칼'은 말조심하지 않는 것을 비유한다.

4 현재의 가나가와현(神奈川県) 가마쿠라시(鎌倉市) 야마노우치(山之内)에 있는 임제종(臨濟宗) 겐초지(建長寺) 절 파(派)의 사찰.

5 생몰년 미상. 가마쿠라(鎌倉)시대 중기의 무사. 중요한 정무나 소송 등을 심의하는 직책인 효조슈(評定衆)로서 활약하였던 것으로 전해진다. 후지쓰나는 수십 군데의 영지를 소유하여 부유하였으나 자신은 검소하게 생활하면서 가난한 이에게는 베풀어 주었으며, 소송이 일어나도 권력에 굴하지 않고 공정한 재판을 하였던 청렴한 인물로 알려져 있다. 한밤중에 가마쿠라의 나메리가와(滑川) 강에 빠트린 돈 열 푼을 찾기 위해 오십 푼의 돈을 주고 횃불을 사서 찾도록 한 이야기가 14세기 후반에 창작된 군담소설인 『다이헤이키

둘러 말을 달려 나메리가와滑川 강[7]을 건너고 있었다. 그때 잠깐 일이 있어 부싯돌을 넣는 쌈지주머니를 열었는데 물결이 세차게 일고 있는 강바닥으로 그만 돈 열 푼이 떨어져버렸다. 후지쓰나는 반대편 강가로 올라가 마을 사람들을 불러 모아 얼마 되지 않는 돈을 찾기 위해 3관문貫文[8]이나 되는 돈을 수고비로 내고 찾도록 하였다. 그러자 많은 사람들이 저마다 횃불을 손에 들고 찾으니 횃불이 강물에 비친 광경은 마치 비단을 물위에 깔아놓은 듯했다. 사람들은 손과 발을 수책水柵처럼 엮어 물결을 막고 찾아 보았으나 한 푼도 찾지 못했다. 이에 잠시 고민에 빠진 아오토는

"땅을 가르고 용궁까지 찾아가더라도 반드시 돈을 찾아내거라"

라고 명령하였다. 그때 한 남자가

"찾았다!"

라며 한 번에 세 푼의 돈을 찾아냈다. 그러고는 그 자리에서 또 한 푼, 또 다시 두 푼 씩, 그러다 보니 열 푼의 돈을 모두 찾아냈다. 아오토는 돈을 모두 세어보더니 매우 기뻐하며, 돈을 찾은 남자에게는 약속한 돈 외에도 큰 상을 내리면서,

"잃어버린 돈을 이대로 찾지 못했다면, 나라의 소중한 보물이 썩어버리게 될 것이니 매우 안타까운 일이 될 뻔했다. 내가 3관문의 돈을 썼다고 하더라도 이 돈은 세상에 남아 사람들이 쓰기 때문에 그것대로 괜찮

(太平記)』 제35권에 실려 있다.

6 가나가와현 가마쿠라시 주변의 산을 지칭하기도 하고, 가나가와현 가마쿠라시 유키노시타(雪ノ下)에 있는 쓰루오카 하치만구(鶴岡八幡宮) 부근의 산으로 한정하는 경우도 있다.

7 가나가와현 가마쿠라시를 거쳐 유이가하마(由比ヶ浜)로 흘러가는 강. 아오토 후지쓰나가 강에 떨어뜨린 돈 열 푼을 찾기 위해 오십 푼을 주고 횃불을 사서 찾도록 하였다는 고사(故事)가 유명하다.

8 1,000푼이 1관문이므로 잃어버린 돈의 300배에 해당한다.

은 일이다"
라며 사람들에게 이야기하고는 그 자리를 떠났다.

사람들은 이 말을 듣고,

"한 푼의 돈은 아까워하면서 백 냥은 아까운 줄 모르는구나"
라며 비웃었다. 그러나 이것은 어리석고 천한 이들이나 하는 생각이었다. 어찌되었건 간에 이들은 간밤에 생각지도 않게 돈을 벌었기 때문에,

"오늘 밤에는 달을 안주 삼아 각자 돈을 모아 술이나 마셔보자꾸나"
라며 들뜬 채 모여들었다. 그때 방금 돈을 주운 이가 잘난 척 하면서 말했다.

"모두가 기분 좋게 술을 마실 수 있는 것은 다 내 덕분이니 나한테 고마워해야 하오. 사실 나는 아오토 님이 잃어버린 돈을 찾아내는 것은 불가능하리라 생각했소. 그때 내가 머리를 써서 가지고 있던 돈으로 바꿔치기 한 것이오. 아오토 님처럼 세상에 둘도 없는 똑똑한 분을 감쪽같이 속인 것이지요."

그러자 모두 손뼉을 치면서 감탄하며,

"이거 참 자네의 기막힌 생각 덕분에 이렇게 즐겁게 술을 마실 수 있게 되었구려. 이것은 참으로 기쁜 일이구려"
라며 술잔을 들기 시작했다.

그때 어느 남자가 불쾌한 듯이 말했다.

"이것이야말로 아오토 님의 뜻에 어긋나는 일이오. 당신이 똑똑한 척 하면서, 사람들의 본보기가 되는 아오토 님의 뜻을 저버렸는데 이것은 더할 나위 없이 나쁜 일이라오. 천벌이 무서운 줄 아시오. 나는 연로하신 부모님을 모시기 위해 이 돈을 받은 것이 기뻤으나 지금 자초지종을 듣

고 나니 어찌 이 돈을 받을 수 있겠소. 게다가 어머니가 이 이야기를 들으신다면, 어머님을 진심을 다해 모신다 하더라도 절대로 기뻐하시지 않을 것이오."

그러고는 자리에서 일어나 돌아가버렸다. 그 남자는 이 사실을 어머니에게 이야기하지도 않은 채, 아침에는 일찍 일어나 본업으로 말발굽에 덧씌우는 짚신 만드는 일을 하면서 하루하루 열심히 지냈다.

그 후의 일이었다. 이 남자는 아무 말을 하지도 않았는데 어디서 흘러나왔는지 이 이야기가 자연스럽게 아오토의 귀에 들어갔다. 아오토는 그 일꾼을 붙잡아, 잘못을 저지른 것에 대한 벌로 온몸을 홀딱 벗기고 나메리가와 강에서 잃어버린 돈을 찾아낼 때까지 매일 찾도록 하였으며 감시꾼을 붙여 엄하게 감시하도록 했다. 가을부터 겨울이 될 때까지 강에서 온갖 고생을 하면서 아무리 찾아도 찾아내지 못했는데, 97일째가 되자 강물이 저절로 말라 결국 강바닥의 모래가 드러날 무렵 잃어버린 돈을 모두 찾아냈다. 일꾼은 죽을 뻔한 목숨을 겨우 살리게 된 것이었다. 그렇지만 이것은 모두 자신의 입 때문에 화를 자초한 것이다.[9]

그 후 아오토는 일꾼에게 올바른 도리를 이야기한 남자를 조용히 찾아가 보았다. 그는 지바노스케千葉之介 가문[10]의 혈통을 이어받은 유서 깊은

9 이 구절은 도입부에서 언급된 '입에서 비롯된 화는 호랑이가 되어 말한 이를 망하게 하며, 혀는 칼이 되어 목숨을 잃게 한다'는 내용과 대응한다.

10 고대 말기에서 중세시대에 걸쳐 간토(關東) 지방에서 활약했던 호족. 제50대 간무(桓武) 천황(737~806, 재위 : 781~806)의 자손으로 다이라(平)의 성을 하사받았다. 그 중에서 쓰네타네(常胤)는 가마쿠라 막부 초대 장군인 미나모토노 요리토모(源頼朝, 1147~1199)의 부하로 시모사 지방(下総國)의 수령이 되었으며 그 자손들은 대대로 지바노스케(千葉介)라 불렸다. 그 후 무로마치(室町)시대에 세력을 잃게 되어 고호조씨(後北条氏)의 부하로 들어가지만, 도요토미 히데요시(豊臣秀吉)의 오다와라(小田原) 정벌에 의해 주군과 함께 멸망했다.

집안의 무사인 지바 마고쿠로千葉孫九郎라는 인물로서 사정이 있어 부모 대부터 몸을 숨기고 민가에 들어와 살고 있었다. 아오토는 마고쿠로가 역시나 무사로서의 강직한 마음가짐을 지니고 있음에 매우 감탄하고 이 일을 호조 도키요리北条時頼[11] 장군에게 말씀드렸다. 마고쿠로는 장군에게 부름을 받아 다시 무사 가문이 되어 사람들로부터 입을 모아 칭찬받게 되었으며, 천 년을 칭송받는다는 옛 이야기[12]로 유명한 쓰루가오키鶴が岡[13]에서 살았다.

---

11 가마쿠라 막부 제5대 장군(1227~1263)으로서 호족인 미우라(三浦) 일족을 멸망시키고 호조씨의 권력을 확립시킨 인물이다.

12 요쿄쿠(謡曲) 「모리히사(盛久)」에 '오랫동안 장군님께서 살아계실 것을 칭송하는 쓰루가 오카의 소나무 잎은 떨어지지 않는구나'라는 구절이 있다. 요쿄쿠는 일본의 전통극인 노(能)의 대본의 총칭이다.

13 쓰루오카 하치만구 신사 부근을 말한다. 쓰루오카 하치만구는 오진(応神) 천황, 히메(比売) 신, 신공황후(神功皇后)의 세 신을 모시고 있다.

◆ 삽화

아오토 후지쓰나(青砥藤綱)의 지시대로 마을사람들과 하인들이 나메리가와(滑川) 강에 떨어진 돈을 찾는 장면. 강가에 서 있는 이가 아오토이며, 수행하는 무사 두 명이 뒤에서 무릎을 꿇고 있다. 무사들은 모두 칼을 두 자루씩 차고 있다. 강으로 들어간 사람들은 모두 상의를 벗고 바지는 허리춤까지 걷은 차림을 하고 있으며, 횃불을 들기도 하고 물살에 손을 넣기도 하면서 돈을 찾고 있다.

◆ 도움말

아오토 전설은 14세기에 간행된 대표적 군담軍談소설인 『다이헤이키太平記』 제35권이나 에도시대 초기에 간행된 『가마쿠라 이야기鎌倉物語』 제5권 등에 실려 있어 당시로서는 유명한 이야기이다. 본 이야기를 원작 중 하나인 『다이헤이키』와 비교해 보면, 원작에서는 아오토가 열 푼의 돈을 찾기 위해 오십 푼의 돈으로 횃불을 사서 찾도록 지시한 것에 대해 사람들은 '자그마한 이익을 위해 큰 손해를 본 것小利大損'이라 비웃는다. 그렇지만 아오토는 '백성들을 베풀 줄 모르는 마음'이라 비판하며, 열 푼을 찾지 못하면 나메리가와 강바닥에 가라앉아 영원히 잃어버린 것이나 마찬가지라고 한다. 그리고 자신이 횃불을 산 오십 푼의 돈은 상인에게 이득이 생기게 되는 것이므로, 나라 전체적으로 보면 합계 육십 푼의 돈을 잃어버리지 않게 되는 것이기 때문에 이득이 된다고 이야기한다. 그러자 주위에서 비웃었던 이들이 아오토의 이야기에 감탄한다.

그러나 사이카쿠의 경우, 합리적으로 생각했을 때 아무리 횃불을 들고 찾아보려 하더라도 한밤중에 강바닥에 떨어진 돈을 과연 찾을 수 있을까라는 의문을 품었던 것으로 생각된다. 따라서 본 이야기에서는 어떤 이가 자신의 돈으로 바꿔치기해서 거짓으로 돈을 찾았다는 이야기를 만들어낸 것이다. 그리고 원작과는 달리 아오토가 "잃어버린 돈을 이대로 찾지 못했다면, 나라의 소중한 보물이 썩어버리게 될 것이니 매우 안타까운 일이 될 뻔했다. 내가 3관문의 돈을 썼다고 하더라도 이 돈은 세상에 남아 사람들이 쓰기 때문에 그것대로 괜찮은 일이다"라 말해도 사람들은 감탄하지 않고 "한 푼의 돈은 아까워하면서 백 냥은 아까운 줄 모르는

구나"라며 비웃는 내용으로 서술되어 있다. 그리고는 아오토를 속인 남자가 아오토에 의해 벌을 받으며, 아오토의 의도를 이해하고 있었던 남자는 알고보니 유서 깊은 무사의 후손으로서 칭송을 받는다는 원작에는 없는 내용이 추가되어 이야기가 전개된다.

이 이야기는 '개인으로서의 이득'만을 생각하는 것은 비천한 것이며, '국가적인 이득'을 생각하는 아오토를 주인공으로 설정하고, '어리석고 천한 이들'과 '유서 깊은 집안의 무사'의 행위를 대비시키는 것을 통해 무사로서의 '의리'를 강조하는 것이 주제라 할 수 있다.

권1의 제2화

옛 모습을 떠올리게 하는 얼굴 점

언니보다 먼저 시집간 여동생

포창신疱瘡神[1]을 원망하지 않는 언니

아케치明智 휴가노카미日向守[2]는 예전에는 주베十兵衛라고 불렸는데 단바 지방丹波國 가메야마亀山[3] 성주를 모시다가 나중에는 대저택 입구의 객실에서 교대로 일하며 외부 임무를 도맡게 되었다. 그는 아침저녁으로 다짐하는 마음가짐이 보통의 무사들과는 달랐다. 주군을 봉공할 때에는 사심이 없었기에 자연스레 천리天理의 뜻과 맞아 얼마 지나지 않아서 활을 쏘는 무사들을 지휘하는 역할을 명받아 부하 25명을 거느리며 무사로서의 면목을 세웠다. 이때부터 갑옷이나 투구를 넣어두는 궤에 늘 열 냥兩

1 천연두를 일으킨다는 신. 중국에서는 두진낭랑(痘疹娘娘), 우리나라에는 호구별성(戶口別星)이라는 여신이 집집마다 다니며 천연두를 앓게 한다고 알려져 있다.

2 아케치 미쓰히데(明智光秀, 1528~1582). 전국(戦國)시대 이후 당대의 실질적 지배자였던 오다 노부나가(織田信長)와 도요토미 히데요시(豊臣秀吉)가 집권한 아즈치 모모야마(安土桃山)시대에 걸쳐 활약한 무장(武将). 현재의 미야자키현(宮崎県)에 해당하는 휴가 지방(日向國)의 다이묘(大名)가 되기 전의 이름은 주베(十兵衛)이다. 현재의 후쿠이현(福井県) 북부에 해당하는 에치젠 지방(越前國)의 아사쿠라 요시카게(朝倉義景)와 오다 노부나가의 가신이었으며 1575년에 휴가 지방의 다이묘가 되었다. 에도(江戸)시대의 다이묘는 녹봉이 1만 석 이상인 영주를 말한다.

3 단바 지방(丹波國) 가메야마(亀山)는 지금의 교토후(京都府) 가메오카시(亀岡市)에 해당한다. 아케치 미쓰히데는 1580년에 단바 지방의 성주가 되었지만, 본 이야기와 같이 그 이전에 가메야마의 성주를 모셨다는 역사적 근거는 없다.

의 비상금을 넣어두고 있었는데 이는 빨리 한 나라의 성주가 되려는 야심을 품고 있었기 때문이었다. 태어났을 때부터 품고 있던 큰 뜻을 이루려는 기질은 그가 지닌 덕이었다. 딸을 가진 사람들은 주베가 아직 혼례를 올리지 않은 것을 눈여겨보고 그를 사위로 맞이하려고 이런저런 의중을 전달했지만 그의 아내는 이미 정해져 있었다. 오미 지방近江國 사와야마沢山[4]의 아무개라는 무사에게 미모의 자매가 있었는데 둘 다 누가 꽃이고 누가 단풍인지 우열을 가리기가 어려울 정도로 아름다웠다. 둘 중 그래도 언니가 좀 더 아름다웠기 때문에 그녀의 나이 11살에 주베와 혼담을 나누고 그가 무사로서 자리를 잡으면 아내로 맞이할 약속을 했던 것이었다.

그로부터 7년 남짓 지나자, 주베는

'그녀도 세상의 연민과 인정을 알 정도의 나이가 되었으니 가까운 시일 내에 아내로 맞이해야지'

라고 생각하고 그녀의 부모님께 편지를 보냈다. 그런데 세상 만물은 항상 변화한다는 말을 증명하듯이 그만 한탄스러운 일이 일어났다. 자매가 함께 천연두에 걸려 고비를 넘겼는데, 언니의 아름다운 얼굴이 흉측해져 옛 모습을 전혀 찾아볼 수 없었다. 하지만 여동생은 이전과 조금도 다름없이 아름다운 모습으로 성장했다. 주베와 혼담을 나눈 언니의 외모가 너무 보기 흉해지자 부부는,

"이 아이가 사람들 사이에 있게 되면 자신의 흉측한 모습에 수치심을 느끼게 될 것이고, 우리 딸이라고 소문나는 것도 좋지 않다"

---

4 오미 지방(近江國) 사와야마(沢山)는 지금의 시가현(滋賀県) 히코네시(彦根市) 사와야마초(沢山町)에 해당한다.

며 조용히 이야기를 나누고,

“여동생은 누구와도 혼담을 나눈 적이 없으니 아무 말 하지 말고 이 아이를 주베에게 보냅시다”

라고 했다. 이 이야기를 들은 언니는 조금도 한탄하지 않고,

“제가 이러한 모습으로 주베 님과 결혼하는 것은 당치도 않습니다. 설령 이러한 모습을 참아주실 분이 계시더라도 다른 남자와 결혼할 생각도 없습니다. 여동생은 저의 예전 모습과 닮았고 어떤 일이든 현명하게 대처하며 차분한 성품으로 태어났기에 어디에 시집을 보내더라도 부모님의 이름에 먹칠을 할 일은 없을 것입니다. 여동생을 주베 님께 보내세요. 저는 본래 출가를 원하고 있었습니다. 부처님께 맹세하건대 정말입니다”

라며 늘 지니고 다니던 당나라 거울[5]을 깨며 속세를 버린다는 결의를 다짐했다. 이를 들은 부모는 소매로 눈물을 훔치며 잠시 생각에 잠겼지만 이런 이야기가 나온 이상 되돌릴 수 없는 일이 되었다며 여동생에게 자세한 이유는 설명하지 않고 주베 님에게 시집을 가야한다는 이야기를 꺼냈다. 그러자 여동생은,

“도무지 이해가 가지 않습니다. 언니보다 먼저 시집가는 것은 사람의 도리에 어긋납니다. 언니가 시집을 간 다음이면 모르겠지만. 어찌 됐든 그럴 수는 없습니다”

라고 말했다. 이를 들은 부모는,

“그리 말하는 것이 당연하다. 그것이 세상의 도리이지만 언니는 예전부터 출가의 뜻을 굳게 갖고 있었고 그렇게 하기로 결심했기 때문에 원

---

5 중국에서 건너온 거울로 이것을 깨뜨리는 것은 속세를 버리고 출가를 한다는 결의를 표현한 것이다. 시집갈 때의 지참 물품 중에 이 거울이 포함되어 있다.

하는 바대로 조만간 남쪽 지방인 나라奈良에 있는 홋케지法華寺 절[6]에 보낼 것이다. 그리하여 너를 주베 님에게 보내게 된 것이다. 같은 여자로 태어나더라도 각자의 행복이 있기 마련이다. 아케치 주베라는 분은 무엇보다 무예에 능하고 특히 세상 이치에 밝기 때문에 모든 일을 잘 처리할 것이니 일생을 함께 하는 부부로서 즐거움이 클 것이다. 게다가 앞으로 더욱 출세할 무사인 터이니 우리들도 노후까지 마음이 든든할 것 같다"

면서 갖가지 말로 타일렀다. 동생은 여자로서 기쁜 마음이 들었기에 부모의 말씀에 따라 길일을 택해 자신의 처지보다 넘칠 정도로 결혼준비를 한 다음 주베에게 시집을 갔다.

주베도 부부의 연이 성사된 것을 축하하기 위해 소나무와 대나무를 장식한 상[7]을 준비하고 여러 번 술잔[8]을 나누면서 어릴 적 봤던 언니의 모습을 떠올렸다. 그런데 주베가 침실의 등불 가까이에서 아내의 얼굴을 바라보더니 예전에 봤던 언니의 옆모습을 기억해 내고

'그때는 신경 쓰일 정도는 아니었지만 검은 점 하나가 있었는데 나이가 들더니 이를 부끄럽게 여겨 없애버렸나'

라고 생각하며 말없이 귀 주변을 바라보았다. 동생도 이를 눈치 채고,

"여기에 점이 있는 사람은 저의 언니입니다. 그만 천연두에 걸려 아름다운 모습이 변해버렸습니다. 정말로 여자로서는 안쓰러운 일입니다. 언니를 두고 제가 먼저 결혼을 하는 것은 순서가 뒤바뀐 일이라고 거절했

---

6 지금의 나라현(奈良県) 홋케지초(法華寺町)에 있는 비구니 절이다.

7 본 이야기의 삽화에도 그려져 있는 시마다이(島台)를 말하며 결혼과 같은 축하하는 자리에 사용한다. 상 위에는 상서로운 의미를 갖는 소나무, 대나무, 매화, 학, 거북이 등을 장식한다.

8 결혼식 때 행해지는 의례로서, 한 번에 3잔씩 3번, 총 9잔의 술을 마시고 부부의 약속을 하는 삼삼구도(三三九度)를 의미한다.

습니다만, 부모님의 말씀을 어길 수가 없어 이곳으로 오게 되었습니다. 그렇다고는 해도 시종 마음에 걸렸습니다. 결국 당신이 혼례를 약속한 것은 언니임에 틀림없습니다. 어찌 되었든 도리에 맞지 않는 일을 했으니 모두 용서해 주세요. 저는 오늘부로 출가하겠습니다"

라며 단도[9]를 꺼내어 검은 머리카락을 자르려고 했다. 주베는 이를 막으며,

"그대가 출가를 한다 해도 그것으로 이 일이 끝나는 것이 아니오. 사람들에게 알리지 않고 이 일을 마무리 지을만한 방법이 있소. 5일 후[10] 친정으로 가는 날까지 기다려 주시오. 그대는 역시 훌륭한 마음을 지닌 무사의 따님이오"

라고 말하고는 크게 감탄했다. 그로부터 둘은 다시 얼굴을 보지 않고 떨어져 지내다가 여동생이 친정으로 돌아가는 날 주베는 자초지종을 편지에 쓰면서,

"제가 아내로 맞아들일 사람은 언니입니다. 난병難病은 이 세상에 종종 있는 일입니다. 설령 옛 모습이 사라졌다 해도 반드시 보내주십시오. 목숨을 걸고서라도 부부가 되고 싶습니다. 특히 이번에 보여준 동생의 마음가짐은 여자임에도 불구하고 도리를 반드시 지키려는 반듯한 모습이었습니다"

라고 마음속 이야기를 적어 보냈다. 자매의 부모도 이를 기뻐하며 주베의 바람대로 언니를 보내주었다. 주베는 마음을 터놓고 아내를 가엾게 여기며 오래오래 사이좋게 지내기를 기원했다.

언니는 더욱 남편의 마음을 잊지 않고 매사에 남편의 뜻을 따랐다. 아

9 호신용 단도로 권2의 제3화의 삽화 속에 그려져 있다.
10 당시에는 혼례를 올린 후 5일째 되는 날 신부가 친정에 가는 풍습이 있었다.

내가 미인이었더라면 마음 홀리는 일이 있었겠지만, 의리義理만으로 맞이한 아내이기 때문에 주베는 오직 무도武道에 전념할 수 있었다. 그녀는 외모와는 달리 마음가짐이 올곧았고 다정한 부부 사이의 대화에서도 다른 이야기는 하지 않고 항상 전술戰術 이야기만 나누었다. 그리고 넓은 정원에 고운 모래를 모아 축성築城을 설계하며 자연스럽게 병법兵法의 이치를 깨우쳐 주베의 생각을 뛰어넘는 경우도 있었다. 그녀는 남편이 무도에 방심하는 일이 없도록 하였고, 그리하여 주베는 세상에 그 이름을 널리 알릴 수 있었다.

◆ 삽화

아케치 주베(明智十兵衛)와 오미 지방(近江國) 사와야마(沢山) 무사집안의 둘째 딸과의 혼례 장면. 방 가운데에 소나무와 대나무를 장식한 시마다이(島台)가 있고 왼쪽 뒤편에는 학이 그려진 병풍이 있다. 등불 오른쪽에 주베가 있고, 왼쪽에는 언니 대신 시집온 여동생이 그려져 있다. 여동생의 왼편에는 혼례의 예법을 도와주는 이가 앉아 있고 주베와 마주보는 자리에는 시중을 드는 이들이 앉아 있다.

◆ 도움말

아케치 미쓰히데明智光秀는 오다 노부나가織田信長의 가신이었으나, 1582년 6월 21일 교토의 혼노지本能寺 절에 머물고 있던 노부나가를 급습한 '혼노지 절의 변本能寺の変'을 일으킨 주역으로 '역신逆臣'의 이미지를 강하게 갖고 있다. 하지만, 근세 초기의 수필집 『노인잡화老人雑話』에서는 조심스럽고 온후한 사람으로, 아케치 미쓰히데를 주인공으로 한 군기물 『아케치군키明智軍記』에서는 시를 잘 짓고 철포를 다루는 기술과 성을 공격하는 기술이 뛰어난 '재예才藝'를 두루 갖춘 사람으로 그리고 있다.

본 이야기에서는 혼담을 나눈 여인이 천연두에 걸려 외모가 흉측해졌음에도 그 약속을 저버리지 않는 모습으로 그려져 있다. 이에 대해 본문에서는 "아내가 미인이었더라면 마음 홀리는 일이 있었겠지만, 의리義理만으로 맞이한 아내이기 때문에 주베는 오직 무도武道에 전념할 수 있었다"라고 기술하고 있다. 한 번 약속을 한 것에 책임을 지는 무사의 모습을 '의리'로 해석하고 있으며 이는 아케치 미쓰히데가 훌륭한 인품을 지닌 무사였다는 것을 나타내고 있는 것이다. 언니 또한 당시의 통념을 깨고 동생이 먼저 결혼하도록 한다. 그리고 동생은 도리에 맞지 않는 일을 했다며 출가를 하려 하자, 아케치 주베는 '그대는 역시 훌륭한 마음을 지닌 무사의 따님이오', '여자임에도 불구하고 도리를 반드시 지키려는 반듯한 모습이었습니다'라며 칭찬한다. 이것도 두 여인이 무사의 딸이었기 때문에 훌륭한 결정을 내릴 수 있었던 것이었다.

권1의 제3화

남색男色[1] 벗을 부르는 물떼새 무늬 향로

교토京都를 산속의 거처로 삼은 노인

어쩔 수 없는 남색의 의리

교토의 장군將軍 히가시야마東山 나으리가 다스리던 시절,[2] 여러 예능이 처음으로 유행하게 되어 세상 사람들은 우아한 풍류를 즐기며 풍요로운 마음으로 살게 되었다. 장군은 그 중에서도 명향名香을 좋아하여 전국에서 모인 향나무香木가 60종류에 이르렀는데[3] 그 이름을 듣는 것만으로도 상당히 흥미로웠다.

어느 날 장군이 서리가 내리는 밤늦은 시간까지 향나무를 평가하고 있었는데, 새벽녘에 이제껏 맡은 적이 없는 향냄새가 거센 바람에 실려 왔

---

1 남색이란 남성이 남성을 성욕의 대상으로 삼는 것을 의미한다. 중세시대에 무사들 사이에서 시작됐던 남색은 에도(江戸)시대에는 서민들 사이에서도 남색이 자연스럽게 행해졌다. 사이카쿠도 남색을 이야기의 소재로 다루었으며 대표적인 작품으로 『남색대감(男色大鑑)』이 있다.

2 무로마치(室町) 막부 8대 장군인 아시카가 요시마사(足利義政, 생몰 : 1436~1490, 재직 : 1449~1473)로 1483년에 교토(京都) 동북쪽에 위치한 히가시야마(東山) 산장에서 생활을 하여 '히가시야마(東山) 나으리'라고 불리게 되었다. 노가쿠(能楽), 회화, 다도 등 다양한 예능 분야의 육성에 힘써 당시의 문화를 가리켜 '히가시야마(東山) 문화'라고 부른다.

3 귀족이나 무사들의 각종 법도에 대해 기록한 『데이조 잣키(貞丈雑記)』(1843년 간행)에 의하면 아시카가 요시마사, 산조니시 사네타카(三条西実隆), 시노 소신(志野宗信) 3명이 천하의 명향 60종을 정했다는 기록이 있다.

다. 사람들도 차분한 마음으로 향의 출처를 찾기 위해 장군의 저택을 살펴보았지만 그 향기는 문 밖에서 나는 것이었다. 장군은 단바 지방丹波國[4] 수령인 도시키요利清에게,

"이 향의 주인이 어떤 분인지 찾아오너라"

고 명하였기에 도시키요는 측근 무사 2명을 데리고 그 향냄새를 쫓아갔다. 야나기하라柳原[5]를 한참 지나서 가모가와賀茂川 강가[6]에 이르렀더니 향이 점점 진해졌다. 음력 11월 26일 밤은 평소보다 어두워 사물의 색을 분간할 수 없었다. 졸졸 흐르는 강물에 별빛이 반짝반짝 비쳤고 그 빛에 의지하여 얕은 강가를 건너 반대편 물가에 이르렀다. 그러자 강변의 바위 위에 도롱이를 걸치고 삿갓을 쓴 사람이 있었는데, 향로를 소매 자락 가까이에 대고 차분하게 앉아 있으니 정취있는 모습이 우아하기 그지없었다.

"어찌하여 이렇게 홀로 앉아계신지요?"

라고 물으니,

"그저 멍하니 물떼새 지저귀는 소리를 듣고 있었습니다"[7]

라고 답했다. 아니, 세상에 어떻게 이런 사람이 있단 말인가. 이렇듯 각별한 멋을 즐기는 것을 보고 도시키요는 보통 사람이 아니라고 생각되었다.

"당신은 뭐 하시는 분이신지요?"

라고 물으니,

---

4 지금의 효고현(兵庫県) 북동부에 해당한다.

5 지금의 가미교구(上京区) 무로마치 도리(室町通り) 데라노우치 아가루(寺ノ内上ル) 일대 지역이다.

6 지금의 교토시(京都市) 동쪽을 흐르는 강.

7 물떼새는 일본어로 '지도리(千鳥)'라고 하는데 무리를 지어 날며 밤에는 작은 목소리로 우는 특징이 있다. 가모가와 강에서 쉽게 볼 수 있기 때문에 일본의 전통시가인 와카(和歌)에서는 가모가와 강의 연상어로 자주 쓰인다.

“저는 승려도 아니고 속인俗人도 아닙니다. 삼계무암三界無庵[8]이나 다를 바 없으며 63세가 된 저는 아직도 이렇게 다리가 멀쩡합니다”

라는 말을 남긴 채 언덕가의 소나무 길을 빠져나갔다. 도시키요는

“이 얼마나 초탈한 대답인가!”

라며 그 노인의 뒤를 쫓아가서,

“제가 쫓아온 것은 그 향나무의 향기에 이끌려서입니다. 그 명향의 이름은 무엇인지요?”

라고 물었다. 그러자 노인은

“그렇게 어려운 건 이 늙은이는 잘 모릅니다. 향이 거의 다 타가지만 잘 맡아보시고 분간해 보시지요”

라고 답한 뒤 향로를 건네주고 어디론지 사라졌다. 도시키요는 장군의 저택으로 돌아와 모든 일을 말씀드렸다. 그러자 장군은 그 노인의 처신이 부럽게 느껴져 그 노인을 사방팔방으로 찾았지만 찾을 수가 없었다. 장군은 이를 유감스러워하며 그 향로를 ‘물떼새’라 명명하여 귀한 물건으로 여기게 되었다.

그 무렵 간토關東 지방 무사 집안의 외아들로서 외모가 교토京都의 미인보다 뛰어난 사쿠라이 고로키치桜井五郎吉라는 이가 있었다. 그는 올해 나이 16살로 외모가 수려하였기에 장군은 그를 데려와 시중을 들게 했다. 그런데 고로키치가 이 물떼새 향로를 보더니 무언가 생각에 빠진 듯한 기색이 역력하였고, 사람들도 이를 궁금히 여길 정도로 그의 고민은 숨

---

8 ‘삼계(三界)에 살 곳(庵)이 없음(無)’을 의미한다. ‘삼계’는 미혹한 중생이 윤회(輪廻)하는 욕계(欲界), 색계(色界), 무색계(無色界)의 세계를 의미한다. 이는 삼계에는 편안함이 없다는 『법화경』의 ‘삼계무안(三界無安)’의 패러디이다.

길 수 없어 보였다. 그래서 어떤 이가 몰래 물었다. 고로키치는 처음에는 말하지 않더니, 그 뒤 점차 건강이 안 좋아져 내가 죽으면 이를 유언이라 생각하라며 다음과 같은 이야기를 꺼냈다.

"이 향로의 주인은 저와 깊은 남색 관계를 맺고 있었습니다만, 저의 출세를 위해서는 자신이 곁에 있으면 안 된다고 하며 고향을 떠나 교토로 갔습니다. 하지만 저는 그를 잊지 못하고 사랑하는 마음에 그의 뒤를 쫓다가 결국 이 집에서 살게 되었습니다. 어쩌면 그 사람을 만날 수도 있겠지 하며 지내고 있던 차에 그와의 인연으로 제가 기억하고 있는 바로 그 향로를 보게 됐습니다. 그를 찾아가려고 했지만 깊은 병에 걸려 갈 수 없으니 너무나 제 신세가 처량할 따름입니다."

이렇게 말하는 고로키치의 소매에 떨어지는 구슬 같은 눈물은 잠시도 마를 날이 없었다. 이 애절한 이야기를 듣고 있는 이는 고로키치와 함께 장군 옆에서 일하는 히구치 무라노스케樋口村之介라는 사람이었다. 평소에도 그들은 우정이 두터워 속 깊은 이야기를 나누곤 했었는데, 만일 무슨 일이라도 생기면 좋은 친구 한 명을 잃게 되는 것이라며 서로 슬퍼했다. 그렇게 시간이 지나고 고로키치는 생명이 얼마 남지 않아 숨이 거의 끊어질 때가 되자 무라노스케에게 마지막으로 부탁을 했다.

"내가 죽게 되면 그 사람을 찾아가 당신이 나 대신에 그와 남색의 인연을 맺어 주십시오. 간절한 소원입니다."

이는 조금 주저되는 일이었지만 무엇이건 목숨을 걸고 이야기를 나누어 왔던 고로키치와의 '의리義理'에 끌려 무라노스케는 부탁을 들어주기로 했다. 고로키치는 기쁜 미소를 지었지만 이것을 마지막으로 얼굴색이 변하더니 결국 숨을 거두었다. 사람의 생사는 어쩔 수 없는 세상사이기에 정말 슬퍼하는 사람이 있는가 하면 직접 상관없는 사람은 겉으로만 슬픈 척 하기 마련이다. 그 후 고로키치는 도리베야마鳥部山[9]에서 저녁에 화장되어 다음 날 아침에 백골로 사라졌다. 이 세상에 이처럼 허무한 일도 없을 것이다.

고로키치가 죽은 후, 무라노스케는 그의 집에 있던 쓰레기까지 정성껏 정리하고 그의 유언대로 물떼새 향을 태우고 있던 은자隠者를 찾았다. 그 사람은 이마데가와今出川[10] 강 지역의 대나무 담장에 둘러싸인 자그마한 집에서 문을 걸어 잠그고 마치 꿈길 속에 있는 마음으로 지내고 있었는데 한시도 간토 지방에서 헤어진 고로키치를 잊는 날이 없었다. 이날은 때마침 오락가락하는 비로 더욱 쓸쓸하기만 하던 차에 무라노스케가 조용히 들어와 고로키치의 마지막을 이야기하자 차분했던 그는 크게 동요하면서,

"옛 노래에 '거짓이 없는 세상'[11]이라고 하던데 이거야말로 거짓이었으면 좋겠구나"

라며 오열했다. 그 모습을 본 무라노스케도 함께 슬퍼하며 잠시 할 말을 잇지 못했지만, 고로키치의 유언을 얘기하지 않으면 저세상에서 원망할 거라 생각하니 이 또한 괴로운 일이었다. 은자의 모습을 자세히 봤더니 60세 남짓의 모습이 참으로 볼품없었다. 이런 사람과 남색의 인연을 맺

9 교토의 히가시야마의 니시오타니(西大谷)에서 기요미즈데라(清水寺) 절에 이르는 일대로 화장터 혹은 무덤이 많은 곳이다.

10 교토후(京都府) 가미교구 이마데가와(今出川) 가와라초(河原町) 부근에서 센본이마데가와(千本今出川) 지역 일대까지를 의미한다.

11 '거짓이 없는 세상'이라는 옛 노래는 『쇼쿠고슈이(続後拾遺)』의 후지와라노 사다이에(藤原定家)의 노래 '거짓이 없는 세상살이로구나 시월이 되면 누구의 진심인지 소낙비 내린다네'를 말한다.

는 것은 너무나도 내키지 않는 일이지만 고로키치와 약속을 했기에 어쩔 수 없이 사정을 이야기하고,

"고로키치 대신에 저를 지금부터는 동생이라 생각하시고 아껴 주십시오"

라고 하자 이 남자는 오열하던 중에 깜짝 놀라,

"이것은 말도 안 되는 일입니다. 그것만은 삼가 해주십시오"

라며 좀처럼 승낙하지 않았다. 무라노스케는 자신의 제안이 받아들여지지 않자 얼굴이 새빨개지더니 이렇게 되면 고로키치에게 면목이 서지 않는다며 목숨을 버릴 각오로 말했다. 그러자 노인은,

"그렇게까지 말씀하신다면 고로키치가 남긴 말대로 당신과 새롭게 사랑을 나누고 영원히 함께 이야기를 나누며 위로합시다"

라고 굳게 약속했다. 무라노스케는 그로부터 매일 밤 몰래 은자를 찾아갔다. 뜻하지 않은 일을 부탁받아 내키지는 않았지만 오로지 의리만을 위해 남색의 관계를 맺은 무라노스케의 마음은 진심이 담겨있다고 사람들은 감동했다.

◆ 삽화

단바 지방(丹波國)의 수령인 도시키요(利清)와 사쿠라이 고로키치(桜井五郎吉)가 이야기를 나누는 장면으로 고로키치의 시선은 남색의 벗인 노인이 향을 맡고 있는 가모가와(賀茂川) 강을 향하고 있다. 가모가와 강의 물떼새는 고로키치가 있는 곳을 향하고 있으며, 고로키치의 시선과 물떼새가 날아가는 방향을 통해 남색의 상대인 고로키치와 노인이 서로를 생각하고 있음을 암시하고 있다. 고로키치의 오른쪽에 앉아 있는 사람은 동료인 히구치 무라노스케(樋口村之介)이다.

◆ **도움말**

본 작품보다 약 50년 후에 성립된 『가엔스이쿄슈雅筵酔狂集』1731라는 풍자와 익살을 그리고 있는 시집에도 가모가와 강가에 두고 간 청자 향로를 '물떼새'라 명명한 이야기가 실려 있다. 이는 사이카쿠의 『무가의리 이야기』가 『가엔스이쿄슈』에 영향을 줬을 가능성도 있고, 실제로 이와 같은 일이 당시에 있었을 수도 있다.

본 이야기에서의 '의리'는 어떠한 해석이 가능할 것인가. 고로키치는 동료인 무라노스케에게 자신을 대신해 남색의 상대인 은자를 찾아가 그와 관계를 맺어주기를 부탁하는 유언을 남기고 죽는다. 이에 대해 무라노스케는 조금 주저되는 일이었지만 무엇이건 목숨을 걸고 이야기를 나누어 왔던 고로키치와의 의리義理에 끌려 고로키치의 부탁을 들어주기로 한다. 무라노스케는 뜻하지 않은 일을 부탁받아 내키지 않았지만 의리를 중요하게 생각하여 남색의 인연을 맺은 그의 마음은 진심이 담겨있다고 사람들은 감동했다면서 본 이야기를 맺고 있다.

고로키치는 죽음을 앞에 두고도 남색의 상대를 끝까지 저버리지 않고 있다. 이것이 남색의 인연을 맺은 사람과의 '의리'인 것이고, 무라노스케는 고로키치와의 '의리'를 지키기 위해 그의 부탁을 들어주게 된 것이다. 남색에 있어서의 '의리'가 본 이야기의 주제이며, 이와 유사한 이야기를 본 작품의 마지막 이야기인 권6의 제4화에서도 만나볼 수 있다.

권1의 제4화

신령의 벌이 내린 팽나무[1] 집

강건한 사람에게는 꼼짝 못하는 늙은 너구리

낡은 화살통이 살아 움직이다

고슈江州 지방[2]을 아사이浅井[3] 영주가 다스리고 있었을 무렵 성 밑 무사들의 숙소가 있는 야카타마치屋形町[4] 쪽 한구석에 오래전부터 가지와 잎이 무성한 팽나무가 서 있었다. 예전에는 신사가 있었다고 전해지는데 지금은 돌 울타리의 자취가 남아 있을 뿐이다. 번창한 곳이라 주변에는 인가가 가득 들어섰고 그중에서 이 무사들의 숙소는 팽나무 집이라고 불렸는데 쌀 출납 업무를 맡고 있던 모로 간다이후諸尾勘大夫라는 무사가 주군으로부터 이 집을 물려받아 새로 집을 지어 살고 있었다. 그런데 신령의 지벌이라도 내렸는지 밤이 깊어져 세상이 고요해질 시간이면 집 안으

1 느릅나뭇과의 낙엽 활엽 교목. 높이는 20m 정도이고 열매는 가을에 홍갈색으로 익으며 건축・기구재(器具材)로 쓰인다. 일본에서는 예부터 팽나무에 신령이 깃들어 있다는 인식이 있었다. 예를 들면 『무가의리 이야기』와 같은 17세기 후반기에 창작된 소설 『신오토기보코(新御伽婢子)』 권2의 제10화 「나무의 신이 내린 벌(樹神罰)」에는 어떤 남자가 팽나무를 벤 것으로 인해 미치광이가 되어 죽는다는 이야기가 실려 있다.

2 지금의 시가현(滋賀県)의 옛 호칭으로 오미(近江) 지방이라고도 했다.

3 오미 지방의 북쪽 지역을 다스리던 전국(戰國)시대의 영주. 스케마사(亮政, ?~1542), 히사마사(久政, ?~1573), 나가마사(長政, 1545~1573) 삼대에 걸쳐 지배가 이어졌고 마지막 영주인 나가마사는 당시 전국을 거의 제패했던 오다 노부나가(織田信長)의 침공으로 1573년에 멸망했다.

4 지금의 시즈오카시(静岡市) 야카타마치(屋形町) 지역이다.

로 비릿한 바람[5]이 불어 들어와 사람 몸에 닿게 되면 바로 온 몸에 기운이 빠져 쓰러질 정도였다. 간다이후는 이 집에서는 도저히 견딜 수가 없어서 주군에게 자세한 사정을 말씀드리고 이 집을 돌려 드렸다. 그 후 이 집에서 살려고 했던 무사들이 더 있었으나 얼마 안 가 병들어 죽거나 나쁜 기운에 시달려 쇠약해지곤 해서 몇 명이 살아보기는 했지만 교체되다가 결국은 빈 집으로 남게 되었다. 문은 담쟁이덩굴로 뒤덮여 집 안이 잘 보이지 않았고 집 안은 말할 수 없을 정도로 황폐해졌다.

그런데 어느 때인가 젊은 무사들이 모여 말을 나누던 중에

"이제는 팽나무 집에 사는 사람이 없구나"

라는 말이 나왔다. 그 자리에 있던 나가하마 긴조長浜金蔵라는 무사가

"아무리 신사 터라고 해도 사람이 화를 입을 리는 없소. 그것은 그 장소에 사는 사람이 어리석어서 그런 거요"

라며 요즘 세상 사람들을 비웃으며 말하는 것이었다. 마침 그 자리에 예전에 그 집에서 산 적이 있던 사람의 친척이 있었는데 긴조의 말을 듣고는 따지듯

"그렇다면 댁은 그 집에 오래 사실 수 있겠군요"

라고 넌지시 떠보자 긴조도 앞서 한 말도 있으니 어쩔 수 없게 되었다. 긴조는 번藩의 행정을 총괄하는 무사를 통해 이 팽나무 집에서 살고 싶다는 희망을 말하자 기다렸다는 듯이 곧바로 그 집을 하사받았다. 그 후 이 집으로 옮겨온 뒤 바로 이 팽나무가 요물이라면서 나뭇가지와 잎을 전부 베어버렸지만 신령의 해코지는 없었다.

---

5 '비릿한 바람'은 중국과 일본의 고전에서 비현실적인 공간, 또는 유령이나 요괴가 나타나는 공간의 묘사에 자주 사용되는 상투적인 표현이다.

그러자 세상 물정에 밝은 사람이

"생각해 보니 대개 이런 일은 집주인의 기가 세면 반드시 멈추게 된다"

고 말하는 것이었다.

그러던 어느 비 오는 날 밤, 긴조의 부하들이 모여 이 세상의 무서운 이야기들을 화제로 올리면서 밤을 지새웠다.[6] 그 중 한 명이 변소에 가게 되었는데 이를 지켜보던 장난기 많은 동자승이 낡은 화살통[7]을 들고 와서 화살통의 털 장식을 변소 벽의 갈라진 틈 사이로 쑤셔 넣고 안에 있는 무사의 허리를 쓰다듬으니 무사는 놀래서 도망치듯 튀어나왔다. 이 모습이 너무도 웃겨서 소년은 그 뒤에도 여러 번 장난을 치니

"털이 난 손으로 몸을 더듬는 요물이 있다"

며 너나 할 것 없이 떠들어 댔다. 그 뒤로는 해가 지면 무서워서 변소에 가는 사람이 없었으니 이 또한 으스스한 일이 되었다.

그런데 그 후 이런 사정을 모르는 사람이 밖에서 들어와 그 변소를 가게 되면 바로 그 화살통이 구석에서 춤을 추듯 나타나 살아있는 것처럼 돌아다니는 것이었다. 모두들 기이하게 여겨 다가가 잘 살펴보니 사람이 가기만 하면 화살통이 미쳐 날뛰는 것이었다. 부하 무사가 이 사실을 보고하니 긴조는 대수롭지 않게 여기며

"그건 처음에 변소에서 허리를 만지는 화살통에 누군가가 놀라 자빠지자 그 사람의 혼이 화살통에 옮겨붙어 저절로 움직이게 됐을 것이다.

---

6 에도(江戸)시대에는 어두운 밤에 사람들이 모여 촛불 100개를 켜 놓고 한 사람씩 돌아가면서 무서운 이야기를 할 때마다 촛불을 한 개씩 꺼 나가는 '햐쿠모노가타리 괴담회(百物語怪談会)'라는 모임이 유행했다.

7 대나무에 옻칠을 해서 만들었으며, 화살통 위쪽에 모피나 새털 등의 장식을 붙이는 것이 일반적이다.

나는 화살을 통에 넣는 일을 하는 사람이다. 요괴가 이런 짓을 해 봤자 다 쓸데없는 짓이다. 그 잘못을 알려 주마”
라며 불 태워버리니 화살통은 연기 속에서 자신의 최후를 아는 듯이 미친 듯 날뛰었다.

“요물이라는 것은 원래 이런 것이다”
라며 긴조는 부하들을 안심시킨 뒤 이 집에서 80여 세까지 건강하게 지냈다. 긴조가 뭇사람들 앞에서 한 ‘의리’의 말을 저버리지 않고 도리를 명확히 한 것은 장한 무사의 정신이라고 세상 사람들은 칭송했다.

◆ 도움말

본 이야기는 전국戰國시대의 영주 아사이 나가마사 휘하의 젊은 무사인 나가하마 긴조의 의리담을 다루고 있다. 다른 이야기에 비해 이야기의 분량도 짧고 삽화도 없는 특이한 형태라고 할 수 있다. 『무가의리 이야기』의 의리담 중에서 삽화가 없는 것은 본 이야기 외에 권3의 제3화, 권5의 제4화 등 모두 세 이야기이고 분량이 적다는 공통점이 있다. 이러한 편집 형식에서 사이카쿠의 어떠한 창작의도를 읽어야 하는 지 살펴볼 필요가 있다.

신사터였던 팽나무 집에 음기가 있어 그 집에서 살았던 무사들이 화를 입었다는 말을 들은 주인공 긴조는 사람의 마음이 강건하다면 그런 음산한 기운들은 얼마든지 물리칠 수 있다고 호언을 했다. 결국 그 말의 책임을 지는 방식으로 팽나무 집에서 살게 된 후 그 집에서 일어난 기이한 이야기와 주인공의 의리 의식을 다루고 있는 이야기라고 할 수 있다. 이야기 말미에 "긴조가 뭇사람들 앞에서 한 '의리'의 말을 저버리지 않고 도리를 명확히 한 것은 장한 무사의 정신"이라는 언설은 이 작품에서 말하고자 하는 무사의 '의리'가 자신의 발언과 소신을 잘 지켜내는 것임을 말하고 있다. 본 이야기와 함께 권3의 제2화 「눈 오는 날의 아침식사 약속」도 자신이 말한 약속을 지키기 위해 벗을 찾아온 무사의 의리담이 주제로서, 『무가의리 이야기』에서 제시되는 다양한 의리의 내용을 엿볼 수 있는 이야기라 볼 수 있다.

의리를 위해 함께 죽거라

오이가와大井川 강[1]을 목숨 걸고 건넜다네
한꺼번에 여섯 명이 갑자기 불도 귀의

인간은 정해진 운명이 아니라면 의리를 위해 죽는 것이 활을 타고 말을 달리는 무사들의 본분이다.[2] 인간이라면 누구나 죽음을 두려워하기 마련이지만, 무사들이라면 위급한 상황에 닥쳤을 때 죽음을 각오하기에 부끄러운 행동을 하는 법이 없다.

옛날에 셋쓰 지방攝津國을 이타미伊丹 성[3]의 성주인 아라키 무라시게荒木村重[4]가 다스리고 있었을 때의 일이다. 무라시게에게는 간자키 시키부神崎式部라는 부하가 있었다. 그는 주군의 가문 전체를 통솔하고 보살피는 역

1 지금의 시즈오카현(静岡県) 중앙부를 관통해서 남쪽으로 흐르는 강.

2 서문에 '활을 쏘고 말을 타는 것은 무사의 본분이다'라는 구절이 있다.

3 지금의 효고현(兵庫県) 이타미시(伊丹市)에 있었던 성. 가마쿠라(鎌倉)시대 말기인 14세기 초에 이타미 가문이 축성한 것으로 추정되며, 오다 노부나가(織田信長)의 부하로 있었던 아라키 무라시게(荒木村重)가 이타미 가문을 추방하고 1574년에 입성하였다. 그러나, 무라시게가 노부나가를 배반하여 노부나가로부터 공격을 받자 무라시게는 성을 버리고 도망가기에 이르렀으며, 그 후 1583년에 도요토미 히데요시(豊臣秀吉)의 직할지가 되어 폐성(廃城)이 되었다.

4 전국(戰國)시대의 장수(1535~1586). 오다 노부나가의 부하로서 무로마치(室町) 막부 제15대 장군인 아시카가 요시아키(足利義昭)를 교토(京都)에서 추방하는데 공을 세우고, 셋쓰 지방(摂津國)을 지배하였다. 훗날 노부나가를 배반하고 도요토미 히데요시의 부하가 되었다.

할을 오랫동안 맡아 왔는데, 이것은 모두 간자키 집안이 대대로 훌륭한 혈통을 이어받았기 때문이었다. 어느 날 주군의 차남인 무라마루村丸[5]가 동쪽 지방에 있는 지시마千島[6]의 풍경을 구경하고 싶다고 하자 시키부는 무라마루 일행 전체를 통솔하라는 분부를 받았다. 시키부의 외동아들인 가쓰타로勝太郎도 같이 따라 나서기를 희망하자 이것도 허락을 받아 부자가 함께 여행을 떠날 채비를 갖추고 동쪽 지방으로 길을 나섰다.

때는 4월 말이었다. 며칠간의 여행 끝에 이날은 스루가 지방駿河國 시마다島田[7]의 역참에서 묵기로 미리 정해져 있었는데 때마침 장대비가 계속 쏟아졌다. 특히 이날은 사요佐夜 산의 고개[8]를 넘을 때까지도 좀처럼 비가 그칠 기미가 보이지 않았다. 기쿠가와菊川 강[9]에는 길가에 작은 다리가 있었는데 흰 파도가 마치 집어 삼킬 듯 했다. 게다가 소나무 사이를 비집고 폭풍우가 불어닥치자 하인들이 입고 있는 소매 달린 비옷의 옷자락은 다 뒤집어져버렸다. 고생 끝에 험하다는 산고개를 간신히 넘어 가나야金谷[10]의 역참에서 일단 모두 모여 인원을 확인하고, 오이가와 강의 나루터

---

5 역사적으로 보면 아라키 무라시게의 장남은 아라키 무라쓰구(荒木村次)이며, 차남은 무라나오(村直)로서, 본 이야기에 등장하는 '무라마루'는 가공의 인물이다.

6 지금의 홋카이도(北海道) 지방에 해당한다.

7 지금의 시즈오카현의 중앙부 오이가와(大井川) 강 중하류에 위치해 있다. 예부터 목재 집산지이자 상업 도시로 유명했으며 따라서 역참마을이 번영했다.

8 지금의 시즈오카현 가케가와시(掛川市) 닛사카(日坂)와 시마다시(島田市) 기쿠카와(菊川) 사이에 있는 약 3km 정도의 구간이다. 교토(京都)에서 도쿄(東京)까지 도카이도(東海道)라는 해안선을 따라서 나 있는 가도(街道) 중에서 넘기 어려운 고개 중 하나로 유명했으며, 와카(和歌)에도 자주 등장한다.

9 시즈오카현 가케가와시와 시마다시 사이에 있는 아와가타케(粟ヶ岳) 산에서 발원한 길이 28km의 강으로서 기쿠가와시(菊川市)와 가케가와시를 통하여 엔슈나다(遠州灘)로 빠져나간다.

10 현재의 시즈오카현 시마다시 서부에 위치해 있으며, 에도(江戸)시대에는 도카이도에 있었던 53군데의 유명한 역참 중 24번째 마을로서 크게 번성하였다.

를 향해 서둘러 나아갔다. 그때 시키부는 행렬의 맨 뒤에서 따라가면서 강의 모습을 살펴보니 수위가 점점 차올라 오는 것이 보였다.

"나으리! 오늘은 강을 건너지 말고 이곳에서 밤을 보내는 것이 좋을 것 같습니다."

시키부가 이렇게 갖가지 말로 말려보았으나 혈기왕성한 무라마루는 앞뒤를 살펴보지도 않고 마음 내키는 대로

"강을 건너거라!"

라고 명령을 내렸다. 그러자 어쩔 수 없이 모두 커다란 파도 속으로 뛰어 들어가게 되니, 물결에 휩쓸려 죽은 시체가 어디로 흘러갔는지 알 수 없을 정도로 많았다. 일행은 일단 강을 건너기 시작했으나 맞은편 강기슭까지 건너는 것은 매우 무모한 일이었다. 그렇다고 해서 뒤로 돌아갈 수도 없는 노릇이었다. 결국 무라마루는 고생 끝에 맞은편 강기슭에 있는 시마다 역참에 겨우 도착했다.

시키부는 일행의 가장 뒤에서 강을 건넜다. 그런데 고향을 떠나올 때 동료인 모리오카 단고森岡丹後가 열여섯 살이 되는 단자부로丹三郎라는 외동아들을 맡기면서,

"처음으로 부모 곁을 떠나는 것이니 여러모로 잘 부탁하네"

라며 부탁한 적이 있었다. 시키부는

"이런 때일수록 조심해야겠다"

고 생각하고 아들인 가쓰타로를 앞장세우고 그 다음에 단자부로가 건너도록 했다. 그리고 자신은 인원과 말의 상태를 점검한 후 마지막에 건넜다. 그런데 금방 날이 어두워져서 강을 건너는 하인이 발을 헛디디는 바람에 그만 단자부로가 탄 말이 뒤집어져버렸다. 단자부로는 옆으로 밀어

치는 파도에 멀리 휩쓸려가 버렸고 시키부가 아무리 한탄하며 찾아보아도 어디로 떠내려갔는지 알 수 없는 지경이 되어버렸다. 특히 맞은편 물가까지 얼마 남지 않은 상황이라 슬픔은 이루 말할 수 없었다. 한편, 아들 가쓰타로는 무사히 물가로 올라갔다. 시키부는 망연자실해 있다가 잠시 생각에 잠긴 후 외동아들인 가쓰타로에게 다가가 말하였다.

"단자부로는 부모로부터 특별히 잘 보살펴달라는 부탁을 받았음에도 이렇게 세상을 떠나보내게 되었다. 그러니 너만 이 세상에 남아서는 단고에게 무사로서의 체면이 서지 않는구나. 너도 바로 함께 세상을 떠나거라."

시키부가 이렇게 용기를 북돋워주자 가쓰타로 역시 무사의 자식으로서의 마음가짐이 있었기 때문에, 조금도 주저하지 않고 뒤로 돌아서 파도치는 강으로 뛰어들었다. 그리고 아들의 모습은 더 이상 보이지 않게 되었다.

시키부는 잠시 인생의 덧없음을 절감하면서

"진정으로 인간의 의리만큼 슬픈 것은 없구나. 고향을 떠날 때 많은 사람들 중에 하필이면 나에게 아들을 부탁한다는 모리오카 단고의 한 마디 말을 차마 거절하지 못하고, 그 때문에 무사히 큰 강을 건넌 나의 외동아들을 일부러 목숨을 잃게 하다니. 이 얼마나 원통한 인생인가. 단고는 단자부로 외에도 아들이 많이 있으니 한탄은 하겠지만 그러다 곧 잊어버릴 것이다. 그렇지만 내게 가쓰타로는 외동아들인데 이 아들이 곁을 떠나버리고 나는 점점 늙어가면 나중에는 무엇을 바랄 것이며 무슨 즐거움으로 살 것인가. 특히 내 아내의 슬픔은 이만저만이 아닐 것이다. 정해진 운명대로 살지도 못하고 슬픈 이별을 하게 되니[11] 생각하면 생각할수록 더욱 애달프기만 하도다. 나도 여기에서 목숨을 끊어야겠구나."

그렇지만 자신도 역시 목숨을 끊게 된다면 주군의 명령을 배반하게 되는 커다란 죄[12]를 저지르게 된다며 마음을 고쳐먹었다. 그리고는 겉으로는 아무렇지도 않은 듯 열심히 맡은 업무를 수행하면서도, 마음속으로는 인생의 무상함을 깨달으면서 주군의 어린 아들인 무라마루가 흡족하게 성으로 돌아올 때까지 잘 보살펴드렸다. 그 후 이유를 알 수 없는 병에 걸렸다는 구실로 자신의 집에서 나오지 않다가 사직서를 내고 이타미 지방에서 조용히 물러나왔다. 그리고는 부부 모두 출가하여 반슈 지방播州國의 기요미즈데라清水寺 절[13] 산속 깊이 들어가 불도를 닦았다.

그때까지 사람들은 자세한 내막을 알지 못했으나 가쓰타로가 마지막에 어떻게 목숨을 잃었는지 단고는 그 사정을 누군가로부터 전해 듣고 시키부 부자의 마음가짐에 감동하였다. 그리고는 단고 자신도 갑자기 사직을 한 후 처자식[14]도 함께 승복을 입고 시키부의 뒤를 따라 기요미즈산에 들어갔다. 소나무 사이로 바람이 불면 이 세상의 괴로운 꿈에서 깨어나고,[15] 산마루에 달이 뜨면 흐르는 눈물을 아들의 명복을 비는 정화

---

11 본 이야기의 서두부분에서 '인간은 정해진 운명이 아니라면 의리를 위해 죽는 것이 활을 타고 말을 달리는 무사들의 본분이다'라 언급되어 있다. 따라서 가쓰타로는 정해진 운명대로 죽지 못했지만, 아버지의 명에 따라 죽었기 때문에 무사의 본분을 지킨 것이다. 이 구절은 자신의 아들이 아무리 무사로서의 본분을 지켰다 하더라도, 외동아들을 잃게 된 시키부의 인간적인 측면이 나타나 있다.

12 본 작품의 서문에서 주군의 명을 어기지 않는 것이 진정한 무사의 도리라는 구절이 있다.

13 지금의 효고현 가토시(加東市)에 있는 천태종 사원으로서 기요미즈산(清水山) 정상 부근에 위치해 있다. 잘 알려져 있는 교토(京都)의 기요미즈데라 절과는 다른 곳이다.

14 본 이야기의 부제에서 여섯 명이 불도에 귀의하였다고 되어 있는 것으로 보아, 주인공인 시키부 부부, 단고 부부, 그리고 단고 부부의 자식은 두 명이 불도에 귀의한 것을 알 수 있다.

15 이 구절은 『다이헤이키(太平記)』 제28권 「두 나으리가 화친한 이야기(両殿御和睦の事)」와 『신쇼쿠 고킨와카슈(新続古今和歌集)』 제8권에 실린 '다카노산속 이세상의 꿈에서

수로 삼아 지내면서 기이한 인연에 이끌려 깨달음의 길로 들어갔다. 시키부와 단고는 마음속에 있는 모든 것을 터놓으며 내세의 극락왕생을 기원하는 둘도 없는 친구로 지내며 살았다. 두 사람은 불도를 수행하는 데 전념하며 세월을 보내다가 이 세상을 떠났다. 그리고 지금 남아있는 사람들도 결국 모두 세상을 떠나게 될 것이다.

깨어나겠네 그 새벽녘 소나무 사이로 바람불면'의 노래를 바탕으로 한 시적인 표현이다.

◆ 삽화

무라마루 일행이 오이가와 강을 건너는 모습. 그림 왼쪽에서 말을 타고 있는 이가 시키부의 아들 가쓰타로로서 곧 육지로 올라서려 하고 있으며 다음 페이지의 말을 타고 있는 이가 단고의 아들 단자부로이다. 두 명 모두 하인 다섯 명과 창을 들고 있는 이가 급류 속에서 말을 이끌고 있다.

◆ **도움말**

본 이야기는 폭우로 불어난 강을 건너다가 동료인 모리오카 단고의 아들 단자부로는 목숨을 잃었으나 자신의 아들이 살아남은 것은 무사로서의 '의리'가 아니라 생각하고 자신의 외동아들에게도 죽음을 명령하는 것을 통해 동료에 대한 의리를 지킨 간자키 시키부의 이야기이다. 이를 통해 아버지인 시키부의 뜻을 따라 자신의 목숨을 버린 가쓰타로의 마음가짐, 아들이 급류에 휩쓸려 내려가는 것을 바라보면서 '진정으로 인간의 의리만큼 슬픈 것은 없구나'라는 말에 함축되어 나타나 있는 바와 같이 자식에 대한 시키부의 미련, 갈등, 슬픔, 단념의 마음이 잘 나타나 있는 이야기이다.

한편, 시키부는 단고에게 가쓰타로가 어떻게 목숨을 잃었는지, 그리고 어째서 자신은 출가해서 절에 은거하는지 굳이 밝히 않았다. 단고는 그 사정을 누군가로부터 전해 듣기만 한 것이다. 이를 통해 시키부가 의리를 지킨 과정뿐만 아니라, 혹시라도 상대방이 부담스러운 마음을 가지게 되는 것은 아닌가 하는 배려의 마음가짐까지 단고는 감동하였던 것이다. 그리고 단고 자신도 출가를 선택하였다는 점에서 '의리'와 '인정'의 모습이 그려져 있다는 점도 함께 살펴볼 수 있는 이야기이다.

한편, 이 이야기는 무사들에 대한 비판적인 시선도 함께 관찰할 수 있다. 왜냐면, 본 이야기에서 희생을 당한 이들은 하인들과 가쓰타로처럼 주군의 명령을 충실히 이행한 인물들이기 때문이다. 그리고 시키부는 주군의 명령을 배반할 수 없기 때문에 죽고 싶어도 죽을 수가 없었다. 사이카쿠는 '진정으로 인간의 의리만큼 슬픈 것은 없구나'라는 말처럼 비상식적인 명령일지라도 주군의 명령이라면 목숨을 걸어서라도 따라야 하는 무가사회의 모순, 무사들이 그토록 중요시하는 의리라는 것이 얼마나 불합리한 것인지를 비판하고 있는 것이다. 이것은 사이카쿠가 상인 작가로서 무사들의 모습을 객관적으로 파악할 수 있었기 때문에 가능했던 것이다.

권2

一. 집안을 뒤흔든 거센 비바람 속의 우산

아와 지방阿波國 나루토鳴門의 파도처럼 일렁거리는 억울한 마음

숙부의 원수에 대한 이소가이磯貝의 원한은 후지산처럼 높구나

二. 불당의 북소리에 맞춰 원수를 갚다

에도에서 날아온 편지를 보다

꽃가게 문에 걸린 이슬 같은 목숨

三. 소나무 사이로 바람만 남아있네, 칼과 함께

쓰키노요月の夜, 유키노요雪の夜 두 여인처럼 사랑받고 싶다네

용맹한 무사도 겁쟁이 무사도 도움이 되는구나

四. 죽을 줄 알았더니 상대방 자식이 되다

기레도切戸의 문수보살 앞에서 상대를 찌르다

원수가 집안의 대를 잇는 것은 생각지도 못한 일

집안을 뒤흔든 거센 비바람 속의 우산

아와 지방阿波國 나루토鳴門[1]의 파도처럼 일렁거리는 억울한 마음
숙부의 원수에 대한 이소가이磯貝의 원한은 후지산처럼 높구나

모토베 효에몬本部兵右衛門은 여러 해 봄을 별 탈 없이 맞이하며 와카마쓰若松 성[2]의 어린 소나무와도 같은 성주이신 가토加藤[3] 히고肥後 수령[4]을 잘 모시면서 무도武道에 정진했지만, 무사라는 신분이기에 한 곳에 정착하기란 뜻 같지 않았다. 한창 봉공에 힘 쏟을 무렵, 갑자기 떨어지는 꽃잎처럼 주군과 가신家臣 전원이 아이즈会津 지방[5]에서 물러나게 된 것이다. 떠돌이 무사만큼 가엾고 안쓰러운 처지가 없을 것이다. 그의 아내와

1 지금의 도쿠시마현(徳島県) 나루토(鳴門)에 해당한다.
2 지금의 후쿠시마현(福島県) 아이즈와카마쓰시(会津若松市) 오테마치(追手町)에 있었던 성.
3 아이즈 지방(会津國) 와카마쓰(若松) 성주의 성(姓)이 가토(加藤)였던 적은 가토 요시아키(加藤喜明)와 그의 자식인 아키나리(明成) 때뿐이다. 그러나 이 두 사람은 현 구마모토현(熊本県)인 히고 지방(肥後國)의 수령은 아니었다. 따라서 본 이야기의 "와카마쓰 성의 어린 소나무와도 같은 성주이신 가토 히고 수령"이라는 내용은 사실과 일치하지 않는 사이카쿠의 창작에 의한 부분이다.
4 구마모토(熊本) 성주인 가토 기요마사(加藤清正)와 그의 아들인 다다히로(忠広)를 의미한다. 모토베 효에몬(本部兵右衛門)의 모델인 모토베 효자에몬(本部兵左衛門)은 다다히로를 봉공하는 무사였다. 다다히로는 그의 자식인 미쓰히로(光広)의 도쿠가와 이에미쓰(徳川家光) 암살 밀서사건에 연루되어 1632년에 무사신분을 빼앗기게 된다. 모토베 효자에몬도 이를 계기로 몰락한 떠돌이 무사가 되었다. 사이카쿠는 이와 같은 사건을 본 이야기의 소재로 이용하고 있으며 가토 히고 수령을 아이즈의 와카마쓰 성주로, 그리고 모토베 효자에몬을 모토베 효에몬으로 바꾼 것은 작자의 창작이 가미된 부분이다.
5 후쿠시마현 서부의 지명.

자식들은 이 같은 상태가 된 것만으로도 괴롭고 난처하기만 한데 효에몬마저 봉공할 주군을 찾는 중에 병에 걸려 죽어버리자 세상살이를 한탄했다. 효에몬의 장남은 생각하는 바가 있어 자신의 아들인 효에몬兵右衛門[6]을 부슈武州 지방[7]의 이소가이磯貝 아무개 집안의 대를 이은 셋째 남동생인 이소가이 도베磯貝藤兵衛에게 양자로 보냈다. 그리고 자신은 고야산高野山[8]에 들어가 지손인二尊院[9] 앞에 소박한 암자를 마련하여 속세에 떠 있는 달을 다른 세상 보듯 바라보며 지냈다. 그러던 중 어느새 마음속의 답답함이 사라져 묘당廟堂 앞의 삼나무 잎사귀처럼 날카로웠던 마음이 자취도 없이 사라졌다. 지금은 하나의 뿌리에서 뻗어 나온 듯한 천 개의 향나무 줄기[10]에 맺힌 이슬을 걷어내며 불법의 진리를 찾아 고뇌하면서 아침 수행을 거르지 않고 저녁에는 바위에 앉아 오직 다음 세상을 기원했다. 그리고 이름도 오카모토 운에키岡本雲益로 개명하였다.

오카모토 운에키의 남동생인 모토베 기스케本部喜介라는 무사는 하치스카蜂須賀[11] 집안을 봉공하며 지냈는데 눈병으로 휴가를 받아 아슈阿州 지방[12]의 시골 마을에서 한가롭게 지내게 되었다. 그의 아들은 이소가이

---

6 할아버지와 손자의 이름이 동일함.

7 지금의 도쿄토(東京都)와 가나가와현(神奈川県), 사이타마현(埼玉県)의 일부.

8 와카야마현(和歌山県) 이토군(伊都郡) 고야초(高野町)에 있는 고야산(高野山) 진언종(真言宗) 총본산(総本山).

9 와카야마현 고야산 진언종 사원인 지손인(慈尊院)을 지손인(二尊院)이라며 다른 한자로 표기하고 있다. 교토시(京都市) 우쿄구(右京区) 사가(嵯峨)에 있는 천태종(天台宗) 니손인(二尊院)과는 별개의 절이다.

10 와카야마현 고야산의 10개의 유명한 골짜기 중 하나인 연화 골짜기(蓮華谷)에는 하나의 뿌리에서 천 개의 줄기가 뻗어 나온 것처럼 보이는 일본 자생 상록침엽수인 향나무가 있었다고 전해지고 있다.

11 본 이야기 속 모토베 기스케가 봉공한 주군은 도쿠시마(徳島) 번주인 하치스카 쓰나노리(蜂須賀綱矩, 1661~1730)이다.

12 아와 지방(阿波國). 지금의 도쿠시마현에 해당한다.

도스케磯貝藤介라는 이로 역시 떠돌이 무사였다. 기스케의 남동생은 출가하여 같은 지방에 있는 진언사真言寺인 겐큐지源久寺 절[13]의 주지스님이 되었다. 겐큐지 절의 주지스님의 동생은 모토베 지쓰에몬本部実右衛門으로서 아버지인 효에몬은 아슈 지방에 사는 야스도메 지자에몬安留次左衛門의 옛 친구였기에 지쓰에몬은 오랫동안 그곳에 기거하게 되었다.

어느 날, 지쓰에몬은 신바시新橋 다리[14]를 건너가는 도중에 비바람이 세차게 몰아쳐 앞뒤를 살펴볼 수 없었는데 마침 그때 반대편에서 시마가와 다베島川太兵衛라는 이가 다리를 건너오고 있었다. 두 사람은 모두 우산을 비스듬하게 쓰고 다리 가운데쯤 지나가던 차에 지쓰에몬의 우산이 다베의 우산과 부딪치게 되었다. 다베가

"이 무슨 무례한 행동인가!"

라며 밀어젖히자, 지쓰에몬은 무례하다는 말을 듣고는 사과할 수 없다며,

"자네야말로 어떤 자이기에 이렇게 무례하게 말하는가!"

라 대답했다. 그러자 지쓰에몬은

"무례라니 이 무슨 당치않은 얘기인가. 보아하니 야스도메 지자에몬의 부하인 것 같은데 사죄하고 지나가는 것이 마땅하거늘 오히려 욕설을 해대다니 이는 도저히 참기 어려운 일이다"

라며 칼을 빼어들었다. 그러자 다베도 칼을 꺼내어 둘은 칼로 맹렬히 싸우다 결국 지쓰에몬은 무사로서 운명을 다해 죽음을 맞이하게 되었다.

그때 모토베 지쓰에몬의 조카인 이소가이 효에몬과 이소가이 도스케 이 둘은 숙부의 원수인 다베에게 복수하려고 했다. 하지만 아슈 지방은

---

13 지금의 도쿠시마시(徳島市) 데라마치(寺町)에 있는 진언종 절이다.

14 도쿠시마 시내에 흐르는 신마치가와(新町川) 강에 있는 다리이다.

신분이 낮은 자가 높은 자를 처단할 수 없다는 규정 때문에 원수를 갚을 수가 없었다. 효에몬은 어쩔 수 없이 아슈 지방을 떠나 부슈 지방으로 내려가 양아버지인 이소가이 도베의 곁에 있으면서 고향의 정세를 살피는 처지가 되었다. 그러던 중 다베가 약간의 부상을 입게 되어 더 이상 봉공을 하기 어렵게 되자 그렇게 된 연유를 설명한 후 남동생인 소하치惣八에게 집안을 물려주었다는 이야기를 듣게 되었다. 그리고 다베는 깊은 산속 마을에 들어가 이름을 혼류本立로 개명하고 머리를 짧게 자르고[15] 의술醫術의 길에 몰두하며 옛 영화로운 삶을 버리고 세상과의 교류도 끊고 지냈다.

한편, 효에몬은 에도에 있으면서 세상 일에 관심을 끊고 오직 숙부의 원수를 갚는 일에만 골몰했다. 아침저녁으로 무예를 갈고 닦으며 매일 병법을 사사해 주신 스승 곁에 찾아가 연마했다. 어떻게든 무사로서 원수를 갚을 수 있는 운명을 맞이할 수 있도록 무슨 일이 있어도 반드시 시마가와 다베를 만나게 해 달라고 기도하며 몰래 아슈 지방에 들어가 그곳 사정을 알아보았다. 그러나 다베는 아슈 지방에서 나올 기미가 보이지 않았고 효에몬은 어찌할 바를 몰라 애를 태우고 있었다. 그러던 중 마을 사람이

"다베가 평소에 가깝게 지내면서 깊은 인연을 맺은 사람이 있습니다. 그가 오랫동안 병을 앓았으나 더 이상 치료법이 없어 포기하려던 차에 가미가타上方[16] 지방에 있는 명의를 찾아가 치료를 받고 싶다고 한답니

---

15 원문은 '잔기리(散切)'이다. 당시의 남성은 이마 언저리의 머리를 미는 것이 보통이지만, 잔기리는 머리를 밀지 않고 짧게 잘라서 산발한 머리 스타일을 가리킨다. 당시 의사나 학자들이 이러한 머리 스타일을 했다.

16 에도(江戶)시대에는 교토(京都)와 오사카(大阪) 지방을 가미가타라 불렀다.

다. 집안사람들도 이에 대해 모두 동의했기 때문에 그는 치료를 받기 위해 오사카大坂에 갈 것이고 그렇게 되면 혼류도 그를 그냥 홀로 보내지 못할 것입니다"

라는 말을 전해주었다.

혼류는 아슈 지방 밖으로 나가는 것을 항상 조심스러워 했지만, 평소 의리義理를 중시하는 이였기 때문에 병자가 정중히 사양을 해도

"배 안에서 건강이 안 좋아질 수도 있습니다"

라며 동행했다. 오사카에 배가 도착하자 두 명은 남쪽에 있는 미도御堂[17] 앞에 임시로 거처를 마련했다. 마침 집 주인이 불전에 바치는 용도로 사계절의 꽃과 풀을 판매하는 가게를 하고 있었기에 이 또한 환자에게 위안이 되는 곳이라며 여러 방면에 세심한 배려를 했다. 혼류도 될 수 있는 대로 행동을 조심하면서 사람들 눈에 띄지 않게 지내고 있었건만 이와 같은 내막을 알고 있는 자가 쓸데없는 소문을 만들어냈다.

17 지금의 오사카시 주오구(中央区) 기타큐타로마치(北久太郎町)에 있는 절. 정토진종 계통인 신슈(真宗) 오타니파(大谷派) 절인 나니와 베쓰인(難波別院)이다.

◆ 삽화

비바람이 몰아치는 날, 우산을 깊게 내려 쓴 모토베 지쓰에몬(本部実右衛門)과 시마가와 다베(島川太兵衛)가 신바시(新橋) 다리를 건너가다 서로에게 부딪친 장면을 그린 삽화이다. 위 삽화에는 천둥 번개와 굵은 빗줄기가 그려져 있으며, 다리 난간 쪽으로 쓰러진 나무 가지와 강물의 소용돌이를 통해 얼마나 거센 비바람이 몰아치고 있는지를 긴장감 넘치게 표현하고 있다. 다음 이야기인 권2의 제2화에 이소가이 도스케가 숙부의 칼로 원수인 다베와 대결하는 장면이 그려져 있는데, 삽화 속 도스케의 의상의 문장(紋章)이 위 삽화의 왼쪽 인물의 것과 동일하다. 이를 미루어 볼 때 다리 위의 왼쪽 인물이 모토베 지쓰에몬이고 오른쪽이 시마가와 다베라 볼 수 있다.

◆ **도움말**

우선 본 이야기의 등장인물 관계도를 정리하면 다음과 같다.

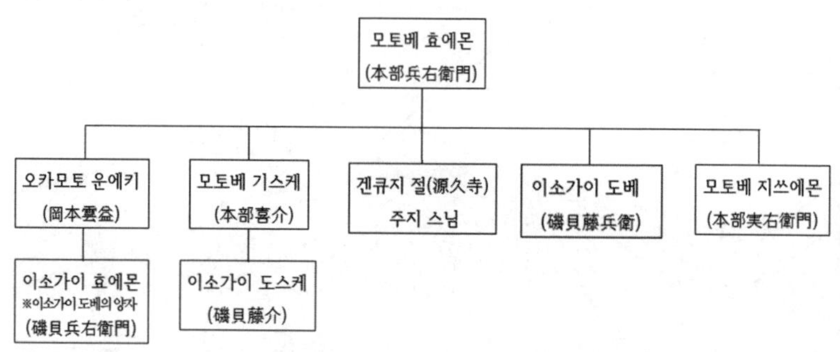

모토베 효에몬(本部兵右衛門) 집안의 가계도

본 이야기와 제2화는 오사카 미도 앞에서 실제로 일어났던 원수를 갚는 사건을 소재로 창작된 이야기이다. 사이카쿠는 권2의 제2화의 본문에서 본 사건이 일어난 것이 조쿄貞享 4년1687이라고 하고 있지만, 역사적으로는 조쿄 원년1684이라는 설도 있다. 본 사건은 여러 작품의 소재로 자주 이용되었는데 그중 사이카쿠의 『무가의리 이야기』 권2의 제1화와 제2화는 해당 사건을 소재로 사용한 이른 예라고 볼 수 있다. 해당 이야기를 소재로 다룬 다른 작품에는 실록實錄 『가타키우치 조쿄 힛키敵討貞享筆記』1804, 『가타키우치 이소가이 신덴키敵討礒貝真伝記』연도 미상 등과 조루리浄瑠璃 『가타키우치 오야쓰노 다이코敵討御未刻太鼓』1727, 『미도마에 아야메 가타비라御堂前菖蒲帷子』1778 등이 있다.

본 이야기에서는 모토베 효에몬의 다섯째 아들인 모토베 지쓰에몬이 신바시에서 시마가와 다베의 우산과 부딪치는 사건이 발생하고 결국 지쓰에몬은 다베의 칼에 죽음을 맞이하게 된다. 이것이 계기가 되어 지쓰에몬의 조카인 이소가이 효에몬과 도스케가 숙부의 원수인 다베를 처단하기 위해 기회를 엿보는 것에서 이야기가 끝난다. 이 이야기의 후속담은 권2의 제2화에서 좀 더 구체적으로 살펴보기로 한다.

불당의 북소리에 맞춰 원수를 갚다

에도에서 날아온 편지를 보다
꽃가게 문에 걸린 이슬 같은 목숨

악행의 소문은 천 리를 쏜살같이 달려 온 세상에 바로 알려지듯 오사카大坂의 소식은 빠른 배를 타고 40리 길의 아와阿波[1]에 전해졌다. 마침 나루토鳴門[2] 해협을 가르는 뱃길의 파도는 잔잔하고 바람도 없었기 때문에 이소가이 도스케磯貝藤介[3]는 신속하게 편지로 인편을 통해 이 일을 에도江戸에 있던 이소가이 효에몬磯貝兵右衛門[4]에게 알렸다. 이 편지는 1687년 5월 14일[5]에 전해졌는데 효에몬은 이를 본 그날 밤 바로 여행준비를 서둘렀다. 후나코시 구헤이舟越九兵衛라는 떠돌이 무사가 그 사연을 전해 듣고

"오래전부터 친하게 지냈던 것은 다 이런 때를 위해서이지요"

라며 원수 갚는 데 꼭 힘을 보태고 싶다는 뜻을 밝혔다. 효에몬이 이렇게

1 지금의 도쿠시마현(德島県) 남부의 옛 지명으로 아슈(阿州)라고도 했다.
2 지금의 도쿠시마현 동쪽 지역에 위치해 있으며 나루토 해협에 면해 있다. 당시에는 제염업이 발전했다.
3 앞 이야기 권2의 제1화에서 나오는 모토베 효에몬(本部兵右衛門) 가계의 둘째 아들인 모토베 기스케(本部喜介)의 아들로 떠돌이 무사 신분이다. 앞 이야기의 도움말 참조.
4 앞 이야기 권2의 제1화에 나오는 모토베 효에몬 가계에서 장남인 오카모토 운에키(岡本雲益)의 아들로 이소가이 도스케와 같이 숙부 모토베 지쓰에몬(本部実右衛門)의 원수를 갚기로 작정한다.
5 이를 통해 본 사건은 『무가의리 이야기』의 간행보다 1년 전의 일임을 알 수 있다.

저렇게 만류했지만

"꼭 동참할 수 있도록 허락해 주십시오"

라며 뜻을 굽히지 않았기에 효에몬은 기뻐하며 두 사람은 함께 교토京都로 향했다. 구헤이는 생각하는 바가 있다면서 작은 허리칼만 찬 하급 무사의 복장으로 길을 서둘러 같은 달 24일에 교토에 도착한 뒤 원수를 갚겠다는 뜻을 관할 부서인 포도청[6]에 알린 뒤 25일 아침 오사카에 도착했다. 두 사람은 아주 은밀하게 원수를 찾기 시작했는데 6월 1일에 이소가이 도스케도 아와를 출발해서 다음 날 2일에 오사카의 선착장에 도착했다. 효에몬은 도스케를 만나니 더욱 용기가 솟아났고 둘은 복수를 허가받기 위한 장부에 이름을 올렸다. 어렵지 않게 허가를 받고 관할 관청을 나와 바로 그날부터

"혹시 사람들이 많이 모이는 데 있을지도 모르겠다"

며 우선 도톤보리道頓堀[7]의 연극이 끝나는 시각에 맞춰, 한 명은 아라시 산에몬嵐三右衛門[8] 흥행장 출입문 앞에서 지켜섰고 또 한 명은 야마토야 진베大和屋甚兵衛[9] 흥행장 입구에, 나머지 한 명은 아라키 요지베荒木与次兵衛[10] 흥행장 앞에서 극이 끝났음을 알리는 북소리가 울려 퍼질 때까지 특히

---

6 원문은 '군다이(郡代)'이다. 에도막부의 직명의 하나로 막부 직할지의 조세징수와 재판 및 민정 전반을 담당했다. 교토는 막부직할지로 이 부서를 교토쇼시다이(京都所司代)라고 불렀다.

7 지금의 오사카시(大阪市) 주오구(中央区)에 위치해 있다. 에도(江戸)시대 초기의 토목가인 야스이 도톤(安井道頓)이 개설한 운하로서 이 지역은 당대부터 오사카 최대의 번화가였다. 이 지역 남쪽에 전통극을 공연하는 극장이 밀집해 있었다.

8 에도시대의 대표적 전통극인 가부키(歌舞伎)의 유명 배우로서 초대부터 11대까지 대대로 간사이 지역에서 활약했던 예능집안이다.

9 오사카의 전통극 흥행의 운영자 겸 유명 가부키 배우였다.

10 교토와 오사카의 전통연극계를 대표하는 가부키 배우였다.

시골티가 나는 사람들을 살펴보았다. 또한 삿갓 속 얼굴을 들여다보기도 하고, 데와出羽[11]나 기다유義太夫[12]의 인형극을 보고 나오는 사람들이나 마타다유又太夫의 고와카마이幸若舞[13] 춤을 구경하는 사람들 또는 다케다竹田[14]의 꼭두각시 인형극의 구경꾼들, 이야기꾼 호스이甫水[15]가 『다이헤이키太平記』[16]를 들려주는 곳이나 도톤보리 물가에서 보여주는 구경거리 소연극, 그리고 근처 찻집의 손님들도 살펴보았다. 그 뒤에는 신사와 사찰 근처의 유흥가를 둘러보고 동네 골목길과 인가를 종으로 횡으로 구석구석 훑어 보았지만 오사카라는 도시는 넓기만 해서 언제 원수 놈을 만날 수 있을 지 막막하기만 했다. 그래도 계속해서 나루터를 찾아보고 불당 앞을 지나갔는데 세상사에는 다 천지의 이치라는 것이 있는 법이다. 원수인 시마가와 혼류島川本立[17]는 그날 배로 고향인 아와 지방으로 내려갈 예정이었고 때마침 바다 날씨도 좋았기에 순풍에 맞춰 저녁 시간이 되어

11 정식 이름은 이토 데와노조(伊藤出羽掾). 에도 전기에 활약했던 전통 인형극인 조루리(浄瑠璃) 예능인이었다. 주로 오사카 도톤보리에서 무대를 열고 활약했다.

12 정식 이름은 다케모토 기다유(竹本義太夫)이다. 오사카 출신의 조루리 예능인으로 여러 무대를 통해 활약하여 큰 흥행을 거두었다.

13 14세기 일본 전국(戰國)시대에 무사들의 애호를 받은 무대예술 중의 하나이다. 무사차림을 한 몇 명의 사람들이 노래를 주고 받으면서 부채로 장단을 맞추어 추는 춤으로서, 이 춤의 제재는 주로 실제로 있었던 전쟁담이다. 마타다유는 이 극단의 흥행주 겸 배우.

14 17세기에 활약했던 꼭두각시 인형극단의 초대 흥행주로서 에도시대 중기에 '다케다의 꼭두각시 인형극'이라는 이름으로 명성을 떨쳤다. 초대 흥행주인 다케다 기요후사(竹田清房, ?~1704)는 아와 지역 출신으로서 아이들이 모래로 장난을 치는 것에 힌트를 얻어 꼭두각시 인형극을 만들었다고 전해지고 있으며, 1662년에는 오사카 도톤보리에서 꼭두각시 인형극을 열어 이름을 날렸다.

15 전쟁담인 군담(軍談)을 낭독했던 예능인 중의 한 명으로 추정된다.

16 남북조(南北朝)시대의 군담을 소재로 한 군키모노가타리(軍記物語) 중의 한 작품으로 모두 40편으로 구성되어 있다. 14세기 후반에 완성되었다.

17 앞 이야기 권2의 제1화에서 언급되어 있듯이 모토베 효에몬의 원수인 시마가와 다베(島川太兵衛)는 시마가와 혼류로 개명하고 의학의 길에 몰두하며 세상과의 교류를 끊고 지내고 있었다.

야 출발한다는 것이었다. 다른 손님도 출발하기 좋은 순풍을 기다리고 있었기 때문에 선장은 그들 두 명과 함께 배에서 올라와 숙소로 돌아갔다. 혼류가 그대로 이 배를 타고 고향으로 돌아갔다면 또 언제 이런 기회가 올지 알 수 없는 일이었다. 그런데 하늘이 도왔는지 원수놈이 배에서 돌아서 나오는 모습을 효에몬과 도스케가 멀리서 힐끗 쳐다보기는 했지만 제대로 얼굴을 확인할 수 없었다. 그런데다 같이 있던 일행들에게는 피해를 끼치는 일이었기에 복수를 하기 좋은 장소를 물색하던 중 혼류는 숙소인 꽃 가게로 들어가 버렸다.

결국 세 사람은 원수의 정체와 숙소를 잘 확인하고 뛸 듯이 기뻐하며

"오늘이야말로 원한을 갚을 날이로다. 조금도 조바심 낼 필요가 없다. 여기는 사람들의 왕래가 많은 곳이니 다른 사람들에게까지 피해를 주어서는 안 된다"

고 이야기를 나눈 뒤 그가 나오기를 기다렸으나 좀처럼 모습을 드러내지 않았기 때문에

"숙소로 쳐들어가 베어버리자"

고 말했다. 그래도 그곳에 같이 있는 병자[18]가 안쓰러우니

"조금 더 기다렸다가 길을 지나갈 때 베어버리자"

며 이곳저곳에 몸을 숨기면서 말을 나누고 있자니 근처 상인 중에 이들을 수상하게 여기는 사람도 있었다. 그래서 그 사람 집으로 들어가

"우리는 기다리는 사람이 있습니다"

---

18 앞 이야기 권2의 제1화에서 언급되어 있듯이 시마가와 혼류가 깊은 인연을 맺고 있던 사람이 큰 병에 걸려 치유가 어려워지자 가미가타(교토)에 명의의 치료를 받도록 하기 위해 은신처에서 나와 동행하게 된다.

라고 말을 붙인 뒤 물까지 얻어 마시고 더위를 피해가며 세 명이 교대로 숙소를 감시하러 갔다. 꽃 가게 앞에 놓여있는 화초에 마음을 빼앗긴 척 하면서

"원수 놈은 이제 곧 시들어버릴 양귀비 꽃[19] 신세다. 우리들은 한창 피어오른 창포 꽃[20]이니 승부를 기다리는 칼바람 앞에서 양귀비 꽃을 베자"고 말했다. 그러자 복수심이 저절로 표정에 드러났는지 나중에는 그 상인 집 주인도 수상하게 여겨 이들을 주시하게 되었다. 그 주인을 의식해서 조금 남쪽으로 이동해서 기다리고 있었는데 어느덧 해는 서쪽으로 기울어 불당에서는 오후 두 시를 알리는 북소리가 들려왔다. 그때 이 불당 쪽으로 이미 살 만큼 살아서 머리가 여름밤 서리처럼 새하얀 남자가 삼베 웃옷을 걸치고 다가오고 있는가 하면, 며느리가 질색할 법한 할멈들이 7, 8명씩 떼를 지어 면 모자와 수건을 뒤집어쓰고 부채와 염주를 들고 와서는 저세상의 안락을 기원하는 곳에서도 좋은 자리를 차지하려고 다투는 꼴을 보니 웃음이 절로 나왔다. 이들은 모두 이제 얼마 남지 않은 목숨이니 부처님을 의지하는 것도 당연할 것이다. 그러나 한창 때의 젊은 남자가 시간이 남아돌면 놀 곳도 얼마든지 있을 텐데 쓸데없이 불당을 참배하는 모습을 보니 그럴만한 사정이 있어 보이기는 하지만 좀처럼 본심이라고 믿겨지지 않았다.

세상에는 참으로 여러 사람들이 있다면서 바라보고 있던 차에 많은 참

---

19 양귀비 꽃은 4월을 상징한다.

20 창포 꽃은 5월을 상징한다. 또한, 창포 꽃의 원문은 '菖蒲(しょうぶ)'로서 '승부'를 의미하는 '勝負(しょうぶ)'와 발음이 같아서 두 가지 의미를 동시에 가지고 있다. 따라서 5월을 상징하는 창포 꽃과 4월을 상징하는 양귀비 꽃이 결투를 벌여 결국 창포 꽃이 이긴다는 내용을 담고 있는 시적인 표현이다.

배객들 틈에 끼어 혼류도 나타났다. 세 사람은 정신을 바짝 차리고 설법이 한창인 가운데 많은 참배객을 살펴보고 있자니 불전 앞인데도 거리끼는 기색 없이 감색 여름 두건을 쓴 머리가 불단의 기둥 앞에 늘어선 사람들 틈에서 언뜻 보였다. 북쪽 툇마루로 돌아가 잘 살펴보니 바로 시마가와 다베島川太兵衛임에 틀림없었다. 세 사람은 기뻐하면서 참배객용 전각을 돌아 사찰 관리인에게 원수를 갚는 사정을 넌지시 설명하고

"너무 놀라시지 않도록 미리 양해 말씀 드리겠네"

라며 이야기를 건넸다. 그러자 제대로 예의를 갖추어 말씀해 주신다며 탄복하면서

"그래도 불당 앞에서는 자중해 주시기 바랍니다"

라고 부탁했다. 세 명의 무사는 그 말대로 하겠다고 수락한 뒤

"그렇다면 뒷문을 닫아 주시고 앞문 하나로만 출입하게 해 주십시오"

라고 부탁하자 관리인은 그 말을 받아들여 바로 뒷문을 닫아버렸다. 세 사람은 절 앞의 거리로 나가 세 방향으로 나누어 지켰다. 우선 효에몬은 출입문에서 동쪽으로 길이 나 있기 때문에 그 모퉁이에서 대기했다. 도스케는 북쪽 문을 지키고 구헤이는 남쪽 문을 지키면서 이제 때가 왔다며 벼르고 있는 모습을 보니 하늘을 나는 새조차 빠져나갈 수 없을 것 같았다.

"자, 사람의 목숨은 언제든지 바로 끝날지 모른다는 걸 명심할지어다"[21]

라는 마무리 설법의 말씀이 끝나자 일제히 일어나 산더미처럼 밀려 나오는 참배객들 속에 삿갓 차림의 혼류의 모습이 보였다. 효에몬은 달려가

---

21 마치 예고와도 같은 설법이 끝난 뒤 혼류는 바로 죽음의 결말을 맞는다.

"네놈은 시마가와 다베로구나. 숙부의 원수 놈을 놓치지 않겠다"
며 소리쳤다. 혼류도 이 말을 듣자마자
"내 이런 날이 올 줄 알았다"
며 삿갓을 벗어 제치고 재빨리 칼을 뽑아 대적했다. 혼류는 날랜 동작으로 잘 대적했지만 효에몬의 정의로운 칼 또한 당당했으며, 양쪽 모두 민첩한 검법으로 대적했다. 그때 혼류는 삿갓 끈이 목덜미에 걸리는 바람에 동작이 조금 불편해졌지만 그래도 공중을 나는 듯이 힘차게 칼을 휘두르는 찰나에 도스케가 끼어들어 칼을 휘둘렀다. 이것을 기회로 더욱 힘을 내어 바로 혼류를 베어버렸다. 마침 그 부근에서 지켜본 동네 상인들이 깜짝 놀라 가게 문을 닫는 소동이 벌어졌다. 구헤이는 상인들에게 명령하듯
"너무 놀랄 것 없다. 원수를 갚은 것이다. 지금 제대로 원수를 처단하는 것을 지켜보기만 하면 된다"
고 말했다. 구헤이는 참으로 침착한 무사였다. 그 뒤 칼에 베어 쓰러진 혼류의 마지막 목숨을 조용히 끊은 뒤 자신의 몸을 살펴보니 크고 작게 베인 상처가 모두 21군데였으며, 이런 상처로 어떻게 버텨가며 싸웠을까 놀라울 정도였다. 그리고는
"6월 3일 저녁 종소리에 불당 앞의 꽃은 깨끗하게 떨어졌다"
며 감동했다.

효에몬은 올해 26세로서 혈기 왕성한 한창 때의 무사이다. 도스케는 18세로 아직 성인이 되지 않아 앞머리를 늘어뜨린 미소년, 얕은 상처의 핏자국을 스스로 닦아내고는 칼을 지팡이처럼 세우고 걸터앉아 쉰 뒤, 세 사람은 얼굴을 마주 보고 나서 한숨을 돌린 후 주변 사람들에게 예의

바르게 인사를 했다. 사람들은 세 사람이 침착하게 만사를 진행하는 처신을 보고

"무사의 귀감이 될 모습이로구나"

라 칭송하자 그 이상 기쁠 수가 없었다. 우선 동네로 들어가 상처의 치료를 했다. 도스케는 1군데, 효에몬은 5군데 부상을 입었지만 완쾌되어 일상에 지장이 없게 되자 고야高野[22]를 향해 출발했다.

22 고야산에는 이소가이 효에몬의 부친이 오카모토 운에키로 개명하고 불도를 닦으며 지내고 있는 곳이다. 앞 작품 권2 제1화의 내용 참조.

◆ 삽화

삿갓 차림의 시마가와 혼류와 칼을 대적하고 있는 이소가이 효에몬의 모습을 그리고 있다. 옆에서 혼류를 베려고 자세를 잡고 있는 이소가이 도스케의 모습도 보인다. 효에몬이나 구헤이와는 달리 아직 성인이 되지 않아 앞머리를 기른 도스케의 두발 모습을 확인할 수 있으며 세 사람의 칼부림을 지켜보고 있는 후나코시 구헤이의 모습도 그려져 있다.

◆ 도움말

이 이야기는 앞 이야기 권2의 제1화의 후속작품으로 도움말에서도 밝히고 있듯이 실제로 일어났던 원수를 갚는 사건을 다룬 이야기이다. 작가 사이카쿠는 실제 있었던 당대의 사건을 다루는 이른바 세화물世話物의 형태로 이 이야기를 창작했던 것이다.

앞 이야기에서는 모토베 효에몬의 다섯째 아들 지쓰에몬이 시마가와 다베의 우산과 부딪히는 사건이 일어나 다베의 칼에 죽게 되는 복수담의 발단이 중심으로 그려지고 있고 이 이야기에서는 지쓰에몬의 조카 두 명이 숙부의 원수를 갚는 상황이 그려지고 있다.

이 이야기는 여러 면에서 흥미로운 내용을 담고 있다. 전체 27화 중 권2의 제1화와 제2화의 두 이야기가 유일한 연속작이다. 왜 하나의 복수담을 두 편의 연속작으로 창작했는지 그 이유를 단정지을 수 없지만 복수담의 발단과 진행 상황을 자세하게 묘사하기 위해 연속작의 형태를 취한 것이 아닌가 추정된다.

이 복수담은 복수라는 관점에서 볼 경우 '의리'의 성격이 명확치 않다는 점이 특징이라고 할 수 있다. 일반적으로 복수담에서는 원수를 갚는 쪽이 '선善', 복수를 당하게 되는 쪽이 '악惡'이라는 선악의 대결구도가 설정된다. 다시 말해 의리담이라는 관점에서 보면 의리를 지키기 위해 복수를 하는 '의로운 쪽'과 복수를 당하는 '의롭지 않은 쪽'이라는 대결구도가 명확하게 드러나게 되는데, 이 이야기에서는 과연 '의로움'을 지키기 위한 복수담인지 명확히 밝히기 어렵다는 점이다. 사건의 발단이 되었던 숙부 모토베 지쓰에몬과 시마가와 다베의 우산이 부딪치는 사건의 묘사를 엄밀하게 따져보면 과연 누구의 불찰인지 가늠하기 어려운 내용으로 되어 있다. 작가의 창작의도 또한 양쪽의 잘잘못을 따지려는 데 주안을 두고 있지 않으며 이 점은 작품 말미에서도 잘 드러나고 있다. 복수의 상대인 혼류에 관해 많은 상처를 입어가며 최선을 다해 칼싸움을 하다 쓰러진 용맹한 무사의 모습으로 그려내고 있는 점이나 살생을 절대 금기시하는 사찰 앞에서의 복수극의 모습과 더불어 이 사찰의 승려 또한 복수라는 상황을 묵인 내지는 동조하고 있는 모습의 묘사는 주목할 만하다. 이것은 무사들의 의리라는 윤리적 개념을 인식하기보다는 의리와 복수라는 당대의 문화적 현상을 둘러싼 당대인들의 다양한 모습들을 흥미롭게 그려내고자 하는 작가의 창작의도를 엿볼 수 있는 묘사라고 할 수 있다.

소나무 사이로 바람[1]만 남아있네, 칼과 함께

쓰키노요月の夜, 유키노요雪の夜 두 여인처럼 사랑받고 싶다네
용맹한 무사도 겁쟁이 무사도 도움이 되는구나

사람의 마음가짐처럼 저마다 그토록 다른 것은 없을 것이다. 오다 노부나가織田信長[2]가 다스리던 시절의 일이다. 노부나가는 주로 여름을 보내기 위해 강가에 스노마타 성墨俣城[3]을 지었다. 이곳은 특히 소나무 사이로 부는 바람이 시원하고, 강 위를 떠다니는 배는 침소 가까이까지 드나들어 운치가 더할 나위 없었다. 비단으로 만든 장지문 안에는 교토京都로부터 신분이 높고 아름다운 여인들을 많이 데려와 살게 하였는데, 노부나가는 때때로 이곳을 찾아와 유흥을 즐겼다. 그 중에서 쓰키노요月の夜와

1 원문은 '마쓰카제(松風)'로서 본 이야기에 등장하는 세 여인 중 한 명의 이름을 뜻하기도 한다. 또한, 요쿄쿠(謡曲) 「마쓰카제」에서 '꿈은 흔적도 없이 사라지고 날이 밝았구나. 마을에 비(주 : 원문은 '무라사메(村雨)'로 여인의 이름을 뜻하기도 한다)가 내리는가 싶었더니 오늘 아침에 보니 소나무 사이로 바람(주 : 원문은 '마쓰카제(松風)'로 여인의 이름을 뜻하기도 한다)만 남아있구나'에서 유래된 표현이다.

2 일본 전국(戰國)시대~아즈치 모모야마(安土桃山)시대의 장수(1534~1582). 전국시대의 동란을 종식시키고 전국통일의 기반을 이루었다.

3 전국시대에 있었던 성으로 현재의 기후현(岐阜県) 오가키시(大垣市) 스노마타초(墨俣町)에 있었다. 1566년에 오다 노부나가(織田信長)의 명을 받아 도요토미 히데요시(豊臣秀吉)가 하룻밤에 성을 지었다고 하여 일야성(一夜城)이라고도 한다. 나가라가와(長良川) 강을 비롯해서 이비가와(揖斐川) 강, 기소가와(木曽川) 강과 같은 큰 강이 흘렀으며 오와리(尾張, 현재의 아이치현 서부) 지방과 미노(美濃, 현재의 기후현 남부) 지방 사이에 자리잡고 있었다.

유키노요雪の夜라는 두 여인[4]은 매우 아름다웠기 때문에 마치 양손에 벚꽃과 단풍[5]을 들고 있는 것처럼 특히 많은 총애를 받았다. 봄이나 가을에도 두 여인이 있었기 때문에 즐거움은 한층 더했다.[6]

대개 이런 경우에는 두 여인이 아름다움을 경쟁하면서 서로 노부나가의 사랑을 독차지하고 싶어하기 마련이다. 그런데 다른 여인들과는 달리 노부나가의 총애를 받는 것을 부끄럽게 생각해서 노부나가가 계속 자신의 침소에 들어오면 갑자기 병이 났다는 말로 둘러댔다. 어느 때는 유키노요가 감기에 걸렸다며 엄살을 심하게 부리자 노부나가는 이를 위로하며 쓰키노요의 침소에 들어갔다. 그러나 쓰키노요도 밤낮으로 노부나가의 총애가 계속되기 때문에, 때마침 월경을 한다고 둘러대며 자신의 침소 안에 들어가 나오지 않고 일부러 노부나가의 뜻을 거절했다. 이렇게 서로 마음을 쓰면서 두 여인은 함께 노부나가를 오랫동안 모시고 있었다. 여인으로서 이처럼 질투의 마음을 갖지 않는다는 것은 지금까지 들어본 일이 없으니 그야말로 대단한 여인들이었다. 역시나 두 여인의 집안은 훌륭했는데 유키노요는 서쪽 지방의 수령의 딸이었고 쓰키노요는

---

4 스노마타 성은 만들어지자마자 곧바로 도요토미 히데요시가 살았으며 히데요시는 '하나(花)'와 '오초보(おちょぼ)'라는 두 명의 여인을 두었다. 따라서 쓰키노요와 유키노요는 하나와 오초보를 염두에 두어 창작된 인물설정으로 생각된다. 본 이야기는 '오다 노부나가가 다스리던 시절'이라 되어 있기는 하지만, 역사적으로는 두 명의 여인을 총애했다는 이야기가 없기 때문에 본 이야기에서의 '나으리'란 히데요시를 염두에 두고 썼다고 생각된다.

5 '양손에 꽃(両手に花)'이라는 속담에 바탕을 둔 표현으로, 매화꽃과 벚꽃을 양손에 들고 있다는 뜻이다. 아름다운 것이나 좋은 것, 또는 한 남성이 두 명의 여성을 한꺼번에 데리고 있는 것을 비유하는 말로서, 사이카쿠는 두 여인의 아름다움을 벚꽃과 단풍으로 표현하였다.

6 두 여인은 봄을 상징하는 벚꽃과 가을을 상징하는 단풍으로 상징되어 있다. 노부나가는 주로 여름을 보내기 위해 스노마타 성을 지었는데, 이 구절은 두 여인으로 인해 봄과 가을에도 찾아와 즐거움을 누렸다는 뜻으로 풀이할 수 있다.

어느 고귀한 분의 딸이었다. 그런데 둘 모두 딱한 사정으로 상인의 손에 맡겨지게 되어 이곳으로 들어와 노부나가를 모시게 된 것이다. 이러한 예를 보게 되면 사람의 됨됨이란 역시 가문을 보면 잘 알 수 있다는 것이 맞는 말이다. 비천한 집안의 여인은 쓸데없는 질투심으로 자신의 마음을 상하게 하며, 다른 사람의 몸을 다치게 하고, 지옥에서 받게 될 고통은 아랑곳하지 않고 끊임없이 악한 마음이 일어난다. 이러한 여인은 정을 베풀어도 오히려 원망을 듣게 되는 것이다.

한편, 마쓰카제松風라는 여인이 있었다. 비슈尾州 지방 나루미鳴海[7] 근처의 바닷가 마을에 사는 어부의 딸로서 바닷가에서 자란 여인치고는 드물게 아름다웠다. 옛날에 스마須磨[8] 지방의 해녀로 살았다는 마쓰카제[9]에게도 뒤지지 않을 만큼 아름다웠으며, 비천한 신분이긴 했지만 노부나가를 모시기를 희망하자 소원대로 성 안에서 살 수 있게 되었다. 마쓰카제는 노부나가 가까이 불려가기는 했지만, 아직까지 잠자리를 함께 하지 못한 것을 원망하면서,

'아마도 유키노요와 쓰키노요가 나에 대해 나쁘게 말하고 있기 때문일 것이다'

라며 질투심에 찬 여자의 마음으로 쓰키노요와 유키노요 두 여인을 죽이기로 마음먹고 적당한 시기를 기다리고 있었다.

---

7 지금의 아이치현(愛知県) 나고야시(名古屋市) 미도리구(緑区)의 지명.

8 지금의 효고현(兵庫県) 고베시(神戸市) 서쪽에 위치해 있으며 예부터 경치가 훌륭한 것으로 유명하다. 『겐지이야기(源氏物語)』의 「스마(須磨)」, 요쿄쿠(謡曲) 「마쓰카제(松風)」 등의 무대로 잘 알려져 있다.

9 요쿄쿠 「마쓰카제」의 등장인물로서, 아리와라노 유키히라(在原行平)가 스마 지방으로 유배를 갔을 때 마쓰카제(松風)와 무라사메(村雨)라는 두 해녀와 사랑을 나누었다는 이야기가 있다.

새해 아침이 밝고 초하루가 지나 이튿날이 되자 노能[10] 배우를 불러 공연을 하는 행사가 열렸다. 그날 밤 노부나가는 다시 스노마타성으로 행차해서 소나무와 대나무를 장식한 상[11]을 놓고 술잔치를 계속하였다. 여인들 중에는 평소보다 술을 더 많이 마시게 되어 인사불성이 된 이도 있었다. 마쓰카제는 오늘밤이 기회라 생각했다. 그리고는 싸리문 구석에서 칼을 품속에 숨긴 후 다른 여인들처럼 옷을 걸쳐 입고 구니즈쿠시노마国尽くしの間라는 방[12]에 늘어 앉아서 밤이 깊어지기를 기다리며 적당한 기회가 찾아오기만을 노리고 있었다. 그런데 등불에 비친 이 여인의 행동을 노부나가가 보더니 수상하게 여기고, 하녀들 중에서 최고 고참인 우메가키梅垣를 몰래 불러 명령을 내렸다.

"저기 국화꽃 모양[13]의 옷을 입은 여인의 품속에 무언가 있다. 잡아서 조사해 보아라."

하녀는 명령을 받들고 마쓰카제를 서둘러 둘러싸고는 품 안을 뒤져보자 생각대로 단도를 지니고 있었다.

"이건 심상치 않은 일이로구나. 무슨 생각으로 이런 짓을 하였느냐. 나으리가 계신 곳에서 칼을 차는 것은 엄격하게 금지하고 있는 것을 모르느냐. 엄한 고문을 내리기 전에 무슨 일인지 사정을 말해보거라."

노부나가가 이렇게 갖가지 말로 꾸짖어보아도 마쓰카제는

"원통하구나!"

---

10 가마쿠라(鎌倉)시대에 간아미(觀阿彌)와 제아미(世阿彌) 부자에 의해서 완성된 가면극이다.

11 '시마다이(島台)'를 말하며 권1의 제2화의 본문과 삽화에 자세한 설명이 있다.

12 장지문에 전국 각 지방의 명소와 관련된 그림을 그린 방이라는 뜻이다.

13 원문은 '기쿠나가시(菊流し)'로서 흐르는 물에 국화꽃을 배치한 모양이다.

라는 말을 할 뿐 좀처럼 사정을 말하려는 기색이 보이지 않았다. 노부나가는 무언가 사정이 있을 것이라 생각하고 마쓰카제가 살고 있는 방을 뒤져보도록 하자 상자 안에서 무언가 적어놓은 종이를 발견했다. 살펴보니 쓰키노요와 유키노요 두 지체 높은 여인을 매우 원망한 나머지 목숨을 빼앗아 버려야겠다고 생각하고 있다는 내용이었다. 결국

"천하의 고얀 것이로구나"

라는 결정이 내려지고 본때를 보이기 위해 사형의 판결이 내려졌다. 이것은 스스로 악한 마음가짐을 가졌기 때문에 목숨을 잃어버리게 된 것이다.

그 후 마쓰카제의 집착스러운 마음이 원령怨靈이 되어 나타나더니 사람들을 괴롭히기 시작했다. 하녀들은 고치기 어려운 병에 걸려 저마다 신음하기에 이르렀으며, 귀부인들은 모두 이마에 사슴 뿔 같은 혹이 나기 시작하여 아름다운 모습은 볼품없이 변해버렸다. 외과와 내과의 명의들 모두 듣지도 보지도 못한 일이라며, 치료에 손을 쓸 수 없는 지경이었다. 결국, 집 안에서 일하는 관리들은 모두 목숨을 잃었고 그 후에는 오랫동안 빈 집으로 방치되어 있었다.

어느 날 노부나가가 이렇게 말했다.

"저 강가의 집 안에서 하룻밤을 지내보고 그 정체를 보고하거라."

그러자 이 세상에서 가장 용맹하다고 이름난 오히라 단조大平丹藏라는 무사와 둘도 없는 겁쟁이인 야나다 규로쿠柳田久六라는 두 무사가 함께 명령을 받들게 되었다. 두 무사는 사전에 말을 나눈 후 이 집에서 하룻밤 근무를 서고 있었는데 그날 밤 아니나 다를까 마쓰카제가 나타났다. 그런데 얼굴만 옛 모습으로 남아있었고 몸은 9미터가 넘는 뱀이 되어 두 무사를 덮치자 규로쿠는 제정신을 잃고 기절해 버렸다. 그렇지만 단조는

마쓰카제와 맞붙어 쓰러뜨린 뒤 완전히 제압해버리자 마쓰카제의 모습은 온데간데없이 사라져버렸다.

마쓰카제가 사라진 자리에는 단도短刀가 떨어져 있었다. 두 무사는 이것을 증거로 삼고 돌아가서는 노부나가에게 지난밤에 있었던 자초지종을 보고했다. 노부나가는 흡족해하며 공적을 세운 단조에게는 원래의 봉록에 천 석의 봉록을 더해 주었으며, 기절해버린 규로쿠에게는 원래의 봉록에 천오백 석의 봉록을 더해 주었다. 그러자 나이든 중신들이 잘 이해가 가지 않는다는 모습을 보이자 노부나가는 이렇게 말했다.

"단조는 이 정도의 일이라면 당연히 해야 할 용맹한 무사이다. 그러나 규로쿠는 원래부터 잘 알려져 있는 유명한 겁쟁이임에도 불구하고 주군의 명령을 받들어 하룻밤의 근무를 수행하였으며 죽지 않고 돌아왔다. 이것은 단조보다 뛰어난 무사라 할 수 있다."

그 후로 이 집에서는 괴이한 일이 일어나지 않았으며 하녀들의 병도 나아 원래의 얼굴로 돌아왔다.

◆ **삽화**

강가에 지어진 집답게 양쪽의 삽화 모두 집 주변에 물이 흐르는 것이 그려져 있다. 본 페이지에 실려있는 삽화는 마쓰카제가 가지고 있던 칼을 둘러싸고 노부나가를 비롯하여 유키노요, 쓰키노요, 우메가키의 세 여인이 함께 바라보고 있는 장면이다. 다음 페이지의 삽화는 칼을 품은 마쓰카제를 다섯 명의 여인이 둘러싸 제압하는 장면이다. 본문에서는 마쓰카제가 국화꽃 모양의 옷을 입은 것으로 되어 있으나 삽화에서는 국화꽃 모양이 그려져 있지 않다.

◆ **도움말**

본 이야기는 스노마타 성墨俣城을 무대로 하여, 전반부는 오다 노부나가織田信長와 쓰키노요月の夜, 유키노요雪の夜, 그리고 마쓰카제松風라는 세 명의 여인들의 이야기, 후반부는 노부나가의 부하인 단조丹藏와 규로쿠久六, 그리고 마쓰카제와의 이야기를 중심으로 하여 전개되어 있다. 그리고 무사로서의 단조의 용맹담뿐만 아니라 천성이 겁쟁이라 하더라도 자신의 본연의 임무를 충실히 이행하려 노력한 규로쿠라는 두 무사의 미덕을 나타내는 것이 주제라 할 수 있다.

이 이야기에서 가장 중심을 두고 살펴보아야 할 것은 노부나가가 겁쟁이 무사에게 더 큰 상을 내렸다는 모두의 예상을 뒤집는 평가를 했다는 점이다. 이와 관련하여『다이코키太閤記』에는 노부나가가 적장의 목을 친 부하보다는 뜻밖에도 적진으로 쳐들어갈 것을 정확하게 조언한 부하에게 더 큰 상을 내렸다는 내용이 실려 있기 때문에, 당시로서는 노부나가가 모두의 예상을 깨는 독특한 평가를 내리는 인물이라는 것은 이미 잘 알려진 사실이었다. 뿐만 아니라 모두의 예상을 뒤엎는 뜻밖의 결말은『무가의리 이야기』권1의 제1화를 비롯하여 사이카쿠의 작품에서 자주 볼 수 있는 스타일로서, 본 이야기와 같은 판단은 당시의 독자들에게는 충분히 납득할 만한 것이라 할 수 있다.

마지막으로 노부나가에 대해서는 마쓰카제의 의도를 꿰뚫어본 날카로운 통찰력이 있는 인물로서, 그리고 본 이야기의 마지막 부분에서 사람들의 마음을 사로잡는 능력이 뛰어난 인물로서 묘사되어 있다는 점도 본 작품의 이해를 위해 염두에 두면 좋을 것이다.

죽을 줄 알았더니 상대방 자식이 되다

기레도切戸의 문수보살 앞에서 상대를 찌르다
원수가 집안의 대를 잇는 것은 생각지도 못한 일

단고丹後 지방의 기레도切戸에 있는 절[1]에는 문수文殊보살[2]을 참배하러 25일[3] 새벽부터 여러 지방에서 사람들이 앞 다투어 모여든다. 이곳에 오시로 덴자부로大代伝三郎의 외동 아들인 15세의 덴노스케伝之介가 하인을 한 명 데리고 참배하러 왔다. 마침 그때 같은 집안에 새로 들어온 나나오 규하치로七尾久八郎라는 이의 아들인 13세의 하치주로八十郎가 하인에게는 짚신을 들게 하고 참배를 하러 왔다. 하치주로는 이곳이 처음이었는데, 해변 경치가 너무 멋져서 아마노 하시다테天の橋立[4]의 소나무 잎 너머로 저녁달의 그림자가 비출 때까지 여기저기를 구경하고 돌아가던 중에 덴노스케와 소매가 스치며 서로의 칼집이 부딪히게 되었다.

두 사람이 칼을 뽑아 격렬하게 싸움이 붙었는데 하치주로가 능숙하게

1 지금의 교토후(京都府) 미야즈시(宮津市) 몬주지기레도(文珠字切戸)에 있는 지온지(智恩寺) 절.

2 대승불교에서 최고의 지혜를 상징하는 보살. 석가여래를 왼쪽에서 모시는 협시(夾侍) 보살이며, 오른쪽에서 모시는 보현(普賢)보살과 함께 삼존(三尊)을 이룬다.

3 음력 6월 25일. 이 날은 하시다테 마쓰리(橋立祭)와 문수회(文殊会)가 열려 사람들이 많이 몰렸다.

4 미야즈시의 에지리(江尻)에서 서남쪽 방향으로 뻗은 미야즈 만(湾)의 사취(砂嘴).

덴노스케를 베어버리고 주변에 사람이 없는 것을 확인한 뒤 그 자리를 떠났다. 양쪽의 하인들은 서로 싸우다 둘 다 죽고 말았다. 덴노스케의 부모가 이 소식을 듣고 그 자리로 달려가 보았지만 상대방은 어디로 갔는지 행방을 알 수 없었다. 하인들도 밤중이라 얼굴을 알아볼 수가 없어 우선 덴노스케의 시신을 치웠다.

하치주로가 저택으로 돌아와 부모에게 자초지종을 이야기했더니,

"집으로 돌아와서는 안된다. 죽을 각오로 임하거라"

라고 말한 뒤 편지와 함께 하치주로를 가마에 태워 덴자부로에게 보냈다. 편지는

"내 아들놈은 그쪽에서 마음대로 하시오"

라는 내용이었기에 덴자부로는 하치주로를 받아들이고 우선 객실로 들여보냈다. 덴노스케의 어머니가 아들의 원수가 나타났다고 기뻐하며 장검을 빼들고 달려들자 덴자부로가 이를 말리며,

"저쪽 집에서 올바르게 판단하여 보내온 아들을 쉽게 베어버릴 수는 없소. 특히 우리 아이는 15살이고 이 아들은 13살로 무예도 각별히 뛰어나니 윗분에게 잘 말씀드려 이 아들에게 우리 집의 대를 잇게 해야 하겠소. 이에 동의하지 않으면 당신과 이혼하겠소"

라고 하였다. 덴자부로는 결국 남편의 뜻을 따르겠다고 마음을 바꾼 아내에 고마워하면서 이 사실을 주군에게 말씀드렸다. 주군은 전례가 없는 처분이라며 원하는 대로 하치주로를 덴자부로에게 보내어 양자養子로 맞아들이게 하였다. 하치주로는 어머니에게도 효를 다하며 친부모는 두 번 다시 만나는 일이 없었고, 덴노스케伝之介라고 개명하여 매일 무도武道에 전념하였다. 성인이 된 후 덴자부로를 딸과 결혼시키고 옛날의 원한도

없어지자 어머니도 덴노스케를 총애하게 되었으며, 오시로의 가문을 잇고 이름을 남겼다.

◆ 삽화

아마노 하시다테(天の橋立)에서의 결투 장면이다. 삽화 위쪽에서 하치주로가 덴노스케를 베어 죽이는 장면이 그려져 있다. 그 아래쪽에는 하인들이 서로의 칼에 베어 죽음을 맞이하는 모습이 함께 그려져 있다. 이 싸움의 현장에서 살아남은 이는 하치주로뿐이다. 하치주로만 입을 닫고 있었으면 사건의 전말을 아무도 몰랐을 일이지만, 그는 아버지에게 이날 밤에 아마노 하시다테에서 있었던 일의 자초지종을 말한다.

◆ 도움말

본 이야기의 나나오 하치주로는 소매가 스치며 서로의 칼집이 부딪혔다는 이유로 오시로 덴노스케를 죽인다. 이는『무가의리 이야기』서문에서 말하는 "사사로운 일 때문에 목숨을 잃게 된다면, 진정한 무사의 도리라 할 수 없다"라는 사이카쿠가 말하는 무사로서의 도리에 어긋나는 행위이다. 하지만 하치주로는 자신이 죽인 덴노스케로 개명하고 오시로 집안의 대를 잇게 되는 행복한 결말을 맞이한다. 이러한 결말을 맞이할 수 있었던 것은 하치주로와 덴노스케 두 무사의 아버지인 나나오 규하치로와 오시로 덴자부로의 판단력 덕분이다. 규하치로는 자신의 아들이 저지른 일의 자초지종을 듣고 죽음을 당한 덴자부로 집으로 아들을 보내며 합당한 처분을 해 주기를 바란다는 편지를 동봉하는 대담한 결단을 내린다. 오시로 덴자부로는 아들을 잃은 슬픔이 크지만, 하치주로의 무예가 출중함을 높이 평가하고 집안의 대를 잇게 하는 현대의 상식으로는 이해하기 힘든 선택을 한다. 하치주로는 무사로서의 도리에 어긋난 행동을 했지만, 친부와 양부의 냉철한 판단력으로 양가 모두에게 행복한 결말을 맞이할 수 있었던 것이다.

권3

一. 지혜는 표주박에서 나온다

이 세상에 방심할 수 없는 자는 출가한 승려

파도에서 들려오는 소리를 향해 실언을 책망하다

二. 눈 오는 날의 아침식사 약속

가모야마賀茂山 산 한구석의 은둔자

옛 벗과 나눈 소소한 이야기

三. 갑옷을 입고 "이 모습 봤느냐"고 외치네

병상에서도 원한이 싸여

미련 없는 출진 이야기

四. 원수 갚는 날의 결혼

아버지끼리 약속으로 결혼하는 딸

원수를 갚겠다는 집념으로 꿈에서 남편을 돕네

五. 뱀이 너무도 싫은 무사의 이야기

무사를 이렇게 놀리다니

세상에 두려울 것 없는 무사가 뱀을 무서워하네

지혜는 표주박에서 나온다[1]

이 세상에 방심할 수 없는 자는 출가한 승려
파도에서 들려오는 소리를 향해 실언을 책망하다

요즘 무사들은 몸가짐이나 마음을 수행하는 모습이 많이 달라졌다. 옛날에는 용맹한 것을 가장 중시하고, 목숨을 가볍게 여기며, 살짝 칼집이 부딪치는 정도의 일로 언쟁을 벌이다 쓸데없는 싸움을 하고 그 자리에서 상대를 죽였다. 그리고 상대를 칼로 찔러 죽이고 나면 뒷마무리를 잘 하고 그 자리를 떠나는 것을 무사의 덕목인 것처럼 평가했지만, 그것은 무사의 도리에 전혀 맞지 않는다. 그 이유는 만일의 사태가 일어났을 때 무사는 주군에게 도움이 되어야 하기 때문에 그 신분에 걸맞은 녹봉을 받은 것이다. 그 은혜는 다른 곳에 있는 것이 아니다. 그럼에도 사적인 일로 목숨을 버리는 것은 하늘의 도리에 어긋나는 큰 악인으로 아무리 대단한 공적을 세웠다 한들 이것을 진정한 무사의 전공戰功이라 할 수 없다.

온 세상이 평온한 시절, 참근교대參勤交代[2]로 에도에 와 있던 서쪽 지방

1 예상 밖의 곳에서 의외의 물건이 나오는 것을 빗대어 표현한 속담인 '표주박에서 망아지가 나온다'를 의식해서 붙인 제목이다.

2 에도(江戸)시대에 막부가 중앙집권제도를 확립하기 위해서 일정 기간 동안 전국의 영주에게 에도의 장군(将軍)을 알현하도록 하는 제도이다. 1625년 도쿠가와 이에미쓰(徳川家光) 때 '무가제법도(武家諸法度)' 개정 때 제도화되었다. 다이묘의 아내와 자식은 인질로서 에도에 반드시 거주해야 했으며 다이묘는 자신의 번(藩)과 에도를 왕래해야 했다.

의 영주의 가신 중에 다케시마竹島라는 성의 아무개와 다키쓰滝津라는 성의 아무개라는 무사가 있었다. 이 두 사람은 함께 각자의 역할을 충실히 다하고 고향으로 돌아가게 되었다. 귀향하는 여행길에 서로 이야기를 나누며 기분 좋게 하루하루를 보내며 산슈参州 지방의 오카자키岡崎[3]에 있는 숙소에 머무르게 되었다. 그날 저녁 둘은 물을 데워서 목욕을 하고[4] 유카타浴衣로 갈아입은 후, 날씨가 너무 더웠기 때문에 잠시 툇마루에서 더위를 식히고 있었다. 다키쓰는 코를 푸는 종이를 입에 물고 찢어 뜸을 뜬 곳에 올려놓으며 부탁했다.

"미안하지만 이거 하나만 허리에 붙여주십시오."

다케시마는 뜸을 뜬 곳에 올려놓다가 작은 상처를 하나 발견하고는 무심코,

"이건 도망가다[5] 난 상처입니까?"

라고 물었다. 이것은 아무리 편한 사이라 하더라도 무사가 물어볼 수 있는 말이 아니었다. 다키쓰는 그 말이 내내 마음에 걸렸다.

"이 상처는 작년에 사냥터에서 생긴 상처인데 지금은 그 증거가 없으니 말해봤자 소용이 없겠지. 일단 고향에 도착하면 당시 치료를 해준 의사를 불러와 전후 사정을 밝히고 나서 이 녀석을 칼로 베어버리면 끝날 일이다"

라고 생각하고 얼굴에는 내비치지 않았다.

---

3 지금의 아이치현(愛知県) 오카자키시(岡崎市)에 해당하며 미카와 지방(三河國)이라고도 한다. 이 지방은 에도와 교토(京都)를 잇는 도로인 도카이도(東海道)에 있는 53개의 숙박 마을 중 하나였다.

4 원문은 '미즈부로(水風呂)'로서 욕조의 하단부에 땔감을 넣고 물을 끓여서 하는 형태의 목욕이다.

5 '도망가다'는 말은 무사에게는 치욕적인 말로서 금기시되었다.

그 후 두 무사는 길을 서둘러 후시미伏見[6]의 나루터에 도착했다. 관리가 대기하는 곳에서 부탁하여 쌀 50석[7]을 실을 수 있는 배를 빌려 짐을 싣고,

"배를 출발시켜라"

고 말하고 있는데 60살 정도 돼 보이는 무사가 12~13살 정도의 미소년을 데리고 와서,

"이 배를 타고 싶습니다"

라고 말했다. 그러자 선장이,

"이미 다른 사람이 대절한 배올시다"

라고 하자 안타까운 표정을 지으며 소년의 손을 끌고 돌아가려 했다. 두 무사는 그 모습을 보고 차마 그냥 지나치기 어려워,

"뱃머리에 자리가 비어 있을 테니 태워 주는 게 어떠냐"

고 했다. 선장은 술값 정도는 챙길 수 있겠다고 기뻐하며 자리를 마련해서 태워 주었다. 그러고 나니 이번에는 30살 정도 돼 보이는 행각승이 유단油單[8]으로 싼 짐을 끌어안고 배를 향해서 달려왔기에 두 무사는 이 승려도 안쓰럽게 여겨 배에 타게 했다. 승려와 늙은 무사는 몇 번이나 다케시마와 다키쓰에게 감사 인사를 하고 넓은 공간에서 편하게 선잠을 잘 수 있겠다며 기뻐했다.

드디어 배는 요도淀의 고바시小橋[9]를 지나가니 수차水車[10]가 저녁노을에

---

6 지금의 교토시(京都市) 남부에 해당하며 교바시(京橋)에서는 막부의 통행증을 받고 오사카(大坂)와 아마가사키(尼崎)를 왕복하는 '과서선(過書船)'이 출항했다.

7 약 7.5톤.

8 기름칠을 한 천이나 종이 뭉치이다. 이는 방수성이 뛰어났기 때문에 여행자들이 짐을 싸는 용도로 많이 이용했다.

9 요도(淀)는 지금의 교토시 후시미구(伏見区)에 속한 지명이다. 요도가와(淀川) 강의 고바

물든 파도를 만들어 내는 것이 운치가 있어 그 모습을 술안주로 삼아 다키쓰와 다케시마는 대나무 물통을 꺼내서 술잔을 서로 주고받았다. 그리고 나중에 승선한 두 사람도 불러 술자리가 더욱 즐거워졌다. 소년은 고우타이小謡[11]를 부르고, 이에 맞춰 행각승은 흥을 돋우려 샤미센三味線 반주에 맞춰 노래를 부르니 여행길이 더욱 즐거워졌다. 그 후 밤이 깊어져 등불에 의지하여 술잔을 나누다 보니 어느새 큰 술잔으로 술을 마시게 되었다. 그 큰 술잔이 다키쓰에게 돌아오자,

"아무리 해도 이것은 정말로 못 마시겠소"

라며 일어섰다. 그러자 다케시마가 다키쓰의 소매를 잡아당기며,

"또 도망가시려는가?"

라고 말했다. 다키쓰는 다케시마의 말에 화를 내며,

"얼마 전에도 오카자키에서는 도망가다 난 상처냐고 하더니 이번에도 또 도망가는 것이냐고 말하다니. 더 이상 참을 수 없다"

며 칼을 빼들었다. 다케시마는,

"무슨 말인지 알겠다"

며 곁에 둔 칼을 잡으려 했으나 보이지 않았다. 다키쓰는 잠시 기다리며,

"칼이 보이지 않다니 웬일인가. 차분히 찾아보시오. 그때까지 기다리겠소"

라고 말했다. 그러나 칼의 행방을 여기저기 알아봤지만 찾을 수 없자 다

시는 우지가와(宇治川) 강에 있는 다리로 길이는 약 138미터이다. 교토시 남부 기즈가와 강(木津川)의 오하시(大橋, 약 398미터)를 의식해서 '요도의 작은 다리'라는 뜻의 '고바시'라 불리게 되었다.

10 요도 성 안에는 요도가와 강 쪽으로 커다란 수차 두 개를 설치하여 물을 길어 올렸다.

11 요쿄쿠(謡曲) 중에서 혼자 부르기 좋은 짧은 한 구절을 곡조에 맞춰 부르는 것을 말한다.

케시마는 각오를 하고,

“이것은 내가 무사로서 운이 다한 것이다. 칼을 잃어버린 무사로서 체면이 서지 않으니 나를 상대로 할 필요도 없다”

며 자결을 하려고 했다. 그러자 나중에 배에 탄 늙은 무사가 이를 말리며,

“칼의 행방은 아마도 제가 추측하는 바와 크게 다르지 않을 것입니다. 제가 바라는 것을 들어주신다면 칼을 찾게 해드리지요”

라고 말했다. 다케시마는 물론 다키쓰도,

“제안대로 하겠소”

라며 약속을 했다. 무사는,

“그 칼은 저기에 있는 행각승이 훔쳤습니다”

라고 말하는 것이었다. 행각승은 낯빛을 바꾸며,

“이 법사를 모욕하는 것인가?”

라며 화를 냈다. 그러자 늙은 무사는 차분한 말투로,

“당신은 한창 술을 마시던 중 허리춤에서 긴 끈으로 연결된 표주박을 꺼내어 그 안에 있는 산초 열매를 앞니로 씹었습니다만, 그 표주박을 지금 갖고 있습니까? 만약 없다면 내가 그냥 넘어가지는 않을 것이오”

라고 질문 공세를 하자 행각승은 어찌할 바를 몰라하며 강에 뛰어들어 스스로 목숨을 끊어버렸다.

이미 날이 밝았기 때문에 뱃머리를 돌려 급류를 헤치고 확인하러 갔더니 우도노鵜殿[12]의 마른 갈대 가운데서 작은 표주박이 흘러가지도 않고 둥둥 떠 있었다. 늙은 무사가

12 지금의 오사카후(大阪府) 다카쓰키시(高槻市)의 지명으로 요도가와 강의 상류에 위치한다.

"이것입니다"

라며 건져 보니 행각승이 표주박을 칼에 매달아 부표로 삼아 술자리가 한창일 때 물 속에 던져 놓은 것이었다.

"다른 사람이 아무도 눈치 채지 못한 것을 알아차리시다니 참으로 대단하신 분이로군요"

라며 모두 무사에게 감동했다. 그러자 무사는,

"앞서 칼을 찾게 되면 부탁드리겠다고 말씀드린 소원은 두 분이 화해를 하시는 것입니다"

라며 보기좋게 잘 화해를 시키고 떠나갔다.

◆ **삽화**

배에는 왼쪽부터 60살 정도 되어 보이는 무사와 그 무사가 데리고 온 12~13살 정도 되어 보이는 젊은 소년, 선장, 다키쓰와 다케시마가 타고 있다. 소년과 다키쓰, 다케시마는 장대를 들고 우도노(鵜殿)의 갈대 사이에서 표주박을 부표로 삼아 끈으로 연결한 칼을 꺼내고 있다. 다음 삽화에는 요도의 고바시와 요도 성, 그리고 요도 성에 설치된 수차가 그려져 있다.

◆ **도움말**

본 이야기는 다케시마와 다키쓰라는 두 무사가 참근교대로 에도에 왔다가 자신들의 영지로 돌아가는 길에 일어난 에피소드를 그리고 있다. 본 이야기의 도입부에서 옛날의 무사는 사람의 목숨을 경시하고 사사로운 일로 싸움을 하다 상대를 죽였으며 이런 경우에는 뒷수습을 잘하고 그 자리를 떠나는 것이 무사의 덕목이라고 생각했다고 기술하고 있다. 하지만 사이카쿠는 이는 무사의 도리에 맞지 않는 행동이라 하며 무사는 사적인 일로 목숨을 버려서는 안 되며 주군의 은혜에 보답하는 것을 최우선으로 생각해야 한다고 이야기하고 있다. 그렇다면 본 이야기 속에서 사이카쿠가 생각하는 이상적인 무사로서의 도리가 무엇인지 생각해 보고자 한다. 먼저 다케시마가 다키쓰의 등에서 상처를 하나 발견하고, 다키쓰에게

"이건 도망가다 난 상처입니까?"

라는 질문을 한다. 무사로서 자존심이 상한 다키쓰는 사냥터에서 생긴 상처인데 이를 말해 봤자 변명하는 꼴이 되니 영지로 돌아가 자신을 치료해 준 의사를 데려와 상처가 어디서 생겼는지를 밝힌 후 다케시마를 처단하기로 결심한다. 그 후 이 둘은 후시미에서 배를 타고 이동하면서 술을 마시게 된다. 그런데 다키쓰가 커다란 술잔으로 술을 마셔야 되는 상황이 되어 못 마시겠다고 말하자 이를 들은 다케시마가

"또 도망가시려는가?"

라고 말한다. 다키쓰는 무사로서의 자존심을 건드리는 '도망간다'라는 말을 두 차례나 듣고 더 이상 참지 못하고 칼을 빼 들고, 무사로서 정정당당한 대결을 위해 다케시마가 칼을 찾아서 빼어 들 때까지 기다려 준

다. 하지만 다케시마는 곁에 둔 자신의 칼의 행방을 모르는 것 자체가 무사로서 체면이 서지 않는 일이라며 자결을 선택하려 한다. 이때 배에 동승하고 있던 60세 정도 되는 무사가 칼의 행방을 알려주면 자신의 소원을 들어 줄 것을 제안한다. 결국 칼은 함께 배에 타고 있던 행각승이 훔친 것이 밝혀지고, 이 무사의 소원은 다케시마와 다키쓰가 서로 화해하는 것이라 말한다. 여기서 중요한 것은 다키쓰가 다케시마를 죽이지 않았고 다케시마도 자결하지 않았다는 점으로서, 본 이야기의 도입부에서 언급한 사적인 감정 때문에 사람을 죽이지 않고 있는 것이다. 이와 같은 무사로서의 도리는 본 작품의 서문에도 "녹봉을 준 주군의 명령을 어기고 한 순간의 싸움과 언쟁에 휘말려, 사사로운 일 때문에 목숨을 잃게 된다면, 진정한 무사의 도리라 할 수 없다"고 언급되어 있으며, 본 이야기의 도입부에서도 동일한 생각이 기술되어 있다. 사이카쿠가 이야기하는 무사로서의 도리를 다케시마와 다키쓰가 지킬 수 있었던 것은 늙은 무사의 지혜 덕분이었던 것이다.

눈 오는 날의 아침식사 약속

가모야마賀茂山 산[1] 한구석의 은둔자
옛 벗과 나눈 소소한 이야기

이시카와 조잔石川丈山[2]은 "이시카와[3]여 늙어서 파도 일어[4] 그림자 부끄럽네"라는 시[5]를 남기고, 아무리 교토京都라 한들 덧없는 세상이라면서 가모야마 산에서 은거하였다. 그는 세속에 있을 때는 훌륭한 신분이었으나 이제는 옛날 일은 잊어버리고 시와 노래를 짓는 데 전념하면서 그 덕을 세상에 나타낸 불도 수행자였다. 그러하기에 마음이 통하는 친구도 없었다.

언젠가 오구리小栗 아무개라는 사람이 있었다. 그도 아첨하는 이가 많

1 현재의 교토시(京都市) 기타구(北区)에 있는 가미가모신사(上賀茂神社)의 동쪽과 북쪽에 있는 산들을 말한다. 예부터 와카(和歌)의 소재로 자주 이용되었던 명소였다.
2 이시카와 조잔(石川丈山, 1583~1672)은 에도(江戸)시대 초기의 시인이다. 원래는 도쿠가와 이에야스(徳川家康)의 부하였으나 군법을 어긴 죄로 무사직을 버리고 후지와라 세이카(藤原惺窩) 밑에서 시를 배우게 되었다. 1641년에는 교토에 시선당(詩仙堂)을 지어 은둔생활을 시작하였으며, 하야시 라잔(林羅山)이나 겐세이 쇼닌(元政上人)과 같은 당대의 유명 인사들과의 교우관계를 가지며 시와 차를 즐기는 유유자적한 생애를 보냈다.
3 '이시카와(石川)'는 본 이야기의 주인공인 이시카와 조잔을 뜻하기도 하며, '돌이 있는 냇가'라는 뜻을 지니기도 한다.
4 늙어서 주름살이 진 것을 파도에 비유한 표현이다.
5 제108대 고미즈노오(後水尾) 천황(재위 : 1611~1629)이 시선당에서 은둔생활을 하던 조잔을 부르자 조잔은 '안 건넙니다 세미(瀬見)의 실개천이 깊지 않아도 늙어서 파도 일어 그림자 부끄럽네'라는 시를 지어 거절했다고 한다.

은 이 세상을 버리고 승려가 되었는데, 옛날에 에도江戸에 있을 때 조잔과 가깝게 지냈던 일이 그리워져 교토로 올라가 조잔이 머물고 있는 초암草庵[6]을 찾아갔다. 그리고는 옛날에 있었던 일과 지금의 편안한 생활에 대해 이야기를 나누며, 옛 시에서 "산등성이를 바라보지 않으니 전혀 상관없어요"[7]라는 옛 노래처럼 이 세상에 아무것도 신경 쓸 일이 없이 지내고 있었다.

나뭇잎이 떨어져 겨울 정취가 흠씬 풍겨나고 있을 때였다. 대나무를 깐 남향의 툇마루에 앉아 문득 달을 바라보며 이야기를 나누던 중 오구리가 갑자기 자리에서 일어나

"저는 비젠備前 지방[8] 오카야마岡山에 볼일이 있습니다"

라고 말하는 것이었다. 조잔은 편하게 해 주고 싶었는지

"오늘 밤은 이곳에서 주무시지요"

라는 말도 붙이지 않고 그대로 헤어지기로 했다.

"다음에는 언제 교토에 오실 예정인지요?"

라며 조잔이 물어보자 오구리는

"죽지 않고 살아 있으면 11월 말에는 오겠습니다"

라고 대답했다.

"그럼 마침 27일이 제가 제사를 올리는 날이니 여기에서 꼭 식사라도

---

6 교토시 사쿄구(左京区)에 있는 이시카와 조잔이 은거했던 산장으로 '시선당'이라 불렸다. 현재는 조잔지(丈山寺) 절이라고 불린다.

7 무로마치(室町)시대에 천황의 칙명으로 편찬된 『후가 와카슈(風雅和歌集)』에서 '산에서 달이 뜨거나 지더라도 산등성이를 바라보지 않으니 전혀 상관없어요'라며 달에 집착하면 산등성이가 장애가 되지만 달에 집착하지 않으면 산등성이의 존재도 신경쓰이지 않으니 자신의 마음에는 아무런 장애되는 것이 없다는 노래에 바탕을 둔 표현이다.

8 현재의 오카야마현(岡山県) 남동부에 해당한다.

하시지요"

라며 약속을 한 후 오구리는 자리에서 일어났다.

두 사람 모두 세상을 등지고 마음 내키는 대로 살아가는 이들이라 날이 밝기를 기다리면서까지 여행 길을 떠날 필요도 없었다. 오구리는 그대로 떠나 밤 이슬을 어깨에 맞으며 메마른 들판과 나뭇잎을 밟으며 후지노모리藤の森[9]에 도착했다. 교토와 후시미伏見[10]로 이어지는 대로변의 인가들은 모두 잠들어 조용했으며 후시미로 돌아가는 마부들의 목소리도 끊기고 다케다지竹田寺 절[11]에서 한밤중을 알리는 종소리가 들리고 있을 때였다. 조잔이 오구리의 뒤를 따라 시루타니고에滑谷越 고개[12]를 넘어 서둘러 쫓아온 것이었다. 10월 8일 밤 달빛도 희미한 가운데, 소나무 그림자 속에서 사람의 발걸음 소리가 서둘러 다가오다가 멈춰섰다.

"혹시 조잔이십니까?"

오구리가 물어보자 조잔은

"바로 그렇습니다. 배웅하고자 이곳까지 오게 되었습니다"

라고 대답했다. 오구리는

"저는 교토에 친구가 많이 있기는 하지만, 당신과 같은 마음을 지닌 분은 없습니다"

라고 말하고는 두 사람은 선 채로 작별인사를 하고 헤어졌다.

---

9 교토시 후시미구(伏見区) 후카쿠사(深草)에 있는 지명으로서 후카쿠사 축제 또는 후지모리 축제로 유명한 후지모리 신사가 있다.

10 지금의 교토시 남부에 해당한다. 예부터 귀족들의 별장들이 있었으며 절과 신사도 많이 세워져 있어 교토로 왕래하는 도로가 잘 정비되어 있었다.

11 교토시 후시미구 다케다(竹田) 우치하타초(内畑町)에 있는 진언종파에 속하는 절.

12 교토시 히가시야마구(東山区) 고조(五条) 오하시(大橋)에서 출발하여 고마쓰다니(小松谷) 고개 부근을 지나 세이칸지(清閑寺) 절 남쪽의 계곡을 통하여 야마시나(山科)로 향하는 길.

그 후 오구리로부터는 비젠 지방에 도착했다는 소식도 오지 않은 채 시간이 흘렀다. 11월 26일 밤부터 큰 눈이 내리기 시작해서 물받이[13]가 있는 곳까지 통하는 길도 보이지 않게 되었다. 조잔은 새벽부터 대나무 빗자루를 손에 들고 인기척도 보이지 않는 길을 쓸기 시작했다. 눈이 와서 풍류가 있다고는 하지만 흰 눈이 쌓인 곳에 길을 내는 것은 보통 일이 아니었다. 디딤돌이 있는 곳까지만이라도 쓸어야겠다고 마음먹었을 때 대나무로 엮어 놓은 바깥쪽 문 앞에 찾아온 이가 있었다. 소나무를 스치는 바람 소리인가 하고 가만히 들어보니 틀림없이 사람의 목소리였다. 이제는 날도 밝아져서 살펴보니 오구리가 너덜너덜한 옷[14] 하나만 걸친 차림으로 문 앞으로 찾아온 것이었다. 오구리는 문을 들어서자마자 삿갓을 벗고 서로간의 안부 인사를 나누었다. 잠시 후 조잔이 물었다.

"오늘 이 추운 날에 무슨 일로 오셨는지요?"

그러자 오구리가 대답했다.

"조잔 님께서는 잊어버리셨는지요? 11월 27일에 밥 한 끼 먹자는 약속을 했기에 찾아왔습니다."

"아 맞습니다. 그랬었죠."

조잔은 서둘러 나뭇잎에 불을 지펴 밥을 짓고 유자 맛의 된장국만을 반찬으로 냈다. 오구리는 이것을 전부 들고 나서 젓가락을 놓자마자 이렇게 말했다.

"내년 봄까지는 비젠 지방에 머물면서 사이교西行 가인歌人이 읊었다는

13 본 이야기의 삽화 우측 하단에 그려져 있다.

14 원문은 '가미코(紙子)'로서 한지에 감물을 먹여 말리는 작업을 수차례 한 후 옷으로 재단한 것으로서 주로 승려들이 입었다.

세토瀨戸의 새벽하늘[15]을 본 후 가라코토唐琴[16] 마을의 저녁 햇살을 볼까 합니다. 낮잠을 자더라도 이곳 교토보다는 훨씬 기분이 낫지요."

그리고는 서둘러 비젠 지방을 향해 내려갔다. 조잔은

"그러고 보니 이 사람은 언젠가 지나가는 말로 했던 약속을 잊지 않고 오늘 아침에 식사를 하기 위해 멀리 비젠 지방에서 교토까지 올라왔구나" 라 생각하며 예전에 무사로서의 진정한 마음가짐을 지금도 가지고 있었던 것에 새삼 탄복했다.

---

15 사이교(西行, 1118~1190)는 헤이안(平安)시대 말기~가마쿠라(鎌倉)시대 초기의 시인이자 승려이다. 세토(瀨戸)는 현재의 오카야마현 남동부의 세토나이시(瀨戸內市)에 해당하며, 예부터 무시아케만(虫明湾)을 바라볼 수 있는 뛰어난 경치로 유명했다. 그런데 사이교가 세토의 새벽에 대해 읊은 시가 있었는지는 알려져 있지 않다. 사이카쿠는 『요로즈노 후미호구(万の文反古)』나 『남색대감(男色大鑑)』 등의 작품에서 사이교가 세토의 새벽에 대해 시를 읊었다고 기술하고 있는 것으로 보아 아마도 사이카쿠가 잘못 알고 있었던 것으로 생각된다.

16 지금의 오카야마현 구라시키시(倉敷市) 고지마타노쿠치(児島田の口)에 있는 항구 마을이다.

◆ 삽화

삽화는 큰 눈이 내리는 12월 27일 아침에 시선당(詩仙堂) 앞에서 빗자루로 눈을 쓸고 있는 조잔의 모습을 그린 것이다. 우측 하단에는 본문에도 등장하고 있는 물받이가 보인다. 오구리는 오른손에는 삿갓을 들고 왼쪽 옆구리에는 칼을 찬 채 조잔을 찾아왔으며, 본문에 "삿갓을 벗고 서로간의 안부 인사를 나누었다"라 되어 있는 장면을 묘사한 것이다.

◆ 도움말

본 이야기는 "식사라도 하시지요"라는 누구나 가볍게 인사치레 정도로 생각할 수도 있는 약속을 지키기 위해, 지금의 오카야마 현에서 교토까지 그것도 큰 눈이 내리는데도 불구하고 이시카와 조잔을 찾아온 오구리의 이야기이다. 여기에서 주목해야 할 것은 조잔과 오구리 두 사람은 현재 무사가 아니라 과거에 무사였던 사람들이었다. 사이카쿠는 사소한 약속이라 할지라도, 지금 현재 무사의 신분으로서 의리를 지킨다는 것보다 무사의 신분을 벗어나서도 지키고 있다는 것을 강조하고 있으며, 두 사람처럼 무사로서의 진정한 마음가짐을 지금도 가지고 있는 것이야 말로 진정한 '의리'라 언급하고 있는 것이다.

본 이야기에서 사이카쿠는 조잔이라는 역사상 실제로 존재했던 인물을 주인공으로 설정하고 있다. 이것은 사이카쿠와 독자 사이에 무언가 공통된 인식이 있었기 때문에 가능한 것으로서, 그렇다면 당시의 독자는 조잔에 대해 어떻게 알고 있었을까? 앞선 주석에서 "시와 차를 즐기는 유유자적한 생애를 보냈다"라 언급된 것처럼 조잔은 차茶의 명인으로 유명했다. 당시에 간행된 차와 관련된 서적을 살펴보면, 차를 끓이기 위한 물은 새벽에 떠야 하며, 특히 눈이 오는 날 아침에 차를 즐기는 것을 가장 정취있는 것으로 생각했다. 사이카쿠는 이와 같이 당시에 잘 알려진 조잔과 차에 대한 인식을 바탕으로 하면서, 조잔이 눈오는 새벽에 차가 아니라 식사를 대접했다는 내용으로 바꾼 것이다.

본 이야기를 읽으면, 무사인 아카나 소에몬赤穴宗右衛門이 가을에 찾아오겠다는 약속을 지키지 못하게 되자, 스스로 자결해서 영혼이나마 찾아와 약속을 지킨다는 우에다 아키나리上田秋成의 『우게쓰 이야기雨月物語』1776년 간행에 실린 「국화꽃의 약속菊花の約」 이야기와도 연관지어 생각해 볼 수 있다. 본 이야기와는 달리 「국화꽃의 약속」은 죽어서 영혼이나마 약속을 지킨 것으로서, 두 이야기 모두 약속과 의리에 대해 에도시대에는 어떻게 생각했는지 잘 알 수 있는 이야기이다.

갑옷을 입고 "이 모습 봤느냐"고 외치네

병상에서도 원한이 쌓여

미련 없는 출진 이야기

무사는 사람을 화나게 하는 말을 장난으로라도 해서는 안 된다.[1] 어느 날 막부는 서쪽 지방[2]의 다이묘大名에게 시마바라島原의 난[3]을 진압하기 위한 후발대를 동원하라는 분부를 내렸다. 단, 후발대를 모집함에 있어 55세가 넘은 노인과 15세가 안 된 소년은 대상 외로 할 것이며,[4] 그 외에 상喪을 당한 자, 몸이 아픈 자도 특별히 제외시키고, 그 나머지는 남김없이 출진하라는 명령을 내렸다.

마침 그 지역에 말단 하급무사[5] 계급의 네 명이 같은 곳에서 지내며

---

1 명예를 가장 중요시하는 무사에게 험담은 싸움의 원인이 되기도 했기 때문에 금기시 되었다. 앞에서 소개한 권3의 제1화에서 "이건 도망가다 난 상처입니까?"라는 말을 장난으로 하거나, 권3의 제5화에서 뱀으로 무사를 놀리는 것을 훈계하는 것도 동일한 사고방식에 바탕을 둔 것이다.

2 지금의 규슈(九州) 지방을 의미한다.

3 1637년 11월부터 이듬해 2월까지 비젠 지방(肥前國, 지금의 나가사키 현) 시마바라(島原)의 하라(原) 성에 숨은 그리스도교 신자와 농민이 일으킨 반란이다. 막부의 그리스도교 탄압과 시마바라 번주(藩主)인 마쓰쿠라 가쓰이에(松倉勝家)의 정치에 대해 불만을 품은 마스타시로 도키사다(益田四郎時貞, 일명 아마쿠사 시로[天草四郎])를 중심으로 한 반란 세력은 하라 성에 숨어 막부 군에 대항하여 강력하게 반격했다. 하지만 결국에는 반란에 실패하여 봉기에 참여한 전원이 처형을 당하게 된다. 이후 그리스도교에 대한 금교 정책은 더욱 강화되었다.

4 전국(戰國)시대의 군 징집 대상 연령은 10세부터 60세까지였다.

근무하고 있었다. 그런데 그중 한 명이 오랫동안 병을 앓고 있었는데 마치 지금 당장이라도 이 세상과 작별할 듯 보였다. 그는 다른 이들이 모두 위엄스러운 모습으로 출진을 준비하며 나누는 용맹한 대화를 들으면서 기운 없이 고개를 들어,

"내가 지금 이렇게 아픈 것은 무사로서 운이 다했기 때문이다. 선대로부터 갑옷을 물려받아 두었는데 창 한 자루를 들고 멋지게 주군의 말 앞에 앞장서 나아가 주군의 눈앞에서 전공戰功을 쌓고 그 공을 높이 칭송받아야 할 텐데 이번에는 너무나도 안타깝구나"

라며 같은 이야기를 여러 번 반복했다. 이를 듣고 있던 세 명의 하급무사는 똑같은 이야기를 여러 번 듣자니 짜증이 났지만 같은 곳에서 살고 있으니 모르는 척할 수도 없었다. 그래서

"지금 당장 어떻게 될지 모르는 병자病者가 쓸데없는 소원을 말하는 것보다 숨이라도 쉴 수 있을 때 염불을 외워서 내세의 극락왕생을 비는 편이 나을 것이오. 무거운 갑옷을 입고 저승에 있는 산[6]을 오르는 것은 힘들 것이오. 그러니 가벼운 수의壽衣[7]나 입으시게"

라며 세 무사는 작은 목소리로 키득거리며 웃었다. 이 이야기를 들은 병자는 너무 원통하여 한 번만 더 살 수 있게 해달라고 신들에게 기도하였

---

5 다이묘의 가신은 '사무라이(侍)'와 '오카치(徒士)', '아시가루 이하(足軽以下)' 세 계급으로 나눌 수 있다. 본 이야기에 등장하는 무사들은 주고쇼(中小姓)라는 계급으로 무사 중 최하위에 해당되는 하급무사 계급이다.

6 원문은 '死出の山'. 원래는 저승에서 반드시 넘어야 하는 산이라는 의미였으나 10세기 초에 성립된 최초의 칙찬 와카슈(和歌集)인 『고킨와카슈(古今和歌集)』 이후, 이 산은 이 세상에서 저 세상으로 건너갈 때 넘어야 할 산으로 인식되었다. 이와 동일한 개념으로 죽은 지 7일째 되는 날 건넌다는 삼도천(三途川)이 있다.

7 원문은 '経帷子'. 불교식 장례에서 죽은 사람에게 입히는 흰 수의(壽衣)로서 옷섶과 등에 경문(經文)이 적혀 있다.

더니 신기하게도 병이 나아 손을 움직이고 설 수 있을 정도가 되었다.

이렇게 되자 병자는 방금 전의 원한을 잊지 못하고 그때의 일을 소상히 적어둔 뒤 갑옷과 투구를 입고 창을 휘두르며,

"원수 놈들은 세 명이다"

라고 그들의 이름을 부르며,

"갑옷을 입은 채 저승으로 보내주겠다"

고 하자 세 명의 하급 무사는 어쩔 수 없이 칼을 뽑아 대결했다. 그러나 병자는 집념으로 가득 찬 창을 들고,

"시마바라에 가서 보여줄 나의 실력을 여기에서 보여주겠다"

며 세 명을 모두 찔러 죽이고 그 시체 위에 걸터앉아서 미련 없이 자결을 했다. 많은 사람들이 유서의 자세한 내용을 읽고 이것은 지극히 당연한 일이라며 그의 죽음을 안타까워했다. 그렇지만 하급무사 세 명은 다른 사람에게 모욕을 주는 말을 했기 때문에 아깝게도 목숨을 잃게 된 것이며, 일대사인 출진을 앞에 두고 아무런 도움이 되지 못했다고 사람들의 웃음거리가 되었다.

◆ 도움말

본 작품의 서문에는 무사로서의 도리에 대해 “녹봉을 준 주군의 명령을 어기고 한 순간의 싸움과 언쟁에 휘말려, 사사로운 일 때문에 목숨을 잃게 된다면, 진정한 무사의 도리라 할 수 없다”라고 이야기하고 있다.

사이카쿠가 서문에서 이야기하고 있는 ‘사사로운 일’이란 주군이 아니라 자기 자신을 위한 일을 의미한다. 본 이야기의 주인공은

“무거운 갑옷을 입고 저승에 있는 산을 오르는 것은 힘들 것이오. 그러니 가벼운 수의나 입으시게”

라는 세 명의 동료 하급무사의 험담을 듣고 그들을 창으로 죽인다. 본 이야기의 주인공은 병상에 있었기 때문에 주군의 출진 명령을 따르지 못하는 것만으로도 무사로서의 자존심과 명예가 무너졌을 것이다. 그런데 동료들로부터 갑옷 대신 수의나 입으라는 험담을 들었으니 무사로서 이보다 더 치욕적인 일이 없었을 것이다. 그리하여 주인공은 자신이 받은 치욕을 되갚기 위해, 동료 세 명을 창으로 찔러 죽인 후 죽은 시체 위에 걸터앉아 미련 없이 목숨을 끊는다. 이와 같이 주인공은 자신의 무사로서의 명예를 중시하여 동료를 죽인 것이고 이는 앞서 인용한 본 작품 서문의 ‘사사로운 일’에 해당된다. 서문에서 이야기하고 있는 진정한 무사의 도리대로 행동했다면, 주인공은 동료들이 자신을 험담했다 하더라도 주군의 명령을 받들 수 있도록 시마바라 출진을 도와줘야 했을 것이다. 이와 같이 본 이야기의 주인공은 본 작품의 서문에서 주장하고 있는 무사로서의 도리와는 다른 선택을 하고 있다.

하지만, 본 이야기의 도입부가 “무사는 사람을 화나게 하는 말을 장난

으로라도 해서는 안 된다"로 시작된다는 점에 유의해야 할 것이다. 시마바라의 출진을 앞둔 세 명의 하급무사는 중요한 거사를 앞에 두고 병상에 있는 동료를 험담하고 깔깔거리며 비웃고 있다. 사이카쿠는 본 이야기에서 이와 같은 세 명의 하급무사의 무사로서의 마음가짐을 문제시하고 있는 것이다. 근세 초기의 무사이자 병법가兵法家인 다이도지 유잔大道寺友山은 『부도쇼신슈武道初心集』에서 무사의 마음가짐에 대해, 쓸데없는 이야기를 마구 쏟아 붓는 자가 있으면 일단 숙사宿舍로 돌아가서 어떠한 사정이 있는 지를 적어두고 상대에게 결투를 신청하여 원한을 갚고 그 자리에서 할복을 해서 목숨을 끊어야 한다고 적고 있다. 본 이야기의 주인공은 이와 같은 무사로서의 마음가짐에 맞게 행동한 것이며, 세 명의 하급무사는 거사를 앞에 두고 동료를 모욕하고 비웃는 가벼운 행동을 하여 그에 걸맞은 대가를 치르게 된 것이라고도 볼 수 있다.

권3의 제4화

원수 갚는 날의 결혼

아버지끼리 약속으로 결혼하는 딸

원수를 갚겠다는 집념으로 꿈에서 남편을 돕네

세상이 태평하던 시절 어느 지방에서 일어난 일이다. 활을 쏘는 무사들을 지휘하며 영주를 보좌하던 하야토隼人와 총을 쏘는 무사들을 지휘하던 게키外記라는 무사가 있었다. 이 두 무사는 같은 날에 당번을 섰기 때문에 서로 이야기를 나누던 중에 어느새 친해지게 되었다.

어느 날 하야토가 병에 걸려 다른 이에게 당번을 부탁하고 집안에 머물고 있었다. 그러자 게키는 병상에 누워 있는 하야토의 병문안을 위해 몇 번이나 영주 저택에서 멀리 떨어진 곳으로 찾아왔다. 이러한 게키의 마음씨가 하야토는 고맙기만 했다. 또 어느 비바람이 세차게 부는 저녁에도 찾아와 현관에서

"오늘은 건강이 좀 어떠신지요?"

라며 안부를 물었다. 하인이 이 말을 전해 듣고 병상에 있는 하야토에게 전하자 그날은 다행히 몸 상태가 조금 나아졌기 때문에 하야토는 겨우 자리에서 일어나 하인에게 병실을 정돈하도록 했다. 친구가 그립기도 했고 밖에서는 아무도 찾아오지 않아 더욱더 적적하던 차였기에

"손님을 꼭 만나뵙고 싶다고 전해드려라"

라는 말을 전하면서 게키를 안으로 들어오도록 분부했다. 하야토는 병문안을 해 주어 감사하다는 말을 전하자 게키는 병의 증세는 어떤지 공손히 물어보고는 앞으로 몸조리를 어떻게 해야 할지 자세히 이야기해 주었다. 하야토는 이 말을 듣고 기뻐하며 부엌에 달린 삼나무 문을 열게 하고 아내와 딸을 불러 게키에게 인사를 올리게 하니 일가친척이나 다름없는 교우 관계를 맺게 되었다. 무사들 간의 마음을 터놓은 관계란 이처럼 고결한 것이다.

그런데 이때, 등불이 밝혀진 남향 창가 밑에서 14~15세쯤 되는 하야토의 딸이 냄비를 걸고 약을 달이고 있었다. 우아한 통소매의 옷[1]을 입은 자태가 기품이 있었으며, 얼굴은 화장을 하지 않아도 타고난 미인이었다. 딸은 직접 부젓가락으로 불을 다루면서

"약을 달이는 방법은 여느 때와 같은지요?"

라며 상냥한 말투로 나이든 하녀에게 물어보고 있었다. 옆에는 하녀들이 많이 있었지만, 이것은 중요한 약이라면서 직접 약을 달이며 효도를 다하고 있는 딸의 마음 씀씀이를 보면서,

"나에게도 딸이 있었으면 좋았을 것을. 병 간호는 바로 이 딸처럼 해야 하는 것을"

이라며 게키는 감탄하기도 하고 부러워하기도 했다. 그리고는 문을 닫고 나서 이 둘만 방에 있게 되자 하야토와 게키는 병과는 관계가 없는 세상 이야기를 나누었다. 게키는 하야토에게 딸이 있는 것을 부러워하면서 말했다.

---

1 원문은 '우치카케 고소데(打掛け小袖)'이다. 에도(江戸)시대 무가 여인이 가을에서 봄에 걸쳐서 예복으로 입거나 부유한 상인의 신부가 결혼식 때 입었던 옷을 말한다.

"나는 아들만 셋이 있는데, 그 중에서 하나라도 딸이었더라면 아내의 말 상대라도 되어줄 수 있었을 텐데"

라고 말하자 하야토가 이 말을 듣고 대답했다.

"세상만사 반드시 생각대로 되지 않는 법이군요. 저에게는 지금 보신 딸이 장녀이고 딸만 넷입니다. 딸을 원하신다면 데리고 가셔서 댁에서 차 심부름이라도 시키십시오. 저 아이는 거문고를 잘 켜고, 와카和歌를 배우기 위해 교토京都로 가는 사람에게 부탁해서 나카노인中院 나으리[2]에게 와카를 보내어 가르침을 받도록 한 적도 있습니다. 작은 활을 잘 쏘는데 기특하게도 표적을 벗어난 적이 없습니다. 여자에게는 필요 없다고 하는 사서四書[3]까지도 읽고 요즘은 한문으로 된 여러 고전[4]의 강의를 열심히 듣고 있습니다. 조금 딸 자랑을 한 것 같아 송구스럽지만 아무튼 게키 님이시라면 보내드리겠습니다."

그러자 게키는 매우 기뻐하며 말했다.

"그렇다면 저에게는 장남인 가메노신亀之進이 있는데 나이는 열아홉입니다. 앞으로는 가메노신을 하야토 님의 아들이라 생각해 주십시오."

밖에서 이 이야기를 듣는 이는 아무도 없었으며, 둘이서 자식의 혼례

---

2 무로마치(室町)시대 말기와 에도시대 초기에 걸쳐 와카로 유명했던 가문으로 나카노인 미치카쓰(中院通勝, 1556~1610), 나카노인 미치무라(中院通村, 1588~1653), 나카노인 미치스미(中院通純, 1612~1653), 나카노인 미치시게(中院通茂, 1631~1710)가 명성을 떨쳤다.

3 『대학(大學)』, 『중용(中庸)』, 『논어(論語)』, 『맹자(孟子)』를 말한다.

4 원문은 '고문(古文)'이다. 앞에서 『사서(四書)』를 읽었다고 했으므로 문맥상 『사서』뿐만 아니라 한문으로 된 여러 고전 서적으로 풀이하는 것이 타당할 것 같다. 한편, 중국의 시문집으로 송나라 황견(黃堅)이 편찬했다는 설이 있는 『고문진보(古文眞寶)』로도 볼 수 있는데, 『고문진보』는 무로마치시대부터 에도시대에 걸쳐 학문에 입문하는 이들을 위한 필독서로서 널리 읽혔다.

의 약속을 정한 후 게키는 자신의 집으로 돌아왔다. 그리고는 아내에게는 이 일을 말하지 않았다.

그 다음날 게키는 동료의 집에서 저녁때부터 이야기를 나누다가 한밤중에 돌아가게 되었다. 그런데 문 구석의 그늘진 곳에서 서너 명이 숨어 있다가 덤벼들더니 양쪽에서 게키를 한가운데로 몰아넣고 에워쌌다, 이들은 아무런 말도 하지 않고[5] 칼을 휘두르자 게키는 사태를 눈치채고 자신도 칼을 뽑아 네 명을 상대로 잠시 동안 칼싸움을 벌였다. 전혀 생각지도 못한 칼부림이라 처음에 칼에 베인 상처가 컸던 탓에 게키는 세 명까지는 당해낼 수 있었으나 결국 힘에 부쳐 죽고 말았다. 그때 나이 어린 동자승이 게키의 시중을 들고 있었는데, 게키의 집으로 달려 들어가 이 사정을 알렸다. 가메노신은 칼을 들고 이들을 좇아가 보았으나 범인들은 벌써 어디로 도망갔는지 알 수 없었다. 게다가 길이 네 방향으로 갈라지는 네거리였기 때문에 어찌할지 망설이다가 먼저 길 옆에 있는 대나무 숲으로 들어가 눈을 부릅뜨고 찾아보았다. 그 후 약 200미터 정도 나아가면서 찾아보기도 했으나 사람의 그림자조차 보이지 않았기에 억울한 마음을 가라앉히며 집으로 돌아올 수밖에 없었다.

아버지를 죽인 이가 누구인지 알아보니 게키가 병법兵法을 가르친 제자 중에 해고당한 무사가 있었다는 것, 그 무사가 스스로 노력이 부족해서 자신의 바람과는 달리 비법이 동료에게 전해져서 이를 원망했다는 것, 그리고 자신과 똑같은 악한 이들을 끌어 모아 옛 스승인 게키를 베고

5 싸우기 전에 무사는 적을 향해 자신의 성명, 신분, 가계, 자신의 주장과 정당성 등을 큰 목소리로 외치는 것이 기본적인 법도였다. 이렇게 외치지 않고 적을 몰래 베거나 외치고 있는 도중에 베는 것은 무사의 법도에 어긋나는 것이었다.

도망쳤다는 것을 알게 되었다.

"어디로 도망치더라도 하늘의 명령을 피할 수는 없을 것이다."

가메노신은 치를 떨며 복수를 하려 했지만, 주군의 명령 없이는 마음대로 복수를 할 수 없는 처지였기 때문에 일단 아버지를 죽인 자에게 원수를 갚고 싶다는 말씀을 올렸다. 그러자 일이 잘 진행되어 주군으로부터 허락을 받을 수 있게 되었다. 그리고는

"자네의 소원이 이루어지면 자네 아버지의 녹봉까지 주겠다"

는 분부가 있었음을 번藩의 행정을 총괄하는 무사로부터 전해 들었다. 가메노신은 주군의 말씀을 황공하게 받아들고 물러나왔다. 그리고는 자신의 집으로 돌아가지도 않고 곧바로 길을 떠났다. 친척들에게는 어머니를 잘 보살펴 달라는 부탁을 하고, 가메노신 자신은 뛰어난 부하 한 명만을 데리고 다른 사람들의 도움은 사양한 채 고향인 야마토大和 지방[6]을 떠났다.

그때 하야토는 병중에도 불구하고 가메노신에게 달려와

"꼭 할 말이 있네"

라며 자신의 집으로 데려갔다.

"자네는 모르겠지만, 나의 사위가 되기로 자네의 아버지와 이미 약속을 하였다네. 자네의 아내가 될 사람은 자네가 무사히 집으로 돌아올 때까지 나의 집에서 데리고 있겠네"

라며 딸을 불러 가메노신과 부부의 약속을 하는 술잔을 나누도록 했다. 그리고는 그 유명한 세키 이즈미노카미關和泉守[7]가 만든 명검 한 자루와

---

6 지금의 나라현(奈良県)에 해당한다.

7 무로마치시대 말기에 현재의 기후현(岐阜県) 세키시(関市)에서 '이즈미노카미(和泉守)'라는 관직을 받은 도공(刀工)이 만든 칼. '이즈미노카미'는 이즈미(和泉, 현재의 오사카 남부) 지방의 수령이라는 뜻으로서 당시에는 우수하다고 인정된 기술자 또는 예능인은

황금 백 냥을 노자돈으로 건네 주면서 기쁜 마음으로 작별인사를 나누고 헤어졌다. 하야토와 게키가 나누었던 예전의 약속은 아무도 몰랐지만, 이때의 하야토의 마음 씀씀이에 사람들은 크게 감동했다.

가메노신이 몸을 숨긴 채 전국을 돌아다닌 지 2년이 지났다. 3월이 되자 특히 3월이 아름다운 산[8] 중에 고슈江州 지방[9]의 사쿠라야마桜山 산이라는 곳이 있는데, 가메노신은 바로 이 고슈 지방의 어촌 마을에 원수가 숨어서 살고 있다는 것을 알게 되었다. 그러던 어느 날 밤 원수를 찾아내고는 자신의 신분을 크게 외친 후[10] 칼을 뽑아들었다. 원수도 평소부터 각오하고 있었는지 대여섯 명의 무사들이 원수와 한편이 되어 맞섰다. 가메노신은 수세에 몰리게 되어 위험한 상황에 처하게 되었다.

'이제는 나의 무사로서의 운명武運도 끝났구나'

라며 원통해하고 있을 때였다. 그런데 이상하게도 누군가가 뒷머리를 잡아채기라도 하는 듯이 상대 무사들이 주춤거리는 것이었다. 가메노신은 이 기회를 놓치지 않고 한 명도 빠짐없이 목을 베고는 원수의 목을 통에 담아 고향으로 가져왔다.

한편, 하야토는 고향인 야마토에 있으면서 가메노신이 무사히 아버지의 원수를 갚았는지 밤낮으로 걱정을 하며 지냈다. 어느 날 하야토 부부

지명 이름이 들어간 관직을 명예직으로 하사받기도 했다. 무로마치시대 말기에 '이즈미노카미'라는 관직을 하사받은 도공은 가네요시(兼吉, 생몰년 미상), 가네토모(兼友, 생몰년 미상), 가네사다(兼定, 생몰년 미상) 등이 있으며, 특히 가네사다는 수대에 걸쳐 명성이 높았다.

8 원문은 "야요이야마(弥生山)"로서 음력 3월의 산을 뜻하는 시어(詩語)이다.

9 지금의 시가현(滋賀県)에 해당한다.

10 앞에서 게키가 죽임을 당한 장면의 경우, 네 명의 무사는 아무런 말도 하지 않고 칼을 휘둘렀기 때문에 무사로서의 법도에 어긋난 행동을 한 것이지만, 이 부분에서 가메노신은 무사로서의 기본적인 법도를 지킨 것이다.

가 가메노신에 대해 이야기를 나누고 있자 딸이 기쁜 듯이 웃음을 지으며 말했다.

"지난달 29일 밤에 원수를 베었습니다. 틀림없습니다. 그 이유는 제가 진심을 다해 신령님께 빌었더니 그 기도 덕분인지 꿈속에서나마 남편이 싸우는 곳에 가서 뒤에서 거들어 주었습니다. 그 뒤 남편은 한 명도 남김없이 적을 베고 기뻐하며 돌아오는 것을 보았습니다. 다음날 아침에 잠에서 깨어 보니 제 잠옷의 소매가 칼에 베어 갈기갈기 찢어져 있었고, 피로 물들어 있었습니다."

그 말이 끝나자마자 옷의 소매를 부모에게 보여주자 부모는 안심하고 가메노신을 기다릴 수 있게 되었다. 얼마 후 가메노신이 돌아오자 주군은 기뻐하며 큰 상과 함께 죽은 아버지의 녹봉 200석까지 하사했다. 그리고는 하야토를 불러 가메노신이 떠나기 전에 잘 챙겨주었던 것에 대해 매우 훌륭했다고 치사하고, 가메노신과 하야토 가문이 정식으로 결혼할 수 있도록 분부했다.[11] 이 일은 세상 사람들도 칭송하였으며 하야토의 가문은 널리 이름을 떨치게 되었다.

그 후에 가메노신의 아내가 꿈속에서 보았던 일을 이야기하자 시각도 정확하게 일치했다. 가메노신은

"내 눈에는 보이지 않았지만 누군가가 나를 도와준 것 같았는데 바로 부인이 나를 도와주었구려"

라며 아내가 꿈속에서 도와주었던 것에 감사했다. 두 가문은 모두 번성했으며 가까이 지내면서 왕래하였다고 한다.

---

11 무사 가문에서의 결혼식은 주군의 허가를 정식적으로 받아야 가능했다.

◆ 삽화

가메노신이 적을 무찌르고 있는 장면이다. 본 페이지의 삽화에서 팔에 동그라미 다섯 개의 문양이 그려진 옷을 입고 있는 이가 가메노신이며, 다음 페이지 삽화의 세 명은 가메노신을 향해 칼을 겨누고 있다. 삽화 아래쪽의 두 명은 피를 흘리며 쓰러져 있다. 본문에서는 하야토의 딸이 꿈속에서 적의 머리카락을 잡아당기는 것으로 되어 있지만, 본 페이지 삽화 맨 왼쪽에서는 딸이 적과 칼을 대적하고 있는 모습으로 그려져 있다.

◆ 도움말

본 이야기의 전반부는 활을 쏘는 무사들을 지휘하는 하야토隼人, 총을 쏘는 무사들을 지휘하는 게키外記 간의 의리를 그리는 것으로 시작된다. 게키는 병을 앓고 있는 하야토를 몇 번이고 찾아와 병문안을 하고 따뜻한 말을 건네준다. 이에 하야토는 감동하여 아내와 딸을 불러 게키에게 인사를 올리도록 하는데, 당시의 무사들 사이에서는 아무리 가까운 동료라 하더라도 아내를 손님과 만나도록 하지 않았다. 따라서 하야토가 아내와 딸을 게키에게 인사를 올리도록 한다는 것은 동료 중에서도 각별한 관계가 아니고서는 불가능했으며, 그렇기 때문에 일가친척이나 다름없는 교우관계를 맺게 된 것이다. 그리고 하야토와 게키는 자신의 아들과 딸을 결혼시키기로 약속한다. 여기에서 하야토의 딸은 『사서四書』와 한문으로 된 중국의 고전을 주로 읽는 것으로 묘사되어 있는데, 이러한 서적들은 주로 남성들이 읽는 것이었기 때문에, 이를 통해 하야토의 딸의 마음가짐은 남성과 견주어도 손색이 없다는 것을 나타내고 있다.

후반부는 게키가 한밤중에 피습을 당하여 죽는 것으로 이야기가 시작된다. 그리고 이야기의 중심은 게키의 아들 가메노신이 아버지의 원수를 갚기 위해 싸움을 벌이며, 하야토의 딸은 꿈속에서 남편의 싸움을 도와 적의 뒷머리카락을 잡아당긴 것이 실제의 사실과 일치한다는 내용이다. 꿈이란 잠을 자고 있는 동안에 전개되는 현상으로서 실제로 경험하지는 않지만 잠에서 깨어나서도 기억이 나는 또 하나의 현실이다. 일반적으로 일상적인 현실의 체험이 꿈을 통해 재현되고 인식되기 때문에 간절히 염원했던 것이 꿈속에서 나타난다는 것은 가능하다. 그렇지만 반대로 꿈에

서 본 현실이 실제로 경험하는 현실과 일치하는 것은 거의 불가능하다. 그렇기 때문에 사람들은 꿈에 대해 예부터 신비롭고 영험한 현상이라 생각해 왔으며, 꿈속에서의 체험이 일상적인 현실에서 재현되고 인식된다는 것은 중국과 일본의 설화문학이나 괴이담의 소재로 자주 이용되어 왔다. 예를 들면, 본 이야기와 비슷한 이야기로 『야마토 괴이기やまと怪異記』1709년 간행에서는 아버지의 원수를 갚기 전날 밤에 아내가 찾아와서 도와주는 꿈을 꾸게 되는데, 원수를 갚은 후 확인해 보니 아내도 남편과 함께 원수를 갚는 꿈을 꾸었으며, 그 시각까지 일치했다는 내용이 실려 있다. 본 이야기의 후반부는 이처럼 꿈이라는 신비로운 소재를 사용하여, 꿈속에서 보았던 것이 현실에서 있었던 사실과 일치할 정도로 간절히 염원했던 아내의 의리가 주제로 제시되어 있다.

권3의 제5화

뱀이 너무도 싫은 무사의 이야기

무사를 이렇게 놀리다니
세상에 두려울 것 없는 무사가 뱀을 무서워하네

사람에 따라서는 사람을 잡아먹는 늑대는 무서워하지 않으면서 별 것도 아닌 두꺼비를 두려워하는 사람이 있다. 이것은 사람이 원래 그렇게 태어나서 그런 것이다.

고슈江州 지방[1] 다가미가와田上川 강[2]에는 물이 얕게 흐르는 곳이 있었다. 그런데 이곳에 전례 없는 홍수가 나서 강가의 소나무나 버드나무가 뿌리째 뽑히고 논밭은 거친 벌판으로 변해버렸다. 그때 그 지방의 수령은 이것을 안타깝게 여기고 백성들을 구하고자 제방 공사를 시작해서 피해를 입은 지역의 백성들에게는 과역을 부과하지 않고 수령 직속의 하인들에게 공사를 시켰다. 수천 명이 나서서 가래와 괭이질을 하자 이 소리가 비와호琵琶湖 물 속까지 울려 퍼지니 용왕의 딸도 놀랄 정도로 그 위세는 대단했다.

제방 공사는 수령의 부하 중에 특별히 네 명의 총명한 무사가 맡기로 되어 있었다. 이들이 모여 이야기를 나누고 있었는데, 그중에서 고바야

1 지금의 시가현(滋賀県)에 해당한다.
2 세타가와(瀨田川) 강의 지류로서 시가현 오쓰시(大津市)와 고카시(甲賀市)를 흐른다.

시小林 아무개라는 무사가 있었다. 그는 전형적인 무사 가문에서 태어나 자란 인물로서 이 세상 누구에게도 뒤지지 않게 용맹했지만, 항상 뱀을 무서워해서 뱀 이야기만 들으면 몸서리를 쳤다. 어느 날 동료 관리 중 한 명이 작은 뱀 한 마리를 잡아서

"이것을 자네 쪽으로 던져볼까?"

라 놀렸다. 고바야시는 곧바로 안색이 변하더니 허리에 찬 칼집에 손을 대며,

"그래. 한 번 정말로[3] 던져 보거라. 네놈을 한 발자국도 못 가게 하겠다"

라며 화를 냈다. 그러자 주위에서 두 사람을 막아서며 양쪽으로 떼어내서 별 탈 없이 이 소란은 진정되었다.

그 후 뱀을 던지려 했던 무사에게 주위 무사들이 찾아가 넌지시 충고하였다.

"오늘 자네가 한 행동은 아무런 악의가 없었겠지만 그래도 일단은 사과를 하게. 고바야시가 뱀을 무서워한다는 것을 평상시부터 알고 있으면서도 장난삼아 놀렸던 것은 잘 생각해 보면 해서는 안 되는 일이라네. 어찌 되었건 간에 이번 일은 참고 머리를 숙여 사죄하고, 예전처럼 사이좋게 지내도록 하세."

그러자 이 남자도 역시 무사였다.

"역시 내가 매우 경솔했었던 것 같네. 자네들의 말에 따를 테니 중간에서 다리를 놓아주게."

---

3 원문은 '유미야하치만(弓矢八幡)'이다. '유미야하치만'은 칼과 화살의 신인 하치만 대보살(八幡大菩薩)을 뜻하며, 무사가 자신의 마음이나 말에 거짓이 없음을 기원할 때 하는 말이다.

그러자 모두

"그렇게 말을 해 주다니 더할 나위 없소. 그렇다면 가능한 한 자네가 머리를 숙이지 않게 해 보겠네"

라며, 모두 고바야시가 임시로 머물고 있는 숙소로 찾아갔다.

"오늘 일로 아마도 매우 화가 났었겠구려."

이 말이 끝나자마자 고바야시가 대답했다.

"그렇다네. 내가 무서워하는 뱀을 들이대니 정말 싫었지. 너무 무서운 나머지 엉겁결에 칼을 뽑으려 했었지만 원한의 마음이 있어서 그런 것은 아니었다네. 나는 정말로 뱀처럼 무서운 게 따로 없다네."

이렇게 크게 웃으며 이야기를 나누자 그 일은 원만히 해결되었다. 고바야시는 마음속에 있는 것을 얼굴로 표현하지 않고 없던 것으로 해서 그 일을 해결했던 것이다. 생각 있는 이들은 참으로 현명한 일이라며 감탄했다.

그런데 무상하게도 고바야시는 1년여 기간 동안에 아내와 자식들 모두 이 세상을 떠나 보냈다. 이제는 이 세상에 더 이상 희망이 없기에 주군에게는 사직을 하고 긴 칼을 내려놓은 뒤 승복으로 갈아입고는 거처할 곳이 많았음에도 인적이 없는 비와호 호수 안의 지쿠부시마竹生島[4]라는 외딴섬으로 작은 배에 몸을 의지해서 들어갔다. 그리고는 섬 북쪽에 있는 다케시마竹島[5]라는 곳에 들어가 초가집을 짓고 바깥세상으로는 나가

---

4 비와호 북쪽에 있는 섬. 이곳에는 지쿠부시마(竹生島) 섬 관음신앙으로 유명한 호곤지(宝厳寺) 절이 있으며 변재천(辯才天) 상이 있는 변천당(辯天堂)에는 일본 삼대 변재천 중 하나가 안치되어 있다. 또한 지쿠부시마 섬 묘진(明神)으로 알려져 있는 쓰쿠부스마(都久夫須麻) 신사가 있다. 우거진 숲에 둘러싸인 모습이 호수를 비추는 경관은 비와호 팔경 중 하나로 손꼽히는 명승지이다.

5 지금의 다케시마(多景島) 섬을 지칭하며 일연종(日蓮宗) 겐토지(見塔寺) 절이 있다. 본

지 않은 채 3년여의 세월이 흘렀다.

어느 날 예전에 친분이 있었던 이들이 마음을 모아 고바야시의 거처에서 하룻밤 묵기로 하고 이 섬을 찾았다. 고바야시는 예전의 모습은 사라지고 불도에 정진하여 더할 나위 없이 훌륭한 승려가 되어 있었다. 예전에 있었던 일, 지금의 일들을 떠올리며 이런저런 이야기를 나누다 고바야시는 나뭇잎을 모아 차를 끓이고 때마침 가지고 있던 쌀로 죽을 만들어 대접했다. 그날은 호수의 파도에 햇빛이 희미하게 비치고, 저녁을 알리는 미데라三井寺 절[6]의 종소리가 어렴풋이 들려오는 중에, 새들은 어디론가 날아가 버리고, 소나무에는 바람만 거칠게 불었다.

'이렇게 쓸쓸한 곳이 세상 어디에 또 있을 것인가. 오늘은 주객 모두해서 열두 명이지만, 평상시에는 이런 곳에서 혼자서 용케도 살아가고 있구나'

라며 모두들 감복했다.

고바야시가 석가의 진리를 생각하며 바라보던 남쪽 창가로부터 점차로 어두움이 밀려왔다. 고바야시가 썩은 나무들을 장작으로 삼아 불을 지피자 이 불빛을 좇아 뱀이 몇 마리인지 셀 수도 없을 만큼 기어 들어왔다. 뱀은 사람을 무서워하지도 않고 무릎과 품에 들어와 꿈틀거리기도 하고, 소매 안으로도 기어들어왔다. 손님들은 처음에는 내던져버렸으나 뱀이 수천 마리나 되어 어떻게 해 볼 도리가 없었기 때문에 기절초풍하면서 물어보았다.

문에는 지쿠부시마 섬 북쪽에 있다고 되어 있으나 실제로는 남쪽에 있다.

6 시가현 오쓰시에 있는 온조지(園城寺) 절의 다른 이름. 오미(近江) 지방 팔경의 하나로 손꼽히며, 미데라 절의 종소리는 요쿄쿠(謡曲)나 설화 등에서 시적인 정취를 자아내는 표현으로 자주 등장한다.

"이것은 도대체 어떻게 된 일인가?"

그러자 대답은 이러했다.

"원래부터 이 섬에는 뱀이 많다는 것을 전해 들어 알고 있었다네. 그래서 이렇게 고행苦行을 하면서 불심佛心을 얻기를 소망하고 있다네."

그러자 손님들은 모두 감탄하며,

"평소에는 그렇게 뱀을 두려워했었는데 지금 이렇게 뱀에 둘러싸여 지내는 것을 보니 진정으로 깨달음을 얻었음을 잘 알 수 있을 것 같소"라 말했다. 손님들은 모두 밤새도록 뱀 때문에 괴로워하다가 날이 밝는 것을 기다리지 못하고 서둘러 각자 성 아랫마을 숙소로 돌아간 후 지난 밤의 일을 이야기했다.

◆ 삽화

고바야시가 은거하고 있는 섬에 친분이 있었던 손님들이 방문한 모습이다. 좌측 상단의 대문에 서 있는 이가 고바야시이며, 오른쪽에서 칼을 찬 세 명은 손님, 왼쪽은 하인이다. 본문에는 11명이 방문한 것으로 되어 있지만 삽화에는 3명만 그려져 있으며, 날이 채 밝기도 전에 돌아가려 하고 있다. 손님들의 표정을 보면 수많은 뱀 때문에 곤란해 하는 기색이 나타나 있다.

◆ 도움말

먼저 이 이야기의 배경이 되는 곳은 지금의 시가현滋賀県에 해당하는 고슈江州 지방 비와호琵琶湖이다. 비와호는 일본에서 가장 큰 호수로서 예부터 용궁으로 통하는 길, 용, 뱀과 관련된 전설이 많은 것으로 유명했다. 특히 다가미가와田上川 강은 앞 주석에서도 설명된 것처럼 세타가와瀬田川 강의 지류였는데, 후지와라노 히데사토藤原秀郷가 세타가와 강에 걸린 다리를 건널 때 용왕의 요청을 받아 미카미야마三上山 산의 지네를 퇴치하고, 그 보답으로 종을 하사받은 후 미데라三井寺 절에 바쳤다는 이야기는 잘 알려져 있었다. 따라서 '고슈 지방', '비와호'라는 장소 자체만으로도 당시의 일본인 독자들은 뱀과 관련된 이야기가 전개될 것을 예상하고 있었으며, 미데라 절의 종소리 또한 이들과 연상관계에 있음을 알 수 있다. 뿐만 아니라 일본 각지에는 뱀이 수해를 일으킨다는 전설이 많이 있는데, 본 이야기의 서두 부분에서 뱀을 싫어하는 무사의 이야기가 수해와 관련되어 서술되어 있는 것은 이와 같은 당시의 사고방식이 반영된 것이다. 이처럼 본 이야기에 등장하는 각종 사물과 장소들은 서로 긴밀한 연상聯想 관계에 놓여 있다. 이하라 사이카쿠의 작가로서의 출발점은 연상 관계를 주안으로 하는 하이카이俳諧였다는 점을 생각해 보면, 본 이야기는 하이카이의 수법을 훌륭하게 활용한 이야기인 것이다.

다음으로 본 이야기와 '의리'의 관계에 관해 살펴보기로 한다. 당시에 유행했던 무사들을 대상으로 한 교훈서인 『가소기可笑記』에 의하면, 남을 놀리는 것으로 주위를 웃음으로 만드는 무사들을 훌륭한 무사로 칭송하는 세태를 비판하고 있다. 따라서 본 이야기는 고바야시를 놀린 무사에 대해 무사답지 못한 인간으로 비판하는 것으로 풀이할 수 있으며, 그렇기 때문에 부제에서 "무사를 이렇게 놀리다니"라 언급되어 있는 것이다. 앞서 살펴본 권3의 제1화와 제3화에서도 동일한 취지의 언설이 있는 것으로 보아 『무가의리 이야기』에서는 일관된 주제의식을 바탕으로 이야기를 서술하고 있음을 알 수 있다.

또한, 상대가 뱀으로 장난을 쳤다고 해서 고바야시가 칼을 내뽑으려 한 것은 『무가의리 이야기』의 서문에서 한 순간의 싸움에 휘말려 목숨을 잃게 되는 것은 진정한 무사의 도리가 아니라는 것을 훈계하는 것과 일맥상통한다. 그렇지만 고바야시를 놀린 남자는 자신의 잘못을 순순히 인정했기 때문에 '역시 무사였다'는 평가를 받을 자격이 있는 것이며, 고바야시 또한 '마음속에 있는 것을 얼굴로 표현하지 않고' 원만히 해결했기 때문에 이들의 행동은 모범이 되는 무사의 모습이라 할 수 있는 것이다.

마지막으로 고바야시는 주위가 뱀으로 둘러싸인 극한의 조건 속에서도 자신을 단련시킬 수 있는 상황을 이어가고 있었다. 이것은 고바야시가 현재 무사의 신분이 아니라 무사의 칼을 내려놓은 상태임에도 불구하고 여전히 무사로서의 마음가짐을 가지고 극한의 조건을 이겨내고 있다는 점에서 높이 평가받을 수 있을 것이다. 그리고 이것 또한 권3의 제2화에서 현재 무사가 아니라 과거에 무사였던 사람들이 무사로서의 진정한 마음가짐을 가지고 있는 것이야말로 진정한 '의리'라 언급하고 있는 것과 동일한 주제의식에 바탕을 둔 것이다.

권4

一. 신분이 낮은 무사의 진정한 결혼

뜻하는 바를 이루고자 좁은 집을 빌려 위장한 삶을 사네
하루에 두 번 원수를 갚으니 가지하라梶原보다 용감하구나

二. 그래도 후리소데振袖는 입어야지요

성인식은 올렸지만 예전으로 돌아가 사랑의 꽃을 피우네
개를 통해 전해준 깊은 사랑의 마음

三. 원한 맺힌 영락통보永楽通宝를 헤아리다

이것이야말로 비오는 날의 긴 이야기
유령이 비참한 신세를 호소한다네

四. 무명 모자 뒤집어쓰고 거짓 세상살이

교토에서 유명한 1할 수수료 떼기
무사의 딸은 진심이 있는 법이다

신분이 낮은 무사의 진정한 결혼

뜻하는 바를 이루고자 좁은 집을 빌려 위장한 삶을 사네
하루에 두 번 원수를 갚으니 가지하라梶原[1]보다 용감하구나

무사라는 신분만큼 불안한 것이 없다. 어느 무사가 고향인 비추備中 지방의 마쓰야마松山[2]를 떠나 와슈和州 지방의 고리야마郡山[3]라는 곳에 갔다. 옛날에 데리고 있던 하인이 지금 이 곳에서 장사를 하며 잘 지내고 있다는 소문을 듣고 몰래 찾아간 것이다. 인연이 끊기지 않았는지 다시 만나게 되자, 그 하인은 깜짝 놀라며,

"이 어찌된 연유로 이렇게 홀로 이곳에 오신 것입니까?"

라고 물었다. 그러자,

"이러저러한 연유로 어쩔 수 없이 의리義理를 지키기 위해 봉공을 그만두었소. 처자식을 고향에 두고 새롭게 섬길 영주를 찾던 중, 이 세상은 다 인생무상이라더니 2년이 채 되지 않은 사이에 처자식이 모두 세상을 떠나버리고 말았소. 더 이상 살아본들 보람도 없을 것 같아 스님에게 부

1 『헤이케 이야기(平家物語)』의 가지하라 가게도키(梶原景時)가 이치노타니(一ノ谷) 전투의 이쿠타(生田) 숲에서 적진을 향해서 두 번 돌진했다는 이야기에 빗대어 붙여진 제목이다. 본 이야기에는 하루에 두 명의 원수를 처단하는 내용이 그려져 있다.

2 지금의 오카야마현(岡山県) 다카하시시(高梁市).

3 지금의 나라현(奈良県) 야마토코리야마시(大和郡山市).

탁하여 무사를 그만두고 산속에서 칩거 생활을 해 보려고도 했소. 하지만 주군을 모시지 않는 몰락한 무사 신분이라 세상을 등지고 출가를 했다는 소문이 나게 되면 억울한 일이기에 어떻게든 원래의 봉록을 받으면서 그 다음 일을 생각하기로 한 것이오. 뜻한 바가 있기도 해서 1~2년 정도 이곳에서 집을 빌려 생활하며 세상 돌아가는 모습을 지켜보고자 하니 잘 부탁드리오"

라고 이야기 했다. 남자는 옛 주인의 그간의 이야기를 듣고는 눈물을 흘리며,

"이렇게 이전과 달라진 모습을 뵙는 것만으로도 마음이 아픕니다. 어찌 되었건 마음 편하게 지내십시오"

라고 말하고는 조릿대로 엮어 만든 자그마한 집으로 안내한 후, 담배 잎을 자르는 일을 잠시 멈추고 술병을 들고 술집으로 향했다. 그리고 그의 아내도 삼베[4]를 짜는 일을 그만두고 찻물을 끓이기 위해 불을 지피며 온 마음을 다해 남편의 옛 주인을 모셨다. 그런데 무사는 하룻밤을 지내고 보니 부부가 너무 신경 써주는 것이 미안해서 잠시라도 어떻게든 집을 마련하여 지내보고 싶다고 이야기했다. 마침 근처에 얼마 전까지 침술鍼術 의사가 살았던 빈 집이 있는데, 남향이고 얇은 대나무를 마름잎 모양으로 엮은 담장으로 둘러싸인 깔끔한 집이라 실의에 빠진 무사가 살기에 적당했다. 그래서 무사는 그 집을 빌려 나라 부채奈良団扇[5]를 세공하는 일을 하게 되었다. 근근이 먹고 사는 고달픈 생활이 시작되었지만, 어려울 때는 옛 하인의 도움을 받으며 반년 넘게 지내다 보니 동네 사람들과도

4 야마토(大和) 지방의 특산품으로 나라자라시(奈良ざらし)라는 삼베가 유명하다.
5 나라(奈良)에서 만들어진 고풍스럽고 우아한 부채로서 이 지방의 특산품이었다.

잘 어울리며 힘든 세상을 사는 것도 잊을 정도로 잘 지냈다.

그러던 어느 날 가스가春日[6] 지역을 다니며 행상을 하는 어떤 이가 찾아와 무사에게 계속해서 홀로 생활하게 되면 자다가 눈을 떴을 때 너무 외로우실 거라며

"괜찮은 이야기가 있습니다. 미망인의 딸이 있는 데 나이는 22~23살 정도이고 외모도 아름답고 현명합니다. 어머니에게는 효심이 지극한 터라 결혼을 청해 온 사람들이 많이 있었습니다만, 세상일에 얽매여서 사는 게 이제는 지긋지긋하다며 거절했습니다. 그래서 결혼한 적이 있는지 한 번 알아봤습니다만, 그러한 적도 없습니다. 여성으로 가장 아름다운 시기를 그냥 보내면서, 처녀인데도 후리소데振袖[7]를 일부러 도메소데留袖[8]로 바꿔 입고 더 이상 사람들에게 드러나고 싶지 않은 모습이었습니다. 그렇다면 혹시 사람들에게는 말 못할 병에 걸린 것은 아닌지 몰래 알아 봤습니다만, 그런 것도 아니었습니다. 아깝게도 세월만 흐르고 있기에 '당분간은 모시는 주군이 없는 무사 신분이지만 앞으로 의지하며 지낼 만할 분이 계십니다'라고 나으리에 대해 이야기를 했더니 그녀의 어머니로부터 딸이 승낙했다면서, '그렇게 힘든 상황에 처한 무사 분이라면 바라던 바입니다. 그분께서 괜찮으시다면 이 몸을 맡기고 차 시중이라도 들며 모시고 싶습니다'라고 했다고 어머니가 솔직하게 말해 온 것입니다. 부유한 집안의 혼담은 수락하지 않고 가난한 집안에 시집가려고

---

6 가스가산(春日山)의 남쪽에서 후루이치(古市)까지의 지역으로 나라시(奈良市) 동남부의 일대를 가리킨다.

7 통소매로 된 겉옷을 말하며, 성인식을 올리기 전에 입었던 겨드랑이 부분이 트인 옷을 말한다.

8 근세 초기 여성은 결혼을 하면 겨드랑이 부분을 꿰매고 소매도 짧게 자른 도메소데(留袖)를 입었다.

하는 것도 다 인연인가 봅니다"

라며 겨우 혼담을 추진하여 두 사람은 부부가 되었다. 이 여인은 남편의 기분을 잘 살피며 매사에 남편의 뜻을 거스르지 않으니, 남편은 떠돌이 무사 신분인데도 이러한 결혼을 한 것을 더없이 기뻐했다. 작은 됫박과 나무망치를 마치 부부인 것처럼 베게 삼아 나란히 두고 부부의 연을 맺으니 비단 요를 깔고 자는 것보다 더 행복해하며 서로에게 숨기는 일이 없이 금슬 좋게 지냈다.

어느 봄비가 부슬부슬 내리는 날이었다. 밖에서는 찾아올 사람도 없었기에 부부는 자기 전에 술을 한 잔 마셨다. 무사는 집에 있는 것을 술안주로 하려고 소금에 절인 도미의 머리를 손도끼로 후려 내리쳐 잘랐다. 그리고는 만족스러운 표정을 지으며,

"이렇게 언젠가는 찾아내고야 말 것이다"

라고 혼잣말을 하고 있었다. 이것을 아내가 듣고는,

"그건 무슨 말씀이신가요?"

라고 묻자 무사도 숨기려 하지 않고,

"부모님의 원수가 이곳에 숨어 지내고 있어 그 원수를 갚고 싶은 간절한 소망을 이야기한 것이오"

라고 자세히 이야기했다. 아내는

"그런 중요한 일을 하실 분이셨군요"

라며 더욱 정성껏 남편을 섬겼고 마음속으로 가스가 묘진春日明神의 신[9]에게 기도를 하며 큰 어려움 없이 원수를 갚을 수 있기를 기도했다.

9 나라시 가스가노초(春日野町)에 있는 가스가 신사의 주제신.

그로부터 20여 일이 지나 남편은 넌지시 나라奈良에 간다고 말하고는 새벽녘에 집을 나섰다. 그런데 얼마 되지 않아 다시 돌아와,

"그 원수를 오늘 찾아냈소. 이것은 하늘의 뜻이오"

라며 뛸 듯이 기뻐하며 갑옷 안에 얇은 가죽으로 된 속옷을 입고, 쇠사슬로 만든 머리띠를 둘렀다. 아내는 칼이 칼자루에서 쉽게 빠져 나오지 않도록 박아 놓은 못을 확인하고는 남편에게 인삼을 들게 한 후 술잔을 나누고 살포시 웃으며,

"부디 소망하시던 바를 성취하시고 곧바로 돌아오시기를 기다리겠습니다"

라고 말했다. 때가 되어 평소와는 다르게 특별히 남편에게 용기를 북돋아주자 남편은 아내의 말에 힘을 얻어 용맹하게 집을 나섰다. 얼마 되지 않아 남편이 다시 돌아와,

"원수를 아주 잘 처단했소. 원수가 바로 이 자라오"

라며 머리를 들통에 넣고 뚜껑[10]을 덮어 눈에 안 띄게 했다. 이 때문에 근처 사람들은 이러한 사실을 알지 못했다. 부부가 들통 안을 들어다 봤더니 머리카락을 빗으로 가지런히 빗어 뒤로 넘긴 체격 좋은 남자가 찡그린 얼굴을 하고 눈을 뜬 채로 원한에 찬 표정을 짓고 있었다. 이는 가도다 반조門田番蔵라는 무사로서 평소 무예에 능통했지만 정의의 검으로 처단된 것이다.

"선조이신 구로도蔵人 님께 두 손 모아 바칩니다"

라며 남편은 피가 묻은 칼을 함께 올리며 부모님의 혼령에 기도했다. 아

10 세로로 해서 두 갈래로 나눠지는 들통의 뚜껑을 의미하며 삽화에도 그려져 있다.

내는 이 모습을 보면서 눈물로 소매를 적시자 남편은 그러한 아내의 모습이 이해가 되지 않았다.

"이 자의 목을 보니 무언가 좋은 인연이 있었던 건 아니오? 자초지종을 이야기해 주시오"

라며 갑자기 다른 사람을 대하듯 말을 하니 부부 사이도 험한 분위기로 바뀌었다. 아내는 조금도 흔들림 없이,

"따로 뭔가 마음이 있어서 그런 것은 아닙니다. 재빠르게 일을 처리하시는 모습이 너무나 기뻤기 때문입니다"

라며 평소대로 이야기했지만, 남편은 전혀 납득이 가지 않았다.

"그 이유를 숨김없이 이야기해 주시오"

라고 재차 물었다. 그러자 아내는 어쩔 수 없다는 듯이 이야기를 꺼냈다.

"저도 부모님의 원수를 눈앞에 두고도 여자의 몸이라는 안타까운 탓에 억울한 세월을 보냈습니다. 그런데 이번에 이렇게 당신과 부부의 연을 맺게 된 것도 당신께서 부모의 원수를 갚고자 하는 마음을 살펴보고 기쁘게 생각하며 제 부모님의 원수를 갚는 일도 부탁드리려고 마음 먹었기 때문입니다. 때마침 원수를 찾았다는 말씀을 하실 때 미처 저의 상황까지 말씀을 드리기 어려웠던 참에 오늘 이렇게 훌륭하게 원수를 갚는 모습을 보게 되니 저의 원수도 이렇게 처단하고 싶다는 마음이 솟구쳐 그만 눈물로 소매를 적시게 된 것입니다. 이렇게 기쁜 날인데 부디 저를 용서해 주십시오."

남편은 이야기를 듣자마자,

"당신의 부모님은 이제는 나의 부모님이기도 한 것이니 이대로 지나칠 수는 없소"

라며 자초지종을 자세하게 들었다. 아내의 말에 의하면, 부모님의 원수는 지금 나라의 니시노쿄西の京[11]라는 곳에 숨어 지내고 있는데, 시라사카 게키白坂外記라는 본명을 아마바라 류하天原流波로 바꾸고 겉으로는 글을 가르치는 선생님의 모습으로 살고 있지만 지금도 무예를 연마하는 것을 게을리 하지 않는 것 같다는 것이었다. 남편은 상황을 파악하고는 국에 밥을 말아 먹고 곧바로 집을 나섰다. 그리고 그날 오후 4시가 지났을 무렵 그 자의 목도 베어 가지고 와서 아내에게 보여주었다. 그러자 아내는,

"이 자입니다. 이 자가 맞습니다. 이마 왼쪽에 베인 상처, 옛날과 똑같은 얼굴, 너무도 증오스럽습니다"

라며 죽은 자의 목을 호신용 칼로 찌르며,

"이 은혜는 결코 잊지 못할 것입니다"

라며 진정으로 기쁜 눈물을 흘렸다.

하루에 원수 두 명을 처단하는 것은 전대미문의 일이다. 무사는 두 원수의 일가친척이 알게 된다면 난처해 질 수도 있다면서 뒷일은 담배 잎을 자르는 일을 하는 옛 하인에게 맡겼다. 그리고 나라에 살고 있는 아내의 어머니를 모시고 그날 밤 고리야마를 떠나 고향인 비추 지방으로 내려갔다.

11 지금의 나라시 니시노쿄마치(西の京町).

◆ **삽화**

위 삽화는 무사가 아내의 부모의 원수인 아마바라 류하를 처단하고 있는 모습을 그린 것이다. 다음 페이지 삽화에서 서 있는 사람은 무사의 아내이고, 그녀 오른쪽 상자 위에 올려진 것이 남편의 원수인 구로다 반조의 목이다.

◆ 도움말

본 이야기는 부모님의 원수를 갚기 위해 고향을 떠나온 몰락한 무사의 이야기이다. 이 무사는 예전의 자신의 부하가 사는 지금의 나라현奈良県 야마토코리야마시大和郡山市에서 부모님의 원수를 갚을 날을 기다리던 중, 어떤 한 여인을 후처後妻로 맞이하게 된다. 그런데 이 여인은 결혼조건이 매우 까다로워서 혼담을 전부 거절해 왔는데, 이 무사와 결혼을 결심하게 된 이유는

"그렇게 힘든 상황에 처한 무사 분이라면 바라던 바입니다"

라는 구절에서 알 수 있듯이 상대가 몰락한 무사였기 때문이었다. 당시 무사들 중에서 원수를 갚기 위해 떠돌아다니는 무사는 생활도 어려운 경우가 많았기 때문에, 여인은 이 무사의 힘을 빌려서 나중에는 자신의 원수도 갚아줄 수 있기를 희망했던 것이라 생각된다.

무사는 결혼 후 부모님의 원수를 갚고 싶다는 이야기를 아내에게 들려주게 되는데, 아내가 가스가 묘진春日明神의 신에게 기도를 올린 덕분인지 20여일 만에 부모님의 원수를 갚는 목표를 실현하게 된다. 그리고 아내에게도 갚아야 할 원수가 있음을 알게 되어, 같은 날 아내의 부모님의 원수를 처단하게 된다.

흥미로운 점은 본 이야기에는 무사와 후처, 무사의 원수 갚기를 도와준 옛 부하, 그리고 그 부하의 아내의 이름은 등장하지 않는다. 대신 무사와 그의 후처의 원수인 '가도다 반조'와 '아마바라 류하본명은 시라사카 게키'의 이름은 구체적으로 제시하고 있다. 이렇게 주요 등장인물의 이름을 밝히고 있지 않는 것은 『무가의리 이야기』가 간행되던 시절에는 하루에

2명의 원수를 죽이는 일이 흔치 않았기 때문에 그렇게 좋지 않게 평가되었던 것으로 생각된다. 따라서 아무리 자신과 아내의 부모님의 원수를 갚고 무사로사의 의리를 지키는 일이라 하더라도 사이카쿠는 주인공들을 고유명사로만 처리했던 것이다.

그래도 후리소데振袖는 입어야지요

성인식[1]은 올렸지만 예전으로 돌아가 사랑의 꽃을 피우네[2]
개를 통해 전해준 깊은 사랑의 마음

후시미伏見 지방의 시로야마城山[3]는 지금은 복숭아나무 숲으로 바뀌어 소나 말을 방목하는 곳으로 황폐해졌지만, 옛날에는 여러 지방의 영주들이 살던 집들이 줄지어 지어져 있을 정도로 번창한 곳이었다. 그때 야마토大和 지방[4]의 성주[5]를 모시고 있던 무로다 이노스케室田猪之介라는 사람이 있었다. 그는 마음가짐이 강직했지만, 모습은 가냘픈 미소년으로서 얼핏 보기에는 여인이 아닌가 생각될 정도였는데, 심지어는 주군이 총애

1 원문은 '겐푸쿠(元服)'이다. 고대 중국의 풍습을 본따서 행해진 남성의 성인식으로서 에도(江戸)시대 무사의 경우 15~18세 사이에 이루어졌으며, 머리는 앞머리에서 정수리까지 밀고, 겨드랑이 부분이 닫힌 쓰메소데(詰袖)를 입었다.

2 에도시대의 남색은 성인이 되지 않은 미소년과 무사 간에 이루어지는 것이 일반적이었다. 따라서 성인식을 올리기 전으로 돌아가 남색의 사랑을 나눈다는 것을 뜻한다.

3 현재의 교토시(京都市) 후시미구(伏見区) 모모야마초(桃山町) 고조산(古城山)에 있었던 후시미성(伏見城). 1595년에 도요토미 히데요시(豊臣秀吉)가 세웠으며, 도요토미 씨가 멸망한 후인 1619년에 폐성(閉城)이 되었다. 성이 있던 자리에는 복숭아 나무가 심어졌으며, 엔포(延宝, 1673~1680) 이후에는 복숭아의 명승지가 되어 후시미 모모야마(伏見桃山)라 불렸다. 모모야마(桃山)시대라는 명칭은 이로 인해 지어진 이름이다.

4 지금의 나라현(奈良県)에 해당한다.

5 본 이야기의 시대적인 배경으로 보았을 때 전국(戰國)시대의 장수로 도요토미 씨의 다섯 장관 중 한 명인 마시타 나가모리(増田長盛, 1545~1615)에 해당한다. 1592년에 임진왜란으로 조선에 출병한 공으로 야마토(大和) 지방 고리야마성(郡山城) 20만 석의 땅을 하사받았다.

했던 신분 높은 후궁들인 하나花나 오초보おちょぼ로 착각할 정도로 그 아름다운 자태는 두 사람에 못지 않았다.

주군도 이노스케를 특별히 총애해서 다른 미소년보다 자주 잠자리를 시중들게 했다. 이처럼 주군의 총애가 커지자 모두들 그를 부러워하게 되었는데 누군가가 이노스케에게 시기하는 마음을 가졌는지 그의 연애에 대해 노골적으로 낙서를 해서 신상을 밝히는 글을 주군의 눈에 띄는 곳에 붙여놓았다. 무사들의 행동을 감독하던 관리가 이것을 발견하였는데 그의 임무는 잘잘못을 그대로 보고하는 것이기에 주군에게는 있는 그대로 말씀 올렸다. 그러자 주군은 이 일에 대해 조사를 하지도 않고 화를 크게 내더니 이노스케에게는 이유를 대지도 않고 고향으로 쫓아버렸다. 이노스케의 신병은 어머니가 계신 집으로 돌아가게 되자

"집 출입을 철저하게 금하라"[6]

며 거처 관리를 맡은 오카자와 산노신岡沢三之進이라는 이에게 엄중하게 명령을 내렸다. 명령대로 문이 닫기고, 삼엄하게 보초를 세우자 일가친척의 출입마저도 철저하게 감시당했다.

이노스케 모자는 도무지 무슨 죄를 저질렀기에 이런 처벌을 받아야 하는지 알 수 없었기에 할복을 할 수도 없었고 그저 어쩔 수 없는 불운을 한탄하며 집 안에서 계속 유폐되어 있었다. 이노스케의 하인들은 매년 계약으로 고용살이를 하는 이들이었기 때문에 주인이 이런 일을 당하자

"저희들도 먹고 살아야 하니까요"

라며 한 명도 남김없이 떠나가버리니, 두 모자가 겪고 있는 고된 세상 속

6 당시의 형벌조치 중에는 부모나 친족에게 돌아간 후 집의 문을 닫고 출입을 금하도록 하는 것이 있었다.

에서의 슬픔은 더욱 크게 느껴졌다. 아침저녁으로 밥을 짓기 위한 연기조차 피어오르지 않자 어머니는 아들의 처지가 딱하기만 해 마음이 아팠고 어머니가 어설픈 솜씨로 밥을 짓는 것을 보니 이노스케도 서글퍼 하면서 혹시나 우물물을 긷거나 절구 빻는 소리가 밖으로 새어 나가지 않을까 조심했다. 고달픈 나날을 보내고, 내일은 목숨이나 붙어 있을지 탄식하며, 하루 또 하루 지나온 밤을 헤아리다 보니 몇 달이 지났는지 기억조차 나지 않았고 몇 년이 되었는지도 잊어버렸다. 처마 끝의 매화를 달력으로 삼아 어느새 봄이 되었는가 하고 놀라며, 마치 꿈속에서 중얼거리듯 말하며 하루하루를 보냈다.

이제는 가지고 있던 식량도 다 떨어져 세상을 떠날 때가 되었음을 각오하고 어머니와 아들은 자결하기로 결심했다. 이것은 정말로 무사로서의 운명武運이 다한 것이라 할 수 있을 것이다. 어머니는

"나는 여자의 몸이니 자결을 한 모습이 추하더라도 죽고 난 다음에는 사람들은 용서할 것이다. 너는 수치를 드러내고 죽어서 후회를 남겨서는 안 되는 무사의 몸이니 나보다 먼저 세상을 떠나거라. 자, 이제는 더 이상 미련을 남길 필요가 없다"

라며 용기를 북돋아 주었다. 이노스케는 어머니의 뜻에 따라 헝클어진 귀밑머리를 가지런히 가다듬은 후 천천히 자세를 바로 잡고 앉았다. 그리고는 웃옷을 벗고 단도短刀를 칼집에서 힘껏 잡아 뺐다. 바로 그때 누군가가 키우고 있는 것으로 보이는 얼룩무늬 개가 가까이 다가왔는데, 보라색 개 목걸이에 종이로 된 봉투 두 개를 양쪽 목에 좌우로 묶은 채 무언가 말을 하고 싶은 듯이 꼬리를 흔들고 있었다. 이를 이상하게 여긴 어머니가 이 봉투를 열어보았더니 한 봉투에는 흰 쌀이 들어 있었고 편지에는

'목숨은 가볍도다'

라 쓰여 있었다. 또 다른 봉투에는 각종 먹을 것과 함께 편지에는

'의義는 무겁도다'[7]

라 쓰여 있었다. 이것을 보낸 이는 누구였는지 알 수가 없었다. 모자는 깊이 생각한 끝에

"편지에 쓰인 글을 살펴보니 함께 자결해서는 안 되겠구나. 자결이란 언제든지 할 수 있는 것이 아닌가. 이 개는 본 적이 없지만, 틀림없이 친척들 중에서 누군가가 우리를 불쌍히 여겨 보내주신 것 같다"

라며 개의 등을 쓰다듬어주자 개는 기쁜 듯이 돌아가버렸다. 그 개가 어디로 가는지 살펴보니 덤불이 우거진 사이로 기어들어 가는 것이었다. 그 뒤에도 새벽과 저녁에 사람들의 인기척이 뜸해질 때면 각종 음식을 가져다 주곤 했는데 그렇게 어느덧 2년여의 시간이 흘렀다.

시간은 활을 쏜 것처럼 빨리 흐른다는 말이 있듯이 이노스케 가문이 망한 지 이제 곧 5년이 되려 하고 있었다. 이노스케는 오랜 기간 유폐되어 있었기 때문에 기력도 쇠약해지고 병에도 걸렸다. 이제는 어쩔 수 없이 죽어야만 하는 운명을 한탄하고 있을 때였다. 그런데 여러 신들의 보살핌이 있었는지 주군이 법회法會를 열고 있을 때 이노스케에게 있었던 일을 떠올리고 그의 죄를 용서한다는 분부를 내렸다. 이노스케는 감사히 그 분부를 받아들고는 곧바로 탄원을 올렸다.

"지금까지는 유폐한다는 분부를 내려주셨으나 이제는 저의 죄를 다시

---

7 '의는 태산보다 무겁고 목숨은 새털보다 가볍다'라는 속담에서 유래된 말이다. 정의를 위해서 목숨을 버리는 것은 조금도 아깝지도 않다, 즉 의(義)가 얼마나 중요한 지를 나타내는 말이다.

한 번 살펴봐 주시고 용서해 주시기를 부탁드리옵니다."

그러자 주군은 이노스케의 탄원이 이치에 맞다고 생각하고, 예전에 낙서가 적힌 종이를 몰래 보내 주었다. 이노스케는 이것을 보고 곰곰이 생각해 본 끝에 예전에 사이가 안 좋았던 도요라 나미노조豊浦浪之丞가 자신을 시기해서 계획한 일이라는 것을 알게 되었다. 그리고 낙서를 쓴 인물은 떠돌이 무사인 이와사카 긴파치岩坂金八로서 상인들이 많이 살고 있는 지역에서 몸을 숨기고 병법을 가르치며 지내고 있다는 사실도 밝혀졌다. 도요라 나미노조에게는 할복형, 그리고 이와사카 긴파치에게는 참수형[8]이 내려졌고, 이노스케에게는 오랜 기간 고생한 것을 불쌍히 여겨 성인식을 올려줄 것을 명령했다. 그리고 200석의 봉록을 더해 주고, 한야쿠判役[9]라는 벼슬을 하사하자 이노스케는 예전보다 훨씬 더 출세하게 되었다.

이노스케는 자신에 대한 주위의 평판도 좋아지고 체면도 회복되자 다시금 고향으로 돌아갔다. 일가친척에게는 한 명도 빠짐없이 찾아가 인사를 드린 후, 예전에 개를 통해 음식을 보내준 고마운 분을 찾아가보려 했으나 전혀 알 수 없었다. 백방으로 수소문해 보아도 알 수 없어서 고심하면서 무사들이 살고 있는 저택을 구석구석 찾아보고 있었다. 그때 예전에 이노스케에게 찾아왔던 개가 어느 무사의 집 앞에서 낮잠을 자고 있는 것이 눈에 띄었다. 이노스케는 기쁜 마음으로 그 저택으로 다가가

"이곳은 어느 분의 집이신지요"

라고 물었다. 그러자 이름은 오카자키 시헤이岡崎四平로서, 성을 경비하는 총책임자라는 것이었다. 이노스케는

8 에도(江戸)시대에는 참수형이 할복자살형보다 더 큰 형벌이었다.

9 주군 대신에 문서에 도장을 찍는 역할.

'이 분이 나에게 은혜를 베풀어 주신 것을 생각하면, 내가 지금 주군을 모시며 일을 하고 있다고 하더라도 어찌 옛 일을 잊을 수 있겠는가. 특히 이번에 마음을 써 주신 것은 나의 목숨과 바꾸어도 그 은혜는 보답하기 어려울 것이다. 이제부터는 그 분의 신상에 무슨 일이 생긴다면, 나는 그 분을 위해 추호도 뒤로 물러서지 않을 것임을 신에게 맹세하겠다'
라며 진심을 다해 마음속으로 맹세했다.

이노스케는 그날 밤 몰래 하인을 보내서 시헤이를 자신의 집으로 초대했다. 이노스케 모자는 함께 눈물을 흘리며 기뻐하면서 여러모로 감사의 표시를 전했다. 어머니가 부엌으로 들어가자 이노스케는 차분한 어조로 예전에 개를 통해 음식을 보내주신 것에 대해 물어보았다. 시헤이의 대답은 이러했다.

"제가 모시는 주군께서 고향으로 돌아오시자[10] 저도 함께 왔습니다. 그 후 저는 당신을 사모하여 매일 밤마다 저택의 뒤에서 몰래 서성이며 이루어질 수 없는 마음을 달래고 돌아왔습니다. 그런데 언제부터인지 그 개가 당신의 집에서부터 저를 따라 오더니 당신을 사랑하는 저의 마음을 알아차리게 되었습니다."

그러자 이노스케는 부끄러움에 얼굴을 붉히며 대답했다.

"이제는 어쩔 수 없게 되었네요. 저는 이미 나이가 들어 성인식을 올린 터라 마치 아름다운 꽃의 가지가 꺾인 처지가 되었습니다. 고목같은 지금의 모습을 보여드리는 것은 안타까운 일이지만 이제는 더 이상 옛날 모습으로 돌아갈 수는 없겠지요. 그렇지만 저의 마음가짐은 변하지 않았

---

10 참근교대가 끝나고 에도에 있던 영주가 고향으로 돌아와 자신의 영지에서 생활하게 된 것을 말한다.

습니다. 말씀드리기 부끄럽지만 저를 받아주십시오"

그리고는 자신이 거처하고 있는 방으로 들어가 성인식을 올리기 전에 입었던 겨드랑이가 트인 고소데小袖[11] 차림으로 갈아입고, 베개 하나를 함께 베면서 두 사람은 꿈을 이루었다. 그때 나이는 이노스케는 원래 스물두 살이었음에도, 장난삼아 그만 스물한 살로 나이 한 살을 숨긴 것은 무사로서는 안 될 일이지만, 이것도 다 사랑 때문이었기에 탓할 수 없는 일이었다. 이것이야말로 진정한 남색男色의 마음가짐이라 할 수 있다.

11 통소매로 된 겉옷. 현재 일본에서 일반적으로 이야기하는 기모노의 원형으로서, 성인식을 올리기 전에는 겨드랑이 부분이 트인 옷을 입었다. 본 이야기의 제목에서의 '후리소데'와 같은 의미로 사용되었다.

◆ **삽화**

왼쪽의 인물이 손님으로 찾아온 오카자키 시헤이이며, 오른쪽의 후리소데를 입은 인물이 무로다 이노스케이다. 삽화 위측에는 촛불이 켜져 있는 것으로 보아 밤에 찾아온 것을 알 수 있으며, 다다미 위에는 베개 두 개가 있어 둘은 남색의 관계에 있다는 것을 상징하고 있다. 삽화 우측에는 담배를 피우기 위한 도구들을 모아둔 쟁반이 있다. 삽화 좌측 하단에는 위에서부터 순서대로 술을 데우는 냄비, 술 받침대와 술잔, 음식을 담아둔 찬합 두 개가 보인다.

◆ 도움말

본 이야기를 이해하기 위해서는 먼저 에도江戸시대의 무사들 사이에서 이루어졌던 남색男色 문화에 대해 이해를 해야 할 것이다. 현재는 남성간의 동성애에 대해 윤리적인 문제를 안고 있는 행위로 간주되기도 한다. 그러나 역사적으로 일본에서의 남색관계를 살펴보면, 고대부터 시작되어 근대에 이르기까지 여색女色과 대등하게, 때로는 여색보다 고차원적인 것으로도 인식되었으며, 지금처럼 금기시되지도 않은 극히 일반적인 사랑의 한 형태였다.

일본의 남색에 대해서는 『일본서기日本書紀』에 최초로 기록이 나타나며, 불교의 전파와 함께 급속도로 퍼지게 된다. 그 이유로는 여인금제女人禁制라 하여 여성은 영산靈山에 오를 수도 없었고, 승려는 여성을 가까이 할 수도 없었기 때문에 여성을 대신하여 동자승이 사랑의 대상이 되었기 때문이다. 그러다가 헤이안平安시대에 이르게 되면 남색은 귀족들에까지 유행하게 되는데, 특히 무로마치室町시대의 예능에서 아시카가 요시미쓰足利義満의 비호 속에 제아미世阿弥의 노能가 꽃을 피우게 되며, 둘 사이에는 남색 관계가 있었다는 것은 유명한 일이다.

전국戰國시대가 되면, 무사들의 내부적인 결속력을 강화하기 위해 남색 관계가 유행하였고, 에도시대의 경우 남색을 풍류로까지 생각하기에 이른다. 이처럼 일본에서는 특히, 무사, 승려, 예능자를 중심으로 남색이 번성하였는데, 이러한 남색의 특징으로는 성인이 되지 않은 미소년과 무사와의 관계, 승려와 어린 동자승과의 관계, 장군과 예능인과의 관계 등 다른 나라에서는 볼 수 없는 상하관계라는 독특한 권력구조 속에서 이루어졌다는 점이며, 그렇다고 해서 결혼은 남색의 상대가 아니라 여성과 했다는 점이다.

이와 같은 배경을 염두에 두고 본 이야기를 살펴보기로 한다. 본 이야기에서 중요한 키워드가 되는 것은 '목숨은 가볍도다'와 '의는 무겁도다'라는 편지의 내용일 것이다. 그렇다면, 여기에서 '목숨'과 '의'는 구체적으로 무엇을 지칭하는 것일까. 만약, 이노스케가 주군으로부터 어째서 유폐를 당해야 하는지 이유를 들었다면, 이노스케는 오명을 씻기 위해 스스로 '목숨'을 버려 자결을 하는 것이 당시의 무사로서의 일반적인 가치관이었다. 그러나 이노스케는 유폐를 당해야 하는 이유를 주군으로부터 듣지 못했기 때문에 주군의 허락 없이 자결을 하려고 하는 장면은 주군에 대한 '의'를 저버리는 것이었다. 따라서 시헤이가 편지를 보내면서 이노스케의 '목숨'을 구하는 것은 시헤이로서는 가장 중요한 '의'무였던 것이다. 한편, 시헤이로부터 편지와 먹을 것을 받은 이노스케는 주군에 대한 의리를 간접적으로나마 깨닫는 것과 동시에, 시헤이에 대해서도 '의'를 느끼게 된다. 즉, 이 시점에서 본 이야기에는 두 가지의 '의'가 동시에 나타나는 것이다.

그로부터 약 5년이 지난 후 주군은 이노스케를 용서하고, 오랜 기간 고생한 것에 대한 보상으로 200석의 봉록을 추가로 주며 성인식을 올릴 것을 허락한다. 에도시대의 성인식은 15~18세에 이루어졌으며 이를 통해 보면 22세, 나이를 한 살 숨겼다고 하더라도 21세였다고 하는 이노스케는 미소년이라 불리기에는 한참 지난 나이였다. 남색관계가 이루어지기 위해서는 한쪽이 미소년이라는 신분이라야 했다는 점으로부터 보면, 둘 사이의 사랑은 당시의 가치관으로는 애초에 이루어질 수 없는 관계였던 것이다.

그렇기 때문에 이노스케가 "이제는 어쩔 수 없게 되었네요"라 말하는 장면은 미소년으로서의 전성기를 지났으며, 지나간 5년이라는 과거는 돌이킬 수 없다는 것에 대한 슬픔이 섞인 말이다. 또한, "나의 목숨과 바꾸어도 그 은혜는 보답하기 어려울 것이다"라 말하는 것은 '목숨은 가볍도다'와 '의는 무겁도다'라는 시헤이의 편지에 대해, 남색의 대상이 되는 것을 통해 '목숨'을 바쳐 '의리'를 지키겠다는 이노스케의 무사로서의 마음가짐이 나타난 것이다. 이노스케는 미소년 시절에 입었던 고소데 차림으로 갈아입는데, 성인식을 한참 지난 이노스케가 미소년 시절에 입었던 옷으로 갈아입는다는 설정은 당시로서는 매우 우스꽝스러운 차림이었다. 그렇지만, 이것도 시헤이의 사랑에 대해 보답하기 위한 '의'의 마음가짐이 있었기 때문에 가능한 일이었다.

권4의 제3화

원한 맺힌 영락통보永楽通宝[1]를 헤아리다

이것이야말로 비오는 날의 긴 이야기
유령이 비참한 신세를 호소한다네

호랑이띠 해에는 반드시 홍수가 일어난다는 말이 있다.[2] 옛날에 스루가駿河 지방에 있는 아베가와安部川 강[3]이 범람해서 나루터가 끊어져 버렸기 때문에 여행객이 열흘간이나 비를 피하면서 곤란을 겪었던 일이 있었다. 그 당시 스루가 지방은 전국 각지에서 찾아온 영주들의 거처로 가득했으며,[4] 장사꾼들은 큰돈을 벌 수 있었다. 또한, 이 시대는 돈[5]이 풍족했기 때문에 사람들은 풍요롭게 살 수 있었다.

---

1 중국 명나라의 1410년에 주조된 동전으로 일본에서도 무로마치(室町)시대(1336~1573)부터 유통되었으나 1608년에 사용이 금지되었다.

2 역사적으로 보더라도 1602년부터 『무가의리 이야기』가 창작되기 전인 1686년까지 1638년을 제외하고 호랑이띠 해에는 반드시 홍수가 일어났다.

3 시즈오카현(静岡県) 시즈오카시(静岡市) 아오이구(葵区)와 스루가구(駿河区)를 흐르는 하천.

4 1607년에 도쿠가와 이에야스(徳川家康)는 장군직을 히데타다(秀忠)에게 물려주고 자신은 슨푸(駿府, 스루가 지방의 관청 소재지)에 머물렀으며, 슨푸는 이에야스가 1616년에 죽을 때까지 매우 번성했다. 이처럼 당시의 역사적인 사실과 일치하는 내용을 이야기의 서두 부분에 배치하는 것을 통해, 당시의 독자들은 이 이야기 전체가 거짓으로 지어낸 이야기가 아니라 실제로 있었던 내용이라는 것을 제시하는 효과를 가지고 있으며 이를 통해 본 이야기에서 제시하는 '의리'에 대한 메시지가 설득력을 지니게 한다고 볼 수 있다.

5 원문은 '고반(小判)'. 역사적으로 보더라도 게이초(慶長) 연간에는 '게이초 고반(慶長小判)'이라는 이름으로 돈이 많이 주조되었으며, 스루가 지방에서는 1607년부터 돈을 주조하였다.

이때 북쪽 지방[6]에서 온 어느 성주城主가 있었다. 그의 별저別邸[7]는 중심지에서 서쪽으로 멀고도 멀리 떨어진 들판 끝자락에 있었는데, 이 별저 안에 있는 숙소[8]에는 부하 무사들이 1년씩 교대로 고향과 에도에서 근무하면서 지내고 있었다. 장마비가 계속 내리는 음력 5월의 어느 적적하기만 한 날이었다. 지즈카 다로에몬千塚太郎右衛門이라는 무사에게 운바모스케雲馬茂介라는 무사가 찾아와서 이런저런 세상의 이야기를 나누고 있었다. 그때 겹쳐진 비구름 사이로 저녁 노을빛이 살짝 드러나더니 고가라시木枯らし 언덕[9]의 숲을 비추었다.

"오늘은 정말로 기분이 좋은 날이로구나"

라며 먼 산을 오래간만에 바라보고는 하인들에게 명령했다.

"우산을 말리거라. 마당에 물이 고인 곳이 있으면 물을 떠내거라."

그러자 이 물이 대나무를 깐 툇마루 밑으로 가늘게 흘러 들어갔다. 옛말에

"천길 제방 둑이 개미구멍에 의해 무너진다"[10]

---

6 지금의 후쿠이현(福井県), 이시카와현(石川県), 도야마현(富山県), 니가타현(新潟県)을 지칭한다.

7 원문은 '나카야시키(中屋敷)'이다. 에도에 거주하고 있었던 지방영주나 상급 무사들이 비상사태를 대비하여 소유하던 곳을 말한다.

8 원문은 '나가야(長屋)'이다. 칸을 막고, 그 칸마다 사람이 살 수 있도록 길게 만들어진 집을 말하며, 하급 무사들이 살았다.

9 시즈오카시 아오이구 하토리(羽鳥)에 있는 와라시나가와(藁科川) 강 가운데의 모래톱에 있는 언덕으로서 와카(和歌)의 소재가 된 명승지였다. 언덕 위에는 고가라시(木枯) 신사가 있다.

10 『한비자(韓非子)』「유로편(喩老編)」에 '천길이나 되는 튼튼한 제방 둑도 자그마한 땅강아지와 개미 구멍에 의해 무너지고, 높이가 백 척이나 되는 집이라도 굴뚝 사이로 나온 자그마한 연기로 인해 불에 타버린다[千丈之堤, 以螻蟻之穴潰. 百尺之室, 以突隙之烟焚]'에 의한다. 여기에서 땅강아지와 개미는 보잘것없는 것을 비유하는 말이며, 사소한 잘못이나 방심으로 인해 커다란 실패나 재앙이 올 수 있다는 것을 뜻한다.

라는 말이 있듯이 순식간에 물이 땅 속으로 깊게 스며들더니 기둥도 기울어지고 벽도 무너졌다. 사람들은

"이것은 무슨 일이지?"

하며 땅 속이 무언가 수상쩍다면서 가래와 괭이로 서둘러 땅을 파내어 덮고 있던 흙을 치워보았다. 그러자 시체가 죽었을 당시의 모습 그대로인 채로 묻혀 있는 것이 드러났다.

두 사람은 조심스럽게 그 시체를 살펴보더니

"이것은 죽은 지 오래된 시체가 아니다. 약 4~5년 전에 묻힌 것 같은데 무언가 사연이 있을 것이다"

라며 함께 이야기를 나누고는

"일단은 관청에 먼저 보고하자. 마침 자네도 이곳에 계속 있으면서 자초지종을 지켜봐 왔으니, 지금까지 본 그대로 증인이 되어 주게"

라며 다로에몬이 부탁하자 모스케도 이 말에 승낙하며 대답했다.

"자네 말이 맞다. 곧바로 성주가 계신 곳[11]으로 함께 찾아가 보자. 내가 집으로 돌아갔다 오면 시간이 지체해 버릴테니, 자 지금 곧바로 함께 길을 떠나도록 하자"

그리고는 둘이서 함께 길을 나섰다. 그런데 대문 밖으로 나서려 하자 이미 관리가 문을 잠근 상태였다. 두 사람은 사정을 설명하면서,

"이것은 개인적인 일로 나가는 것이 아닙니다. 번藩의 행정을 총괄하는 무사님께 보고를 드려야 하는 일입니다"

라 말했다. 그러자 관리가 대답했다.

---

11 원문은 '가미야시키(上屋敷)'로서 고위급 또는 부유한 영주나 상급 무사들이 평상시에 거주하던 곳을 말한다.

"어떤 일이건 간에 오늘 밤에는 이 문을 열 수 없습니다. 두 분께서는 처음 이 별저에 발령받아 오신 데다가, 특히 최근에 고향에서 이곳으로 오셨기 때문에 이처럼 삼엄하게 경비를 서는 사정을 모르실 것입니다. 재작년 12월 23일에 환전상인[12]이 이 문으로 들어간 이후로 나오지 않았습니다. 그래서 여러 가지로 조사가 이루어졌지만 그가 어디에 있는지 도무지 알 수 없었습니다. 그의 친척들은 탄원서를 올렸고, 흉흉한 소문도 들렸습니다. 불쌍한 일이지요. 세로 줄무늬 모양의 무명 솜옷을 입은 그 남자를 매일 보았었는데, 관청에서는 그가 환전상인이었기 때문에 죽임을 당했다고 판단하신 건지 그 이후로는 이렇게 엄중하게 경비를 서고 있습니다."

이 말을 듣고 두 사람은

"그렇군요. 그런 사정이 있었다면 내일 다시 찾아오겠습니다"

라 말하고는 숙소로 돌아갔다. 그런데 죽은 사람을 다시 살펴보니 세로 줄무늬의 옷을 입은 것이 방금 전 문지기가 말한 사람임에 틀림없었다. 그래서 그 해에 이 숙소에서 살고 있었던 사람을 조사해 보니 다니부치 조로쿠谷淵長六라는 사람이 범인이라는 것을 알아냈다. 그는 이 많은 가신단의 무사들 중에서 두 사람과는 매우 가까운 사이였으며, 특히 다로에몬과는 친척관계였다. 다로에몬은 이번 일로 매우 난처해 하면서 고민하는 표정을 짓자 모스케가 다로에몬의 속내를 눈치채고는 이렇게 말했다.

"이번 일은 자네와 내가 마음속으로만 알고 있으면 끝날 일이지 않겠는가?"

12 잔돈을 금화나 은화 등으로 환전하면서 수수료를 받았던 행상인을 말한다.

그러자 다로에몬은 안심한 듯,

"그렇다면 비밀로 해 두세"

라 대답했다. 그리고는 하인들에게는 입 밖에 내지 말라고 당부하고 모스케는 밤늦게 자신의 숙소로 돌아갔다.

그런데 다음날 날이 밝아 오전 8시 경이 되자 성주 쪽으로부터 무사들을 감독하는 관리가 도착했다. 그리고는

"전에 행방불명이 된 환전상인에 대한 조사를 할 것이다"

라는 소문이 몰래 들려왔다. 다로에몬은 이 이야기를 듣고는 곧바로 모스케의 집으로 달려가서 따졌다.

"어젯밤에 그렇게 약속을 했었는데 이런 일이 벌어지다니. 비겁한 자식! 어떻게 이럴 수가 있단 말이냐. 자네의 목을 쳐버리겠다."

그러자 모스케는 침착하게 대답했다.

"내가 이제 와서 변명할 생각은 없네. 그렇지만 나는 아무에게도 말하지 않았다는 것을 하늘에 대고 맹세할 수 있네. 그래도 우리 외에는 아무도 이것을 말할 사람은 없으니 어떻게 된 일인지 알 수가 없네. 이제는 어쩔 수 없게 되었으니 자, 자네의 상대를 해 주겠네."

그때 모스케는 27세였으며, 다로에몬은 23세였다. 서로 간에 있는 힘껏 목소리를 높여 싸우더니 동시에 서로 베어 두 사람은 장렬히 이 세상을 뜨게 되었다.

이 사건 또한 하급 관청에서 조사하게 되었고, 다음과 같은 사실이 상세하게 밝혀졌다. 환전상인이 죽었다는 것은 모스케가 고발한 것이 아니었다. 사실은 성주가 머물고 있는 곳의 내현관內玄関[13]에 어떤 남자가 나타나더니,

"저는 재작년에 목 졸려 죽은 환전상인입니다. 오늘 밤에 저의 죽은 몸이 땅 밖으로 나와 기쁩니다. 빼앗긴 금화 열세 냥[14]의 돈을 되찾아 주십시오"
라고 말하는가 싶더니 곧바로 사라져버렸다. 사실은 이런 일이 있었기 때문에 조사가 시작된 것이었다. 따라서

"그렇다면 그 환전상인의 망령이 나타난 것이로구나"
라는 이야기가 나오게 되어 이렇게까지 일이 진행된 것이었다. 결국 이 이야기는 고향에도 전해졌다. 환전상인을 죽인 것은 다니부치 조로쿠의 부하가 한 짓이라는 것이 판명되었지만, 조로쿠는 다로에몬과 모스케 두 사람이 가졌던 마음가짐에 대한 이야기를 듣게 되자, 자신도 서슴지 않고 목숨을 끊었다. 조로쿠는 올해 25세로서, 여름밤의 꿈과도 같은 이야기였다.

---

13 가족이나 하인들이 출입하는 현관.

14 원문은 "十三両の小判"이다. 금화 한 냥에 대한 가치는 시대에 따라 급격한 변동이 있기는 하지만, 일본은행 금융연구소 화폐박물관(日本銀行金融研究所貨幣博物館)의 홈페이지에 실린 해설을 인용해 보면, 에도(江戸)시대 초기에는 한 냥이 현재의 약 10만 엔 정도의 가치가 있었으며, 중·후기에는 약 4~6만 엔, 말기에는 3,000~4,000엔 정도까지 가치가 하락하였다고 한다. 따라서, 본서가 지어진 에도시대 초기를 기준으로 보면 약 130만 엔 정도의 가치가 있었다고 볼 수 있다.

◆ 삽화

영주가 살고 있는 곳에 환전상인이 나타난 장면이다. 환전상인은 홑옷 차림에 어깨에는 돈을 꿰맨 꾸러미를 매고 있으며, 구름을 타고 있는지 불길에 휩싸여 있는지 분명하지 않지만 다리가 그려져 있지 않은 것을 통해 그가 유령이라는 것을 나타내고 있다.

◆ 도움말

이하라 사이카쿠는 '연상聯想'을 주안으로 하는 하이카이 시인俳人으로 작품 활동을 시작했다. 그렇기 때문에 시대를 설정할 때 계절과 관련된 연상기법을 사용하는 경우가 많았는데, 본 이야기의 서두부분에서 호랑이띠 해에는 반드시 홍수가 일어난다는 말로 시작하는 것은 '장마', '흐르는 물', '사자死者'를 연상시키는 역할을 하고 있다.

다로에몬과 모스케가 살고 있는 숙소는 성주가 있는 '가미야시키上屋敷'로부터 '서쪽으로 멀고도 멀리 떨어진 들판 끝자락에 있었'다. 여기에서 원문을 보면 알 수 있듯이 아득히 먼 거리를 뜻하는 단어가 2차례나 사용되었으며, 게다가 들판의 끝자락에 있었다. 이처럼 무사들의 숙소가 멀리 떨어져 있음을 강조하고 있는데, 이것은 본 이야기를 이해하는데 매우 중요한 포인트가 된다.

한편, 시체를 발견한 두 사람은 상부에 보고하기 위해 길을 떠나려 하지만 이미 밤늦은 시간이었기 때문에 문지기는 두 사람이 밖으로 나가는 것을 금지시켰다. 마침 환전상인이 행방불명된 사건이 있었기 때문에 경비는 더욱더 삼엄한 상태였다. 두 사람은 하는 수 없이 숙소로 돌아와 시체를 살펴보니 죽은 사람은 행방불명된 환전상인이라는 것을 알게 되었으며, 범인은 두 사람과는 매우 가까운 사이인 데다가 다로에몬과는 친척 관계라는 사실도 알게 되었다. 곤란해하는 다로에몬의 모습을 눈치챈 모스케는 이 일을 비밀에 부치기로 제안하는데, 이것은 두 사람 사이에서 생겨난 사적인 '의리'라 볼 수 있다.

그런데 문제는 다음날 오전 8시경이 되자 성주 쪽으로부터 관리가 도착하였고, 행방불명된 환전상인에 대한 조사가 이루어질 것이라는 소문이 돌게 된다. 이때 다로에몬은 어젯밤에 약속한 지 얼마 되지도 않았는데, 모스케가 '의리'를 저버리고 고발했다는 생각을 하게 되고, 모스케에게 찾아가서는 무사로서는 가장 모욕적인 '비겁한 자식'이라는 말로 매도한다. 물론 다로에몬의 추측대로, 살인사건을 상부에 보고할 수 있는 사람은 모스케나 그의 하인밖에 없었을 것이다. 그러나 잘 생각해 보면, 성주가 있는 곳과는 '멀고도 멀리 떨어진', '들판 끝자락'에 있었으며, 게다가 밤늦게 다로에몬과 헤어진 모스케가 날이 밝아 성문이 열리자마자 상부에 가서 보고하고, 상부로부터 조사단이 파견되어 도착하기에는 오전 8시 경이라는 시간은 무리라는 것은 어렵지 않게 알 수 있다.

결국 두 사람은 있는 힘껏 싸우다 함께 죽게 된다. 그 후 상부에서는 환전상인이 어째서 죽게 되었는지 알게 된 경위가 밝혀지게 되는데, 그것은 환전상인의 유령이 나타나 자신의 억울한 죽음을 호소하면서 잃어버린 돈 열세 냥을 찾아달라고 호소했기 때문이었다. 이와 같이 잃어버린 돈을 찾아달라는 환전상인의 호소는 결국 다로에몬과 모스케의 죽음과는 아무런 관련이 없는 일이었고, 다로에몬의 추측 또한 아무런 근거가 없는 성급한 결론이었던 것이다. 한편, 조로쿠의 경우에도 다로에몬과 모스케의 숭고한 죽음에 감동하여 자결하기는 했지만, 환전상인의 호소는 잃어버린 돈을 찾아달라는 것이었기 때문에 조로쿠의 죽음도 무의미하게 되어버리는 결과가 되었다. 이렇게 세 무사가 허무하게 죽게 된 것은 모두 20대 초중반의 혈기왕성한 나이의 무사로 설정되었기 때문이기도 하다.

그렇다면 본 이야기는 '의리'와 관련지어 보았을 때 어떻게 이해해야 할까. 그것은 『무가의리 이야기』의 서문과 관련지어 보았을 때 '사사로운 일 때문에' 공과 사를 구별하지 못한 '진정한 무사의 도리라 할 수 없'다며 비판한 무사상이 그려진 것이다. 즉, 세 명의 무사는 주군을 위해 목숨을 바친다는 본래의 의무에서 벗어나, 공과 사를 구별하지 못하고 개인적인 의리와 인간관계를 중요시하다 죽게 된 것이다. 그리고 이것은 주군의 입장에서도 세 명의 무사를 잃게 되는 결과를 낳게 되었다. 본 이야기는 무사로서의 이상적이지 못한 모습을 나타내는 것을 통해 이상적인 무사의 모습을 역설적으로 나타내고 있는 이야기라 생각할 수 있으며 자세한 내용은 본서의 해제를 참조 바란다.

무명 모자 뒤집어쓰고 거짓 세상살이

교토에서 유명한 1할 수수료 떼기

무사의 딸은 진심이 있는 법이다

유녀란 실로 만든 장식이 달린 베개[1]를 베면서 한 남자와 잠자리를 갖지 못한다. 어제는 꿈이 되어 지나가고, 오늘은 절망의 늪에 빠져 얕은 못이 냇물로 바뀌듯이 매일매일 상대 남자를 바꾸어야 한다. 이러한 처량한 자신은 좋아하지도 않는 남성을 위해 자기 몸을 괴롭힌다. 터무니없는 거짓 눈물을 흘리며 기다림도 이별도 그곳에서 끝내 버리는 것이다. 어느 여성이 유녀 일을 시작한 것일까. 괴로운 세월을 일하며 보내는 것만으로도 서러운데 요즘은 옛날처럼 바람둥이가 유녀가 되는 것이 아니라 가난한 부모가 세상을 살아가기 위해 팔아넘겨 몸을 파는 유녀가 된다. 모두가 천한 집안의 여성이라고 할 수는 없다. 태어날 때부터 유녀의 혈통이 정해진 것이 아니라 불운한 세상을 만나 그렇게 되는 것이다.

일찍이 세키가하라関ヶ原의 전투[2]에서 대단한 공적을 쌓아 이름을 떨친 무슨 무슨 수령님[3]이라는 무장의 손녀가 있었다. 그런데 그 아버지는 몰

1 양 끝에 장식으로 여러 가닥의 실이 달린 베개를 말하며 유녀가 사용했다.
2 1600년 미노(美濃) 지방의 세키가하라(関ヶ原)에서 이시다 미쓰나리(石田三成)를 중심으로 결성된 서군과 도쿠가와 이에야스(徳川家康)를 중심으로 결성된 동군이 맞붙은 전투를 말한다. 천하를 판가름하는 대규모 전투였으며 동군의 승리로 끝났다.

락한 무사 신분이 되어 지금은 교토京都 북쪽의 산골 마을에서 적적하게 살고 있었다. 불쏘시개로 쓰기 위해 모은 낙엽에 파묻힌 오두막집에 묻혀있듯 이름도 묻힌 채로 살아가고 있었는데, 감기에 걸려 병사하고 말았다. 그 후로 어머니 손에 자란 딸이 열두 살이 되자 봄꽃에 비유하여 고자쿠라小桜라는 이름으로 불리게 되었다. 시골풍의 쌍갈래로 동여맨 머리[4]는 금박으로 된 상투끈을 매달아 당시 유행하는 머리 형태로 꾸며 조금 시골풍이지만 교토의 사람들도 뒤돌아볼 만큼 아름다웠다.

어느 날 이 모녀가 사는 곳에 전국으로 유녀를 알선해 주는 여인이 찾아왔다. 그 여인은 딸이 매우 뛰어난 미모를 지닌 것을 보고,

"이토록 아름다운 미모를 이대로 시골에서 쓸데없이 낭비하는 것은 아깝습니다. 다행히 나니와難波[5] 지방 영주님의 어머니가 아름다운 시녀를 찾고 계신 터라 어제도 어떤 분이 에보시烏帽子와 옷차림을 갖춘 귀족의 따님을 장래를 생각해서 보내셨습니다. 댁의 따님도 어느 훌륭한 무가 집안의 부인이 될지도 모릅니다"

라고 그럴싸하게 꾸며대며 말을 건네니 어머니는 잘 알겠다면서,

"딸의 앞날을 위해서 좋다면야 그것이야말로 제가 원하는 바입니다. 모두 당신께 맡기겠습니다"

라고 하니 여인은,

"그럼 저에게 맡겨 주세요"

라고 대답하였다. 이튿날 일찍부터 탈 것을 보내어,

---

3 본문에서는 구체적인 실명을 밝히지 않고 있지만, 지금의 아이치현(愛知県)에 해당하는 미카와(三河) 지방의 수령인 시시도(宍戸)라 생각된다.

4 아이의 머리를 두 갈래로 갈라 양쪽 귀 위에 뿔처럼 동여맨 것.

5 지금의 오사카시(大阪市) 우에마치다이치(上町台地) 북부 일대.

"자, 그럼 데리고 가겠습니다"

라고 정중하게 말을 하고는,

"이것은 감사의 표시로 드리는 사례금입니다"

라며 고소데小袖[6]와 금화 10냥을 어머니에게 건네주었다. 그리고 옆집 남자를 불러 대필을 부탁해 증서를 쓰게 하였다. 눈물을 흘리며 이별을 슬퍼하는 모녀에게,

"다가올 설날에는 휴가를 얻어 곧 다시 만날 수 있습니다"

라고 말하며 딸을 데리고, 곧바로 후시미伏見[7]에 있는 배로 이동하였다. 딸은 강변을 따라 이어지는 마을을 신기하게 바라보면서, 흐르는 파도처럼 자신도 떠도는 신분이 될 것임은 물새도 알려주지 않고 여인도 입을 다물고는 알려주지 않았다. 그 여인은 오사카에서 유곽이 몰려 있는 신마치新町의 사도지마야佐渡島屋의 아무개 유곽에 딸을 팔아버리고 교토로 돌아가 버렸다.

고자쿠라는 아무것도 모른 채 화려한 복장의 유녀와 가무로禿[8]가 여럿이 모여 세련된 모습을 하고 있는 것을 보고 기쁘게만 생각했다. 그녀는 유녀들이 일을 마치고 기분전환을 하기 위해 조개 맞추기 놀이[9]나 와카和歌 맞추기 놀이[10] 등의 고상한 놀이를 하는 데에 끼여들었다. 고자쿠라

---

6 에도(江戸)시대 무가 여인이 가을에서 봄에 걸쳐서 예복으로 입거나 부유한 상인의 신부가 결혼식 때 입었던 옷을 말한다.

7 교토시(京都市) 남부의 지명. 당시에는 후시미에서 오사카(大坂)까지 뱃길이 있었다.

8 다유(太夫), 덴진(天神)과 같은 고급 유녀의 시중을 드는 10세 전후의 소녀이다. 14~15세가 되면 다유나 덴진과 같은 유녀로 길러진다.

9 360개의 조개 껍데기를 사람들에게 나누어주고 각자 조개 껍데기를 좌우 두 갈래로 나눈 후 오른쪽 조개 껍데기를 늘여놓고 왼쪽 조개 껍데기를 하나씩 내면서 짝을 맞추는 놀이이다.

10 와카(和歌)의 넷째와 다섯째 구를 쓴 카드를 늘어놓고 한 사람이 읊는 첫째, 둘째, 셋째

는 매사에 현명하고 마음씨가 착해 미움을 받지 않았다. 주인은,

"이 아이는 제일 높은 마쓰松가 되어야하고 꼭 그렇게 될거야"

라고 나중을 기대하며 더 욕심내어 다른 유녀보다 소중히 생각하였다. 그때까지 고자쿠라는 유녀가 될 거라고는 생각하지 않았지만,

"고바야시라는 가무로를 '마쓰야마님'이라고 부르게 하고 최고 유녀인 다유太夫 다음가는 유녀로 만들어 내일부터 손님을 받게 하겠다"

는 말을 듣고 자기 일이라는 사실을 알게 되었다. 그러자 이 딸은 유녀가 되는 것이 슬프기만 해서 그로부터는 꾀병을 부리고 지어다 준 약도 먹지 않았다. 게다가 음식을 먹지도 않았으며 주인의 한탄도 신경 쓰지 않은 채 아무 말도 하지 않고 사람을 만나지도 않았다. 눈을 감은 채로 4월 말부터 자리에 누우니 5월의 장마로 하늘이 어두울 즈음에는 마음도 캄캄해지듯이 의식도 없어졌다. 사람들은 이를 슬퍼하며,

"너를 절대로 유녀로 두지는 않겠다. 건강을 되찾으면 집으로 돌려보내주겠다"

라고 말하였지만, 이제 와서 새삼스럽게 무슨 말이냐며,

"나도 무사의 자식입니다"

라는 한 마디 말을 유언으로 남기고 죽고 말았다. 다유가 될 아이였는데 애달픈 일이었다.

구를 듣고 이어지는 구가 적힌 카드를 찾는 놀이이다.

◆ **삽화**

이불 위에 앉아 있는 여인이 유녀인 고자쿠라이다. 그 앞에 부채를 들고 앉아 있는 사람이 유곽 주인으로 고자쿠라를 설득하고 있다. 고자쿠라의 뒤쪽에 앉아 있는 두 명의 여인은 그녀를 보필하는 하녀이고 삽화의 오른쪽 아래는 가무로(禿)라 불리는 어린 소녀이다. 보통 유녀 1명에 보필하는 하녀 2~3명, 어린 소녀 가무로 2명 정도가 함께 다닌다.

◆ **도움말**

후지모토 기잔藤本箕山의 유녀 평판기 『색도대경色道大鏡』1678년경 성립에는 '모로코시唐土'라는 유녀의 이야기가 나온다. 오사카 신마치新町 사도지마야佐渡島屋의 유녀 모로코시의 아버지는 세키가하라 전투에 참전한 미카와三河 지방 수령인 시시도宍戸의 후손이었으나 몰락한 무사가 되어 궁핍하게 생활하고 있었다. 아버지는 딸이 열네 살이 되던 해에 사도지마야에 보내어 유녀가 되게 하였고, 모로코시는 이를 거부하다 죽기 직전에 자신을 찾아온 아버지를 만나지도 않았다. 세키가하라 전투에 참전한 무사 집안의 후손이면서도 자신의 딸을 유녀로 만들었기 때문에 아버지로서 자격이 없다는 이유였다.

본 이야기에서는 에도江戸시대의 유녀는 천한 집안의 여성이 아니라 어느 정도 신분이 있는 집안의 여성일 수도 있다는 것을 말해준다. 이야기 마지막에 "나도 무사의 자식입니다"라고 말하며 죽은 고자쿠라는 여성임에도 무사의 자식이라는 것을 강조하고 있는데 이는 무사 집안 출신이라는 자랑스러움의 표출이라고 할 수 있다. 이처럼 사이카쿠가 『색도대경』을 참조하여 본 이야기를 창작하였음을 이야기 내용의 공통점을 통해 알 수 있다. 하지만 동시에 두 이야기는 자신을 유녀로 만든 아버지에 대해 원망하는 모로코시와 스스로가 무사 집안의 자식임을 자랑스럽게 여기는 고자쿠라를 그리고 있다는 점에서 차이점이 두드러진다.

권5

一. 목수가 새벽녘에 주운 돈뭉치

미녀 딸이 갑자기 쌀집을 하다니

궁합도 보지 않고 연을 맺다

二. 같은 자식이라도 누구는 버리고 누구는 안고 도망치다

마음가짐이 굳건한 여인의 계획

인정을 아는 무사의 도리

三. 사람 말은 끝까지 듣는 게 좋다

누가 더 예쁜지 경합하는 꽃들

마지막에는 판단이 가능한 법

四. 약속했던 일이 허무한 칼날로

같이 했던 마음도 변하고 마는 이 세상

무사는 악명을 견디기 힘들어

五. 두 남자에게 반하다니 몸이 두 개였다면

적으로 만난 두 남자를 모두 사랑한 유녀

심사숙고해서 죽음을 선택한 이야기

목수가 새벽녘에 주운 돈뭉치

미녀 딸이 갑자기 쌀집을 하다니

궁합도 보지 않고 연을 맺다

이시다石田[1] 지부쇼유治部少輔[2]가 한참 권세를 떨치고 있었을 시절, 하나조노花園라는 미녀를 교토에서 데려와 침실에 두고 총애하였다. 그렇게 지내던 중 이시다는 농성전투[3]에 들어가야 할 때가 되었기에 하나조노가 목숨을 잃게 되지 않을까 염려되어 넌지시 교토에 있는 부모 곁으로 되돌려 보냈다. 그 뒤 하나조노는 나리님이 전사하셨다는 세상 소문을 전해 들었지만 원래 상인의 딸이니 무사처럼 뒤따라 목숨을 끊을 수도 없는 노릇이라[4] 여승이라도 되어 나리님의 극락왕생을 빌고자 굳게 결

1 16세기 후반기에 활약한 오미(近江) 지방 출신의 무장 이시다 미쓰나리(石田三成, 1560~1600)를 말한다. 도요토미 히데요시(豊臣秀吉)의 다섯 가신 중 한 명으로 임진왜란 때 조선으로 출병해서 조선 전국에 큰 피해를 입히고 행주산성 전투에서 권율 장군에게 대패한 적이 있다. 도요토미 히데요시가 사망하자 일본으로 돌아가 그의 아들 히데요리를 보좌하는 역할을 하였으나 세키가하라(関が原) 전투에서 도쿠가와 이에야스(徳川家康)에게 패하여 교토에서 처형당했다. 이 전투에서 승리한 도쿠가와 이에야스는 1603년에 장군(将軍)으로 임명되면서 에도 막부의 시대를 열었다.

2 혼인, 상속, 장례 등을 관장하는 종오위하(従五位下)의 관직이다.

3 이시다 집안의 성(城)은 사와야마 성(佐和山城)이었는데 1600년에 있었던 도쿠가와 군과의 농성전투에는 이시다 미쓰나리는 참가하지 않고 그의 부친과 형이 전투에 패해 자결했다.

4 모시고 있던 주군이 사망하더라도 무사계급과는 달리 상인들은 같이 순사하는 풍습은 없었다.

심했다. 그렇지만 그마저도 모친이 애절하게 만류를 하니 어쩔 수 없이 살아가게 되었다. 부친이 잘 꾸려 왔던 조그만 쌀가게를 이치조一条 호리카와堀川[5]부근에서 차려 모녀가 함께 하루하루의 생계를 이어가게 되었다. 모친은 언젠가는 누군가를 데릴사위로 받고자 했지만 세상 사람들이 이말 저말을 하면서 이 집을 지부治部[6] 쌀집이라고 떠들어대는 통에 집주인은 사람들의 이목을 꺼려 이 쌀가게를 옮기게 했다. 그런데 옮겨간 곳에서도 또 이야기를 전해 듣고 이마저도 쫓겨나는 신세가 되니 넓은 도시에 몸 둘 데가 마땅치 않아 자그마치 25번이나 이사를 한 난처한 처지에 몰리게 되었다.

어쩔 수 없이 후시미伏見[7]의 한 구석에 초가집을 마련했는데 그곳마저도 또 사람들에게 알려지는 것이 두려워 아침 일찍 교카이도京海道[8] 길로 나와 가재도구를 나르게 했다. 예전에 나리님 댁에서 지낼 때 하사해 주셨던 금, 은화를 많이 모아두고 있었는데 여러 이삿짐 안에 나누어서 넣어 두었다. 그중 은 3관[9]은 침구 속에 보이지 않게 챙겨 두었다. 짐꾼들이 앞다투어 길을 서둘러 가는 중에, 마쓰바라松原 거리의 이나바야쿠시因幡薬師[10] 절 앞에서 잠시 휴식을 취하고 있었을 때 그 은화가 잠옷 소맷자락에

5 이치조(一条)는 교토시(京都市)의 동서의 주요 지역을 가르는 길이고 호리카와(堀川)는 교토 시가의 서쪽 지역을 북에서 남으로 흐르는 강과 길을 가리킨다. 따라서 이 지역은 두 길이 교차하는 부근을 말한다.

6 미쓰나리의 관직이였던 '지부쇼유'를 줄여서 '지부'라고 칭하고 있다.

7 교토시 남부의 지명. 헤이안(平安)시대부터 귀족들의 별장이 있었기 때문에 사원이 많이 건립되었다. 도요토미 히데요시가 후시미 성(伏見城)을 축성하자 성을 중심으로 마을이 발달했다.

8 오사카(大坂)의 교바시(京橋)로부터 후시미를 거쳐 교토로 이어지는 주요 도로.

9 은 3관은 금 50냥에 해당하는 금액이다. 금 1냥은 현대의 화폐가치로 약 10만 엔 정도로 환산할 수 있으므로 은 3관은 500만 엔 정도의 거금이라고 볼 수 있다.

10 교토시 시모교구(下京区)에 있는 뵤도지(平等寺) 절의 별칭으로 약사여래(薬師如来)가

서 수로 옆으로 떨어진 것도 모르고 모두들 후시미로 떠나가 버렸다.

한편 오미야大宮 거리[11]에 규자에몬久左衛門이라는 목수가 살고 있었다. 이 남자는 이전에는 지쿠고筑後[12] 지방의 유서 있는 무사였지만 어쩔 수 없는 사정으로 무사 자리를 잃고 지금은 생각지도 못했던 목수쟁이가 되었다. 그렇지만 사람은 닥치면 다 해내기 마련인지 규자에몬은 현명하게 세상을 살아가면서, 아침 첫서리를 개의치 않고 매일 가미쿄上京의 부자동네[13]에 일하러 다니다가 이날 아침 우연히 이 은화를 줍게 되었다. 규자에몬은 그 은화를 집으로 몰래 갖고 가서 아내에게 자초지종을 말하면서

"이건 하늘이 내려주신 복이다. 친척들에게도 이 일은 말하지 말아 주시오"

라며 신신당부하고 자신은 보통 때처럼 다시 목수일에 나섰다.

그 뒤 아내는 남편을 의심하기 시작했다.

"이렇게 많은 돈이 떨어져 있을 리가 만무하지. 이대로 있다가는 무슨 봉변을 당할지 모를 거야. 나뿐만이 아니라 집안 모두가 피해를 입을 거야"

라고 어리석은 여자 마음에 이 일을 집주인에게 넌지시 말해 버렸다. 집주인은 당사자의 부인이 말하는 것이기에 놀라는 것도 당연했다. 그리고는 그 지역 담당관리[14]에게 이 일을 알리자 온 동네에 소문이 퍼졌고

"규자에몬이 돈을 숨기고 있다는 것이 수상하기만 하다. 아무래도 우리들의 어리석은 판단으로는 감당하기 어려우니 관청에 신고하는 것이

본존이다.

11 교토의 서쪽 끝에서 남북으로 이어지는 거리를 말한다.

12 지금의 후쿠오카현(福岡県) 남부 지역.

13 지금의 교토 북부지역의 가미쿄구(上京区)로 부자들이 많이 거주했다.

14 마치토시요리(町年寄)라는 직책으로 주요 도시의 총책임자인 마치부교(町奉行) 밑에서 시민에 대한 포고나 명령의 전달, 세금 징수 등의 공무를 처리하던 관리이다.

좋겠다"
고 의견을 같이 했다. 그러자 해당 관청의 관리가 우선 규자에몬을 불러 조사하였는데 아무리 여러 번 다그쳐 물어봐도 끝내 주운 것이라고 버티었기에 나중에 문제가 될 소지가 있어서 이 건을 상급관청에 다시 신고했다. 그러자 관청은 교토의 7개소 출입구에 방을 붙이고 이 은화를 잃어버린 사람이 나타나지 않을 시에는 규자에몬을 용의자로 심문을 할 것이며 그때까지는 해당 관청에서 신병을 확보하기로 했다.

그리고 2, 3일이 지났다. 지부 쌀집 모녀가 소송에 나와 잃어버린 꾸러미 안의 물건들을 말한 뒤,

"이 은화를 잃어버린 주인이 나서지 않으면 주운 분이 난처해지실 것 같아 그 어려움을 도와 드리려고 말씀 올립니다. 그 돈은 일단 한번 잃어버린 돈이니 주우신 분에게 드리고자 합니다"
라고 말했다. 재판관은 전대미문의 사심없는 여자의 마음이 드러난 진술이라고 탄복했고 여러 상황을 자세히 조사한 뒤

"과연 이시다 영주님을 모실만한 마님이시구나"
라고 칭찬했다. 그 뒤 규자에몬을 소환해서,

"무엇보다도 돈의 주인이 나타난 것은 그대의 복이다. 만일 주웠다는 사실이 밝혀지지 않았다면 뜻밖의 어려움을 당했을 것이다. 애당초 일이 이렇게 위험하게 벌어진 것은 그대의 부인이 자기 안위만 생각했지 부부의 정이라고는 없었기 때문이다. 그래도 지금처럼 같이 살아갈 작정인가?"
라고 묻자, 규자에몬은 배려 담긴 말씀에 황공해 하면서 눈물을 흘리고

"이런 몰인정한 여자를 앞으로 어떻게 믿고 살겠습니까? 이 자리에서 바로 연을 끊고 싶습니다"

라고 답했다.

"당연히 그래야 할 것이다. 그대의 부인은 남편의 처지를 걱정하지 않는 악인과 다를 바 없소"

라고 이야기하고는 재차 지부 쌀집 모녀를 불러서

"그대들은 여자들끼리 떠돌아다니는 신세로 살아가고 있으니 규자에몬을 사위로 삼아 만사를 맡기는 것이 좋을 듯 싶소. 그가 주운 3관의 돈은 그대로 지참금[15]이 될 것이오"

라고 분부하자 모녀는 함께 그 뜻을 받들기로 했다. 그러자 마을 사람들이 이 혼담을 주선해 주어[16] 목수는 쌀집으로 직업을 바꾸어 사위가 되었다. 부부가 서로 집안의 내력에 관해 말을 나누어보니 여자는 무가에서 교육을 받으며 자랐고 남자는 원래부터 무사였기에 조금도 천박한 마음가짐을 가지지 않으며 모친에게는 효를 다하고 집안도 번창하면서 잘 살았다고 한다.

---

15 당시는 신부나 데릴사위를 받을 경우 신랑이 지참금을 갖고 가는 것이 일반적이었다.

16 당시는 연애결혼이라 하더라도 형식상으로 주선자가 중간에서 주선을 해 주는 것이 일반적이었다.

◆ **삽화**

여주인공 하나조노의 이삿짐 행렬 모습을 그리고 있다. 큰 짐을 머리에 이고 앞서가는 하나조노가 뒤를 바라보며 이삿짐 행렬을 지켜보고 있다. 오른손에는 그날그날의 장사거래 내역을 적은 장부인 다이후쿠초(大福帳)를 들고 있는 것을 보아 상인들에게 가장 소중한 물건임을 암시하고 있다. 뒤따르고 있는 인부들의 삽화에서 당시 이삿짐 작업의 다양한 모습들을 엿볼 수 있다.

◆ 도움말

본 이야기에서는 영주 이시다 미쓰나리의 애첩이었던 지부 쌀집의 여주인 하나조노, 몰락한 무사인 규자에몬과 그를 밀고한 부인 사이에서 벌어지는 재판 내용이 주로 다루어지고 있다. 제목과 부제, 그리고 작가의 표면적 언설과 묘사를 통해 보면 은화를 주운 규자에몬과 작품 말미에서 결혼에 이르게 되는 하나조노가 의리 이야기의 주체가 되어 있고 규자에몬의 부인은 의리를 저버린 악역으로 설정되어 있다. 규자에몬의 부인은 거금의 은화가 길에 떨어졌을 리 만무하다고 남편을 의심한 끝에 밀고를 했고, 해당 관청에서 조사가 시작되자 하나조노가 스스로 출두해 규자에몬의 무죄를 입증해 줌으로써 재판관은 남편을 밀고한 부인은 악인으로 판결하고 규자에몬은 무죄가 되었다. 사이카쿠가 이 이야기에서 그리고자 했던 무사계급의 의리담은 하나조노가 무사 출신 규자에몬의 무죄를 입증해 준 행위를 말하는 것이고, 하나노조는 비록 상인 출신이기는 하지만 무가 집안에서 교육을 받으며 자랐기 때문에 이와 같은 행동이 가능했던 것이다. 규자에몬의 행위는 엄밀하게 따지면 습득한 물건을 분실한 주인에게 돌려주지 않고 스스로 사유화했다는 점에서 현대적 관점으로 보면 비도덕적이고 법률 위반이라고 볼 수 있다. 그럼에도 불구하고 재판관은 이 점을 전혀 문제시하고 있지 않고 남편을 밀고한 부인을 악인으로 판결하고 있음은 흥미롭다. 작가의 관심은 무사계급에서 몰락했던 두 사람의 결합이라는 극적 요소를 묘사하면서 다양한 무사의 의리담을 그리고 있는 것이다.

권5의 제2화

같은 자식이라도 누구는 버리고 누구는 안고 도망치다

마음가짐이 굳건한 여인의 계획

인정을 아는 무사의 도리

고슈江州 지방[1]에서 있었던 아네가와姉川 강 전투[2] 때의 일이다. 에이로쿠永録 12년 6월 29일[3]에 적군과 아군 모두가 잠시 전투를 멈추고 지친 몸을 쉬고 있을 때였다. 그때 적진의 구석진 곳에서 해질녘의 어둠을 틈타 누군가가 주위를 살피며 도망가는 모습이 보였다. 높은 곳에서 적의 동태를 살피는 책임을 맡고 있던 모쿠타 단고木田丹後의 부하가 이것을 발견하고, 대나무 숲이 우거진 들길을 헤치며 쫓아갔다. 가까이 다가가 보니 다부진 모습의 여인이 칼 한 자루를 차고, 일곱 살 정도 되는 남자 아이는 뒤따라가게 하면서, 아직 젖도 떼지 않은 아이 한 명을 품에 안은 채 뛰어 도망치고 있는 것이었다. 젊은 무사들이 순식간에 가까이 다가

1 오미(近江) 지방의 다른 이름으로서 현재의 시가현(滋賀県)에 해당한다.

2 아네가와(姉川) 강은 시가현 북쪽을 흐르는 강으로서 이 강을 사이에 두고 겐키(元亀) 원년(1570)에 오다 노부나가(織田信長)와 도쿠가와 이에야스(徳川家康)의 연합군이 아사이 나가마사(浅井長政)와 아사쿠라 요시카게(朝倉義景)의 연합군과 싸운 전투를 말한다. 이 전투에서 오다와 도쿠가와의 연합군이 크게 승리하였고, 아사이와 아사쿠라 일족이 멸망하게 된 단서를 제공하게 되었다.

3 본문에는 에이로쿠(永録) 12년(1569)으로 되어 있지만, 역사적으로는 1년 후인 1570년에 전투가 일어났다.

오자 여인은 자신이 안고 있는 젖먹이 아이를 미련 없이 버리더니, 뒤따라가고 있는 아이를 어깨에 둘러메고 약 200미터 정도 더 도망쳤다. 남겨진 아이는 울고 있었는데, 무사들 중에서 이 모습을 불쌍히 여기는 이가 있어서 아이를 끌어안아 보니 귀여운 모습의 딸 아이였다. 그 무사는 이 아이를 품고 다른 무사는 여인을 쫓아갔다. 여인이 결국 잡히게 되자 버드나무 가지 그늘에 남자아이를 내려놓고는 칼을 뽑아 머리 위로 번쩍 쳐들었다. 그때의 위세는 남자 못지않은 용맹한 모습이었다. 그렇지만 모쿠타 단고 쪽에서 많은 무사들이 달려왔기 때문에 여인은 더 이상 도망갈 수 없었다. 단고의 부하들 중에서 경험 많은 무사가 명령했다.

"저 여인을 죽이지 말고 사로잡거라."

싸움 끝에 무사들은 약간의 상처는 입었지만 결국 여인을 사로잡고,

"아무래도 뭔가 사연이 있는 여인인 것 같다"

라 말하며 거칠게 대하지 않았다.

무사들은 주군인 모쿠다 단고의 진영으로 이 여인을 끌고 들어와 자초지종을 보고했다. 그러자 단고는 여인을 향해

"그 아이는 누구의 자식인가? 있는 대로 솔직하게 말해 보거라"

라며 나지막한 목소리로 물었다. 그러자 여인은 오로지

"분하구나!"

라 말할 뿐 고개를 떨구고 눈물을 흘리며 아무런 대답을 하지 않았다. 단고는 점점 심상치 않게 여겨져, 여인이 데리고 있는 아이가 혹시 적의 장군의 자식은 아닐까 해서 잠시 살펴보고 있자니 그때 일곱 살 정도 되는 아이가 여인의 소매에 달라붙어

"아빠한테 가고 싶어"

라고 말했다. 그러자 단고는 이 아이가 신분이 천한 집의 자식이라는 것을 알게 되었다. 그리고는 여인에게

"너는 누구의 아내인가? 마음가짐이 훌륭하기에 용서하여 목숨만은 살려주겠지만, 무엇보다 두 아이 중 한 아이를 버린 것에 대해 물어보겠다. 자식을 사랑하는 마음은 큰 아이이건 작은 아이이건 마찬가지이거늘 젖먹이 아이를 버리고 걸을 수 있는 아이를 데리고 간 것은 무슨 이유인가? 시간이 지난 후 이 아이로부터 도움이라도 받겠다는 생각인가?"

라 질문했다. 그러자 여인은 고개를 들더니 마음속에 생각하고 있던 것을 있는 대로 이야기했다.

"저의 남편은 다케하시 진쿠로竹橋甚九郎라는 무사로서 예전에는 약간의 녹봉을 받았습니다. 떠돌이 무사가 된 후에는 이 시골 마을에서 농부로 살면서, 무사 시절에 탔던 말은 소로 바꾸고, 창은 괭이자루로 만들어 농사를 짓고 있었습니다. 그런데 이번에 일어난 전쟁으로 영지 내에 있는 백성들까지도 전쟁터로 끌려갔습니다. 남편이 떠나기 전날 밤 저에게 이렇게 말했습니다. '아무래도 이 전쟁에서는 이길 수 없을 것 같소. 하지만 나는 죽을 각오를 하고 이 집을 나서겠소. 그렇다고는 해도 부인까지도 목숨을 버릴 각오를 한다면 이것은 부질없는 짓이오. 서둘러 이곳을 떠나 이 두 아이를 남편이라 생각하고 성인이 될 때까지 정성스럽게 길러 집안의 대를 잇게 하시오'라며 몇 번이고 당부하였습니다. 그 후 저는 어쩔 수 없이 남편과 헤어진 후에 이렇게 적군의 무사들에게 잡히게 된 것입니다. 젖먹이 여동생을 버리고 큰아이를 살리려 한 것도 이유가 있습니다. 두 아이 모두 저희 부부 사이에서 태어난 자식이 아닙니다. 부부가 오랜 기간 함께 있어도 자식이 없는 것을 안타깝게 여겨 친척으로부

터 양자로 얻은 자식입니다. 큰 아이는 남편의 조카이고 여동생은 저의 조카입니다. 제가 죽은 후에 '팔이 안으로 굽어 자기 쪽의 조카를 살렸구나'라는 소문이 난다면, 비록 여자의 몸이라 할 지라도 수치스런 일이기 때문입니다."

단고는 여인의 의리義理에 가득 찬 마음가짐에 마음속 깊이 감동하고, 하인을 시켜 여인이 몰래 샛길로 도망가도록 하여 여인의 목숨을 구해주었다.

◆ **삽화**

삽화 왼쪽에는 여인이 일곱 살 정도 되는 아이를 뒤쪽에 숨기고 칼을 뽑고 있으며, 대나무 숲을 사이에 두고 세 명의 무사들을 맞이하고 있다. 삽화 오른쪽 아래에는 젖먹이 아기가 포대기에 싸인 채 버려져 있는 모습이 보인다.

◆ 도움말

본 이야기는 중국 전한前漢시대에 유향劉向이 편찬한 『고열녀전古列女傳』 권5의 제6화 「노나라의 의고자魯義姑姉」가 출전으로서 줄거리를 간단히 소개하면 다음과 같다.

> 제齊나라 군대가 노魯나라를 쳐들어갔을 때의 일이다. 어느 여인이 한 아이는 안고, 한 아이는 손잡고 도망치고 있었다. 제나라 군사들이 쫓아오자 여인은 안고 있던 아이를 버리고 손잡고 있던 아이를 안은 채 산으로 도망쳤다. 제나라 군사들이 여인을 계속 쫓아가 여인을 사로잡은 뒤 자초지종을 물어보자 버린 아이는 여인의 아들이고, 품에 안은 아이는 오빠의 아들이라는 것이었다. 그리고 자신의 아이를 생각하는 것은 '사사로운 사랑私愛'이고, 오빠의 아들을 생각하는 것은 '공적인 의公義'라 대답했다. 이 말을 들은 제나라 장수는 감동하여 노나라를 치는 것을 그만두었고, 노나라 왕은 여인에게 비단 백 단端을 하사하고 '의고자義姑姉'라 부르도록 했다.

『고열녀전』은 헤이안平安시대에 일본으로 전해져 일본문학에 큰 영향을 주었다. 특히 에도江戸시대가 되면 여인을 대상으로 유교적인 도덕윤리를 함양하도록 하기 위한 교훈서들이 많이 간행되게 되는데 이와 같은 '여훈물女訓物'은 『고열녀전』으로부터 많은 영향을 받았다. 「노나라의 의고자」를 예로 들어보더라도, 『고엔語園』1627년 간행 상권 「자식을 버리고 조카를 안은 이야기子ヲ捨テ姪ヲ抱事」, 『가나 열녀전仮名列女伝』1655년 간행 권5의 제6화 「노나라의 의고제魯義姑娣」, 『미누요노토모見ぬ世の友』1658년 간행의 「여부

女部」에 실린 「자식을 버리고 조카를 안은 이야기子を捨ておいを抱事」, 『고루이다이인넨슈合類大因縁集』1686년 간행 권12의 제31화 「노나라 의고魯国義姑」 등이 있어 당시 일본에서는 널리 알려져 있는 이야기였다.

선행 작품들의 경우, 자신의 아이를 버리고 조카를 구할 때 『고엔』, 『가나 열녀전』, 『미누요노토모』는 여인이 스스로 판단한 것으로서, 적장은 신분이 낮은 여인이라도 '절을 지니며 의를 행한다持節行義'는 것을 칭찬하여 노나라에 대한 침략을 멈추는 것이 중심이 되어 있다. 그리고 『고루이다이인넨슈』의 경우 여인은 시어머니의 부탁으로 두 아이를 지키는 내용으로 되어 있어, 선행작품들의 경우 '효孝'와 '정貞'에 바탕을 둔 '의'로운 선택이라 할 수 있다.

그러나 사이카쿠의 이야기의 경우 부탁을 하는 이는 남편이며, 무사로서의 집안의 대를 이으라는 부탁이 있었다는 점이 무엇보다 다르다. 즉, 『고열녀전』의 경우를 보면 공과 사의 구별을 명확하게 지은 '의'라는 관점에 바탕을 둔 해석이 제시되어 있는데 비해, 본 이야기에서의 여인의 말에는 대를 이어달라는 남편의 부탁에 대한 '의리'가 제시되어 있다. 자신 쪽의 조카는 딸로 설정되어 있고 남편 쪽의 조카는 아들로 설정되어 있는 것은 바로 이 때문이다.

또한, 선행 선행작품들에서는 여인이 자신의 아이와 조카 중에서 조카를 선택한다는 내용으로 되어 있지만, 본 이야기에서는 자신 쪽의 조카와 남편 쪽의 조카로 설정되어 있는 점도 다르다. 이것은 본문을 보면 '자신이 안고 있는 젖먹이 아이를 미련 없이 버리더니'라는 대목이 있는데, 이 대목은 선행작품들에는 없으며 사이카쿠가 새롭게 첨가한 부분이다. 선행작품들에서처럼 자신이 직접 낳은 자식이라면 아무리 딸이라고 하더라도, 여인은 급박한 상황에서의 결단에는 주저할 수밖에 없을 것이다. 그러나 여인이 직접 낳은 딸이 아니라 조카였기 때문에 '미련 없이' 한 쪽의 아이를 버리고 신속하게 도망가는 행위가 가능했던 것이라 풀이할 수 있다.

본 이야기는 제목에 나타나 있는 것과 같이 전쟁이 일어나 위급한 상황에 이르렀을 때 두 명의 아이 중에서 누구를 선택해야 할 것인가에 대해 '의리'와 관련지어 제시했다는 점에서 사이카쿠의 창작성이 돋보이는 부분이라 할 수 있다.

권5의 제3화

사람 말은 끝까지 듣는 게 좋다

누가 더 예쁜지 경합하는 꽃들[1]
마지막에는 판단이 가능한 법

끼리끼리 모인다는 말이 있다. 옛날에 산슈讃州 지방[2]의 성주를 모시는 호소다 우메마루細田梅丸라는 젊은 무사가 있었는데 그는 마치 남쪽으로 뻗은 가지에 핀 아름다운 매화꽃 같은 미소년이었다.[3] 말투는 휘파람새도 기가 죽어 찍소리도 내지 못했고, 긴 소맷자락[4]에서 퍼져 나오는 매화향이 참으로 그윽해서, 스치기만 해도 사람들은 정신이 아득해졌다. 그렇기에 주군은 더욱 총애하니 봄이 되어도 사람들은 이 매화 향을 맡을 수도 없고 그 모습을 볼 수도 없었다. 그렇다고는 하지만 사람의 한창 때는 지나가기 마련이라 20살이 되자 주군은 성인식을 올리도록 명하였다. 앞머리를 깎은 모습을 보니 아름다운 그 무사의 미모는 교토의 유명한 인형 중 아리와라노 나리히라在原業平[5]와 꼭 닮은 모습이었다.

1 제목에서의 꽃은 이야기 속의 호소다 우메마루(細田梅丸)와 오카오 고긴(岡尾小吟)을 의미한다.

2 지금의 가가와현(香川県)에 해당한다.

3 헤이안(平安)시대 중기의 시집인 『와칸로에이슈(和漢朗詠集)』 상권에 '남쪽으로 뻗은 가지에 처음으로 꽃이 핀다'는 시가 있으며, 사이카쿠는 '우메마루(梅丸)'라는 인물의 '우메(梅)'에서 미소년을 매화(梅花)에 비유하였다.

4 원문은 '大振袖'로서, 소매의 기장이 95센티미터 이상인 기모노(着物)로 주로 젊은 여성이 착용했다.

한편, 오카오 신로쿠岡尾新六라는 이에게 고긴小吟이라는 14살짜리 딸이 있었다. 어떤 사람이 다시 태어난 것인지 모르겠지만 이렇게도 아름다운 여성이 세상에 다 있구나 싶었다. 본 적도 없는 옛날의 미인들의 이야기를 모은 그림책[6]이라 해도 설마 이 정도 미인들은 아닐 것이다. 하나하나 말할 필요도 없이 몸 어디 하나 털끝 하나도 부족한 곳이 없었다. 사람들은 이 미남미녀를 그 유명한 우시와카마루牛若丸[7]와 조루리 공주浄瑠璃御前[8]에 빗대어 이미 부부의 연을 맺었다는 말들을 하고 있었다. 이 여인도 시집갈 나이가 되었기 때문에 여기저기에서 혼담이 들어왔는데 이게 다 아름답게 태어난 덕분이었다.

이 딸은 만난 적도 없는 우메마루를 어느새 흠모하게 되어 남편으로는 이 사람밖에 없다고 마음을 먹고 부모가 다른 혼담을 꺼내와도 받아들이지 않았다. 부모는 안타까워하면서도 어쩔 수 없이 혼담을 그만 두었다. 한편으로 우메마루도 고긴을 만나보지는 못했지만 그 또한 흠모의 마음에 빠져 다른 혼담을 신경 쓰지 않은 채 세월을 보내고 있었다. 한 사람

---

5 헤이안시대 초기의 가인(歌人)으로, 헤이안시대의 대표적인 6명의 가인인 6가선(歌仙)과 36가선의 한 명으로 뽑힌다. 천황계 귀족의 고귀한 신분으로 태어나 타고난 문학적 재능과 외모로 일생동안 수많은 여성들과 사랑을 나눈 것으로 유명하다. 특히 이 시기에 나온 연애소설 『이세모노가타리(伊勢物語)』의 주인공이라 여겨지고 있으며 사랑과 풍류를 상징하는 이로고노미(色好)의 대표적 이미지로 전설화되어 이후의 문학작품에 자주 등장한다.

6 역대의 전설적인 미인들을 나열하고 설명을 해 놓은 그림책 종류들을 말한다.

7 헤이안시대 말기~가마쿠라(鎌倉)시대 초기의 장수인 미나모토노 요시쓰네(源義経, 1159~1189)의 어릴적 이름이다. 요시쓰네가 오슈(奥州) 지방으로 이동할 때 현재의 아이치현(愛知県)에 해당하는 미카와(三河) 지방 야하기(矢作)의 장자(長者)라는 이의 집에서 머물렀는데, 그 집안의 딸인 조루리 공주와 사랑을 나누었다고 한다.

8 무로마치(室町)시대에 유행한 가타리모노(語り物 : 곡조를 붙여 악기에 맞추어 낭창하는 옛 이야기)에 등장하는 여인으로 우시와카마루와의 사랑 이야기는 오토기조시(御伽草子)의 『조루리모노가타리(浄瑠璃物語)』 등의 소재로 이용되었다.

이 이를 듣고 이는 천생연분이라고 생각하여 딸의 아버지인 오카오 신로쿠에게 속내를 드러내었는데 바로 동의해 줄 것으로 기대했지만,

"조금 생각해 볼 것이 있으니 제가 다시 연락드리지요"

라며 선뜻 받아들이지 않는 기색이었다. 그래서 이 사람은,

"제가 중간에서 다리를 잘 놓겠습니다. 주군께도 잘 말씀드리고, 세상 사람들 보기에도 부끄럽지 않을 것이니 사위로 맞이하여도 손색이 없는 무사라고 생각됩니다"

라고 말하였다. 그러자 신로쿠는,

"제 사위로는 분에 넘치는 사람입니다. 거절하는 이유는 다른 게 아닙니다. 우메마루 님은 주군의 총애를 받는 분이기 때문에 지금이라도 주군이 돌아가신다면 따라 죽을 각오를 일찍부터 하고 있을 겁니다. 그러니 언제 죽을지도 모르고 딸이 홀로 남겨지게 되면 부모 입장에서는 그저 안쓰럽기만 해서 어리석은 생각이지만 앞일이 걱정됩니다"

라고 하였다. 무사의 마음치고는 조금 소심하게 느껴지기는 했지만 부모의 입장에서는 세상의 비난을 받더라도 망설이게 되는 것은 어쩔 수 없는 일일 것이다. 그러자 이 사람은

"그런 일이라면 너무 걱정하지 마십시오. 이 세상은 무상無常한 곳이기 때문에 아무리 잘 지내고 있는 사람에게도 누구나 걱정은 있는 것입니다. 그러니 이 혼담을 부디 받아주십시오"

라고 권유하자 신로쿠도 이 사람을 믿고 축언祝言을 약속하며 딸을 시집보냈다. 이미 서로 흠모하고 있는 사이였기 때문에 깊이 부부의 연을 맺어가고 있던 와중에 주군은 병에 걸려 앞날을 거의 알 수 없는 상태가 되었다. 우메마루는 이제 와서 놀라는 기색도 없이 주군이 죽은 후에 같이

죽을 각오를 하고 아내에게도 이 사실을 전하여 자신의 도리를 밝히고 이 세상과 작별을 고하였다. 우메마루는 아내의 처지를 생각하며 한층 가엾게 여기고 있었는데, 고긴은 조금도 슬퍼하지 않고,

“사람의 일생은 꿈과 같은 것입니다. 특히 당신은 무사 집안에서 태어나셨으니 주군을 위해 목숨을 아까워해서는 안 될 것입니다. 여자의 입으로 말씀드리는 것은 어리석은 일입니다만, 마지막을 깨끗하게 맞이하여 이름을 후세에 남겨주십시오”

라고 평소보다도 차분하게 말하면서 몇 번이나 이별의 술잔을 주고 받으니 우메마루도 만족했다. 그리고 고긴은,

“여인의 마음은 알 수 없는 법입니다. 우메마루 님이 돌아가신 후에는 다시 인연을 맞이하여 새 남편을 찾을 생각입니다”

라고 말하였다. 우메마루는 이를 듣고,

“생각지도 않았던 속마음이로구나. 여자만큼 박정薄情한 것은 없다”

라며 크게 앙심을 품고 눈빛을 바꾸어 그 자리를 박차고 일어났다. 그때,

“주군의 상태가 갑자기 안 좋아져 곧 돌아가실 것 같습니다”

라는 전갈이 왔다. 우메마루는 성 안으로 급히 달려가 조용히 주군을 만나 뵙고 말을 주고받으며 이별을 슬퍼하였다. 그리고는 주군의 유해를 무덤까지 보내드리고 화장장의 연기로 사라지고 난 뒤에 이 세상에 미련을 남기지 않고 훌륭히 할복하였다.

“과연 평소의 마음가짐이 나타난 행동이로구나. 짧은 인생을 마쳤기 때문에, 차라리 부인이 없었더라면 좋았을 텐데. 남겨진 아내의 슬픔은 이만저만이 아니겠구나”

라고 세상에서는 이런 말이 돌았다. 고긴은 우메마루가 제대로 할복한

것을 듣자마자 자신도 할복하여 남편의 뒤를 따랐다. 고긴이 자초지종을 적은 유언장을 본 사람들은 감격의 눈물로 목이 메여,

"아까 전에 남편과 이별을 할 때에 차가운 말을 한 것은 남편을 화나게 하여 아내에 대한 미련을 버리게 하려고 했던 것이었겠구나"

라고 이래저래 이 여자의 마음에 감동했다.

◆ **삽화**

이야기 속 우메마루(梅丸)와 고긴(小吟)이 혼담을 나누는 장면을 그린 삽화이다. 위 삽화의 긴 칼 위쪽에 칼을 차고 앉아 있는 인물이 우메마루이고, 다음 페이지 삽화의 촛불 오른쪽에 앉아 있는 인물이 고긴이다. 고긴의 앞에는 노시아와비(熨斗鮑, 전복을 얇고 길게 잘라서 말린 것)와 찬합이 놓여있어 혼담을 나누며 축하하는 자리임을 나타내고 있다.

◆ 도움말

본 이야기는 헤이안平安시대 말기부터 가마쿠라鎌倉시대 초기까지 활약한 무장인 미나모토노 요시쓰네源義経와 조루리 공주浄瑠璃姫와의 사랑 이야기를 패러디한 것이다. 우시와카마루는 미나모토노 요시쓰네의 어릴 적 이름이며, 조루리 공주는 미카와三河 지방 야하기矢作의 장자長者와 유녀인 어머니 사이에서 태어났는데 약사여래가 점지해서 얻은 아이이다. 두 사람의 사랑 이야기는 여러 가타리모노語り物 : 곡조를 붙여 악기에 맞추어 낭창하는 옛 이야기에 등장하는데, 예를 들면 오토기조시御伽草子의 『조루리모노가타리浄瑠璃物語』에서는 우시와카마루가 오슈奥州 지방으로 가는 길에 조루리 공주를 만나 하룻밤 인연을 맺게 되며 그 후 우시와카마루는 스루가駿河 지방의 후키아게吹上에서 병을 얻어 죽고 조루리 공주가 그를 소생시킨다는 내용이 실려 있다. 『조루리모노가타리』는 약사여래의 영험담霊験譚과 요시쓰네 전설이 결합되어 탄생하였으며, 미카와 지방에서 비구니나 무녀들 사이에서 전승되었다.

선행문헌에서의 조루리 공주는 한 번 죽은 우시와카마루를 소생시키는데 비해 사이카쿠는 본 이야기에서 고긴이 마음에도 없는 쌀쌀한 말을 하는 것을 통해 우메마루가 미련 없이 할복자살에 성공하도록 하는 내용으로 바꾼 것이다.

약속했던 일이 허무한 칼날로

같이 했던 마음도 변하고 마는 이 세상
무사는 악명을 견디기 힘들어

남에게 해코지하는 악심은 바로 눈앞에서 스스로 좋지 못한 결과로 나타나기도 한다. 예전에 단고丹後[1] 지방의 영주 나가오카유사이 후지타카長岡幽斎藤孝[2]의 가신 중에 이치자키 이로쿠로市崎猪六郎라는 무사가 있었다. 술을 매우 좋아하는 데다가 늘 꾀병을 부리고 무사의 본분은 소홀히 하면서 돈을 모았으며 50여 세가 될 때까지 처자도 없이 세상을 자기 멋대로 살아가고 있었다. 하인을 부리는 것도 여느 세상 사람들과 달리 난폭했기 때문에 이 집을 견디지 못하고 도망가버리는 하인들이 태반이라 늘 일손이 부족했다.

이 집 부하 무사 중에 가쓰노스케勝之介와 반노스케番之介라는 젊은이가 있었다. 이 두 사람은 어떤 힘든 일이라도 참고 견디며 근무했지만 날이

1 지금의 교토후(京都府) 북부지역의 옛 지명.
2 본명은 호소카와 후지타카(細川藤孝, 1534~1610)로 전국(戰國)시대의 무장이다. 원래는 아시카가(足利) 측 장수였으나 후일 오다 노부나가(織田信長)의 부하가 되었고 1573년에 영지가 있었던 나가오카(長岡)의 지명에 빗대어 나가오카 후지타카로 개명했다. 이후 오다 노부나가가 부하 아케치 미쓰히데(明智光秀)에게 살해당하자 은거생활에 들어가면서 유사이 겐시(幽斎玄旨)라고 호를 자처했다. 그 후 아케치 미쓰히데를 진압하고 실권을 쥔 도요토미 히데요시를 따르면서 가인(歌人) 활동을 하는 등 문화인으로 활약했다.

가면서 주군에 대한 원한이 쌓여 퇴직을 간청했으나 이로쿠로는 허락하지 않았다. 그 뒤에도 이로쿠로는 더욱 가혹하게 두 사람을 부려먹었기 때문에 어쨌든 이대로는 몸이 견딜 수 없다고 생각해서 두 사람은 은밀히 의논한 끝에 주인을 오늘 밤 중에 베어버리고 떠나 버리기로 했다. 가쓰노스케가 말했다.

"두 사람이 같이 떠나는 것보다는 한 사람은 아무 일 없는 듯 남고 주군을 죽인 것은 떠나버린 자의 짓으로 하자. 내가 주인을 벤 것으로 하고, 모든 조사가 끝나고 나면 자네는 아무렇지 않게 연말까지 이곳에서 지내다가 내년 정월 18일에 교토京都 기요미즈清水[3]의 고야스도子安堂[4]에서 만나 같이 서쪽 지방으로 피신해서 이름을 바꾸어 다른 주군을 찾아보자."

두 사람은 굳게 약속한 뒤 그날 한밤중에 주인을 간단히 베어버리고 가쓰노스케는 도망쳤다. 날이 밝자 반노스케가 크게 요란을 떨며 뒤를 쫓아 보았지만 이미 행방은 묘연했다. 결국 주군을 죽인 것은 가쓰노스케의 소행이라고 결론이 났고, 조사를 맡은 관리는 이곳저곳을 탐문했지만 끝내 알 수가 없었다. 살해된 이로쿠로는 평상시 악인으로 워낙 유명했던 터라 조사하던 관리도 그 선에서 적당히 마무리 짓고 후일 다시 재판하기로 정했다.

한편, 이 이로쿠의 집에 옛 헤이케平家[5]의 무사인 엣추 지로뵤에越中次郎兵衛[6]가 찼었다는 황금 장식의 명검이 전해져 내려오고 있었는데 반노스

---

3 교토시(京都市) 히가시야마구(東山区)에 있는 지명으로 유명사찰인 기요미즈데라(清水寺) 절이 있다.

4 기요미즈데라 절 근처에 위치한 절로 임산부의 순산을 도와준다는 지장보살을 모시고 있다.

5 9세기 이후 간무(桓武)천황 이후의 후손들이 다이라(平)라는 성을 내건 대표적인 호족이다.

6 본명은 다이라노 모리노쓰구(平盛嗣, ?~1194)로서 헤이안(平安)시대 말기에 가마쿠라

케는 이것을 챙겨 깨끗이 정돈된 정원의 나무 그늘 속에 묻어 두었다. 관리가 조사했을 때 그 명검은 늘 가쓰노스케가 보관하고 있었다고 말씀드렸더니,

"그렇다면 이 명검이 탐이 나서 주인을 벤 것임에 틀림없다"

고 바로 판결이 내려졌다. 반노스케는 몰락한 두 무사의 생활에 보탬이 될 물건이라고 생각하고는 급히 둘러댄 대답이었는데 이 소문을 가쓰노스케가 전해듣고

"이건 말도 안 되는 일이다. 도둑 누명을 쓰다니 두고두고 치욕이다. 이대로 물러설 수는 없지"

라고 마음을 먹고 교토에서 다시 단고로 돌아왔다. 그리고는 반노스케의 부모 집에 백주대낮에 몰래 찾아 들어가 자신이 누구인지를 밝히고[7] 반노스케를 벤 후 가쓰노스케도 그 자리에서 자결했다. 유서가 남아 있었는데 사건의 경과와 당초의 계획이 명확히 밝혀져 있었다고 한다.

(鎌倉) 막부를 연 미나모토 요리토모(源頼朝)의 가신으로 활약했다.

7 싸우기 전에 무사는 적을 향해 자신의 성명, 신분, 가계, 자신의 주장과 정당성 등을 큰 목소리로 외치는 것이 기본적인 법도였다. 이렇게 외치지 않고 적을 몰래 치거나 외치고 있는 도중에 치는 것은 무사의 법도에 어긋나는 것이었다.

◆ 도움말

본 이야기는 다른 의리 이야기와 비교해 보았을 때 전체적인 길이가 반에도 미치지 못하고 삽화도 없다는 점이 특징이다. 『무가의리 이야기 이야기』 전체에서 삽화가 없는 이야기는 권1의 제4화, 권3의 제3화, 권5의 제4화의 세 이야기이고 모두 다른 작품보다 길이가 짧은 것을 알 수 있다.

이 이야기에서 사이카쿠가 그리고자 했던 의리는 주군을 베어버린 두 주인공의 무사로서의 도리에 관한 것이었다. 이야기 첫머리 묘사에서 사이카쿠가 "남에게 해코지하는 악심은 바로 눈앞에서 스스로 좋지 못한 결과로 나타나기도 한다"고 언설하고 있는 바와 같이 주군의 악행은 악으로 치부되어 부하의 모반을 가져오게 했고 이들의 주군 살해는 정당화되고 있음을 알 수 있다. 오히려 주군의 명검을 훔친 도적이라는 오명을 뒤집어 쓴 것을 무사의 불명예로 인식함으로써 다시 반노스케를 처단하는 행위가 이 작품에 나타난 의리 묘사의 주 대상이라고 할 수 있다. 사이카쿠는 주군을 살해한 행위에 초점을 맞춘 것이 아니라, 주군이라도 악행을 저지르면 이를 처단하는 것이 무사의 의리임과 동시에 도적이라는 오명을 벗음으로써 개인적인 명예를 지키고자 했던 의리의식의 일단을 흥미롭게 묘사하고 있음을 확인할 수 있다.

두 남자에게 반하다니 몸이 두 개였다면

적으로 만난 두 남자를 모두 사랑한 유녀
심사숙고해서 죽음을 선택한 이야기

유녀遊女라는 처지는 불안정하기 때문에 마치 고정시켜 놓지 않은 배에 비유된다. 흔들리는 파도처럼 불안한 잠자리를 천 명과 함께 나누고, 붉은 혀는 만 명의 손님이 핥으며, 마음은 하나라 하더라도 그날그날 만난 남자의 마음에 들도록 하고, 웃을 때도 있으며 울 때도 있다. 유녀 데이카定家는 여러가지 이 세상의 특별한 이야기들을 들으면서

'한탄하면서 세월을 보낸다네'[1]

라는 옛 노래처럼 세월을 보내고 있었다. 데이카는 시모노세키下関[2]에서의 유녀 생활도 이제는 1년도 남지 않았기 때문에 고향인 지쿠젠筑前 지방 아시야芦屋[3]에 있는 부모가 계신 곳으로 돌아갈 날만을 손꼽아 기대하

1 에도(江戸)시대 초기에 유곽에서 유행했던 유행가를 모은 『신마치 도세나게부시(新町当世投げ節)』에 '한탄하면서 세월을 보낸다네 그래도 이 목숨은 붙어있구나'라는 노래가 실려 있어, 이 구절은 당시 유행가의 일부분을 활용했다는 것을 알 수 있다.

2 지금의 야마구치현(山口県) 시모노세키시(下関市)에 해당하며, 한반도 및 규슈(九州) 지방과 가깝기 때문에 오사카를 오가는 배들이 정박하거나 쌀과 수산물의 거래가 이루어지는 등 고대로부터 해상 요충지로 번영했다. 특히 이나리마치(稲荷町)는 유곽이 있는 마을로 유명했으며, 에도시대 중기의 수필인 『혼초 세지단키(本朝世事談綺)』에 의하면 단노우라(壇ノ浦)의 전투 때 패배한 헤이케(平家)의 궁녀들이 목숨을 이어가기 위해 몸을 팔아 유녀로 전락한 것이 이나리마치 유곽의 기원이라 한다.

고 있었다. 그때 떠돌이 무사처럼 보이는 남자가 찾아왔다. 말투를 들어 보니 간토關東 지방 사람 같았고, 행색은 누군가를 피해 다니는 모습이었다. 데이카는 이 남자와 언제부터인가 만나서 정분을 쌓더니 나중에는 사랑하는 마음이 더할 나위 없이 깊어졌다. 그렇게 사랑의 감정이 쌓이다 보니 이 남자가 이제는 데이카에게 자신의 속마음을 남김없이 털어놓게 되었다.

"저의 고향은 데와出羽 지방의 쇼나이庄内[4]라는 곳이고 이름은 아라시마 고스케荒島小助라고 하오. 조금 일이 생겨 동료인 오쿠즈미 겐타베億住源太兵衛를 베고 무사히 자리를 빠져나와 지금 이곳으로 와서 알고 지내고 있는 상인에게 몸을 맡긴 채 숨어 지내고 있소. 그런데 겐타베의 외동아들인 겐주로源十郎가 내 목숨을 노리고 전국을 찾아다니고 있다는 이야기를 들은 후로는 이렇게 몸을 피하면서 지내고 있기에, 유곽에 오는 일도 조심하고 있다오."

고스케가 이렇게 자초지종을 이야기하면서,

"만약 하늘의 섭리[5]로 내가 겐주로에게 목숨을 잃게 된다면 나의 명복을 빌어주길 바라오"

라며 구라쓰쿠리노토리鞍作止利[6]가 조각했다는 관음觀音 부적을 주었다. 데

---

3 지금의 후쿠오카현(福岡県) 북부의 온가군(遠賀郡) 아시야초(芦屋町)를 말하며, 온가가와(遠賀川) 강 하구의 항구마을이다. 본 이야기는 현재의 효고현(兵庫県) 아시야시(芦屋市)의 우나이(菟名日) 처녀 전설을 출전으로 있으며, 서두부분에서의 이와 같은 사이카쿠의 장소설정은 우나이 처녀의 전설을 연상시킨다.

4 지금의 야마가타현(山形県) 북서부(北西部)에 해당하는 지역이다.

5 원문은 '天理'이다. 당시에는 복수를 당해 목숨을 잃게 되는 것도 '하늘의 섭리(天理)'라 생각했다.

6 나라(奈良)시대 야마토(大和) 지방 가스가(春日) 마을에 살았으며, 특히 불상을 전문적으로 조각한 것으로 유명했다.

이카는 이것으로 고스케와의 만남이 어쩌면 마지막일 지도 모른다고 생각되자 슬픔에 잠겨 눈물을 흘리며 이별을 했다. 그 후로는 하루하루 지나면서 고스케가 찾아오는 횟수가 점차 뜸해지기 시작하자 데이카는 이렇게 찾아오지 못하시는 것은 그 분이 떠돌이 무사라는 괴로운 신분이기 때문에 그런 것이라 생각하니 더욱더 불쌍하게만 느껴졌다. 그리고는 매일 편지를 고스케에게 보내고, 우연히 만나기라도 하는 날에는 잠자리를 같이 하지도 못하고 눈물을 흘리면서 하루를 보냈다.

그 후의 일이었다. 데이카가 또 다른 손님의 술 상대가 되었는데, 그는 비도 피할 겸 우울한 마음을 달래고자[7] 찾아온 여행객 겐주로였다. 겐주로도 또한 데이카에게 깊이 빠져서 나가사키長崎까지 내려가는 배에서 일부러 내려와,

"섬기는 주인이 없는 떠돌이 무사는 바로 이런 것이 마음 편하지요"

라며 시모노세키에서 하루를 보내고 밤이 새도록 데이카를 위해 기뻐할 만한 일들만 해 주었다. 데이카도 자연스럽게 이 겐주로에게 마음이 끌리게 되어 고스케에 대한 일은 잊어버리게 되었다. 그렇지만 이렇게 되었다고 해서 데이카가 의리를 지키지 않았다[8]고는 할 수 없다. 보통 여인들조차도 상황에 따라서 마음이 바뀌기도 하는 법인데, 하물며 유녀의 몸으로서 데이카는 오히려 할 바를 다한 여인이라 할 수 있다. 고스케는

---

7 이 구절은 요쿄쿠(謠曲) 「데이카(定家)」의 '지금 소나기를 피하기 위해 들렀습니다'에서 가져온 표현이다.

8 이 부분의 원문은 '不心中'이다. 여기에서 '心中'이란 특히 남녀간의 관계에서 상대방에 대해 신의, 의리, 애정을 지켜나가는 것을 말한다. 본 이야기의 서두 부분에서 '잠자리를 천 명과 함께 나누고', '마음은 하나라 하더라도 그날그날 만난 남자의 마음에 들도록 하'는 것이 유녀로서의 본질적인 모습이라 제시되어 있기 때문에, 데이카가 고스케에서 겐주로로 사모하는 대상이 바뀐 것은 의리를 지키지 않았다고 평가할 수 없다는 것이다.

마치 매의 꽁지와 깃이 말라 비틀어지듯 가난하고 초라해져 더 이상 데이카를 만날 수도 없게 되었다. 예전에는 유곽의 비용을 데이카가 대신 지불해 주기도 했으나 이제는 그럴 수도 없었다. 포주들이 돈 없는 손님과 만나는 것을 엄격하게 감시하고 있어서 이제는 몰래 만나지도 못하게 된 것이다.

한편, 겐주로도 이곳 시모노세키에서 유흥을 즐기다 보니 가지고 있는 돈은 전부 탕진해 버려, 옴짝달싹 할 수 없는 처지가 되어 버렸다. 여러 신들에게 소원성취를 이룰 수 있도록 부탁드린 후 원수를 베기 위해 길을 떠났던 몸으로서 참으로 어리석은 일이었다. 데이카는 겐주로와 잠자리를 계속하면서 그가 하는 이야기를 자세히 들어보니 겐주로가 노리고 있는 이는 다름아닌 고스케임에 틀림없다는 것을 알게 되었다. 데이카는 온 몸이 떨려왔다. 고스케와 함께 겐주로를 사랑하는 마음도 변함이 없었기 때문에 이것보다 더 괴로운 상황은 달리 없었다. 데이카는 이처럼 커다란 운명적인 인과因果[9]는 없을 것이라 생각하며, 우선 고스케에게 이곳을 피하라는 내용의 편지를 쓰고 있을 때였다. 마침 고스케가 있는 곳을 겐주로의 부하가 알아내고는 서둘러 달려와 자신이 본 내용을 겐주로에게 이야기했다. 고스케가 유녀와 함께 있는 것 같다는 말을 듣고 겐주로는 곧바로 부하와 함께 몰래 계획을 세웠다.

"그자의 집은 마을에서 벗어난 들판에 있기 때문에 다행이로구나. 소나무가 우거진 곳에서 숨어 있다가 고스케가 집에서 나오면 곧바로 이름

9 불교 용어로서 앞에서 행한 행위가 나중에 그에 대응되는 결과로 나타나는 것을 말한다. 본 이야기에서는 데이카가 수많은 남성을 상대해 왔던 유녀 신분으로 지내왔으며, 이번의 경우에도 두 남성을 동시에 사랑했기 때문에 그에 대한 '인과'라 생각했던 것이다.

을 대고[10] 소원대로 목을 쳐야 할 것이다."

겐주로는 옷을 갖춰 입고 머리띠를 한 후 칼이 칼자루에서 고정되도록 못이 제대로 끼워져 있는지 확인했다.

"오늘이야말로 복수를 할 수 있는 날이니 그대도 나를 축하해 주시오. 원수를 칠 수 있는 인연이 이루어지게 된 것은 내가 그대를 만나려고 이 곳에 발걸음을 멈추었기 때문이오. 내가 곧바로 원수를 갚고 떳떳하게 그대를 만나겠으니 문을 나서기 전에 술을 한 잔 내 주시오."

데이카는 어쩔 수 없이, 평상시보다 기쁜 얼굴을 하며 삼헌三献[11]의 의식을 정성들여 해 주었다. 겐주로는 중요한 일을 앞두고 있기 때문이라며 약간 입에 대기만 하고는 싸움터에 나가는 의식을 겸해서 데이카에게 작별을 고했다. 그리고는 용맹하게 유곽을 나섰다.

곧이어 겐주로는 마을에서 떨어진 곳의 나무 그늘에 숨어 있다가 고스케의 모습을 살펴보았다. 때마침 고스케가 자신이 세들어 살고 있는 집에서 나와 아무런 의심 없이 소나무가 들어찬 벌판에 다다랐다. 그때 겐주로가 앞을 막아서며

"고스케! 잊지는 않았을 것이다. 나는 오쿠즈미 겐타베의 외아들 겐주로이다. 아버지의 원수를 베는 칼을 받거라"

라며 덤벼들었다. 고스케는 뒤로 물러서며 칼을 빼 들었고, 두 사람은 잠시 동안 칼날을 맞부딪치며 싸웠다.

---

10 싸우기 전에 무사가 적을 향해 자신의 성명, 신분, 가계, 자신의 주장과 정당성 등을 큰 목소리로 외치는 것을 말한다. 이것은 무사의 기본적인 법도로서 이렇게 외치지 않고 적을 몰래 치거나 외치고 있는 도중에 치는 것은 무사의 법도에 어긋나는 것이었다.

11 각종 의식을 행할 때 이루어지는 삼삼구도(三三九道)의 의식으로서 안주를 세 번 바꾸면서 한 번에 3잔씩 3번, 총 9잔의 술을 마시는 것을 말한다.

그때 데이카가 여인의 발걸음 같지 않게 힘찬 걸음걸이로 두 사람이 싸우고 있는 사이로 뛰어들자 두 사람은 서로 바라보고만 있었다. 데이카는 자신의 심정을 적은 편지를 남기고는 두 사람의 승부가 끝나기 전에 눈 깜짝할 사이에 자결하여 세상을 떠나고 말았다. 두 사람은 서로 목숨을 건 싸움을 하고 있는 중에도 너무나 안타까운 데이카의 모습을 바라보며 눈물을 흘렸다. 그래도 데이카의 시신을 옆에서 바라보면서 다시 뒤엉켜 싸우며 상처를 입더니 두 사람이 함께 서로의 칼날에 베어 목숨을 잃고 말았다. 고스케의 행동, 겐주로의 회한, 데이카의 기개. 이들의 숨진 얼굴 모습에는 각각 세 명의 잔영殘影이 남아 이것을 본 사람들은 세 명의 이야기를 두고두고 화제로 삼아 눈물을 흘렸다.

◆ 삽화

겐주로와 고스케의 싸움을 그린 장면이다. 뒤에는 소나무가 그려져 있어, 본문의 내용대로 소나무가 들어찬 벌판에서 싸움이 이루어지고 있는 것을 알 수 있다. 삽화 아래 부분에는 데이카가 칼로 자신의 목을 찔러 자결을 하는 모습이 그려져 있다.

◆ **도움말**

본 이야기는 『만엽집万葉集』, 『야마토모노가타리大和物語』 등에 실려 있는 우나이莵名日 처녀 전설을 패러디한 것이다. 우나이 처녀 전설은 우나이라는 처녀에게 두 남성이 구혼을 하면서 목숨을 걸고 싸우게 되었는데, 우나이는 한 명을 선택하면 다른 한 명이 원망할 것이라며 물에 빠져 죽자 구혼하던 남성 두 명도 물에 빠져 죽었다는 이야기이다.

여기에서 사이카쿠의 이야기가 우나이 전설과 다른 점은 우나이의 경우 두 명 이상의 남성을 동시에 사랑할 수 없는 '처녀'였기 때문에 남성들로부터 구혼을 받았을 때 물에 빠져 자결한 것은 결과적으로는 구혼을 '거절'한 행위가 된다. 이에 비해 데이카는 두 명 이상의 남성을 동시에 사랑해도 도덕적으로 비난받지 않는 유녀로 설정되어 있었다. 본 이야기의 서두부분에서 사이카쿠가 유녀의 본질적인 모습에 대해 언급한 것은 이야기의 후반부에서 두 남자를 동시에 선택해도 여성으로서 부정不貞한 행실이라 비난받지 않기 위한 복선이었던 것이다. 따라서 데이카가 고스케에서 겐주로로 사모하는 대상이 추가된 것에 대해서도 본문에서는 의리를 지키지 않았다고 평가하고 있지 않으며, 따라서 데이카는 두 남성을 적극적으로 사랑할 수 있었고 그 사랑을 모두 '선택'할 수도 있었다.

본 이야기에서 고스케와 겐주로는 결국 서로의 칼날에 베어 죽고 만다. 이것은 우나이 처녀 전설에서 두 남성이 목숨을 걸고 싸운다는 원작에서의 설정을 바탕으로 하고 있다. 그렇지만, 데이카는 두 남성 중 어느 한 쪽을 더 사랑하지 않았다. 원수를 갚으려는 쪽과 도망가는 쪽 모두의 입장을 공평하게 존중해 준 데이카의 '의리'를 생각했기 때문에, 사이카쿠는 두 남성 중 어느 한 쪽이 이기거나 한 쪽이 지는 결과를 만들지 않았던 것이다.

권6

一. 계보를 날조한 수염난 남자

니나가와[蜷川] 집안의 혈통을 흐리지 않겠노라

진실은 밝혀지는 법이라는 법사의 이야기

二. 겉으로 보기에는 부부의 사이

나이든 남자도 인연의 교토 살이

천둥 치는 날 밤 나리히라[業平]의 옛 추억이 생각나다

三. 나중에 알게 된다네 사랑의 복수극

주군의 명령인가 부모의 원수인가

니시노미야[西宮]에서 말에 떨어졌다가 회복한 이야기

四. 꽃과 같은 모습이란 앞머리를 깎지 않은 어린 시절

만리[萬里] 떨어진 사람의 심정만큼

오사카의 믿음직한 어떤 무사

권6의 제1화

계보를 날조한 수염난 남자

니나가와蜷川 집안의 혈통을 흐리지 않겠노라
진실은 밝혀지는 법이라는 법사의 이야기

야마시로山城 지방 우지宇治 마을[1]에 은둔 생활을 하는 떠돌이 무사가 있었다. 그는 그날그날의 생계를 위해서 차 보관용 항아리에 차에 관한 명세서를 작성하는 일을 했다.[2] 이 무사는 일을 잘 해서 이곳저곳에서 인정을 받게 되어 오랜 세월을 이곳에서 지내게 되었다. 마을 사람들은 그가 옛날에 어떠한 사람인지 궁금해 했으나, 이 무사는 선조의 이야기를 하지 않았다. 그런데 어느 날 이 지역 사람들이 모여,

"교토京都의 무라사키노紫野[3]에는 잇큐一休[4]라는 유명한 승려가 있었다"고 이야기를 꺼내자 어떤 이가,

"니나가와 신에몬蜷川新右衛門[5]은 문무文武에 능한 무사였다고 한다"

1 지금의 교토후(京都府) 우지시(宇治市)를 가리킨다. 우지는 우지차(宇治茶)의 산지로서 이 지역은 에도(江戸)시대의 가미가타(上方) 지방의 부유한 서민 계층이나 몰락한 무사인 낭인 신분의 사람들이 거주한 곳으로도 유명하다.

2 항아리를 보관하는 상자 뚜껑 뒷면에 차의 품종, 양(量) 등을 적은 명세서를 붙이는 것이 일반적이다.

3 지금의 교토시(京都市) 기타구(北区)의 다이토쿠지(大徳寺) 절 일대 지역을 가리킨다.

4 무로마치(室町)시대의 임제종(臨済宗) 다이토쿠지 절의 주지승이었던 잇큐 소준(一休宗純, 1394~1481)을 가리킨다. 잇큐의 기이한 행동이나 재치 있는 삶이 그려져 있는 일화를 모은 책으로 『잇큐바나시(一休ばなし)』가 있다.

라고 전해 들었다며, 신에몬을 칭송했다. 그 떠돌이 무사는 옛 시가인 와카和歌의 기본을 어느 정도 알고 있었고 귀하게 자랐기 때문에 순간적으로,

"저는 신에몬新右衛門의 손자인 니나가와 신쿠로蜷川新九郎라고 합니다"

라고 거짓말을 했다. 그는 이전부터 신쿠로新九郎라는 이름을 스스로 쓰고 있었기 때문에 이야기는 자연스럽게 맞아 떨어졌고 사람들의 의문도 풀렸다.

"역시 니나가와 집안의 혈통을 이으신 분이어서 만사에 기품이 있으시군요"

라며 그 후로는 사람들은 그를 무시하지 못하고 '신에몬의 손자'라 추켜올렸고, 이렇게 되자 신쿠로도 점점 더 거드름을 피우며 니나가와 집안의 가계도를 만들어 사람들에게 보여주었다.

신쿠로에 대한 소문은 다른 지역에까지 퍼지게 되어, 결국 그는 기후岐阜의 주나곤中納言 오다 히데노부織田秀信[6]를 모시게 되었다. 신쿠로는 무예에는 관심이 없고 오직 와카를 짓는 데만 몰두했다. 하지만, 그마저도 제대로 된 와카를 짓지도 못하면서 그저 니나가와 집안의 자손이라는 명성만을 겉으로 내세우고 몰래 남색에 빠져 지냈다. 그는 원래부터 악한 마음을 가지고 있던 무사였던 것이다.

그 무렵 신에몬의 혈통임에 틀림없는 니나가와 지로마루蜷川次郎丸라는 이가 혈혈단신으로 속세를 버리고 18살의 나이에 출가했다. 그리고는

---

5 니나가와 신에몬 지카마사(蜷川新右衛門親当, ?~1448)를 가리킨다. 무로마치시대의 무사로 와카(和歌)에 조예가 깊었으며 만년에는 잇큐 밑에서 참선을 하며 수행을 했다. 잇큐의 일화를 모은 『잇큐바나시』에도 종종 등장하는 인물이다.

6 오다 노부나가(織田信長)의 손자인 오다 히데노부(織田秀信, 1580~1605)를 가리킨다. 미노(美濃) 지방 기후(岐阜) 성주였다.

셋쓰摂津 지방에 있는 곤류지金竜寺 절[7]의 산속 깊은 곳에 위치한 고소베古曾部 마을[8]이라는 곳의 남쪽이 훤히 트인 초암에서 생활했다. 그곳으로 가는 좁은 길은 조릿대가 우거져서 걸어갈 수 없을 정도였고 나뭇가지는 여름의 녹음 빛을 띠고 있었다. 옛날에 이곳에 살았던 노인能因 법사[9]가 읊은 이코마生駒 산[10]은 봉우리를 구름이 켜켜이 감싸고 있고 북쪽은 벚꽃이 한창 만개한 듯 착각할 정도로 화사한 경치였다. 저녁때 절에서 울리는 종소리와 시원한 바람은 무상감을 느끼게 했지만, 그렇다고는 해도 불도에 전념하는 것은 아니고 아침저녁으로 와카를 읊으며 때로는 생황 피리 소리를 즐기면서 무아의 심경으로 산속 생활을 보내고 있었으니 이 사람의 마음가짐을 정말로 감탄하지 않을 수 없었다.

그 무렵 교토의 시라카와白川[11] 부근에서 유유자적하면서 내일 일은 생각지 않고 오늘 하루만을 위해 즐겁게 보내는 호시아이 슈젠星合主膳이라는 이가 살고 있었다. 그는 삭발과 승복 차림의 재가齋家생활을 하면서 세이하쿠星薄 스님이라고 불렸다. 이 법사는 남자로서 가장 멋있었던 한 때에 지로마루와 남색의 연을 맺고 세상의 누구보다도 깊이 교제를 했다. 그렇게 인연을 맺었기에 지금도 잊지 못하고 지로마루를 찾아가 옛

7 현재의 오사카후(大阪府) 다카쓰키시(高槻市)에 있는 천태종 자운원(紫雲院)이다.

8 현재의 오사카후 다카쓰키시 북동부의 지명으로 노인(能因) 법사가 은둔생활을 했던 장소이다.

9 988~?. 헤이안(平安)시대를 대표하는 36명의 가인(歌人) 중 한 명으로 꼽힌다. 어릴 적부터 와카를 후지와라노 나가요시(藤原長能)로부터 배웠으며 20대 후반에 출가하였다. 여행과 관련된 기려(羇旅)의 가인으로 잘 알려져 있다.

10 현재의 오사카후 히가시오사카시(東大阪市)와 나라현(奈良県) 이코마시(生駒市)의 경계에 있는 산. 『고슈이와카슈(後拾遺和歌集)』에는 노인 법사가 고소베에서 지은 '나의 거처는 여름엔 나뭇가지 가려질 때는 이코마의 산조차 보이지 않는다네'라는 와카가 실려 있다.

11 교토시 북동부를 흐르는 시라카와(白川) 강 유역의 지명.

날 일을 이야기했다. 낙엽을 태워서 차 주전자의 물을 끓여 마른 목을 적시고,

"가난한 집에 살고 있는 사람의 마음이 더 편하다는 것이 바로 이런 것이구나"

라며 초저녁부터 새벽녘까지 시간 가는 줄 모르고 보낸 뒤 아쉽게 헤어졌다. 그 뒤 교토로 돌아가 우지에 사는 신쿠로의 소문을 듣고는 니나가와 집안의 혈통을 잇는 무사라는 말도 안 되는 이야기를 지껄이며, 그자가 지금 기후의 히데노부를 모시고 높은 녹봉을 받으며 제 멋대로 지내고 있다면서,

"참으로 괘씸하기 짝이 없다"

라며 화를 냈다. 그러자 지로마루 법사는 아무 말 없이 웃으며,

"세상에는 그런 가짜들이 많은 법입니다. 제 조상의 이름을 팔아서 무사 집안을 날조한 것은 괘씸하기는 하지만 그래도 그자가 그렇게 살아가겠다고 하니 뭐라고 할 것도 없소"

라며 관대하게 받아들이고 아무런 일이 없었던 것처럼 넘어갔다.

그 후 신쿠로는 날조한 거짓 삶을 살고 있었기 때문에 모든 일에 있어 무가의 예법에 어긋났다. 집안 사람들도 이를 부끄러워하며 신쿠로의 주변을 떠나갔다. 그 뒤로 신로쿠의 천운이 다하기 시작했다. 회합을 마치고 해산하던 중 신쿠로는 이와타 게키노신岩田外記之進의 칼을 자신의 칼인 줄 알고 숙소로 가지고 돌아갔다. 게키노신은 뒷정리를 하는 임무였는데, 천천히 회장을 나와 칼걸이[12]를 살펴보니 남아 있던 칼이 자신의 것

12 무사는 실내에 들어갈 때 칼을 칼걸이에 놓고 들어가는 것이 예법이었다.

이 아님을 알게 되었다.

"이것은 누구의 칼인가?"

라고 차를 내어주는 승려에게 물어보자, 가죽으로 된 칼자루와 게 모양을 조각한 메누키目貫,[13] 무늬가 없는 코등이鍔,[14] 밤색의 모양이 새겨진 칼집이 평소에 자주 보던 것이라 바로

"이것은 확신히 니나가와 신쿠로 님의 칼입니다"

라고 말했다.

"그럼 네가 넌지시 가서 잘 설명하고 바꿔 오거라"

라고 이야기했다. 승려는 신쿠로의 집으로 찾아가 자초지종을 설명하자, 신쿠로가 바로 사과를 했으면 그대로 끝날 일이었는데 그 칼을 보더니 순간적으로

"이 칼은 내 것이 아니오. 무례하기 그지없는 말을 하는구려"

라고 의외의 답을 했다. 심부름을 간 승려도 당황하여 돌아가 이 상황을 게키노신에게 알렸다. 그러자 게키노신은 참지 못하고 죄의 여부를 따지는 관원에게 신고하고 이를 조사하기에 이르렀다. 게키노신의 칼은 라이 코쿠미쓰来国光[15]가 만든 것이고, 신쿠로의 칼은 헤이안平安 성의 요시쿠니義国[16]가 만든 것이라 적혀 있었지만 가짜였다. 그리고는 신쿠로의 잘못이 모두 밝혀지자 그에게 할복처분이 내려졌다. 사람들은 모두 손가락질하며 죄인이 타는 가마에 탄 신쿠로의 모습을 보고 비웃었다.

그때 이 가마의 건너편에서 승려가 한 명 달려 왔다. 사람들은 이상하

---

13 칼과 칼집을 고정시키기 위한 장치.

14 칼자루와 몸체 사이에 끼워 칼자루를 쥔 손을 보호하는 역할을 한다.

15 생몰년 미상. 가마쿠라(鎌倉)시대 말기~남북조(南北朝)시대의 도공.

16 생몰년 미상. 에도시대 초기 교토 산조(三条) 호리카와(堀川)의 도공.

게 여겨,

"느닷없이 무슨 일로 승려가 튀어나온 것이냐? 이 자의 목숨을 살려달라고 애원해도 소용없을 것이다"

라며 옆으로 쫓아내자 뜻밖에도 다음과 같은 내용을 호소하는 것이었다.

"저는 니나가와 신에몬의 자손인 지로마루次郎丸라는 승려입니다. 그런데 이 신쿠로가 혈통을 날조해 댁에서 고용살이를 한 것은 어처구니없는 일이라 생각했지만 저는 출가한 몸이기에 용서했습니다. 그런데 이번의 악행으로 인해 선조의 이름을 더럽히게 되어 후세까지 니나가와 가문의 치욕이 되었기 때문에 이제 더는 참을 수 없었습니다. 이것이 바로 우리 가문의 가계도입니다"

라고 하며 신에몬이 직접 쓴 족보를 내밀었다. 이에 관해서도 조사해 보니 이것도 신쿠로의 악행이라는 것을 알게 되어 더 무거운 형벌로 바뀌어 참수형[17]이 되었다고 한다.

17 에도시대의 참수형은 할복자살보다 더 무거운 형벌이었다.

◆ 삽화

우지(宇治)에서 차를 항아리에 넣어 나무 상자에 담는 모습을 그린 삽화이다. 다음 삽화에는 찻잎을 가는 맷돌, 구매한 찻잎을 넣는 항아리와 나무 상자, 말차를 타는 데 필요한 차선(茶筅) 등이 그려져 있다. 그리고 상자의 뚜껑 안쪽에 붙일 명세서를 손에 들고 있는 사람, 차를 구매하기 위해 온 사람들에게 보여주기 위해 종이와 바구니에 신차(新茶) 잎을 늘어뜨려 놓고 있는 사람 등을 자세히 묘사하고 있다.

◆ 도움말

본 이야기에 등장하는 계보系譜란 선조와 자손의 계통을 명확하게 하기 위하여 가계家系를 도식화圖式化한 것을 말한다. 계도系圖, 가보家譜라고도 하며 우리의 족보와 비슷하다. 일본에서는 9~10세기경부터 계보가 만들어졌으며, 남북조南北朝시대에 구게公家 가문의 계도를 집대성한 『손피분먀쿠尊卑分脈』가 완성되면서 계보의 기본 틀이 정립되었다. 에도江戸시대에는 도쿠가와 막부가 다이묘大名, 하타모토旗本의 계보를 집성하였다.

계보는 가문의 혈통을 나타냄과 동시에 재산이나 정치적, 사회적 지위도 기재하기 때문에 그 사료적 가치가 매우 뛰어나지만, 허위 사실을 포함하거나 작위적인 기재를 시도하는 등 많은 문제점이 지적되기도 하였다.

본 이야기에서는 악행을 저지르는 불의不義의 인물인 니나가와 신쿠로와 이와 정 반대로 의리義理를 지키는 인물인 니나가와 지로마루가 그려져 있다. 결국 다른 무사의 칼을 바꾸어 간 실수를 했음에도 불구하고 그 실수를 인정하지 않고, 게다가 니나가와 집안의 선조의 이름까지 더럽힌 신쿠로는 참수형에 처해지게 되는 결말로 그려져 있다. 이와 같이 반대되는 인물을 설정한 것은 작자의 의도에 의한 것으로서 서로 상반되는 인물 설정을 통해 의리를 지킨 인물을 더욱 부각시키기 위함이라 생각된다.

겉으로 보기에는 부부의 사이

나이든 남자도 인연의 교토 살이
천둥 치는 날 밤 나리히라業平[1]의 옛 추억이 생각나다

분로쿠文禄[2] 시절 교토京都 서쪽의 도지東寺 절[3] 부근에 세상에서는 좀처럼 찾아보기 힘든 이상한 부부가 살고 있었다. '인연'이라는 것처럼 알다가도 모르는 일은 없을 것이다. 그 남편은 70여 세로 검은 머리카락은 찾아볼 수 없고 전설 속의 우라시마浦島[4]가 비밀상자를 여는 바람에 그만 백발이 되었다는 이야기를 눈앞에서 보는 듯한 호호노인이었다. 그러나 그 아내는 아직 16살도 채 되어 보이지 않을 정도로 마치 봄 산을 보는 듯이 젊었고, 꽃 같은 입술이 무언가 말이라도 건넬 듯한 미녀였다. 말투

1 본명은 아리와라노 나리히라(在原業平, 825~880). 헤이안(平安)시대 초기의 가인(歌人)으로, 헤이안시대의 대표적인 6명의 가인인 6가선(歌仙)과 36가선의 한 명으로 뽑힌다. 천황계 귀족의 고귀한 신분으로 태어나 타고난 문학적 재능과 외모로 일생동안 수많은 여성들과 사랑을 나눈 것으로 유명하다. 특히 이 시기에 나온 연애소설 『이세모노가타리(伊勢物語)』의 주인공이라 여겨지고 있으며 사랑과 풍류를 상징하는 이로고노미(色好)의 대표적 이미지로 전설화되어 이후의 문학작품에 자주 등장한다.

2 아즈치 모모야마(安土桃山)시대 제107대 고요제(後陽成) 천황 시절의 연호로 1592~1596년에 해당한다.

3 교토시(京都市) 미나미구(南区) 구조초(九条町)에 있는 호국사찰.

4 일본 전설 속의 인물. 거북이를 살려 준 후 용궁에서 비밀상자를 받게 되지만, 절대 열지 말라는 약속을 어기고 여는 순간 노인으로 변했다고 한다. 이러한 우라시마 전설을 제재로 해서 중세 말기에 나타난 오락적 단편소설 장르인 오토기조시(御伽草子) 『우라시마타로(浦島太郎)』라는 작품이 창작되었다.

에 조금 섞여 있는 사투리를 들어보니 시코쿠四国[5]에서 자라났음을 알 수 있었다. 교토의 여자라면 대개 얼굴값을 하기에 이런 노인을 싫어하기 마련인데 순진한 시골 출신이라 도리를 지키기 위해 보기에도 다 늙어빠진 남자와 부부로 지내고 있는 거라고 사람들은 감탄하면서도 그 아름다운 모습을 꼭 한 번 보기를 원할 정도였다. 그런데 이 남자는 나이는 많이 들었어도 행동거지는 잠시도 방심하지 않고, 상어껍질이 감긴 칼집에서 언제라도 칼을 뽑으려는 자세로 지내면서 무서운 눈매에 목숨 따위는 아무렇지도 않다는 표정을 짓고 있으니 사람들은 절로 무섭게만 느껴져서 이 집을 찾는 사람도 없게 되었다. 아침부터 밤까지 어떻게 지내는지 알 수 없었는데 밥을 짓고 솥에 불쏘시개를 지피는 것도 여자에게는 시키지 않았고, 남자가 할 일이 아닌 것도 손수 해가면서 젊은 부인을 돌보고 있었다.

원래 이 부부로 보이는 남자의 고향은 요슈予州[6] 지방으로, 그곳의 무사였는데 가네코金子 전투[7]가 있었던 1585년의 난리 중에 이 여인의 아버지인 야나이 우콘柳井右近이 칼에 맞아 전사하는 바람에 모녀는 유랑의 길에 나서게 되었다. 이때 모녀는 힘없는 무사들이 맡는 시중드는 일을 이 늙은 무사에게 부탁했고, 이 무사는 소중한 임무라고 생각하고 가족을 피난시켰다. 그 후 세상이 조용해지자 반슈播州 히토마루人丸[8]의 시골

5 현재의 도쿠시마현(徳島県), 가가와현(香川県), 에히메현(愛媛県), 고치현(高知県)의 네 현을 합친 시코쿠(四国) 섬을 말한다.

6 이요(伊予) 지방의 약칭. 현재의 시코쿠 지방 에히메현.

7 1585년 도요토미 히데요시(豊臣秀吉)가 시코쿠 지방을 평정했던 여러 전투 중의 하나. 이요 지방의 영주였던 가네코 모토이에(金子元家)와 그의 동생 모토하루(元春)가 도요토미 히데요시의 군세에 대항해서 다카오(高尾) 성을 지켜내고자 했으나 패배한 전투를 말한다.

8 반슈(播州)는 하리마(播磨) 지방의 약칭으로 지금의 효고현(兵庫県) 남부 지역이다. 히

에 지인이 있어서 그곳에서 1년간 지내는 중 그 여인의 모친은 병들어 세상을 떠났다. 덧없는 세상이라고는 하나 이처럼 슬픈 일은 없었다. 사람 눈을 피해 사는 몸은 어디를 가도 떳떳하지 못 한데다, 무사는 이 여인을 데리고 늙어가는 몸을 기댈 곳을 정하지 못 하고 여러 지방을 전전하다가 간신히 교토로 와서 초라한 거처를 마련했다. 겉으로는 부부인 척하고 지내는 것이 노인으로서는 송구스럽기 짝이 없는 일인데, 실은 여인의 모습이 너무나도 아름다워 주위 남자들이 집요하게 마음을 보내는 것에 시달렸기 때문에 그 연심戀心을 막아보고자 이렇게 부부 행세를 하게 된 것이었다. 낮에는

"이봐. 마누라"

하고 부르면 여인도 슬기롭게

"네. 서방님"

하고 자연스럽게 대답했다. 이렇게 허물없이 지내니 여인도 어느새 진짜 부인 같은 마음이 되어 더욱 살갑게 다가왔지만 이 남자는 몸을 굳게 닫고 무사의 의지를 지키며 결코 다른 마음을 갖지 않았다. 그로서는 참으로 견디기 힘든 동거의 세월을 보내고 있었다.

그러던 어느 날 때마침 여름비가 쏟아지면서 저녁부터 천둥소리가 울려 퍼졌다. 원래부터 다 쓰러져가는 집이지만 오늘은 더 비꺽거리면서 처마의 낙숫물도 세차게 떨어지고 남쪽에서는 거센 바람이 불어와 판자문에 걸린 고리가 떨어져 나가 버리니 밖의 번갯불이 무섭기만 했다. 실

토마루(人丸)는 아카시(明石) 지역으로 이곳에 일본의 가장 오래된 고대가요인 『만엽집(万葉集)』의 대표적 가인(歌人)인 가키노모토노 히토마로(柿本人麻呂)의 사당이 있다. 가키노모토노 히토마로는 한반도에서 도래한 한인 귀족의 후손이라 전해진다.

내 등불도 꺼져버리자 여인은 여자 마음에 왠지 더욱 서글퍼졌다. 기댈 사람은 노인 한 사람뿐이기에 편한 모습으로 누워 있는 노인 품으로 달려가

"너무 무서워요"

라며 달라붙었다. 고귀한 살결이 몸에 닿았지만 늙은 무사는 『관음경觀音經』[9]을 독송하면서 좀처럼 마음이 흔들리지 않았다. 그러던 중 번개도 어디로 떨어졌는지 모르게 멈추고 빗줄기도 약해졌다. 흙벽이 무너져 대나무 뼈대가 드러난 곳에 하얀 구슬처럼 빗물이 맺혀 있는 것도 더욱 애잔하기만 했다.

'옛날 나리히라業平라는 남자가 여자를 꾀어 도망치면서 요괴가 한 입에 물어 죽였다[10]던 어두운 밤도 바로 이런 모습이었겠지'

라 생각하자 노인은 갑자기 몸에 혈기가 솟아

"사람들이 알 리 없고, 자중하는 것도 정도가 있지"

하면서 왼쪽 다리를 여인에게 걸쳐 보았다. 그렇지만

"아뿔싸, 이건 아니지.[11] 아무래도 이건 도리를 저버리는 것이지. 참으

---

9 법화경(法華經) 제25품의 하나인 관세음보살보문품(觀世音菩薩普門品)의 통칭이다. 관음이 중생의 어려움을 구제해주고 기원을 이루어지게 하기 위해 널리 교화할 것을 설법한 것으로서 특히 일본에서는 번뇌를 극복하고 눈보라를 막아주는 불경으로 알려져 있다.

10 앞의 부제목에서도 밝힌 바와 같이 실존인물이었던 아리와라노 나리히라는 『이세모노가타리』가 나온 이후 이 소설의 주인공으로 전설화된 바 있다. 이 작품 제6단에는 주인공 남자가 후일 황후가 될 여인인 니조의 황후(二条の后)를 꾀어내어 같이 도주하다 요괴에게 한 입에 먹혀버렸다는 이야기를 그대로 패러디하고 있다. 실제로 이 여인은 후일에 황후가 되는데 요괴에게 먹혔다는 것은 여인의 집안 남자들이 뒤쫓아가서 이 여인을 다시 데리고 간 것을 의미한다. 이 작품의 여인이 교토 궁정의 귀인의 부인이 된 것도 『이세모노가타리』와 같은 설정이라고 할 수 있다.

11 원문은 '유미야하치만(弓矢八幡)'이다. '유미야하치만'은 칼과 화살의 신인 하치만대보살(八幡大菩薩)을 뜻하며, 무사가 자신의 마음이나 말에 거짓이 없음을 기원할 때, 또는 실패하거나 아쉽게 생각하는 일이 있을 때 하는 말이다.

로 천박한 생각이었다"
고 스스로 자신의 악심을 짓누르고 벌떡 잠자리를 박차고 일어나 불법의 진리를 관념觀念[12]할 수 있는 채광창 앞에서 밤을 지새웠다. 그 뒤로는 더욱 근신하면서 여인을 잘 모셨다. 그 무렵 교토의 높은 집[13]에서 미녀를 구하고 있었는데 교토라서 미녀는 많았지만 여자들 누구나 조금씩은 결점이 있기 마련이라 궁중으로 들어가려는 그녀들의 희망은 좀처럼 이루어지지 않았다.

그런데 이 여인은 궁중에서 원하는 바로 그 나이였고 몸가짐에서 치장까지 따져볼 것도 없이 훌륭하니 처음 보자마자

"이 따님보다 더 좋은 사람은 다시는 없을 것 같다"
고 모두들 의견을 정했다. 그 후 출신을 조사해보니 부모 모두 내로라하는 무사 집안이었기에 이 점에서도 문제는 없었다. 그러나 노인과 부부관계를 맺고 있다는 소문이 가장 큰 문제가 되자 혼담이 깨지게 되어 이 여인을 돌려보내려고 했다. 그러자 노인은 지금까지 있었던 일에 대해 소상히 말씀 올렸지만

"이것은 근친자의 증언이다"[14]
라면서 누구 하나 들어주려는 사람이 없었다.

"남녀간에 의롭지 못한 짓을 하지 않았음은 후일 아시게 될 것입니다. 이번에 궁중의 여인으로 뽑히지 못하게 된 것은 연이 닿지 않았기 때문입니다. 그렇지만 마님의 하인으로서 제가 마님과 부적절한 관계를 맺어

12 불교에서의 관념은 눈을 감고 마음을 가라앉혀 불법의 진리를 생각하는 것을 뜻한다.
13 교토 궁중이나 궁정귀족의 집안.
14 '죄인에 대해 친척이 증인이 되어주는 것은 증인으로서의 자격이 없다'는 뜻의 속담으로서 신용할 수 없는 말이라는 것을 의미한다.

왔다는 세상의 소문이 그 이유가 된다면 저로서는 참으로 수치스럽기 짝이 없습니다. 부디 한 번 더 잘 살펴봐 주시기를 부탁드립니다. 거짓이 없다는 저의 맹세문은 이와 같습니다."

이렇게 말하며 노인은 자신의 왼쪽 팔을 스스로 베어버리고[15] 눈물에 목이 메었다. 높은 집 분은 그 뜻에 감복하여 의심을 풀고 이 여인을 총애하여 잠자리를 같이 나누었다. 다음 날 아침이 되자 새삼 몸의 결백을 아시고 나서 완전히 의심을 거두니 여인은 화려한 교토 한복판에서 잘 살게 되었다.

15 에도(江戸)시대에는 남색관계 또는 남녀관계에서 자신의 사랑을 맹세하기 위해, 또는 굳건한 서약을 맹세하기 위해 자신의 팔을 자르는 일이 있었다.

◆ 삽화

여름비가 쏟아지고 천둥이 울리는 날 밤에 노인 무사와 여인이 같이 있는 침실 모습을 그리고 있다. 여인은 노인의 가슴 속에 오른손을 파묻고 있고 눈을 감고 있는 노인의 표정은 평범치 않게 그려져 있다. 젊은 여성의 숨결에 못 이겨 노인이 그만 왼쪽 다리를 여인에게 걸친 뒤 바로 후회하는 본문과는 거리가 있다.

◆ **도움말**

본 이야기는 주군의 딸을 마지막까지 잘 지켜낸 노인 무사의 의리 이야기이다. 본문 각주에서도 밝히고 있는 대로 이 노인 무사와 여인은 당시 누구나 잘 알고 있는 고전연애소설인 『이세모노가타리』의 주인공과 후일 황후가 되는 니조의 황후를 패러디함으로써 소설적 이야기 전개를 보인다. 노인 무사는 『관음경』까지 독경하며 주군의 딸인 여인을 여성으로 느끼지 않으려고 노력하면서 남성으로서의 본능을 이른바 무사의 의지로 이겨내는 모습과 더불어 자신의 결백을 증명하기 위해 자신의 팔을 스스로 베어내는 행위를 흥미롭게 묘사하는 데 작가의 창작의도가 있음은 물론이다. 그러나 이 노인 무사는 여인의 살결에 접해 유혹에 빠져서 잠시 육체적 접촉을 시도했기에 엄밀하게 말해 무사의 의리로 본다면 결격이라고도 볼 수 있겠는데 작가는 용납할 수 있는 의리의 범주로서 그리고 있다는 점이 흥미롭다고 할 수 있을 것이다.

나중에 알게 된다네 사랑의 복수극

주군의 명령인가 부모의 원수인가
니시노미야西宮에서 말에 떨어졌다가 회복한 이야기

"무슨 일이건 간에 성급히 판단하면 반드시 후회하게 된다"
라고 어떤 사람이 말했다. 오늘의 일은 내일 처리하도록 미룬 후 가장 도리에 맞는 판단을 할 수 있을 때 옳고 그름을 판단하는 것이 진정한 무사의 모습일 것이다. 그런데 그것도 그때그때 사정에 따라 달라질 수도 있다.

예전에 가가加賀 지방 다이쇼지大正寺[1]의 성주인 야마구치 마사히로山口正弘[2]의 부하 중에 지즈카 도고로千塚藤五郎라는 무사가 있었다. 도고로가 16세가 되었을 때 아버지인 도고자에몬藤五左衛門이 밤에 불시에 기습을 당해 살해당했다. 그 당시 여러 방면으로 조사를 해 보았으나 상대가 누

1 이시카와현(石川県) 가가시(加賀市) 중심부에 있는 지명. 중세시대에 하쿠산(白山)을 대표하는 다섯 개 사원 중 하나인 다이쇼지(大聖寺) 절 앞에 이루어진 시가지로 발달한 것이 기원으로서, 에도(江戸)시대에는 마에다씨(前田氏)의 다이쇼지 번(大聖寺藩)의 성을 중심으로 시가지가 발달했다. 여기에서 다이쇼지(大聖寺)는 지명으로서의 의미만 가지고 있으며, 절과는 관련이 없다.

2 전국(戰國)시대의 장수(1545~1600). 도요토미 히데요시(豊臣秀吉)의 부하로서 시즈가타케(賤ケ岳)의 전투에서 공을 세웠다. 가가 다이쇼지 지방에서 6만석의 성주였으며, 세키가하라(関ケ原)의 전투에서 서군(西軍)에 속해 있다가 1600년에 전사했다. 원문은 '야마구치 겐바노카미(山口玄蕃頭)'로서 '겐바노카미'는 외교 업무나 절, 승려의 명부 등을 다루던 관청의 책임자를 뜻한다.

구인지 알지 못한 채 사건은 일단락되었으며, 그 후 도고로에게는 다음과 같은 분부가 내려졌다.

"치밀하게 따져봐서 아버지를 죽인 자가 누구인지 알게 된다면 복수를 해도 좋다. 이번 일은 자네에게도 어쩔 수 없는 불행한 일이었다. 아버지를 벤 자가 있는 곳을 알게 되면 조금도 망설이지 말고 곧바로 원수를 처단하러 떠나도 좋다. 일단 그때까지는 아버지인 도고자에몬의 뒤를 이어 성을 경비하는 임무[3]를 맡거라."

도고로는 이 분부를 감사하게 받아들고 주위 사람들도 모두 납득했다. 도고로는 나이는 비록 어리지만 중요한 임무를 수행하지 못할 무사가 아니었기 때문에 사람들은

"역시 지즈카 가문의 뒤를 이을 만한 자질이 보인다"

라며 믿음직스럽게 생각했다.

그 후 6~7년의 시간이 금방 흘렀다. 도고로는 혈기왕성한 나이가 되었고, 아버지를 벤 원수의 행방을 아침저녁으로 마음에 두며 지내고 있었다. 그를 베지 않고서는 무사로서의 면목이 서지 않는다며 여러 신들에게 숙원을 이룰 수 있기만을 기도드렸다. 아직 결혼하지 않아서 처자식도 없었고 꿈에도 생시에도 수천 번이나 아버지의 모습이 눈에 선하게 떠올랐다. 그러던 어느 날 생각지도 못한 곳에서 아버지를 밤에 기습해서 죽인 상대를 알게 되었다. 그 자세한 내용은 이러했다.

도고로의 어머니가 세상을 떠난 이후 아버지 도고자에몬은 아직 혈기

3 원문은 '오방구미(大番組)'이다. 전쟁 시에는 가장 앞에서 전투를 이끌면서, 평상시에는 성을 경비하는 역할을 담당했다. 오방구미에 선발되는 것은 무사로서는 명예로운 일이었다.

왕성한 나이였기에 후처는 맞아들이지 않은 채 미인 첩을 두고, 침실에서 노후의 즐거움을 나누는 상대로 삼았다. 술 마시는 것을 낙으로 삼으면서 때로는 흐트러진 모습을 보이기도 했고, 평상시에는 무사의 도를 닦은 남자였지만 여색에는 약한 모습도 보였다. 인간들은 현명하거나 어리석은 것과는 무관하게 색色에 빠지기 십상이다. 이 여인은 교토京都 출신으로서 원래는 단바丹波 지방 사사야마笹山[4]에 살고 있는 오노세 덴시치尾瀬伝七라는 떠돌이 무사와 결혼해서 살고 있었다. 그런데 덴시치는 마치 매의 꽁지와 깃이 말라 비틀어지듯 점점 가난해져 생계가 어렵게 되자 아내가 가지고 있던 개인용품까지 모두 팔았다. 그래도 더 이상 방법이 없어지자 떠난다는 말도 없이 무정하게도 편지만을 남기고 어느 지방으로 갔는지 사라졌다. 아내는 여인의 마음에 너무나도 슬펐으나 한탄해 봐도 어쩔 수 없는 노릇이었다. 여인으로서 할 도리를 지키며 혼자 살아 보았지만 굶주림과 목마름 때문에 목숨이 위태로운 지경에 이르렀고, 비구니가 되려고 해도 마음속으로 불심이 일어나지도 않아 출가를 할 수 없었다. 그래서 이 세상을 살아가기 위해 어쩔 수 없이 도고자에몬의 첩이 되었던 것이었다.

한편, 덴시치는 다시 단바 지방으로 돌아와서 아내의 행방에 대한 이야기를 듣자 아내에 대해 미련의 마음을 버리지 못했다. 덴시치는 아는 사람을 통해서

"어떻게든 주인 나으리의 손에서 벗어나와 돌아오시오. 부부의 인연은 끊을 수 없는 법이니 서두르시오"

4 지금의 효고현(兵庫県) 다키군(多紀郡) 사사야마초(篠山町)에 해당한다.

라며 몰래 편지를 보냈지만, 아내는 그 편지를 읽어보지도 않고 찢어버렸다. 오랜 기간 가져왔던 원한의 마음, 특히 헤어질 때 받았던 고통은 생각하기만 해도 온 몸이 떨리고,

"어떻게 이런 남편이 있을 수 있나!"

라며 원망하고 마음을 애태웠던 것은 너무도 당연한 일이었다. 그러했기에 아내가 답장을 하지 않자 덴시치는 이것을 원망하며,

"아마도 지금 모시고 있는 남자가 아내를 너무나도 총애해서 다른 사람들과 만나는 걸 막고자 아내를 꼼짝 못하게 하고 있는 것이로구나"

라며 착각하게 되었다. 그리고는 여러 사람을 통해 아내가 어디에 있는지 알아낸 후 도고자에몬이 있는 가가 지방으로 찾아갔다. 도고자에몬은 이 사실을 전혀 눈치채지 못 하고 있던 차에, 덴시치는 도고자에몬을 원망하며 그를 죽인 후 자리를 빠져나왔다. 여인은 도고자에몬과의 어찌할 수 없는 사별을 끝도 없이 한탄하면서, 그래도 지난날 베풀어 준 깊은 은혜를 잊어버리지 못하고 하다못해 명복이라도 빌고자 교토의 시모가모下賀茂[5]에 암자를 지었다. 그리고는 사립문을 굳게 걸어 잠그고 머리카락을 잘라 버린 뒤 도고자에몬의 명복을 빌었다. 그런데 덴시치가 이곳에도 다시 찾아와 비구니의 법의法衣를 더럽히고, 예전처럼 지금 자신의 아내가 되어 달라고 강요했다. 아내는

"절대로 그럴 생각은 없습니다"

라며 강하게 거절했다. 그러자 덴시치는 아내를 잡아 눌러 칼로 찔러 죽여버리고 그대로 암자에서 빠져나와 사라져버렸던 것이었다.

---

5 지금의 교토시(京都市) 사쿄구(左京区)에 해당하며, 가모가와(賀茂川) 강과 다카노가와(高野川) 강이 합류하는 삼각지대에 위치해 있다.

한편, 이 여인의 동생 중에 다이조大蔵라는 사람이 있었다. 그는 한창 때의 미소년이었는데 주인의 짚신을 들고 따라다니는 하인[6]이 되어 히가시야마東山 산 난젠지南禅寺 절[7]의 말사末社에서 일하고 있었다. 그는 누나가 죽었다는 소식을 듣자 깊게 한탄하며 잠시 생각에 잠겼다. 그리고는

'얼마 전에 들은 누나의 말로는 떠돌이 무사 덴시치가 이곳에 억지를 쓰러 찾아왔었다고 했었는데, 이건 틀림없이 그자가 저지른 것이다. 그렇다면 도고자에몬 나으리를 죽인 이도 덴시치 그자임에 틀림없을 것이다. 그자를 베어버리기에는 나의 미약한 힘으로는 안 될 것 같으니 지금 바로 길을 떠나 도고로 나으리에게 부탁해서 적을 베어야겠다'

라 생각하고 가가 지방으로 찾아가 도고로에게 자초지종을 자세하게 이야기했다.

"오노세 덴시치의 고향은 반슈播州 지방 다치노竜野[8]이니 틀림없이 고향에서 살고 있을 것입니다. 서둘러 반슈 지방으로 내려가셔서 덴시치를 치시고 숙원을 이루어 주십시오. 그자가 비록 온 몸에 먹물을 칠하고 다닌다고 하더라도, 저는 그를 쉽게 알아볼 수 있는 방법이 있습니다."

다이조가 이렇게 말씀을 올리자 도고로는 더할 나위 없이 기뻐하며

"오늘밤 중으로 준비를 하고, 내일은 휴가를 얻어서 내려가겠다. 길을 떠날 준비를 하거라"

라며 분부를 내렸다. 그리고는 자신이 부재중에 처리해야 할 일들을 부하들에게 지시하고 있을 때였다. 정무를 총괄하는 가신으로부터 전갈이

---

6 에도시대에는 짚신을 담당하는 하인이라는 명목으로 남색(男色)이 이루어졌다.

7 교토시 사쿄구 난젠지초(南禅寺町)에 있는 임제종 난젠지파의 총본산.

8 지금의 효고현 남서부 다쓰노시(たつの市)에 해당한다.

왔는데 영주께서 분부하실 것이 있다는 것이었다. 도고로는 곧바로 성으로 찾아갔다. 그러자 비추備中 지방 후쿠야마福山[9]에 칙사로 갈 것을 명령받게 된 것이었다. 처음 맡는 임무였기 때문에,

"황송하옵니다"

라며 임무를 받아들였지만 그래도 원수를 갚고자 하는 간절한 염원은 잠시도 끊이지 않았다.

도고로는 주군의 명령이었기 때문에 하는 수 없이 일단 이번에는 명령을 받들어 임무를 수행하고, 나중에 복수를 하기로 했다. 그리고 다이조도 함께 길을 나서서 비추 지방으로 내려가게 되었다. 그때 쓰津 지방 니시노미야西の宮[10]의 역참에 도착해 보니 마을 사람들이 몰려 있는 모습이 보였다. 사정을 들어보니 여행객이 말에서 떨어져서 목숨이 위태롭다는 것이었다. 주위에서는

"정신이 나는 약을 가져오시오! 물을 가져오시오!"

라 큰 소리가 나고 소란스러웠다. 다이조가 이를 지켜보더니

"저자는 바로 원수인 덴시치입니다"

라며 온 몸을 떨면서 도고로에게 말씀드렸다. 도고로는 깜짝 놀랐지만, 그 자리에서는 일단 차분하게 사태를 판단했다.

"지금은 주군의 명령을 받고 있기 때문에 비록 상대방의 몸이 성하더

---

9 지금의 오카야마현(岡山県) 서부에 해당하며, 쓰쿠보군(都窪郡) 야마테손(山手村) 후쿠야마(福山)에는 덴쇼(天正, 1573~1592) 시기까지 성이 있었다. 그러나 본 이야기의 시대적인 배경이 되는 야마구치 마사히로가 다이쇼지 지방의 성주를 지내고 있을 때에는 성은 이미 사라진 상태였다.

10 여기에서 '쓰(津) 지방'은 옛 지명인 '셋쓰 지방(摂津國)'을 말하며 현재의 오사카후(大阪府) 북서부와 효고현 남동부에 해당한다. '니시노미야(西の宮)'는 효고현 니시노미야시(西宮市)에 해당한다.

라도 베서는 안 된다. 상대방이 이렇게 생명이 위급한 때에는 더욱더 그러하니라"
라며 다이조에게 무사의 의리義理를 지켜야 한다고 타일렀다. 그리고는 그곳 사람들에게 묘약妙藥을 가르쳐 주었다.

"이렇게 다친 몸에는 이제 막 돋아난 사슴뿔을 갈아서 그것을 염색집에서 쓰는 풀과 섞은 후 아픈 곳에 붙이면 금방 나을 것이오."

이렇게 다친 사람의 몸을 성심껏 신경써 주면서

"곧 있으면 정신이 들 것입니다. 그때 이것을 보여주십시오"
라고 부탁하면서

'몸이 불편하니 목을 베지 않고 목숨만은 살려두겠다'
라고 용건만 간략하게 쓴 편지를 남겼다.

그 후 덴시치는 치료의 효험 덕분에 상처가 회복되었다. 도고로가 남긴 편지를 마을 사람들이 건네주자 덴시치는 도고로의 마음가짐에 감격하고,

'진정한 무사란 이처럼 각별한 것이로구나. 나 같은 자는 이 세상에 오랫동안 살아있어도 쓸모가 없다. 이 모든 것이 나의 악한 마음에서 시작된 것이로다'
라며 자신의 잘못을 통감하고 가가 지방으로 향했다.

"저는 악한 짓을 저질렀습니다만 니시노미야에서 도고로 님은 저를 살려주셨으니 감사한 일입니다. 따라서 아버님을 벤 곳으로 찾아가 자결을 하겠습니다. 제가 살아나거든 숨통을 끊어 주십시오"
라며 마음속의 내용을 편지로 남기고 과감하게 죽음을 맞이했다. 그러자 온 나라 사람들은

“도고로가 덴시치를 베지 않은 것은 벤 것보다 더 훌륭한 무사도이다”라며 도리에 알맞은 행동을 한 것에 대해

“훌륭하도다. 신묘神妙한 마음가짐이여”

라며 도고로를 칭찬했다.

◆ 삽화

덴시치가 말에서 떨어진 장면을 도고로와 다이조가 마주치는 장면이다. 위 삽화에서 덴시치는 칼 두 자루를 허리에 찬 채 쓰러져 있으며, 마을 사람들이 덴시치를 둘러싸고 있다. 바로 뒤에 서 있는 이는 고개를 돌리고 있는 것으로 보아 이야기 본문에서처럼 정신이 드는 약과 물을 달라고 소리를 치고 있다는 것을 알 수 있다. 말 뒤에는 히로타(広田) 신사로 생각되는 신사의 입구를 나타내는 도리이(鳥居)가 서 있다.

위 삽화의 맨 뒤에서 갓을 쓰고 있는 이는 소매폭이 넓은 옷을 입은 것으로 보아 아직 성인식을 올리지 않은 다이조이며, 그 앞을 걸어가고 있는 이가 도고로이다. 도고로 앞에 서 있는 사람은 상인의 옷차림을 하고 있으며, 이야기의 본문에서처럼 물을 가져오고 있다.

◆ 도움말

도고자에몬은 덴시치에게 기습을 당해 목숨을 잃었다. 그러나 무사의 기본적인 법도로 본다면, 싸우기 전에 적을 향해 자신의 성명, 신분, 가계, 자신의 주장과 정당성 등을 큰 목소리로 외쳐야 했기 때문에, 상대방이 싸울 준비가 되지 않은 상태에서 기습을 가한 덴시치의 행위는 무사답지 못한 것이었다.

이와는 반대로 도고로는 자신의 아버지를 죽인 원수 덴시치를 죽이고 원수를 갚을 수 있었던 상황이었음에도 불구하고, "지금은 주군의 명령을 받고 있기 때문에 비록 상대방의 몸이 성하더라도 베서는 안 된다. 상대방이 이렇게 생명이 위급한 때에는 더욱더 그러하니라"라며 그를 베지 않았다는 점은 덴시치의 행위와는 대비된다고 할 수 있다. 여기에서 도고로는 주군의 명령을 받고 있다는 점을 들고 있는데, 이것은 주군과의 '공적인 의리'이며, 자신의 아버지의 원수를 치는 것은 '사적인 의리'이다. '사적인 의리'를 지킬 수 있는 순간이 찾아왔음에도 불구하고 '공적인 의리'를 먼저 생각한 것은 『무가의리 이야기』의 서문에서 '만일의 사태에 이르렀을 때 녹봉을 준 주군의 명령을 어기고 한 순간의 싸움과 언쟁에 휘말려, 사사로운 일 때문에 목숨을 잃게 된다면, 진정한 무사의 도리라 할 수 없다'라 언급된 '무사의 도리'와도 일치되는 모습이라 볼 수 있다. 따라서 "다이조에게 무사의 의리를 지켜야 한다고 타일렀다"는 본문의 구절은 도고로가 사적인 의리보다 공적인 의리를 중요하게 여겼다는 것을 나타낸다.

그렇기 때문에 본 이야기의 서두 부분에서 "성급히 판단하면 반드시 후회하게 된다", "가장 도리에 맞는 판단을 할 수 있을 때 옳고 그름을 판단하는 것이 진정한 무사의 모습일 것이다"라며 훈계하는 내용이 배치된 것은 뒤에 이어질 도고로의 '의리'의 행동에 대한 복선의 역할을 하는 것이다.

권6의 제4화

꽃과 같은 모습이란 앞머리를 깎지 않은 어린 시절

만리萬里 떨어진 사람의 심정만큼

오사카의 믿음직한 어떤 무사

사람이 한창 때에는 꽃에 비유되기도 한다. 나가토長門 지방[1]의 수령인 기무라木村[2]의 하인 중에 마쓰오 고젠松尾小膳이라는 이가 있었다. 미모가 뛰어나 남색男色으로 한창인 16세 때부터 이 집에서 일하고 있었다. 그의 고향은 세키슈石州의 하마다浜田[3]였는데 스기야마 이치자에몬杉山市左衛門이라는 무사와 남색의 인연을 맺고 있었다. 그렇지만 이치자에몬은 이별을 아쉬워하고 사랑을 포기하면서까지 고젠에게 출세를 하기 위해서라며 교토로 올라가도록 권유했다. 그 마음은 참으로 믿음직스러웠다. 산과 바다를 건너 아주 멀리 떨어져 있었으나 편지로 인연을 맺고 고젠은 아침에도 저녁에도 이치자에몬을 잊지 않았다. 홀로 잠자리에 들어서면 쓸쓸함에 잠을 못 이루고 지난날 사랑을 나누며 보냈던 밤을 그리워하고

1 지금의 야마구치현(山口県) 서부에 해당한다.

2 기무라 시게나리(木村重成, ?~1615). 에도(江戸)시대 초기의 무사로서 도요토미 히데요리(豊臣秀頼)의 부하였으며 1614년 오사카 겨울 전투(大坂冬の陣)에서 다마즈쿠리(玉造)의 수비를 맡아 농성하였다. 이듬해 오사카 여름 전투(大坂夏の陣)에서도 농성하였고, 성 밖의 와카에(若江)에서 전사하였다. 아름다운 외모를 지닌 젊은 무사였다고 전해진다.

3 이와미 지방(石見國), 현재의 시마네현(島根県) 서부를 가리킨다.

있었다.

마침 그때 시기노 우에몬鴫野宇右衛門이라는 무사가 고젠에게 반하여 사랑의 편지를 보냈다. 고젠은,

“저는 다른 분을 사랑하는 마음을 접어 두었습니다. 제 마음에 둔 사람이 있어 다른 분과 가까이 지내는 것은 생각조차 안 하고 있기 때문입니다. 두 번 다시 이러한 일은 하지 말아주십시오. 답신도 하지 않을 겁니다”

라고 전했다. 초조해진 우에몬은 적당히 틈을 내어 고젠의 거처를 찾아가 그래도 자신의 마음을 받아주지 않는 이유를 꼭 듣고 싶다며 억지를 썼다. 고젠은 전혀 당황하는 기색이 없이

“저를 마음에 두신 것이니 그 마음을 대충 흘려보내지는 않겠습니다. 하지만 고향에서 인연을 맺은 분이 있습니다. 여기 서약서가 있으니 보아 주십시오. 무슨 일이 있어도 이 의리는 지킬 것입니다”

라고 처음부터 지금까지 있었던 일과 함께 이치자에몬과의 이야기를 밝혔다. 그리고는

“이제부터 당신과 만나기는 하더라도 남색의 인연은 맺을 수 없습니다. 그러니 친형제와 같이 생각해 주시고 저를 돌보아 주시기를 부탁드립니다”

라고 도리를 다해서 말하였다. 이를 듣고 사정을 이해하게 된 우에몬은 그때부터는 실수없이 고젠의 후견인이 되어 각별히 신경쓰게 되었다.

한편, 다마미즈 모헤이玉水茂兵衛라는 무사도 예전부터 고젠에게 편지를 보내서 구애하고 있었던 차에 우에몬과 고젠이 사이좋게 이야기를 나누는 것을 보았다. 모헤이는,

“예전부터 당신을 좋아한 나를 버리고 나중에 고백한 사람과 친하게

지내는 것은 아무리 생각해도 이해할 수 없소. 어떤 변명을 하더라도 참을 수 없소. 이러쿵저러쿵 말할 필요도 없이 칼로 베어야겠소"
라며 결심한 듯한 모습을 보였다. 고젠도 이 상황에서는 어쩔 수 없이,
"그렇게 말씀하셔도 저에게는 떳떳하지 못한 점이 추호도 없습니다. 게다가 목숨이 아까울 바도 없습니다. 얼마든지 상대가 되어 드리겠습니다. 그러나 저는 미숙하니 당신의 칼에 죽임을 당할 것이 뻔합니다. 뒤처리는 보기 흉하지 않게 해 주십시오. 자, 결투는 언제 하시겠습니까?"
라고 하였다. 모헤이는,
"19일 밤은 달이 밝아 그렇게 어둡지 않으니 밤이 되기 전에 다마쓰쿠리玉造[4]의 벌판에서 만나 우리 둘은 저승길로 가겠구려. 이 세상의 달을 보는 것도 이제 하루 이틀이니 신변을 조용히 정리하기 바라겠네"
라고 서로 예를 차리고 헤어졌다.
곧 약속한 19일 밤이 되었다. 고젠은 몸단장을 하고는 아무도 데려오지 않고 혼자서 약속한 벌판에 가서 한동안 기다렸으나 사람의 그림자도 보이지 않았다. 고젠은 모헤이에게 어떻게 된 일인지 알아보기 위해 사람 눈을 피해서 그의 집으로 갔다. 그러자 뒤에서 발자국 소리가 들려왔고 고젠은 난처해져 대나무 울타리에 기대어 몸을 숨겼다. 가만히 살펴보니 자신을 보살펴주고 있는 우에몬이었다. 우에몬은 눈치가 빠른 무사라서 고젠을 발견하고는 곧바로 다가왔다.
"이것은 아무래도 납득이 가지 않네. 혼자서 몰래 왔다는 것은 모헤이와 정을 나누려는 것 아닌가. 그렇다면 내 체면은 말이 안 되지. 그러니

4 오사카 성(大坂城) 남동쪽의 언덕.

모헤이와 자네 두 사람을 상대하겠다"

라고 적잖이 화를 내는데 그것은 이치에 맞는 말이었다. 고젠은 당황하는 기색도 없이,

"여기에는 복잡한 사정이 있습니다"

라고 하며 자초지종을 설명하였다. 우에몬은,

"이야기를 들으니 안쓰럽구나. 일찍이 가까이 지낸 것은 이런 때를 위해서이다. 이 우에몬이 뒤에서 도와줄 테니 믿음직스러운 후원자가 있다고 생각하고 모헤이를 치거라"

라고 고젠을 격려하고 모헤이의 집으로 안내하도록 하였다. 우에몬이 문 앞에서 여러 이야기들을 엿들으니 모헤이의 오해가 풀려 있었다. 모헤이는,

"편지를 쓰느라 시간이 걸려 늦었소. 여기에서 하나 이야기하고 싶은 것이 있소. 당신이 우에몬과 정을 통한 것이 아니라면 나는 아무런 원한도 없소. 나에게는 조금도 불만이 없으니 칼로 벨 이유도 없소"

라고 하였다. 고젠도,

"저에게 이야기할 것이 없다고 말씀하신다면 저도 마찬가지입니다"

라고 대답했다. 결국 모헤이의 행동은 아무런 의미가 없게 되었던 것이었다.

그리고 나서 우에몬과 고젠은 크게 웃으며 돌아갔는데, 둘은 더욱더 서로 의지하는 무사의 관계가 되었으며 주위에서 보는 것과는 달리 의리義理만 있는 교제였다. 어린 소나무若松[5]와도 같은 고젠의 모습은 천 년의

---

5 원문의 와카마쓰(若松)는 어린 소나무, 그리고 설날에 장식하는 가도마쓰(門松)의 두 가지 뜻을 가지고 있다. 여기에서 소나무(松)는 천 년(千歲), 어린 소나무(若松)는 봄을 연상시키는 단어이며, 젊은 모습과 어린 소나무의 의미를 중첩해서 표현하였다.

봄을 거듭하며 오랫동안 무가 집안으로 번성하였다. 칼을 뽑지 않고도 다스려지는 천하태평의 나라는 오랫동안 지속될 지어다.

교京 데라마치도리寺町通 고조아가루초五条上ル丁

야마오카 이치베山岡市兵衛

에도江戸 니혼바시日本橋 요로즈초카도万町角

요로즈야 세이베万屋清兵衛

조쿄貞享 5년 무진해戊辰歲

2월 길상일吉祥日

오사카大坂 신사이바시스지心斎橋筋 아와지초淡路町

미나미에하이루초南エ入ル丁

야스이 가베安井加兵衛 출판하다梓

◆ 삽화

실내에서 모헤이와 고젠이 이야기를 나누고 있다. 왼쪽이 앞머리를 깎은 것으로 보아 이미 성인이 된 모헤이이며, 오른쪽이 성인식을 올리지 않은 고젠이라는 것을 알 수 있다. 문 밖에서는 우에몬이 걱정스러운 눈치로 두 사람의 이야기를 엿듣고 있다.

◆ 도움말

후루타 시게쓰네古田重恒, 1603~1648는 현재의 시마네현島根県에 해당하는 이와미 지방石見國 하마다 번浜田藩의 2대 번주이다. 1646년에 후계자 상속 문제로 인한 후루타 소동古田騷動이 발생하였다. 이는 시게쓰네가 40세가 넘도록 자식을 낳지 못하자 그의 주변에서 양자를 무리하게 후계자로 들이려는 계획을 꾸미게 되었는데, 이를 알게 된 시게쓰네가 격노하여 주모자 일파를 모두 죽인 사건이다. 그런데 시게쓰네를 둘러싸고 여러 설이 있는데 그 중 하나가 바로 남색을 즐겼다는 설이다. 후루타 소동을 기록한『후루타 소동기古田騷動記』에는 시게쓰네가 총애하던 젊은 남자를 사모한 가신이 있다는 소문을 듣고 두 사람 모두를 죽였다는 기록이 있다.

본 이야기는 고젠의 고향을 하마다浜田로 설정하고 그를 둘러싼 남색관계를 그리고 있는 것으로 보아 시게쓰네의 일화를 참고한 것으로 생각되며 사이카쿠는 육체적인 남색관계를 가지지 않고 정신적인 의리의 관계를 가질 수 있는 것 또한 이상적인 무사의 도리라는 것을 이야기하고 있다.

본 이야기는 해피엔딩의 결말을 가지는 이야기로서 "칼을 뽑지 않고도 다스려지는 천하태평의 나라는 오랫동안 지속될 지어다"라는 일종의 축언祝言으로 끝을 맺고 있는데, 이것은 본 이야기뿐만 아니라『무가의리 이야기』전체를 마무리하는 역할을 하고 있다. 물론 소설의 마지막 이야기를 비극적이거나 불행한 이야기로 배치한다고 해서 벌을 받거나 업계에서 쫓겨나는 일은 없었지만, 본 이야기와 같은 마무리의 방식은 당시의 소설류에서 불문율처럼 지켜지는 규칙과도 같은 것으로서 사이카쿠의 다른 작품에서도 비슷한 내용이 여러 곳 등장한다. 서로 싸우지 않고 평화롭게 이야기를 마무리 짓는다는 본 이야기의 내용은 전국시대의 전쟁이 끝나 평화로운 시대가 지속된 에도시대를 상징하며, 축언으로 끝을 맺는 것은 당시 무가 정권의 치정에 대한 상인작가로서의 의례적인 덕담의 역할을 하고 있다고 볼 수 있다.

해제

키워드로 읽는 『무가의리 이야기』

1. 목숨보다 중요시한 무사들의 명예

에도江戸시대 초기는 전국戰國시대의 혼란이 끝나고 평화가 지속되며 상공업이 발달하기 시작했다. 그러자 '무武'가 자신의 직업이었던 무사들은 설 자리를 잃어갔고, 사회의 가치관은 금전을 중요시하는 풍조로 변화해 갔다. 이러한 배경 속에서 무사들의 '명예'야말로 자신의 정체성을 유지할 수 있는 마지막 남은 자존심 중의 하나였으며, 따라서 무사들에게 명예나 자존심에 상처가 되는 말이나 행동을 하는 것은 금기시되었다.

『무가의리 이야기』에서는 권3의 제1화, 권3의 제3화, 권3의 제5화, 권5의 제4화에서 명예를 중요시하는 무사들의 모습을 찾아볼 수 있다. 특히 권3의 제3화는 '무사는 사람을 화나게 하는 말을 장난으로라도 해서는 안 된다'라는 언설로 이야기가 시작되고 있으며, 권3의 제5화에는 '무사를 이렇게 놀리다니'가 부제로 사용되어 있는 것으로 보아 『무가의리 이야기』에서 무사들의 '명예'란 얼마나 중요한 가치를 지니는 것으로 여겨졌는지를 알 수 있다. 이에 명예를 중요시하는 무사들의 여러 모습에 대해 『무가의리 이야기』의 서문과 관련지어 살펴보도록 한다.

먼저, 권3의 제1화에서 다케시마는 다키쓰의 등에 난 상처를 보고 "이건 도망가다 난 상처입니까?"라 말하며, 술자리에서 다키쓰가 못 마시겠다고 말하자 "또 도망가시려는가?"라며 두 번씩이나 무사로서의 명예를 더럽히는 말을 한다. 물론 이와 같은 말은 다케시마가 정말로 다키쓰에 대해 겁장이로 생각했기 때문이라기보다는 가까운 사이에 있었기 때문에 농담으로 건넨 말이었을 것이다. 그렇지만 다키쓰의 명예를 실추시키는 말로 인해 두 사람 사이에는 칼부림이 벌어지며, 권3의 제5화에서는 뱀으로 다른 무사를 놀린 것 때문에 무사들 사이에 다툼이 일어난다. 심지어는 권3의 제3화에서는 갑옷 대신에 수의나 입으라는 말을 듣고 세 명의 무사를 죽이는 사건까지 일어난다.

무사는 주군을 위해 '공적인 의리'를 지키는 것이 첫 번째 본분이지만, 위의 이야기에서처럼 무사들의 명예를 더럽히는 말이나 행위는 사사로운 싸움의 원인이 되었으며, 결국 목숨을 잃게 되는 결과를 초래하게 된다. 그리고 이것은 공적인 관점에서 보면 세 명의 무사를 잃게 되는 커다란 손해를 초래한 것이다. 그렇기 때문에 『무가의리 이야기』의 서문에서 "녹봉을 준 주군의 명령을 어기고 한 순간의 싸움과 언쟁에 휘말려, 사사로운 일 때문에 목숨을 잃게 된다면, 진정한 무사의 도리라 할 수 없다"라 한 것처럼 명예를 더럽히는 행위는 결국 무사들이 '공적인 의리'를 저버리는 행위의 원인이 된다는 언설을 제시하고 있는 것이다.

이와 같은 관점에서 보았을 때 무사로서 정정당당한 대결을 위해 다케시마가 칼을 찾아서 빼어들 때까지 다키쓰가 기다려주는 것은 무사로서 서로 간의 명예를 존중해 주는 장면이다. 그리고 다케시마는 곁에 둔 자신의 칼의 행방을 모르는 것 자체가 무사로서의 체면이 서지 않는 일이라며 자결을 하려 하는 것도 명예를 중요시하는 무사로서의 모습이 나타나 있다.

한편, 권5의 제4화는 명검이 탐이 나서 주인을 베었다는 누명을 쓰게 된 가쓰노스케가 동료인 반노스케를 벤 후 자신도 그 자리에서 자결한 이야기이다. 에도시대에는 '사농공상士農工商'의 신분질서가 엄격했기 때문에 신분의 이동이 거의 불가능했다. 무사는 '사농공상' 중에서 가장 위에 있는 '사士'에 해당하지만 '농農'업에 종사하는 것이 금지되었고, 특별한 기술工도 없었고, 그렇다고 해서 '상商'업에 특별한 재주가 있는 것도 아니었다. 따라서 주군으로부터의 녹봉에 의지하지 않고서는 생계를 유지할 수 없었고, 모시는 주군이 없는 경우에는 떠돌이 생활을 하면서 걸식을 하거나 도적질을 할 수밖에 없었다. 본 이야기에서의 가쓰노스케의 경우 아무리 몰락한 무사라 하더라도 마지막까지 지키고 싶은 것이 있었으니 그것은 무사로서의 명예였다. 따라서 그가 도적질을 했다는 누명을 뒤집어 쓴 것은 무사로서의 명예가 실추되는 커다란 치욕이었으며, 가쓰노스케는 자신의 누명을 벗음으로써 명예를 지키고자 했던 것이다.

2. 공적인 의리와 사적인 의리

주군으로부터 녹봉을 받고 있는 무사에게 있어서 가장 중요한 것은 주군과의 '공적인 의리'를 지키는 것이었으며, '사적인 의리'를 중요시하는 것은 『무가의리 이야기』의 서문에서 언급된 것처럼 진정한 무사로서의 도리가 아니다. 이와 같은 사례가 가장 잘 나타나 있는 이야기가 권6의 제3화로서, 도고로는 자신의 아버지를 죽인 '사적인 의리'를 지킬 수 있는 순간이 찾아왔음에도 불구하고 공적인 임무를 수행하는 중이었기 때문에 원수를 갚지 않았다는 것은 『무가의리 이야기』에서 말하는 진정한 무사의 도리인 것이다.

이와는 반대로 『무가의리 이야기』를 읽어보면, 권1의 제5화, 권4의 제3화와 같이 공과 사를 구별하지 못하고, 사적인 의리를 우선시하는 무사의 모습도 찾아볼 수 있다. 특히 권1의 제5화는 '공'과 '사'라는 관점에서 보았을 때 매우 흥미로운 이야기이다. 이 이야기에서 시키부는 주군의 가문 전체를 통솔하고 보살피는 '요코메야쿠横目役'라는 임무를 담당했으며 그에게 맡겨진 공적인 임무는 어린 무라마루 일행을 통솔하는 책임자로서 어떤 어려움이 있다고 하더라도 소기의 목적을 달성하고 무라마루가 무사히 본성으로 돌아오도록 하는 것이었다. 이와는 반대로 동료인 단고가 아들을 잘 보살펴달라며 부탁한 것은 어디까지나 사적인 인간관계에 의한 의리이다.

따라서 단고의 아들인 단자부로가 목숨을 잃은 것은 무라마루를 경호하는 가신단의 일원으로서 공적인 임무를 수행하다가 얻게 된 사고였던 것이었다. 그렇기 때문에 시키부가 아들에게도 죽음을 명령한 것은 단고와의 사적인 의리와 자신의 무사로서의 개인적인 체면을 우선시한 것으로서, 공과 사를 구별하지 못한 행위라 볼 수 있다. 그리고 고향으로 돌아온 후의 일련의 사건에 대해서도 '공'과 '사'의 관점에서 보았을 때 문제가 될 수 있다. 왜냐면 단고 역시 개인적인 의리와 체면에 휘말리게 되어 직책에서 물러나고 아내와 자식들까지 모두 승려가 되기 때문에 시키부가 희생했던 것 이상으로 큰 희생을 하기 때문이다. 이것은 주군인 아라키 무라시게의 공적인 입장에서 본다면 시키부와 단고의 사적인 의리로 인해 자신에게는 중요한 가신家臣 두 명을 잃게 되는 결과를 초래하게 되었다. 따라서 권1의 제5화는 『무가의리 이야기』의 서문에서 '사사로운 일 때문에' 공과 사를 구별하지 못하고 '진정한 무사의 도리라 할 수 없다'며 비판한 전형적인 무사상이 그려져 있는 것이다.

권4의 제3화의 경우도 마찬가지로서 '공'적인 의리를 우선시해야 하는 무사들이 '사'적인 의리와 인간관계를 중요시한 나머지, 다로에몬은 전후사정을 살피지 않고 모스케에게 '비겁한 자식'이라는 말로 매도한다. 앞서 언급한 것처럼 무사에게 있어서 '비겁한 자식'이라며 명예를 더럽히는 말은 결국 두 사람의 다툼으로 이어져 모두 목숨을 잃게 되며, 나아가 조로쿠까지 죽게 된다. 즉, 세 명의 무사는 주군을 위해 목숨을 바친다는 '공'적인 의리가 아니라 '사'적인 의리를 중요시한 나머지 목숨을 잃게 된 것으로서, 주군의 '공'적인 입장에서 본다면 세 명의 무사를 잃게 되는 결과를 낳게 되었다.

사이카쿠는 『본조이십불효本朝二十不孝』에서 불효자의 모습을 서술한다는 역설적인 방법으로 '효'를 장려했다. 『본조이십불효』가 『무가의리 이야기』보다 2년 전인 1686년에 간행되었다는 점으로부터 생각해 보면, 『본조이십불효』의 창작방식, 즉 이상적이지 못한 의리의 양상을 나타내는 것을 통해 이상적인 의리의 모습을 제시하는 역설적인 수법이 『무가의리 이야기』에서도 사용되었다고 볼 수 있다.

3. 무사들의 남색男色

일본의 역사에서 '남색男色'은 고대부터 존재해 왔다. 특히, 고야산高野山, 히에이산比叡山 등과 같은 영적인 장소에 여성이 들어가는 것이 금지된 여인금제女人禁制라는 습속이 존재했었는데, 헤이안平安시대794~1185에는 천태종과 진언종을 중심으로 산악에서 불교 수행을 해야 한다는 산악불교山岳佛敎 사상이 성립되며 사원이 깊은 산중에 세워지게 된다. 그렇게 외부 세계와는 차단된 공간에서 남성만이 생활을 하는 가운데, 승려가 절에서 일을 돕는 어린 남자 아이와 성적인 관계를 맺는 남색이 행해지게 되었다. 이와 같이 남성 간에 성적인 관계를 맺는 남색은 근세에도 성행했다. 특히 남색 관계에 있는 무사들 간의 정情과 의리義理를 위해서는 목숨을 버릴 수 있다는 정신세계는 남색의 대상인 미소년을 위한 교훈서로서 작자 미상의 『신유키心友記』1643년 간행에 자세히 기술되어 있다. 이와 같은 배경 속에서 이하라 사이카쿠는 무가 사회에서의 남색 이야기를 다룬 『남색대감男色大鑑』을 1687년에 간행했으며, 『무가의리 이야기』에도 무사들의 남색에 관한 이야기가 총 5화 실려 있다. 본 해제에서는 그 중 권1의 제3화와 권6의 제4화를 통해서 무가 사회의 남색에 대해서 살펴보겠다.

먼저, 권1의 제3화는 무사의 남색과 의리를 그린 이야기이다. 당시 나이 16살의 미소년인 사쿠라이 고로키치桜井五郎吉는 무사 집안 출신의 외아들로 교토京都에서 우연히 낯익은 향의 향로를 마주하게 된다. 그 향로는 고로키치가 모시는 장군이 부하를 시켜 문 밖에서 풍겨오는 명향名香의 정체를 찾던 중, 가모가와鴨川 강가에서 물떼새의 지저귀는 소리가 들려오는 곳에서 발견한 것이다. 향로에 향을 태우고 있던 사람은 나이가 지긋한 늙은이로 향로를 건네주고는 모습을 감추고 만다. 그 늙은이는 고로키치와 남색 관계를 맺었던 이로, 고로키치의 출세를 위해 곁을 떠났던 것이다. 고로키치는 향로의 향을 통해 찾아 헤매던 그리운 이를 찾았지만 건강이 급속도로 악화되어 동료 무사인 히구치 무라노스케樋口村之介에게 한 가지 부탁을 남기고 세상을 떠난다. 그것은 자신을 대신하여 그 늙은이와 남색 관계를 맺어 달라는 것이었다. 죽음을 눈앞에 두고 남색 관계였던 이에 대한 의리를 지키려는 고로키치와 동료 무사와의 의리를 지키기 위해 60살이 넘어 볼품없는 늙은이와 남색 관계를 대신 맺는 무라노스케. 이 둘은 모두 무사의 신분으로 남색의 대상과 동료 무사에 대한 의리를 각자 지키고 있는 것이다.

권6의 제4화는 본 작품의 가장 마지막에 수록된 이야기로 남색과 의리에 대해서 그리고 있다. 16세의 미소년 마쓰오 고젠松尾小膳은 스기야마 이치자에몬杉山市左衛門과 남색 관계를 맺었다. 그러나 이치자에몬은 고젠의 출세를 고려하여 그의 곁을 떠나고, 그 후 고젠은 한시도 이치자에몬을 잊지 못했다. 한편, 무사 시기노 우에몬鴫野宇右衛門과 다마미즈 모헤이玉水茂兵衛는 매력적인 미소년이었던 고젠에게 사랑의 감정을 느끼게 된다. 하지만, 고젠은 이미 남색의 연을 맺은 이가 있기 때문에 우에몬과 모헤이의 마음을 받아들일 수 없다고 정중히 거절을 한다. 어느 날, 모헤이는 고젠과 우에몬이 친밀하게 대화를 나누는 모습을 보고 둘의 관계를 오해하여, 고젠의 목을 베려고 한다. 이에 대해 고젠은 변명을 하지 않고 죽음을 받아들이려 결심했지만, 고젠의 설명으로 모헤이와 우에몬은 오해를 풀게 된다. 이 이야기에는 고젠의 남색 상대인 이치자에몬에 대한 의리와 고젠을 사랑하는 우에몬의 의리가 그려져 있다. 해당 이야기에서 사이카쿠는 무사들의 남색은 육체적인 관계로 발전되지 않고 정신적의 의리로 맺어지기도 한다는 것을 전달하고 있는 것이다.

4. 복수와 의리의 세계

일본 근세기 무사의 복수는 주군이나 부모와 같은 윗사람의 원수를 갚는 일이 주된 목적이었다. 무사는 명예와 명성, 평판을 매우 중요하게 생각하였으며, 이것에 흠이 가면 목숨을 버릴 정도의 각오로 명예 회복을 위한 행동에 임하였다. 복수도 마찬가지로 부모의 죽음을 갚아줌으로서 명예를 회복한다는 의미를 지니고 있었다. 『무가의리 이야기』에는 복수에 관한 이야기가 5화 실려 있다. 각 이야기에서 그리고 있는 복수를 간략하게 소개하면 다음과 같다.

먼저 권2의 제1화와 제2화는 오사카大坂 미도御堂 앞에서 실제로 발생한 복수극을 소재로 한 이야기이다. 신바시新橋 다리에서 모토베 지쓰에몬本部実右衛門이 시마가와 다베島川太兵衛의 우산과 부딪쳐 지쓰에몬이 다베의 칼에 죽임을 당하였다. 지쓰에몬의 원수를 갚기 위해 조카인 이소가이 효에몬磯貝兵右衛門과 이소가이 도스케磯貝藤介가 나서게 되고 결국 복수에 성공하게 된다는 이야기이다. 『무가의리 이야기』가 의리를 주제로 하고 있다는 점을 고려하였을 때, 권2의 제1화와 제2화는 의리의 성격이 불명확하다는 점이 특징적이다. 원수를 갚는 '의로운 쪽'과 복수를 당하는 '의롭지 않은 쪽'이라는 일반적인 복수의 방식으로는 설명할 수 없는 구도로 그려져 있기 때문이다. 지쓰에몬과 다베의 우산이 부딪치는 장면에서 잘못을 저지른 자를 가려내는 일이 그려져 있지 않다는 점에서 윤리적인 개념에서의 '의리'는 이 이야기에서 중요하지 않다고 볼 수 있다. 오히려 칼을 들고 용맹하게 싸우는 무사의 모습과 숙부의 원수를 갚기 위하여 조카들이 나서는 모습을 통하여 당대의 무사들이 지녔을 무사로서의 의식 구조를 나타낸 이야기라고 할 수 있다.

권3의 제4화는 하야토隼人와 게키外記 간의 의리를 그림과 동시에 각자의 아들과 딸을 결혼시키기로 약속한 후 벌어지는 복수극을 그린 이야기이다. 하야토의 딸은 중국 고전을 즐겨 읽을 정도로 당시의 남성과 견주어도 손색이 없는 여성으로 묘사되어 있다. 그리고 게키가 피습을 당한 후 게키의 아들이 아버지의 원수를 갚을 때에는 꿈속에서 남편을 도와 복수극을 성공적으로 이끄는 것으로 그려진다. 당시 아버지의 원수를 갚는 것은 주군의 허락만 받는다면 무사로서 당연히 해야 할 일이었기 때문에 그 자체로는 특별한 점은 없으나, 아내가 꿈속에서 남편의 복수를 돕는다는 것은 매우 흥미로운 소재 거리라고 할 수 있다. 아버지에 대한 복수를 성공적으로 마칠 수 있었던 것은 아내가 꿈속에서까지 의리를 지켰기 때문이라는 것을 나타낸 이야기인 것이다.

권5의 제5화는 한 여성이 두 남성을 동시에 사랑한 이야기이다. 유녀인 데이카定家는 아라시마 고스케荒島小助와 오쿠즈미 겐주로億住源十郎를 동시에 사랑했지만, 고스케는 겐주로의 아버지를 죽인 원수였다. 고스케와 겐주로가 칼싸움을 벌이는 중에 데이카는 자신이 사랑하는 두 사람 중 누구의 편도 들지 않은 채 자결을 하고, 고스케와 겐주로는 서로의 칼에 함께 목숨을 잃고 만다. 이 이야기는 사랑하는 사람을 향한 데이카의 의리를 그린 것으로서 아버지의 원수를 갚는 자와 복수를 당하는 자에 대한 윤리적 판단을 내리기 보다는 양쪽이 공평하고 동등하게 그려져 있다. 또한 이 이야기에서는 싸우기 전에 무사는 자신의 성명과 신분, 가계, 복수의 정당성을 분명하게 밝혀야 했던 당시 시대상이 나타나 있다. 무사는 복수를 할 때에도 기본적인 무사의 법도를 반드시 지켜야 했던 것이다.

권6의 제3화는 주군의 명령과 부모의 원수 중 우선적으로 택해야 하는 것이 무엇인지를 알려주는 이야기이다. 결국 이 이야기에서는 주군의 명령을 '공적인 의리', 부모의 원수를 '사적인 의리'라고 하였을 때 '공적인 의리'를 우선시해야 한다는 것을 말하고 있다. 당시 복수라고 하면 부모의 원수를 갚는 일을 말하였는데, 그보다 더 중요한 것이 주군의 명령이었다는 사실을 이 이야기를 통해서 알 수 있다.

연구사 소개

『무가의리 이야기』는 사이카쿠의 작품 중에서도 연구자들의 긍정적인 평가와 부정적인 평가가 뚜렷하게 나뉘어져 있는 특이한 작품이다. 그렇다면, 그동안 연구자들은 『무가의리 이야기』에 대해 어떤 점에 주목해서 어떻게 평가를 해 왔으며, 평가가 나뉘어져 있는 원인은 무엇일까. 본 장에서는 본서의 독자들이 『무가의리 이야기』에 대해 깊게, 그리고 넓은 시각으로 이해하는 계기를 마련하고자 한국과 일본에서 이루어진 연구사에 대해 간략히 소개해 보고자 한다.

본서의 주석 및 도움말 집필 시 참고한 서적 및 논문들은 '참고문헌'란에 자세히 소개되어 있다. 물론, 대부분의 연구가 일본에서 이루어진 것은 당연한 일이겠지만 한국에서도 주목할 만한 논문이 상당수 발표되었다. 그 중에서 김영철2005은 『무가의리 이야기』의 각 이야기에 그려진 다양한 '의리'의 양상을 고찰하고 있으며, 황소연2009은 상인사회를 살아간 사이카쿠가 무사들의 특징인 '의리'를 작품의 소재로 삼고 있다는 점에서, '의리'라는 개념이 일반화되는데 큰 역할을 했음을 지적하고 있다.

일본에서는 그동안 다양한 관점에서 연구가 진행되어 왔는데, 먼저 에모토 히로시江本裕, 1966와 후지 아키오富士昭雄, 1977는 『무가의리 이야기』에 나타난 이야기들의 시대적인 배경을 분석하고, 전국戰國시대 말기에 해당하는 16세기 말에서 17세기 초의 이야기가 10화가 넘는다는 점을 지적하였다. 이것은 사이카쿠가 나타낸 무사의 이야기가 당시의 독자들에게 있어 머나먼 과거의 이야기가 아니라, 가까운 과거에 일어난 사례라는 것을 나타내는 것을 통해, 사이카쿠는 독자들로 하여금 친근감을 가지고 설득력 있는 이야기로 풀어내려 한 의도가 있었던 것으로 생각된다.

사이카쿠가 생각했던 『무가의리 이야기』의 독자층에 대해 노마 코신野間光辰, 1981은 가장 많은 무사들이 거주하고 있기 때문에 커다란 수익을 기대할 수 있는 에도의 무사들을 대상으로 본 작품을 창작하였다는 의견을 제시하였다. 그러나 다니와키 마사치카谷脇理史, 1981는 당시 오사카의 상인들은 소비자무사와 생산자농공업의 사이에서 유통과정을 장악하면서 이득을 취했기 때문에, 소비자인 무사들의 사고방식이나 생활, 관심사에 대해 강한 관심을 가졌다는 점을 지적하면서, 무사계급에 대해 흥미와 관심을 가지고 있던 상인들을 대상으로 하여 창작되었다고 언급하였다.

다음으로, 『무가의리 이야기』 전후에 사이카쿠가 어떤 작품들을 집필하여 간행하였는지 살펴보면, 1687년에는 『남색대감男色大鑑』1월, 『후토코로스즈리懐硯』3월, 『무도전래기武道伝来記』4월, 1688년에는 『일본영대장日本永代蔵』1월, 『무가의리 이야기』2월, 『아라시와 무조노 모노가타리嵐は無常物語』3월, 『이로자토 미토코로세타이色里三所世帯』6월, 『신가소기新可笑記』11월, 1689년 1월에는 『혼초 오인히지本朝桜陰比事』를 간행하는 등 짧은 기간에 그야말로 엄청난 작품들을 쏟아낸다. 이를 통해 보면 사이카쿠가 혼자서 단기간에 위와 같은 작품들을 구상하고 집필했다는 것은 불가능하다는 추측도 설득력이 없는 것은 아니다. 이에, 나카무라 유키히코中村幸彦, 1982를 중심으로 한 일련의 연구에서는 사이카쿠에게 아이디어를 제공한 협력자가 존재했거나 또는 대필자가 있었을 가능성을 제시하면서, 사이카쿠는 그들로부터 모은 원고에 대해 약간의 첨삭을 하거나 편집을 하는 정도의 역할을 하였기 때문에 그렇게 많은 다작이 가능했다는 의견을 제시하였다.

『무가의리 이야기』에 대한 그동안의 논의 중에서 가장 활발히 진행되어 왔으며, 작품의 평가에 직접적인 영향을 미친 문제는 본 작품에 나타난 '의리'가 과연 독자들이 납득할 만한 이상적인 '의리'의 모습이 그려져 있는가에 대한 문제이다. 다시 말하면, 『무가의리 이야기』에는 공적인 의리 보다는 사적인 의리를 중요시하며, 한 순간의 싸움과 언쟁에 휘말려 사사로운 일 때문에 목숨을 잃는 등 서문에 나타난 '의리'의 모습과는 상반된 무사의 모습이 자주 등장하기 때문에 이것을 작품의 평가와 관련지어 어떻게 이해해야 할 것인가에 대해 많은 논의가 진행되어 왔다.

예를 들면, 앞서 서문의 '도움말'에서 소개한 것처럼 『사이카쿠 사전西鶴事典』에서는 '정면으로 무사의 의리를 다룬 것은 적으며, 이야기에 포함되어 있는 약간의 의리의 요소에 집착하여 쓰여진 것이 대부분이다'라는 평가 외에도 요코야마 시게루橫山重・마에다 킨고로前田金五郎, 1966는 이야기 전체가 '의리'의 이야기로 일관되어 있지 않으며, 또한 '의리'가 구체적으로 나타나 있지 않은 이야기가 많이 있기 때문에 오히려 『남색대감』이나 『무도전래기』에 편입되는 것이 적절한 이야기가 많이 있다고 평가하고 있다. 또한, 다나카 구니오田中邦夫, 1979는 서문에 나타난 '의리'를 주군에 대한 봉공의 의미로 해석해 본다면, 본서에 실려 있는 26화 중에서 주군에 대한 봉공을 테마로 한 이야기는 겨우 2화에 지나지 않는다고 지적하고 있다. 에모토 히로시江本裕, 1978도 사이카쿠는 『무가의리 이야기』에서 새로운 무사상을 제시하려 하였으나 각각의 이야기가 서문의 내용과 일치하지 않기 때문에 흥미는 반감되고 말았다는 지적을 하고 있다.

이처럼 『무가의리 이야기』의 서문과 작품 전체의 내용과의 불일치는 많은 연구자들을 곤란하게 만들었으며, 이 점이 본서가 그동안 낮은 평가를 받게 된 근본적인 원인이 되었다. 따라서 다니와키 마사치카2004는 서문의 속박에서 벗어나 자유로운 해석의 필요성을 지적하면서, 본 작품은 단순한 무가설화를 모은 것으로서 무가사회에 대한 사이카쿠의 야유와 풍자가 담겨있는 작품이라 평가하였다.

물론, 이와는 반대로 『무가의리 이야기』의 전체적인 내용과 서문이 모순되지 않는다는 견해도 있다. 예를 들면 이구치 히로시井口洋, 1979는 본 작품의 주제가 만일의 사태에 이르렀을 때 주군의 명에 따라 자신의 목숨을 버릴 수 있는 것이야말로 진정한 '의리'라 보고 있으며, 그렇기 때문에 각각의 이야기는 서문의 취지에 명확하게, 그리고 일관적으로 부합되어 있다고 언급하였다.

본서의 해설에서는 각 이야기의 내용이 사이카쿠가 서문에서 제시한 '의리'의 정의를 충실하게 반영하고 있다는 방향성을 가지고, 각각의 이야기가 어떤 '의리'를 제시하고 있는지에 중점을 두고 언급했다. 특히 무사로서의 이상적이지 못한 모습이 나타나 있는 이야기와 관련해서는, 사이카쿠가 『무가의리 이야기』보다 2년 전인 1686년에 『본조이십불효本朝二十不孝』를 간행하였고 이 작품에서는 사이카쿠가 불효자의 모습을 서술하는 것을 통해 역설적인 방법으로 '효'를 장려하였다는 점에 착안하였다. 그리고 『본조이십불효』의 창작수법이 『무가의리 이야기』에서도 활용되어, 이상적이지 못한 무사를 그리는 것을 통해 이상적인 무사의 모습을 역설적으로 나타내고 있다고 언급하면서, 그동안의 선행연구에서 제시되지 않은 새로운 견해를 제시하기도 하였다.

일본 고전문학의 최고봉으로 평가받고 있는 『겐지 이야기源氏物語』는 메이지明治시대에는 외설적인 내용과 황실을 모욕한다는 이유로 금서禁書 처분을 받은 적이 있다. 고전이 시대를 초월한 가치를 지니는 이유는 이처럼 각 시대마다 다양한 관점에서 해석이 이루어져 왔으며, 긍정적이건 부정적이건 간에 오랜 기간 동안 여러 평가를 견뎌왔기 때문이다. 『무가의리 이야기』의 경우에도 지금까지 언급한 것처럼 다양한 해석이 존재한다는 것은 그만큼 본 작품이 많은 매력을 지니고 있는 작품이라 할 수 있기 때문일 것이다. 특히, 본서를 계기로 한국인들의 관점에 의한 평가가 이루어지는 것을 통해, 그동안 일본인의 관점에서는 진행되지 못했던 풍성한 해석이 이루어지기를 희망해 본다.

『무가의리 이야기』에 등장하는 지명

	권화	근세 시대 옛 지명	현 지명	지도 위치
①	1권 1화	사가미 지방(相模國)	가나가와현(神奈川県)	55
②	1권 2화	오미 지방(近江國)	시가현(滋賀県)	40
③	1권 3화	야마시로 지방(山城國)	교토후(京都府) 남부	38
④	1권 4화	오미 지방(近江國)	시가현(滋賀県)	40
⑤	1권 5화	스루가 지방(駿河國)	시즈오카현(静岡県)	53
⑥	2권 1화	아와 지빙(阿波國)	도구시나현(德島県)	14
⑦	2권 2화	아와 지방(阿波國)	도쿠시마현(徳島県)	14
⑧	2권 3화	미노 지방(美濃國)	기후현(岐阜県)	45
⑨	2권 4화	단고 지방(丹後國)	교토후(京都府) 북부	31
⑩	3권 1화	산슈 지방(三州國) *별칭 : 미카와 지방(三河國)	아이치현(愛知県)	51
⑪	3권 2화	야마시로 지방(山城國)	교토후(京都府)	38
⑫	3권 3화	무사시 지방(武蔵國)	도쿄도(東京都)	58
⑬	3권 4화	고슈 지방(江州國) *별칭 : 오미 지방(近江國)	시가현(滋賀県)	40
⑭	3권 5화	고슈 지방(江州國)	시가현(滋賀県)	40
⑮	4권 1화	야마토 지방(大和國) *별칭 : 와슈 지방(和州國)	나라현(奈良県)	37
⑯	4권 2화	야마시로 지방(山城國)	교토후(京都府)	38
⑰	4권 3화	스루가 지방(駿河國)	시즈오카현(静岡県)	53
⑱	4권 4화	야마시로 지방(山城國)	교토후(京都府) 남부	38
⑲	5권 1화	야마시로 지방(山城國)	교토후(京都府) 남부	38
⑳	5권 2화	오미 지방(近江國)	시가현(滋賀県)	40
㉑	5권 3화	사누키 지방(讃岐國) *별칭 : 산슈 지방(讃州國)	가가와현(香川県)	15
㉒	5권 4화	단고 지방(丹後國)	교토후(京都府) 북부	31
㉓	5권 5화	나가토 지방(長門國)	야마구치현(山口県)	17
㉔	6권 1화	야마시로 지방(山城國)	교토후(京都府) 남부	38
㉕	6권 2화	야마시로 지방(山城國)	교토후(京都府) 남부	38
㉖	6권 3화	빗추 지방(備中國)	오사카후(大阪府) 서부	22
㉗	6권 4화	야마시로 지방(山城國)	교토후(京都府) 남부	38

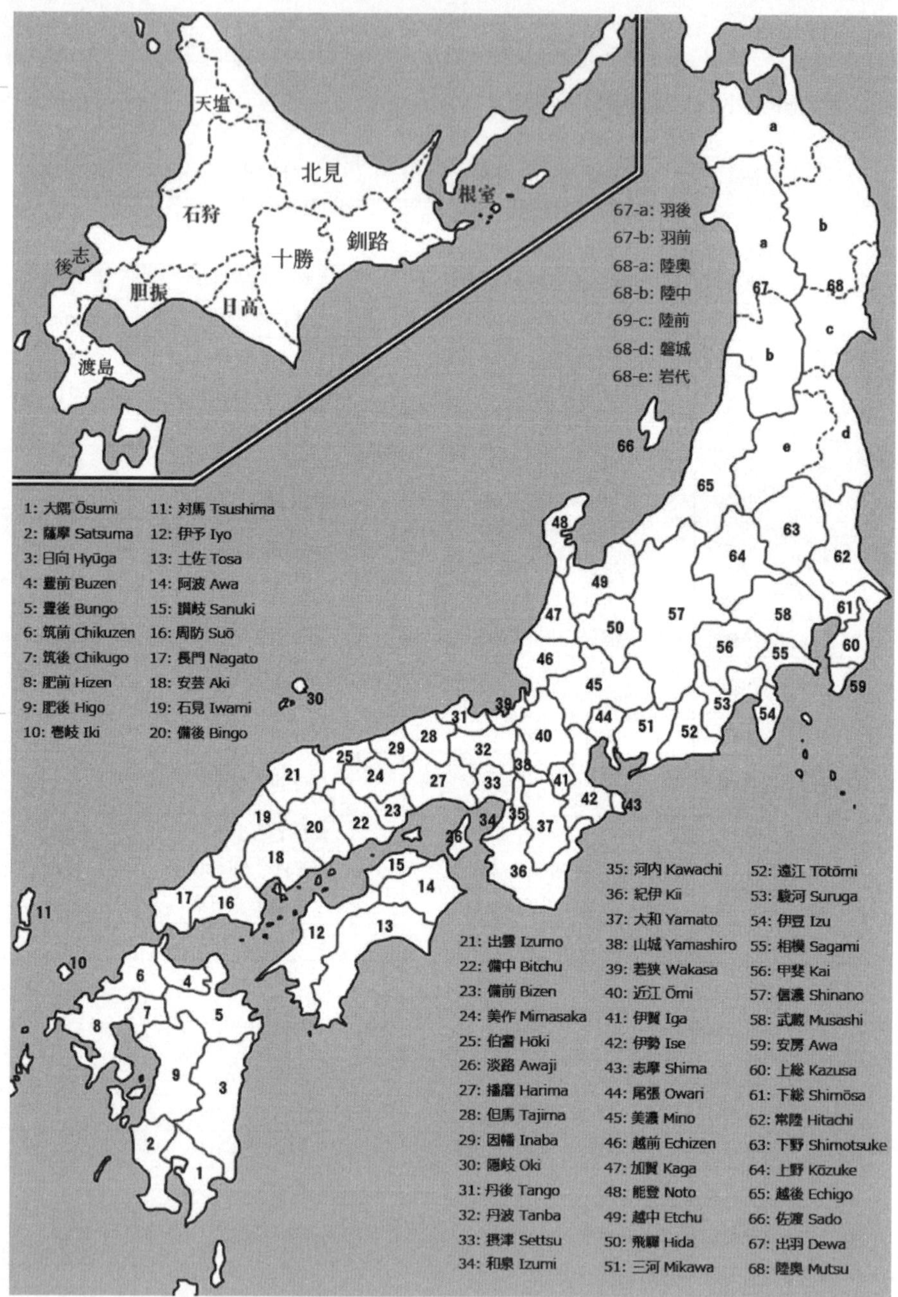

출처 : https://history.gontawan.com/document-kyukokumei.html

참고문헌

주석서 및 단행본

麻生磯次 訳,『武家義理物語・好色盛衰記・本朝桜陰比事』(『西鶴全集』第5巻), 河出書房, 1953.

_______ 訳,『井原西鶴集』下(『古典日本文学』第22巻), 筑摩書房, 1977.

麻生磯次・冨士昭雄 訳注,『武家義理物語』(『対訳西鶴全集』第8巻), 明治書院, 1976.

井上泰至・木越俊介・浜田泰彦 編,『武家義理物語』, 三弥井書店, 2018.

浮橋康彦 編,『西鶴全作品エッセンス集成』, 和泉書院, 2002.

潁原退蔵・暉峻康隆・野間光辰 編,『武家義理物語・新可笑記・本朝桜陰比事』(『定本西鶴全集』第5巻), 中央公論社, 1959.

江本裕,『西鶴物語』, 有斐閣, 1978.

______,『西鶴研究 小説篇』, 新典社, 2005.

風間誠史,『近世小説を批評する』, 森話社, 2018.

近世文学書誌研究会 編,『武家義理物語』(『近世文学資料類従 西鶴編』第10巻), 勉誠社, 1975.

新編西鶴全集編集委員会 編,『新編西鶴全集』第3巻 本文篇, 勉誠出版, 2003.

太刀川清 編,『武家義理物語』(『西鶴選集』影印), おうふう, 1994.

________ 編,『武家義理物語』(『西鶴選集』翻刻), おうふう, 1994.

谷脇理史,『西鶴研究論攷』, 新典社, 1981.

暉峻康隆,『西鶴 評論と研究』(上), 中央公論社, 1948.

________,『西鶴 評論と研究』(下), 中央公論社, 1955.

________ 訳注,『武家義理物語・新可笑記・嵐無常物語』(『西鶴全集』第6巻), 小学館, 1976.

中村稔,『西鶴を読む』, 青土社, 2016.

中村幸彦,『中村幸彦著述集』第5巻, 中央公論社, 1982.

野田寿雄,『日本近世小説史 井原西鶴篇』, 勉誠社, 1990.

野間光辰,『西鶴新新攷』, 岩波書店, 1981.

冨士昭雄・広嶋進校注・訳,『武道伝来記・武家義理物語・新可笑記』(『新編日本古典文学全集』第69巻), 小学館, 2000.

冨士昭雄・広嶋進校注・訳,『西鶴新解』, ぺりかん社, 2009.

藤村作校註・東明雅補訂, 『井原西鶴集』(『日本古典全書』 第4巻), 朝日新聞社, 1974.
__________ ・東明雅補訂 訳註, 『武家義理物語』(『西鶴全集』 第12巻), 至文堂, 1954.
横山重・前田金五郎校注, 『武家義理物語』, 岩波書店, 1966.

국내 논문

권만혁, 「西鶴の武家의 義理物語に現われた義理の考察」, 『경기대학교 논문집』 제9호, 경기대 연구교류처, 1981.

김영철, 「「武家義理物語」의 義理」, 『일본어문학』 제29호, 일본어문학회, 2005.

박무희, 「『井原西鶴』에 관한 考察－「武家物」을 中心으로」, 『서경대학교 논문집』 제22집, 서경대, 2004.

황소연, 「일본근세초기문학과 '義理'의식의 행방」, 『일본문화연구』 제29호, 동아시아일본학회, 2009.

일본 논문

赤木孝之, 「青砥左衛門藤綱が事－『太平記』・西鶴・太宰」, 『文芸論叢』 第30号, 文教大学女子短期大学部, 1994.

石塚修, 「「約束は雪の朝食」再考－茶の湯との関連から」, 『文芸言語研究(文芸篇)』 第35号, 筑波大学大学院人文社会科学研究科文芸・言語専攻, 1999.

市川通雄, 「西鶴における武家女性」, 『文学研究』 第33号, 日本文学研究会, 1971.

井口洋, 「恨の数読永楽通宝－『武家義理物語』試論」, 『近世文芸』 第30号, 日本近世文学会, 1979.

井上泰至, 「決断をめぐる物語－『武家義理物語』の再評価へ」, 『近世文芸』 第104号, 日本近世文学会, 2016.

________, 「特集 「語り」をめぐる断層と創造『武家義理物語』の語り－西鶴・秋成・虚子」, 『日本文学』 第66巻 第1号, 日本文学協会, 2017.

浮橋康彦, 「『武家義理物語』の章構造」, 『国文学攷』 第55号, 広島大学国語国文学会, 1971.

空井伸一, 「<読む>左の腕を断つ話－『武家義理物語』六の二「表向きは夫婦の中垣」」, 『日本文学』 第62巻 第10号, 日本文学協会, 2013.

江本裕, 「西鶴武家物についての一考察－「武道伝来記」と「武家義理物語」との意識をめぐつて—」, 『国文学研究』 第34号, 早稲田大学国文学会, 1966.

大久保順子, 「西鶴再考「家中に隠れなき蛇嫌ひ」考－『武家義理物語』と連想的手法」,

『文学・語学』第215号, 全国大学国語国文学会, 2016.
勝倉寿一,「「死ば同じ浪枕とや」の解釈」,『人間発達文化学類論集』第10号, 福島大学人間発達文化学類, 2009.
木越俊介,「西鶴に束になってかかるには」,『日本文学』第62巻 第10号, 日本文学協会, 2012.
_______,「特集 近世散文の深度 主命の届かぬ場所－『武家義理物語』『新可笑記』より」,『国文論叢』第51号, 神戸大学文学部国語国文学会, 2016.
小山裕美,「『武家義理物語』における序文との矛盾の問題」,『清泉語文』第4号, 清泉女子大学日本語日本文学会, 2014.
篠原進,「落日の美学「武家義理物語」の時間」,『江戸文学』第5号, ぺりかん社, 1991.
田中邦夫,「西鶴の武士道観－『武家義理物語』の序文について」,『大阪経大論集』第127・128号, 大阪経大学会, 1979.
_______,「『武家義理物語』に描かれた「義理」－中国説話を原拠とする話を通して」,『大阪経大論集』第129号, 大阪経大学会, 1979.
_______,「『武家義理物語』にあらわれた西鶴の町人思考－「我物ゆへに裸川」(一ノ一)と「約束は雪の朝食」(三ノ二)を通して」,『大阪経大論集』第134号, 大阪経大学会, 1980.
_______,「『武家義理物語』と『見ぬ世の友』－西鶴の典拠利用の方法」,『大阪経大論集』第164号, 大阪経大学会, 1985.
谷脇理史,「西鶴の描いた義理－武家義理物語」,『国文学解釈と鑑賞』第478号, 至文堂, 1973.
_______,「『武家義理物語』論序説－武家の「義理」への揶揄と諷刺」, 堀切実編『近世文学研究の新展開』所収, ぺりかん社, 2004.
平林香織,「『武家義理物語』巻一の二「瘊子はむかしの面影」論－「女はらから」の系譜」,『長野県短期大学紀要』第59号, 長野県短期大学, 2004.
_______,「西鶴が描く兄弟姉妹」,『長野県短期大学紀要』第60号, 長野県短期大学, 2005.
広嶋進,「『武家義理物語』序文考「義理に身を果せる」の曖昧さ」,『清心語文』第3号, ノートルダム清心女子大学日本語日本文学会, 2001.
平塚道世,「『武家義理物語』への一視点－女性の登場する章をめぐって」,『フェリス女学院大学日文大学院紀要』第17号, フェリス女学院大学大学院人文科学研究科日本語日本文学専攻, 2010.

冨士昭雄,「『武家義理物語』小考」,『駒沢国文』第14号, 駒沢大学国文学会, 1977.
藤江峰夫,「作品の研究史『武家義理物語』」, 中嶋隆・篠原進 編,『西鶴と浮世草子研究』第1巻所収, 笠間書院, 2006.
堀切実,「「死なば同じ浪枕とや」考－『武家義理物語』の読みへ向けて」,『近世文芸研究と評論』第55号, 早稲田大学文学部暉峻研究室, 1998.
南陽子,「西鶴武家物における序文と方法－『武家義理物語』巻三－三を中心に」,『早稲田大学教育学部学術研究(国語・国文学)』第56号, 早稲田大学教育会, 2008.
森耕一,「『武家義理物語』の登場人物と話の流動化」,『そのだ語文』第3号, 園田学園国文懇話会, 2004.
______,「西鶴の人間観－貞享五年の三作品を中心に」, 堀切実 編,『近世文学研究の新展開』所収, ぺりかん社, 2004.
森田雅也,「『武家義理物語』試論－巻一の一「我物ゆへに裸川」を視座として」,『日本文芸研究』第37巻 第4号, 関西学院大学日本文学会, 1986.

무가의리 이야기武家義理物語 영인본

맨 뒤에서부터 시작됩니다

43 무가의리 이야기 6

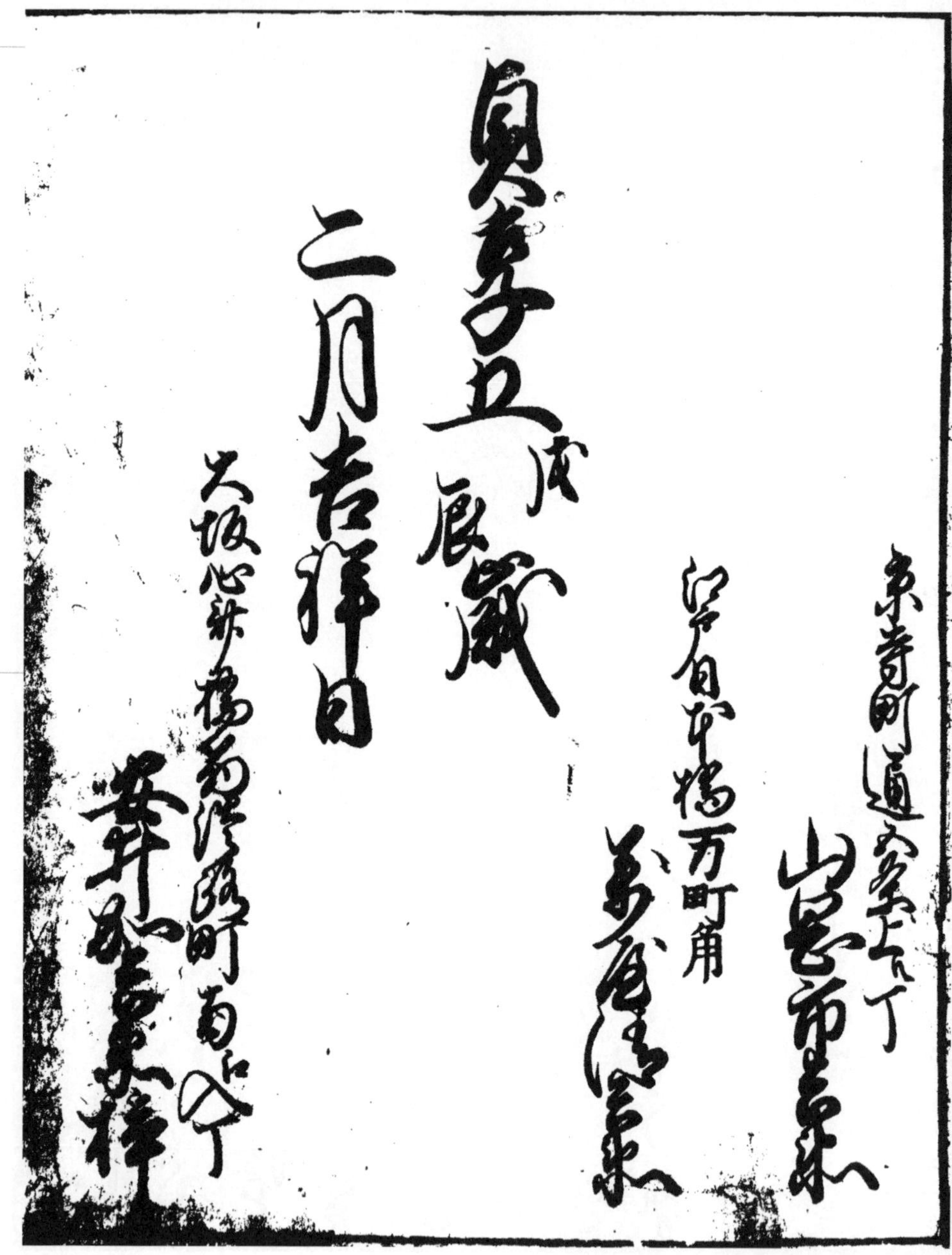

京寺町通五条上ル丁 山岡市兵衛

江戸日本橋万町角 万屋清兵衛

貞享五戊辰歳

二月吉祥日

大坂心斎橋筋淡路町角入丁

安井加兵衛梓

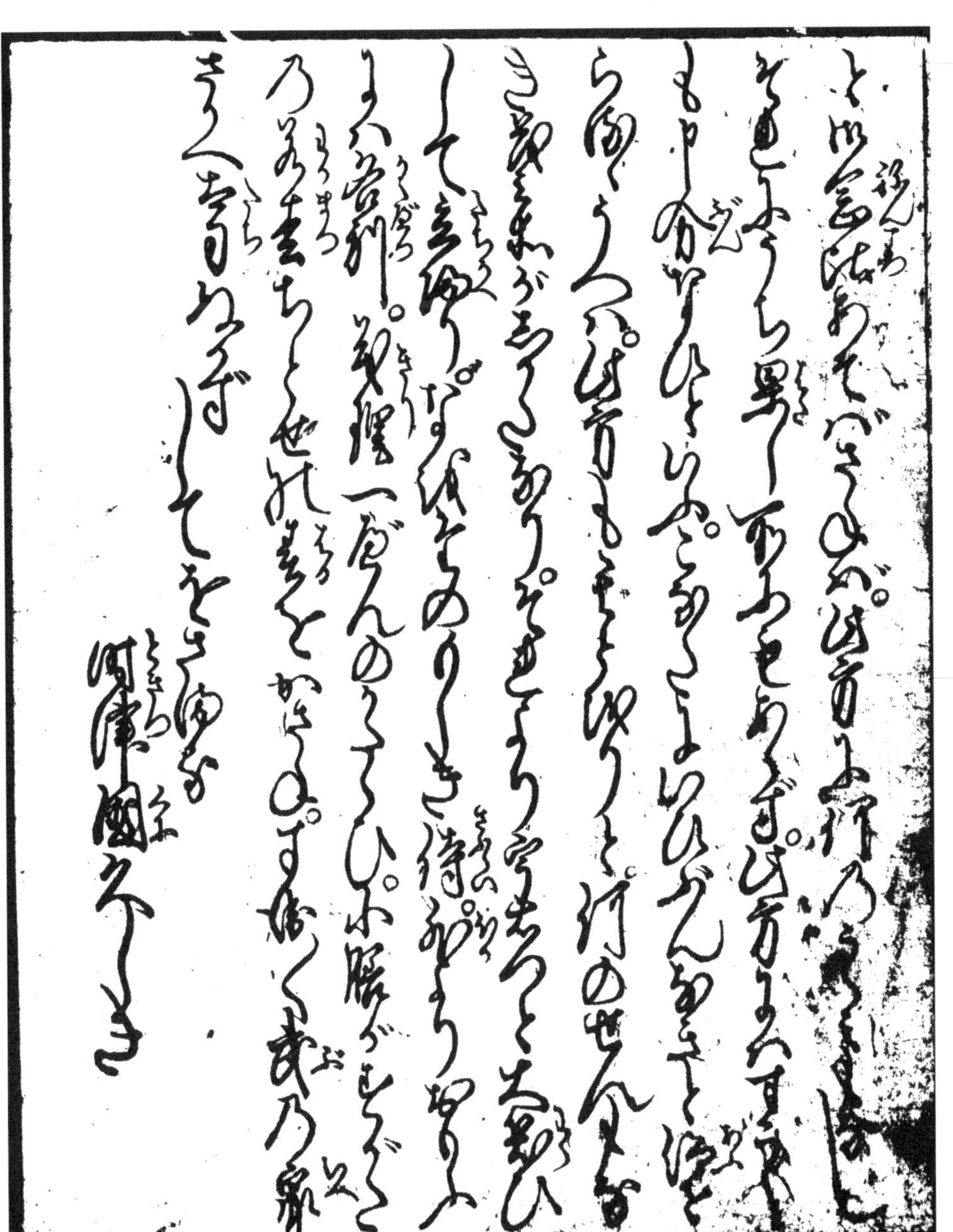

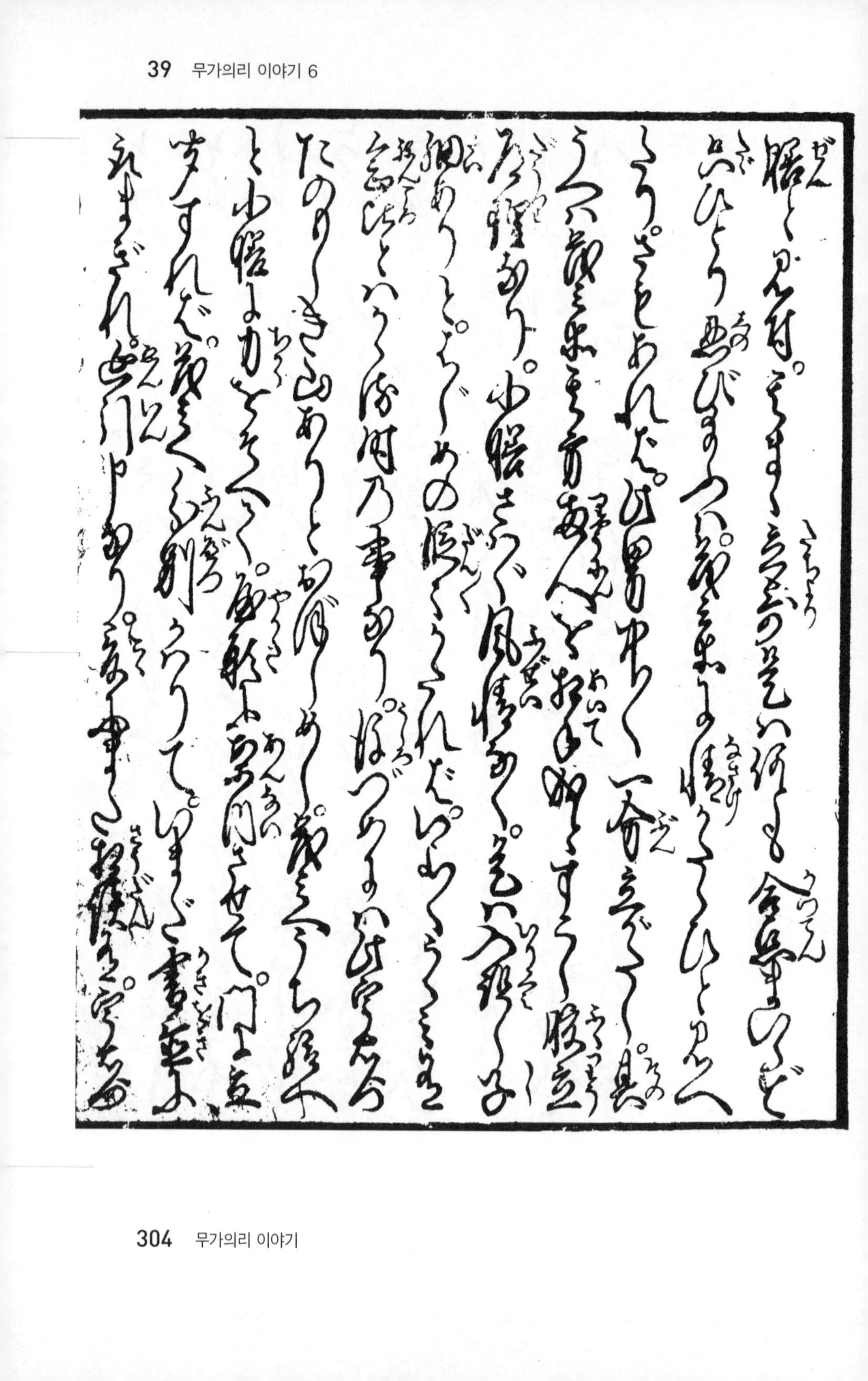

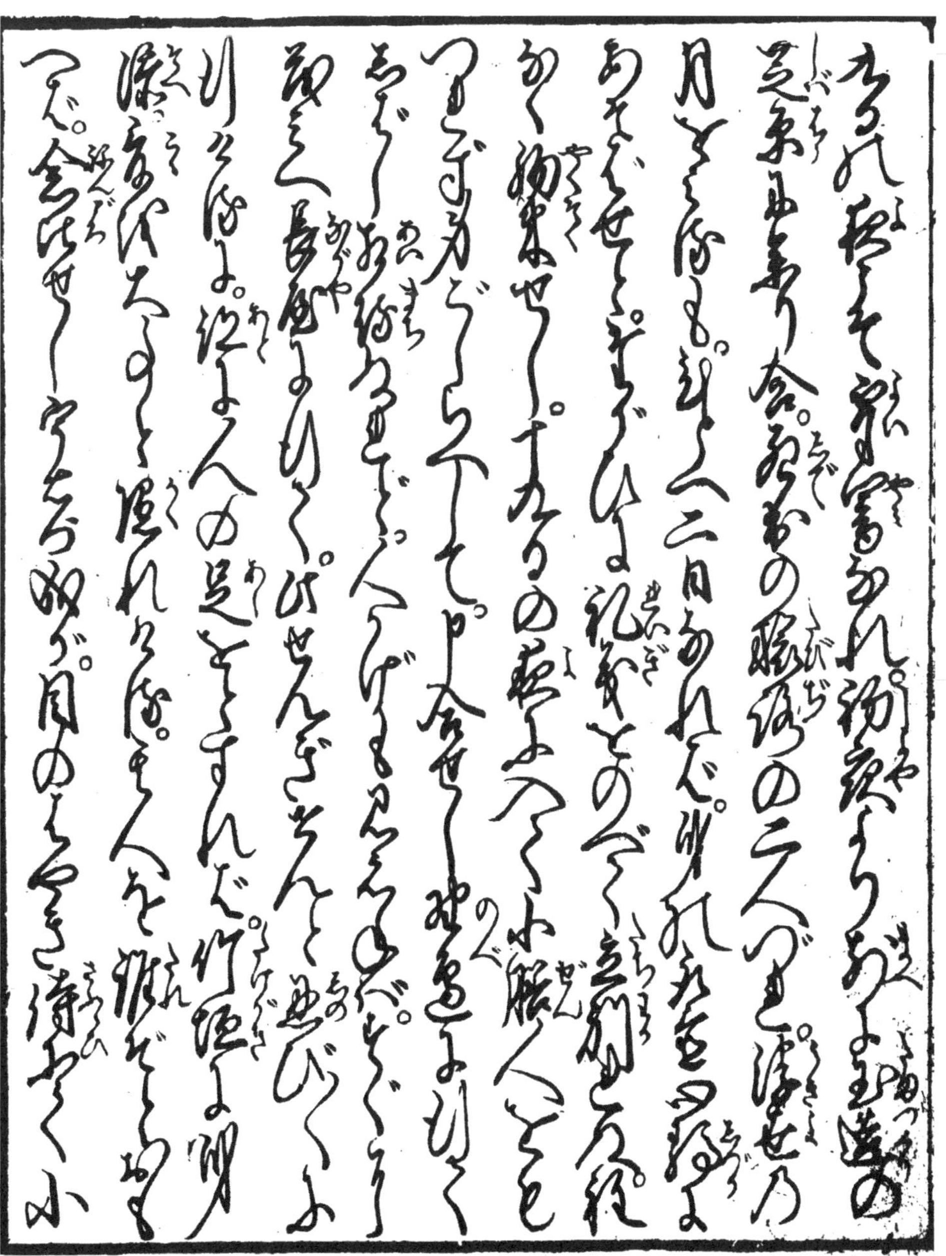

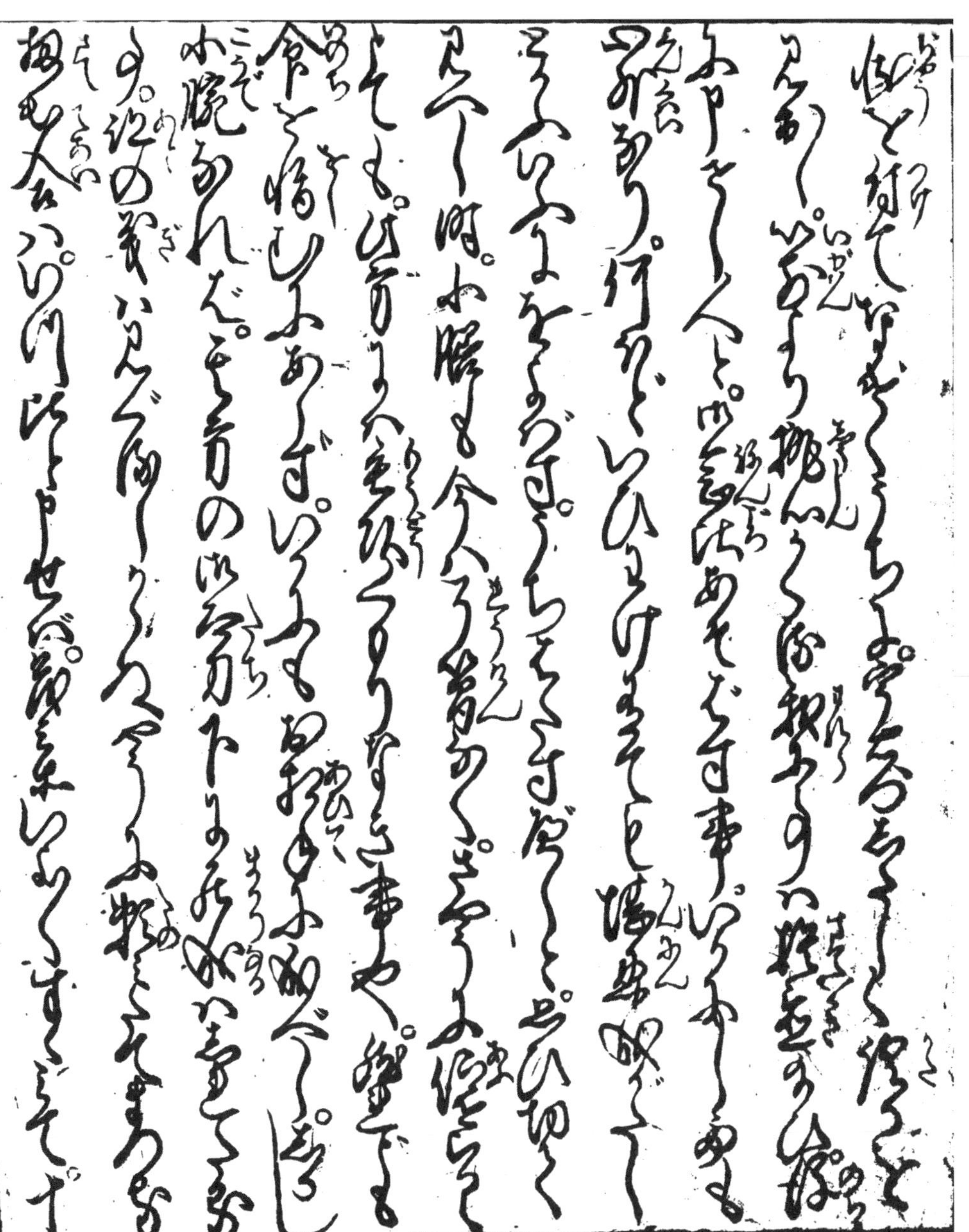

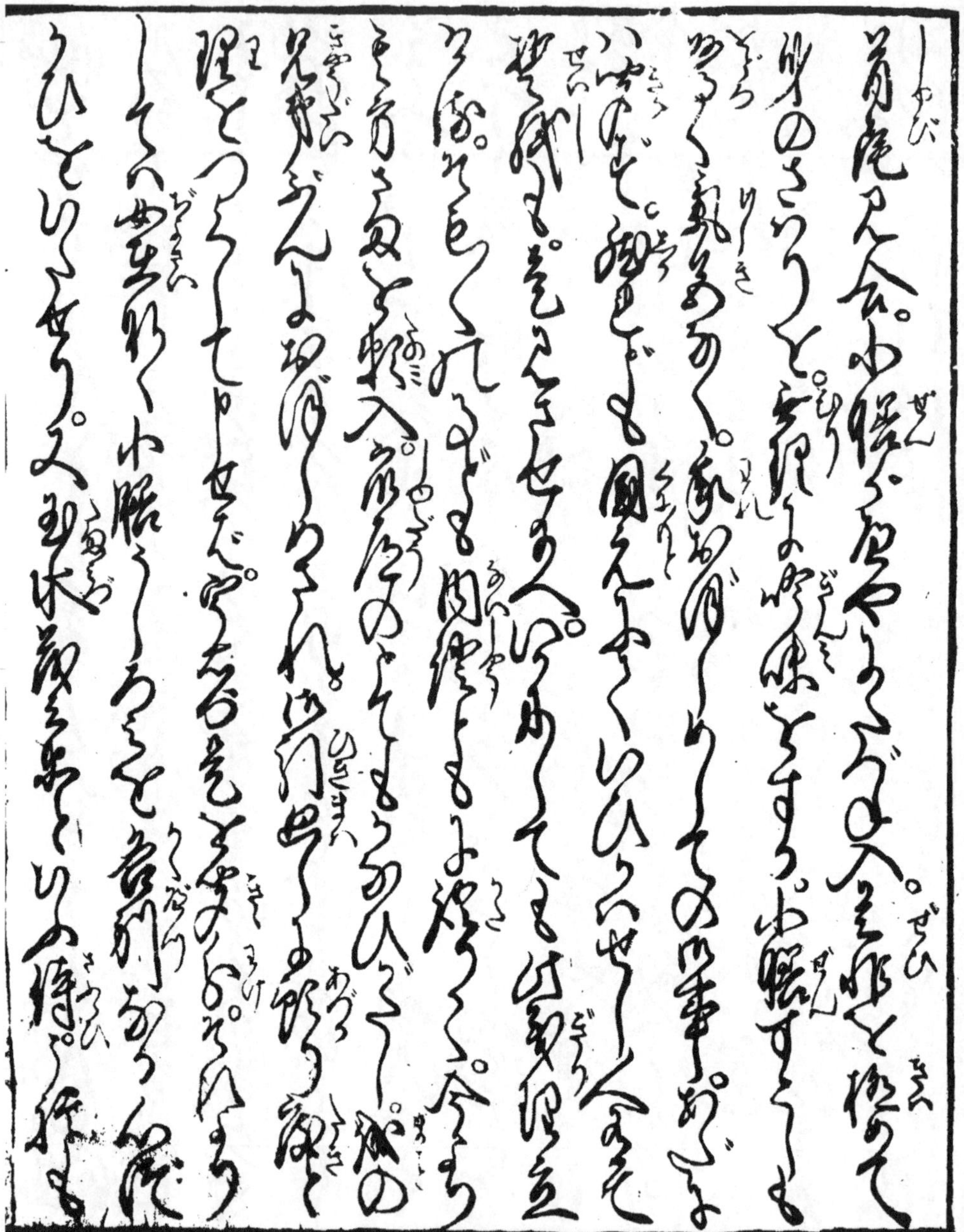

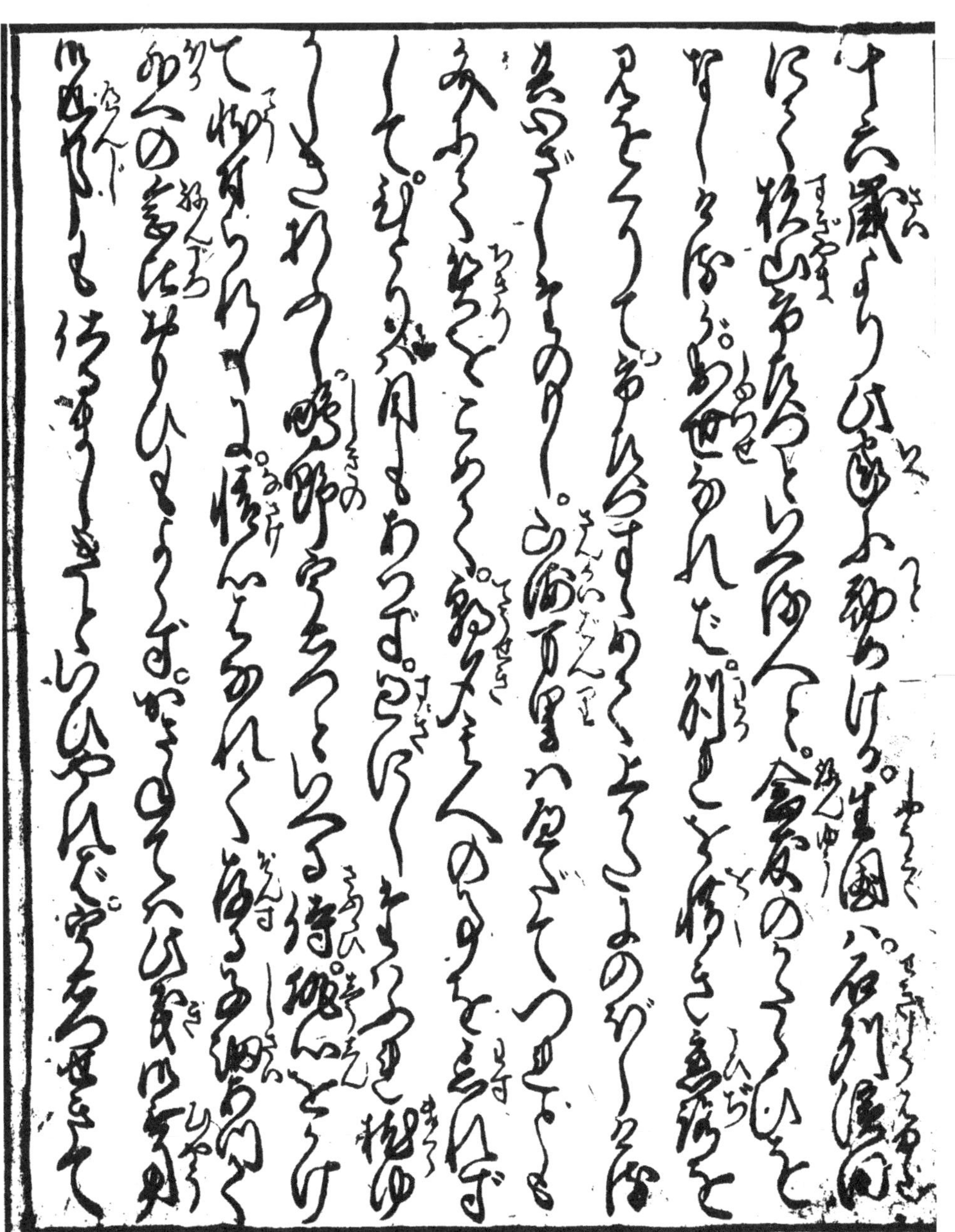

33 무가의리 이야기 6

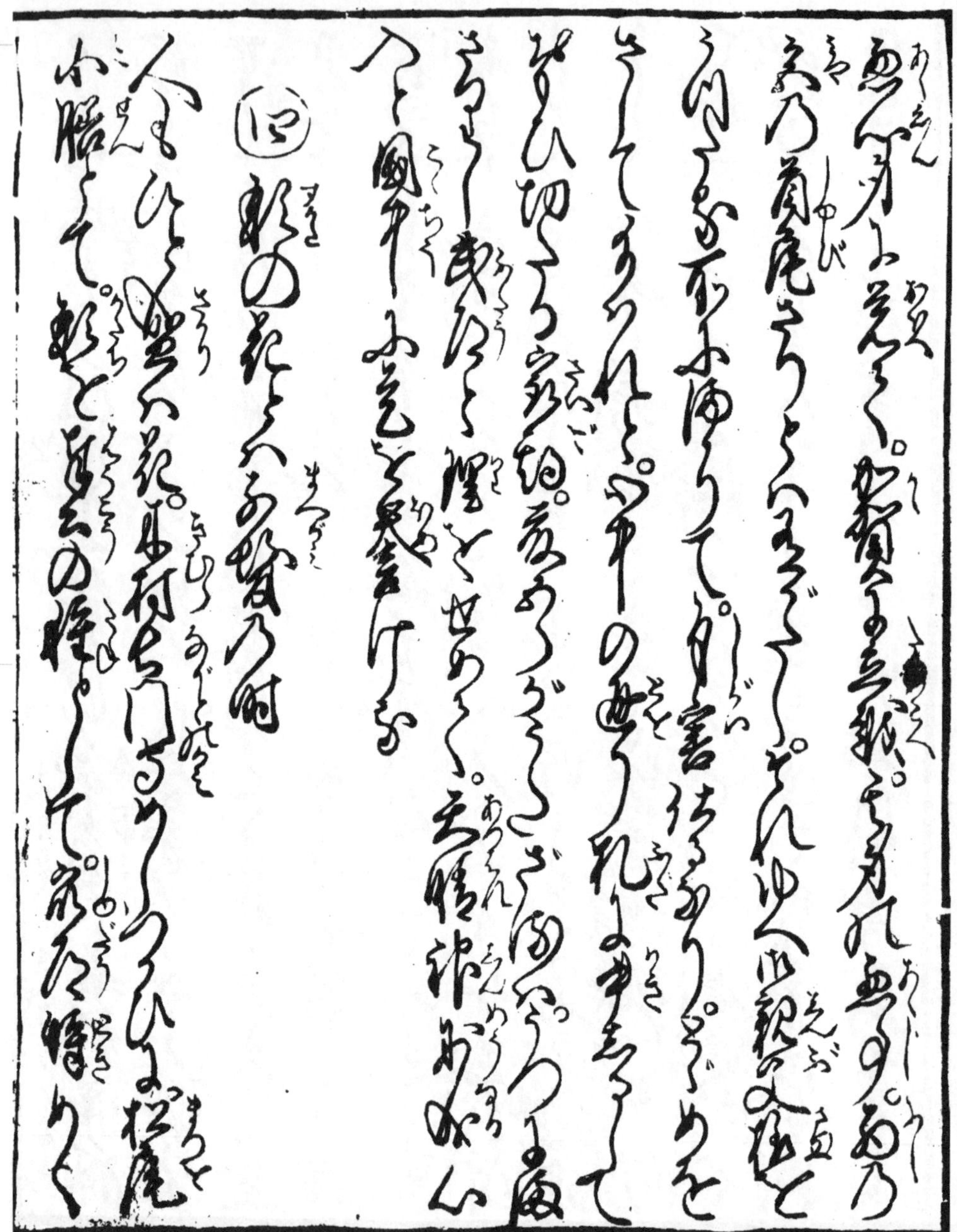

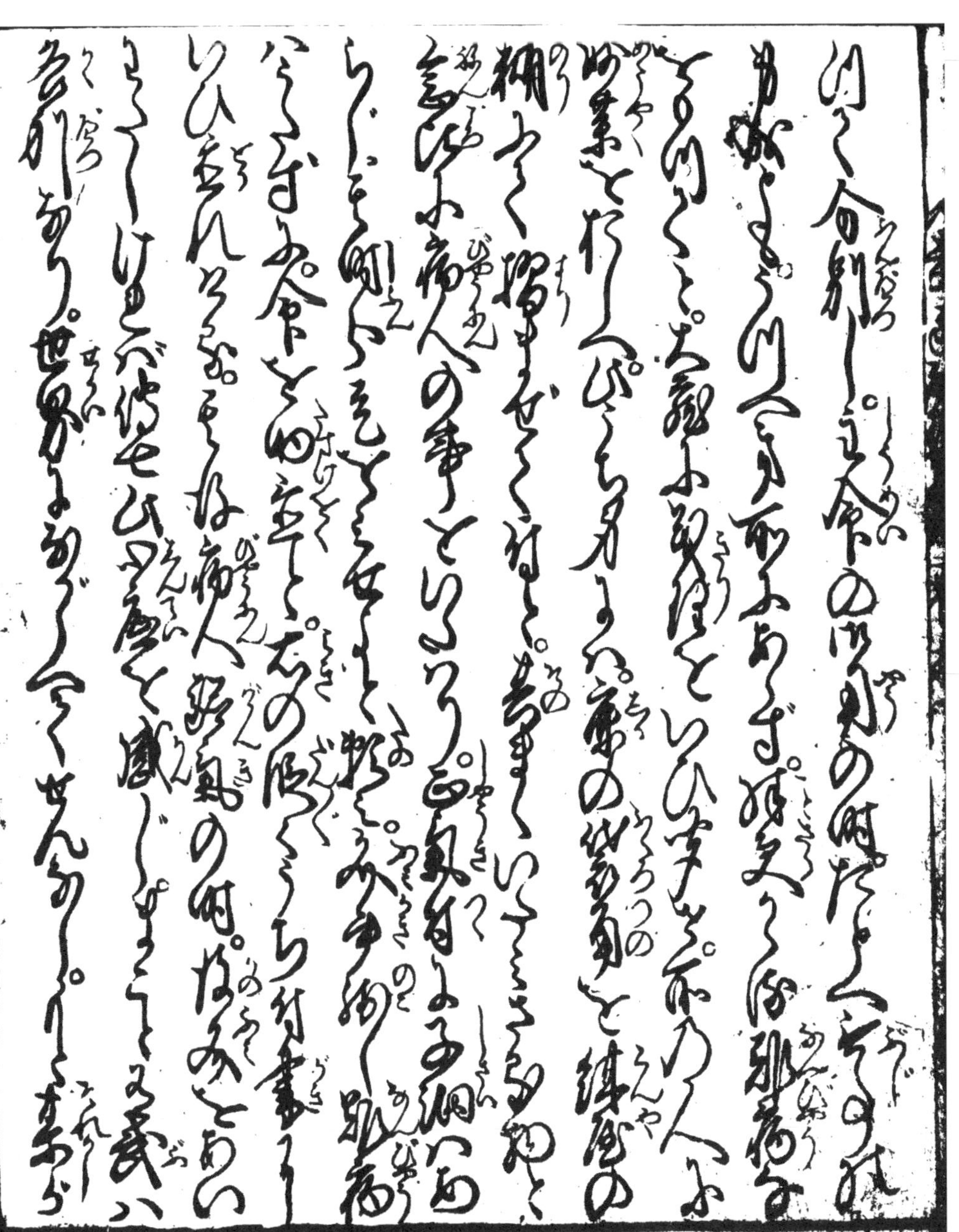

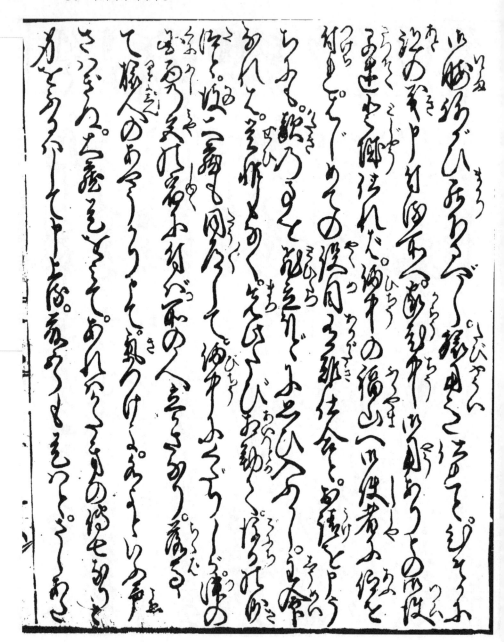

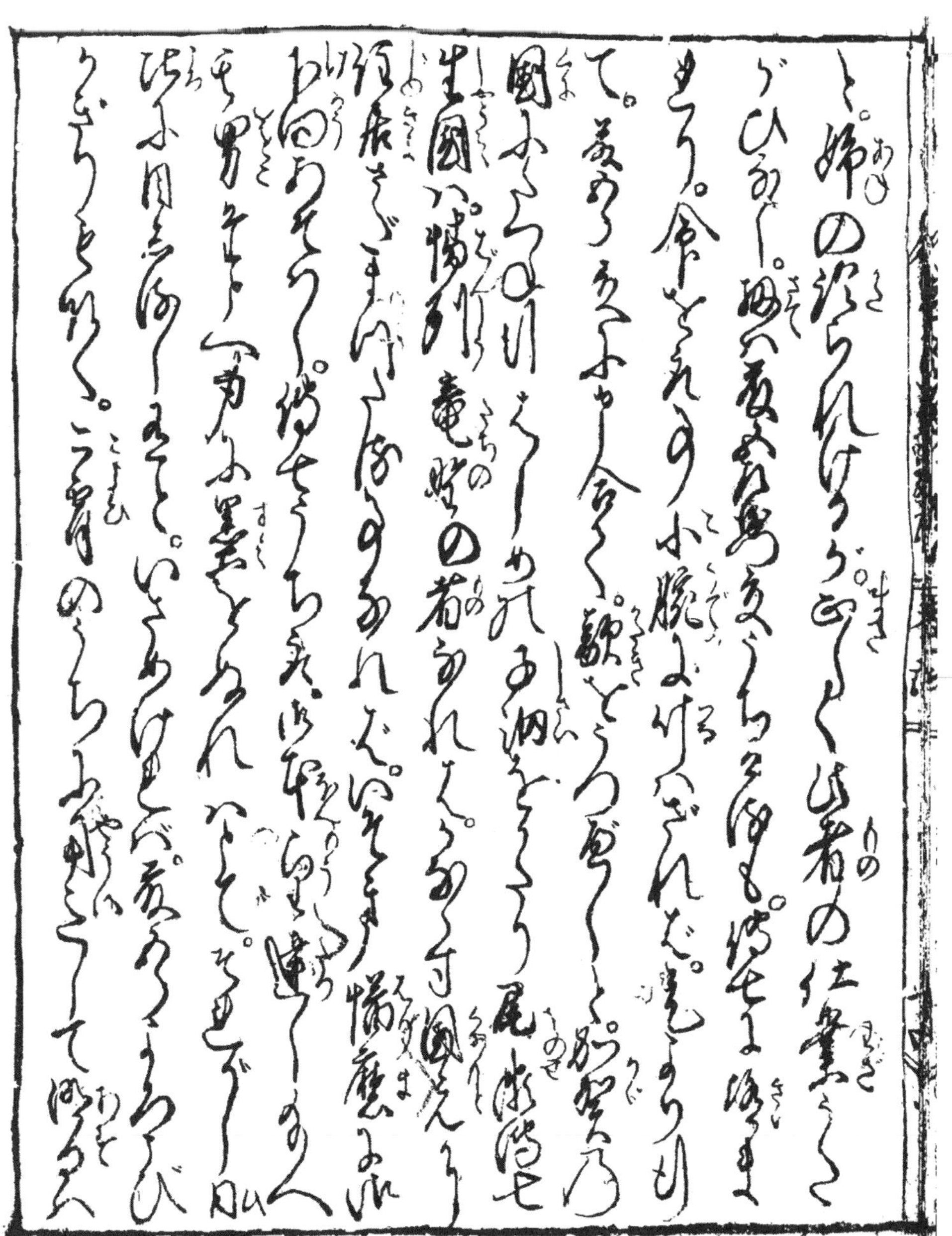

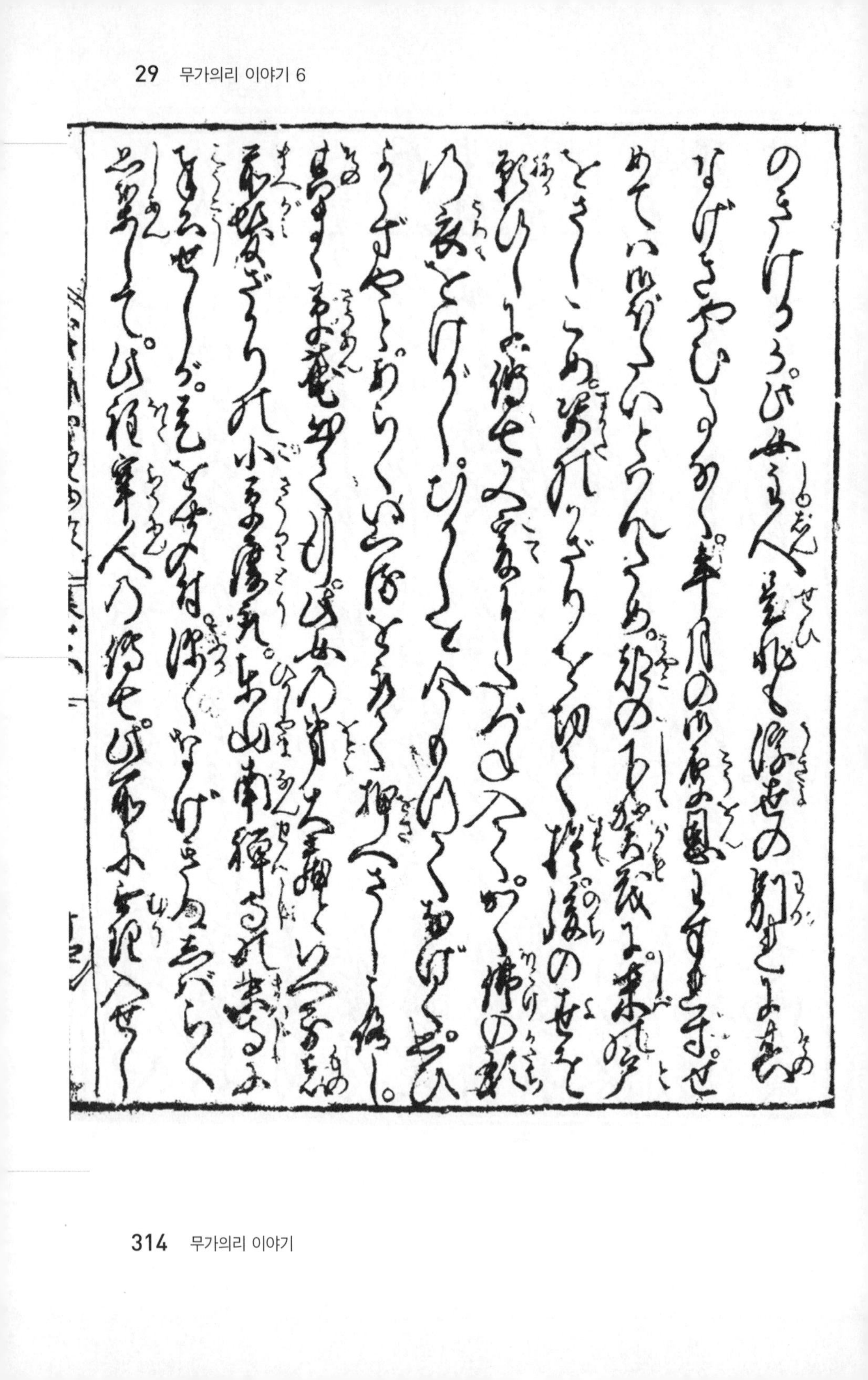

[illegible]

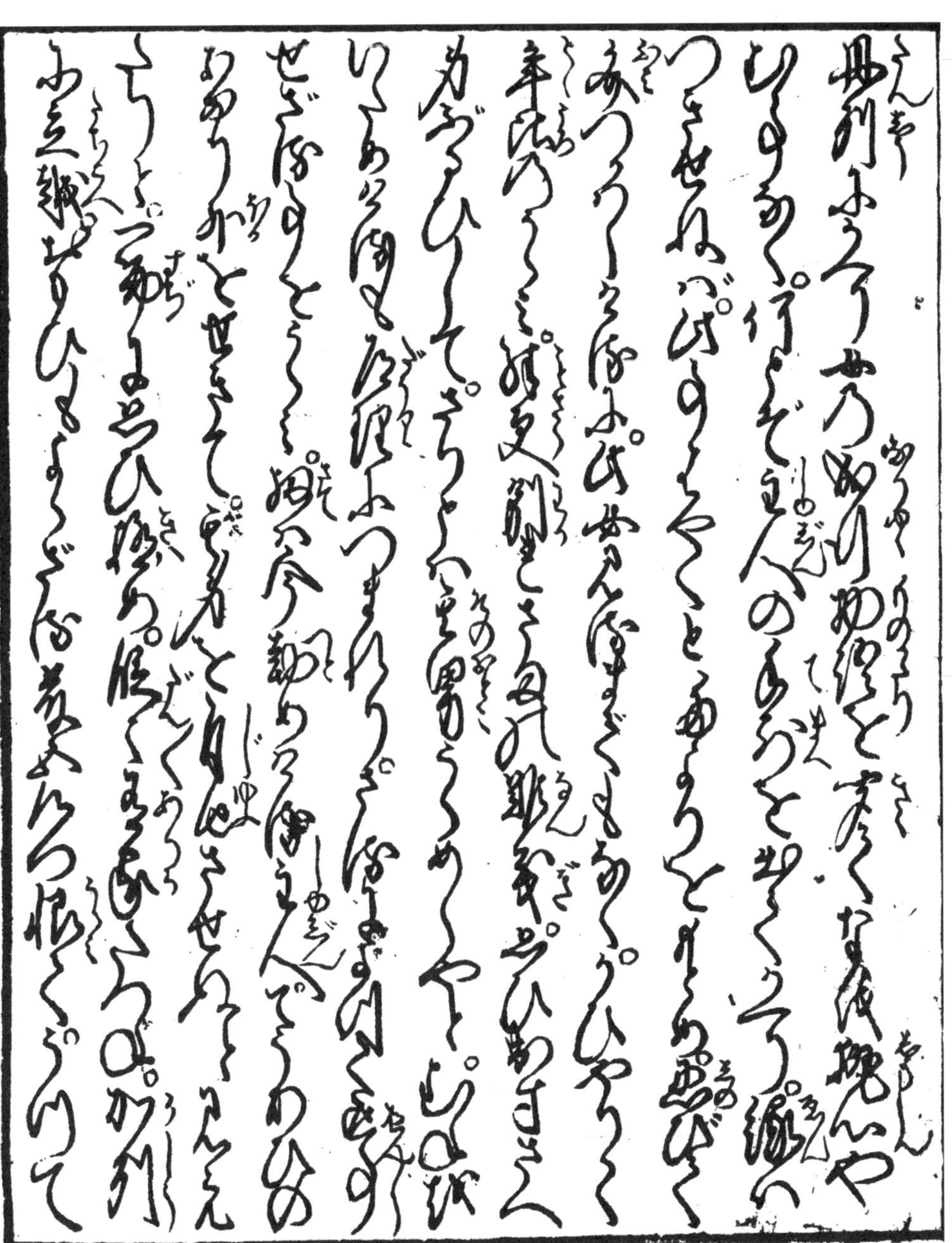

27 무가의리 이야기 6

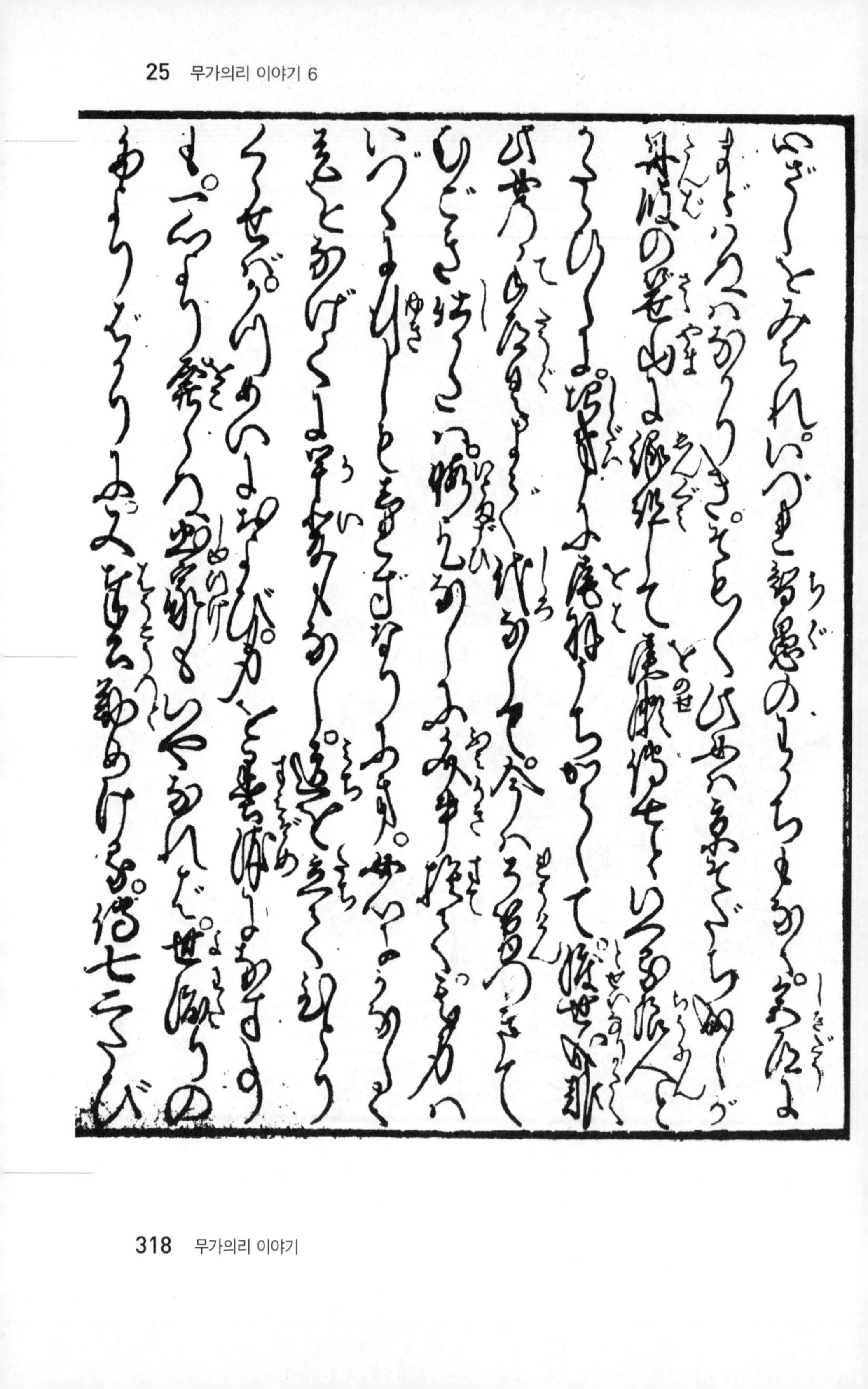

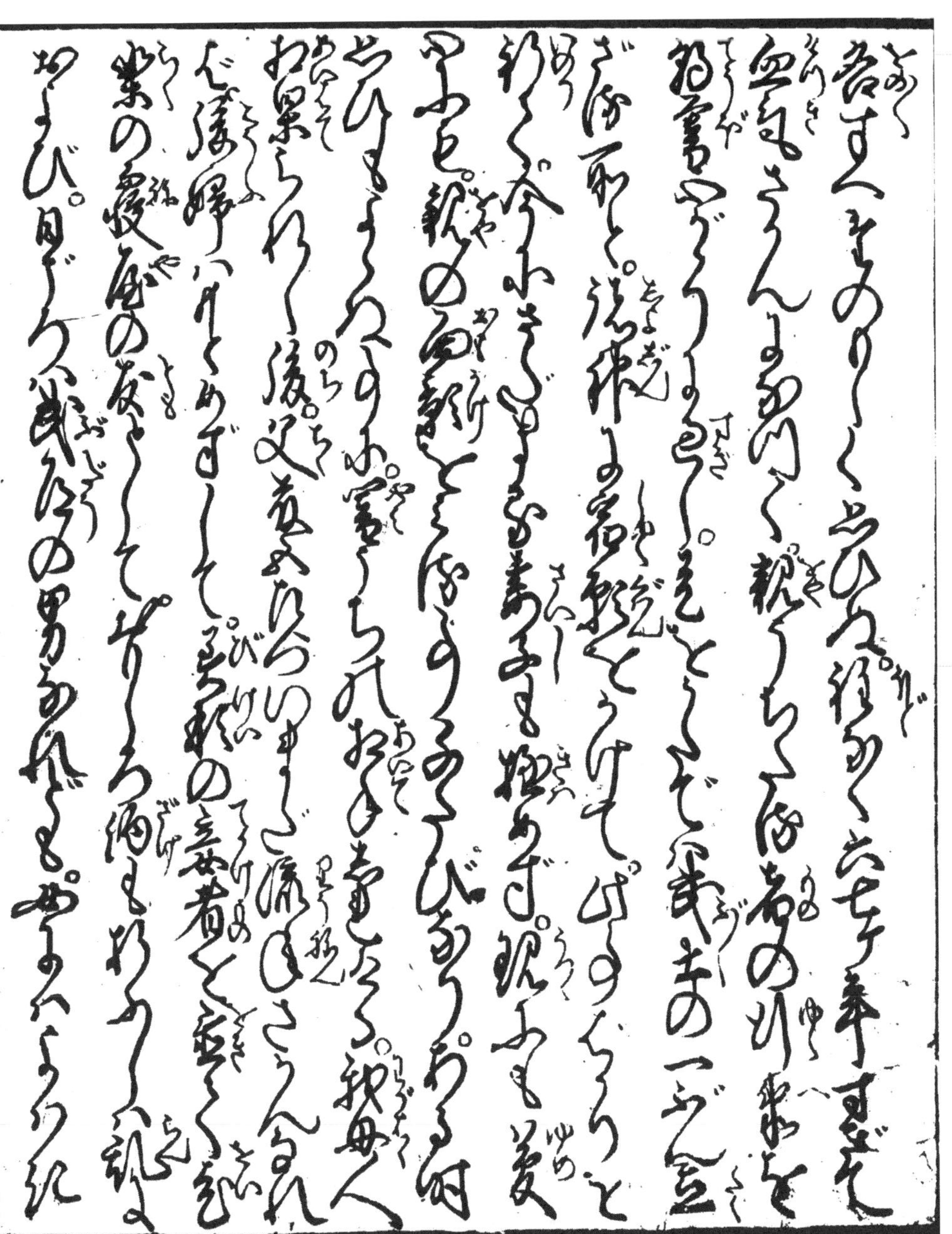

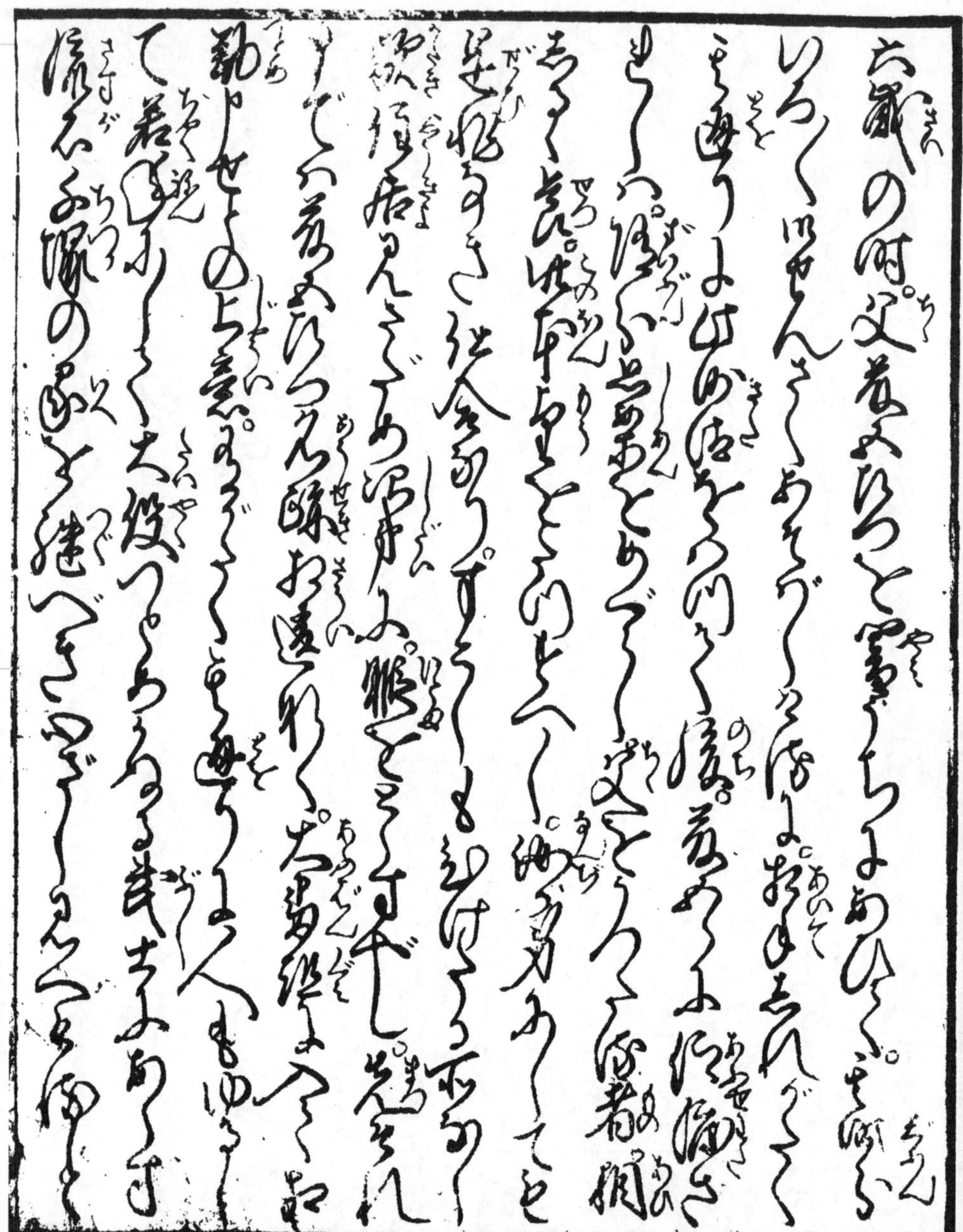

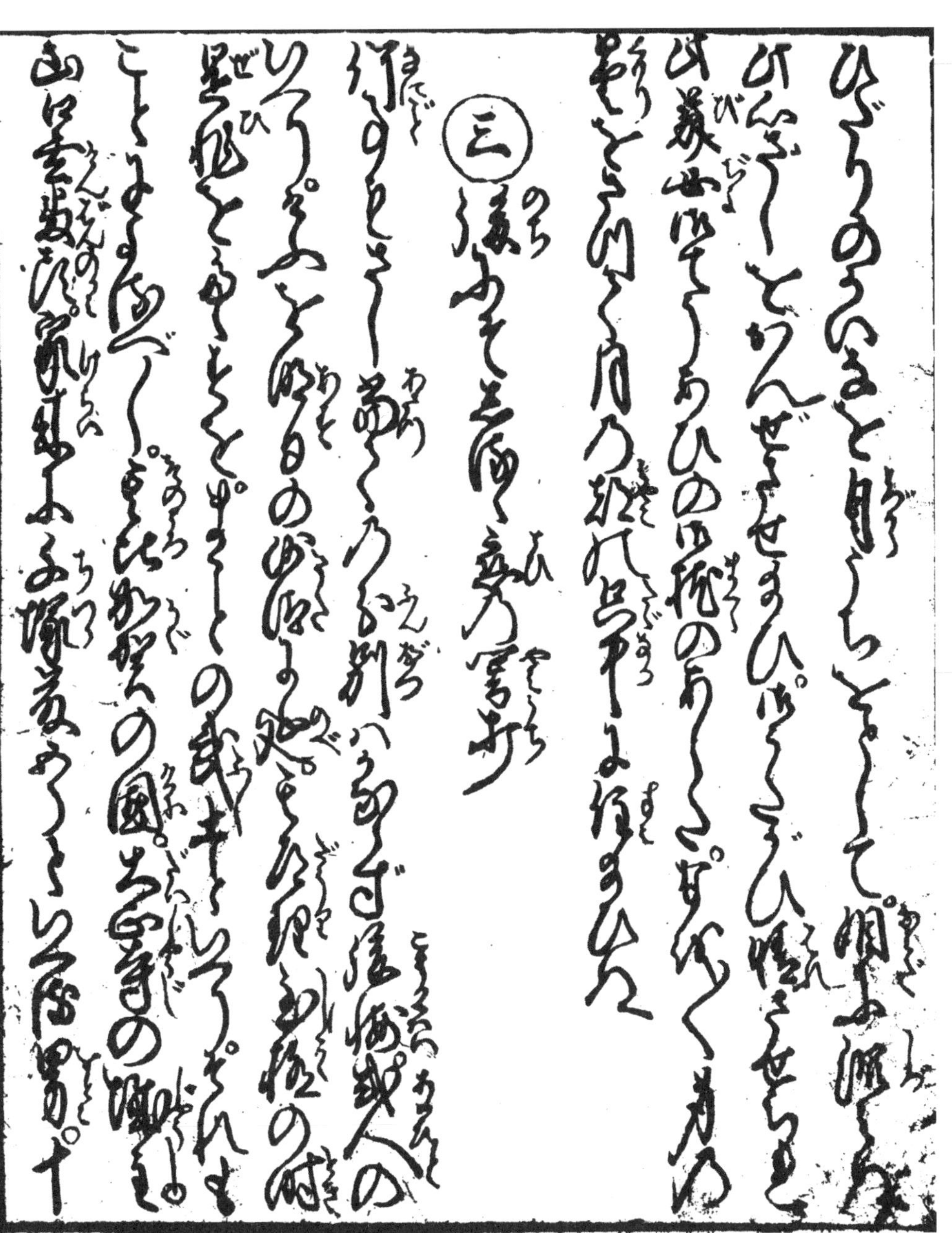

21 무가의리 이야기 6

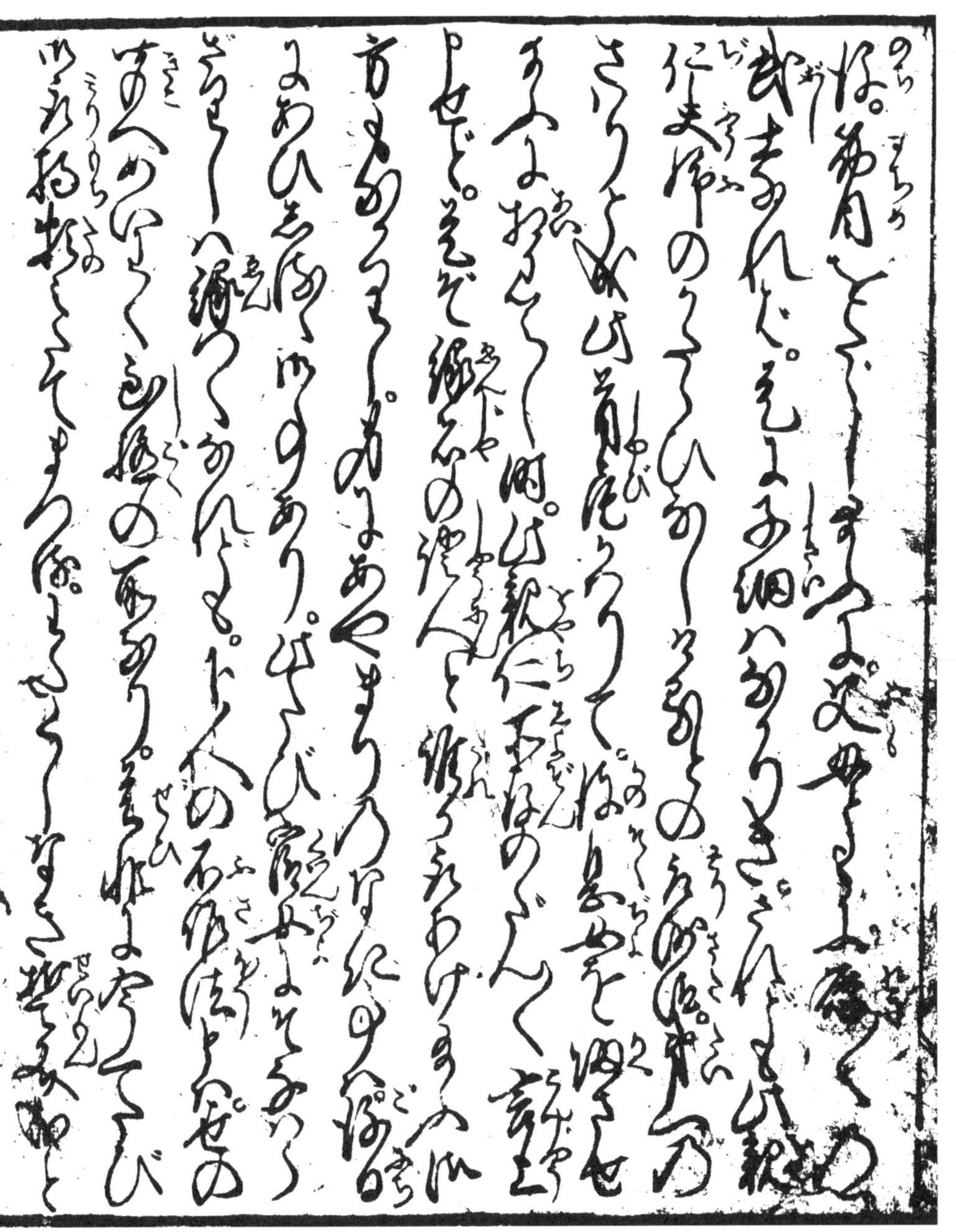

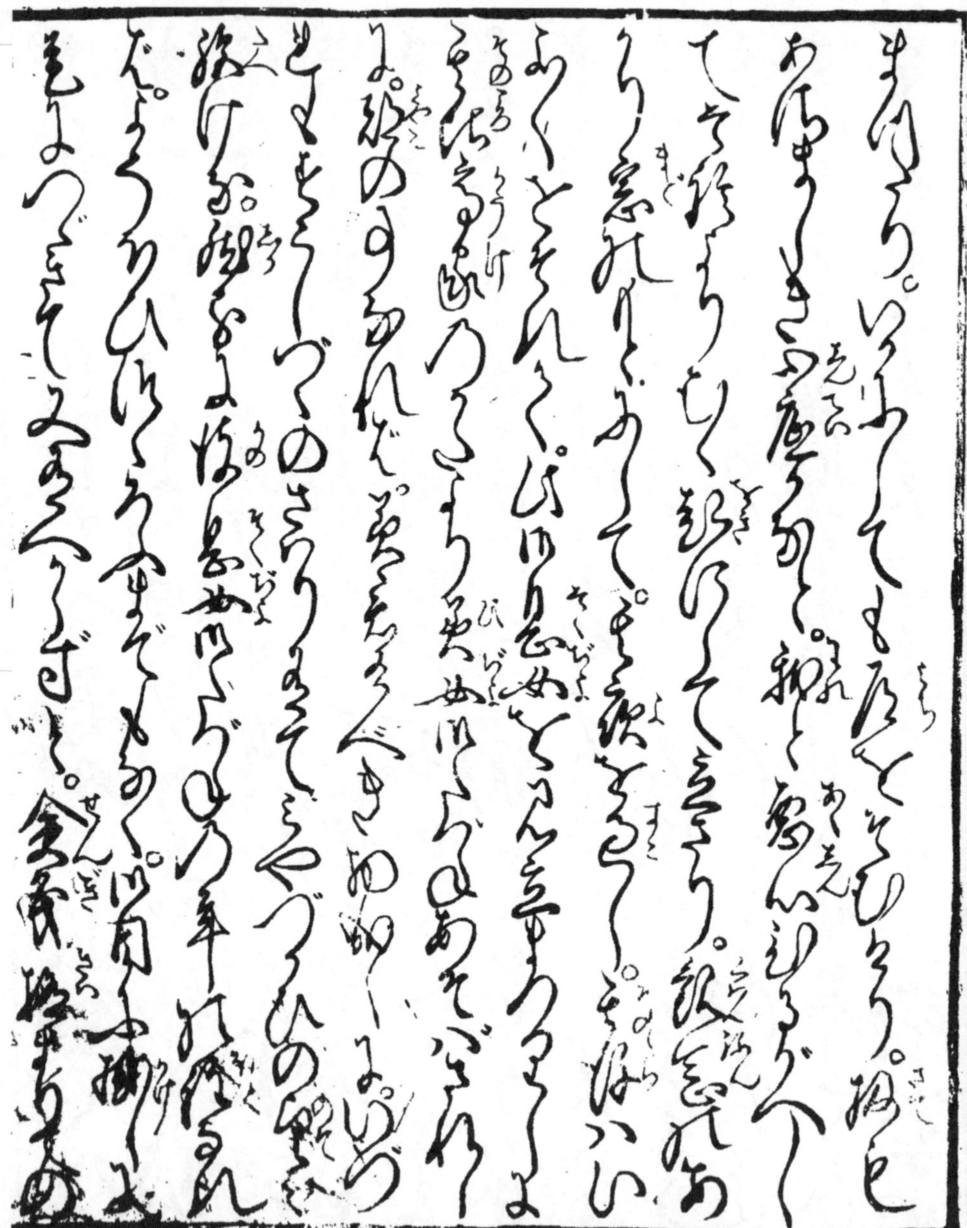

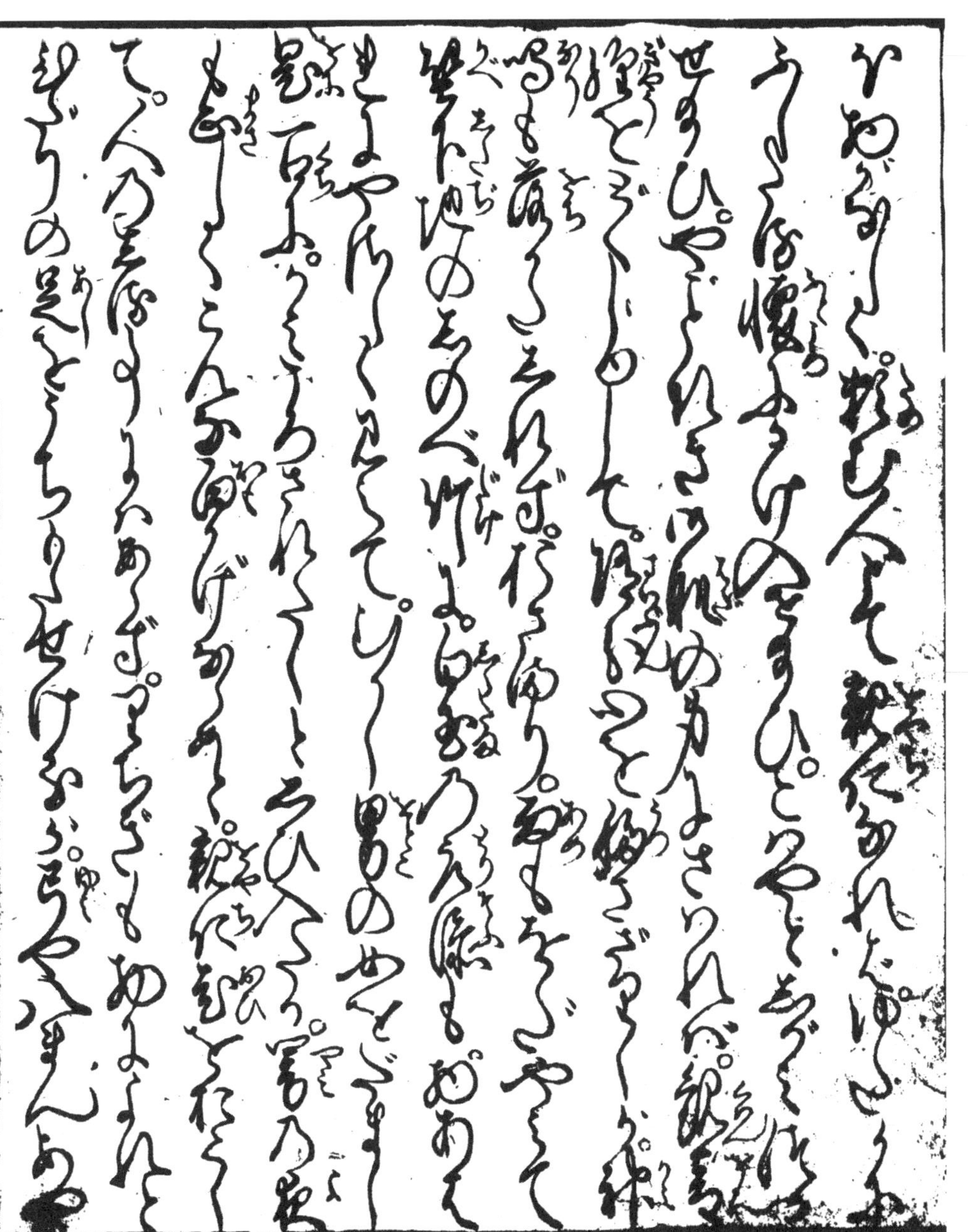

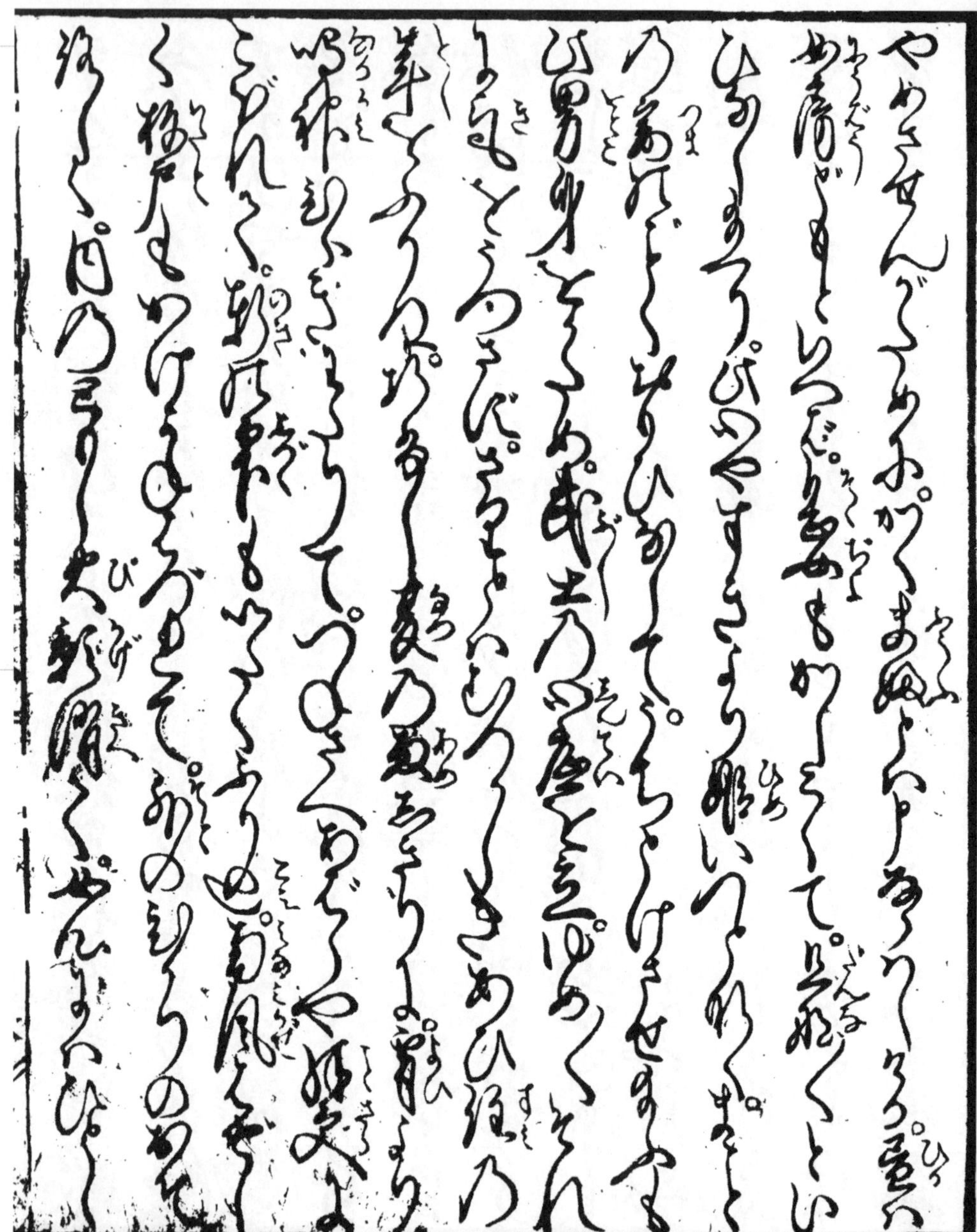

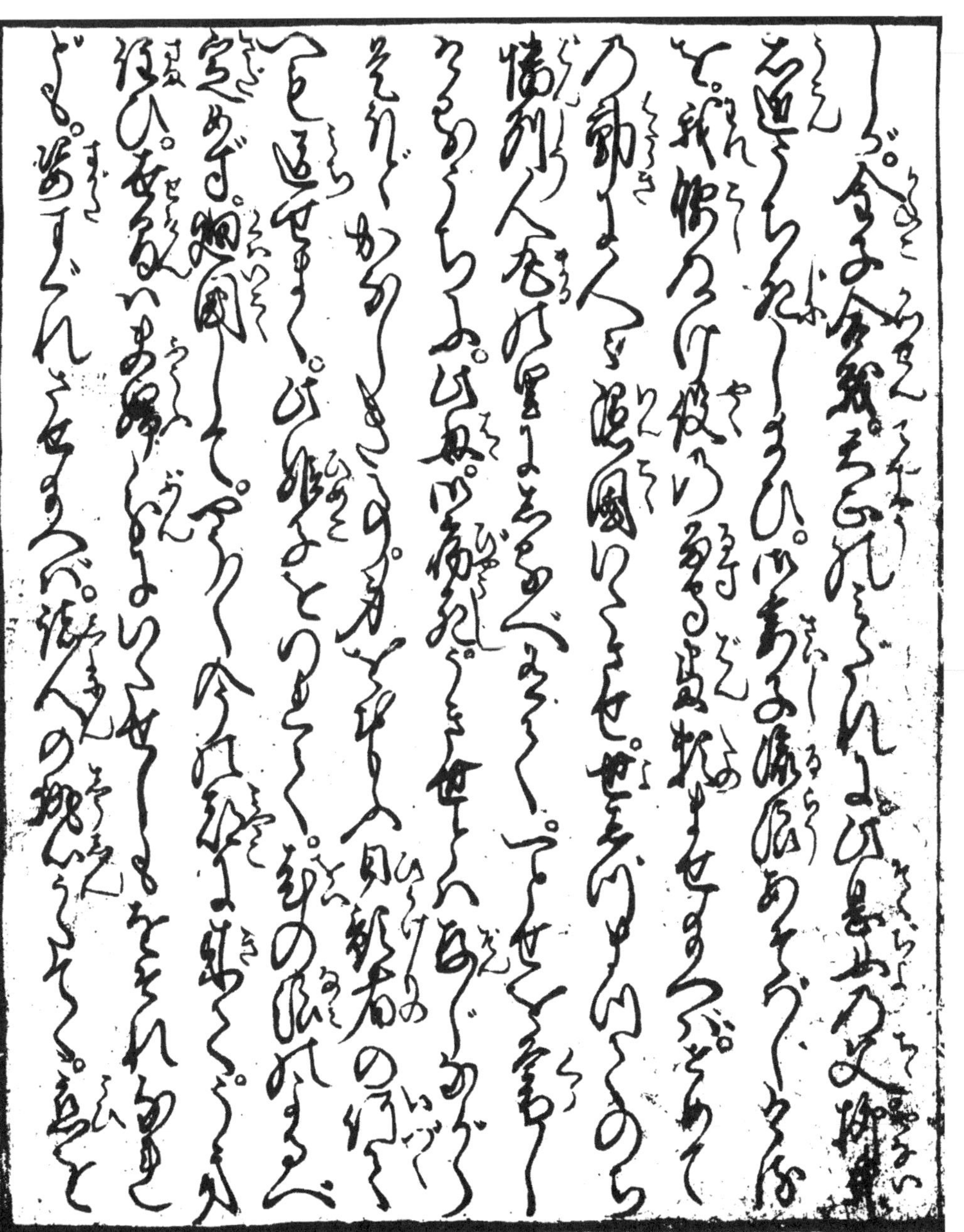

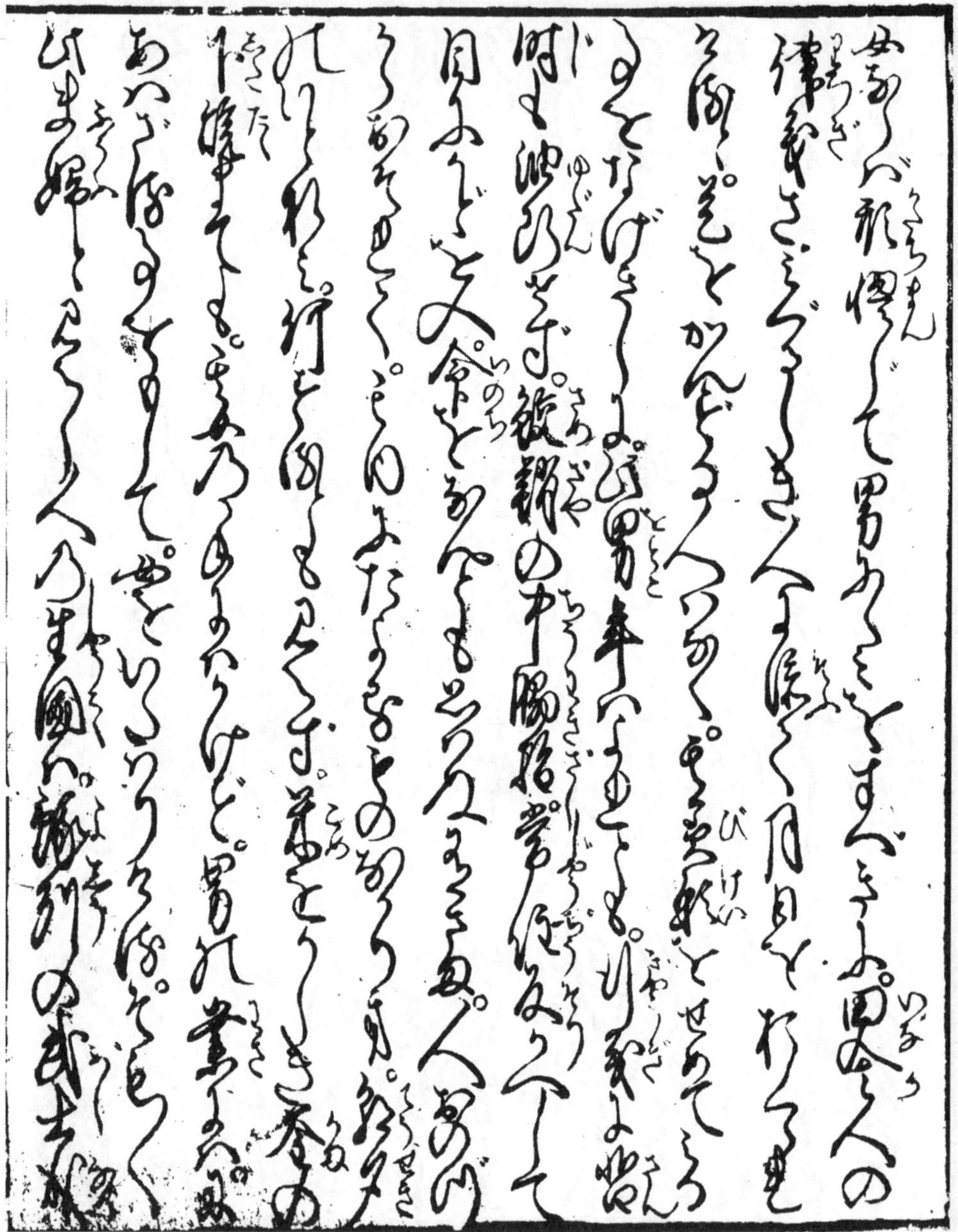

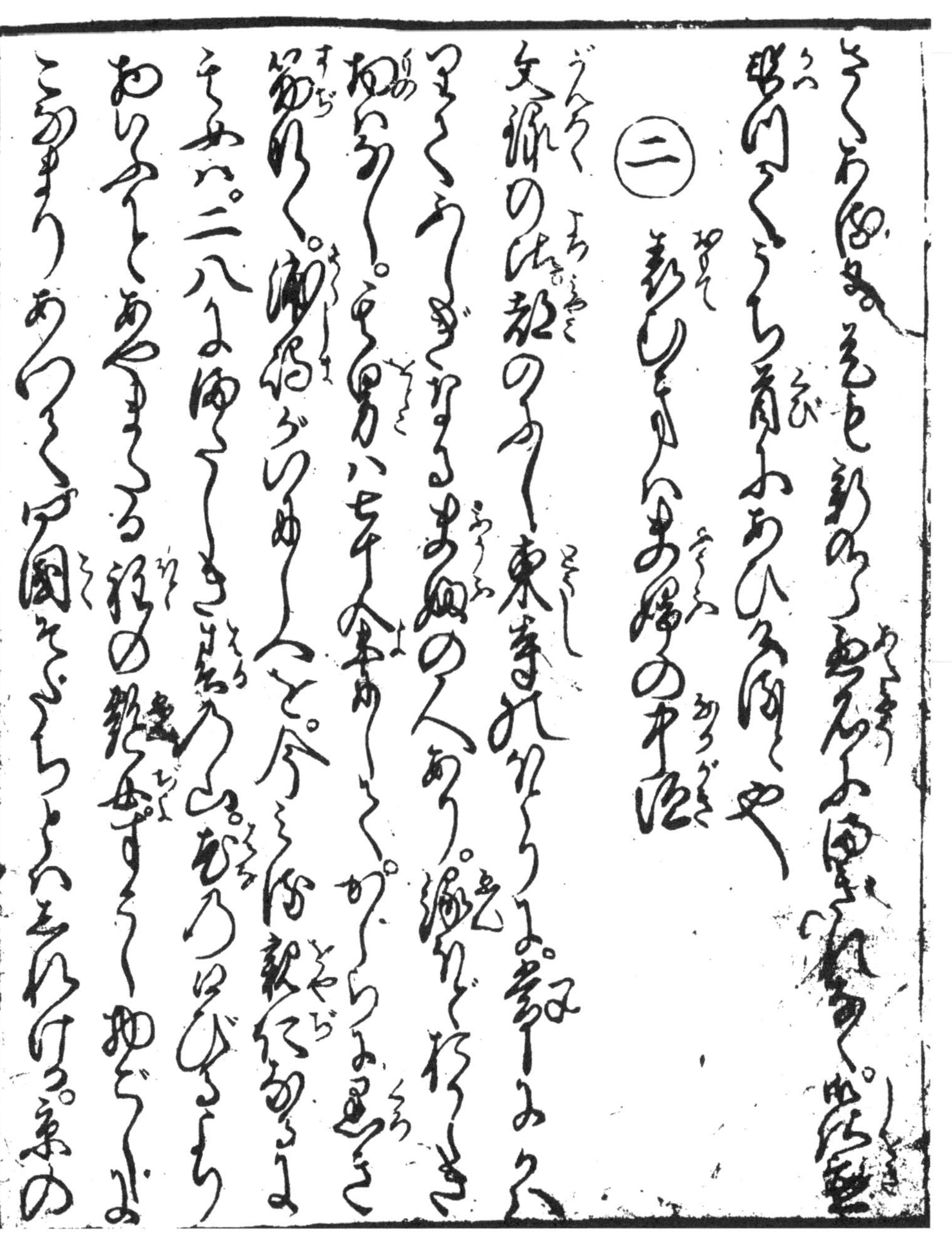

[illegible]

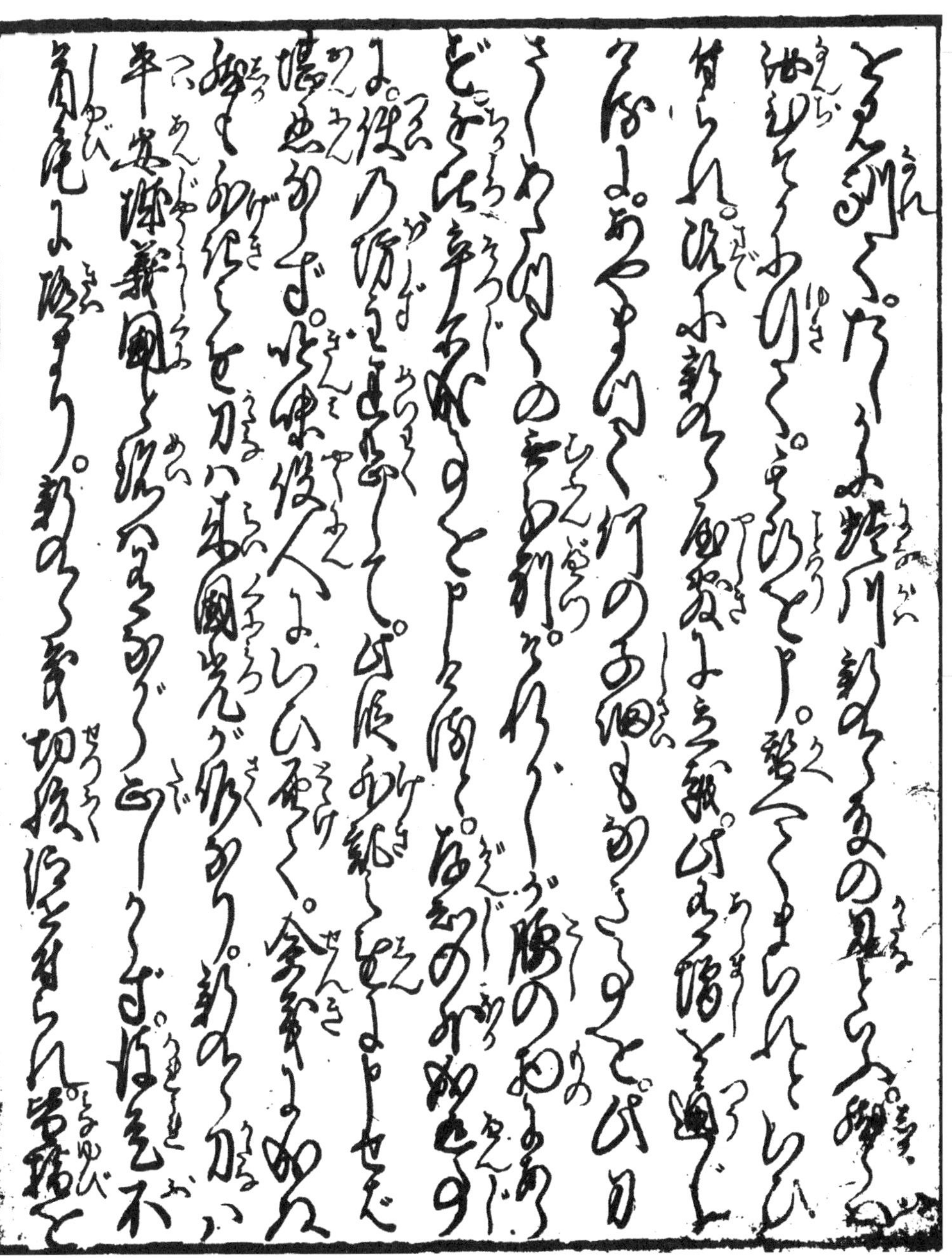

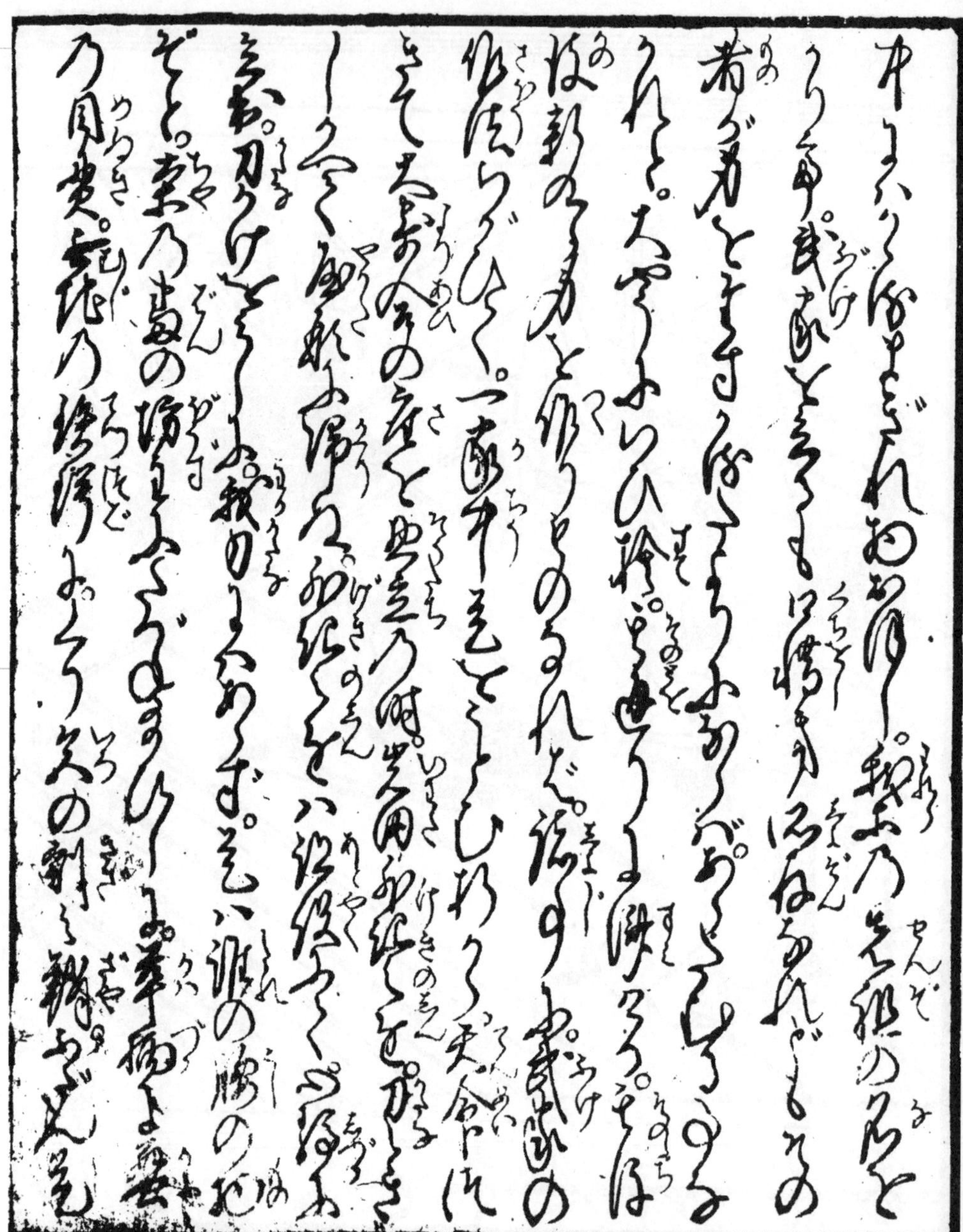

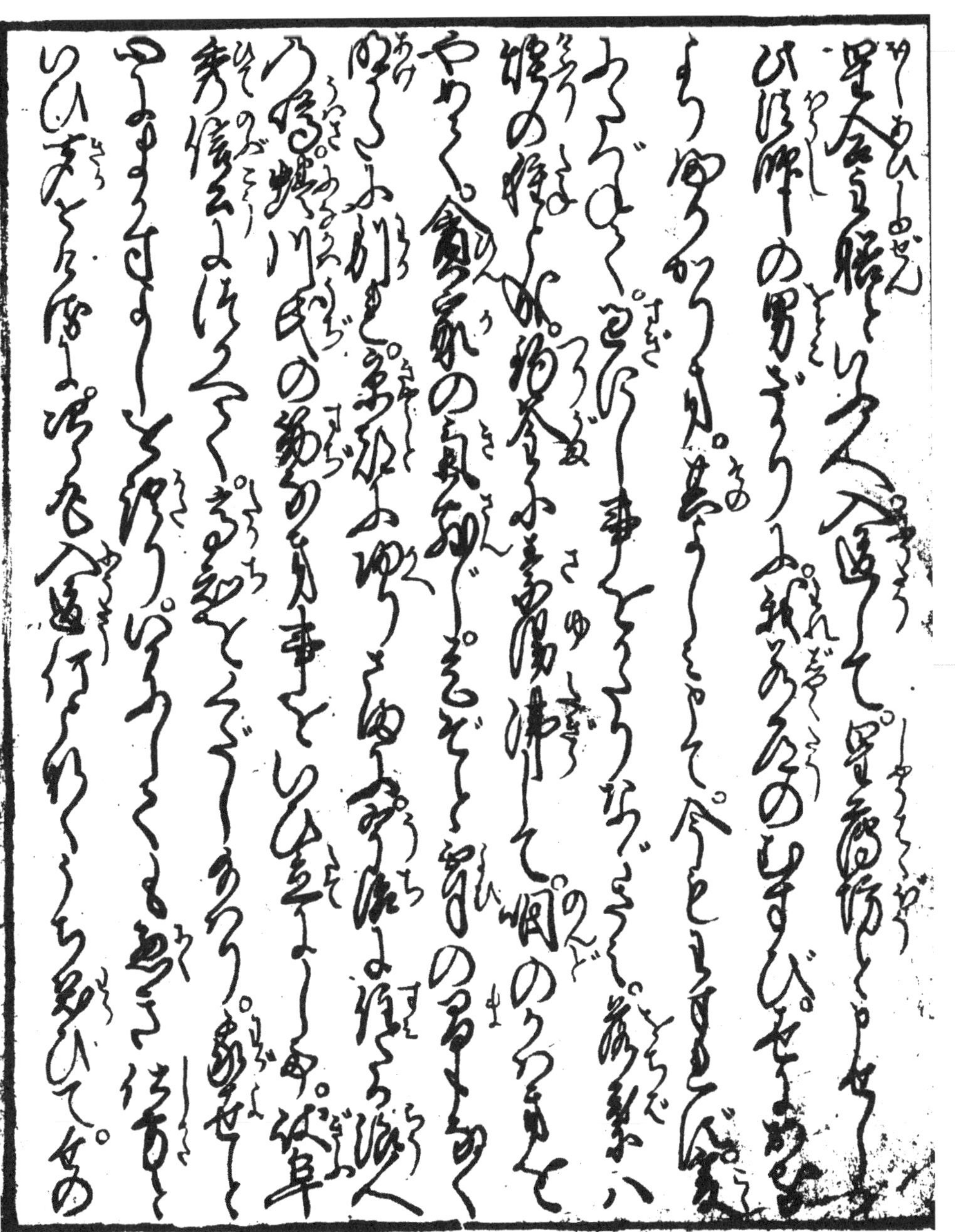

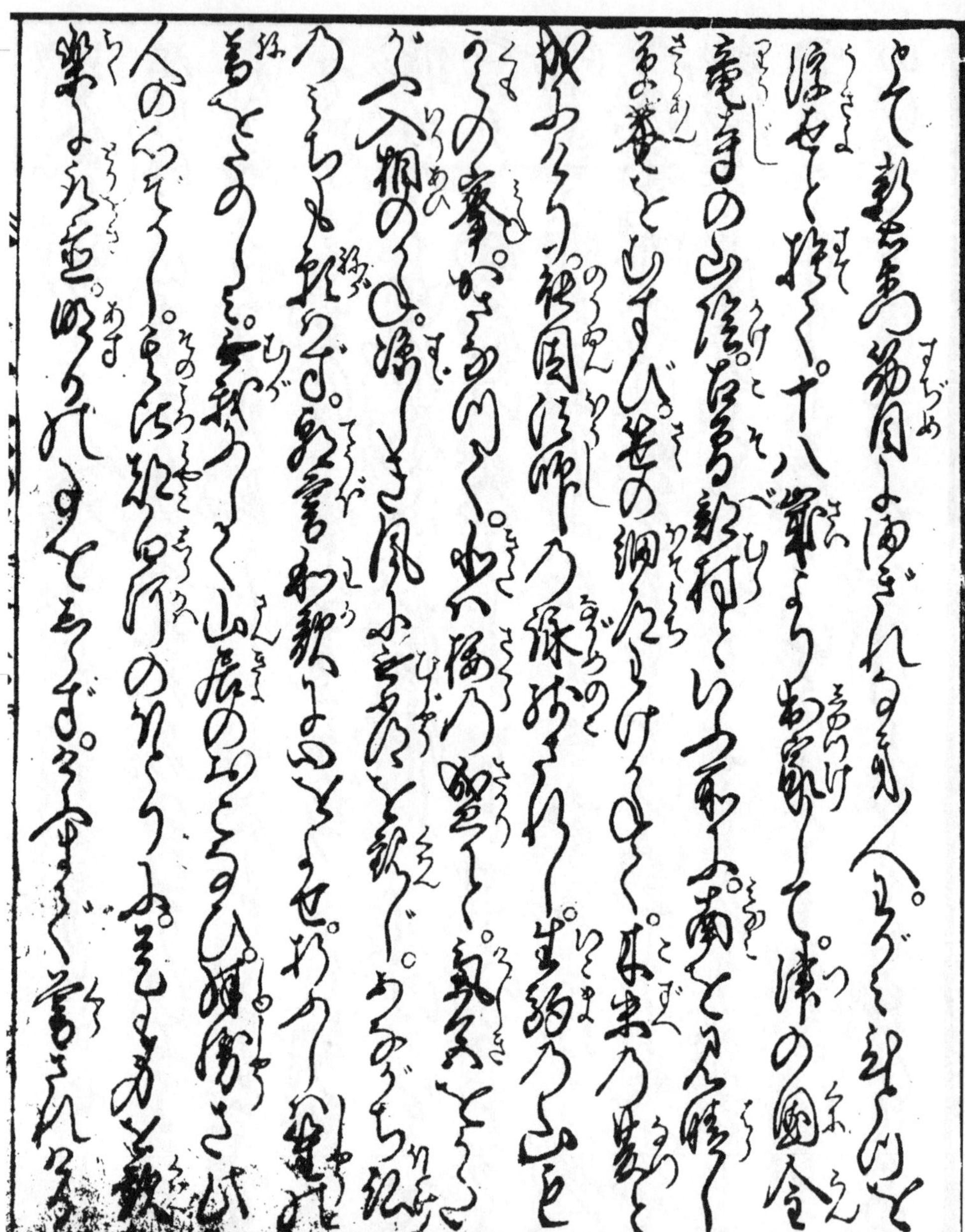

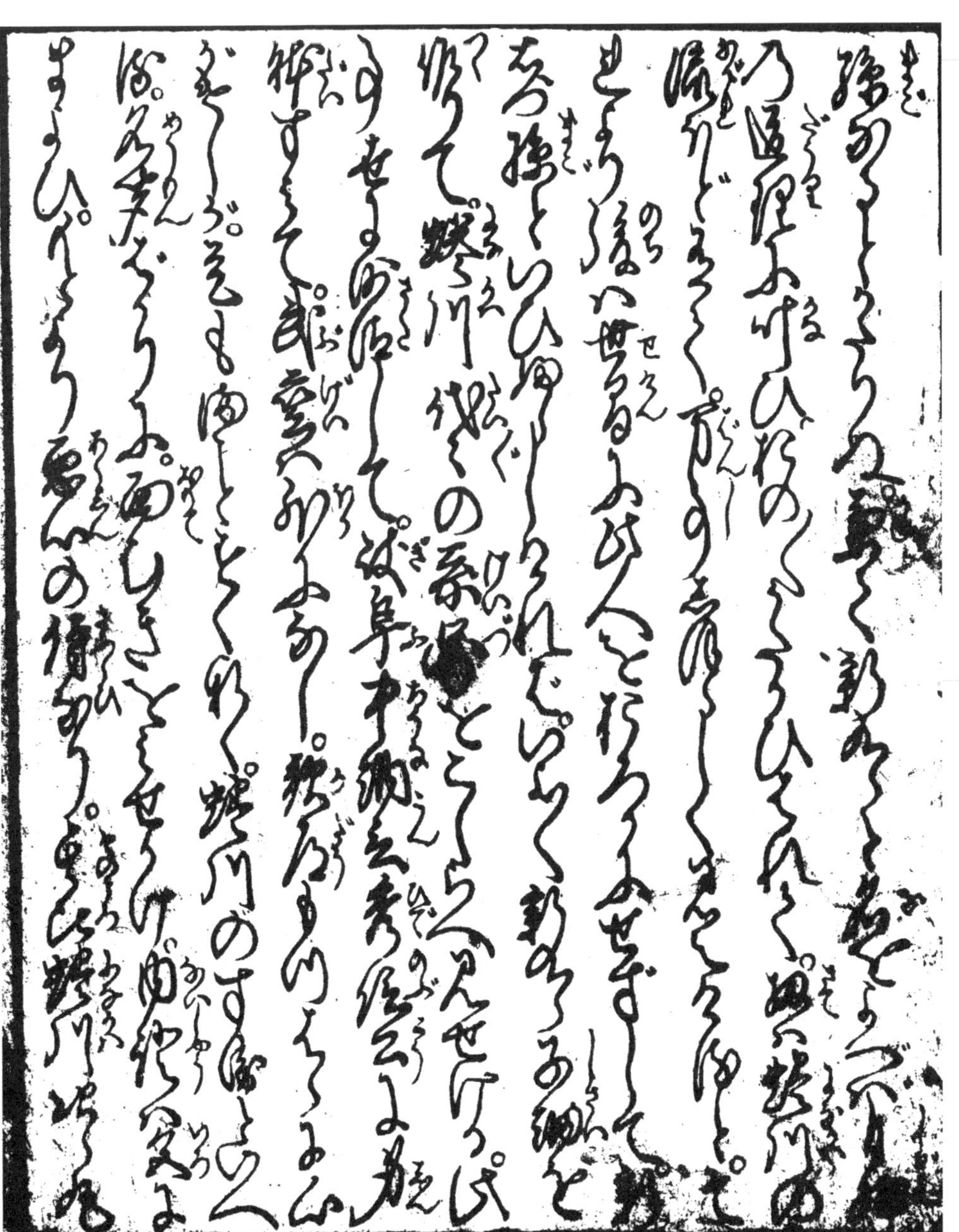

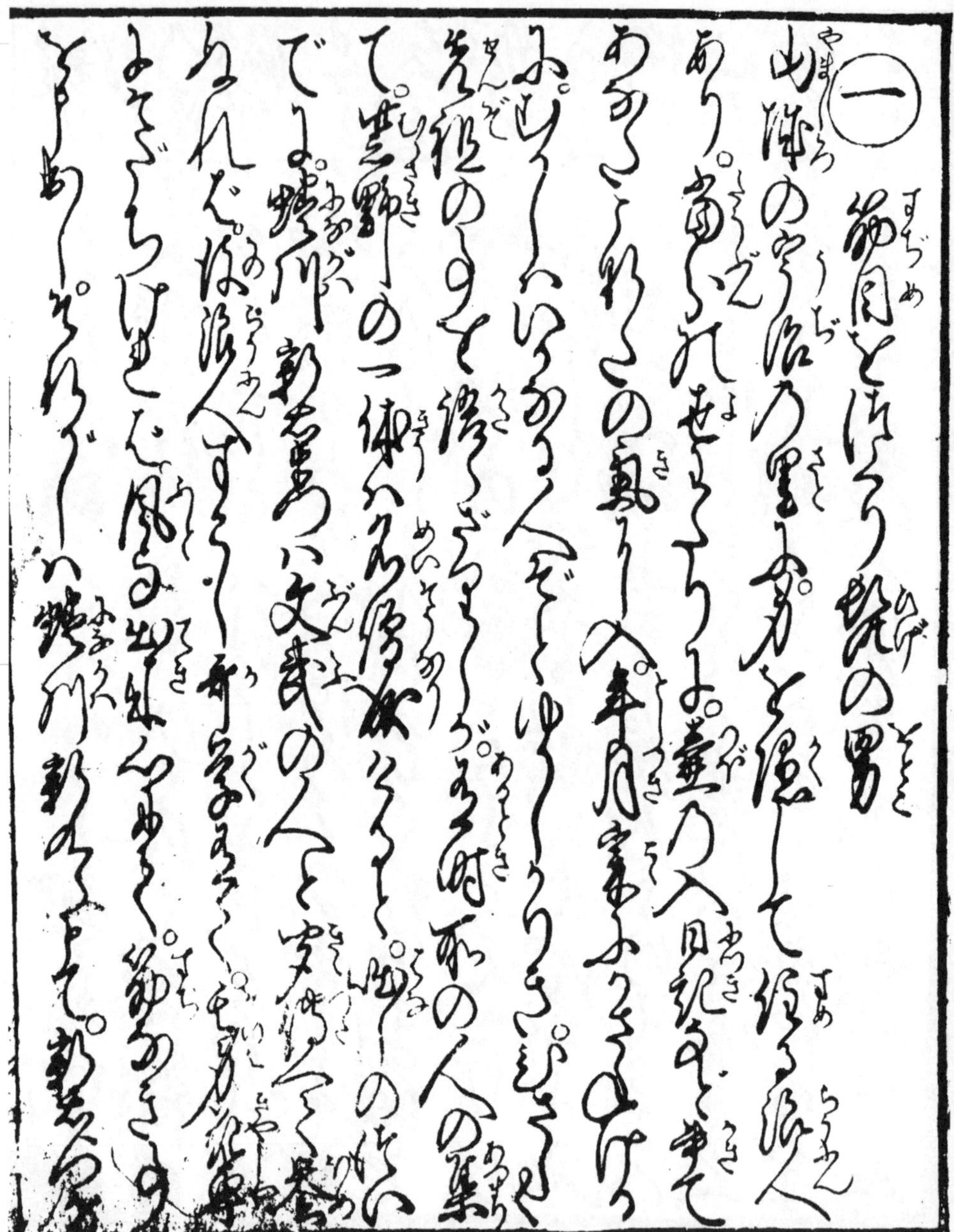

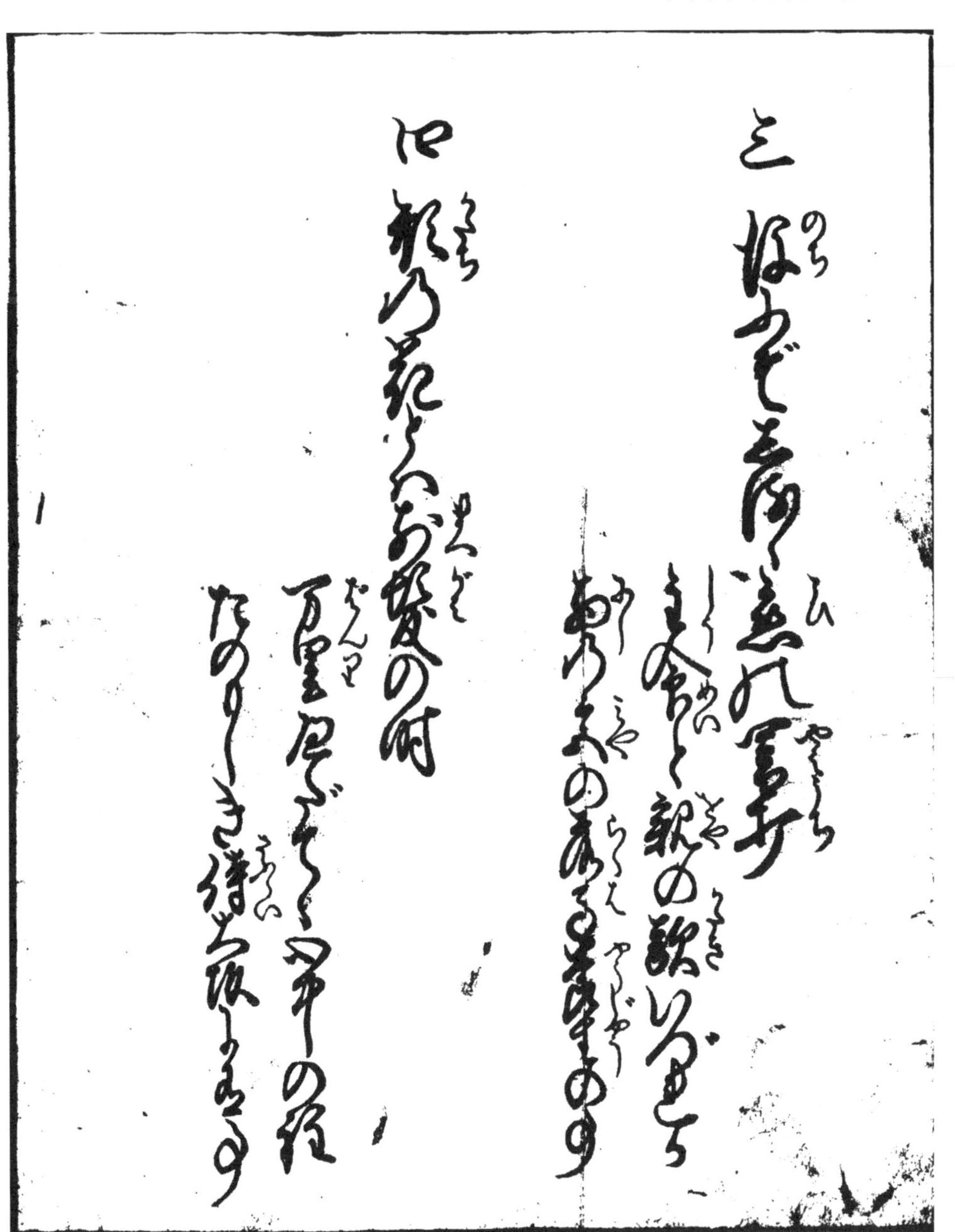

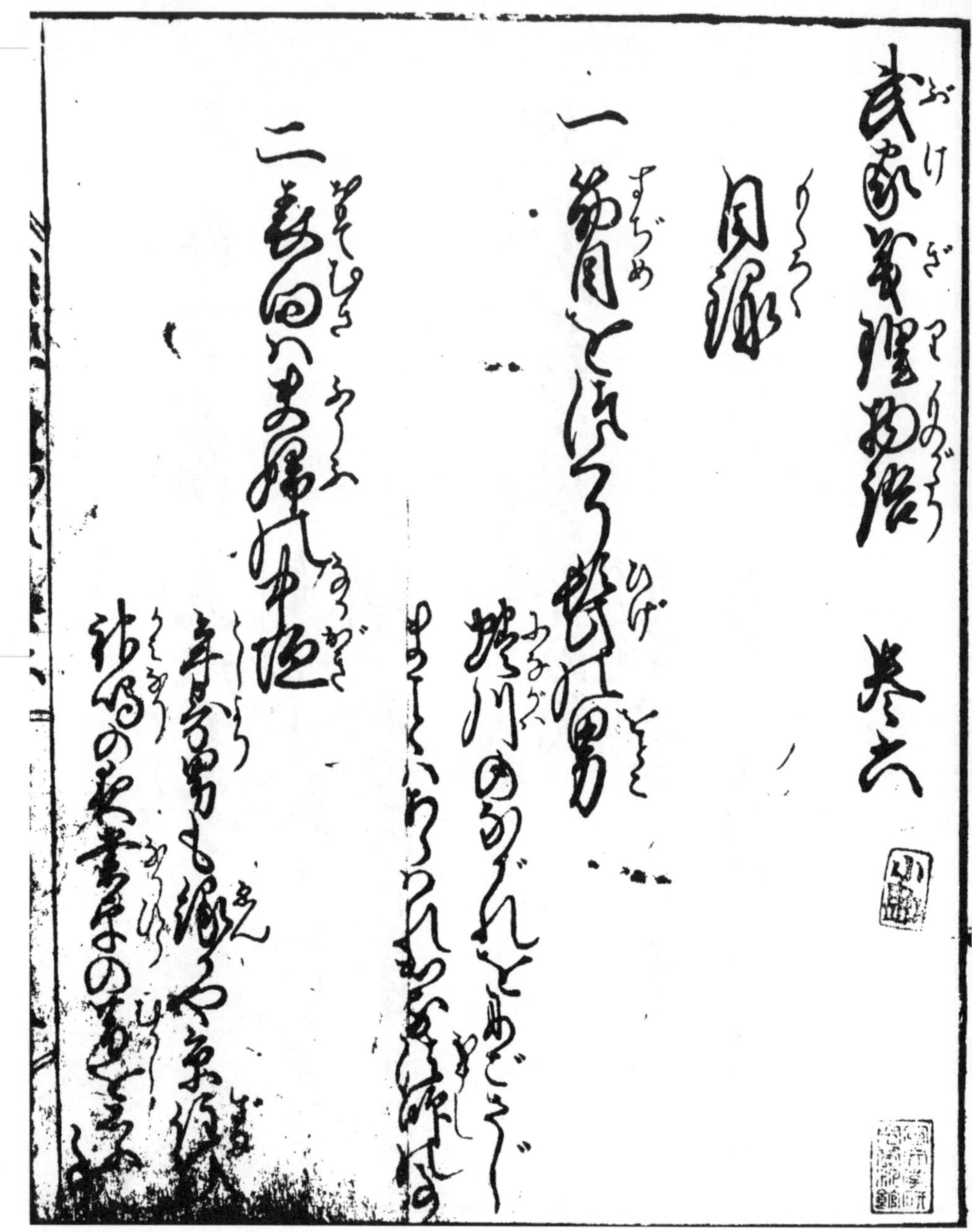
武家義理物語　巻六

目録

ナ 4
454
6
国文学研究資料館

国文学研究資料館
111176
平成 9.4.3.10 日

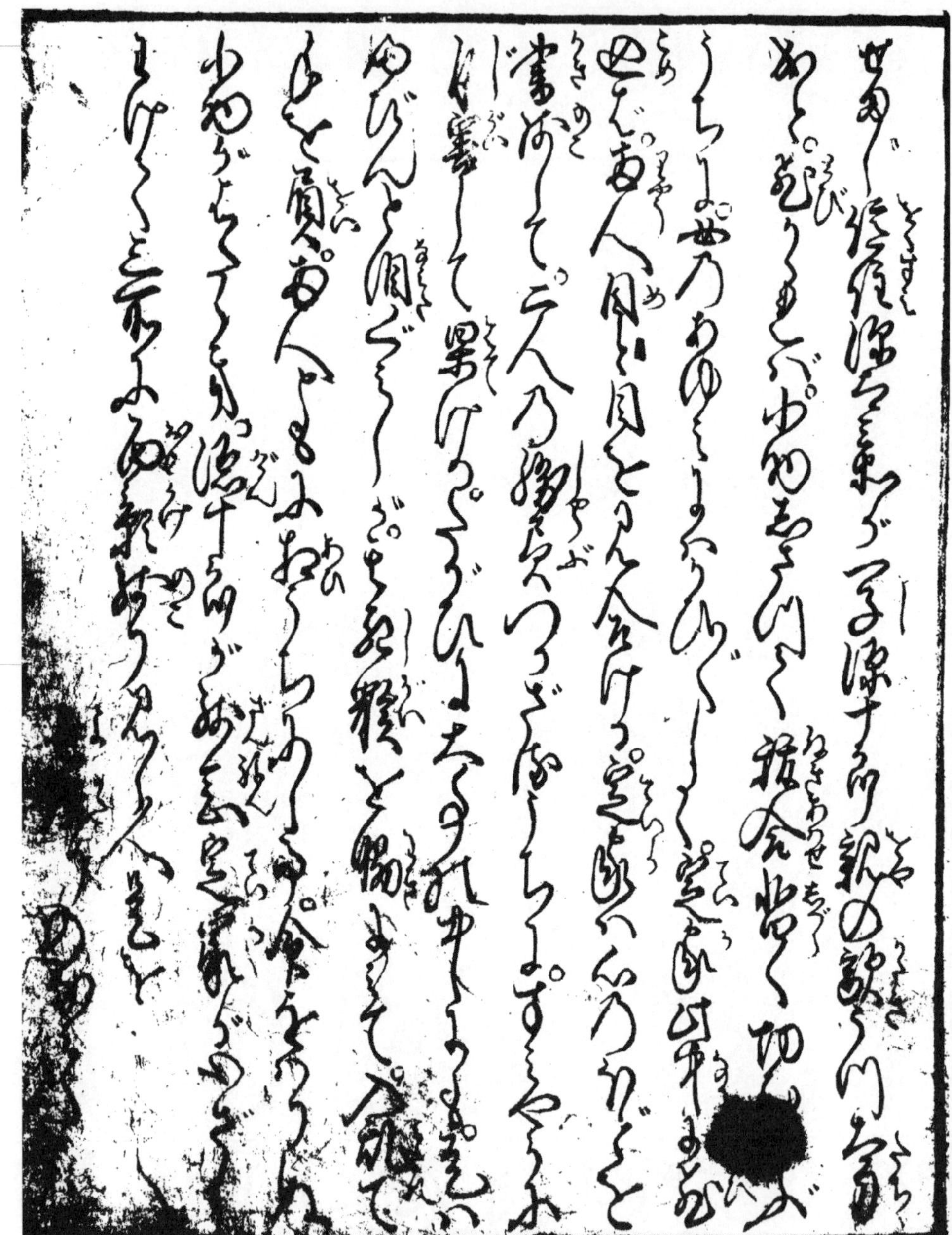

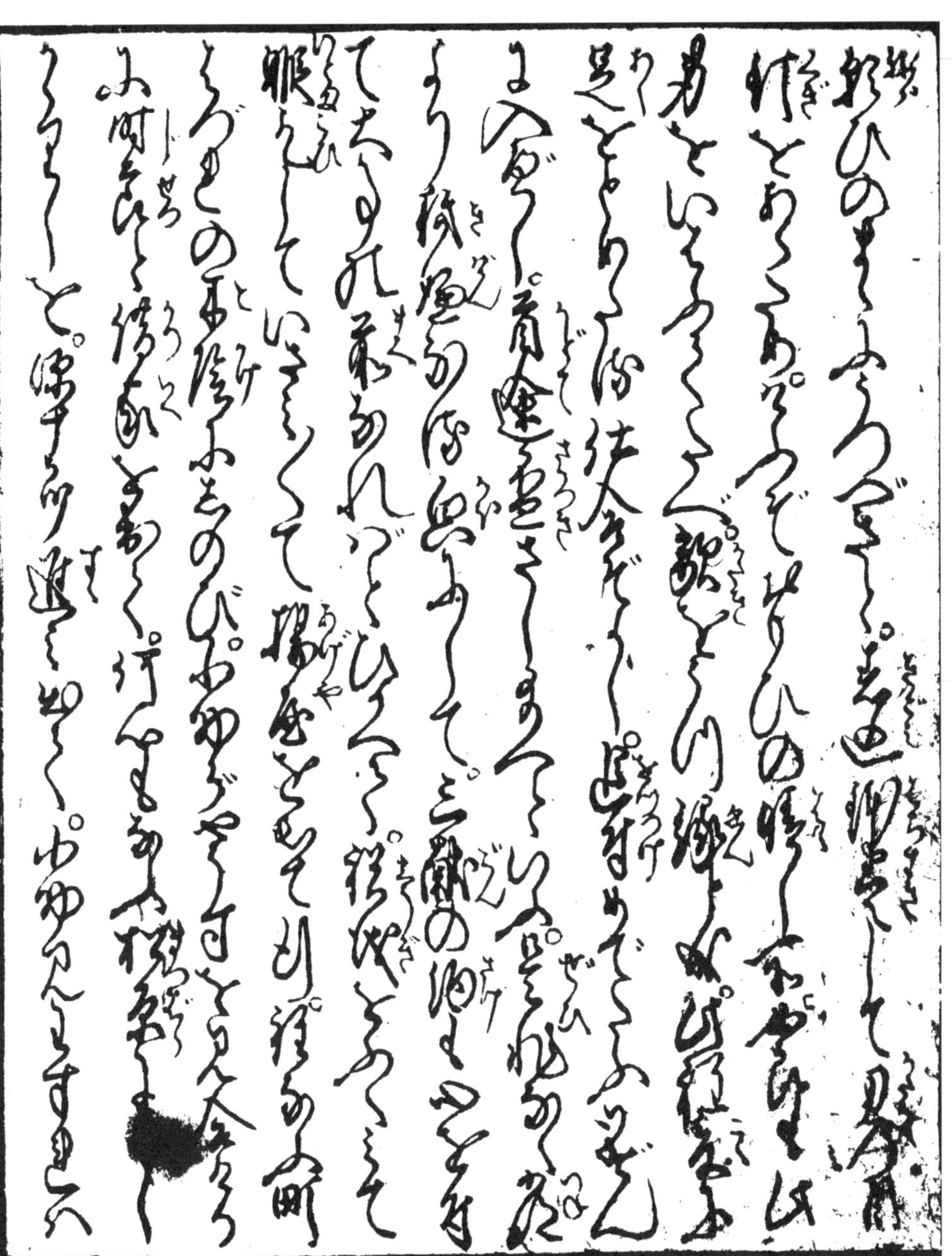

35 무가의리 이야기 5

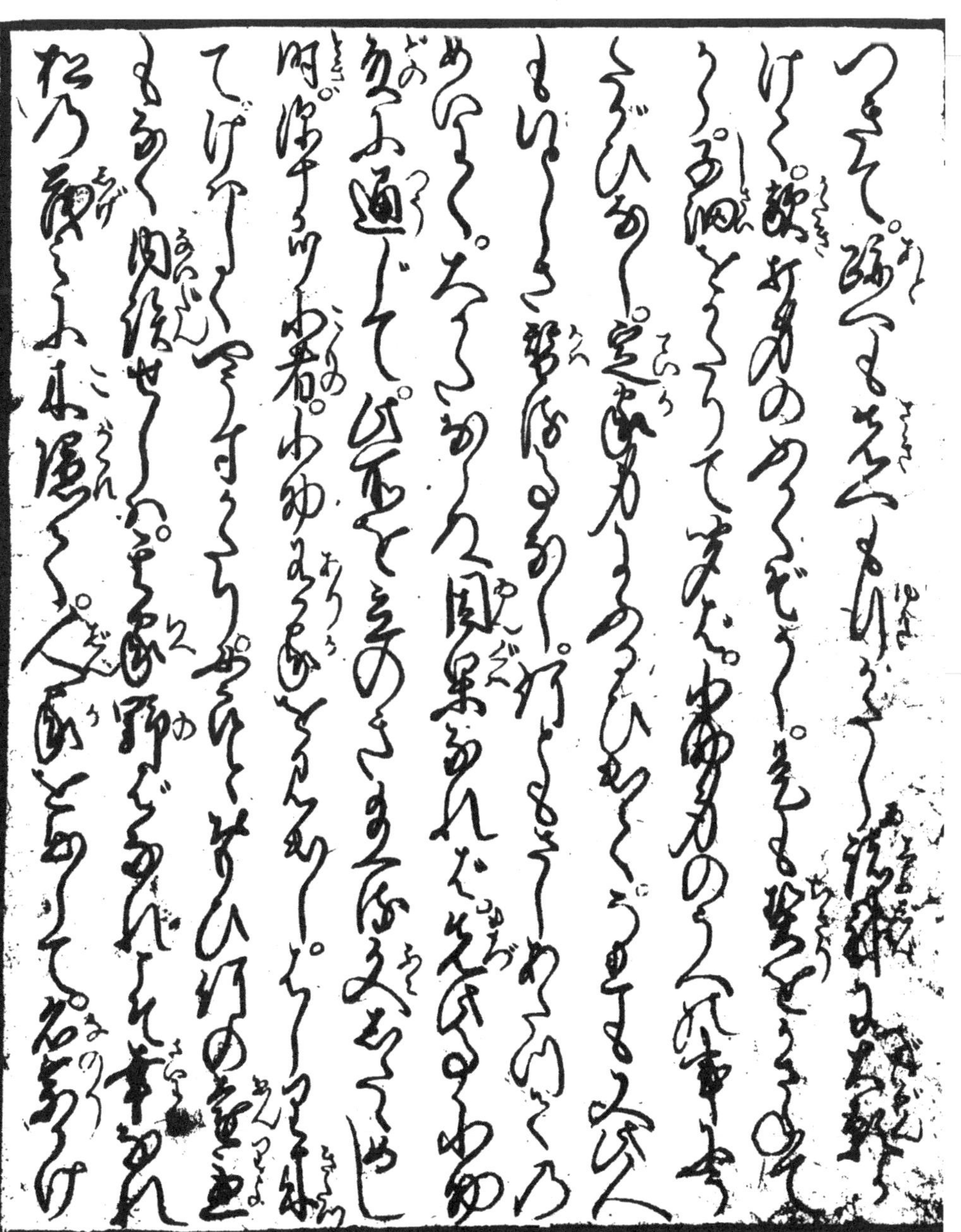

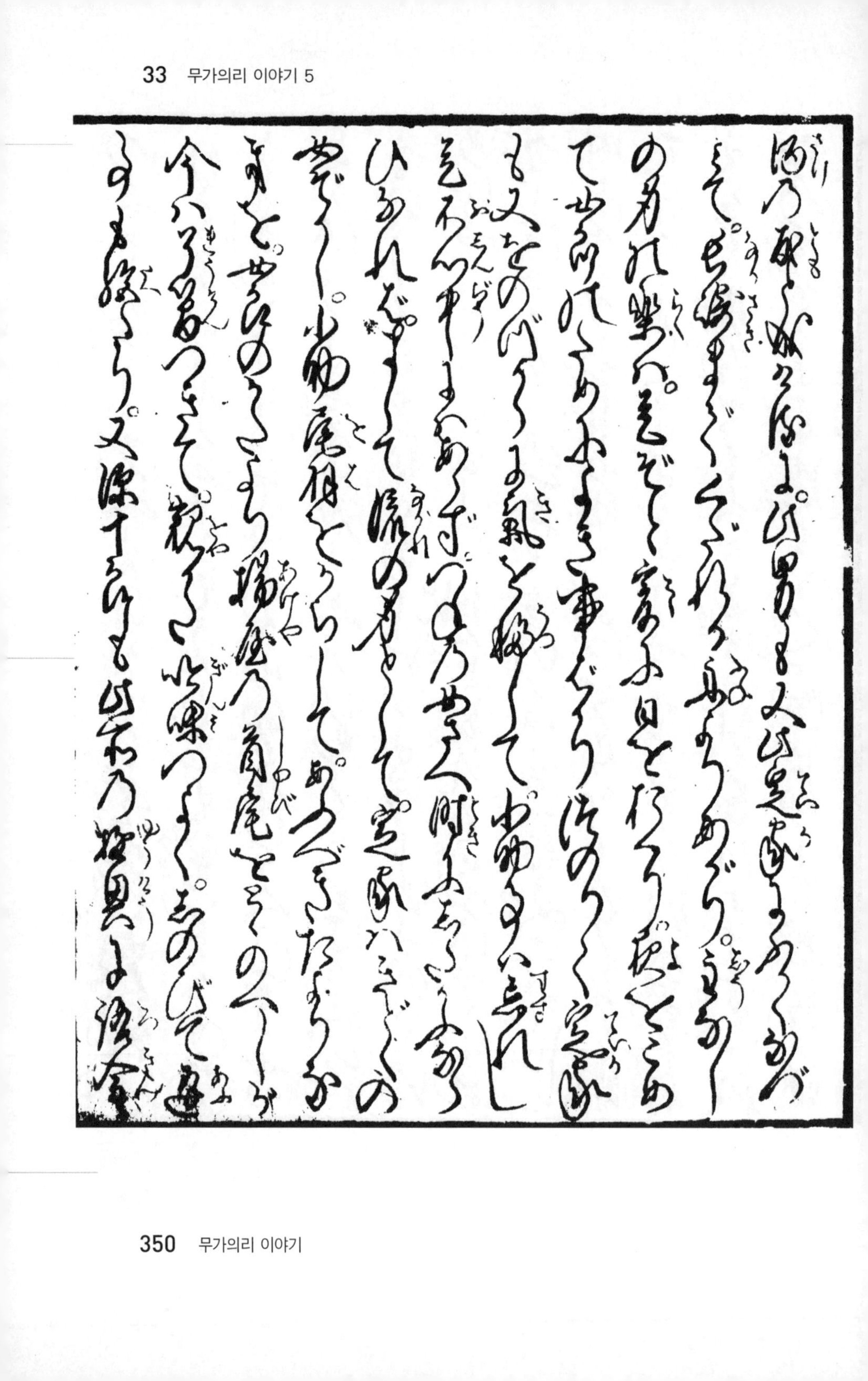

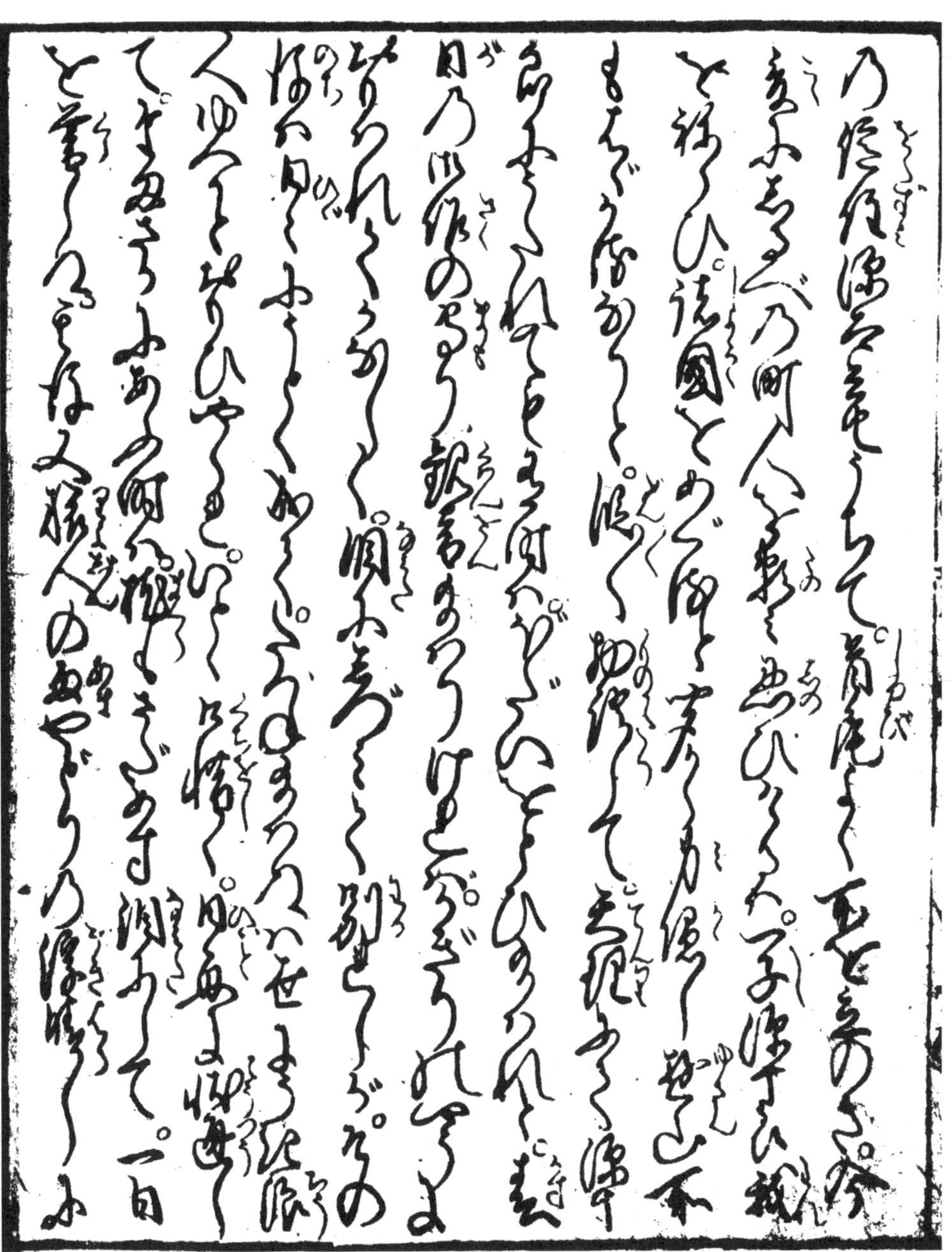

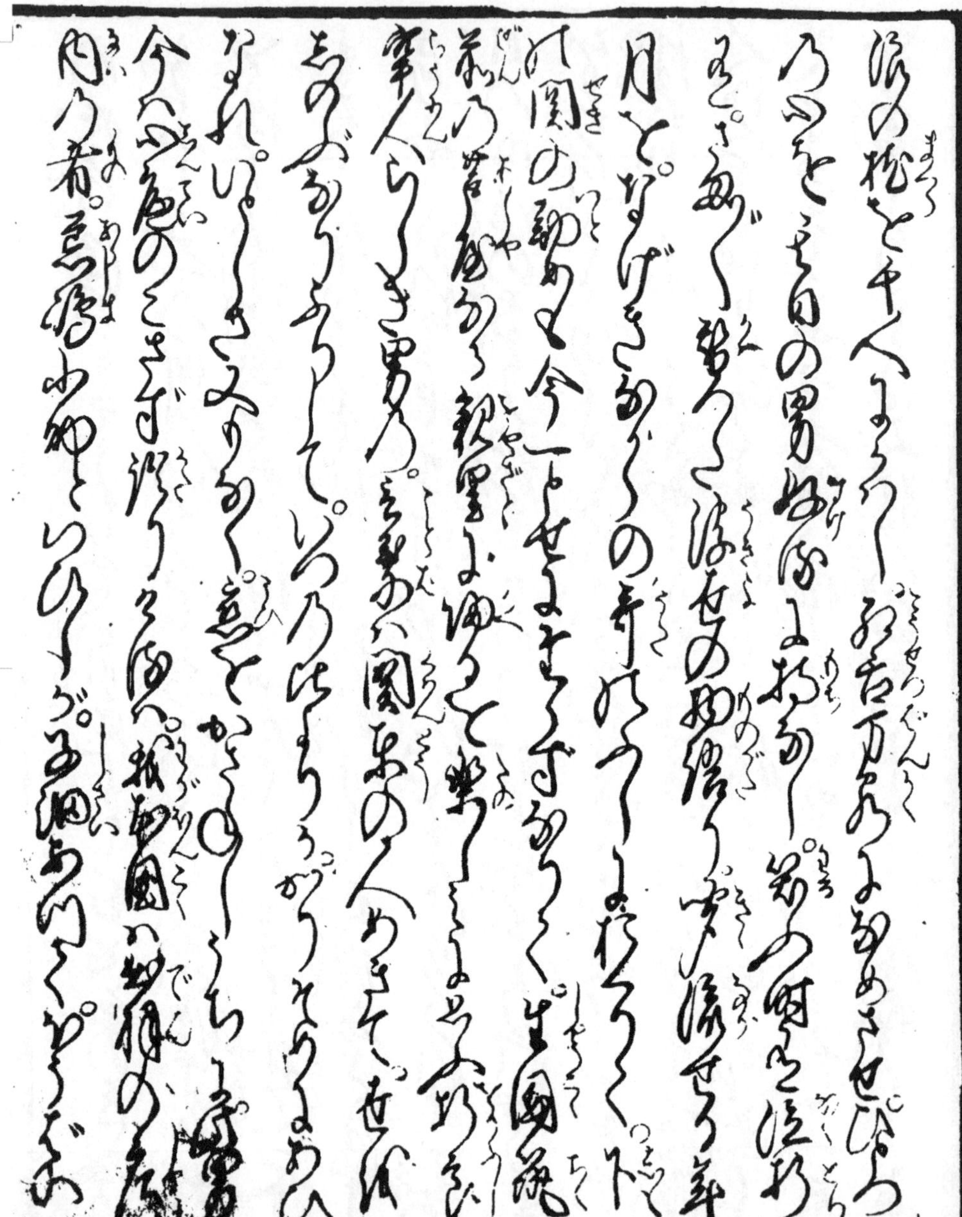

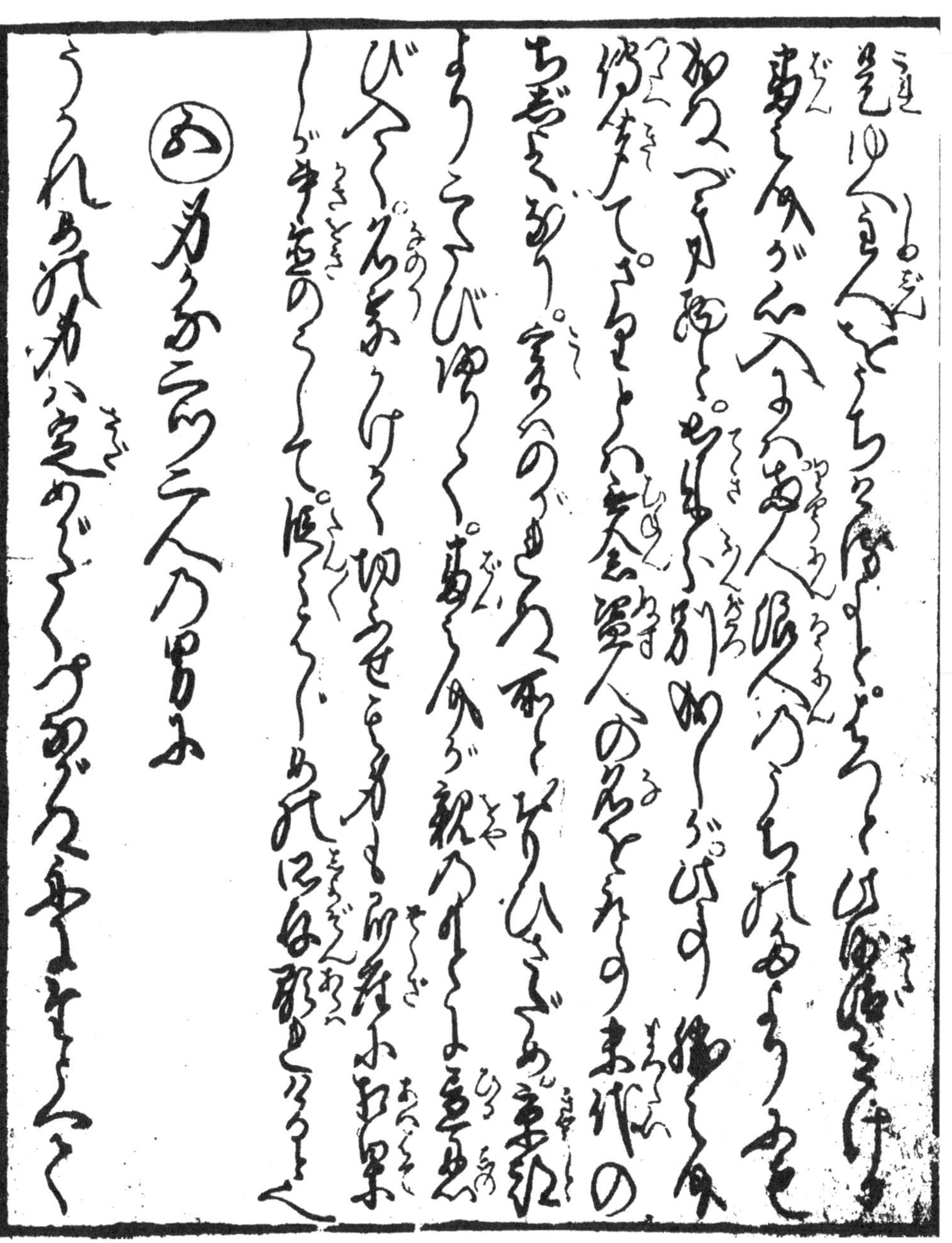

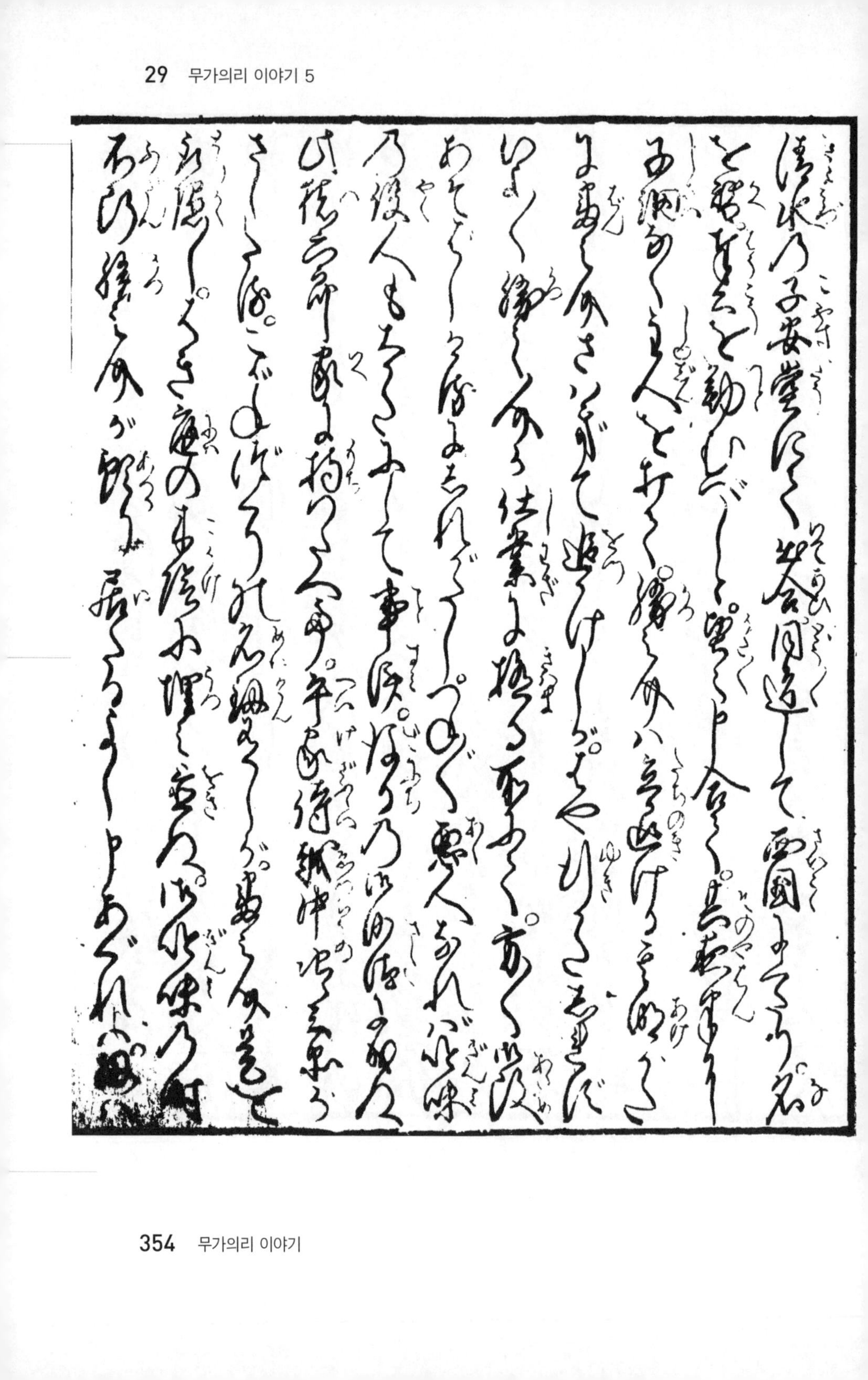

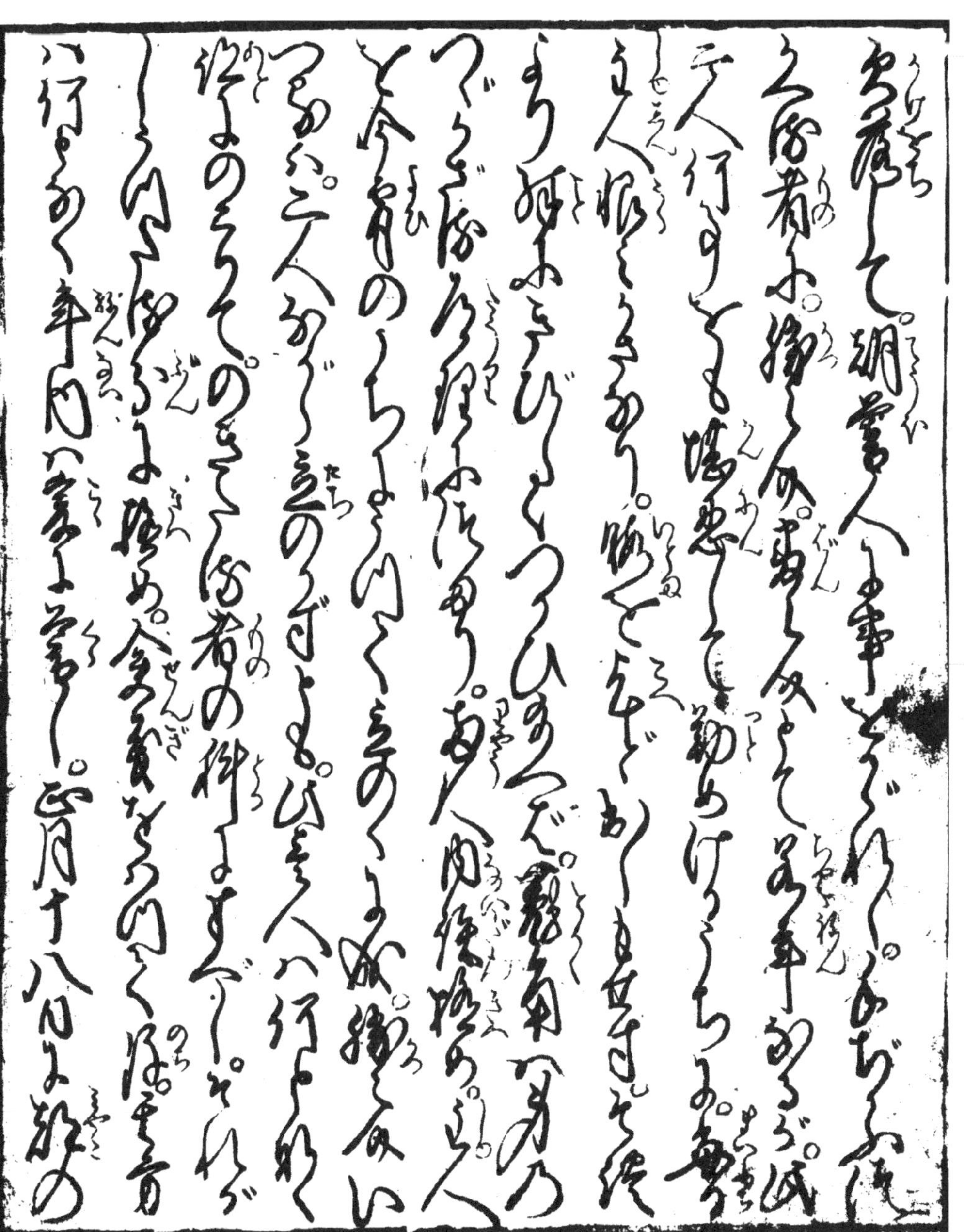

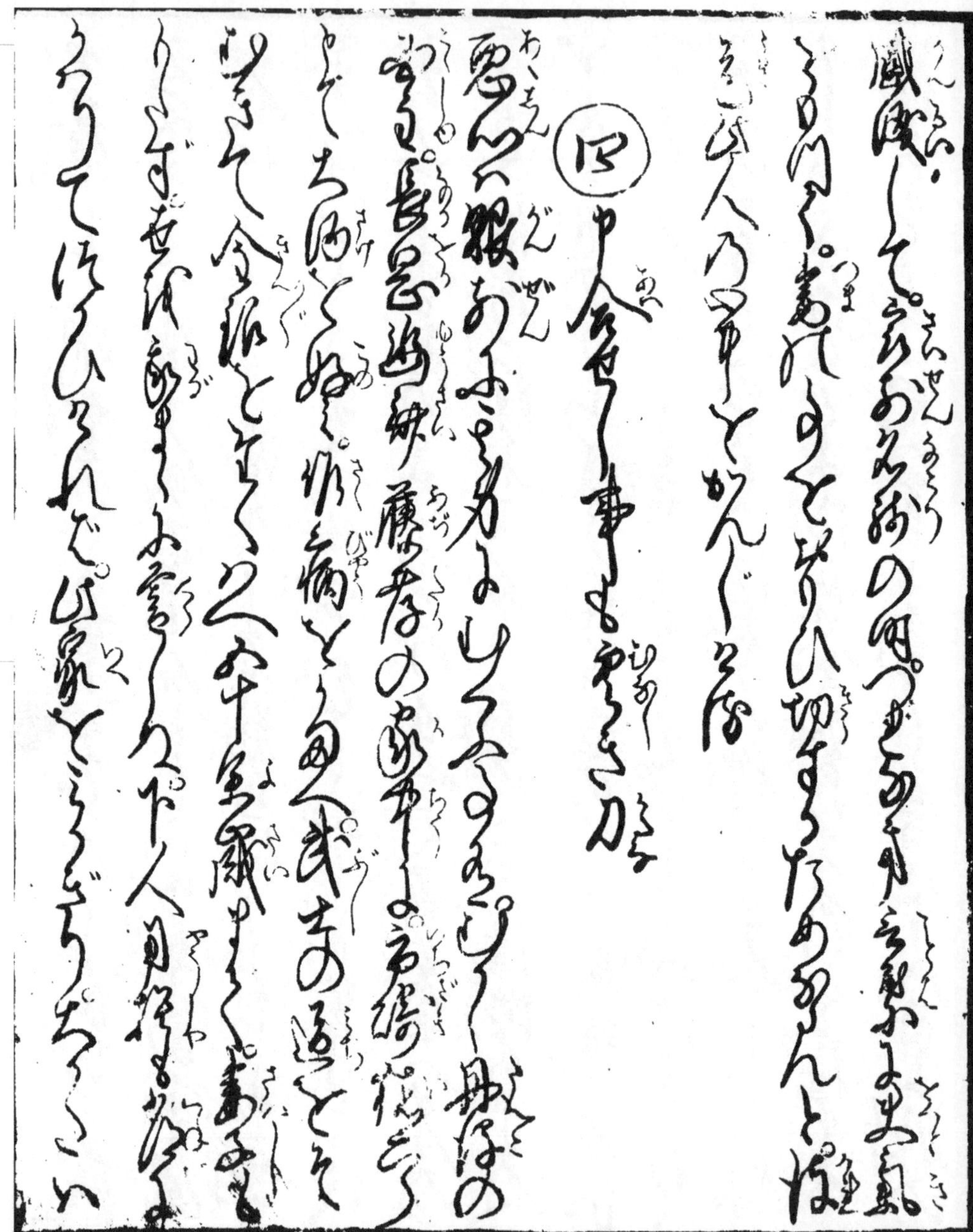

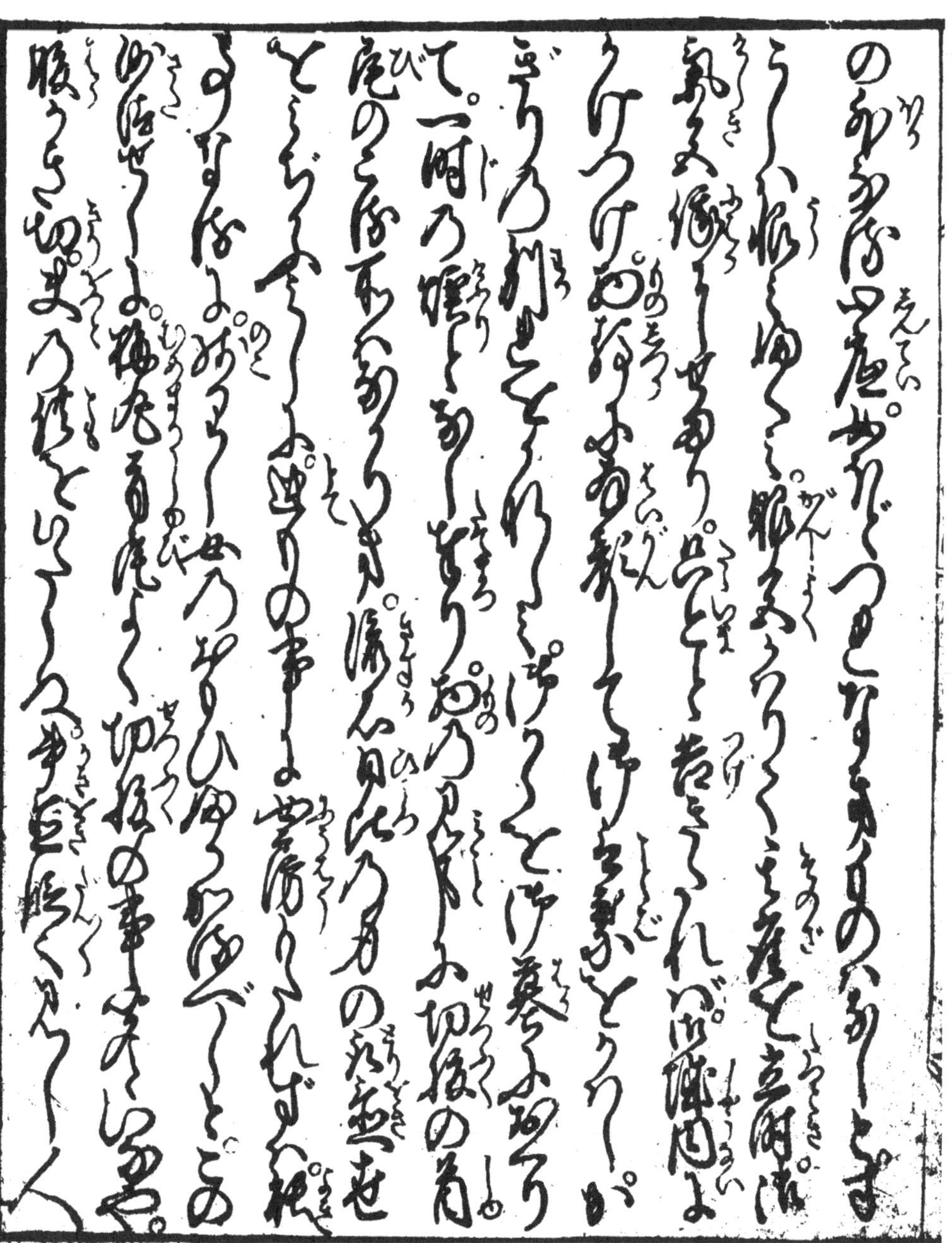

25 무가의리 이야기 5

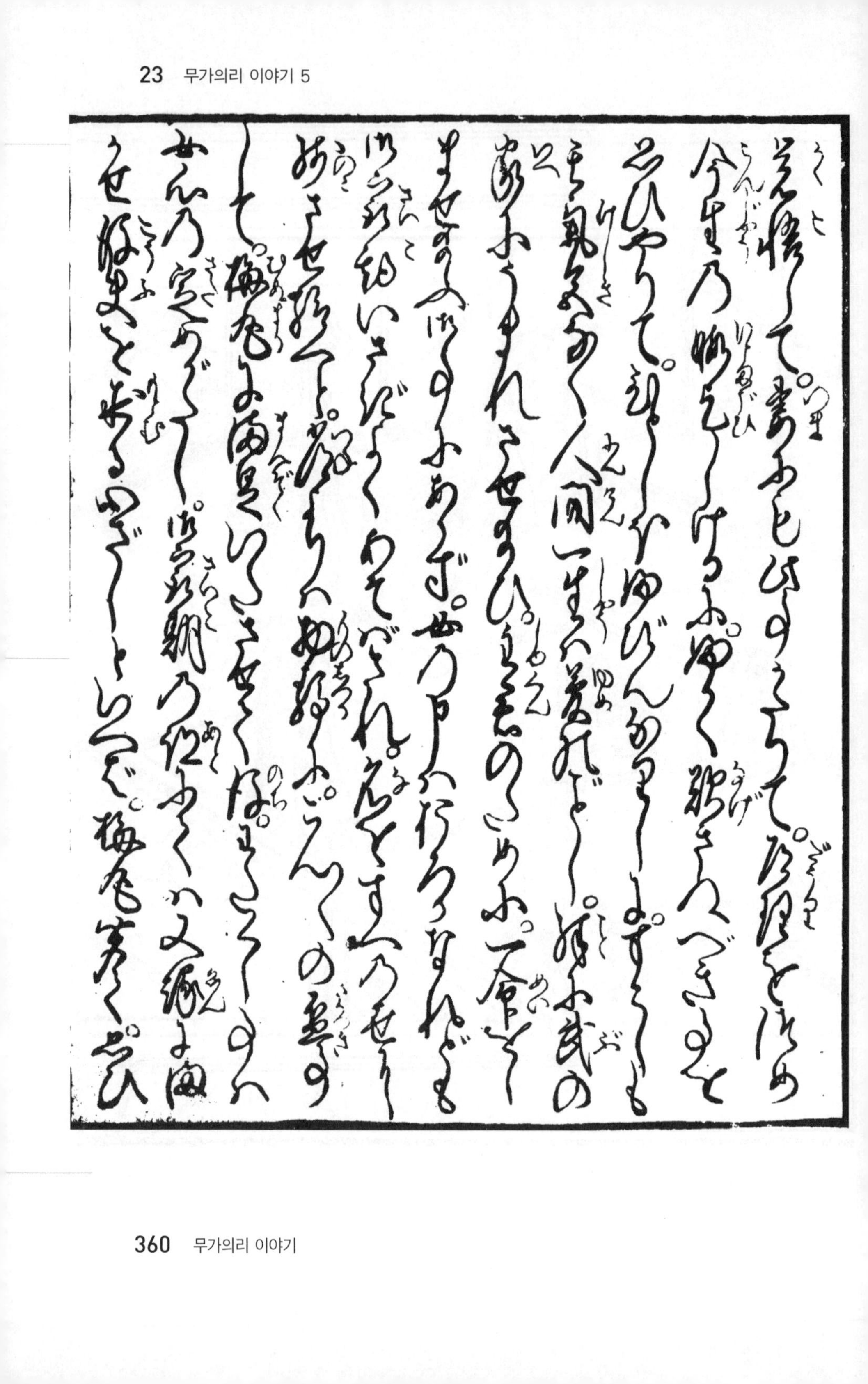

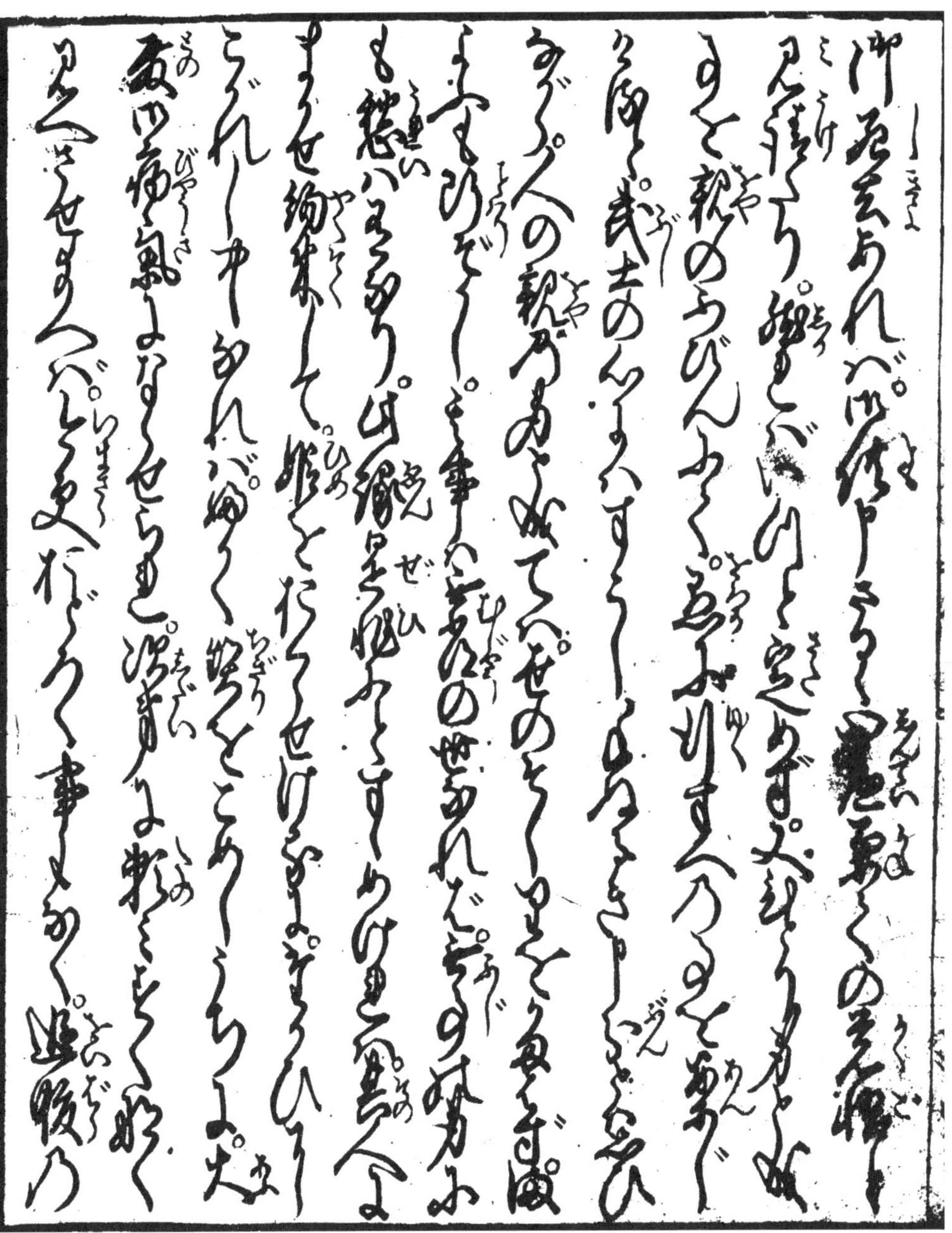

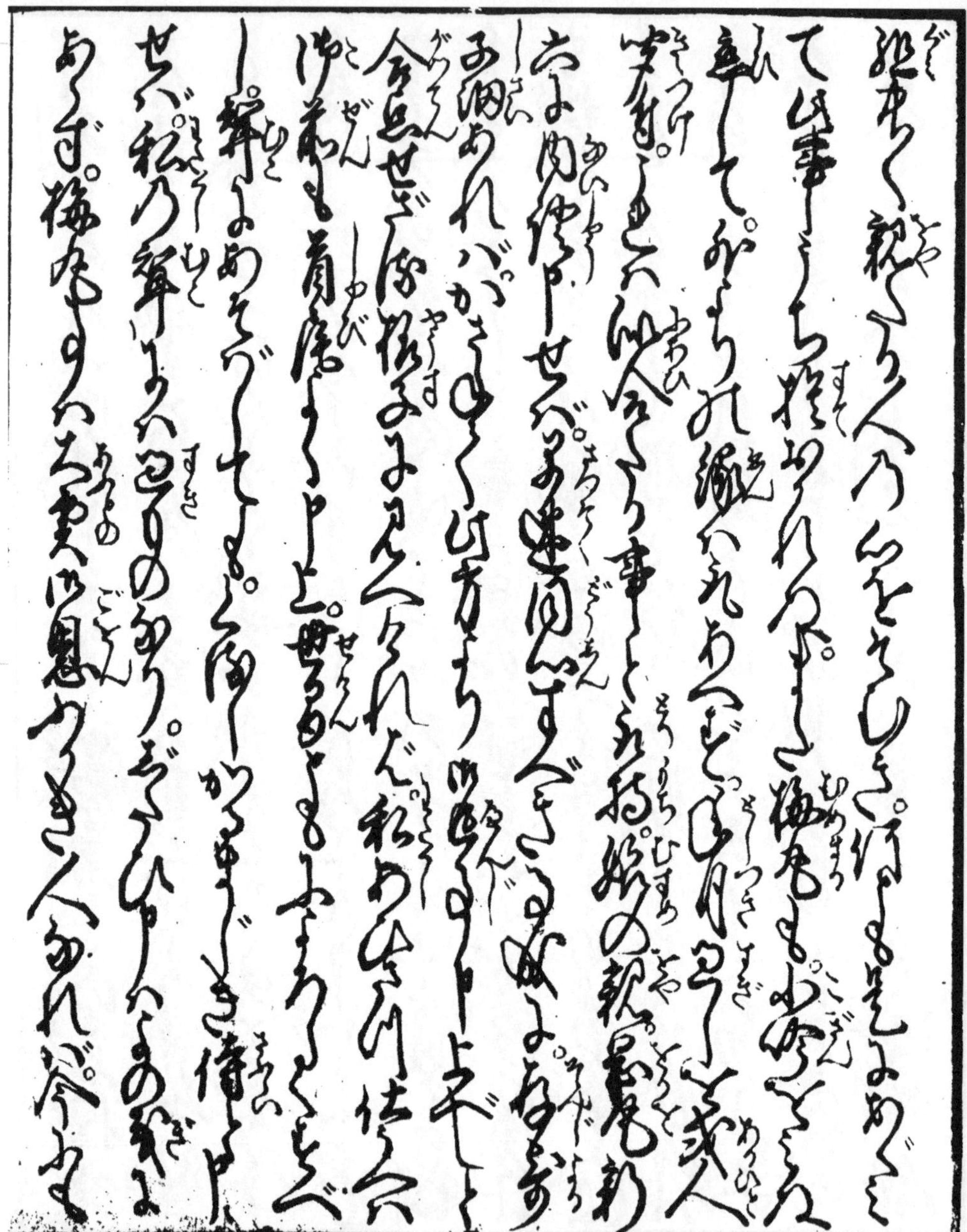

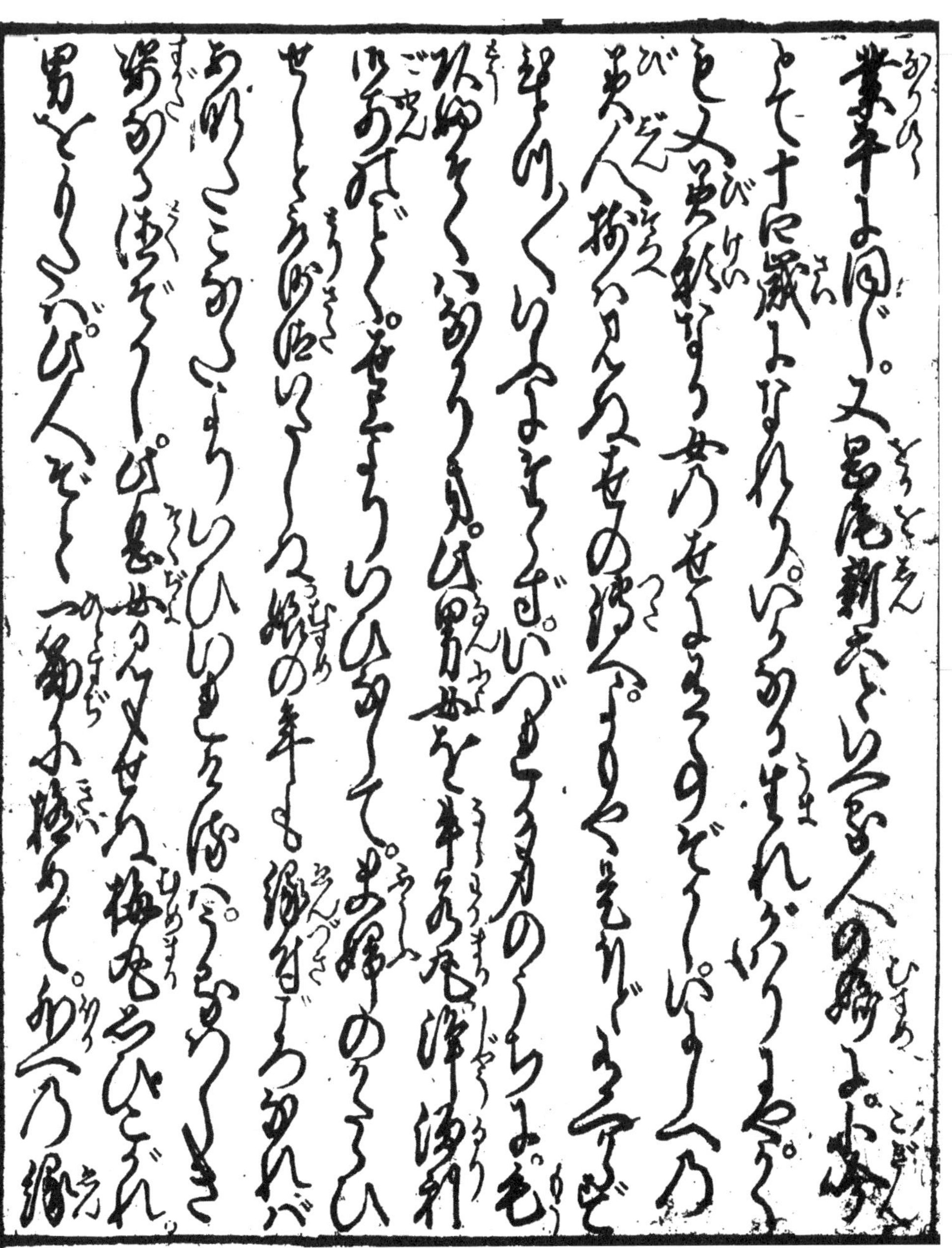

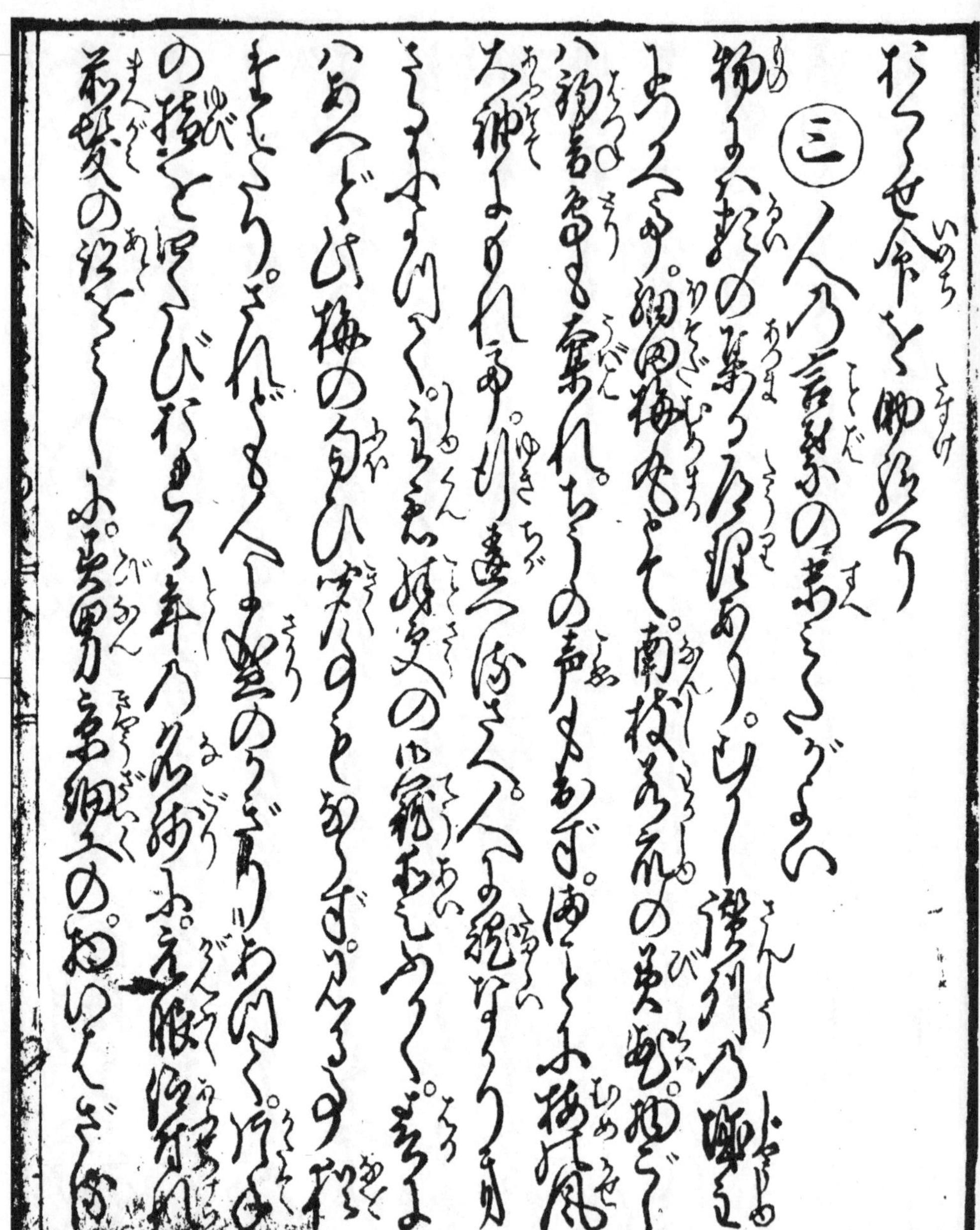

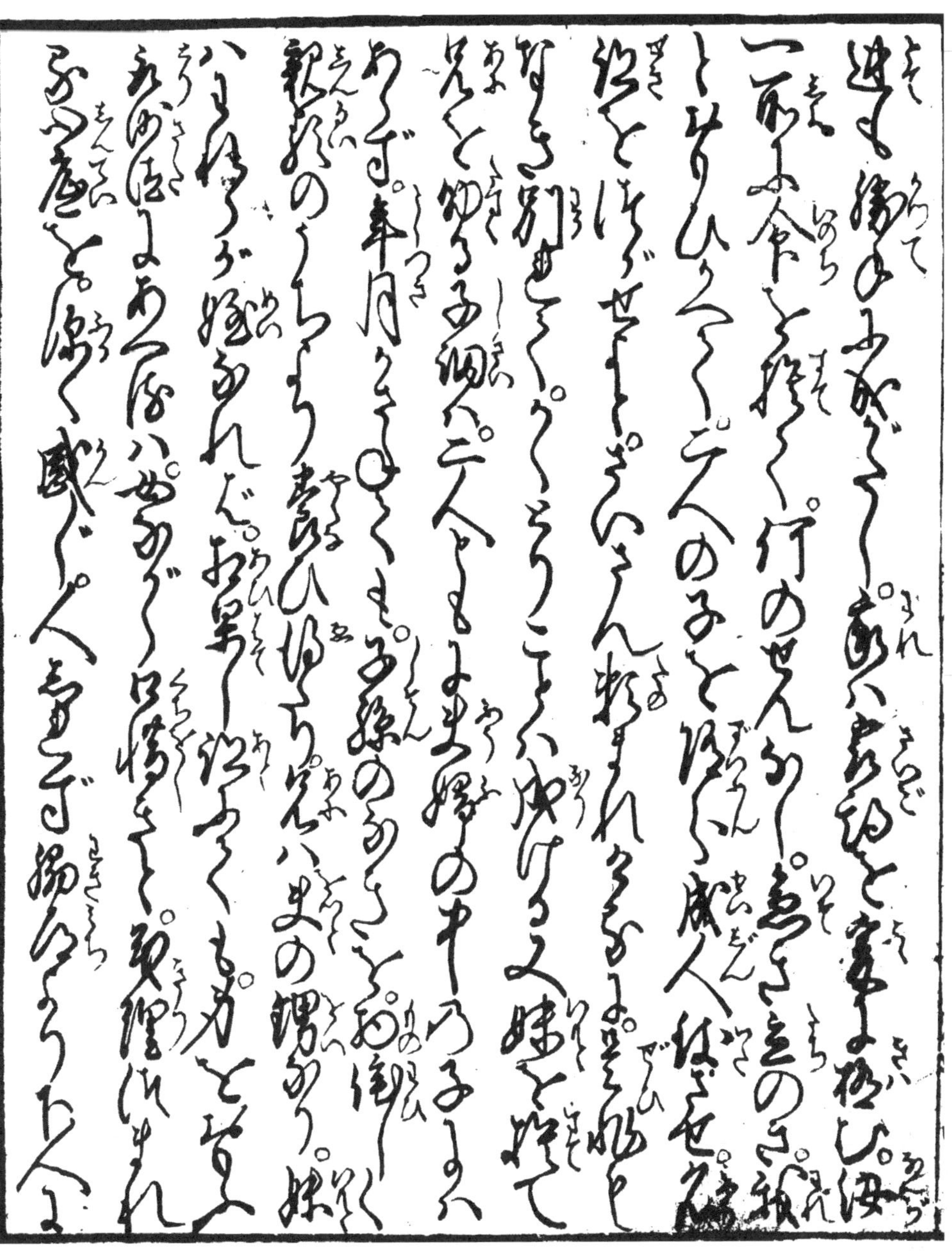

17 무가의리 이야기 5

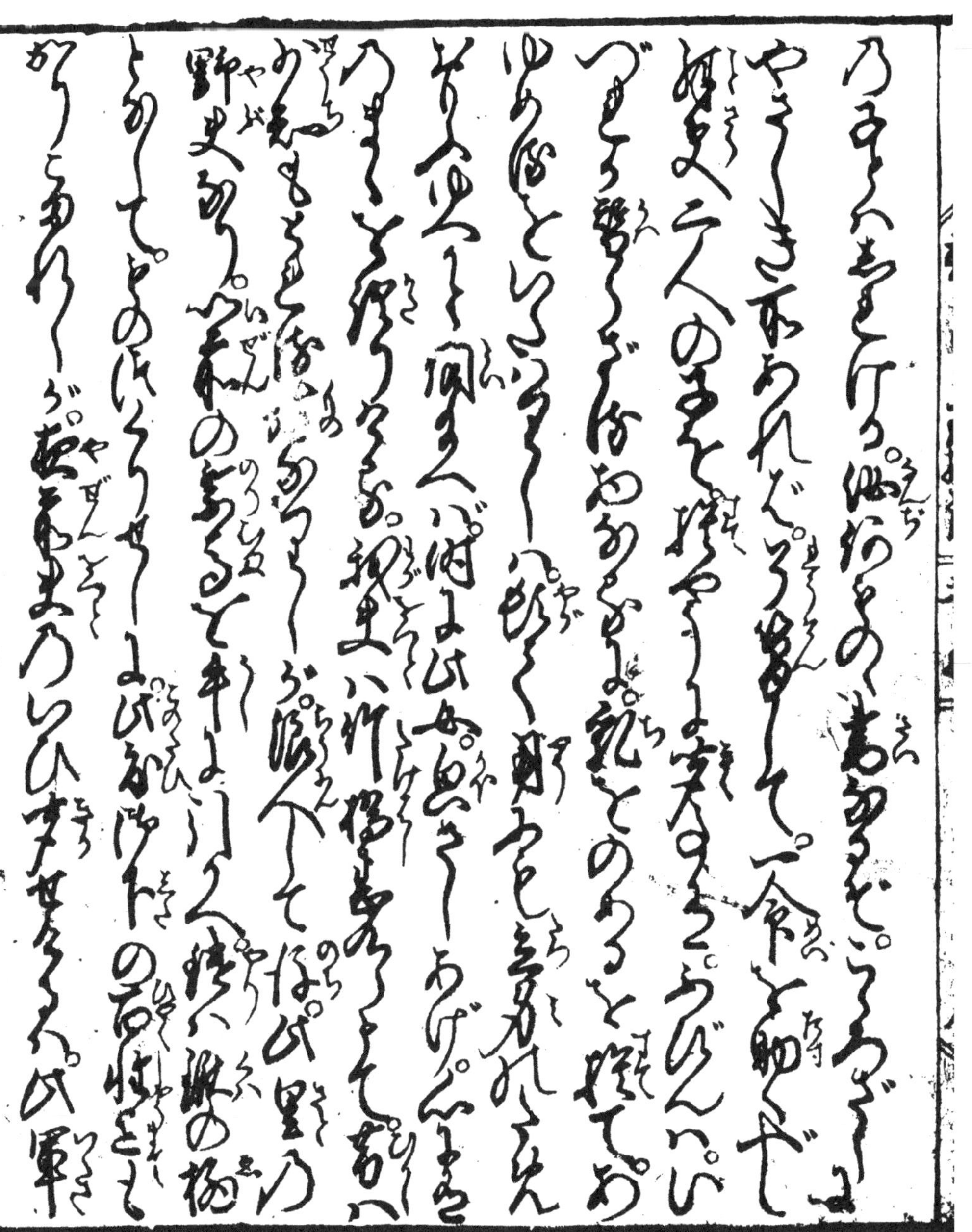

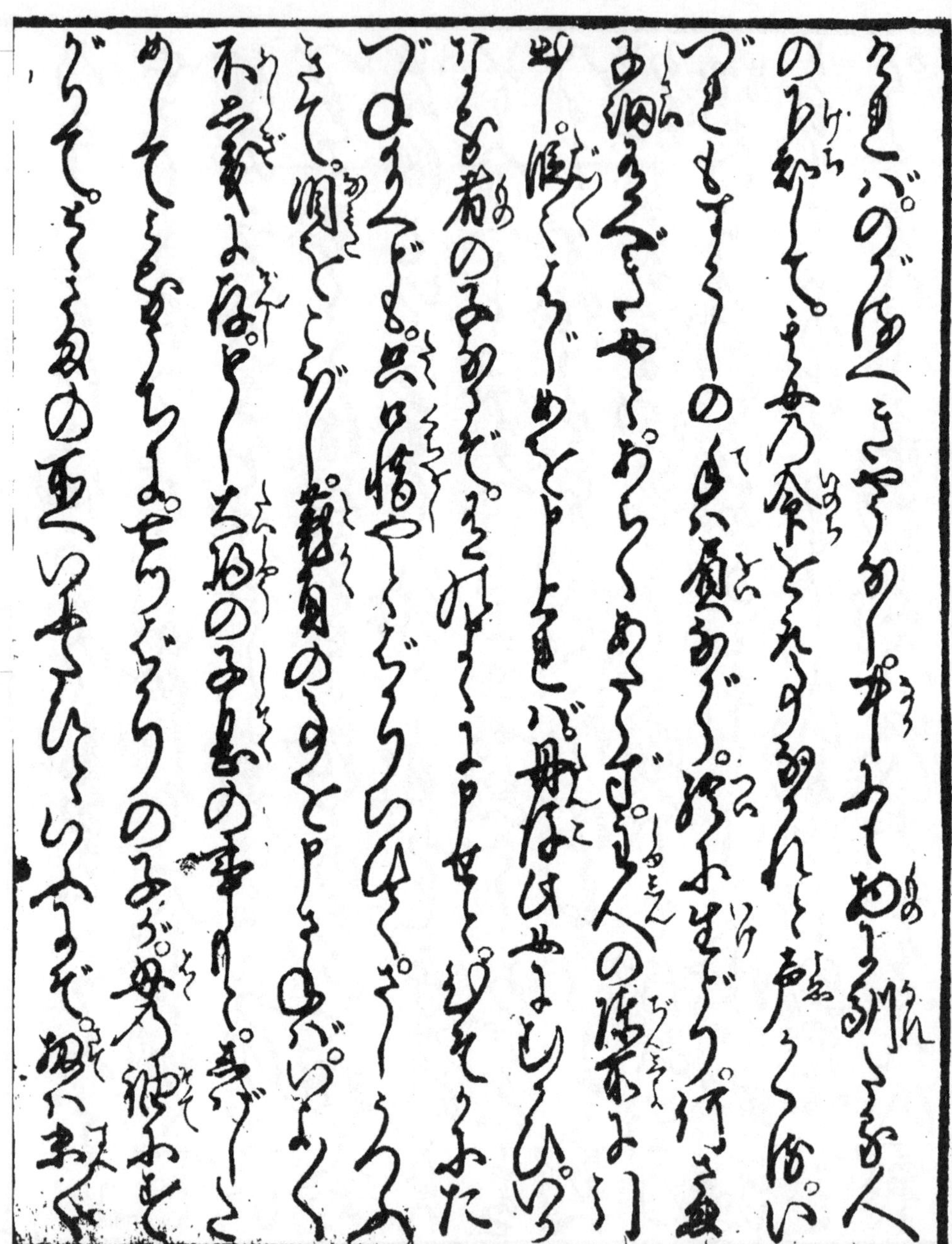

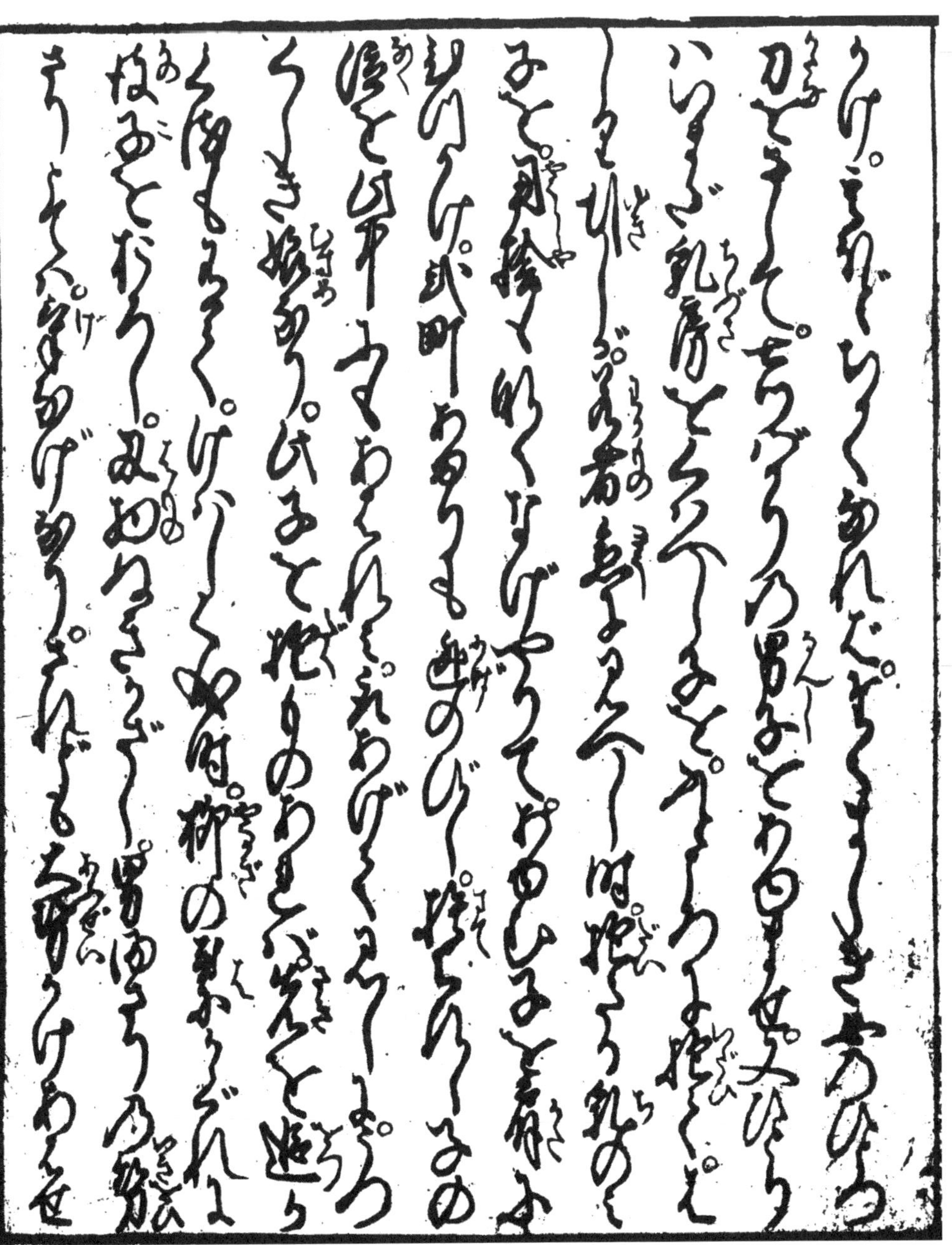

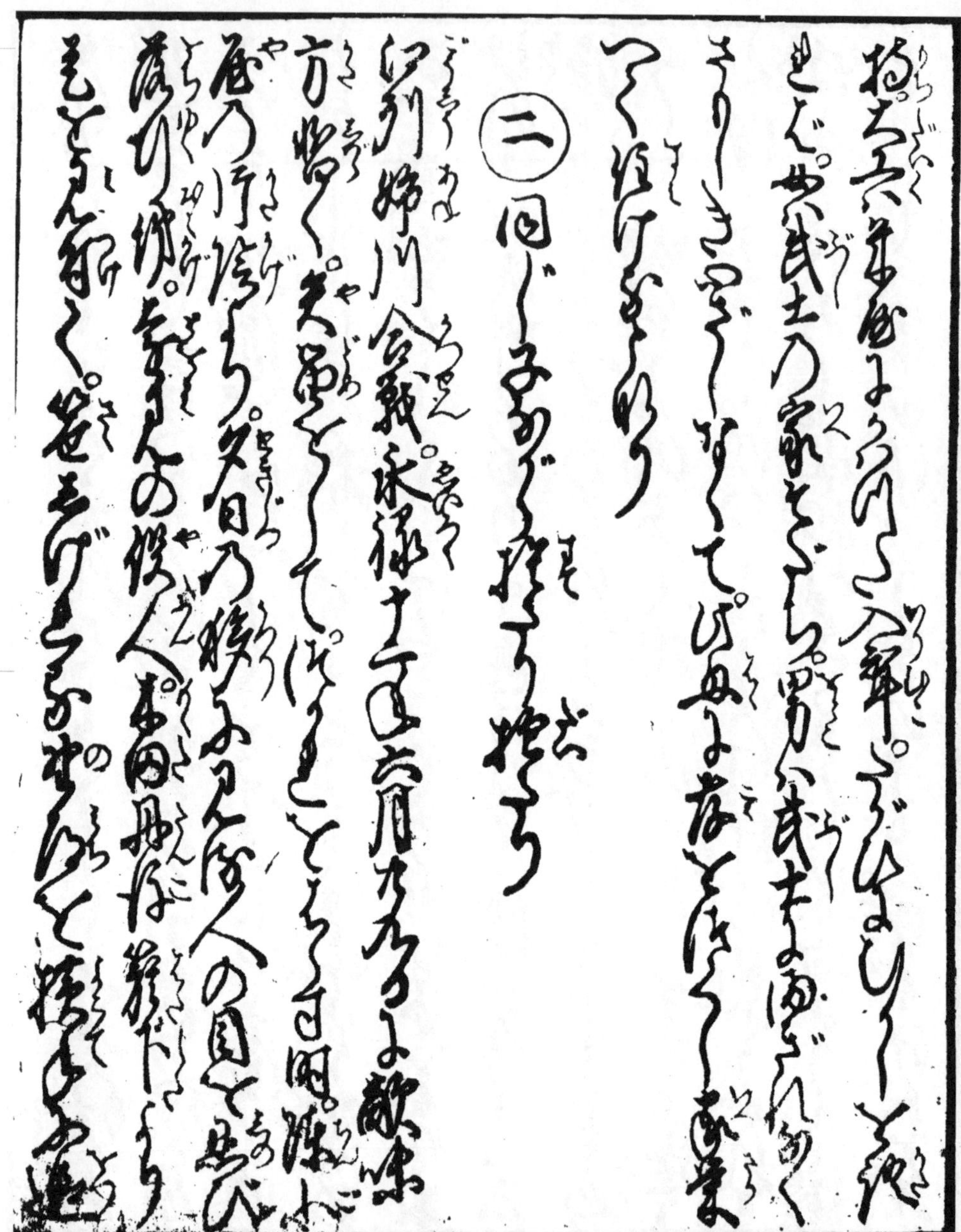

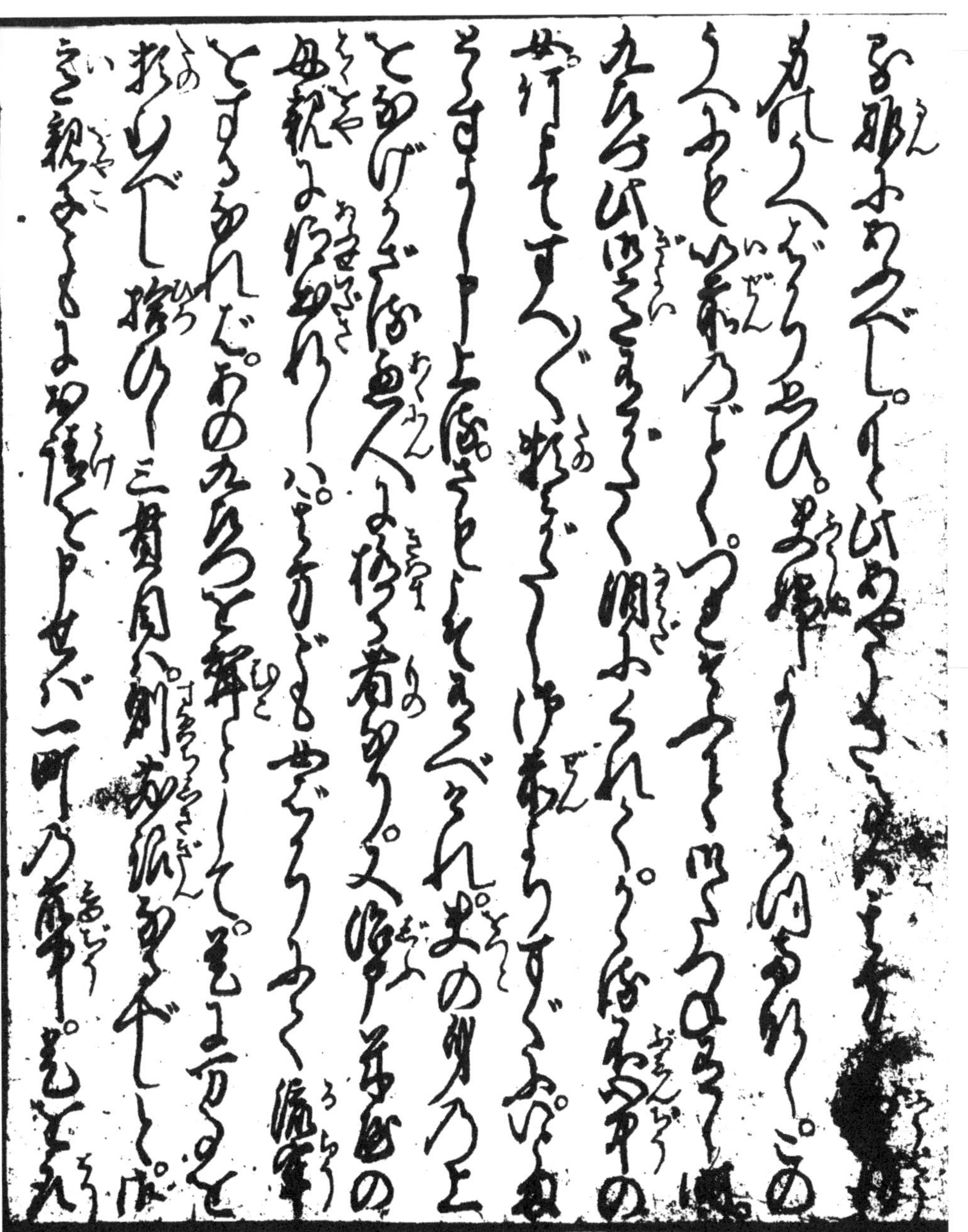

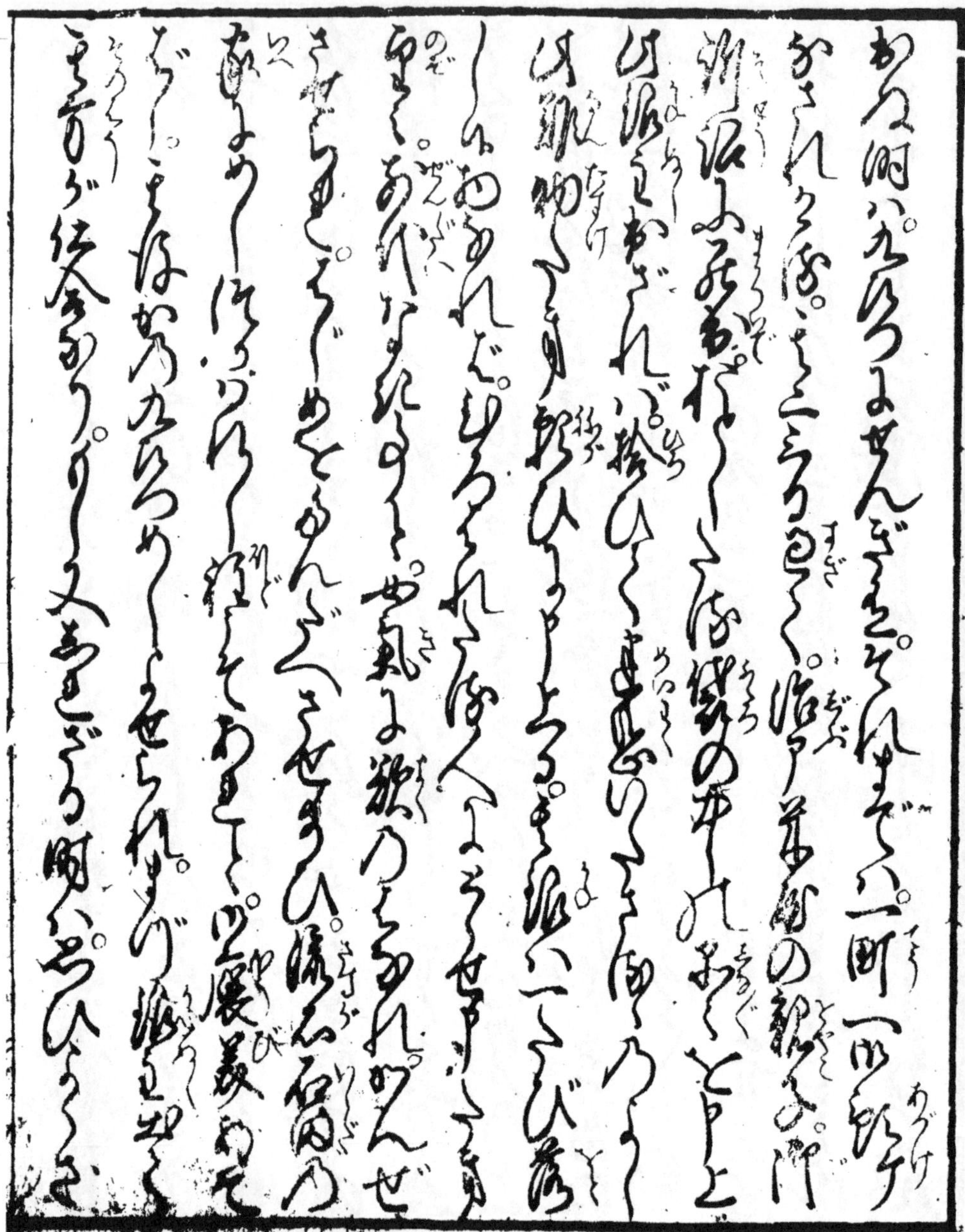

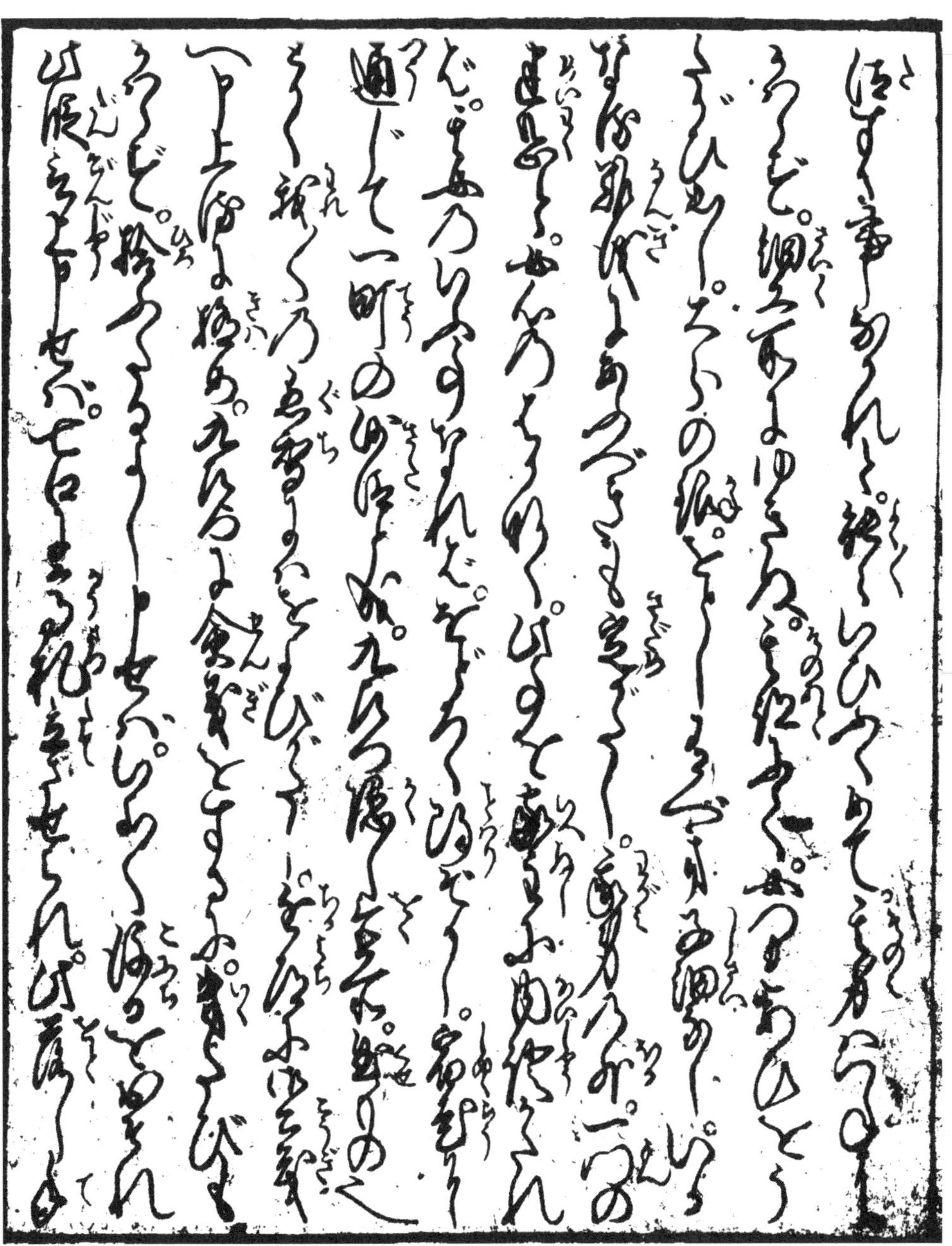

大福帳

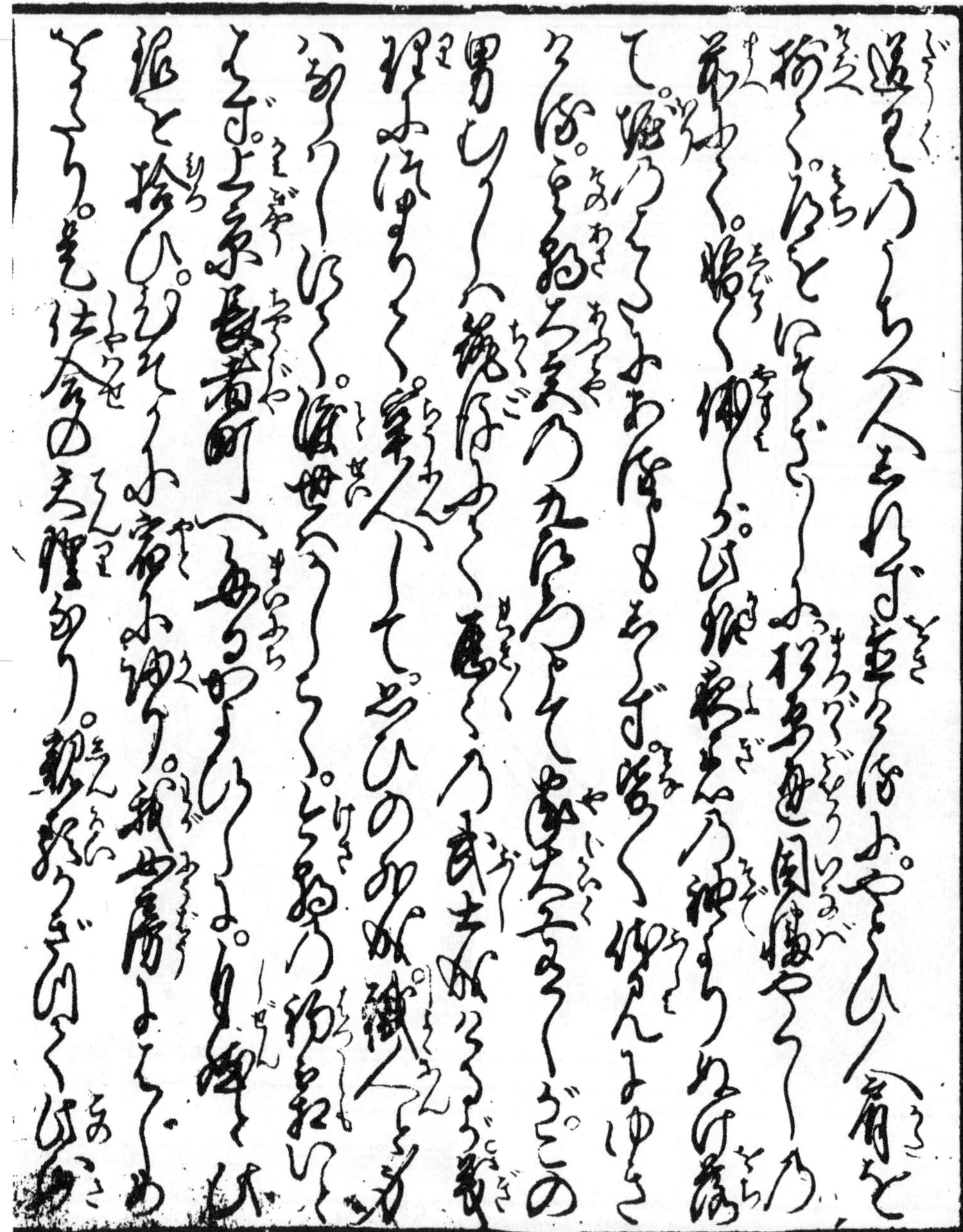

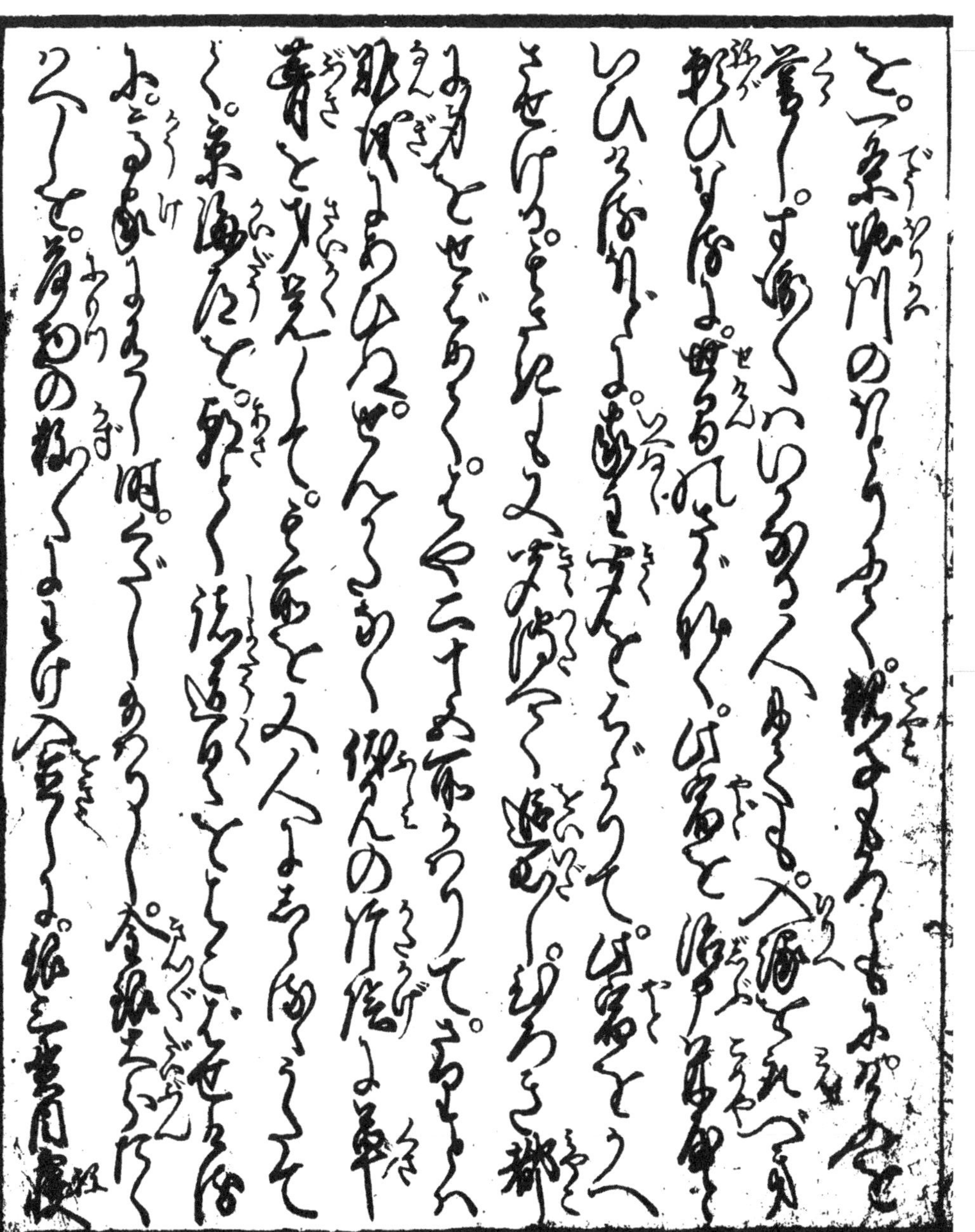

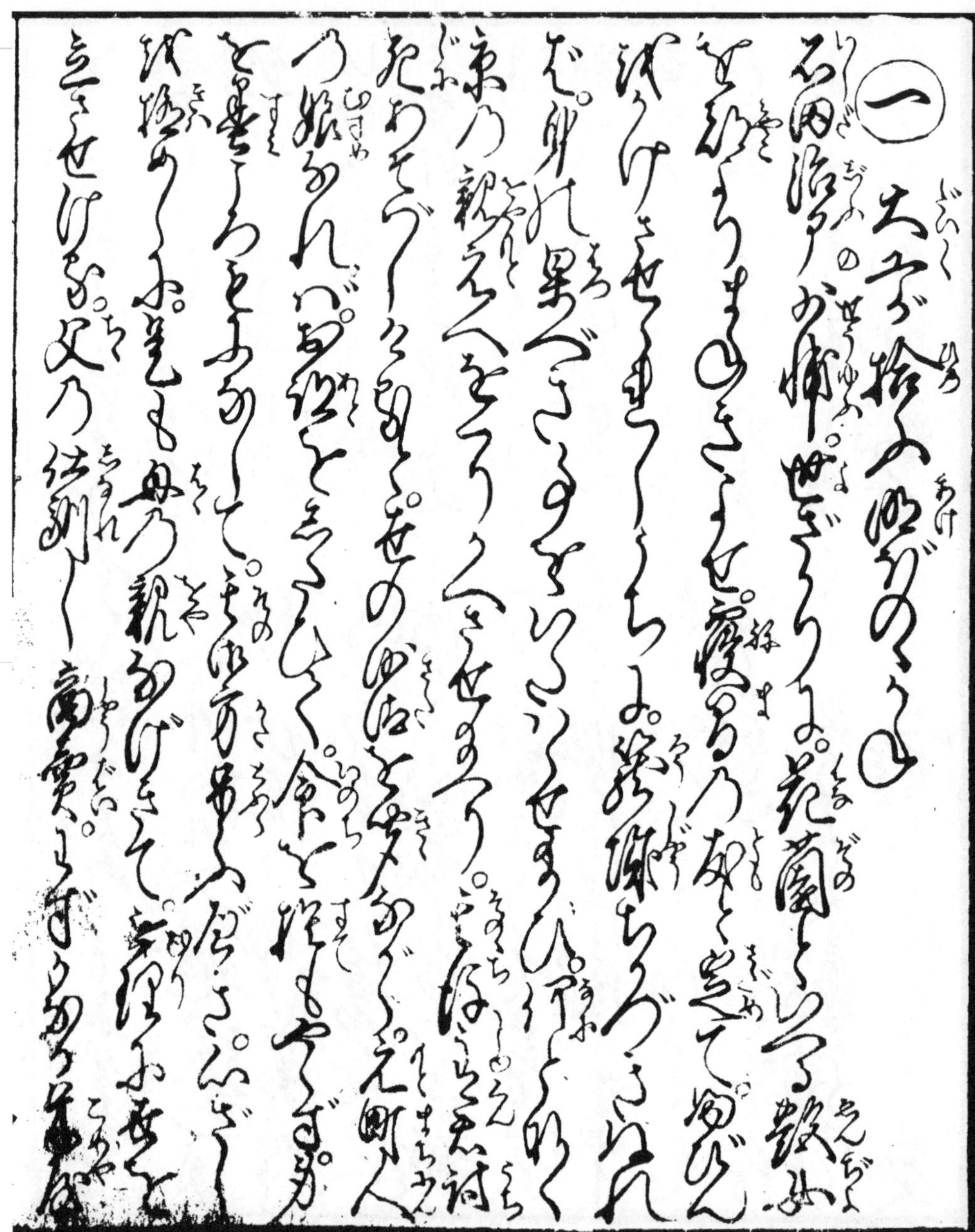

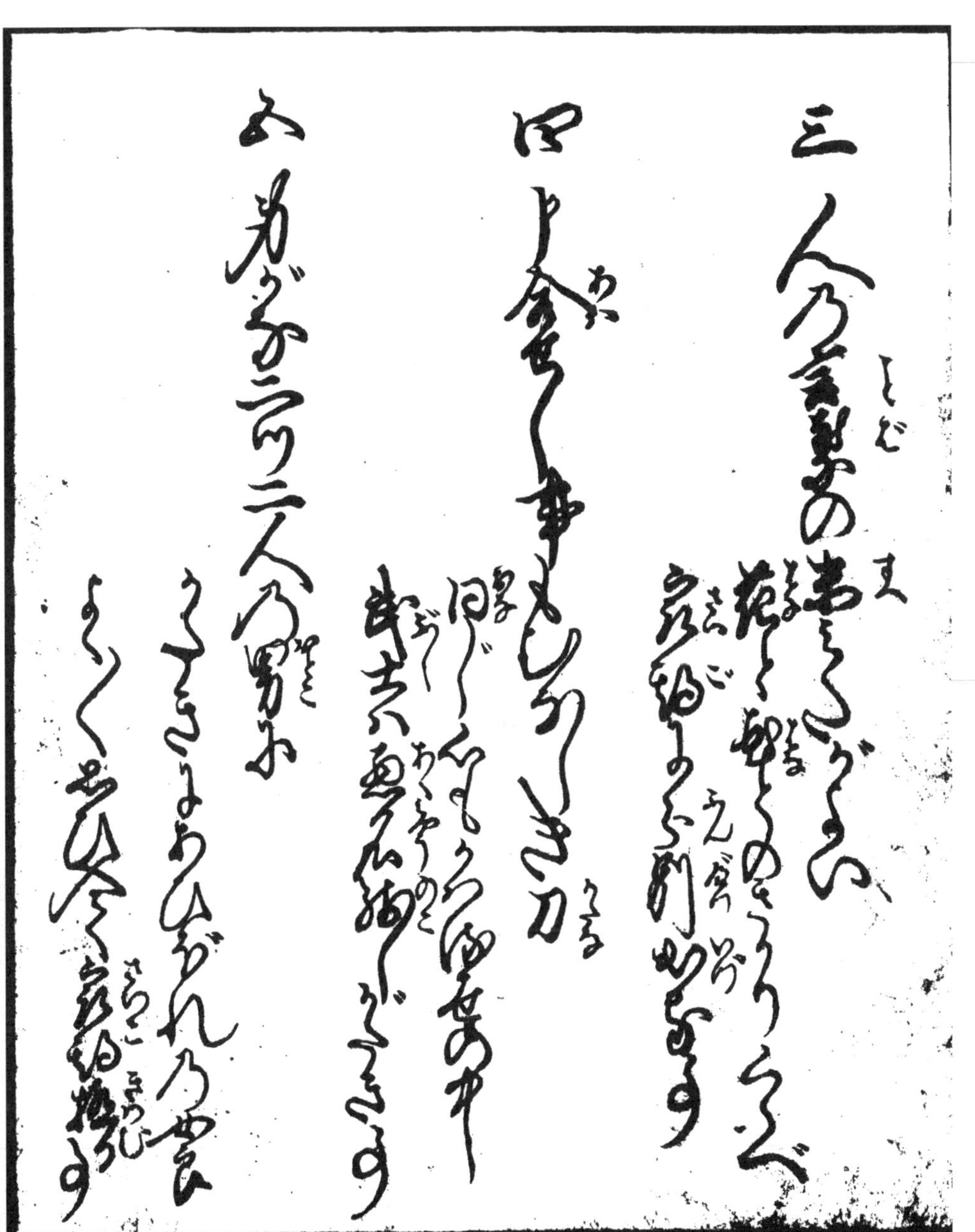

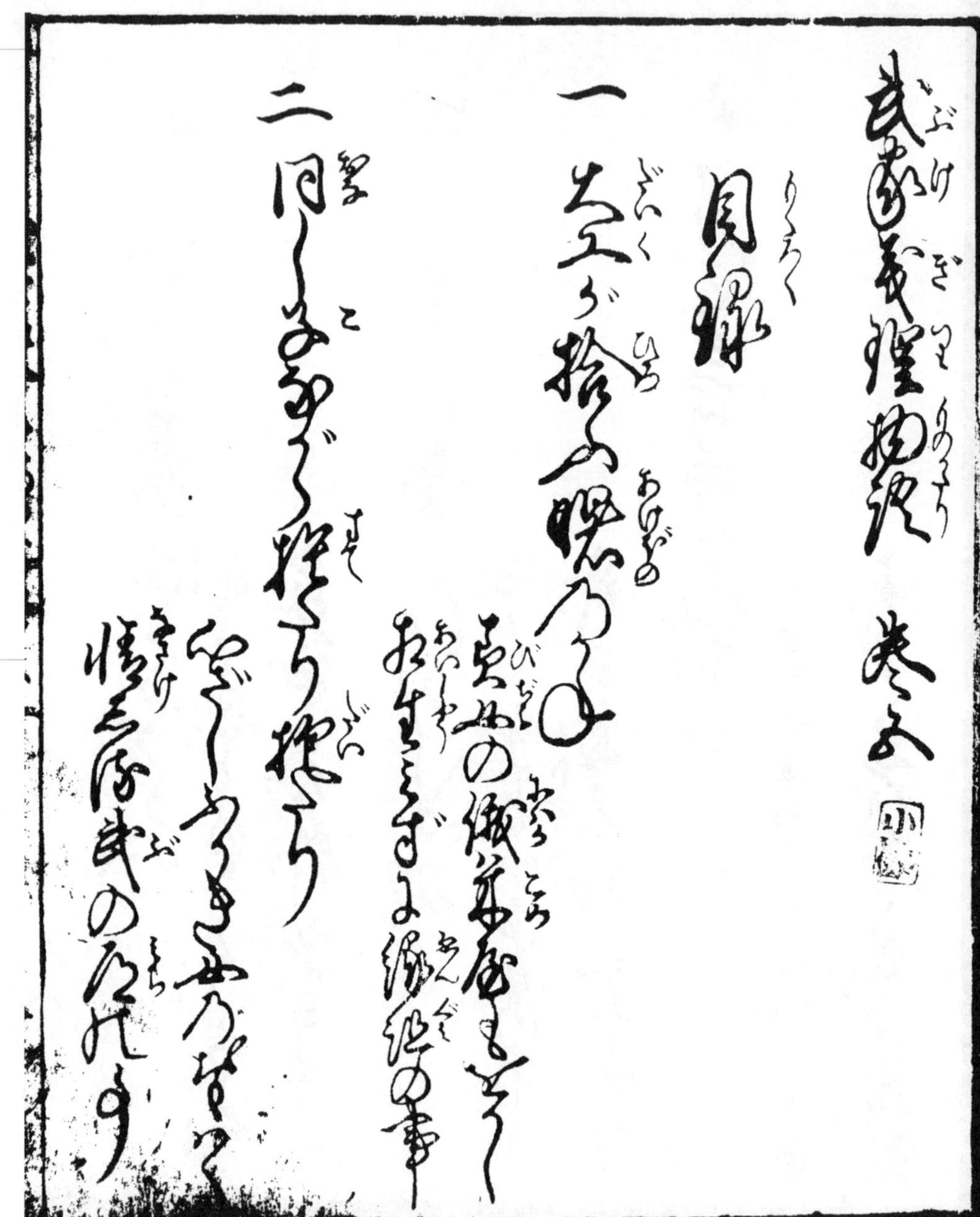
武家義理物語 巻五
目録
一 大工が拾ふ曙のかね
二 同じ子ながら捨て所

ナ 4
454
5
国文学研究資料館

國文學研究資料館
111175
平成 9年3月10日

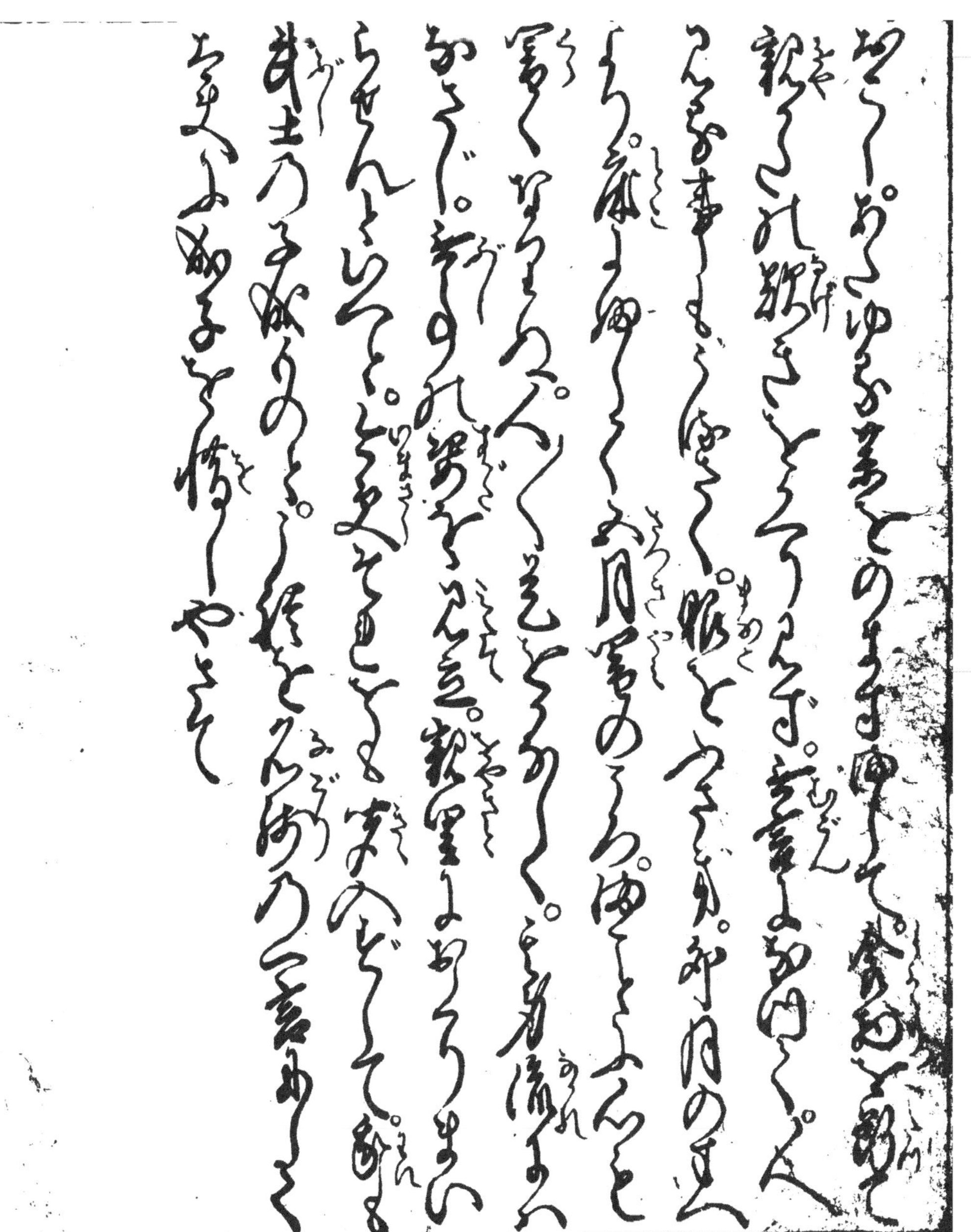

39 무가의리 이야기 4

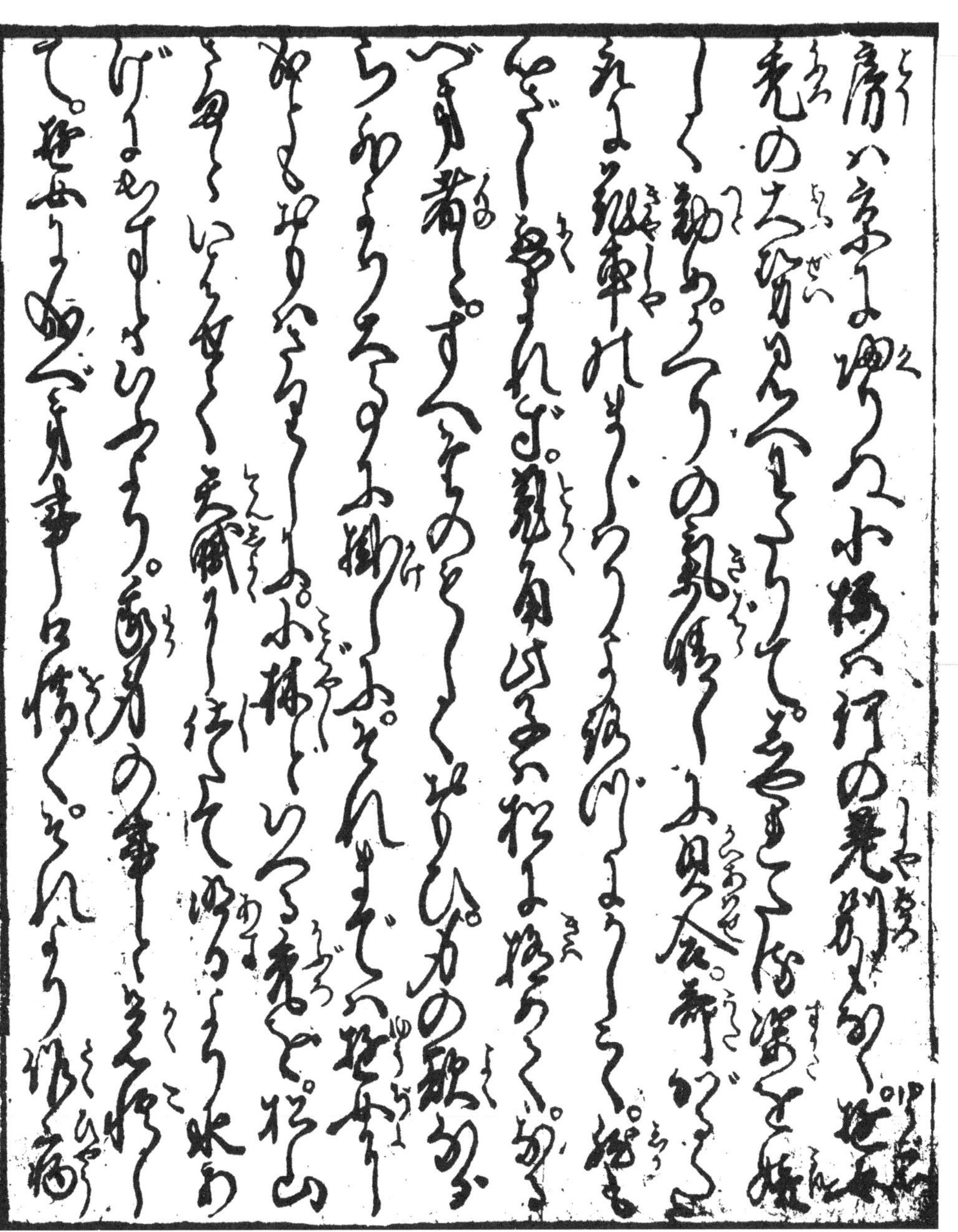

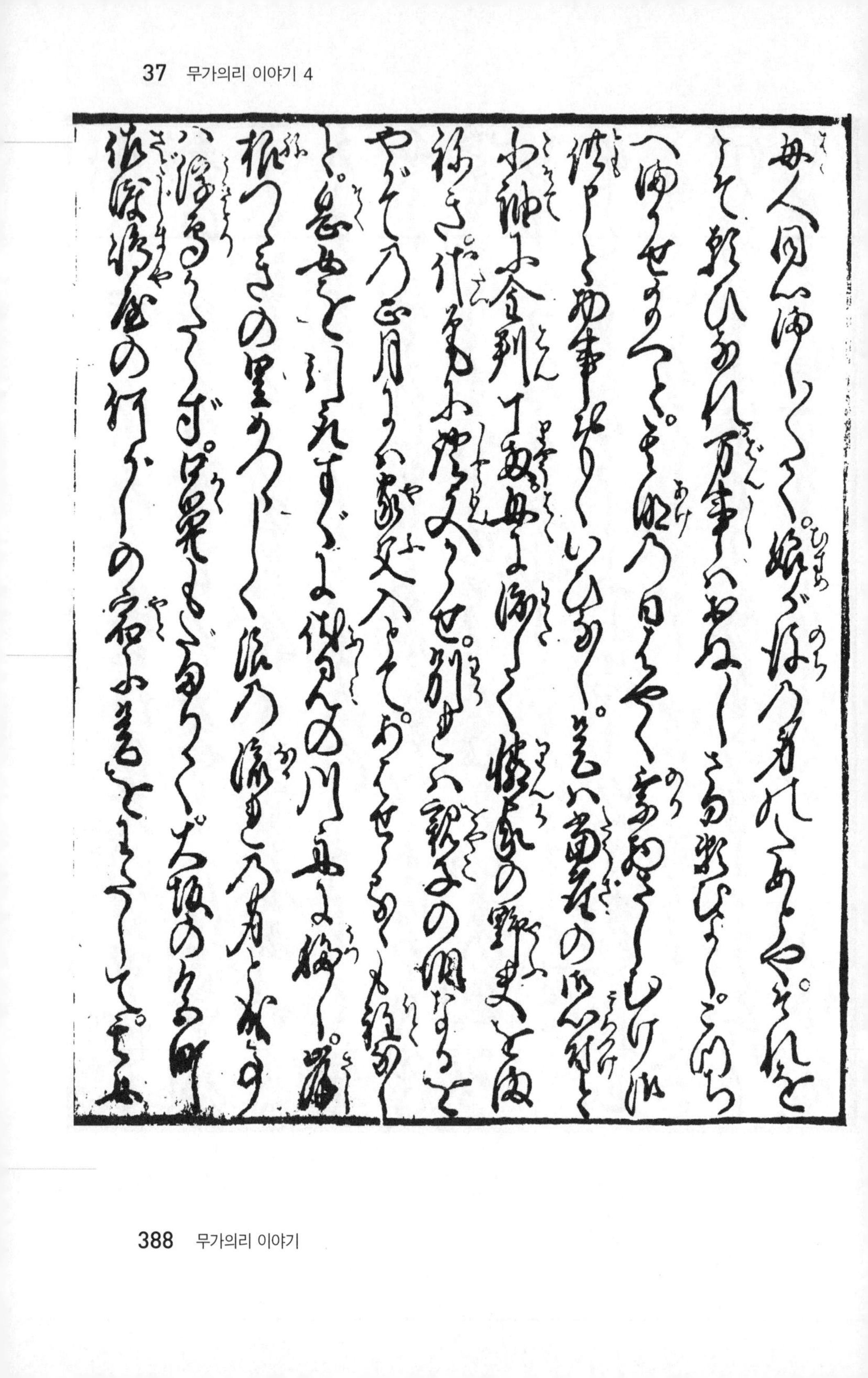

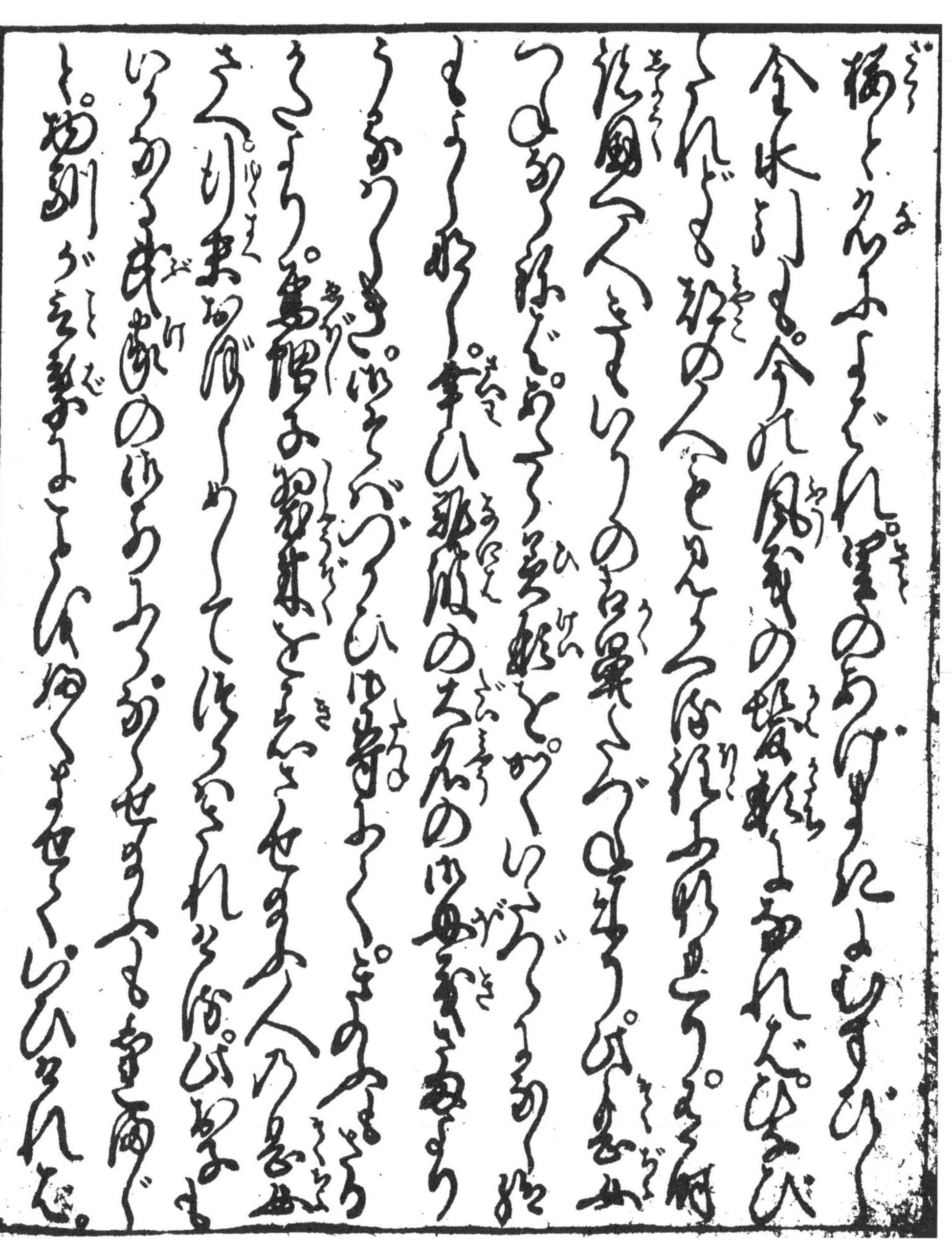

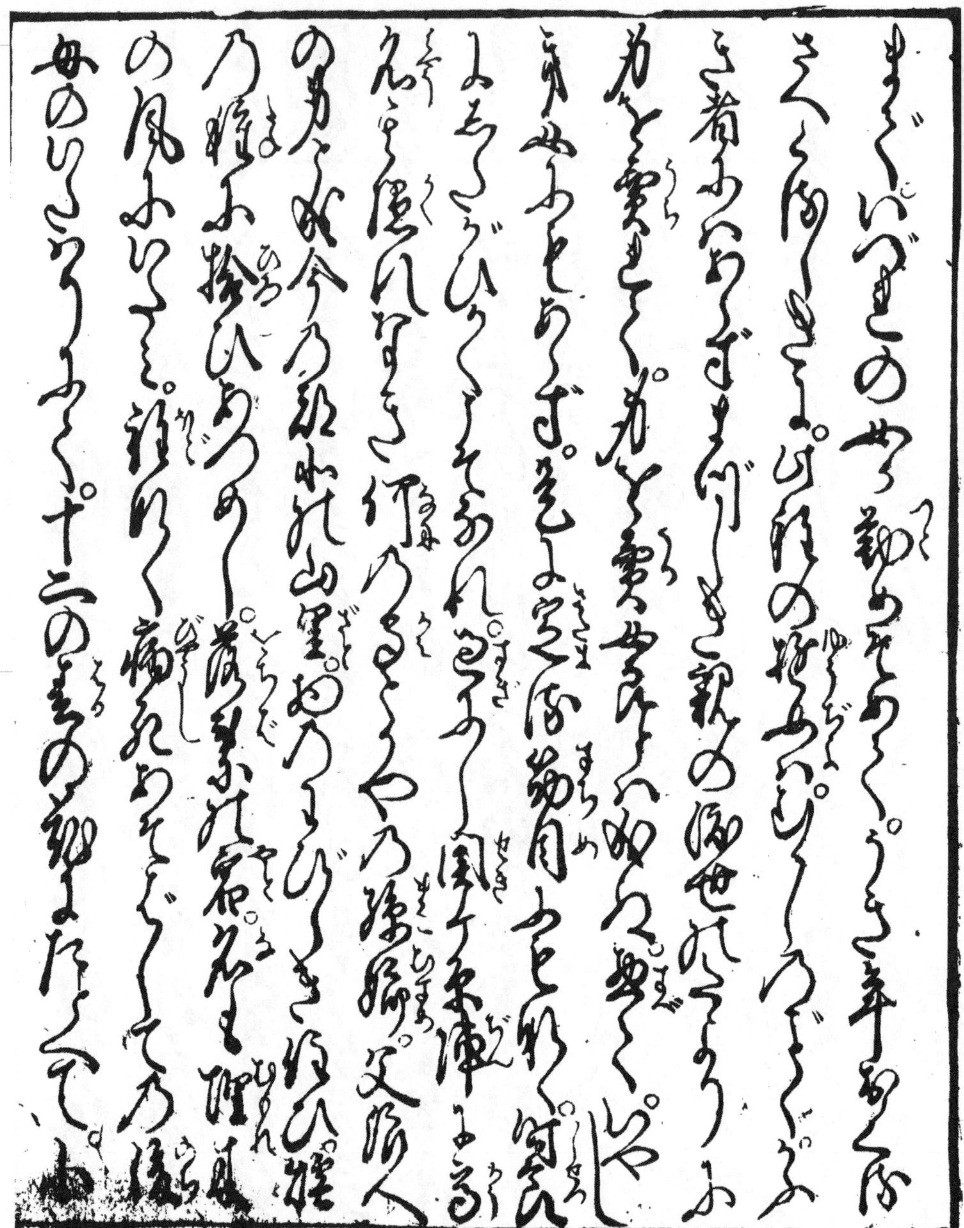

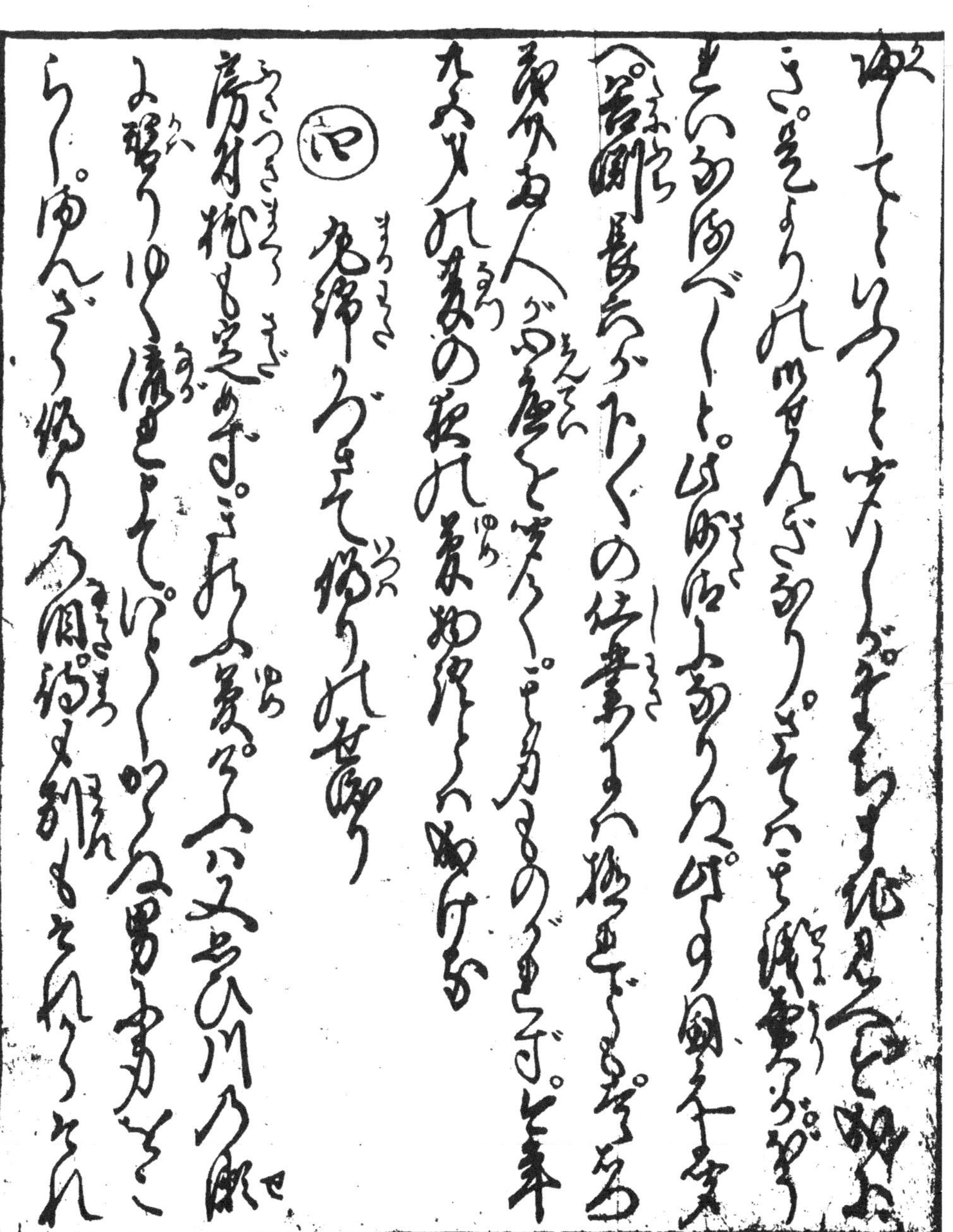

33 무가의리 이야기 4

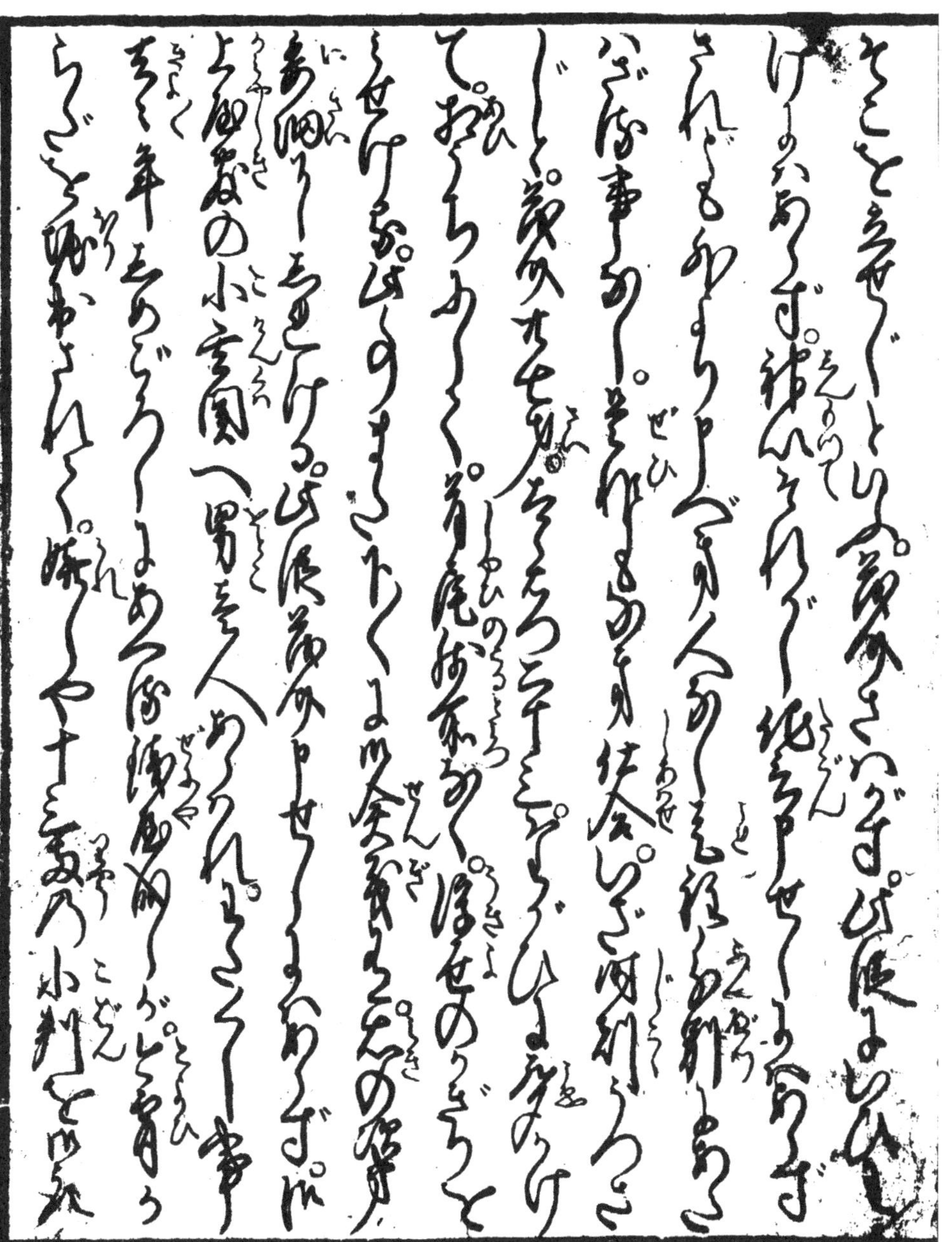

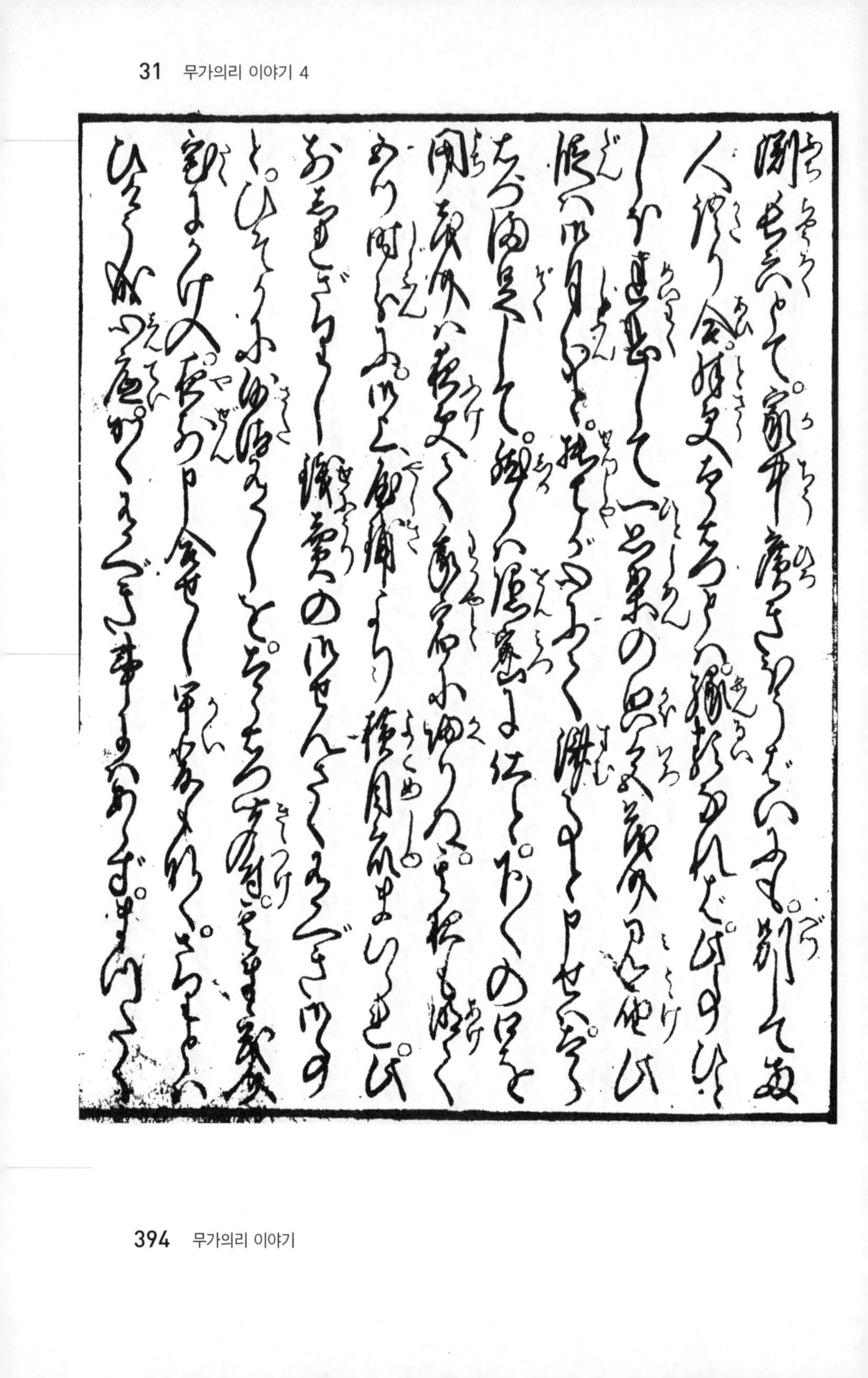

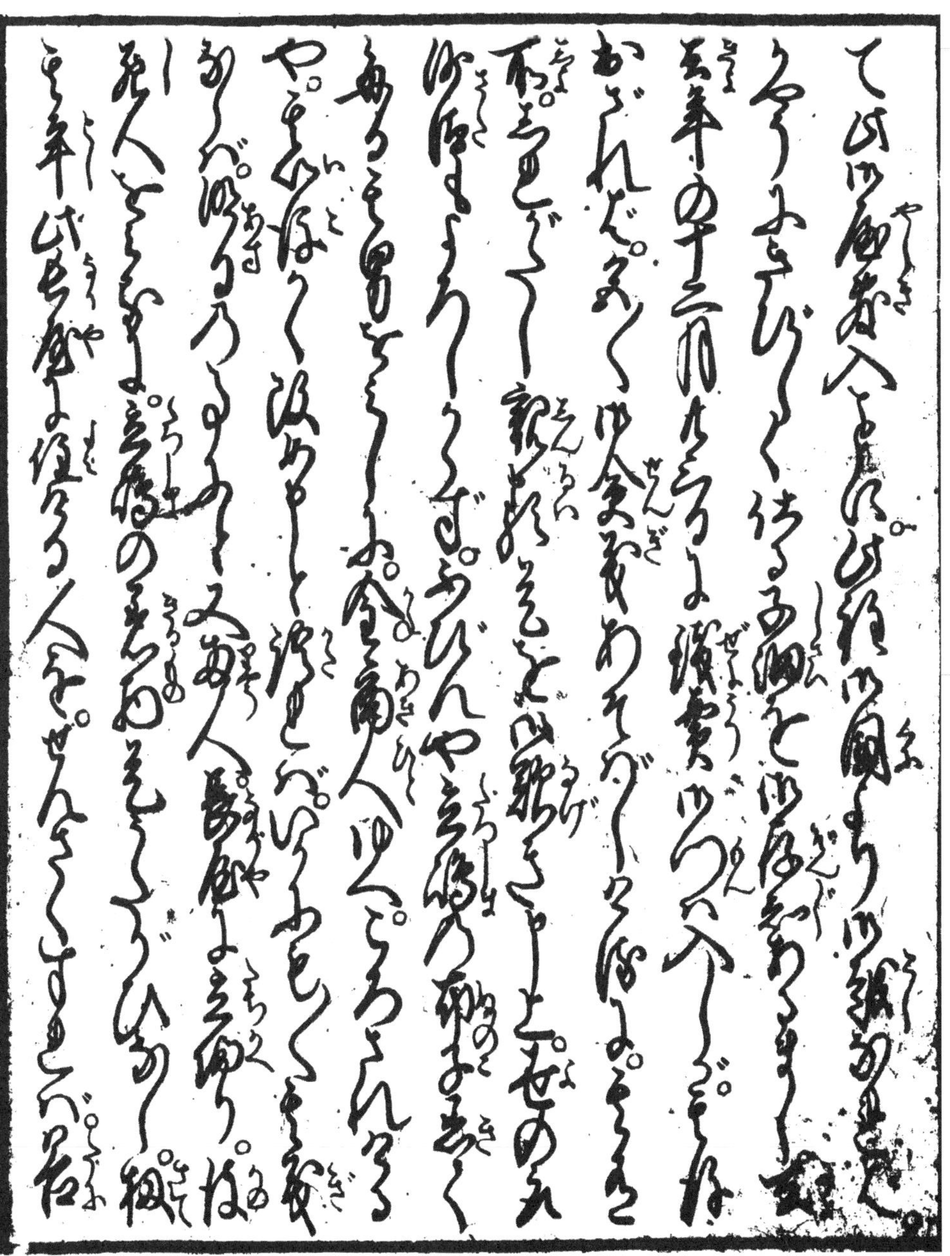

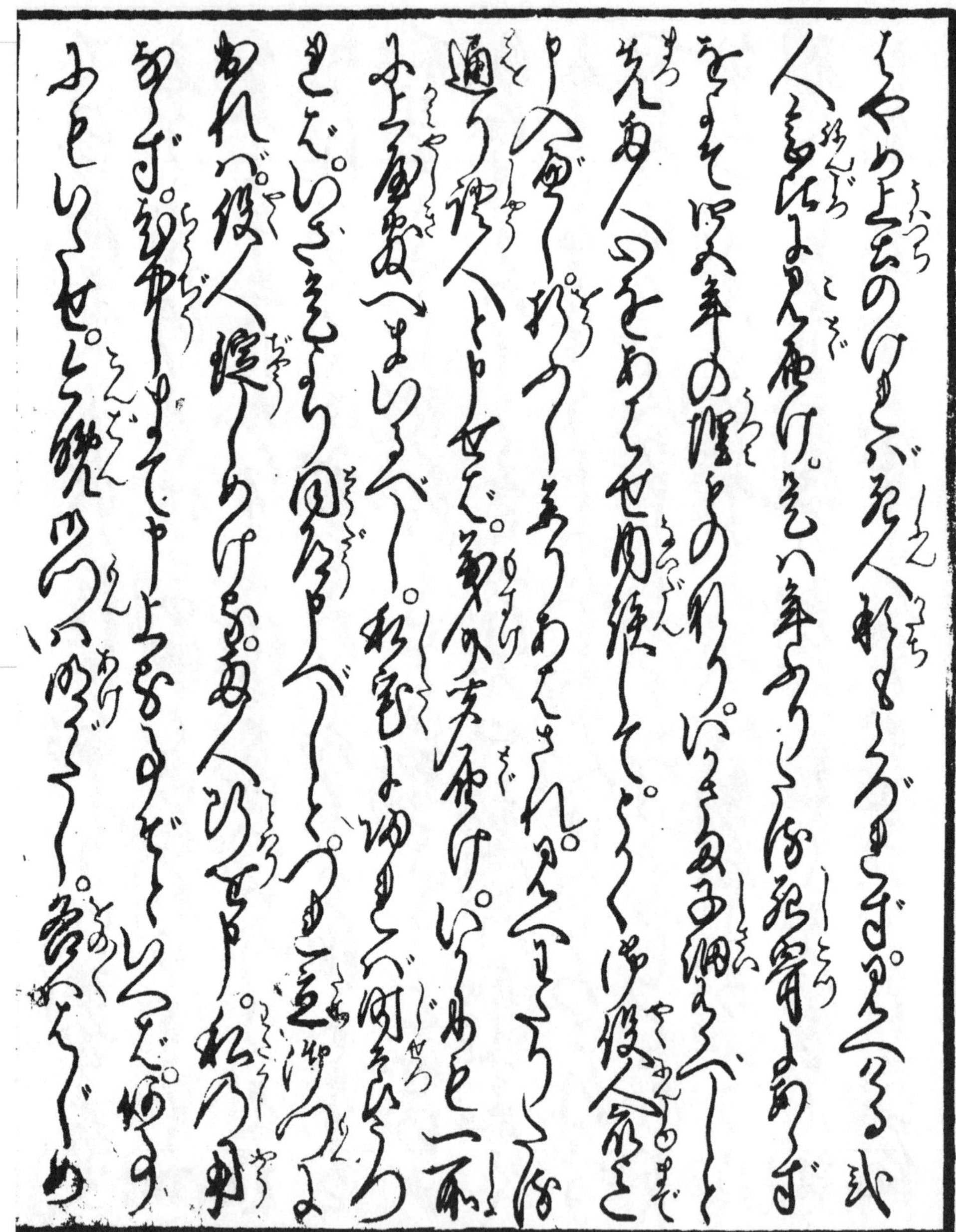

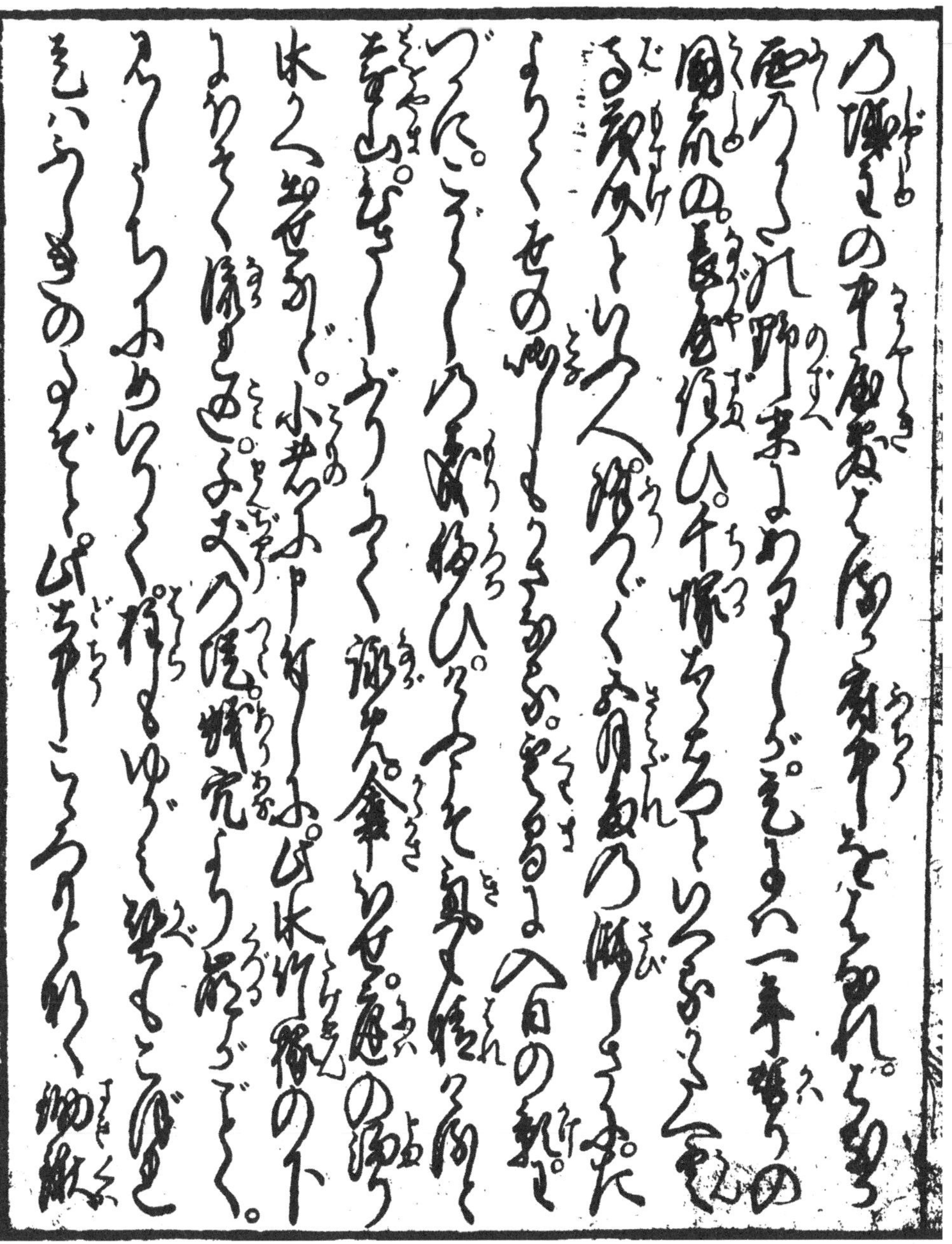

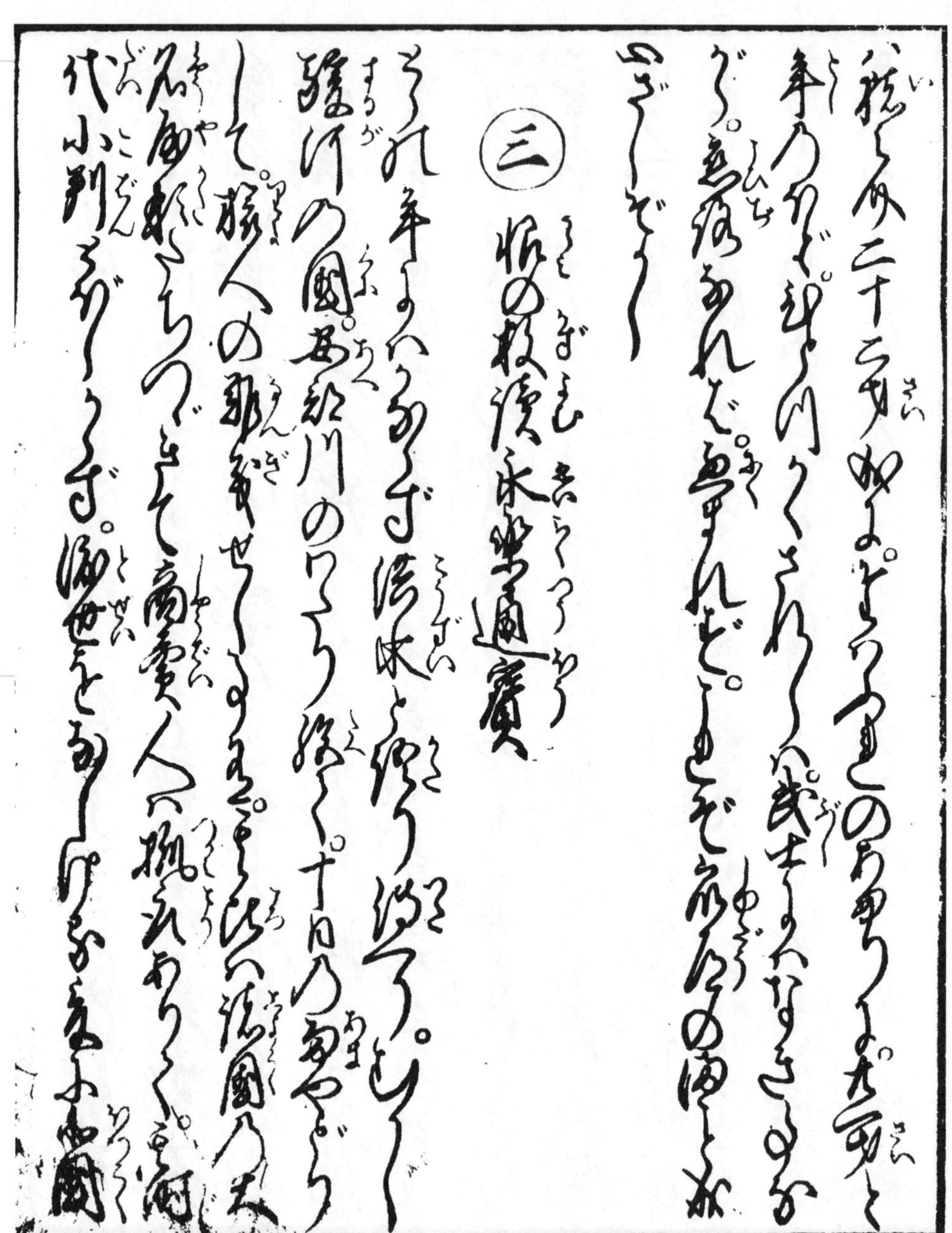

三 恨の数読永楽通宝

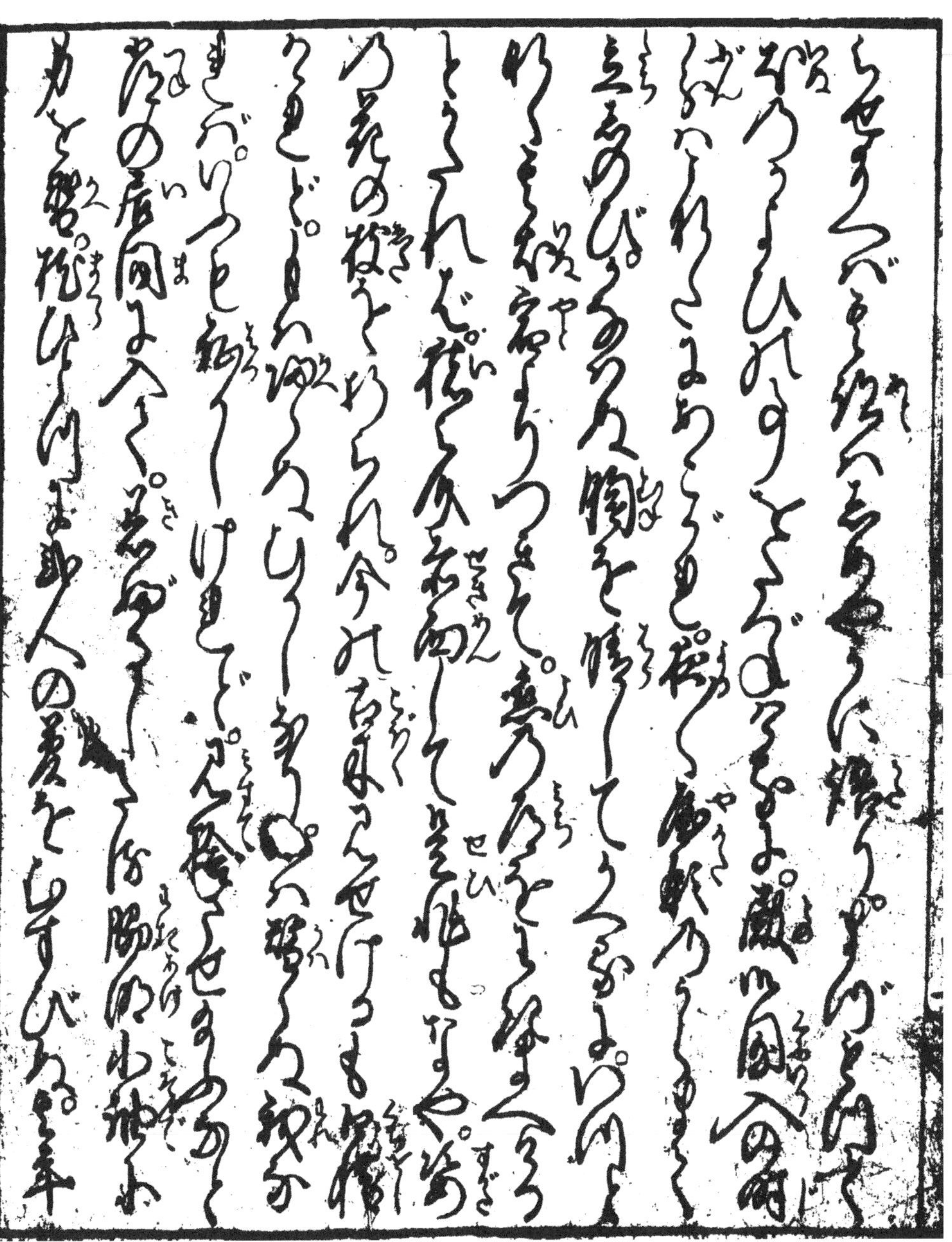

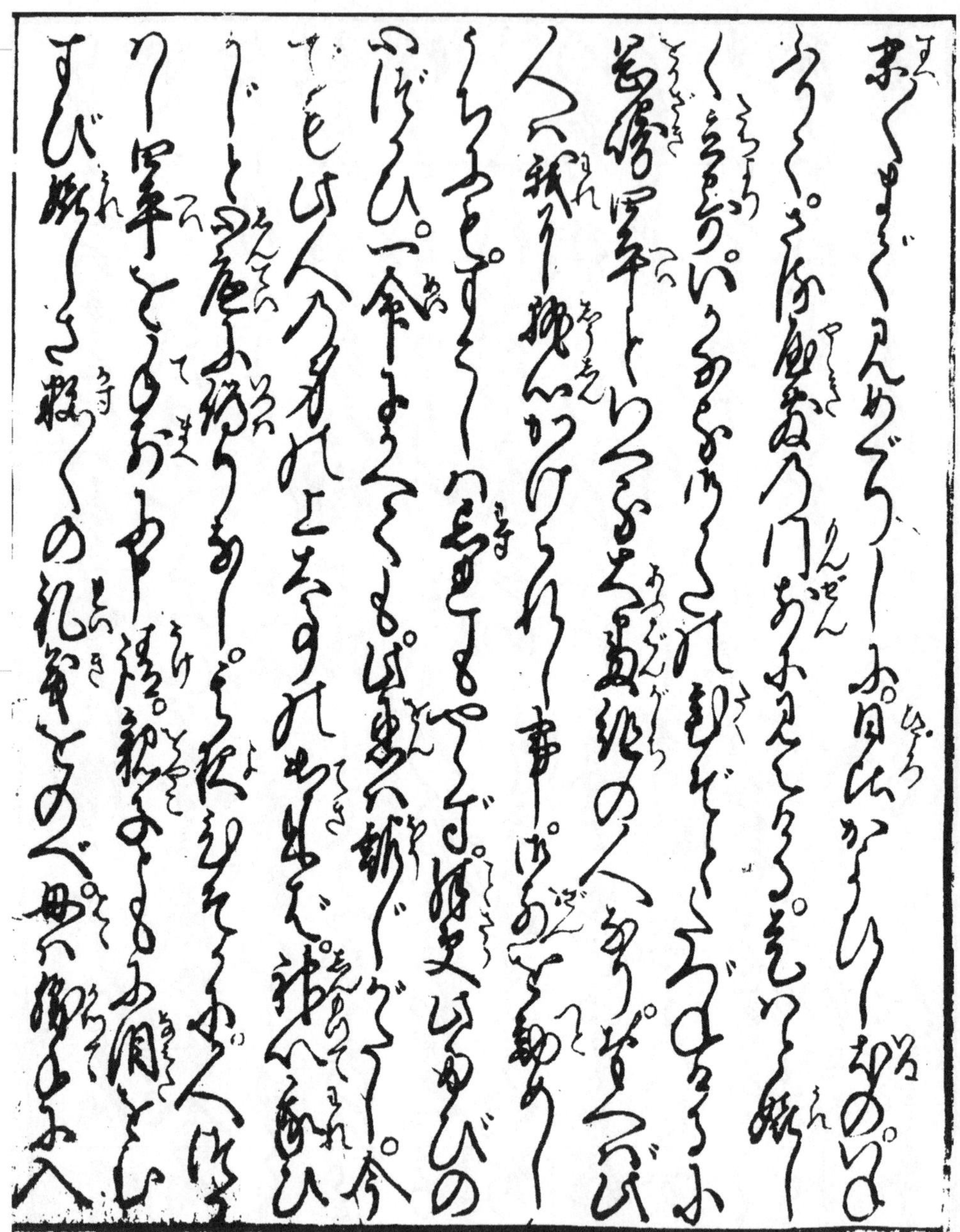

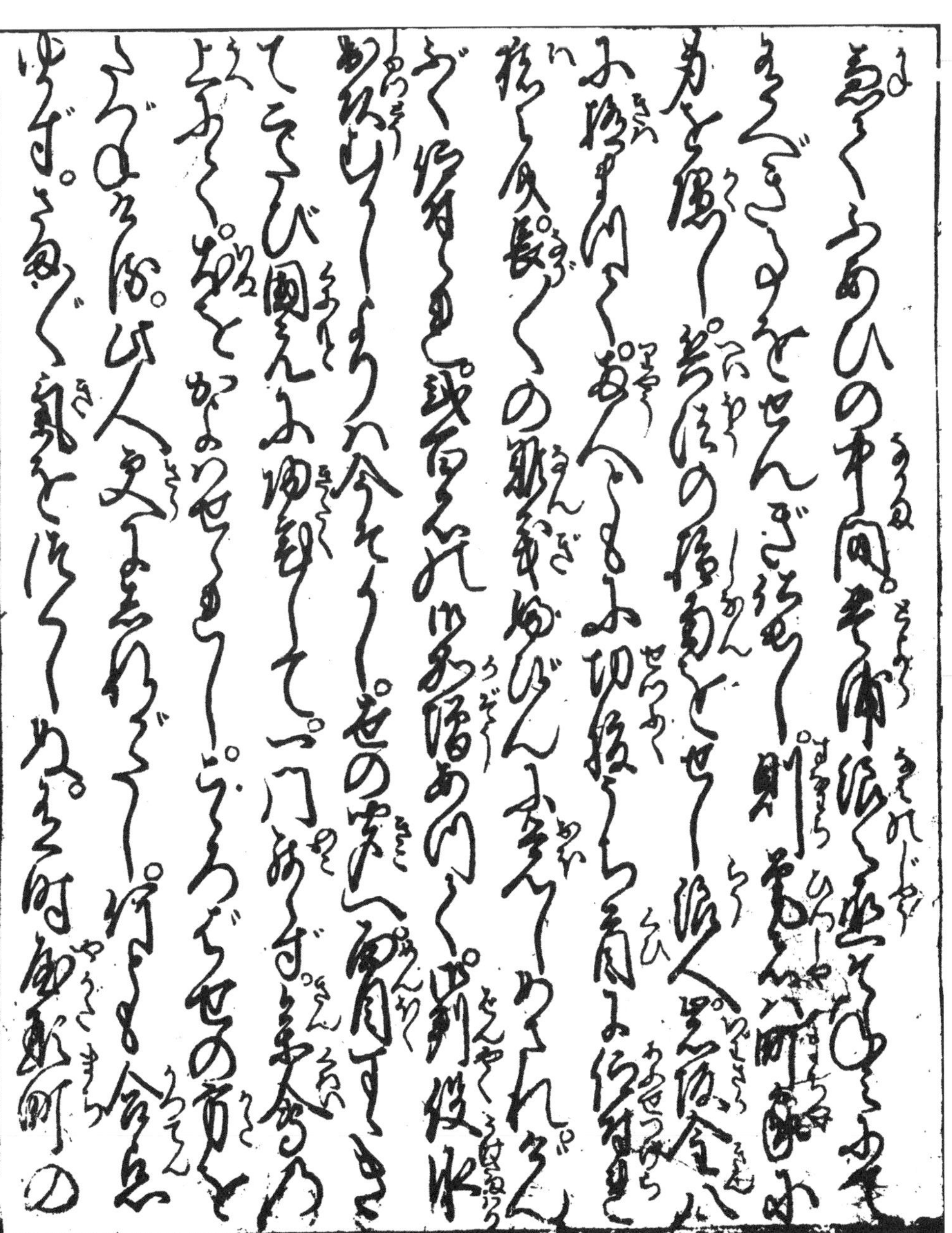

23 무가의리 이야기 4

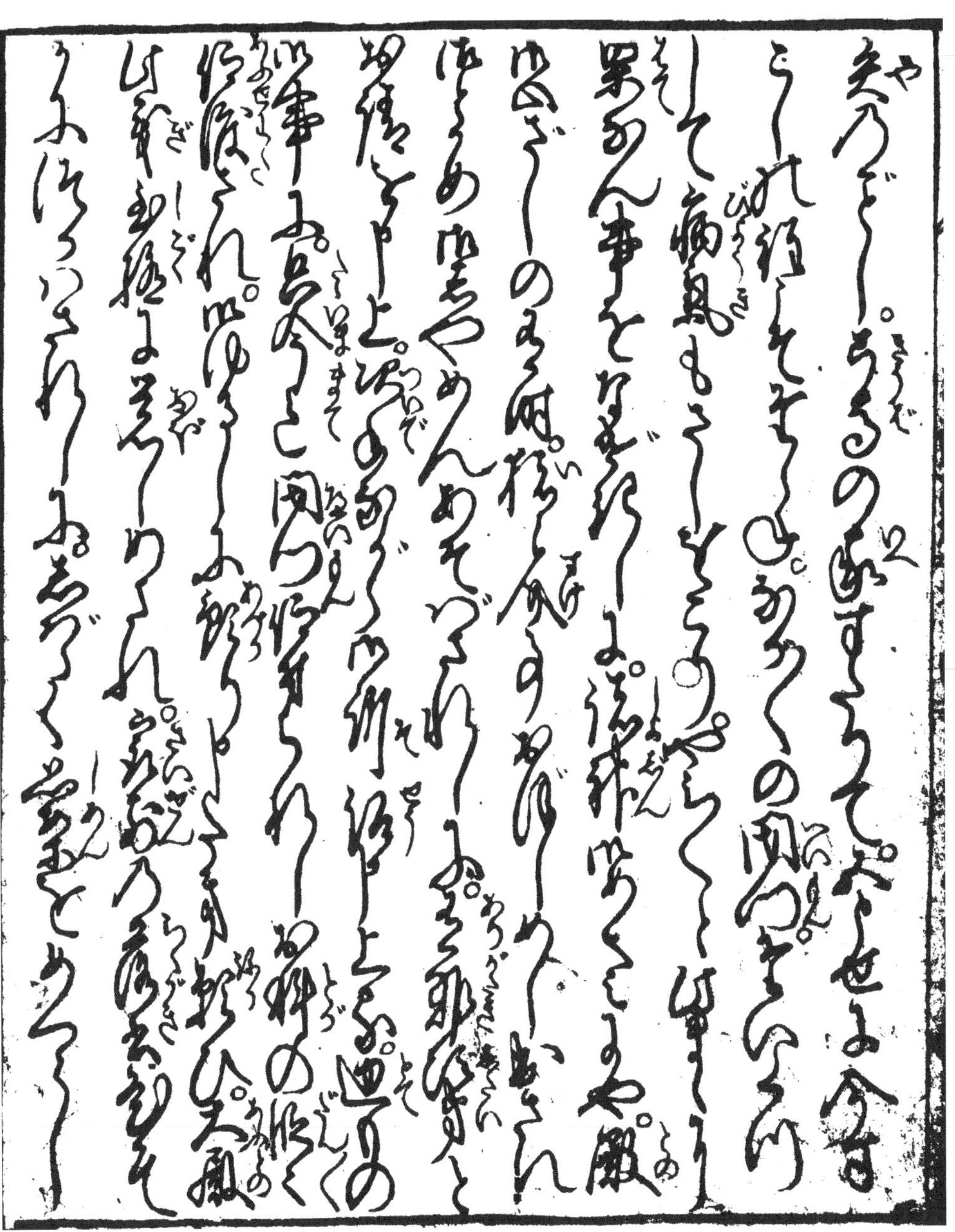

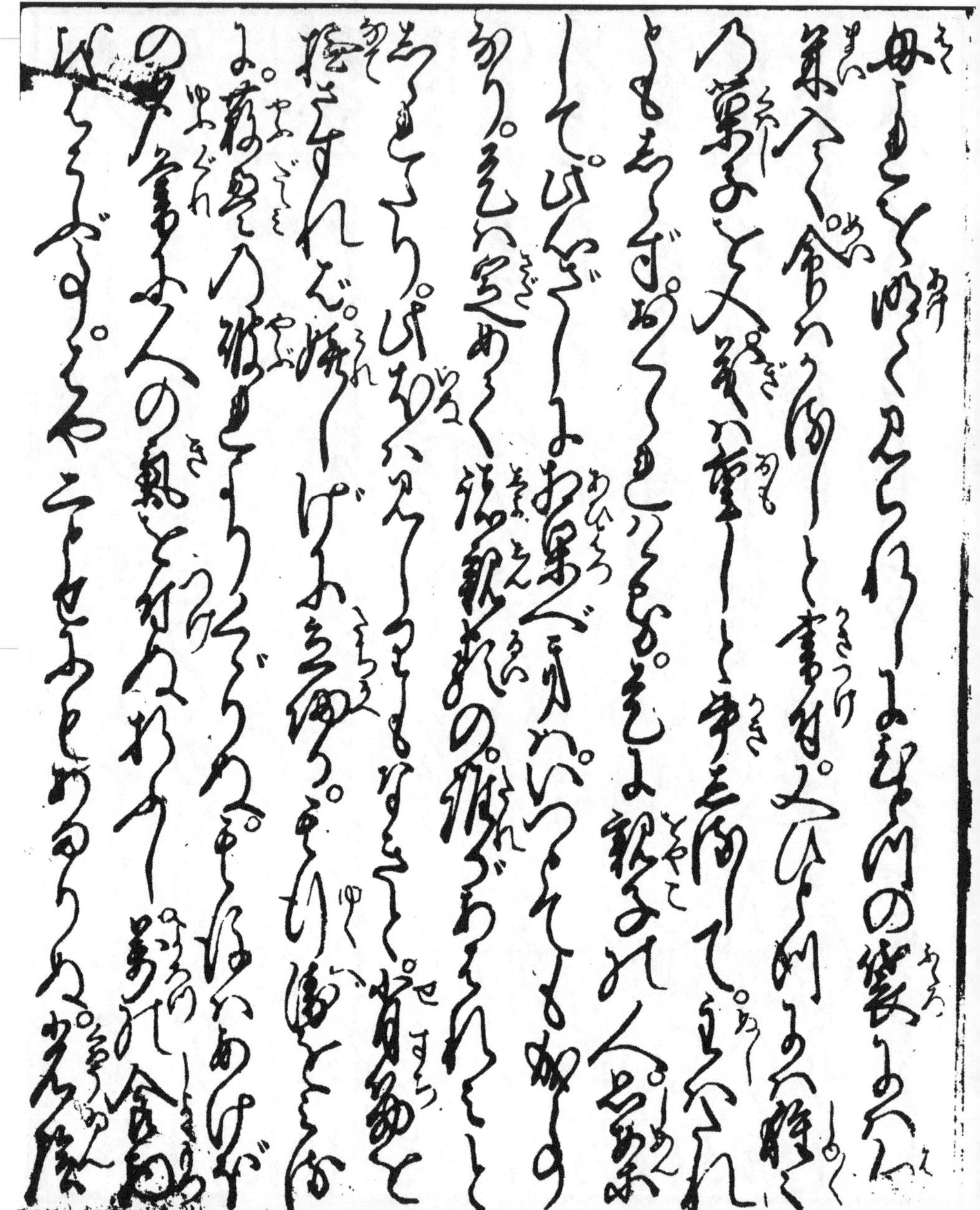

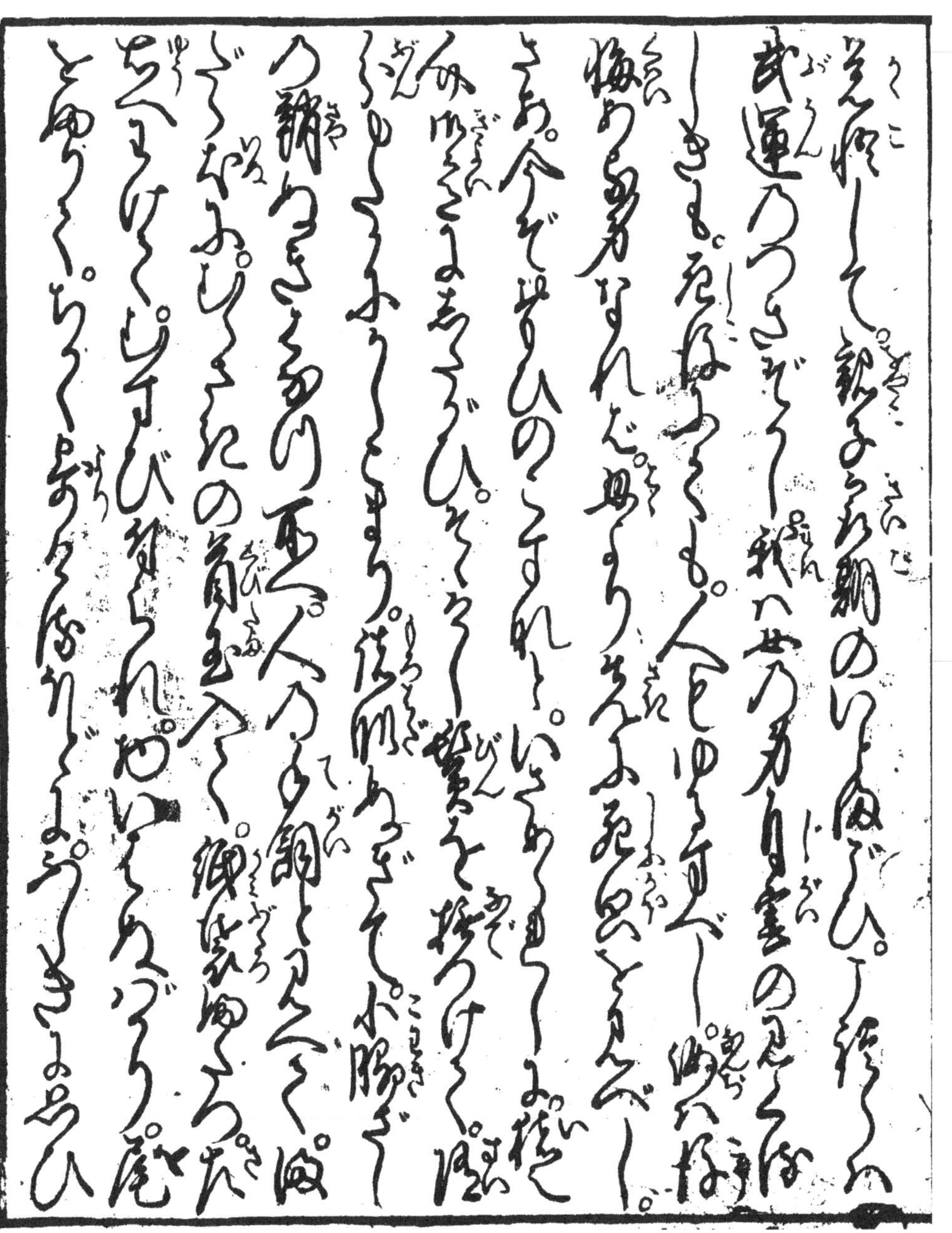

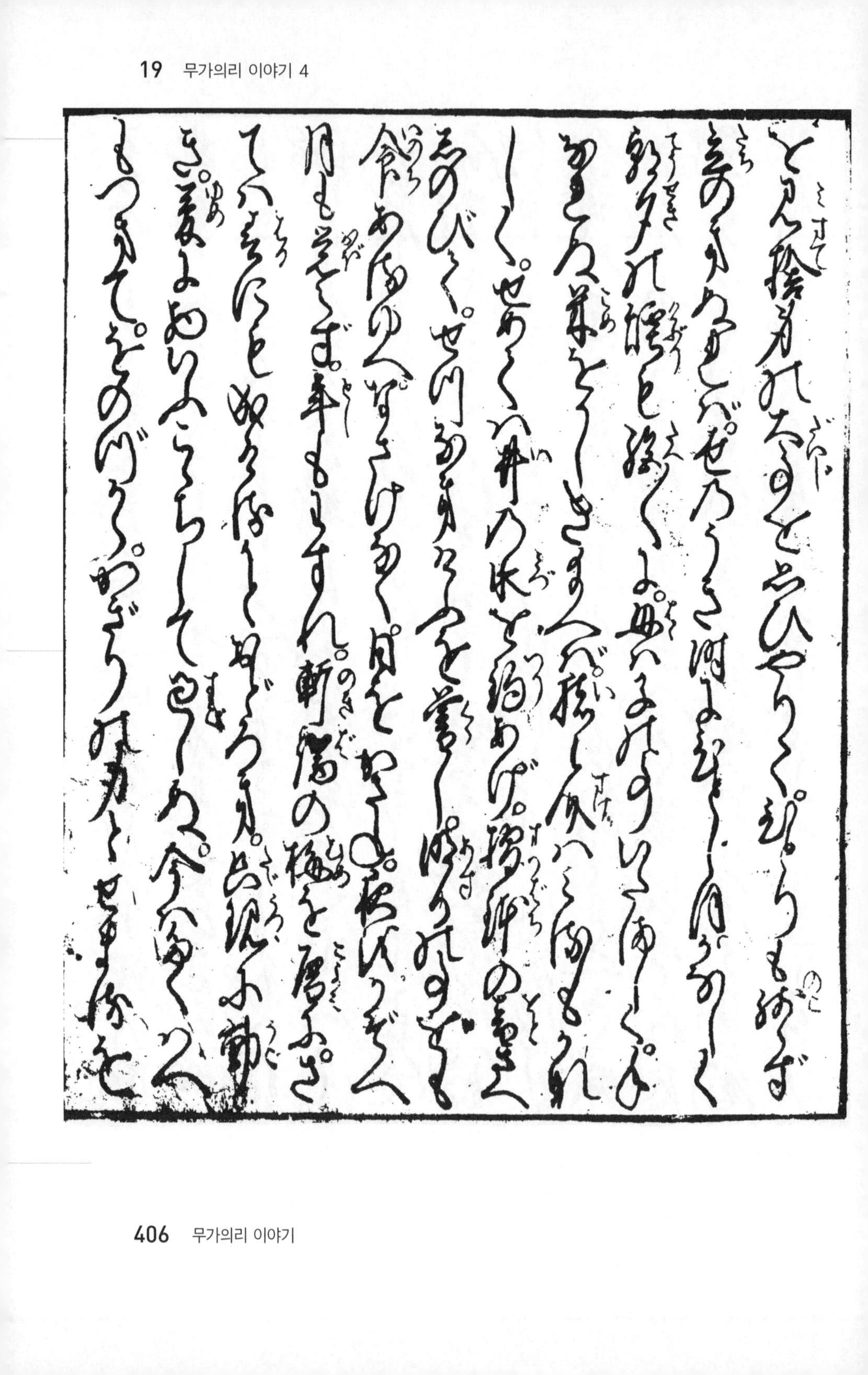

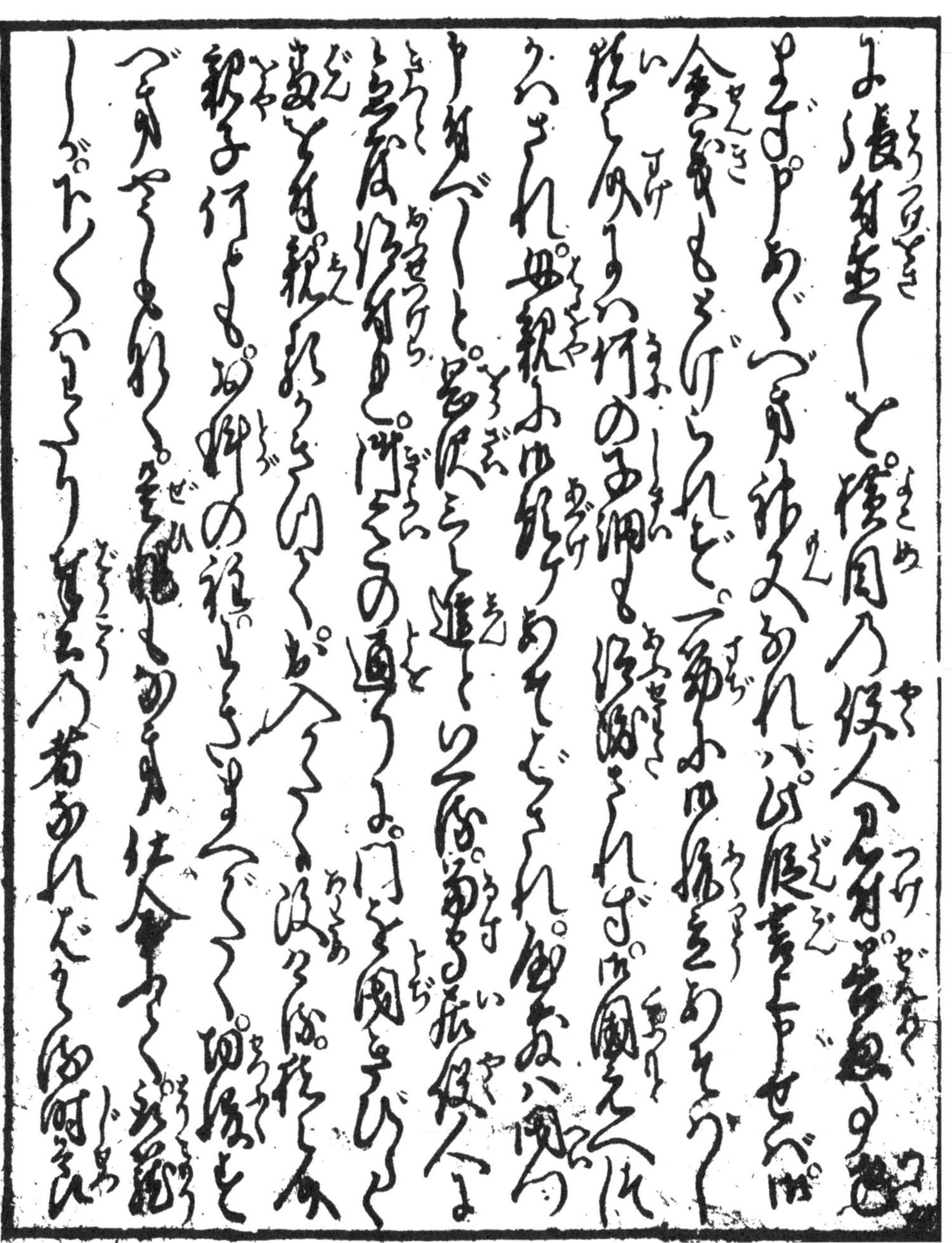

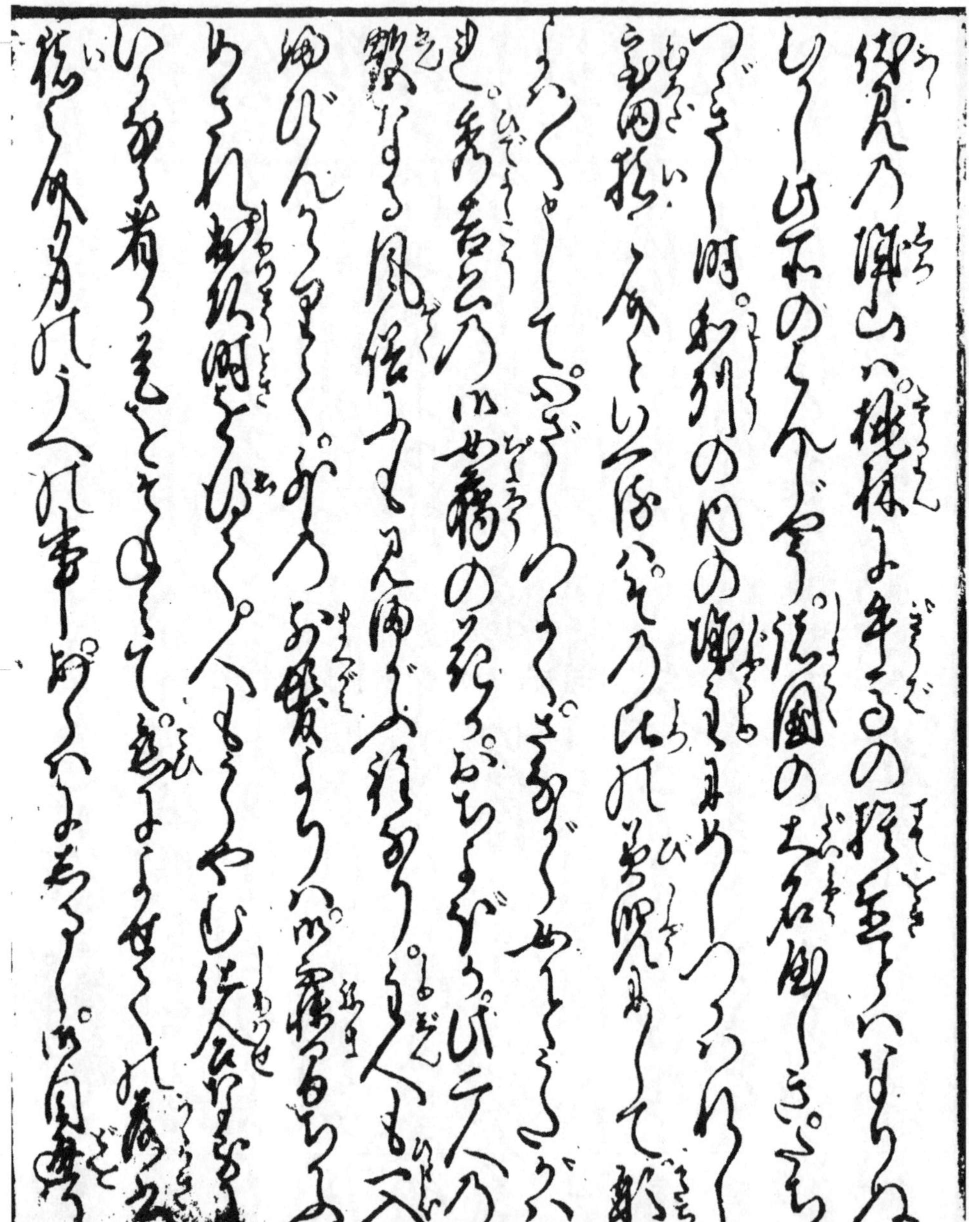

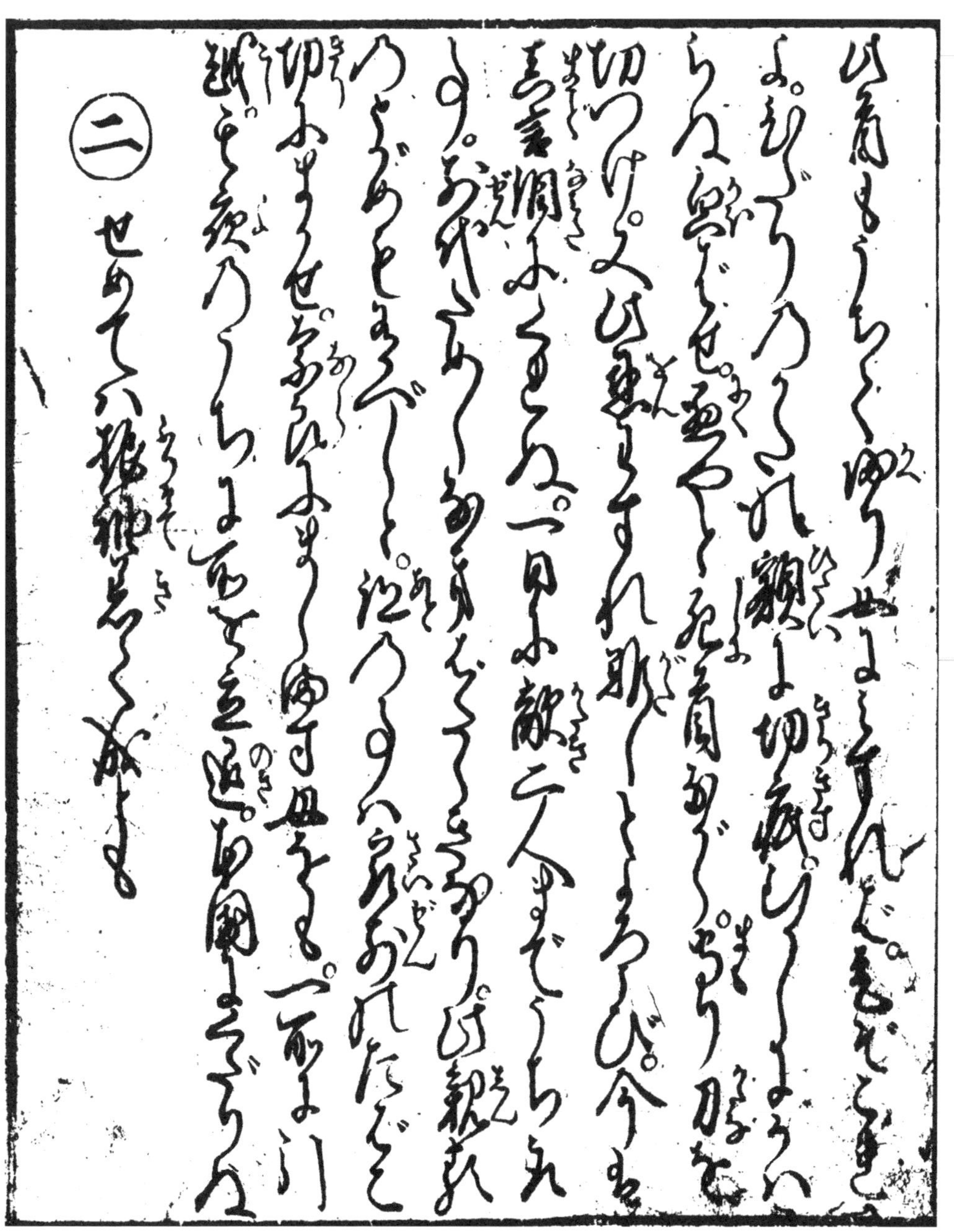

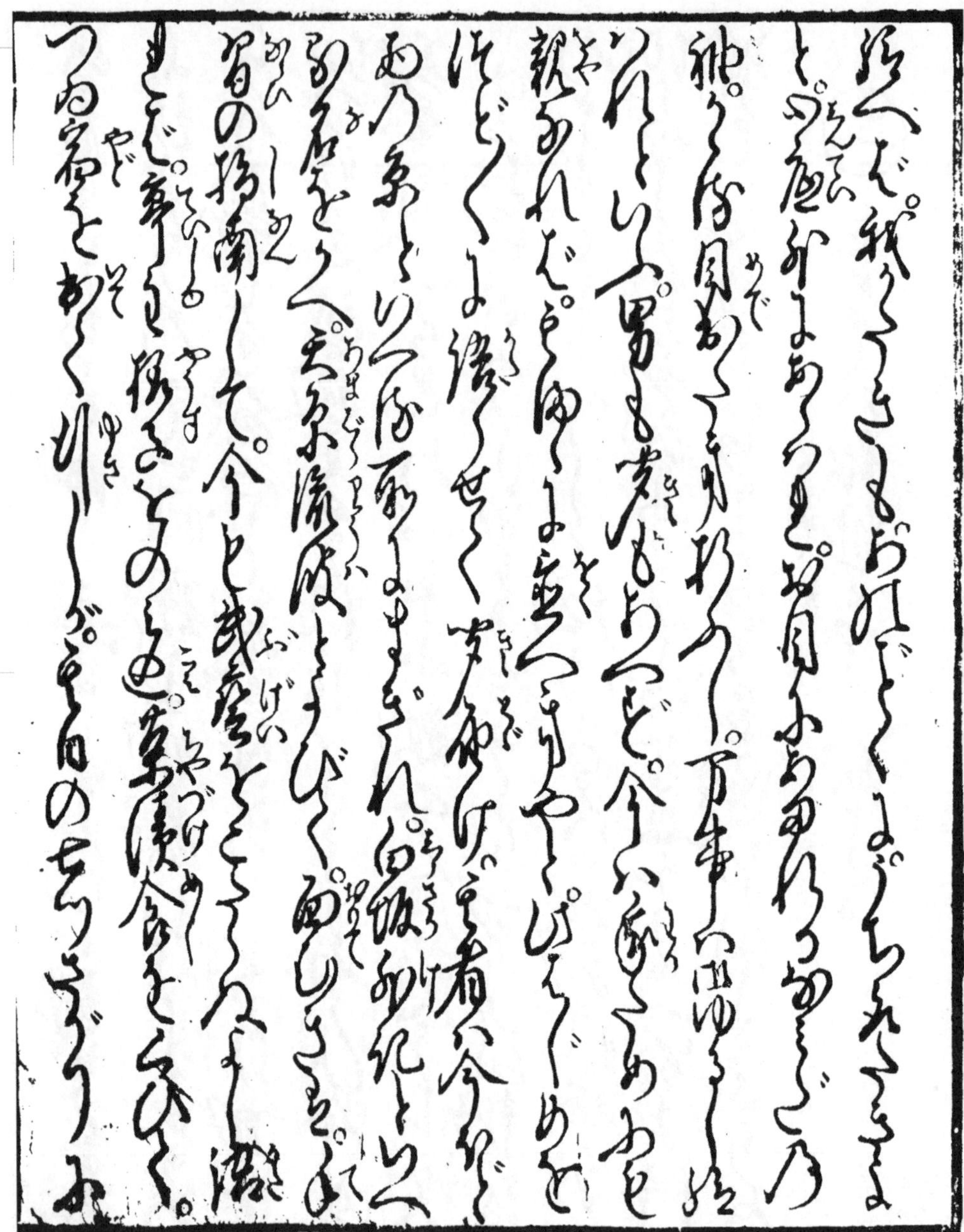

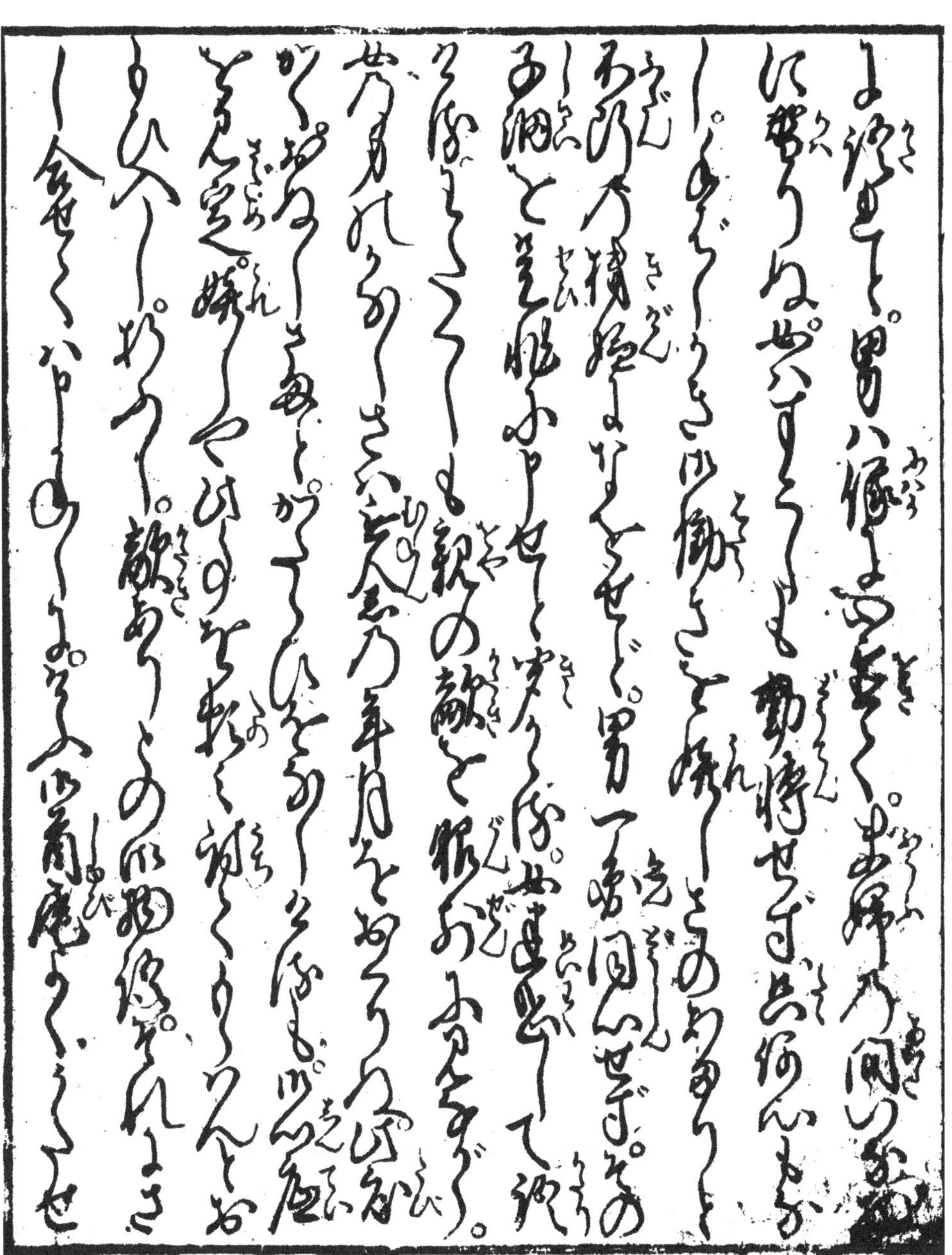

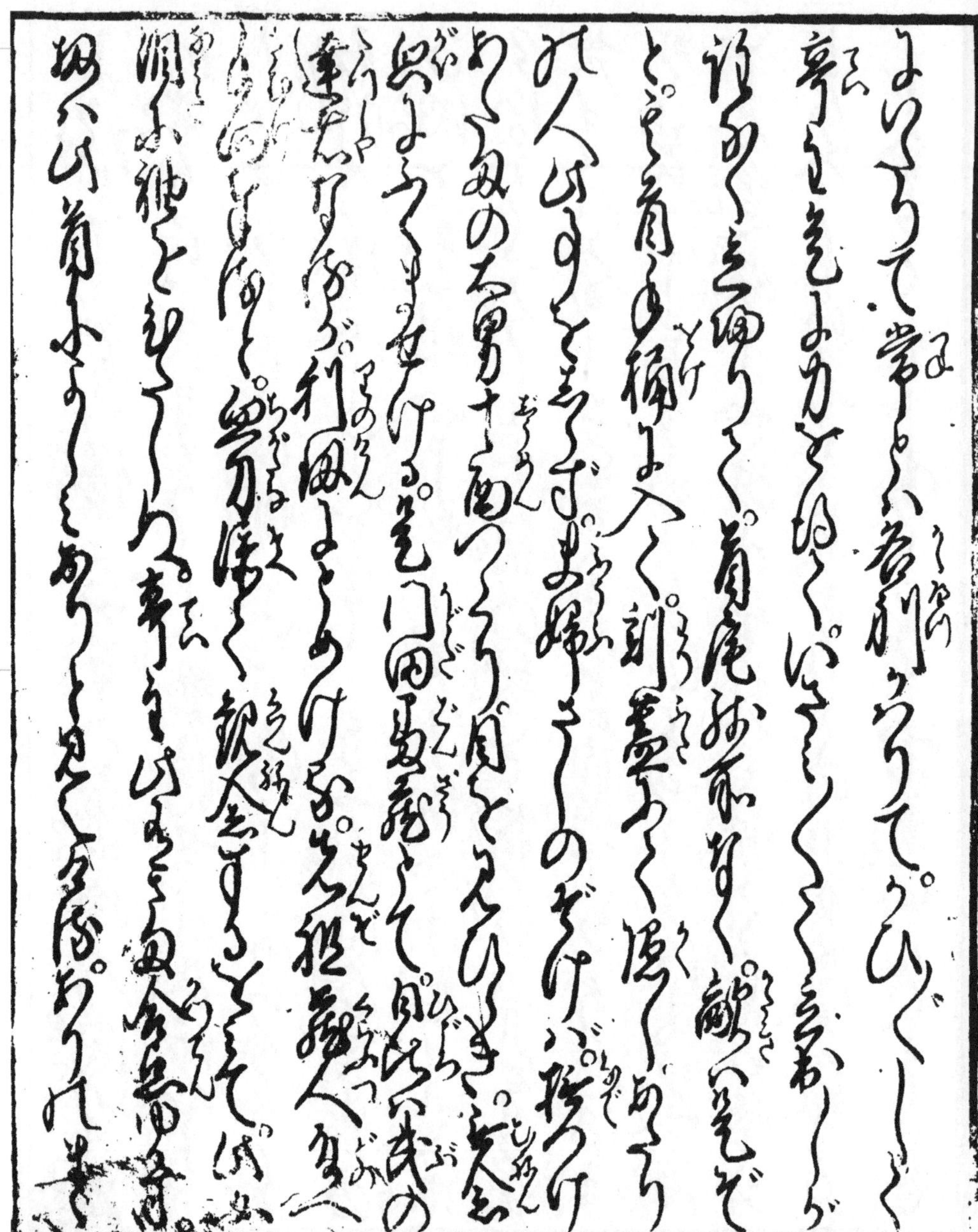

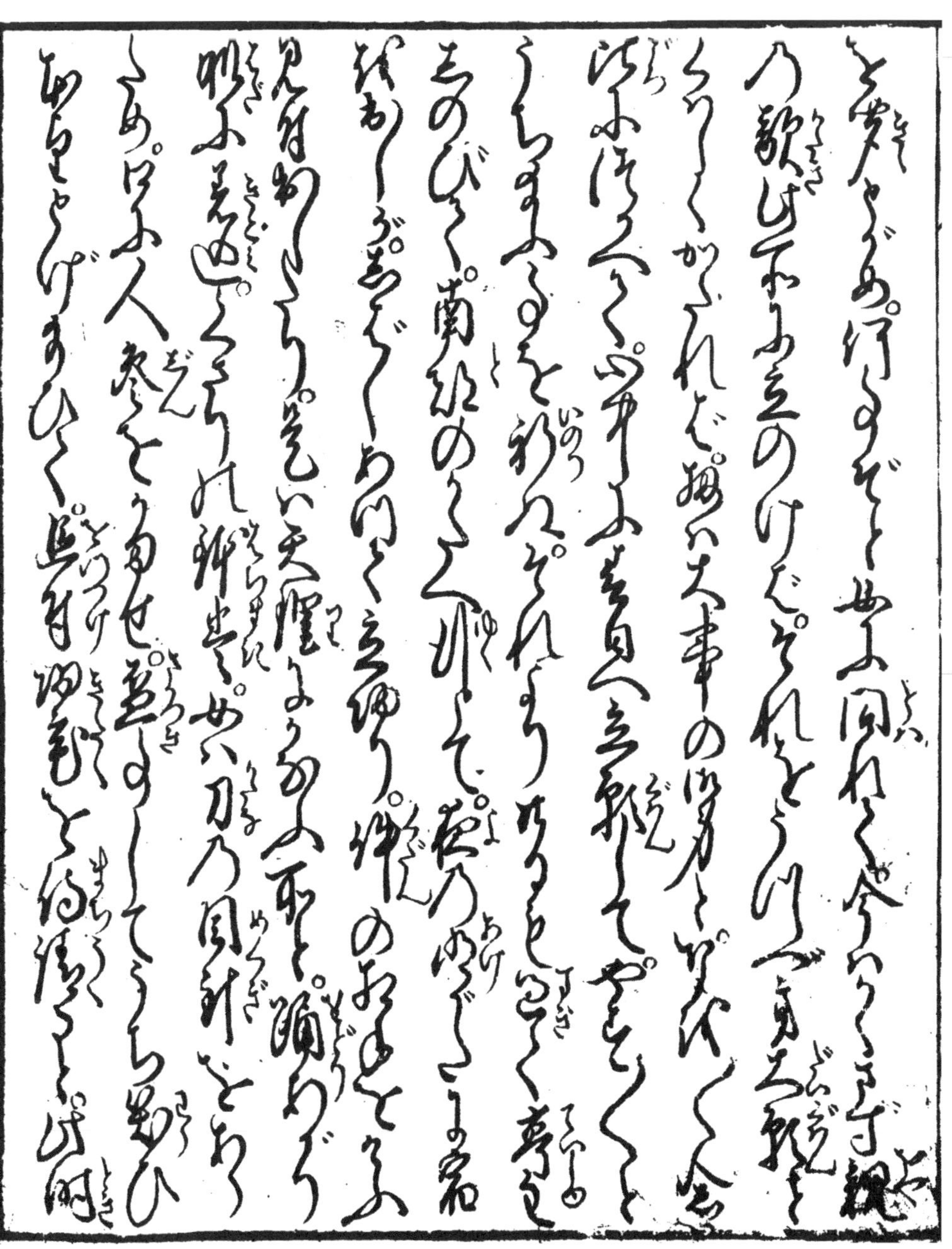

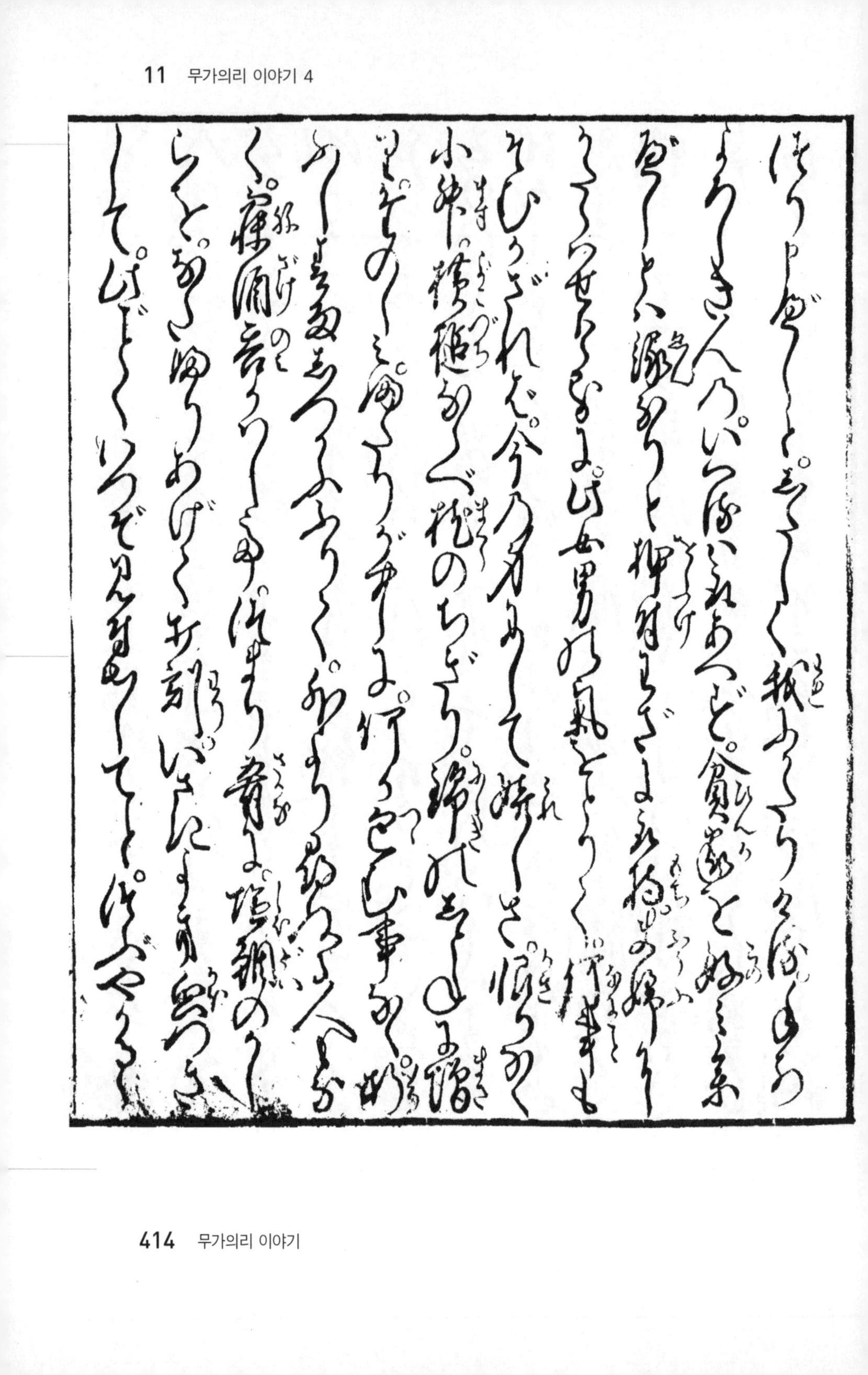

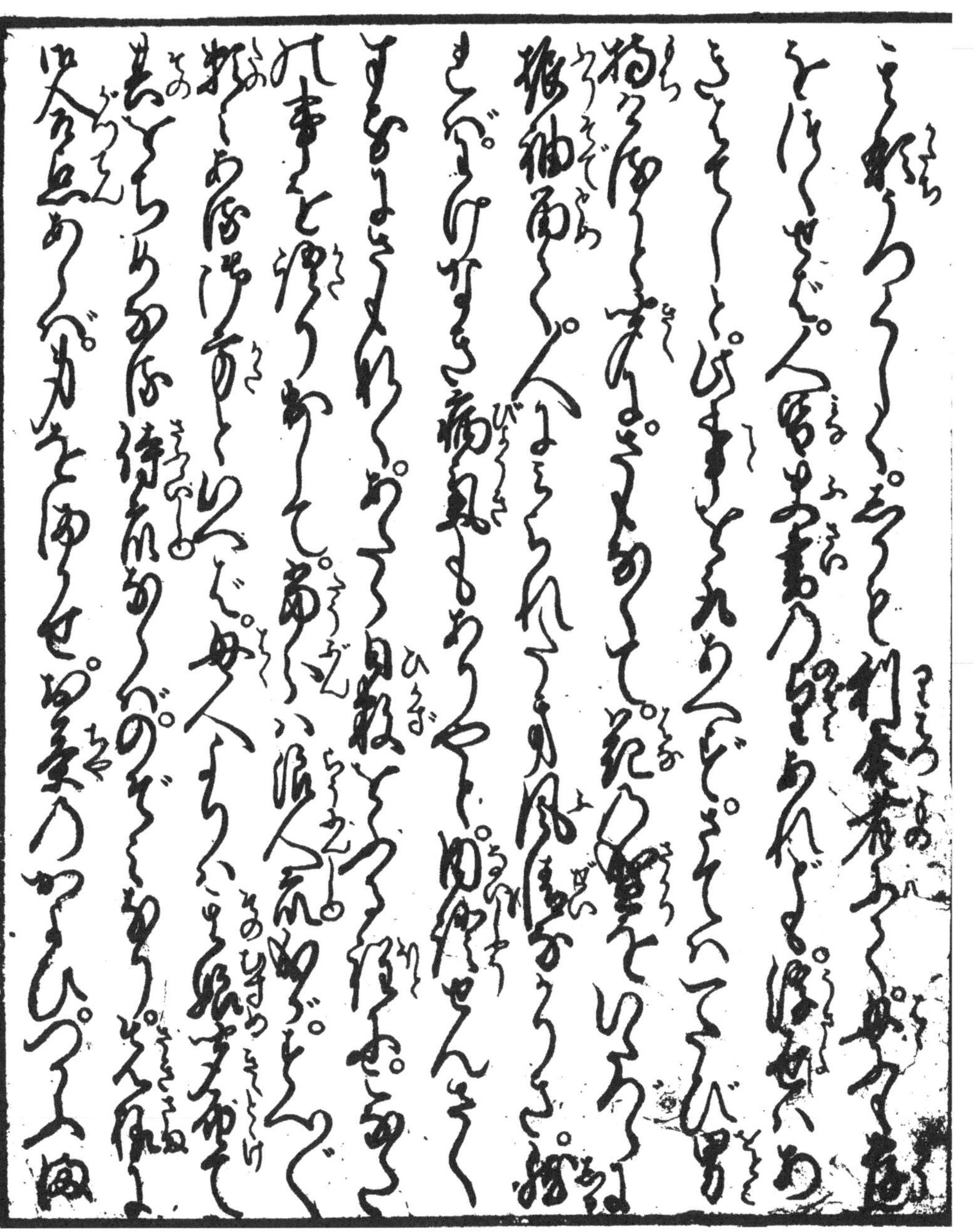

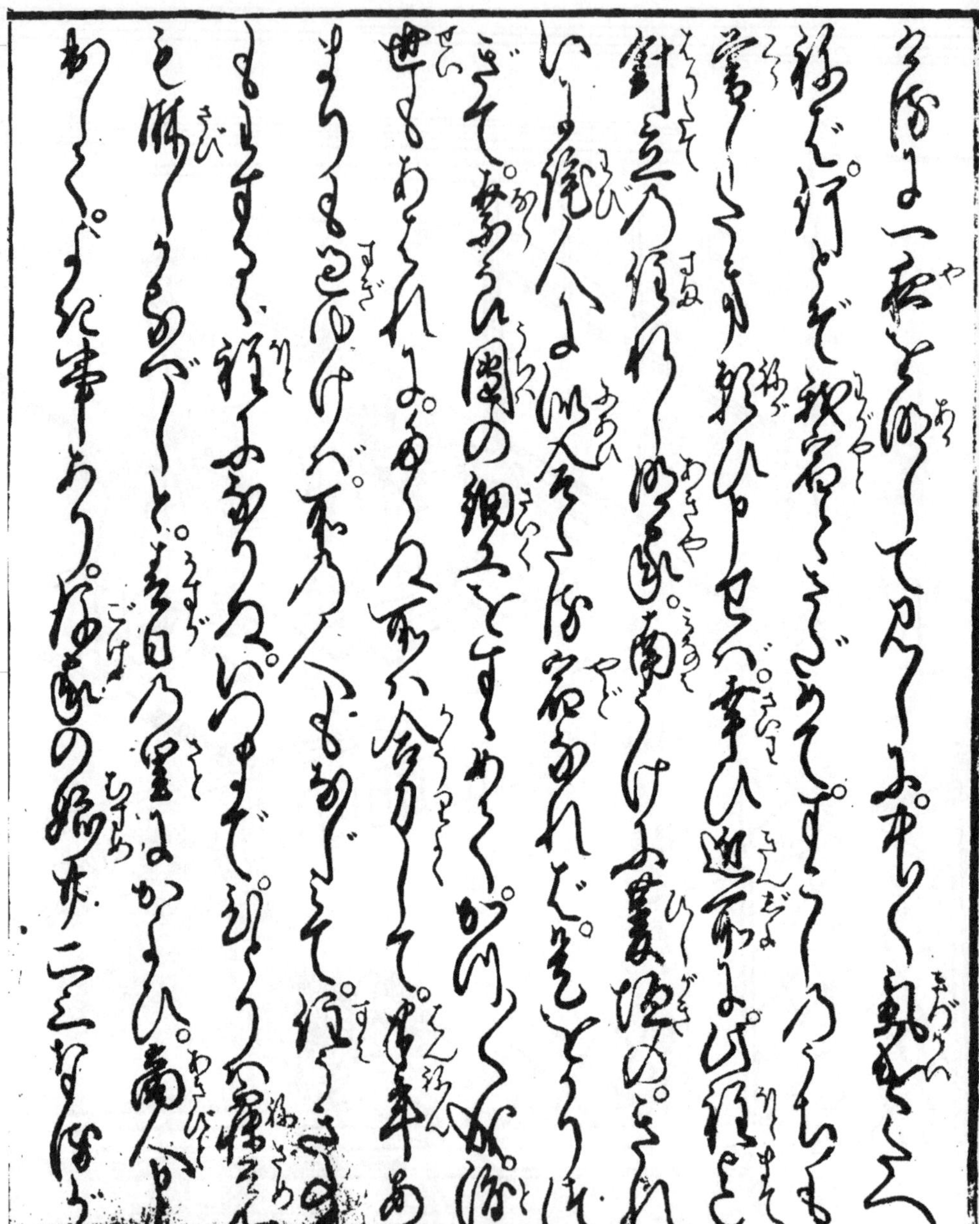

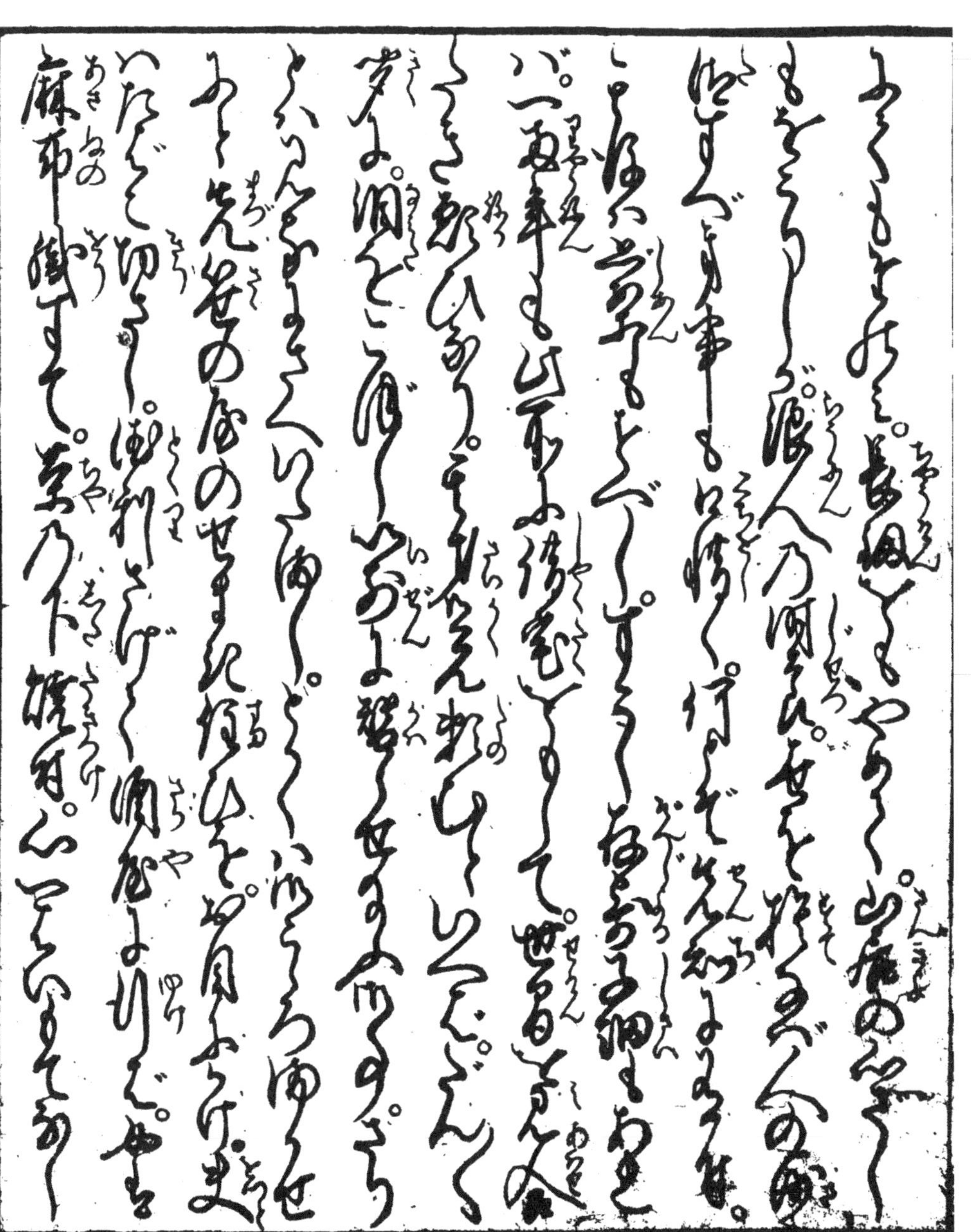

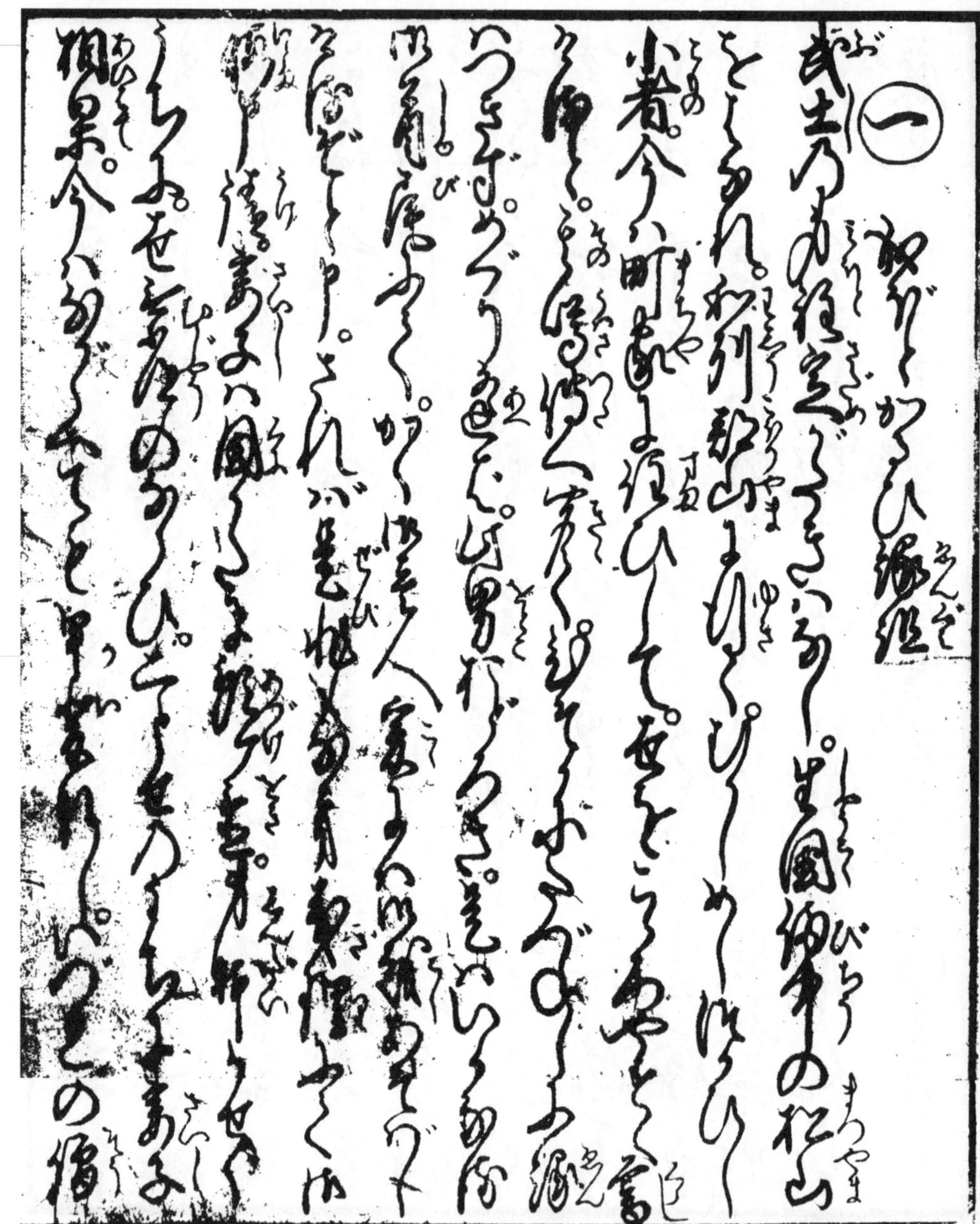

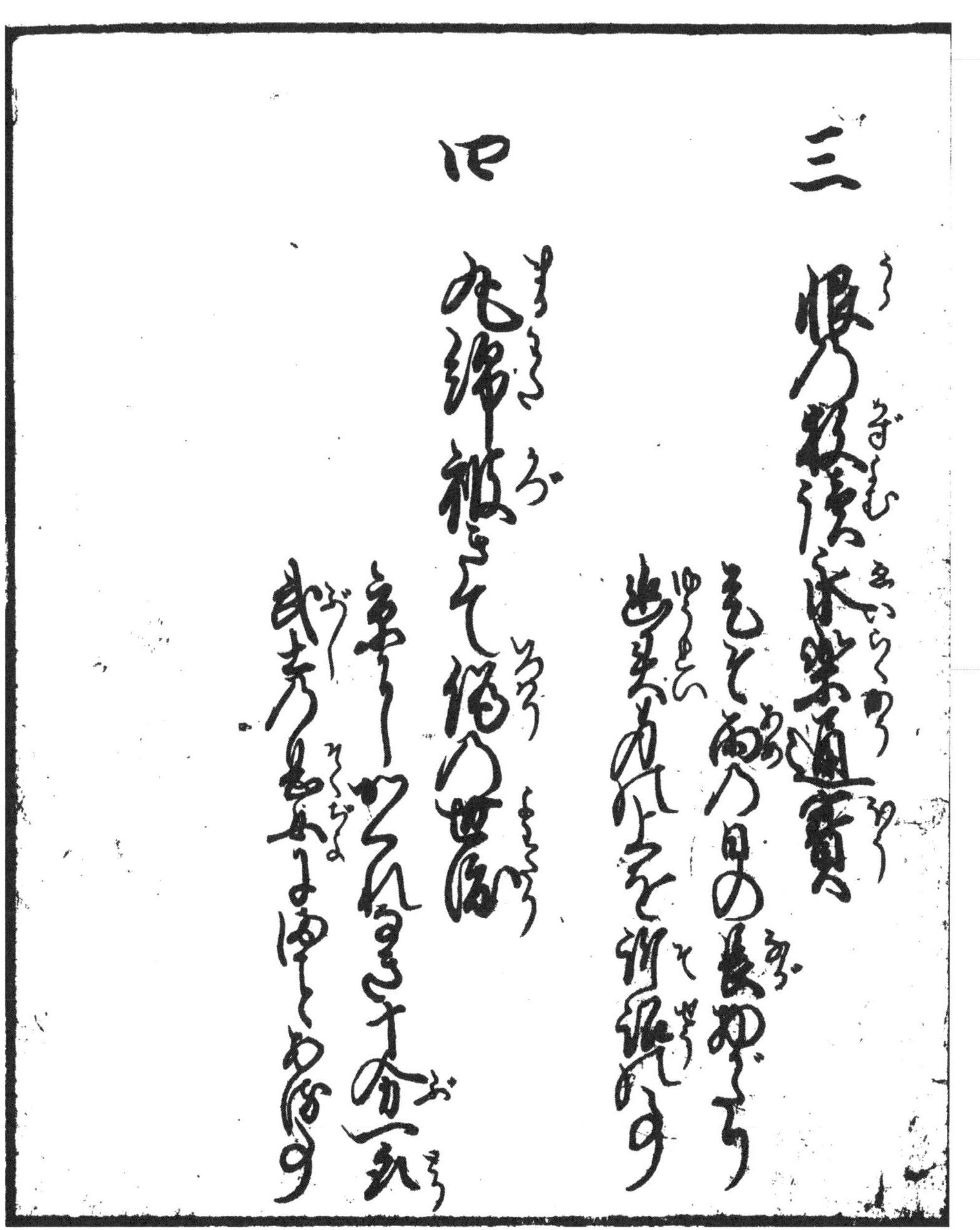

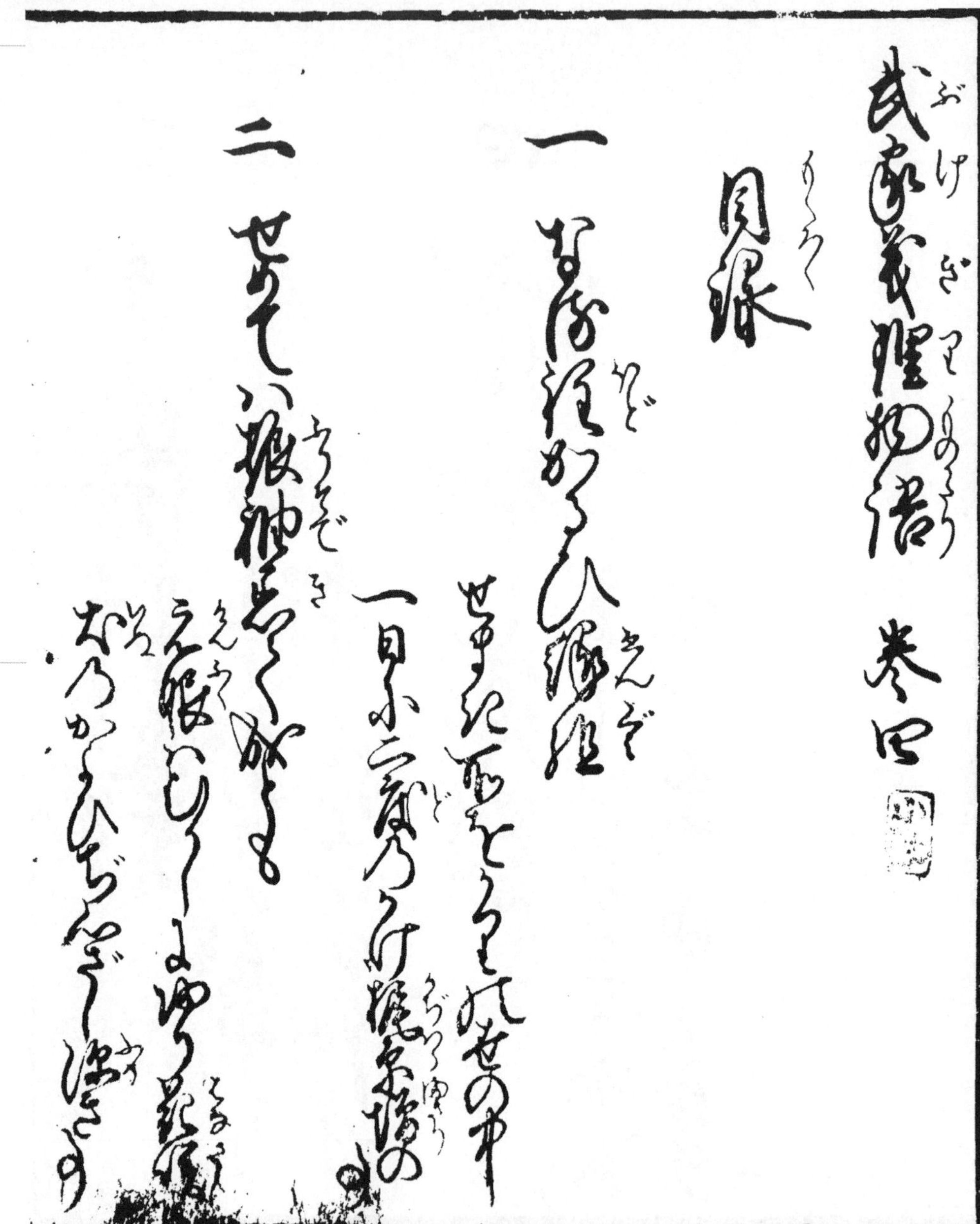
武家義理物語　巻四

目録

一　なる程かはつた入替姿

[illegible]

二　せめては振袖着てなりとも

[illegible]

1 무가의리 이야기 4

39 무가의리 이야기 3

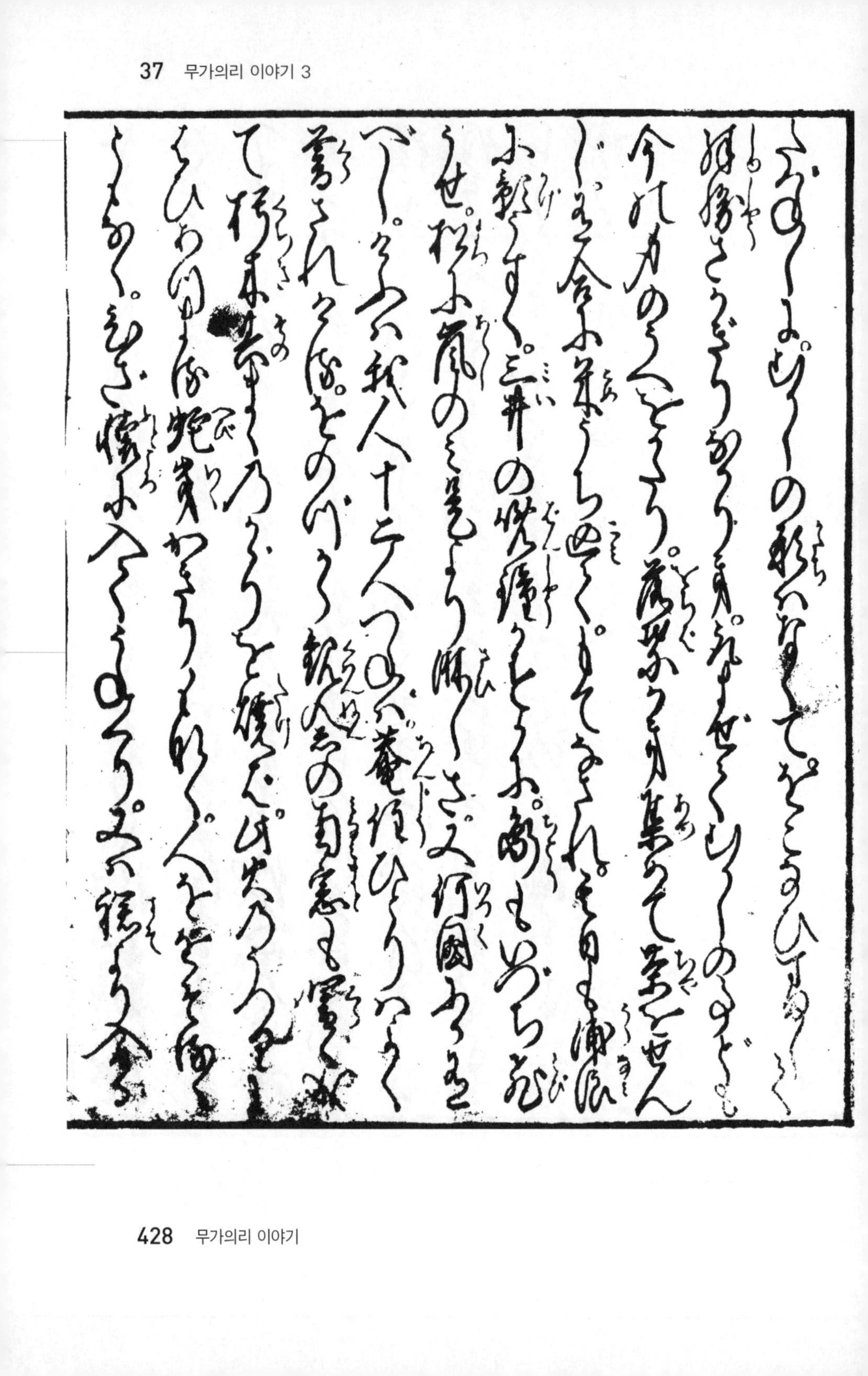

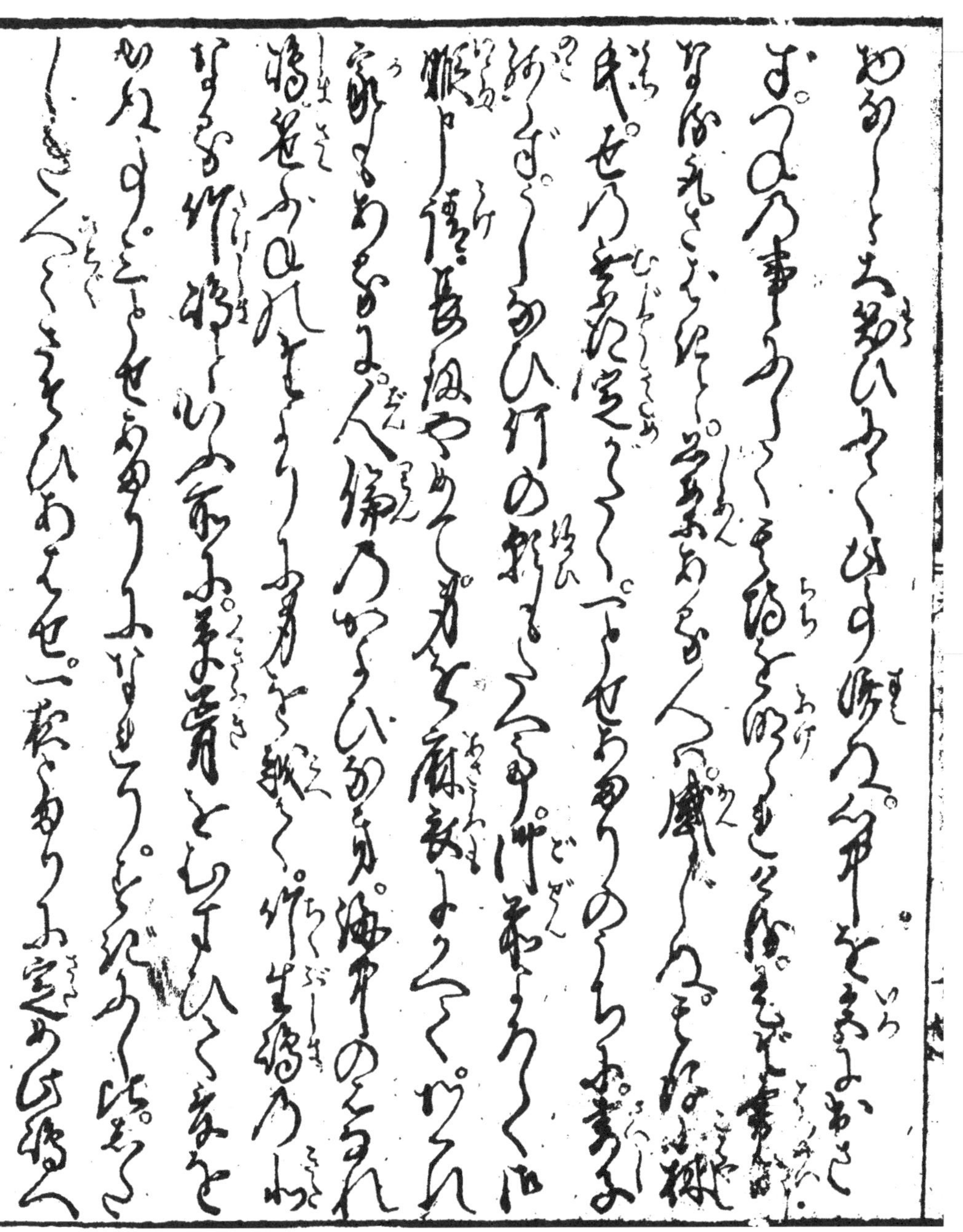

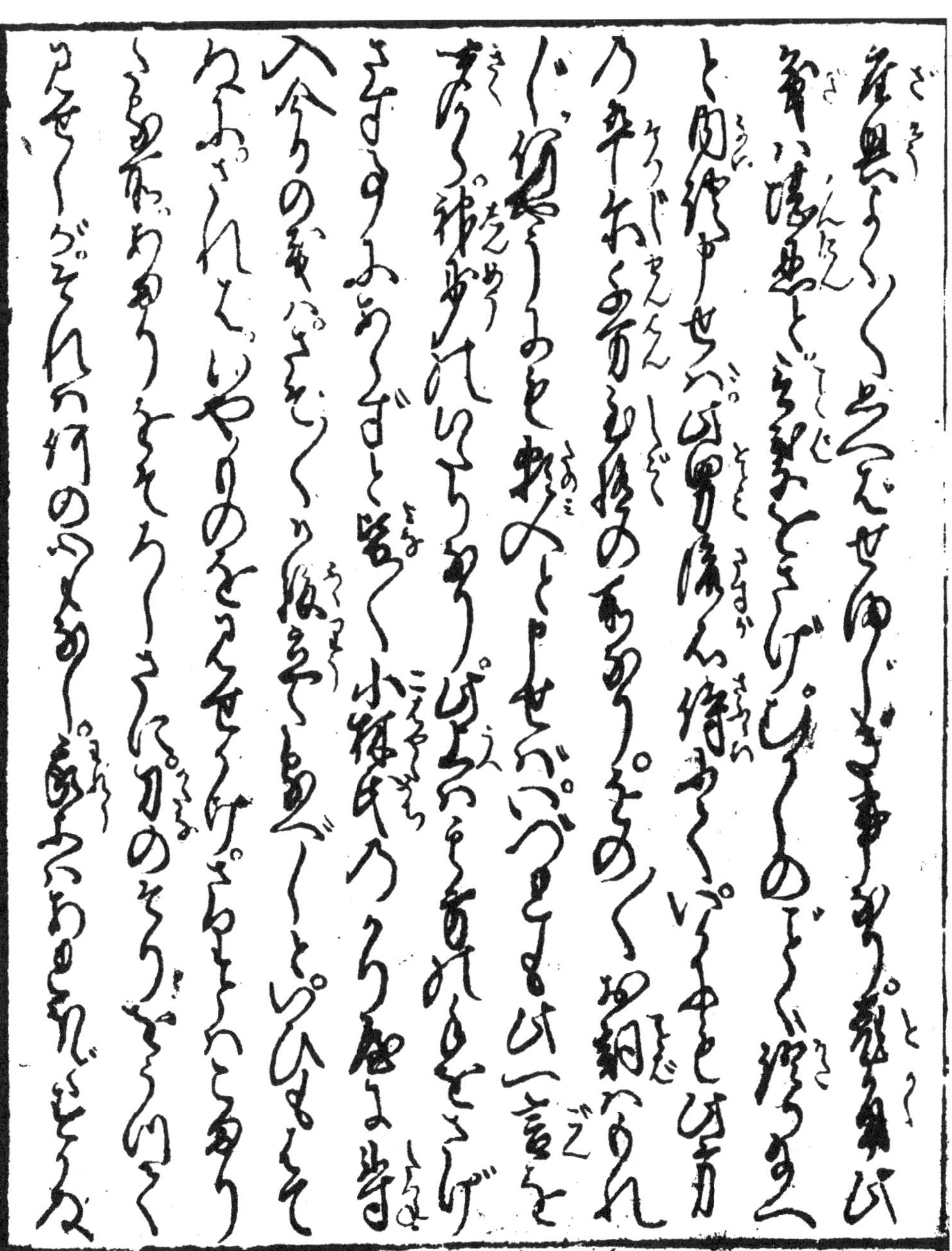

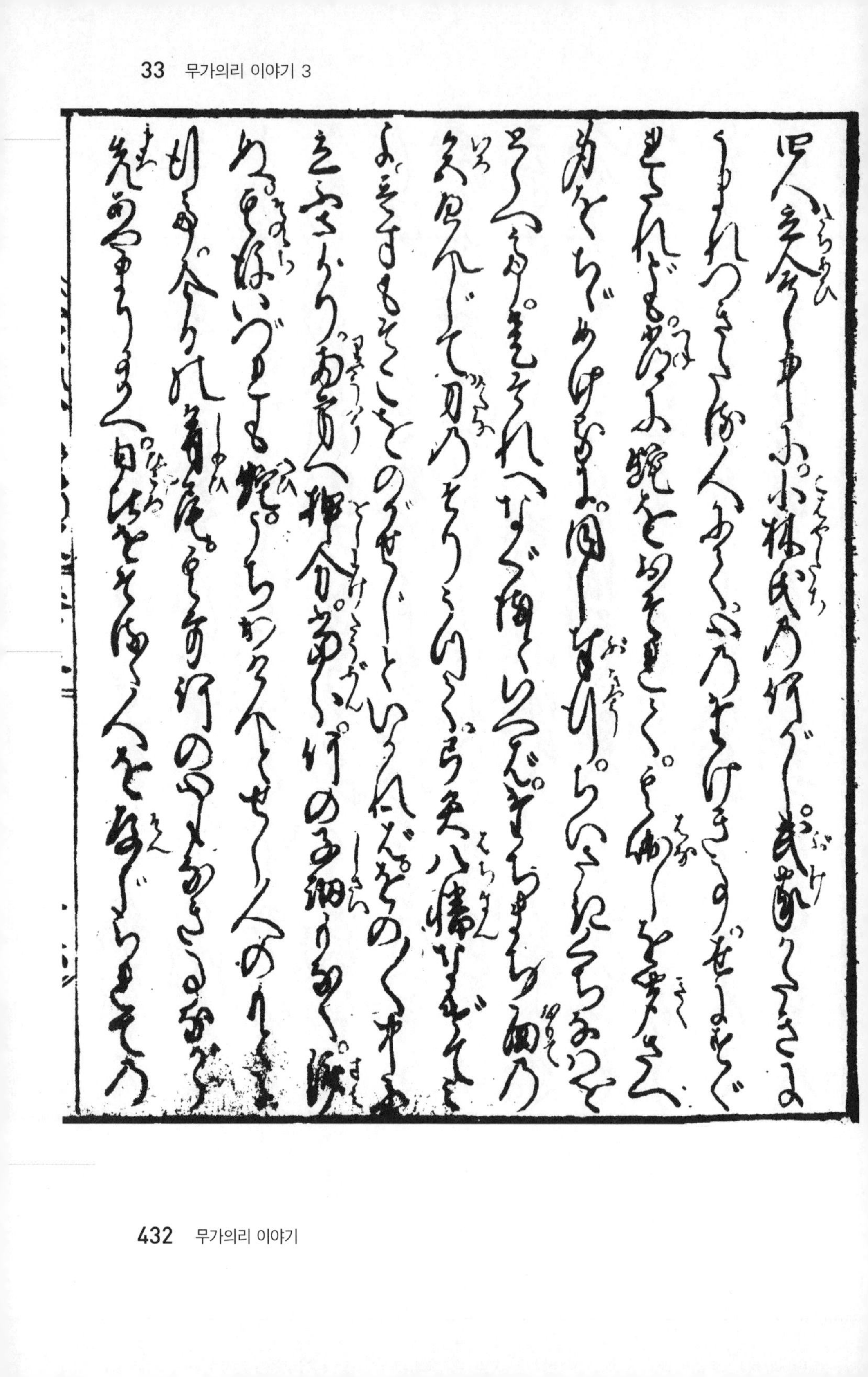

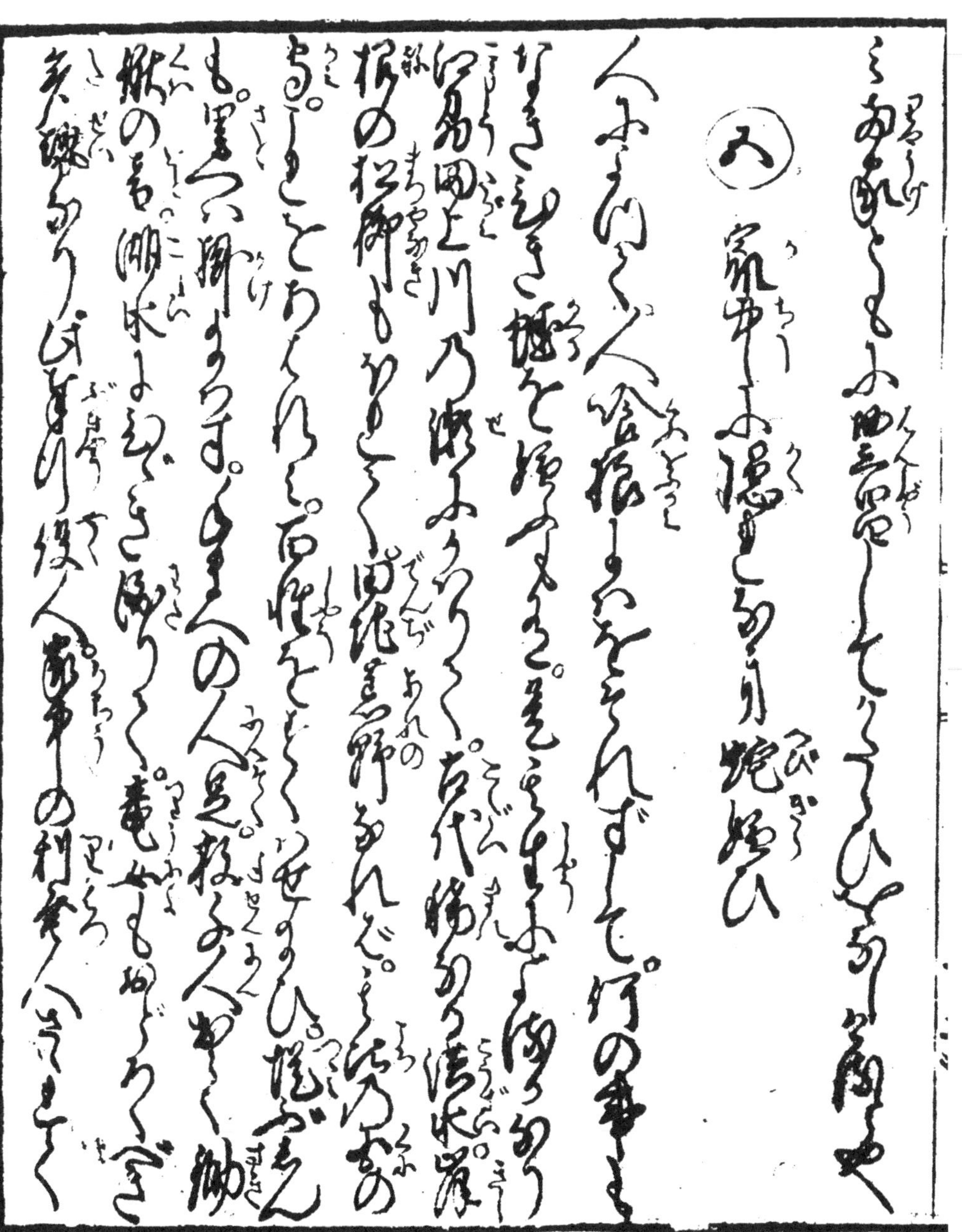

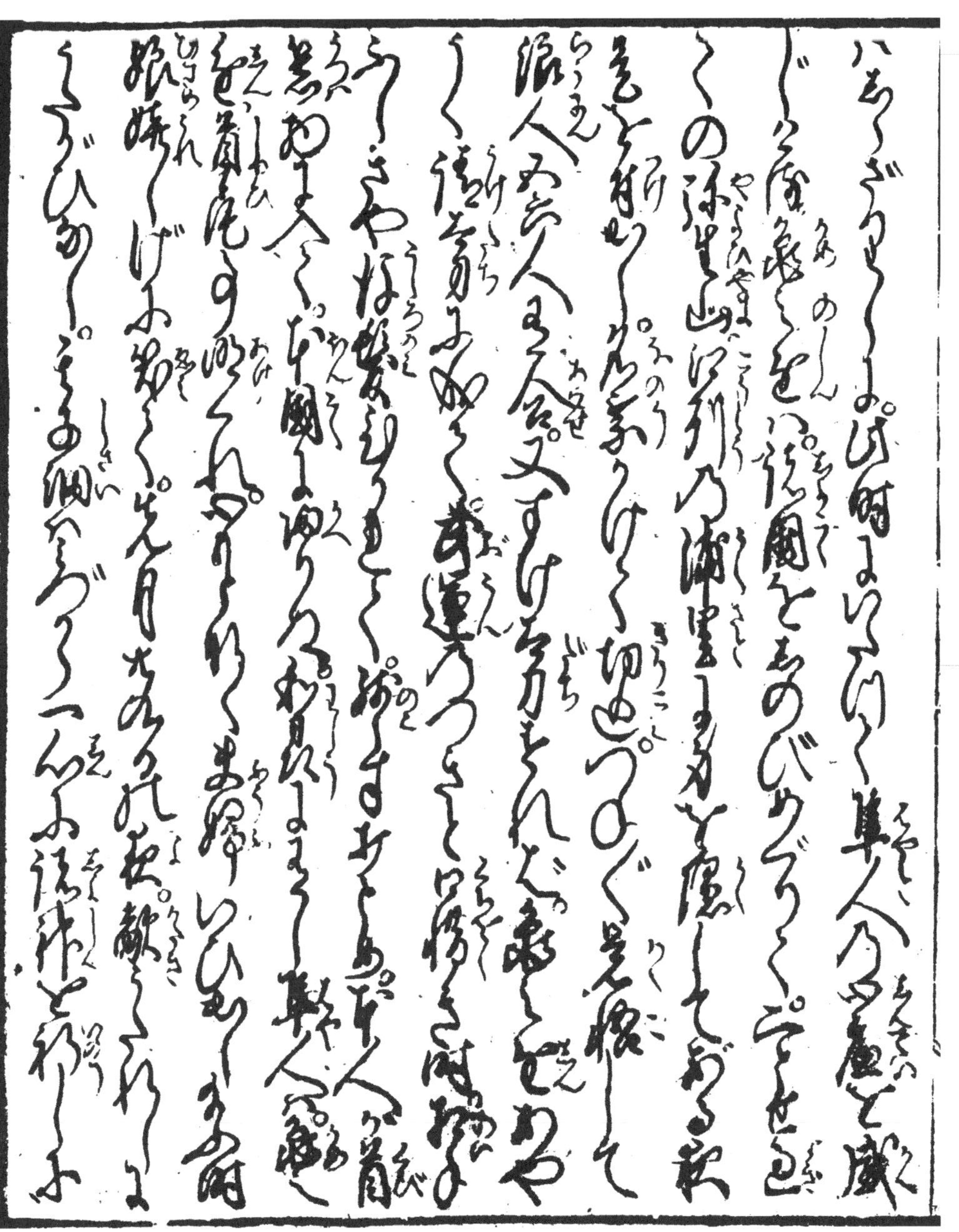

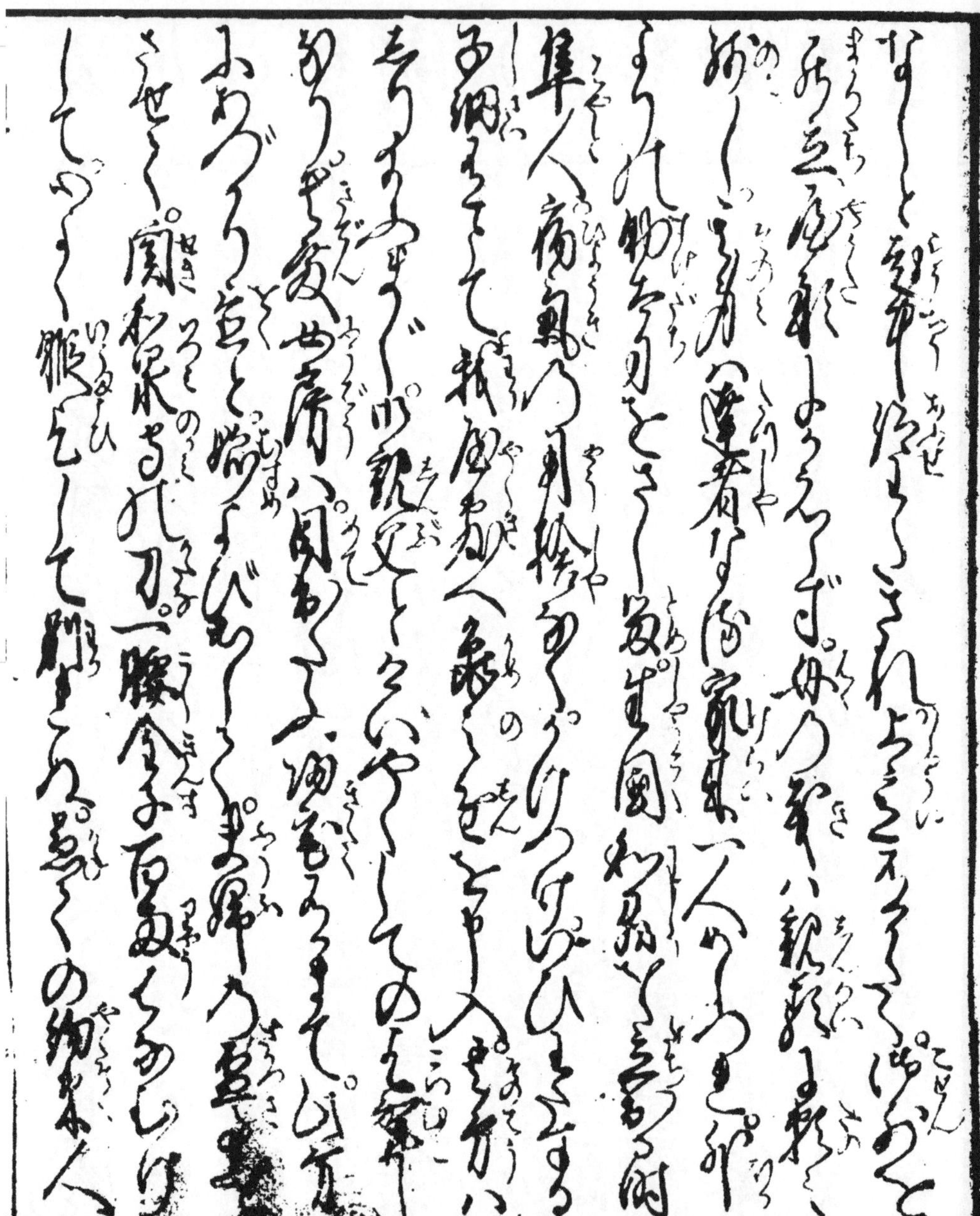

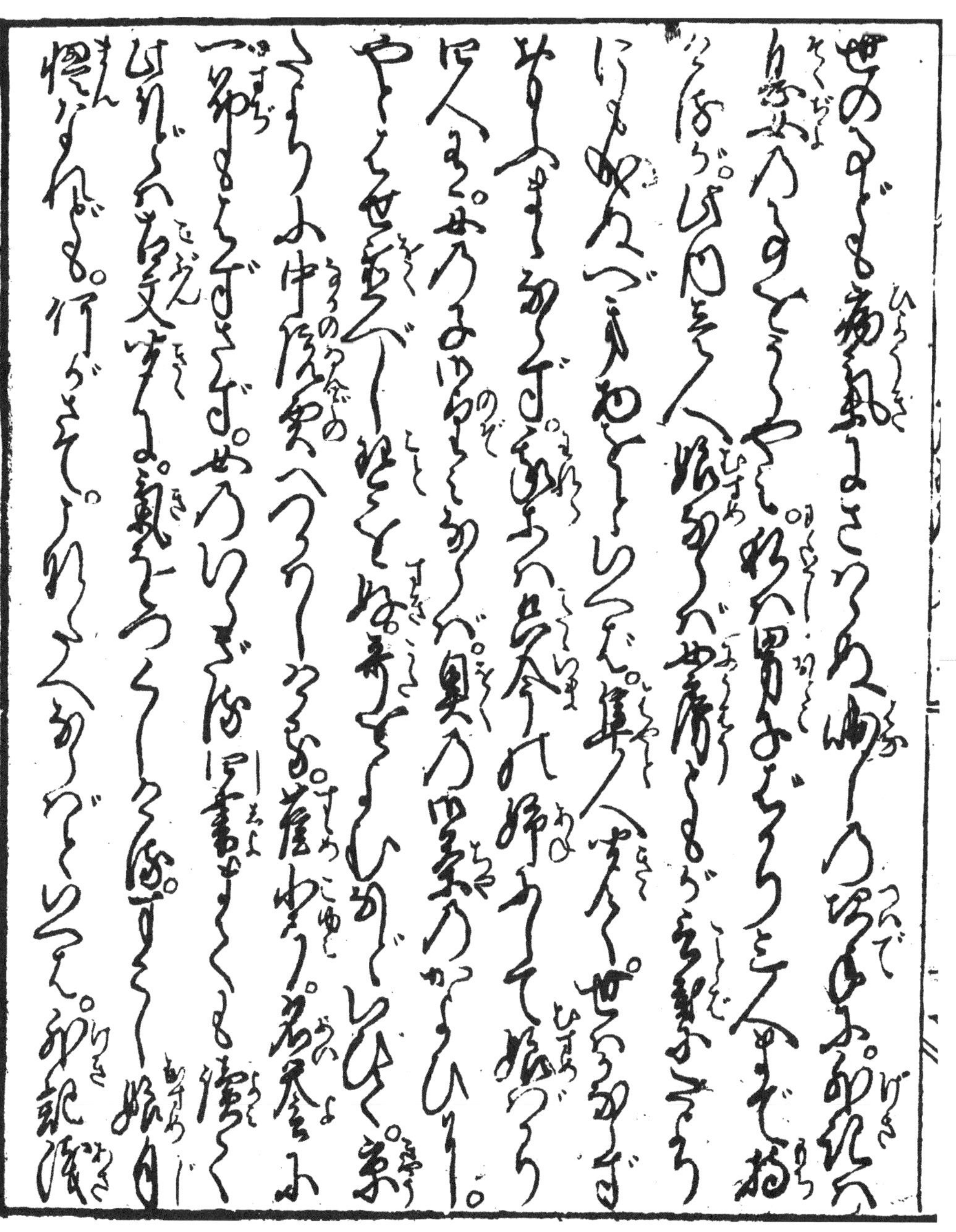

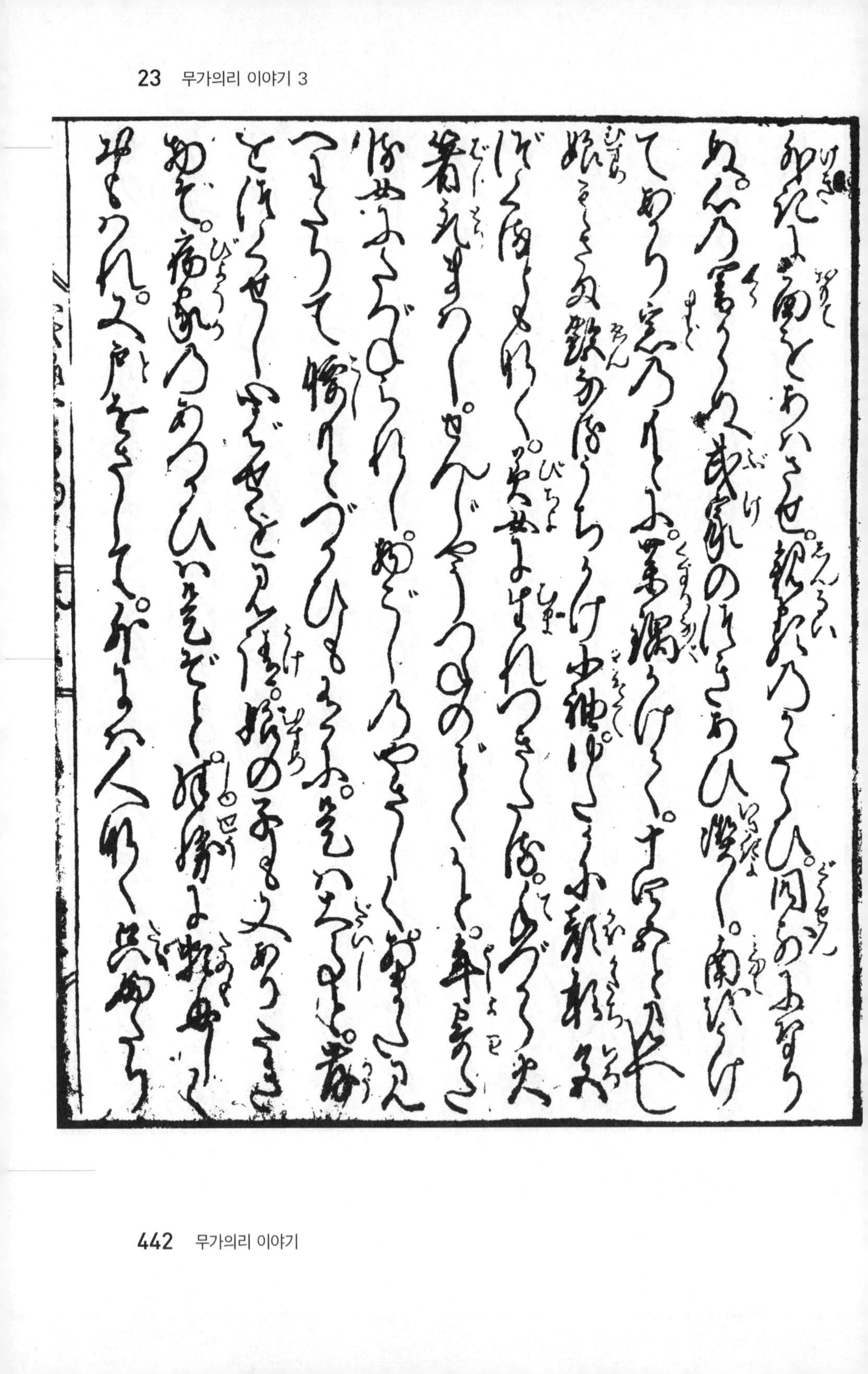

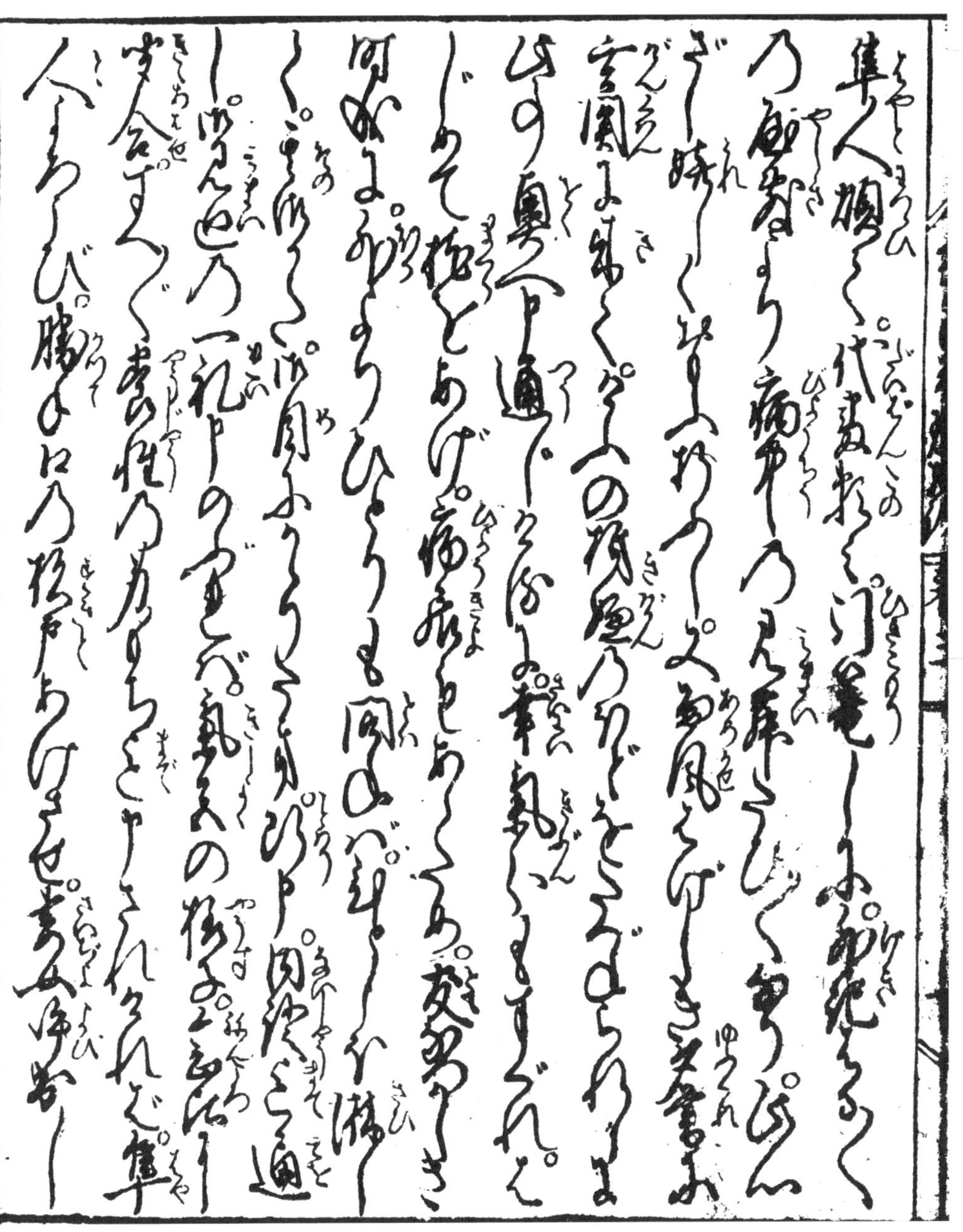

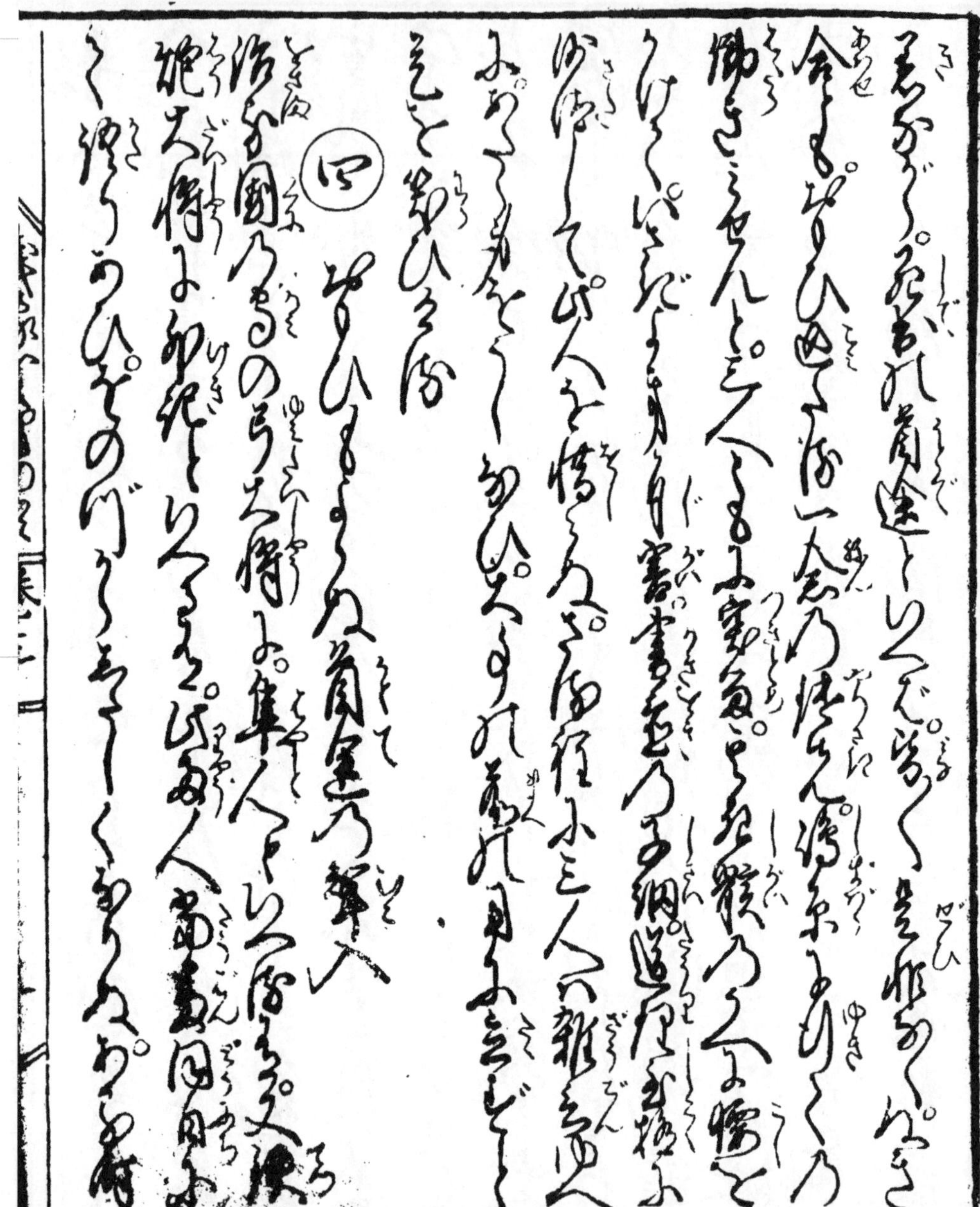

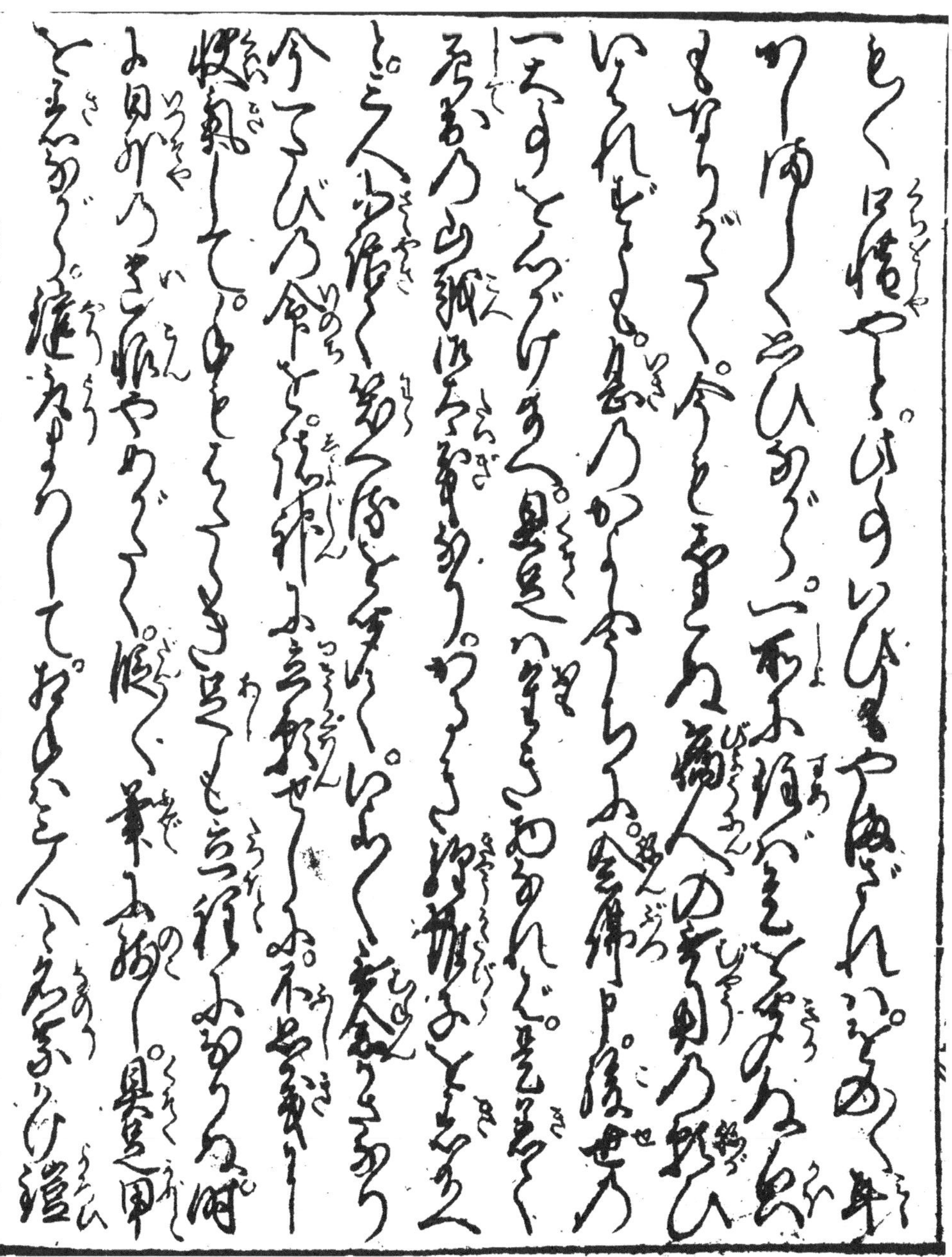

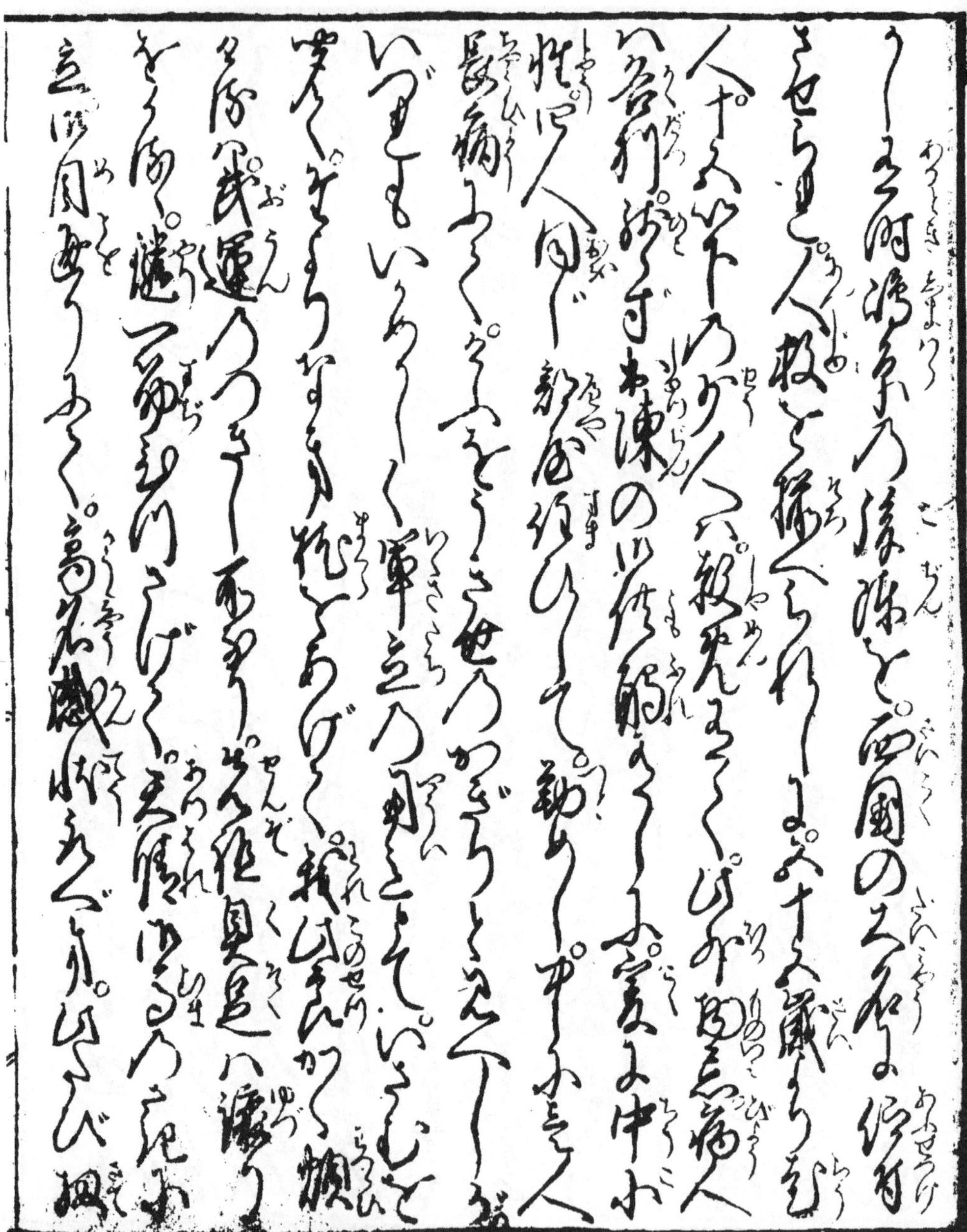

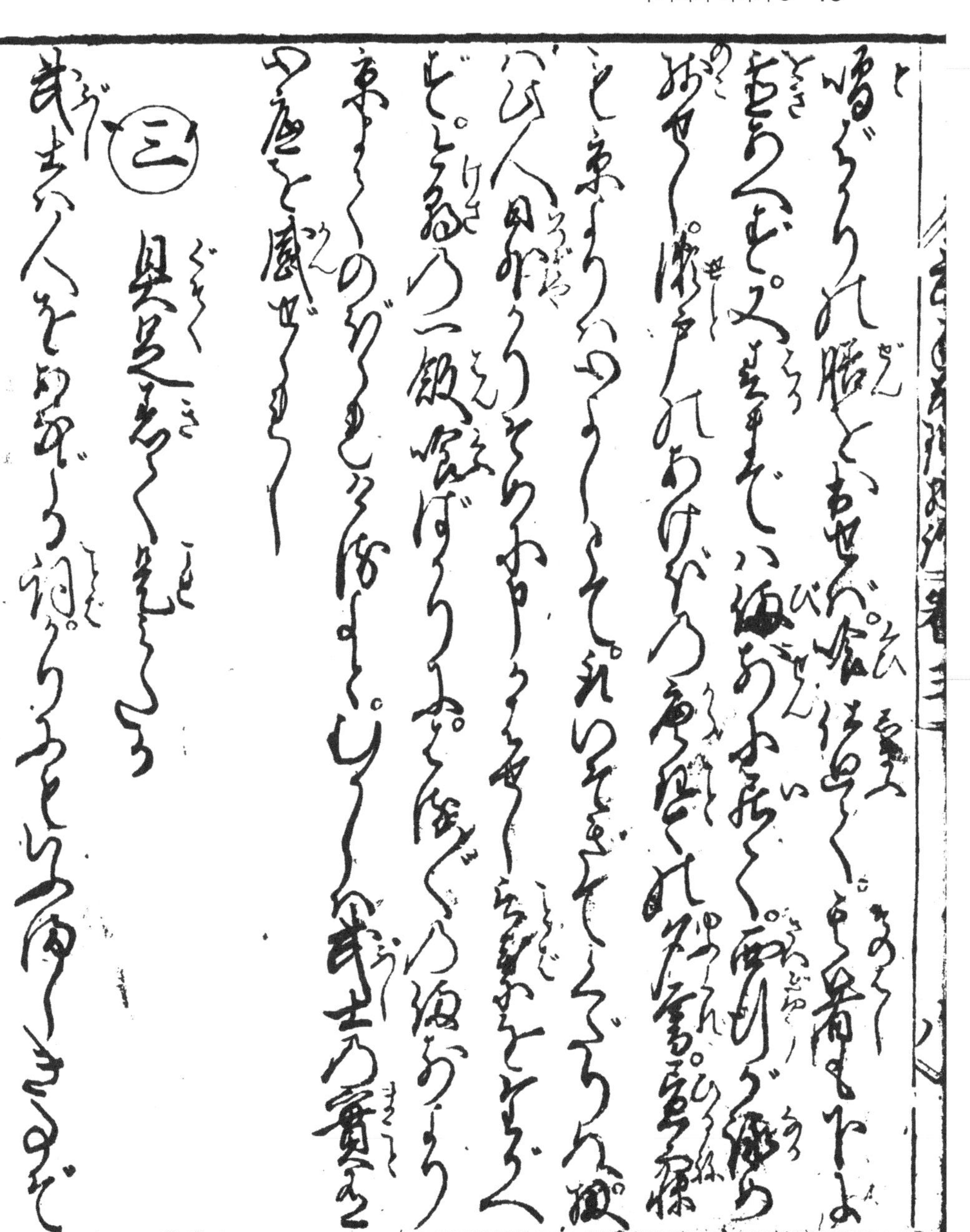

17 무가의리 이야기 3

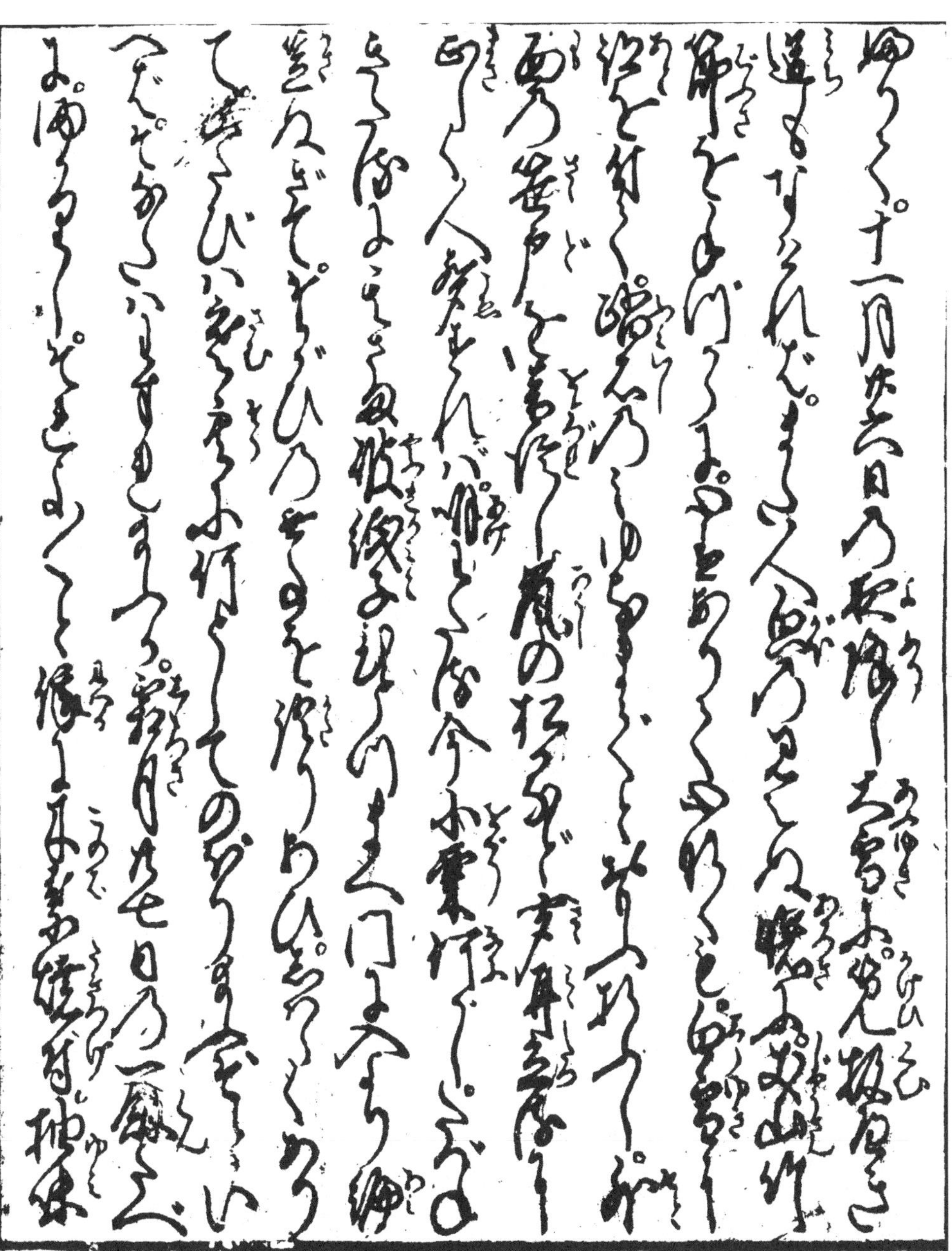

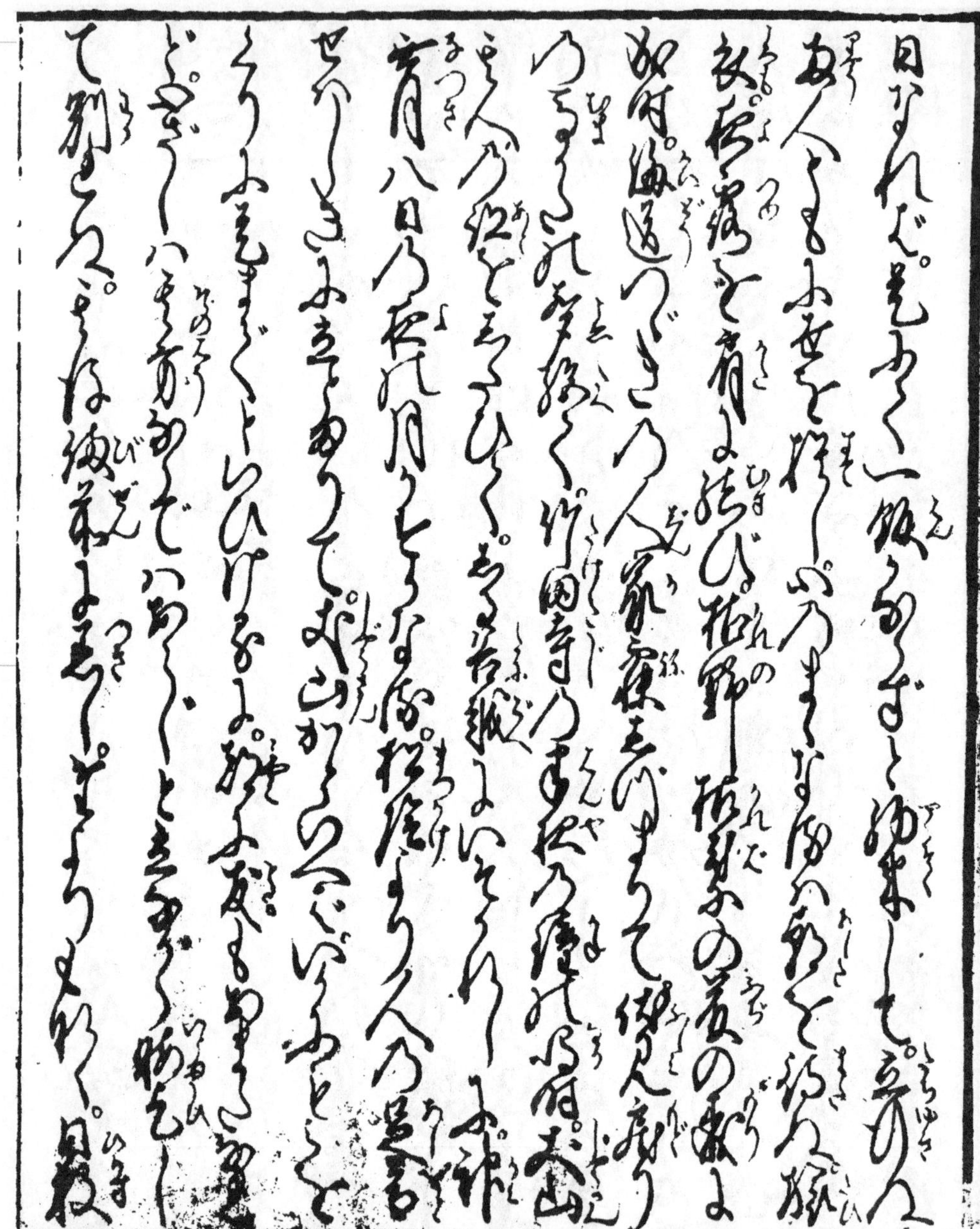

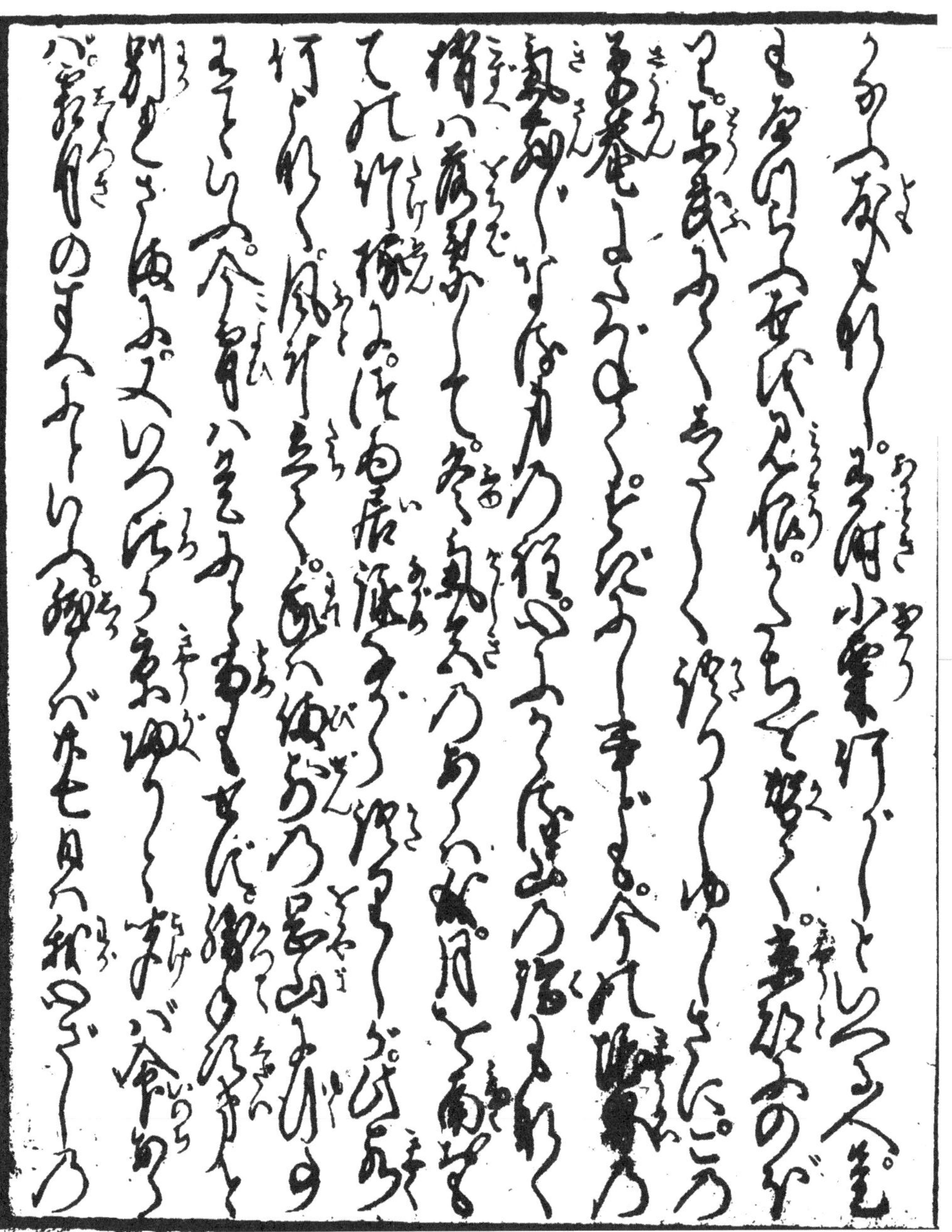

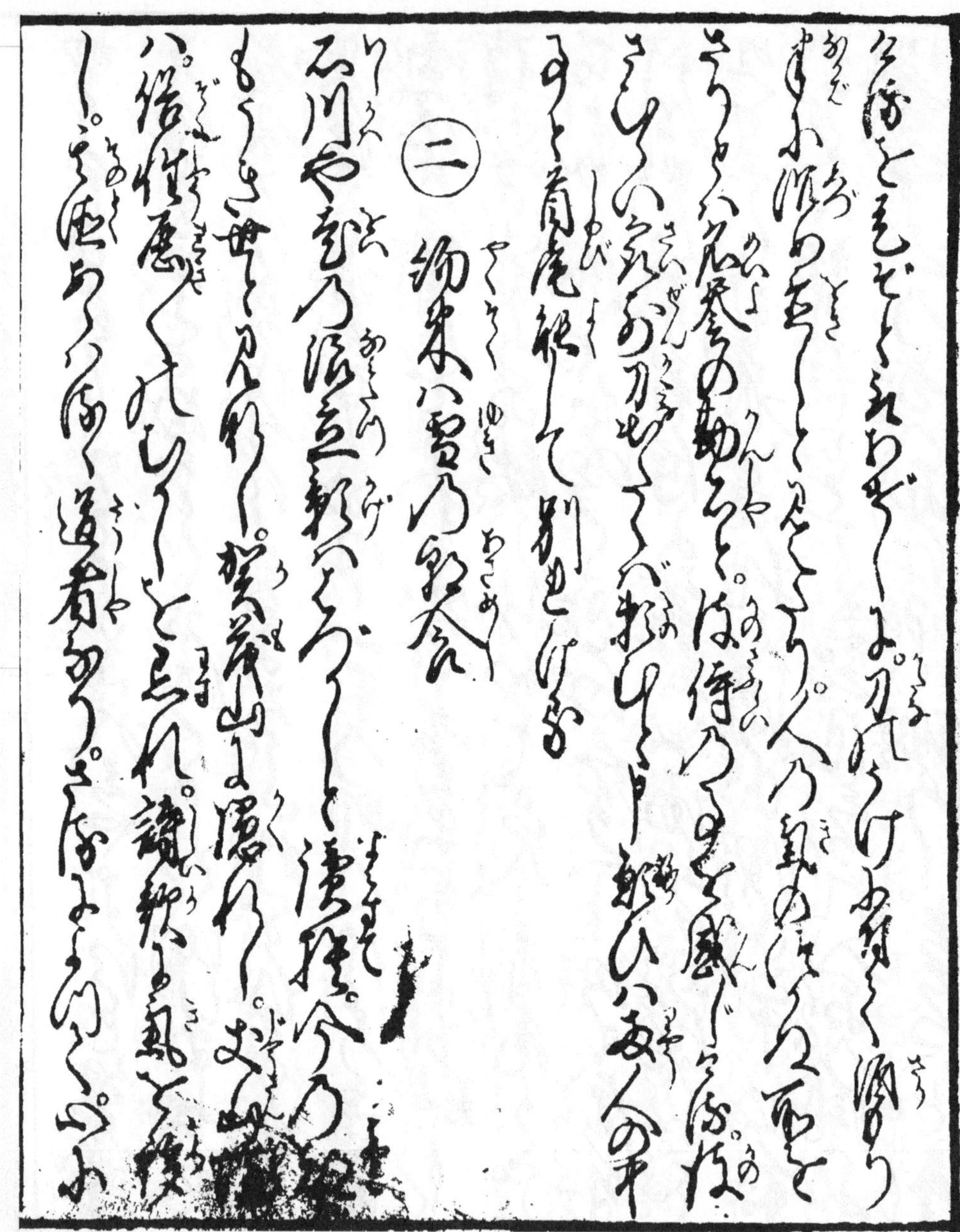

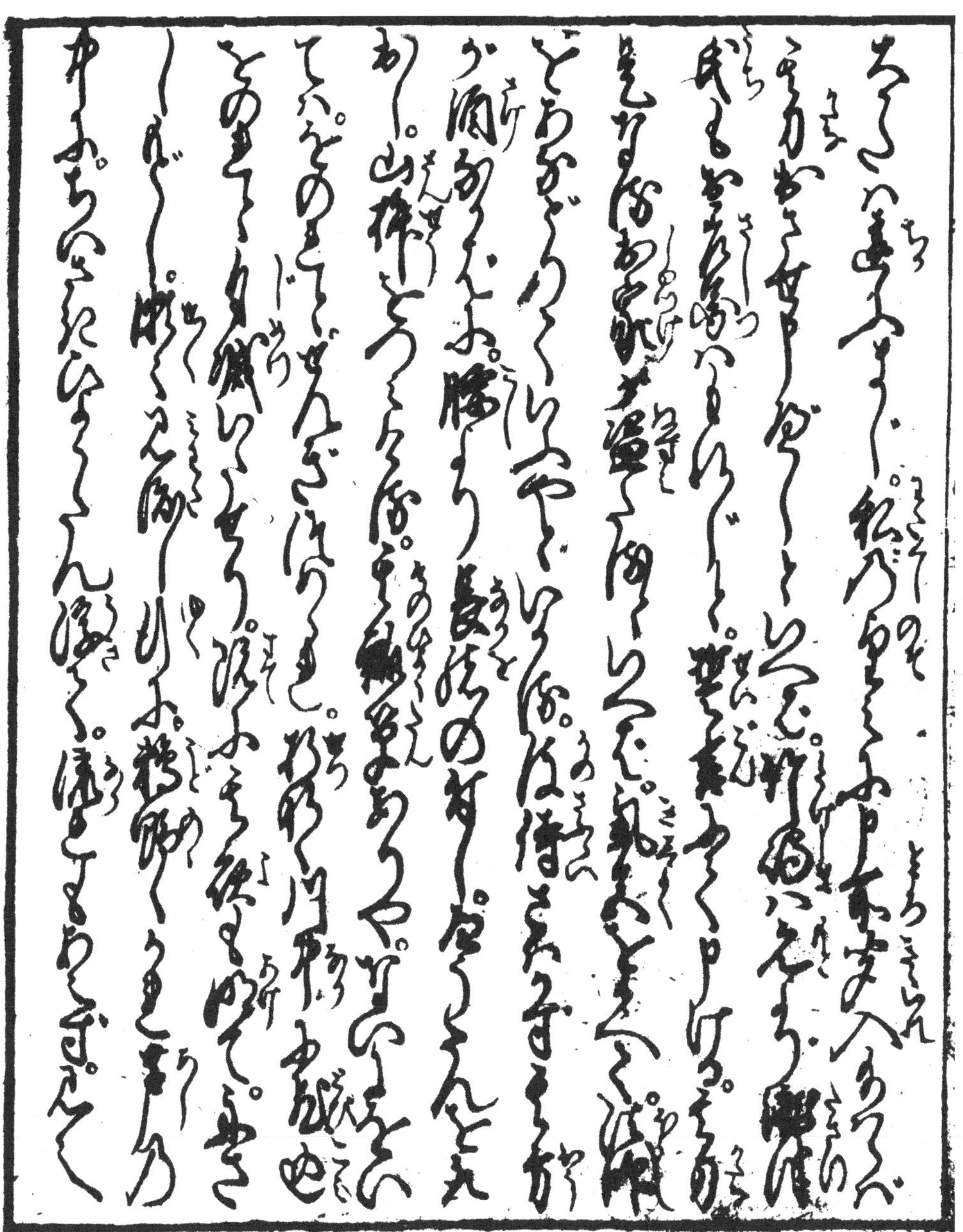

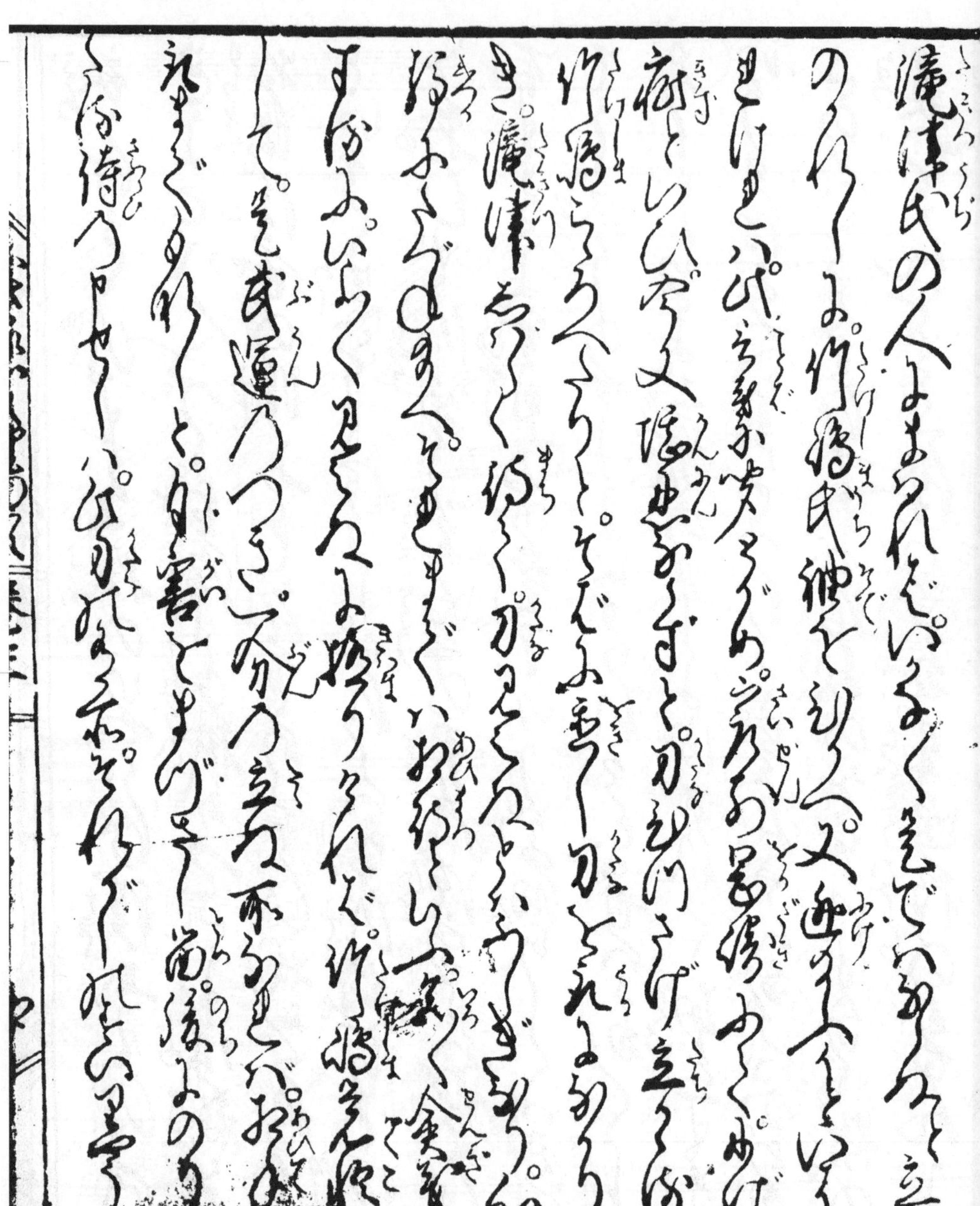

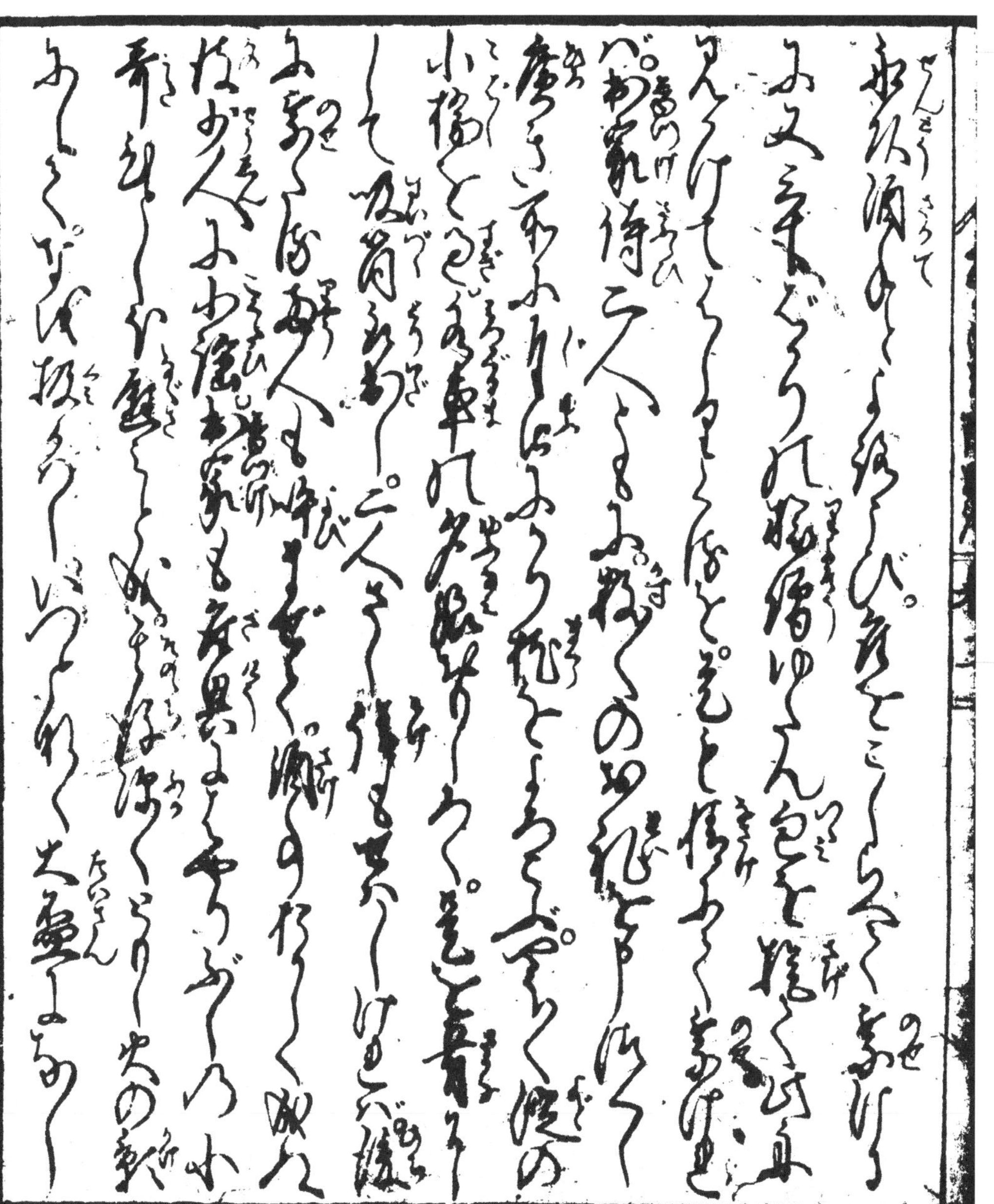

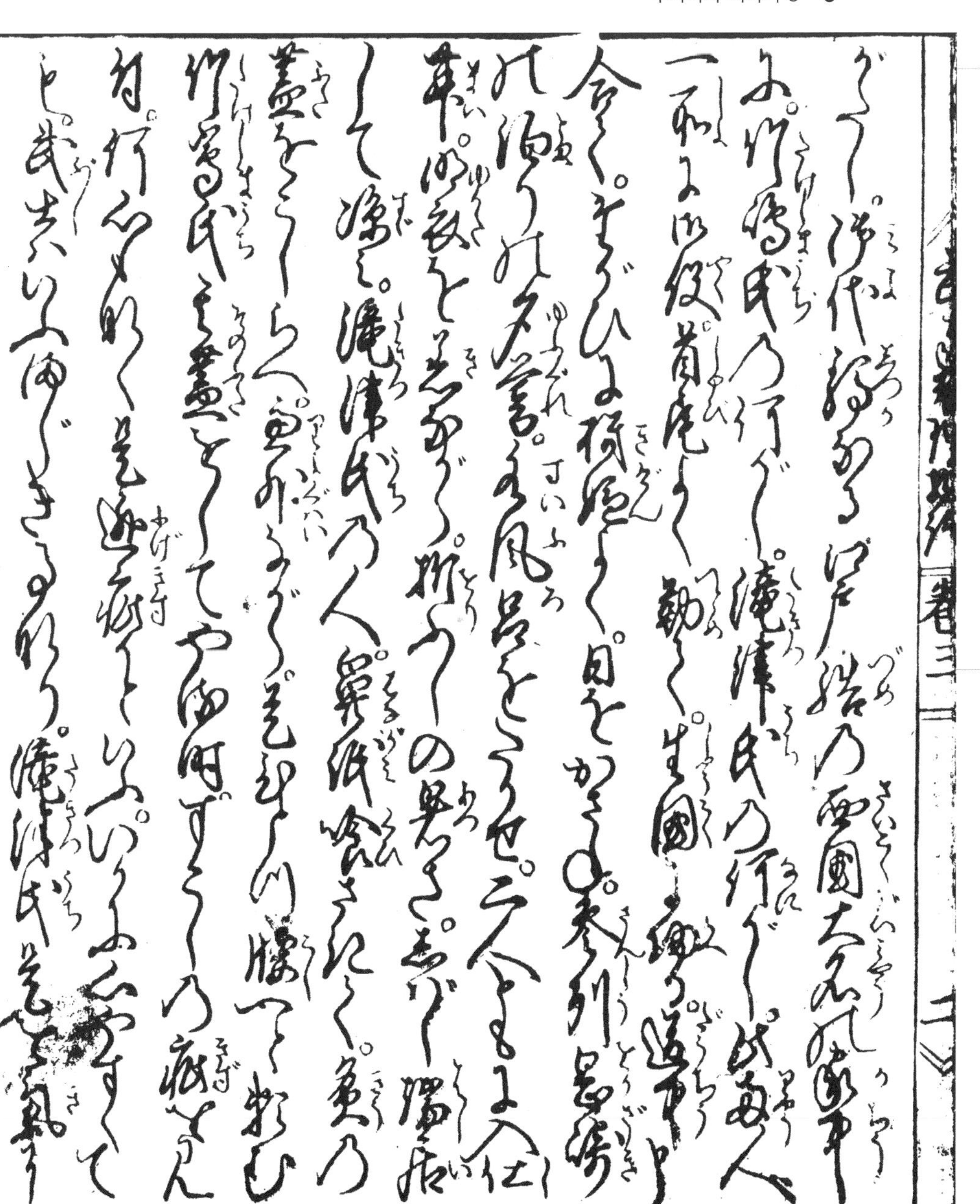

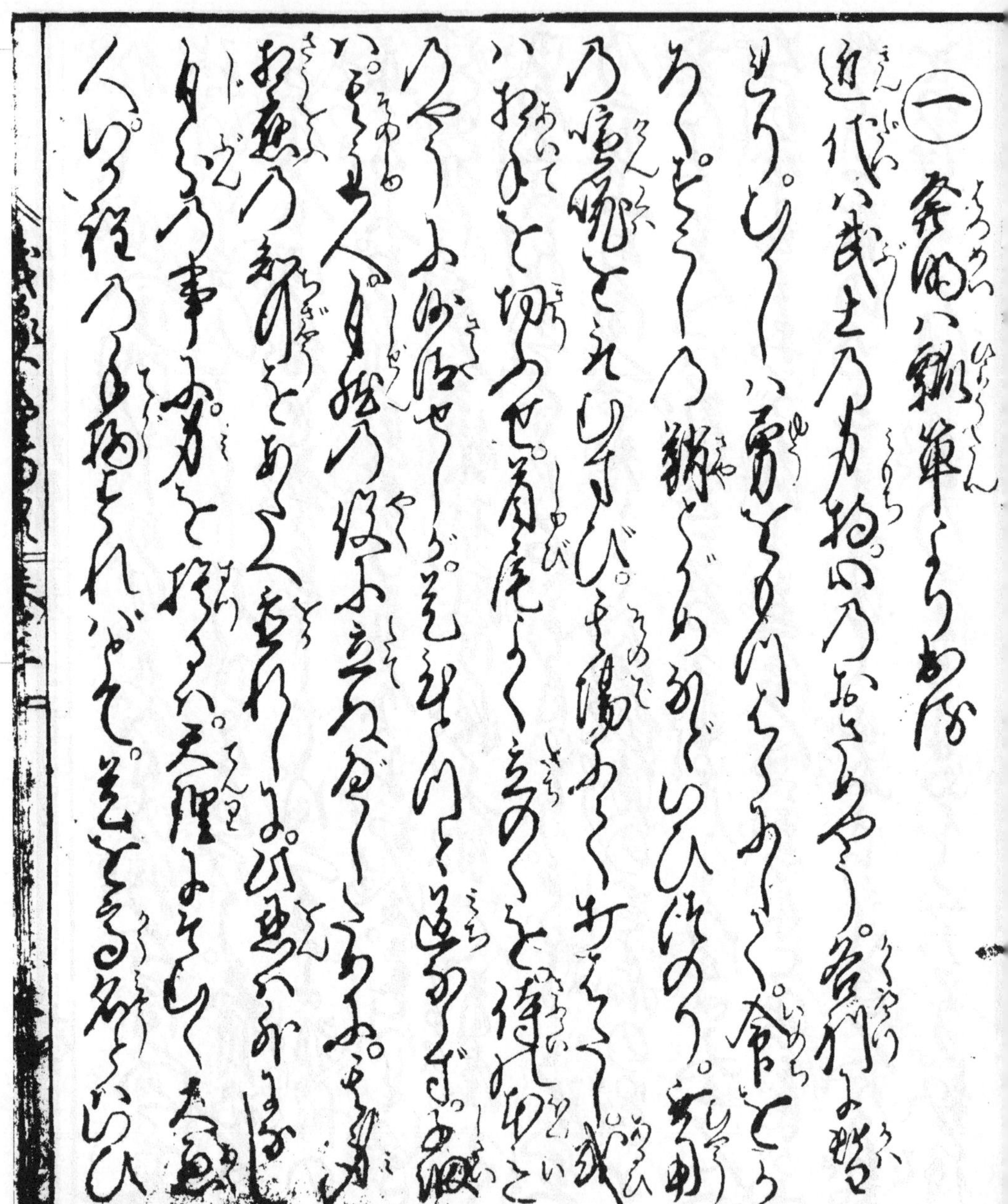

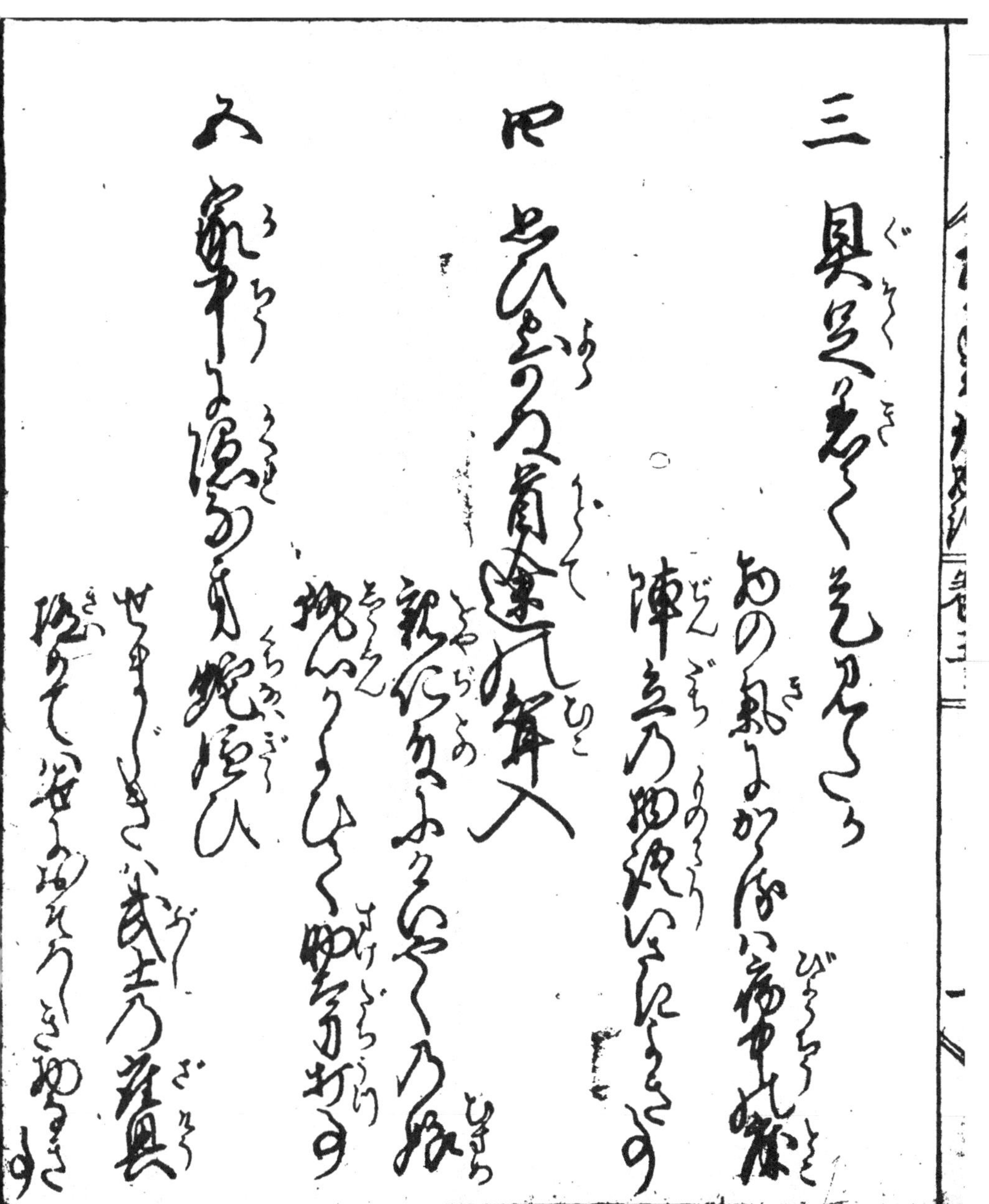

三　具足着て是見たか
　あの気ならば病中の働
　陣立の物語はいはれさりき

四　思ひもよらぬ首途の聟入
　親に替ふるや人の娘
　懐にして[illegible]物打す

五　家中に隠れなき蛇嫌ひ
　世にはしきは武士の座興
　[illegible]

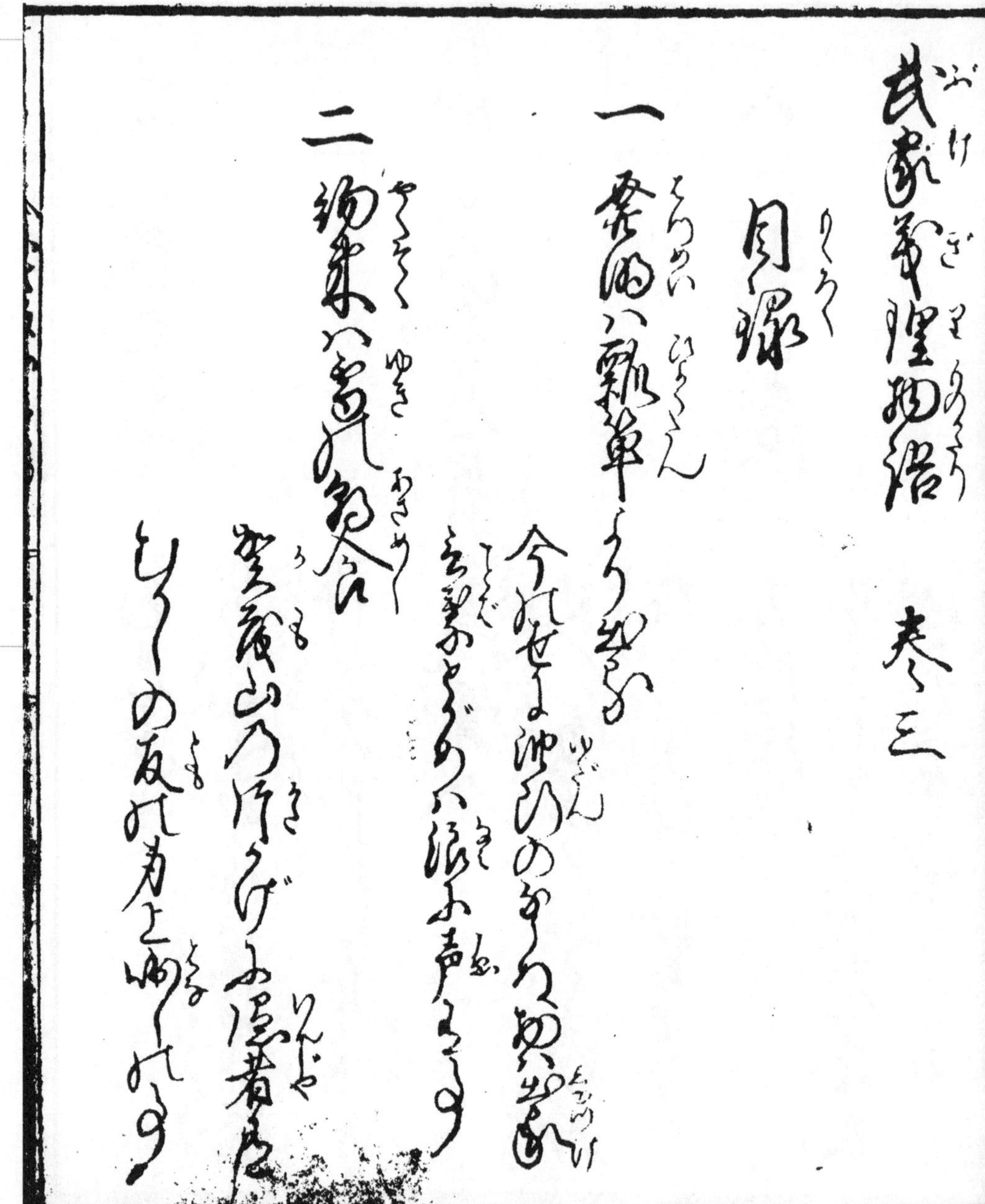

武家義理物語　巻三

目録

一　発明は瓢箪より出る

二　約束は雪の朝食

1 무가의리 이야기 3

国文学研究資料館
111173
平成9年3月10日

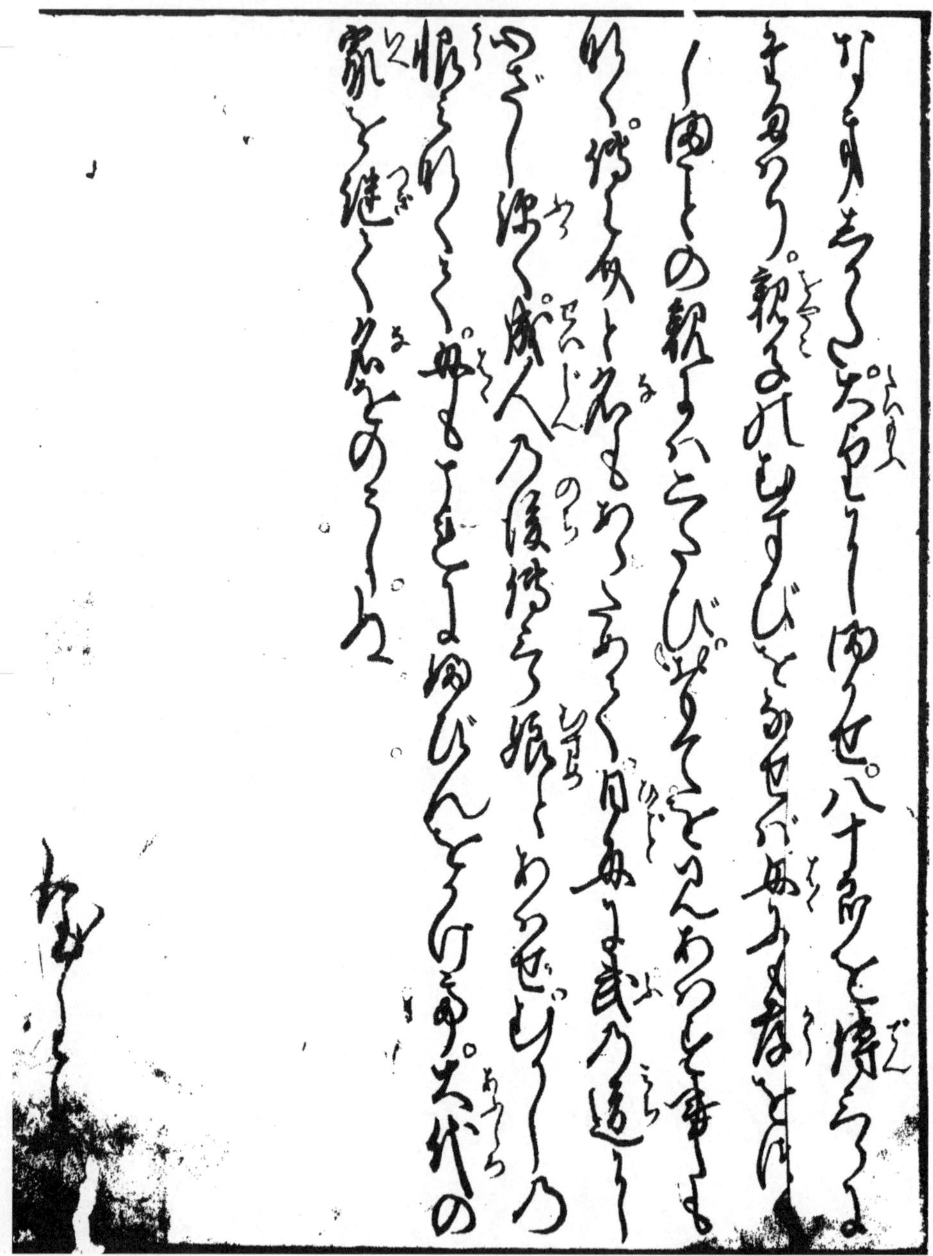

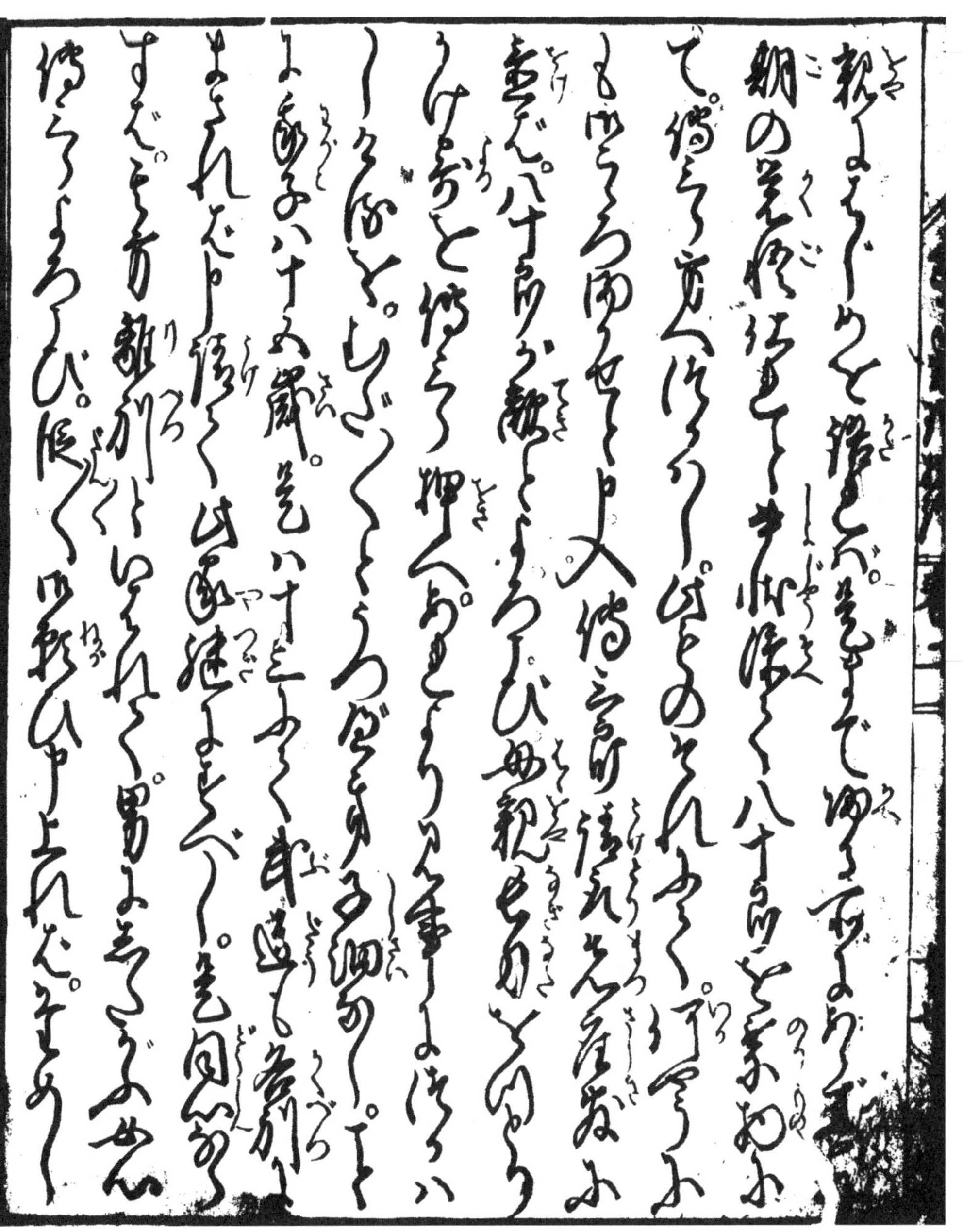

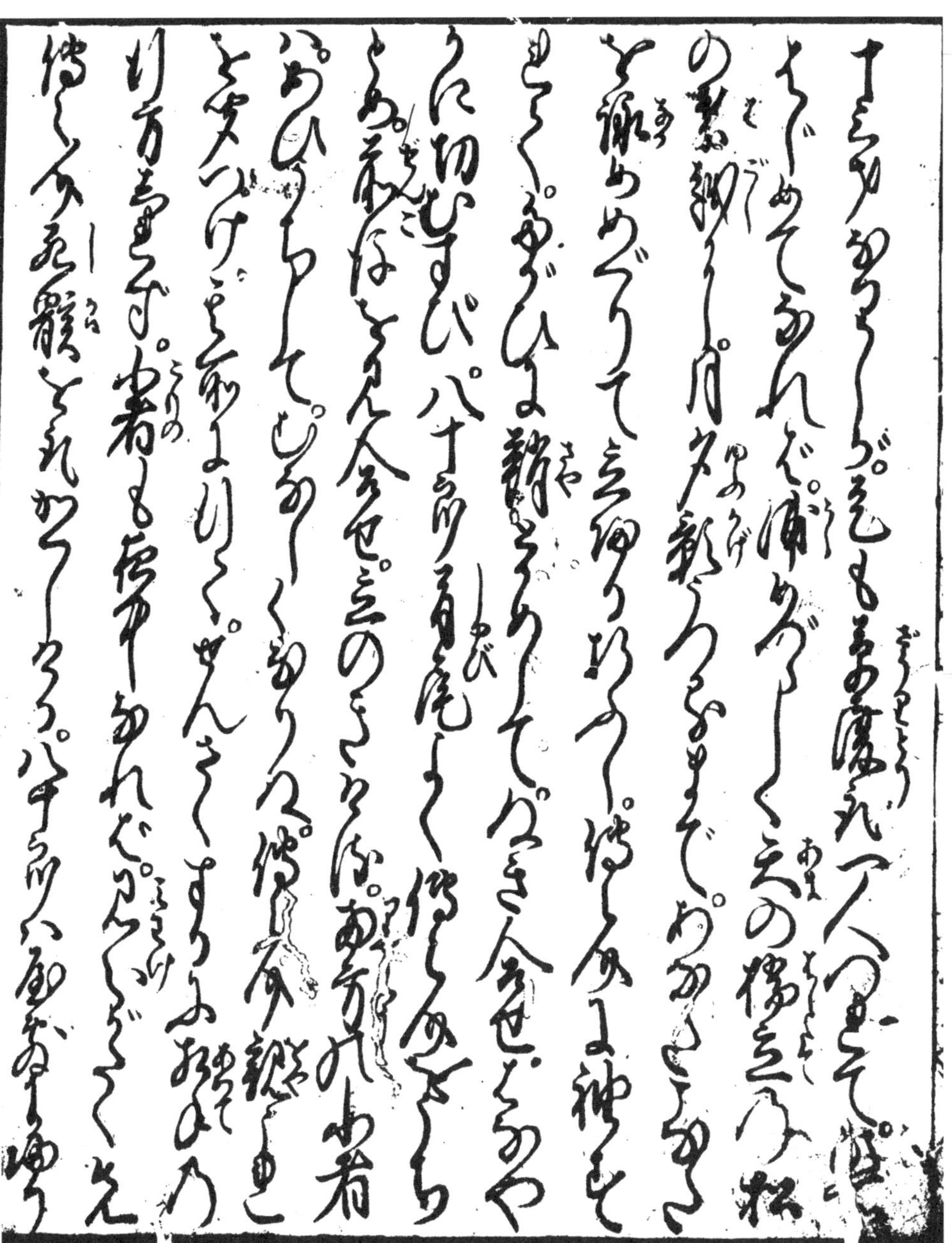

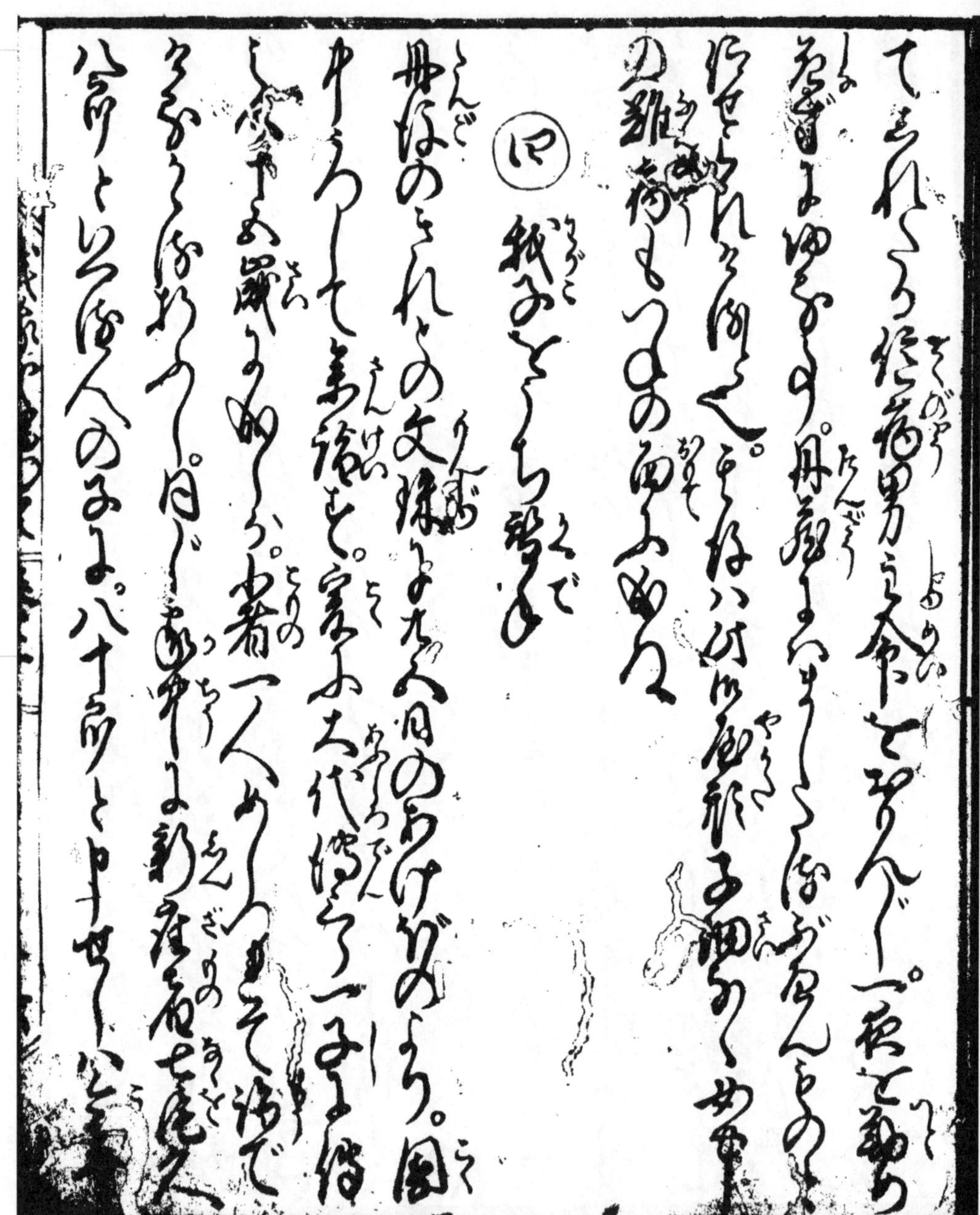

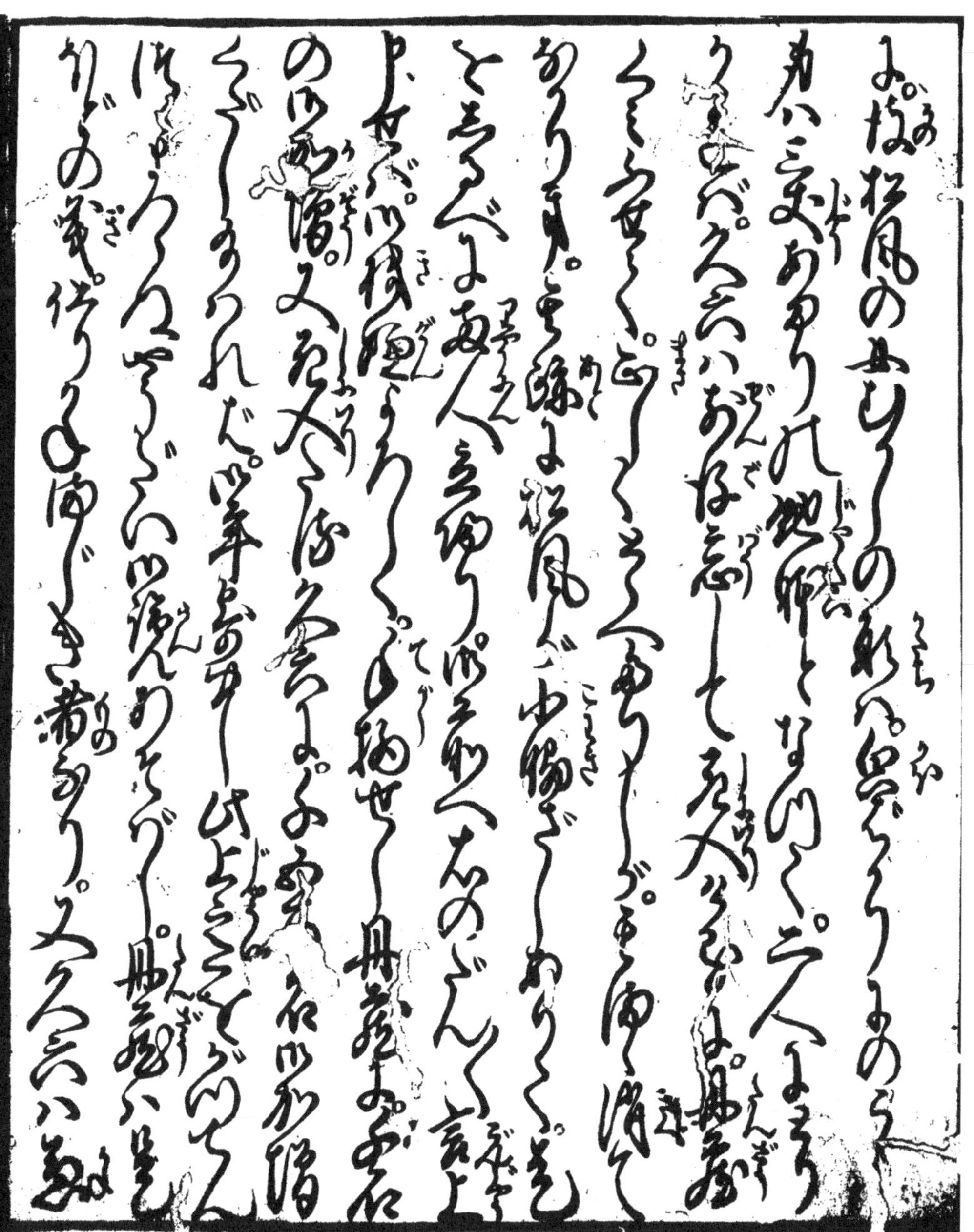

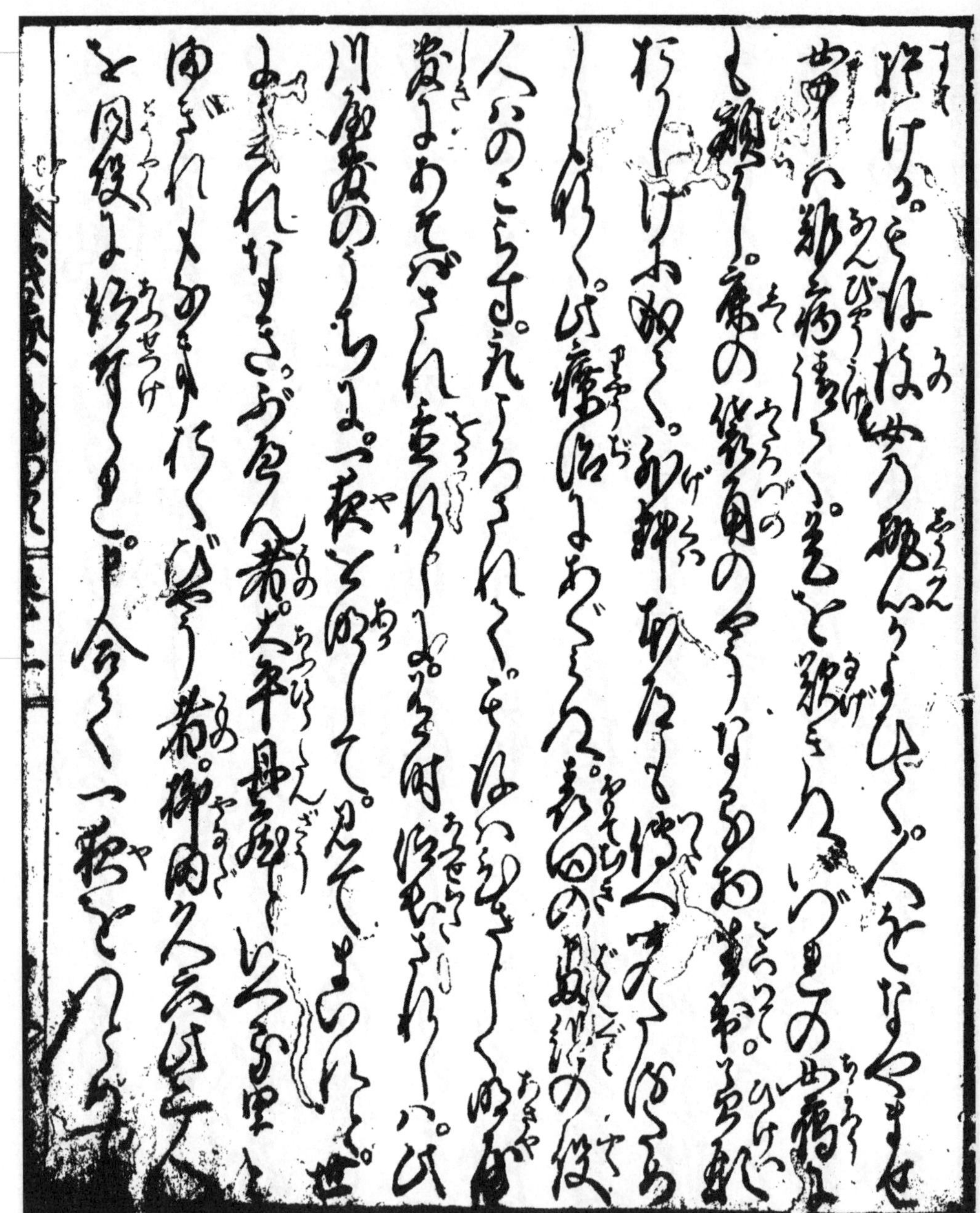

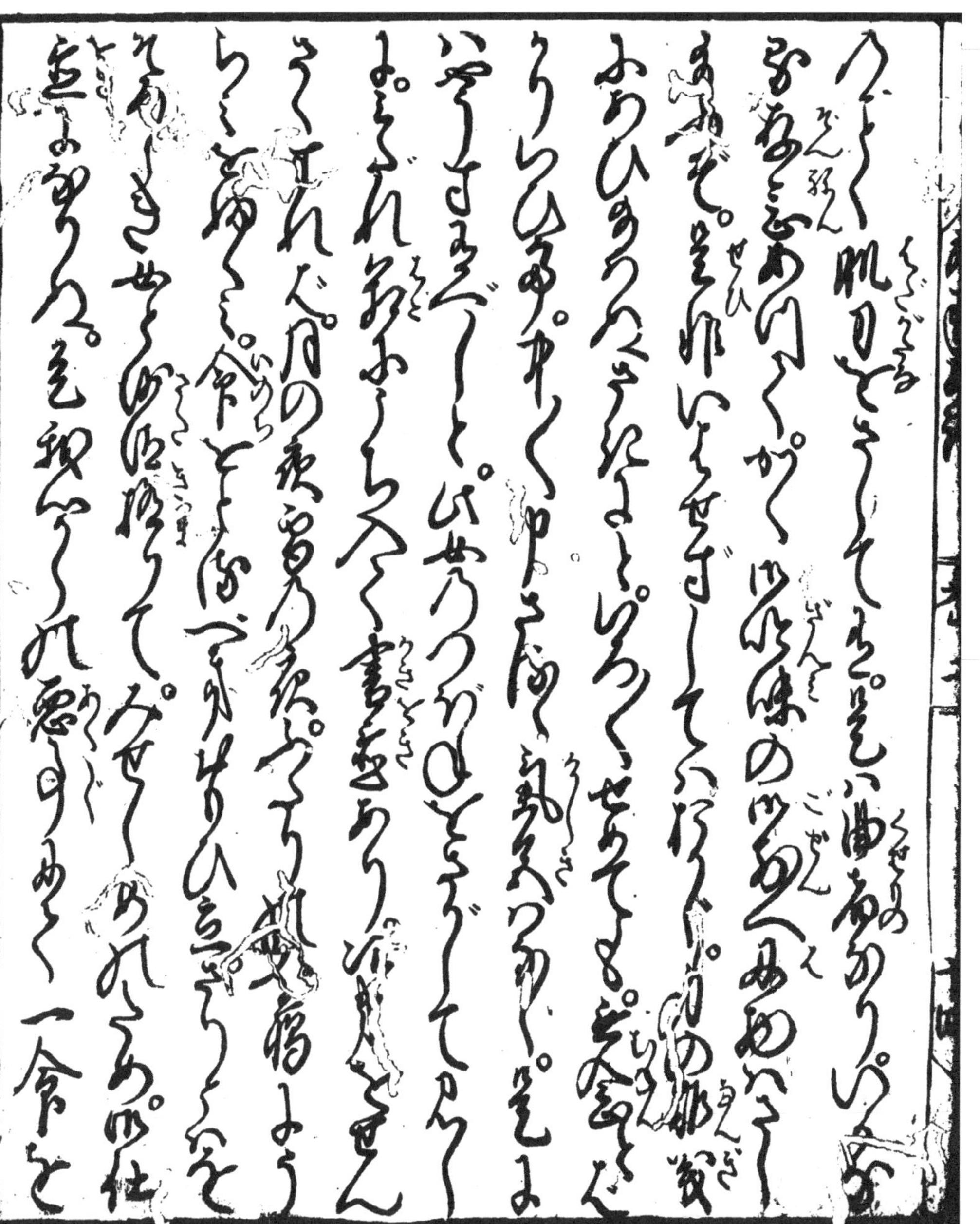

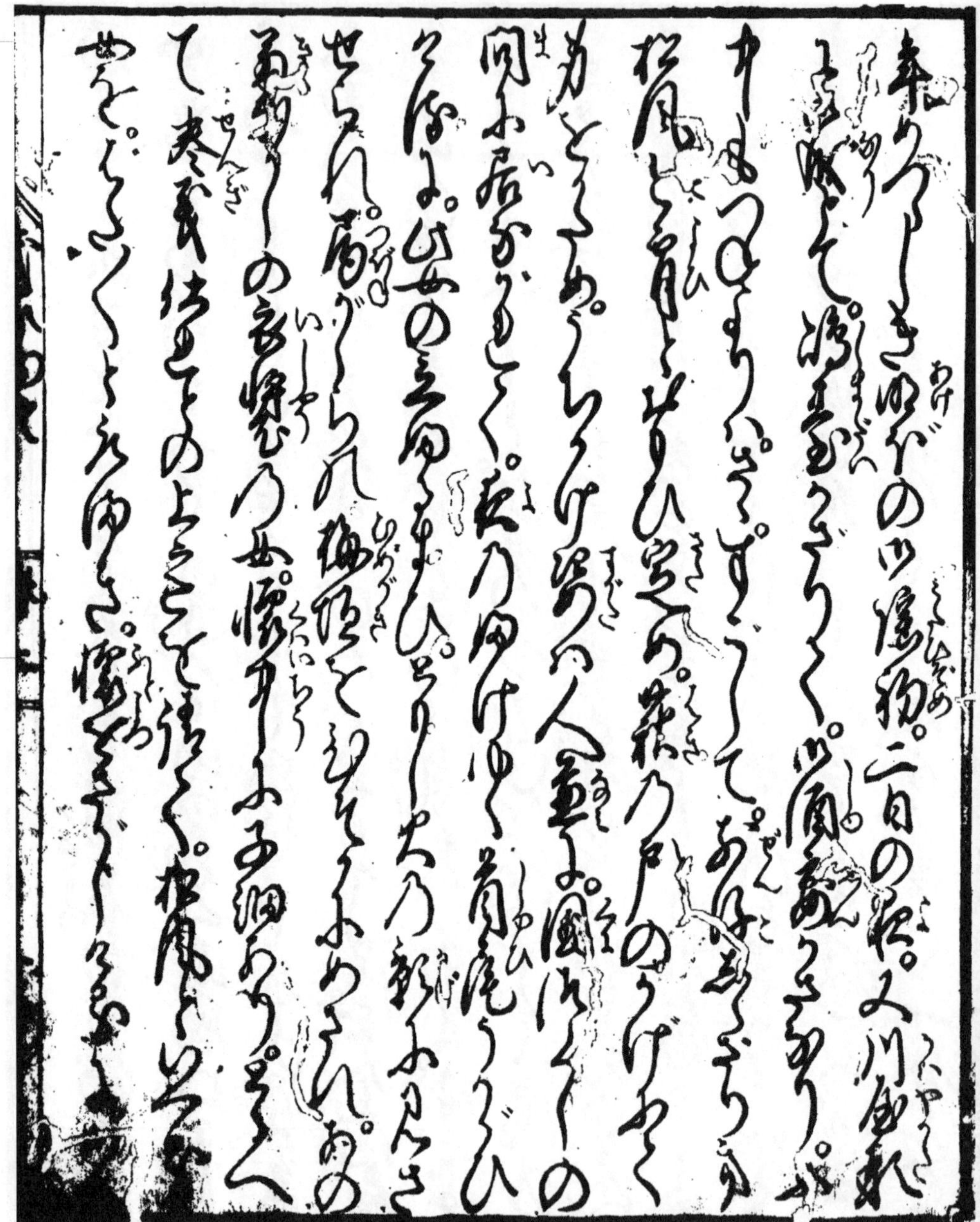

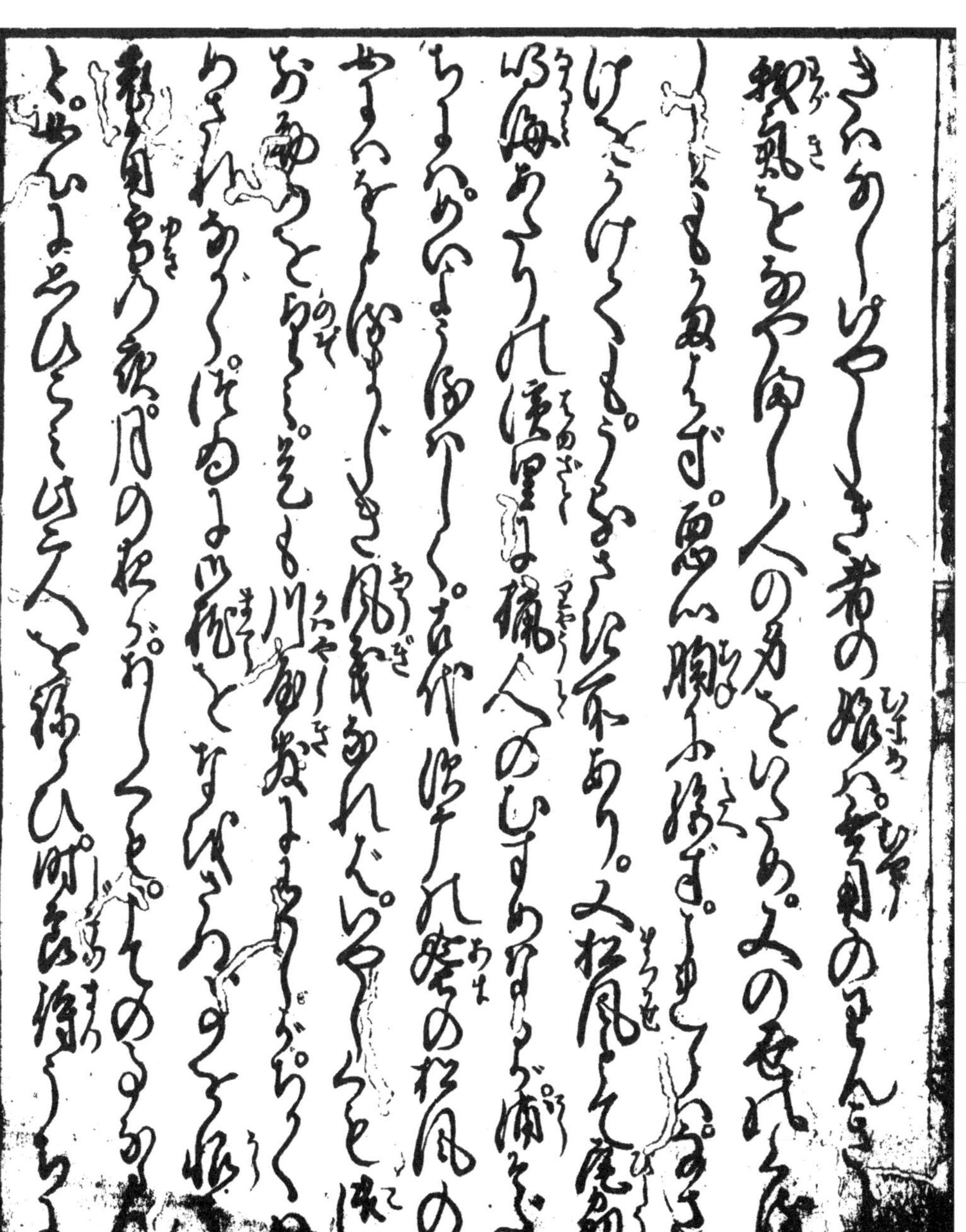

27 무가의리 이야기 2

25 무가의리 이야기 2

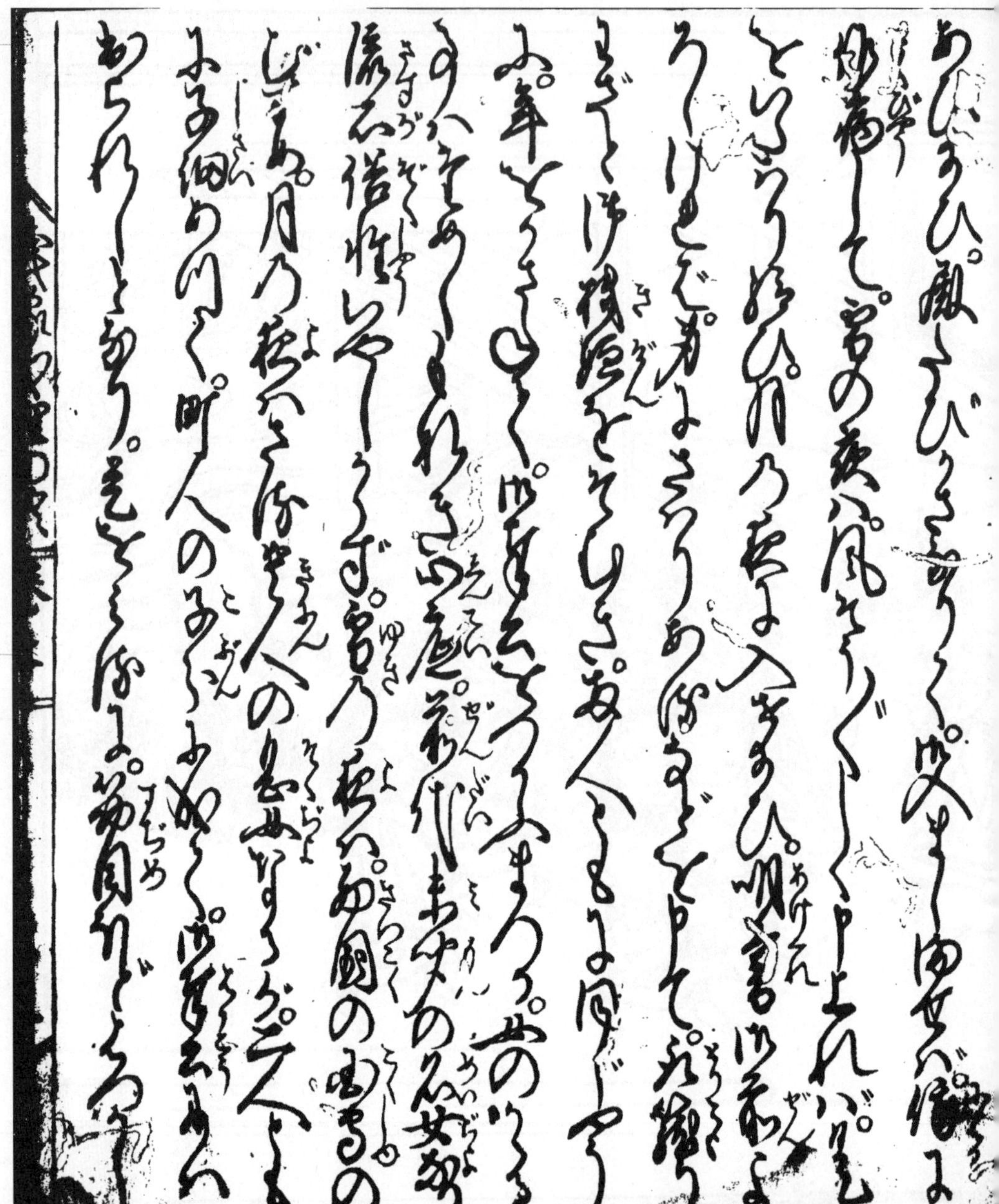

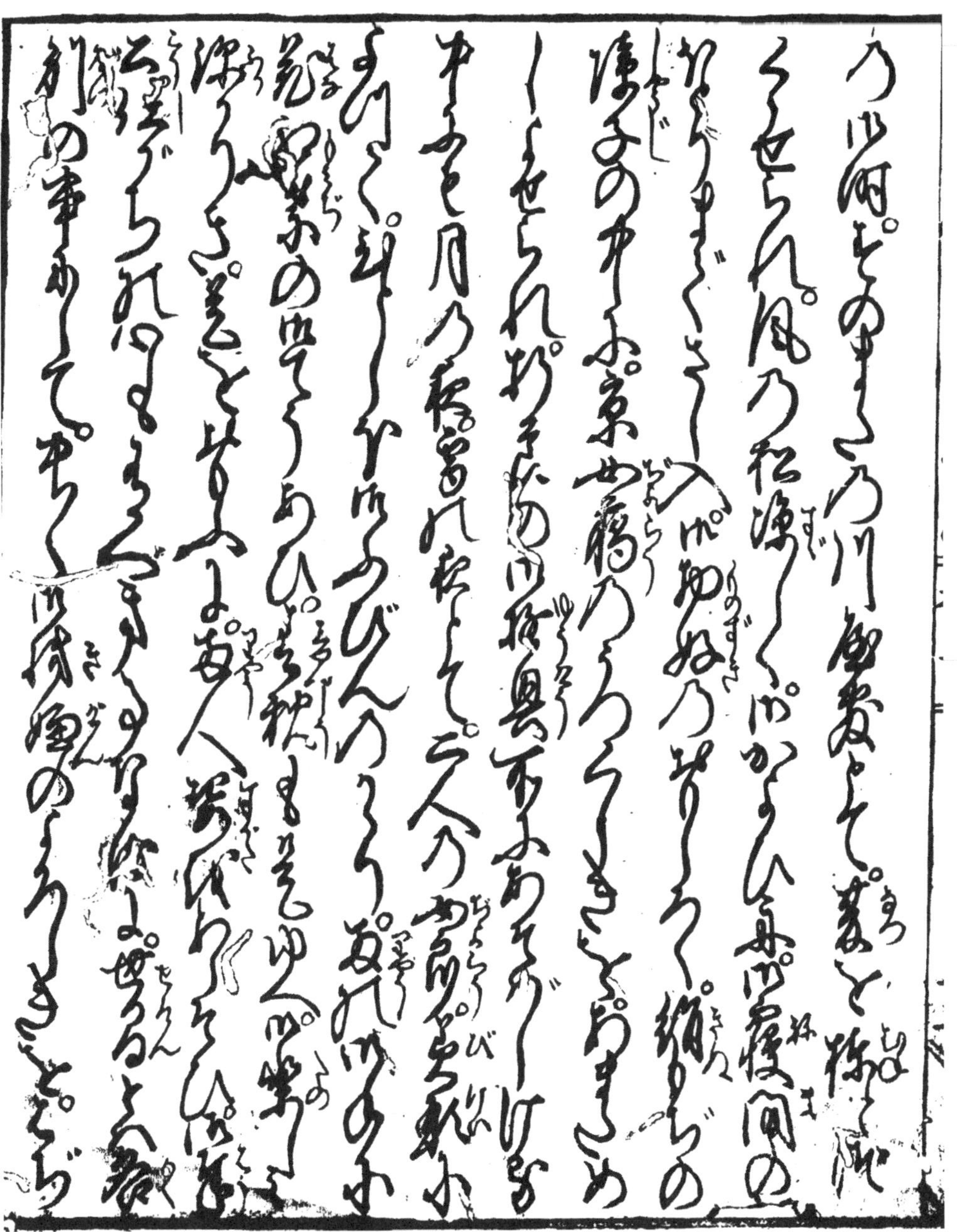

23 무가의리 이야기 2

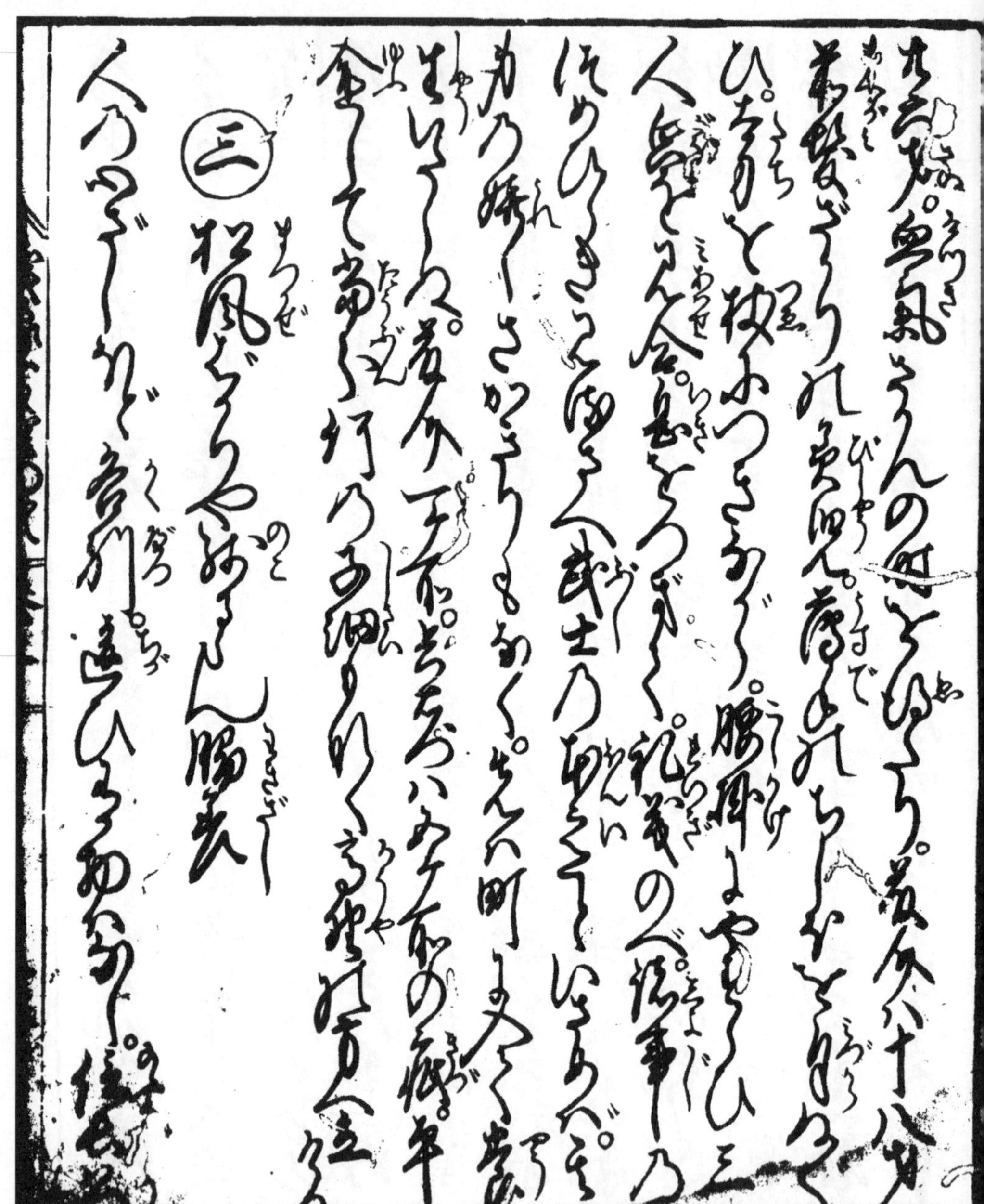

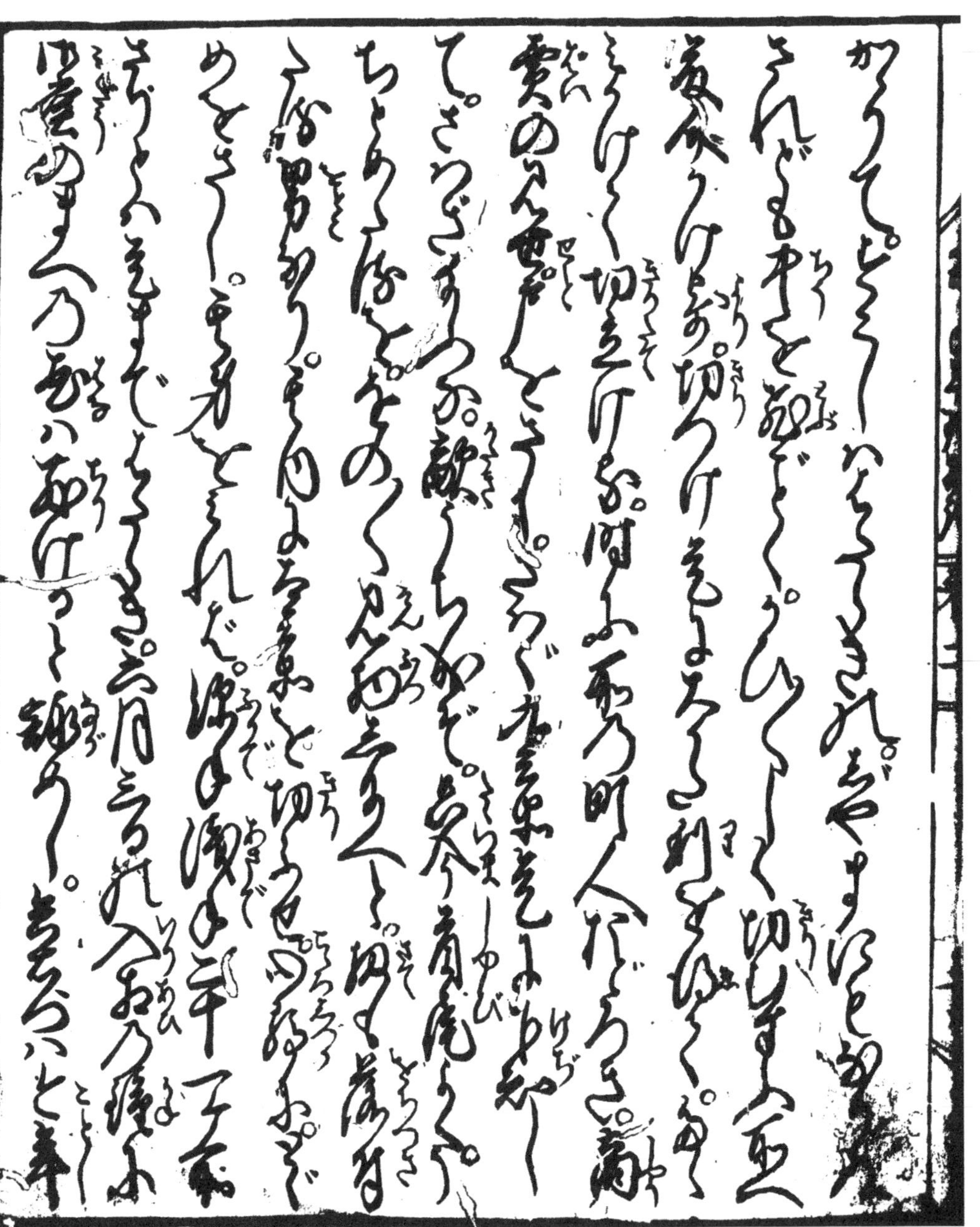

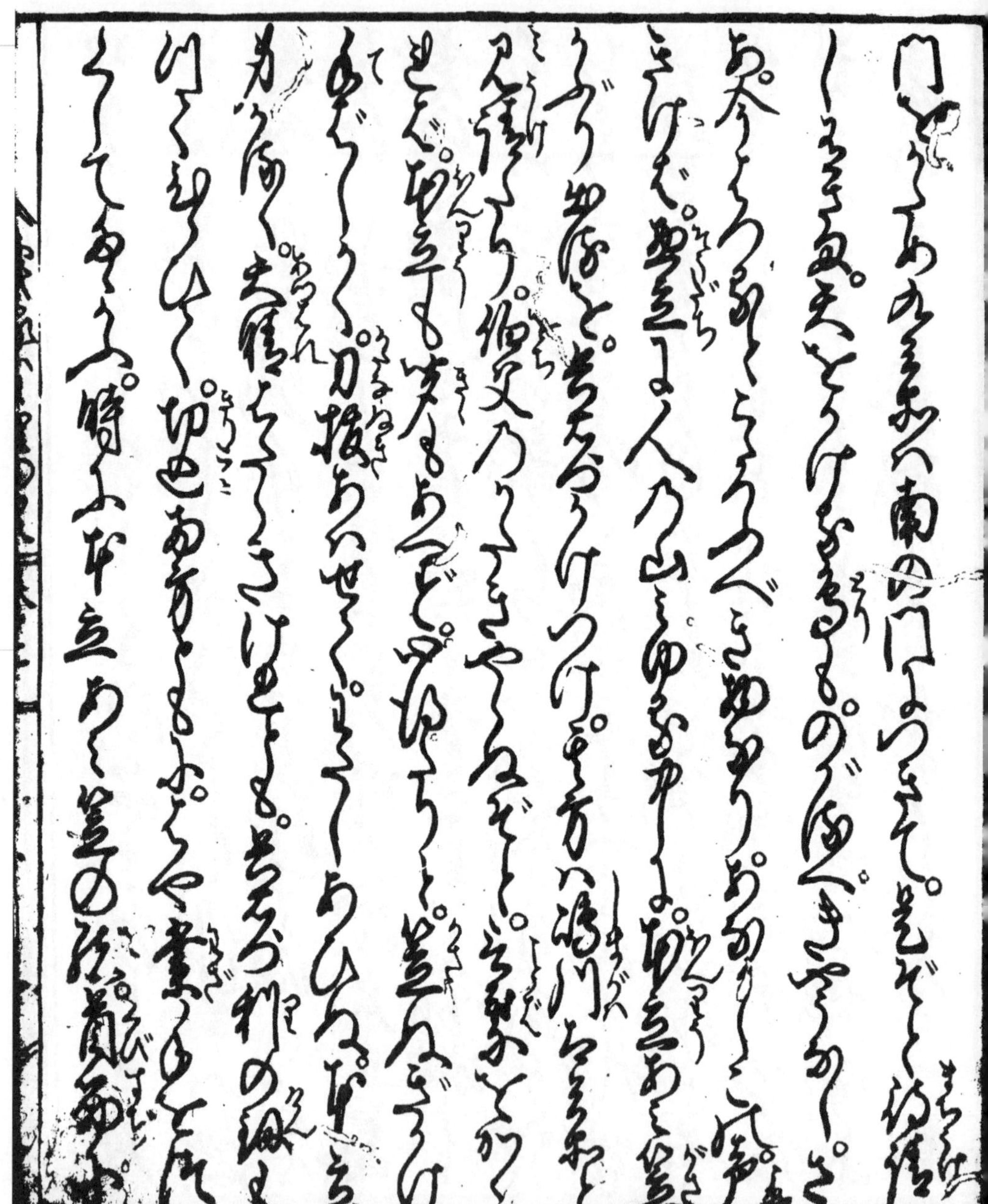

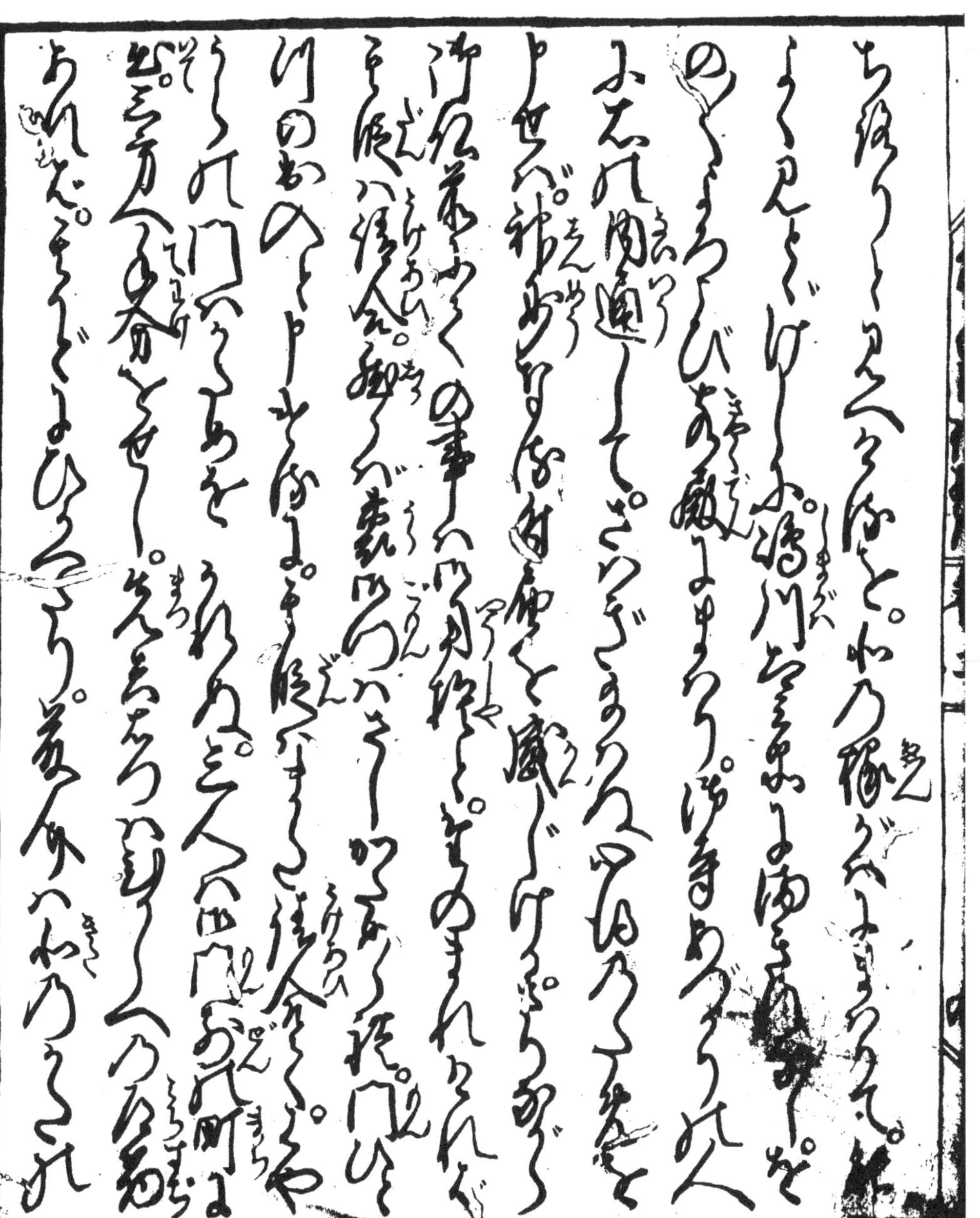

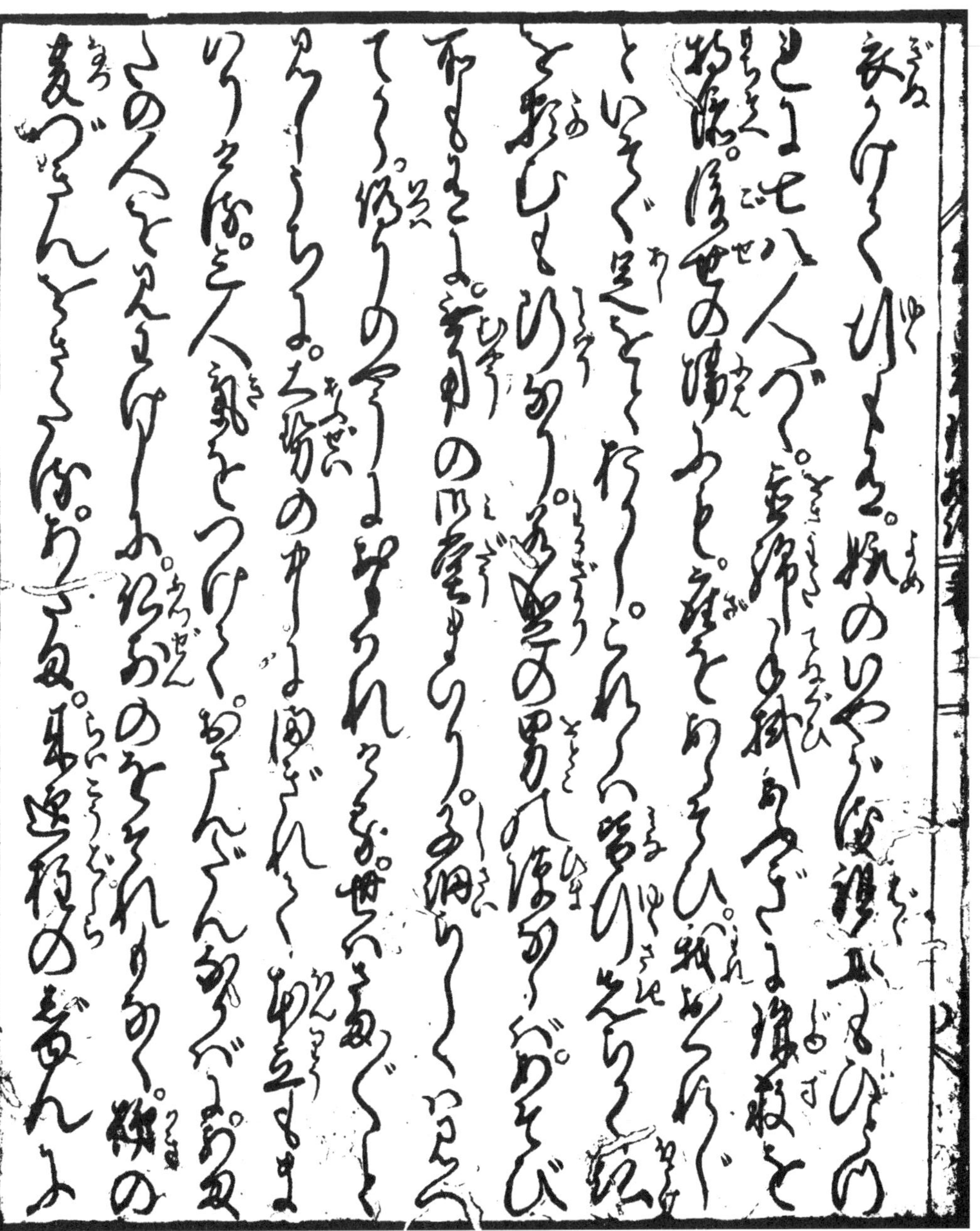

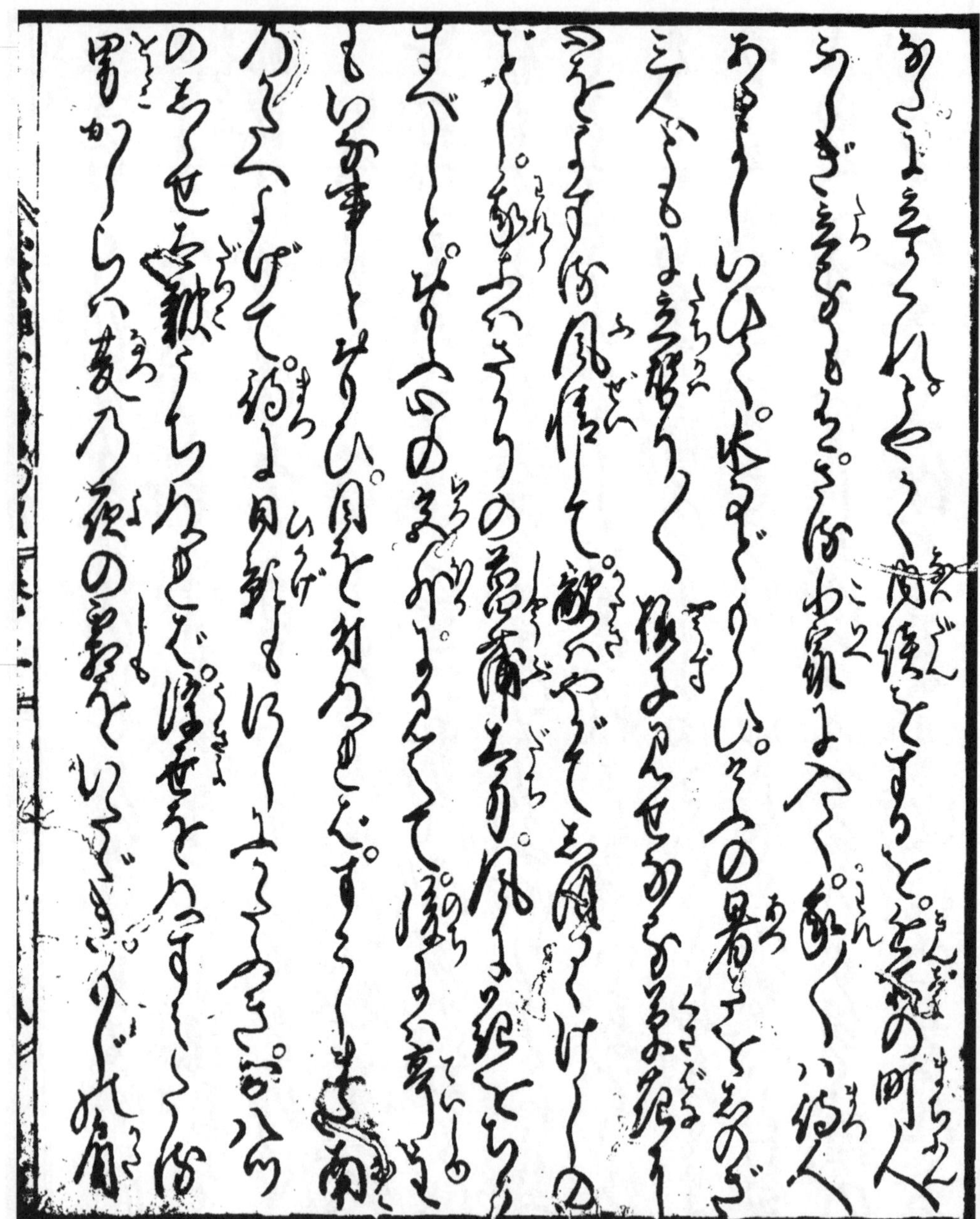

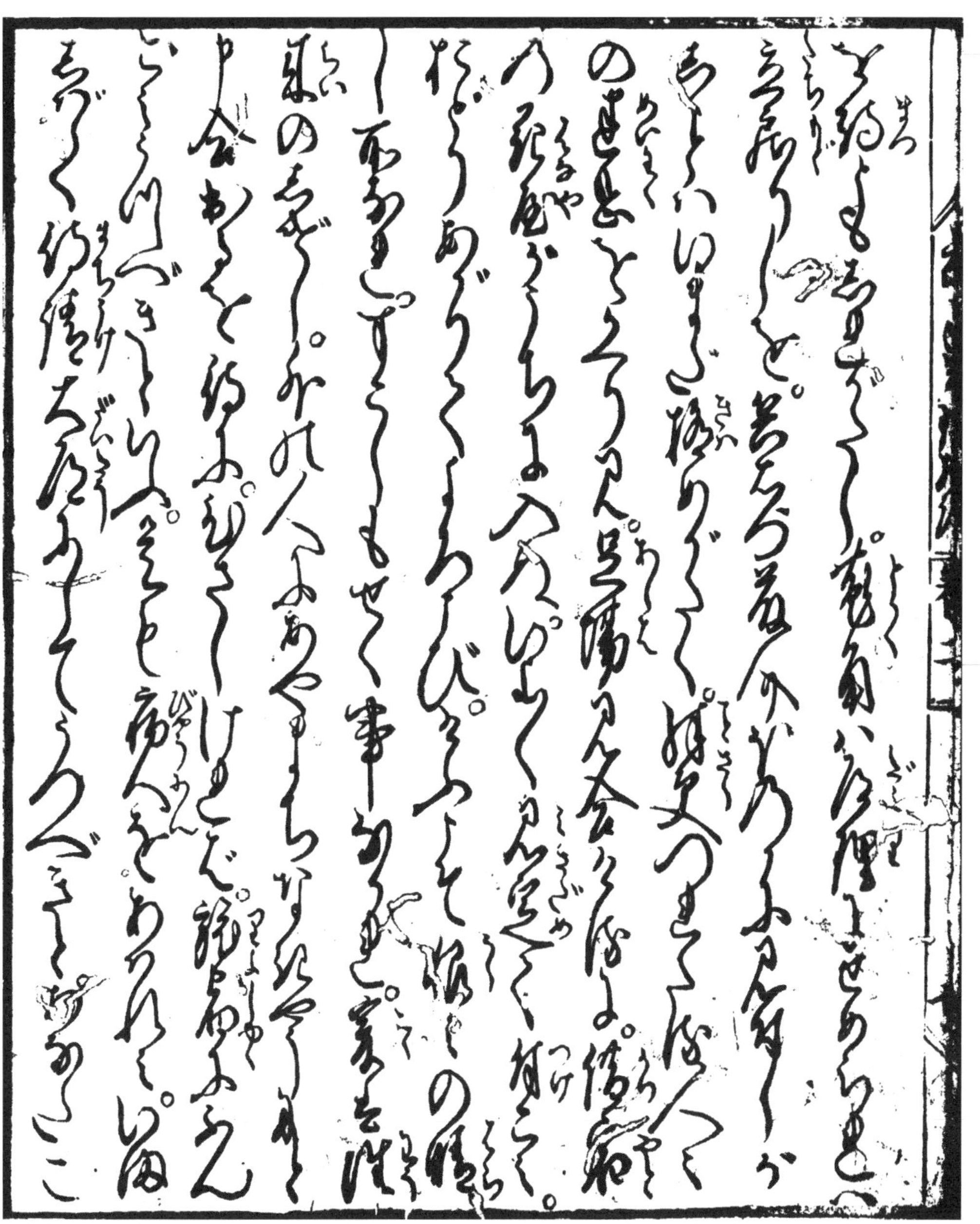

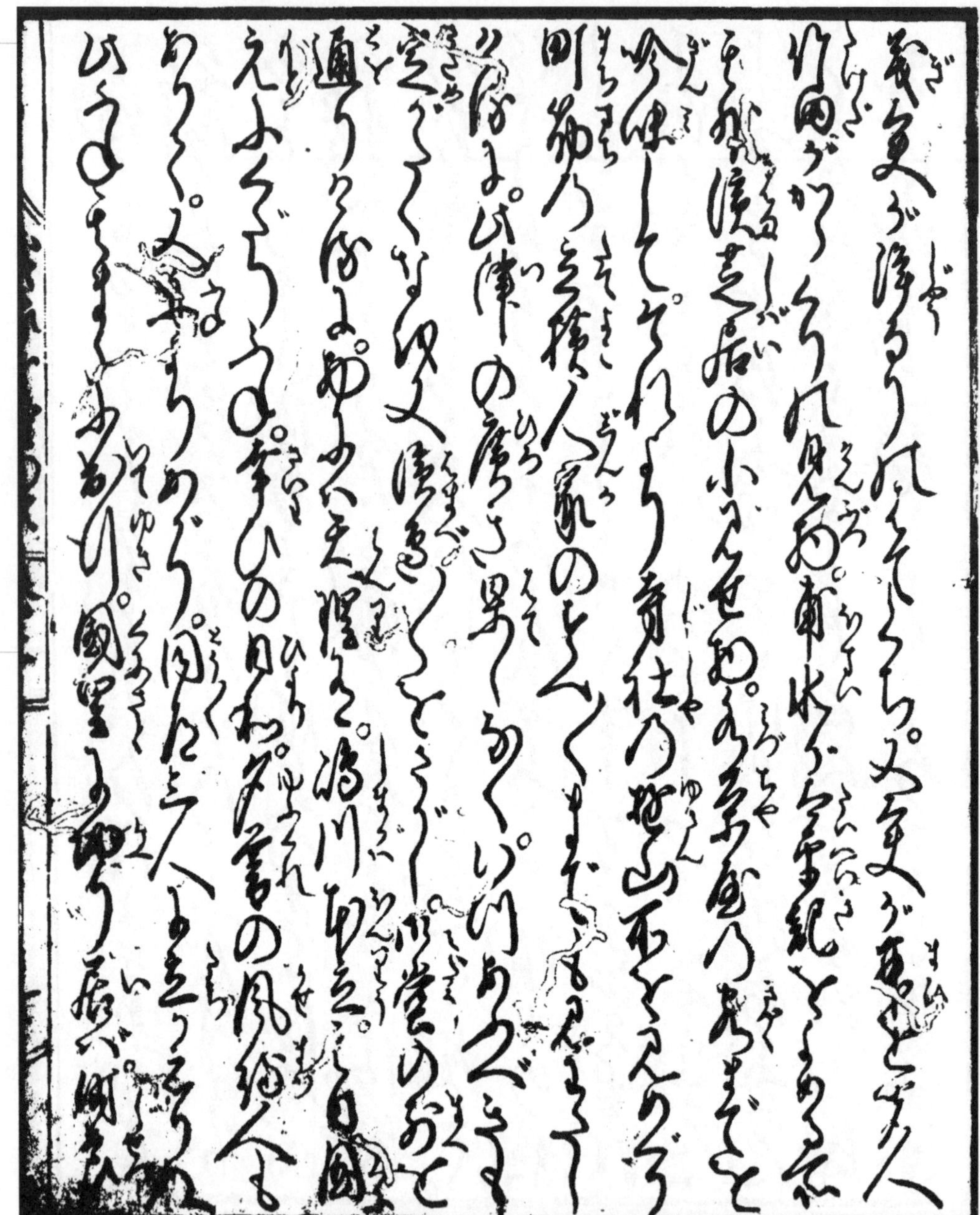

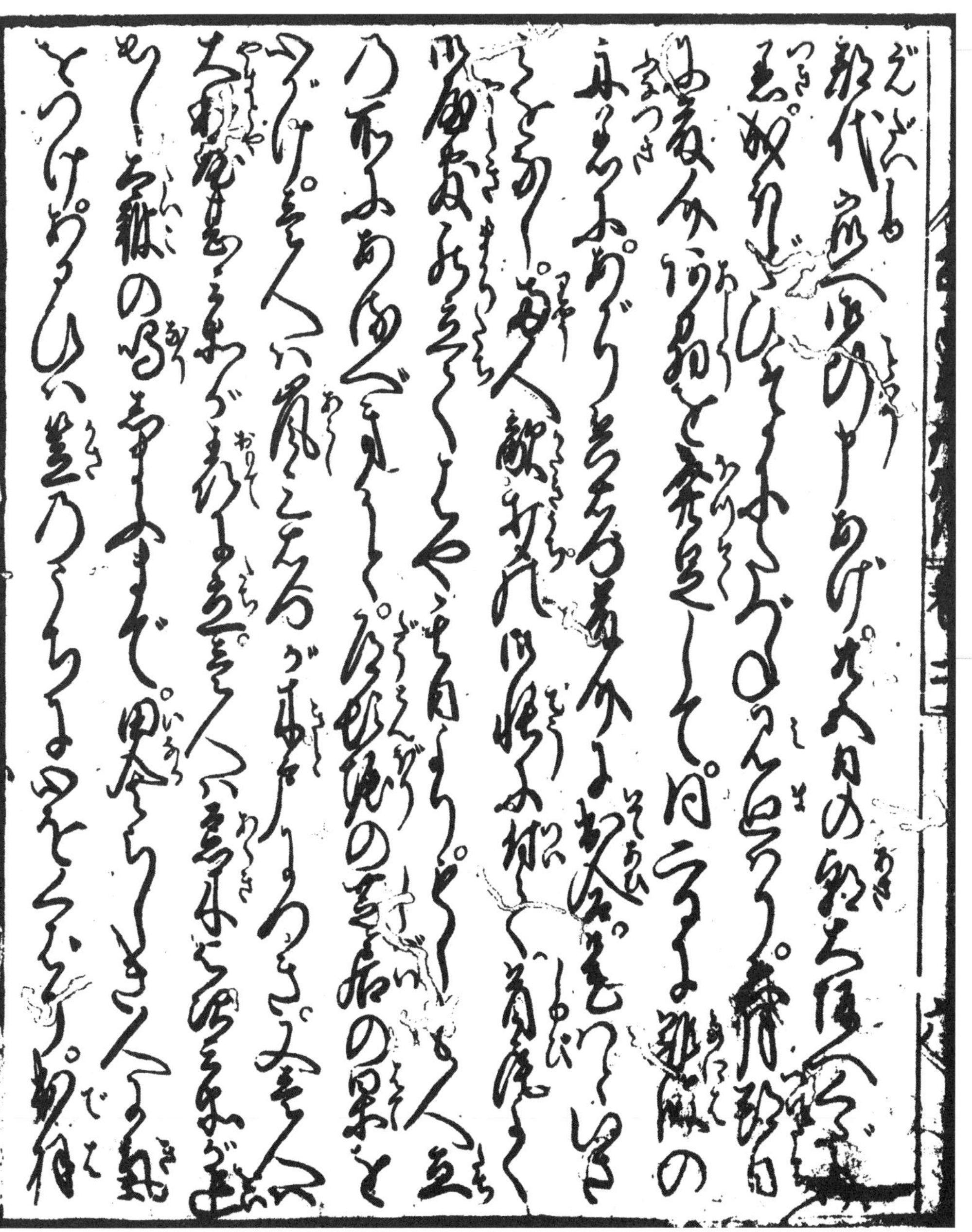

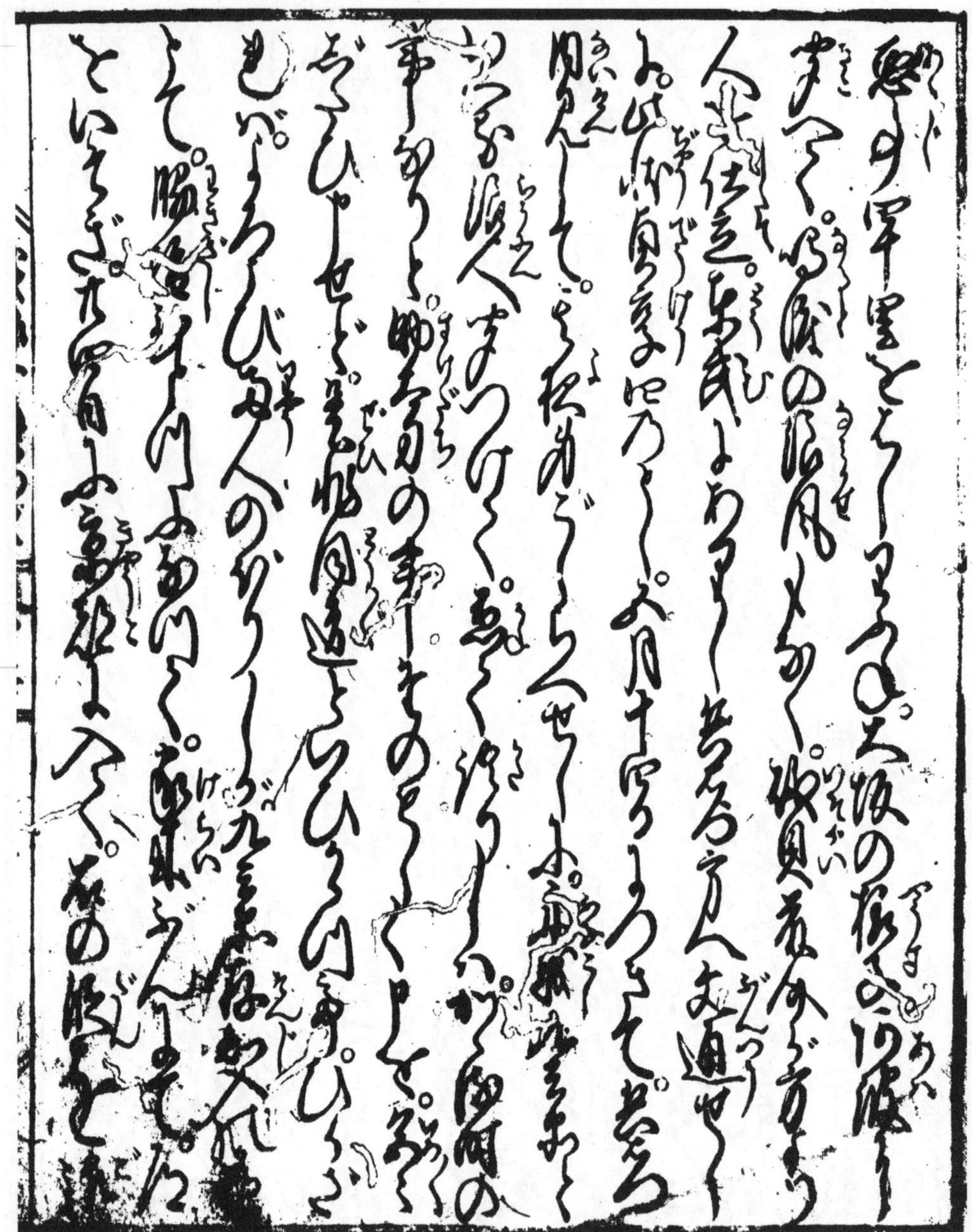

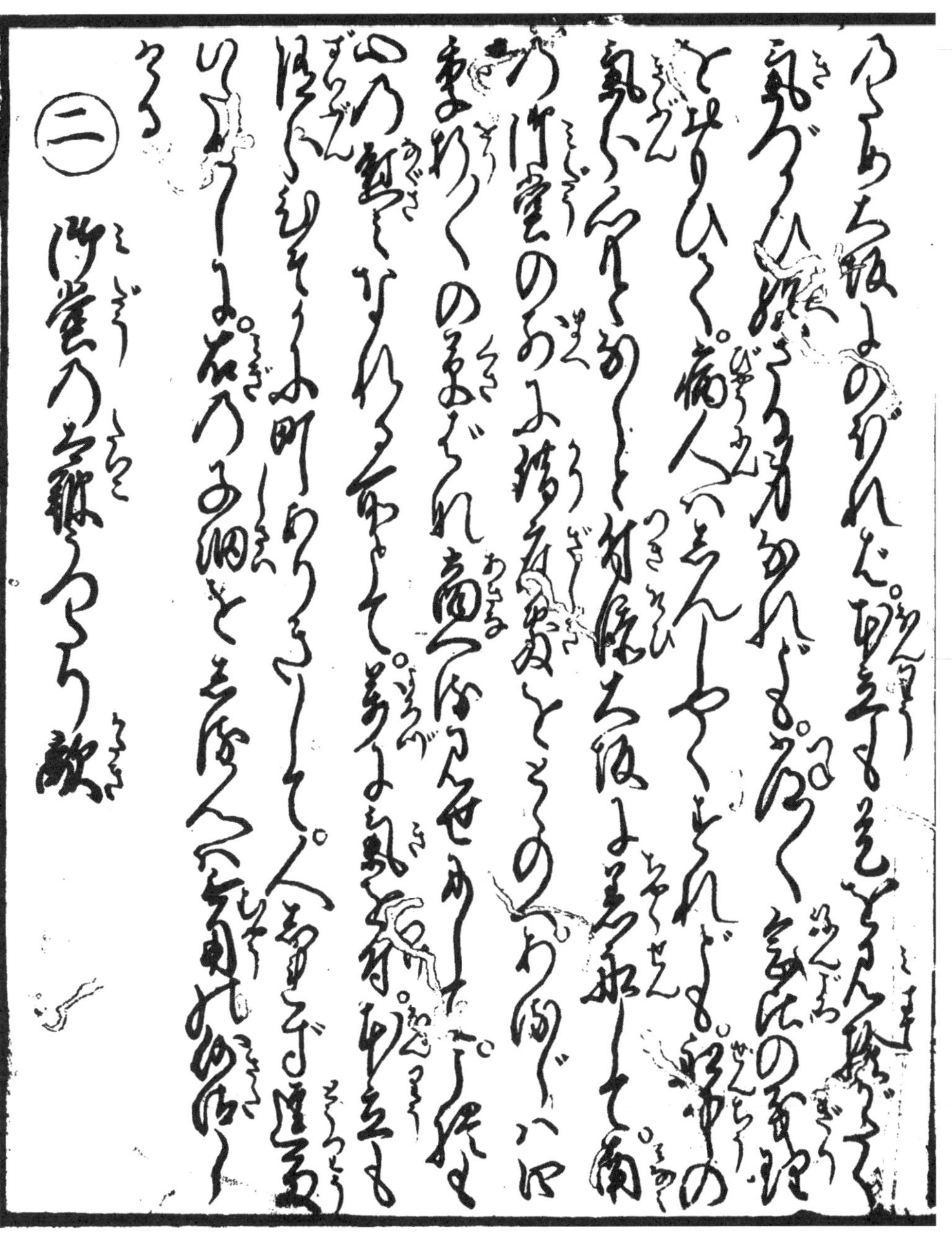

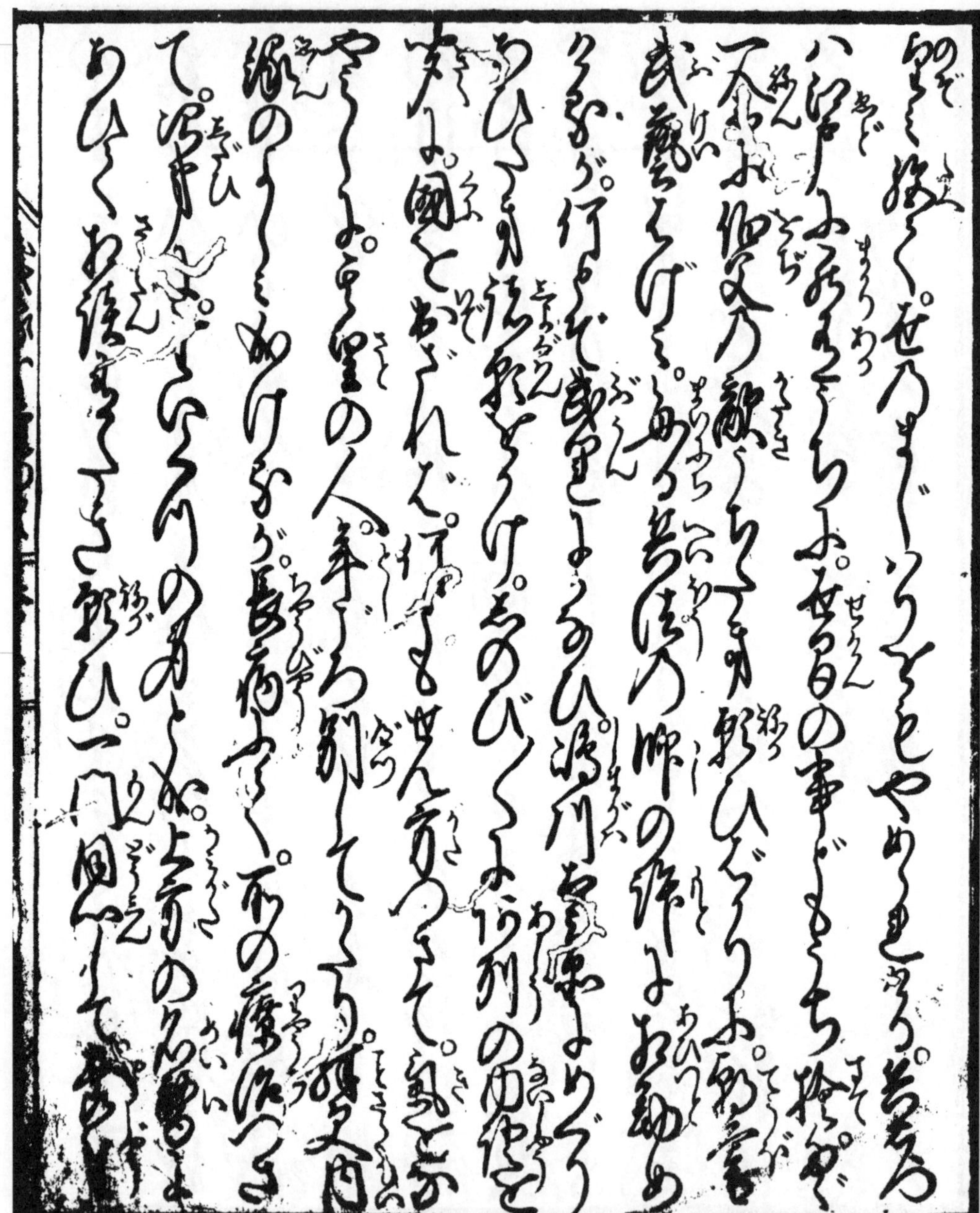

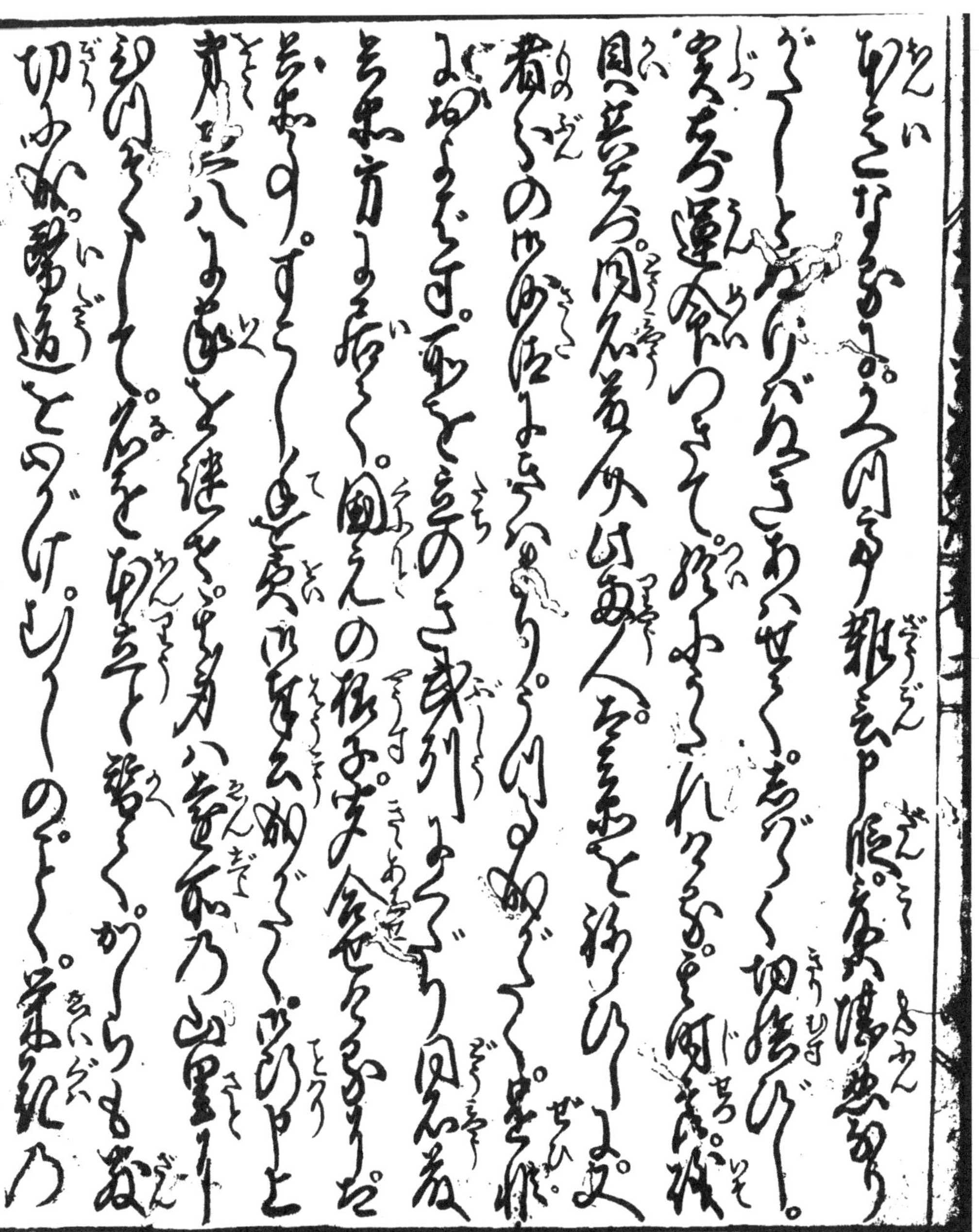

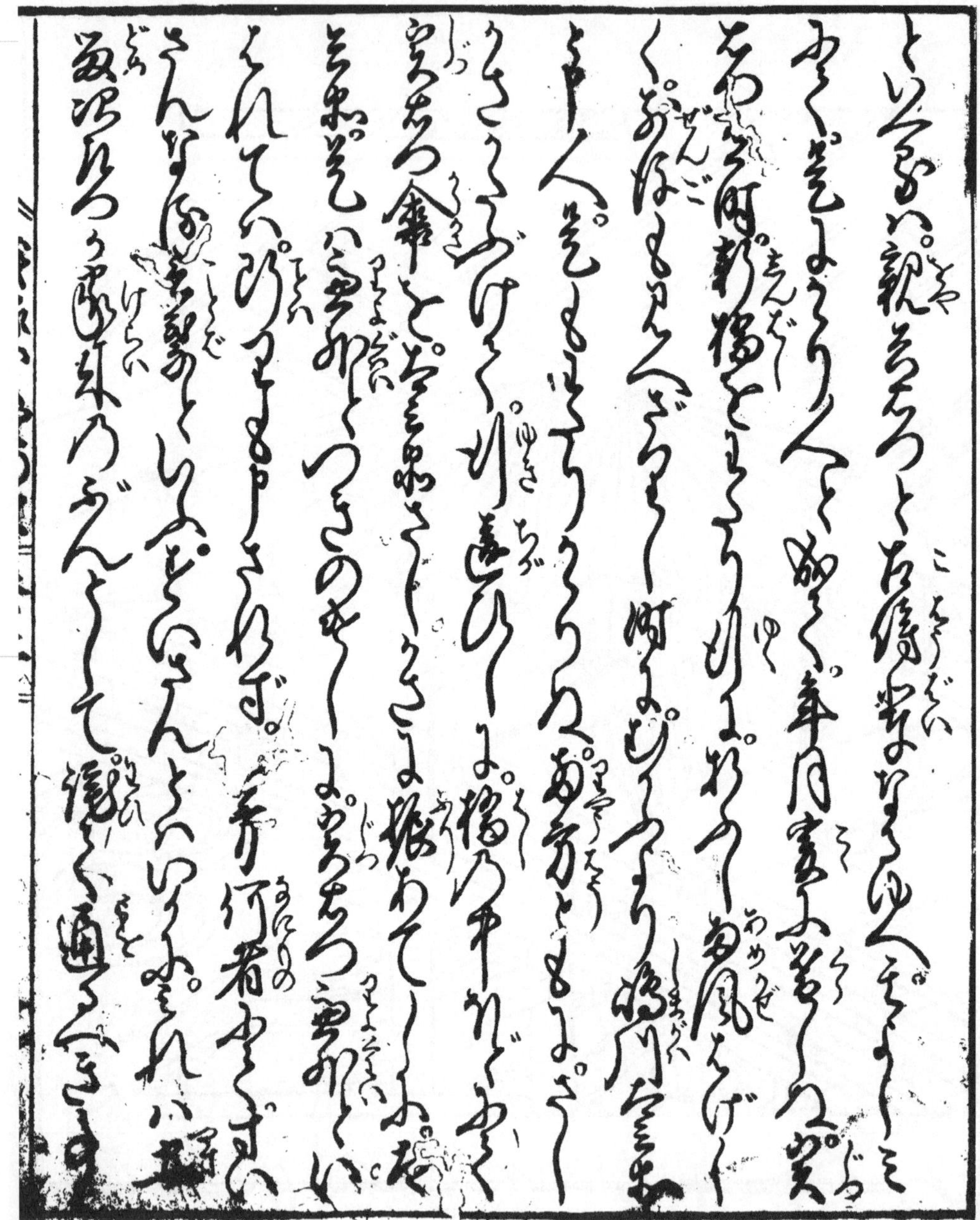

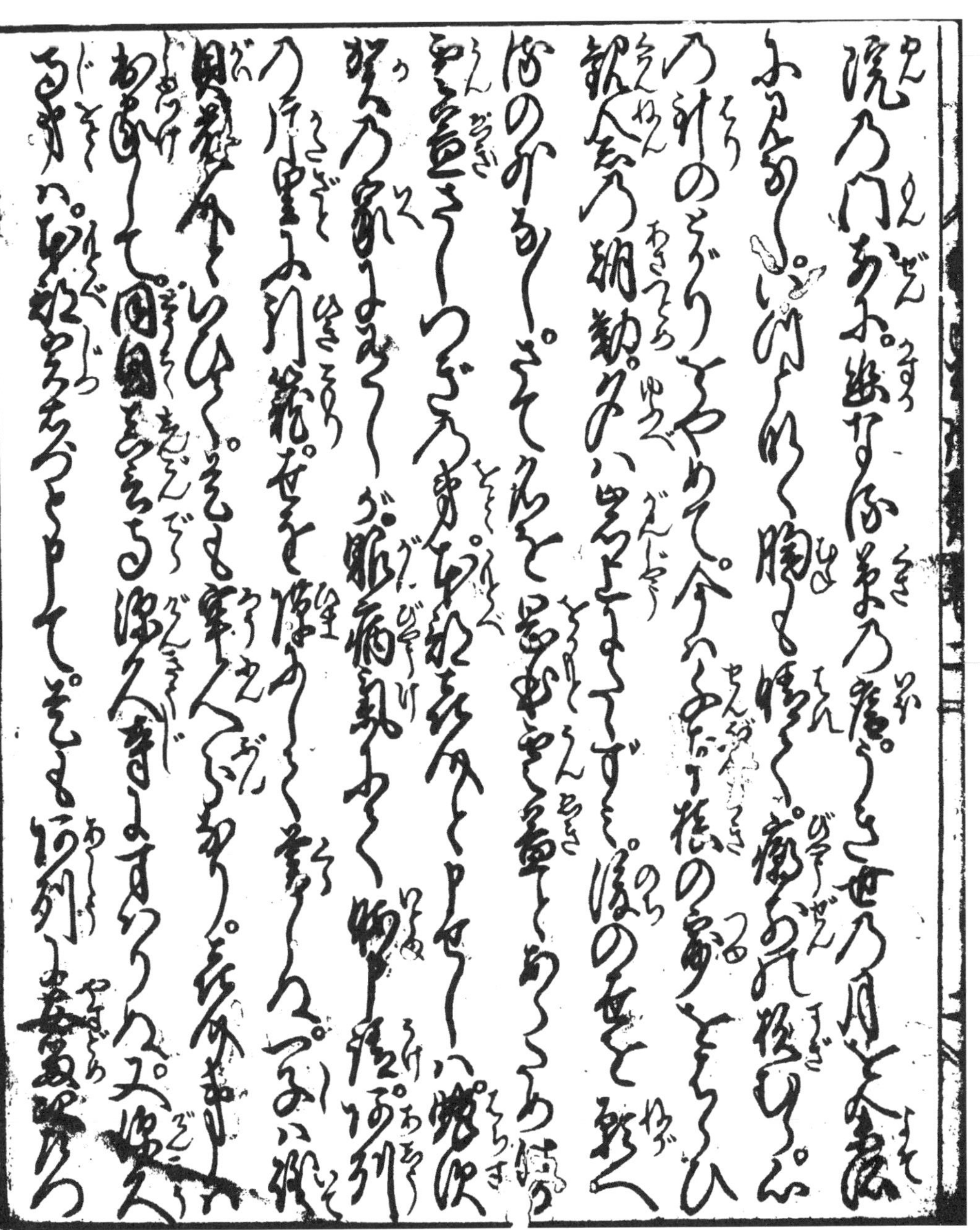

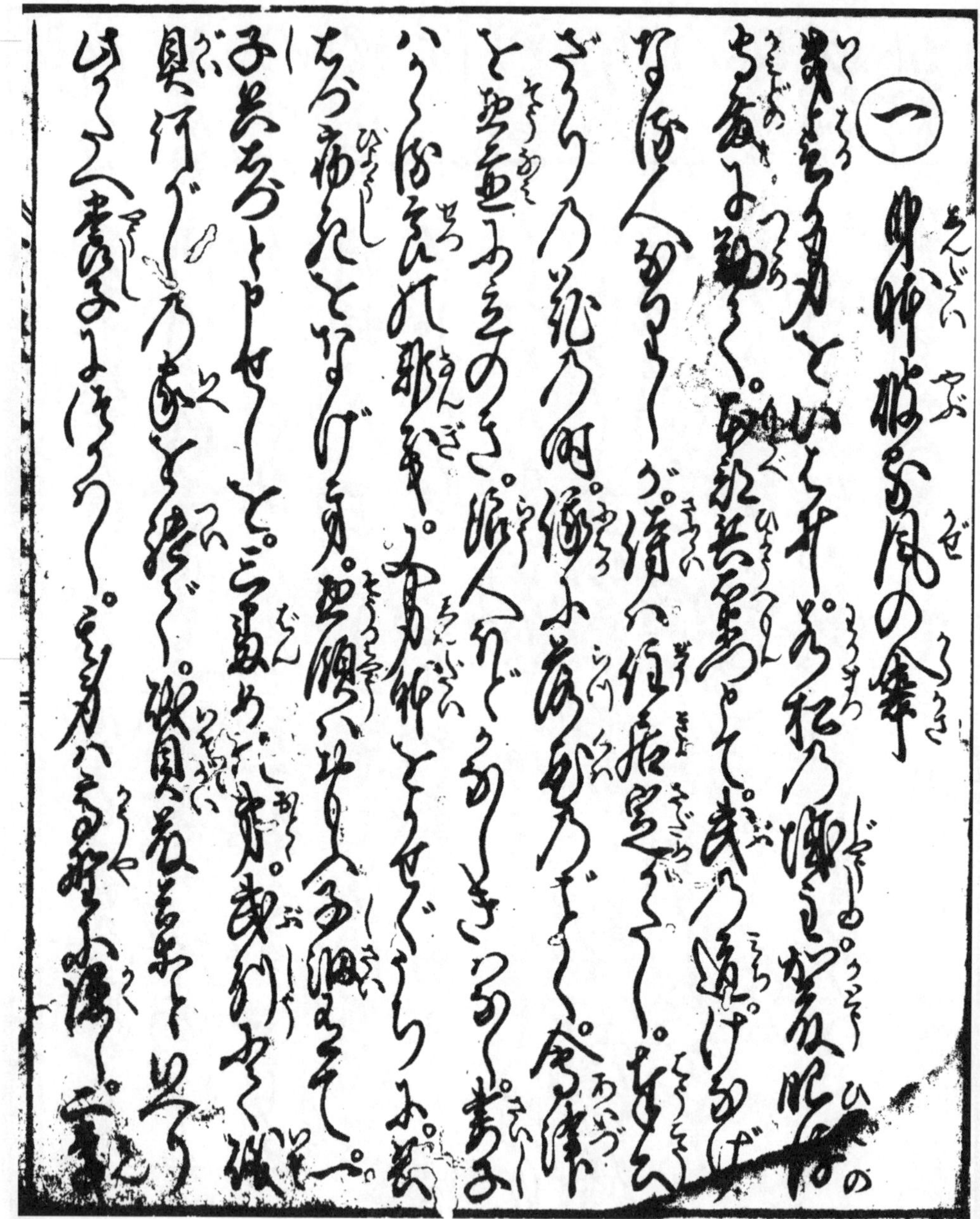

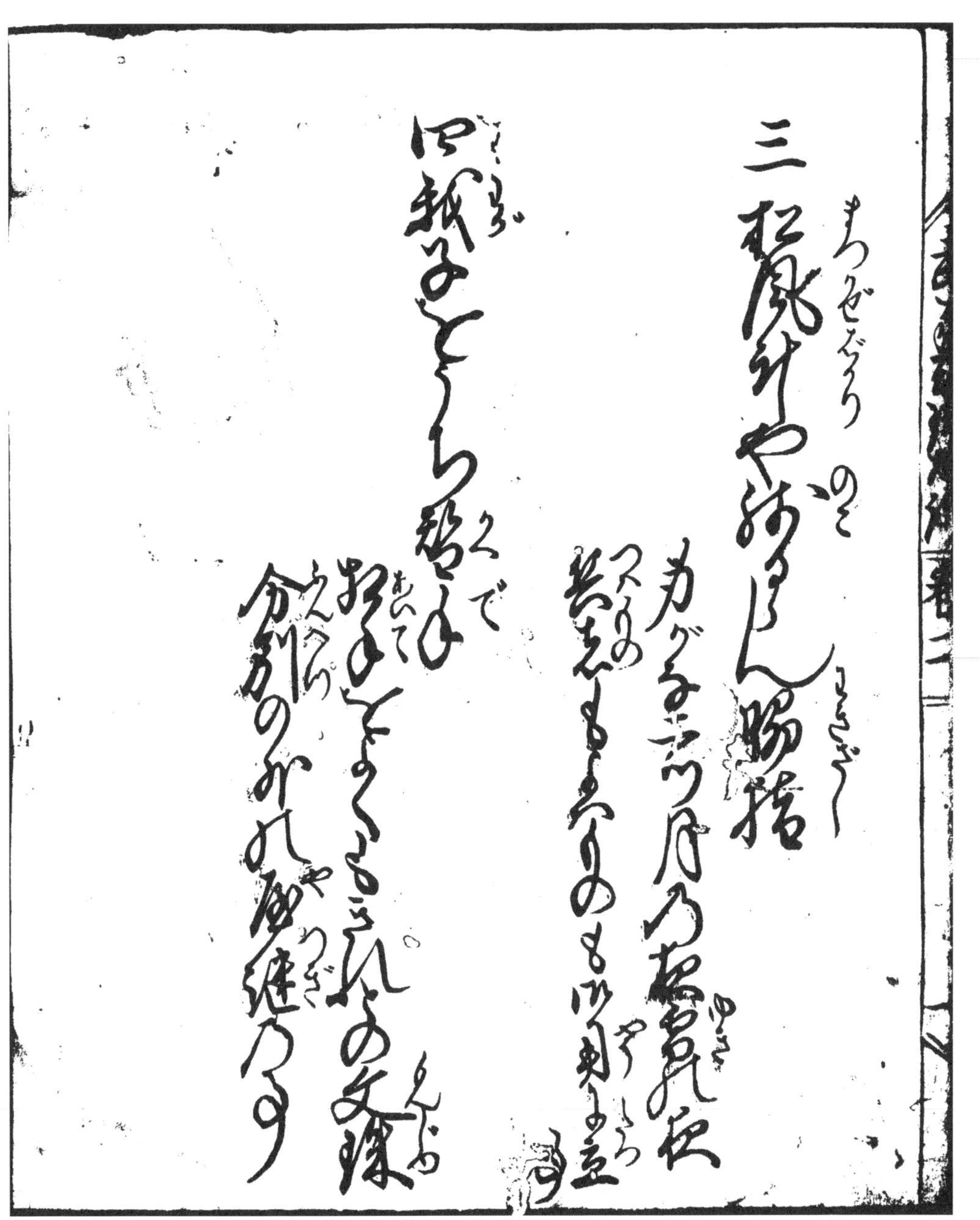

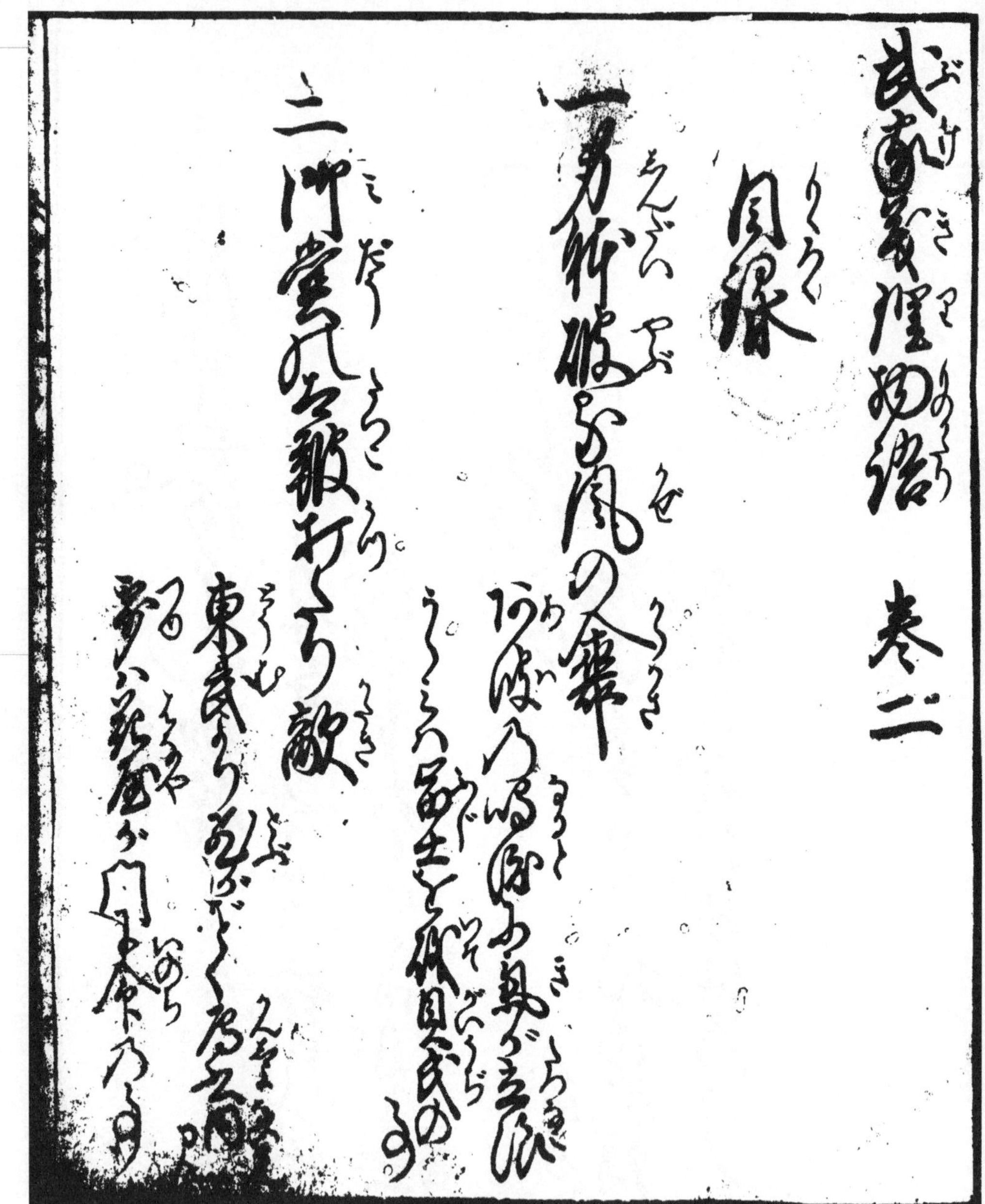
武家義理物語　巻二

目録

一　身躰破る風の傘

二　御堂の太鼓打たる敵

ナ 4
454
2
国文学研究資料館

国文学研究資料館
111172

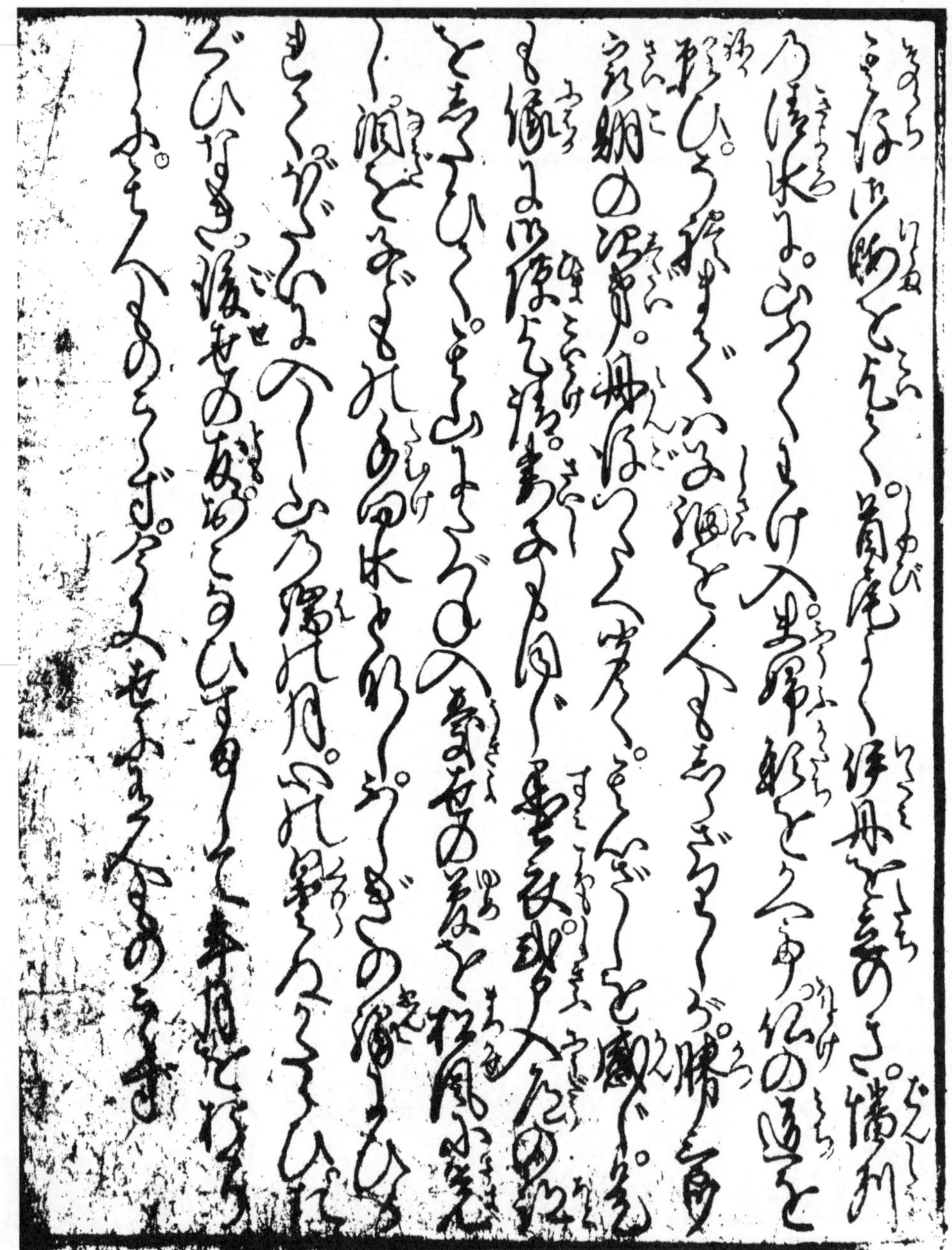

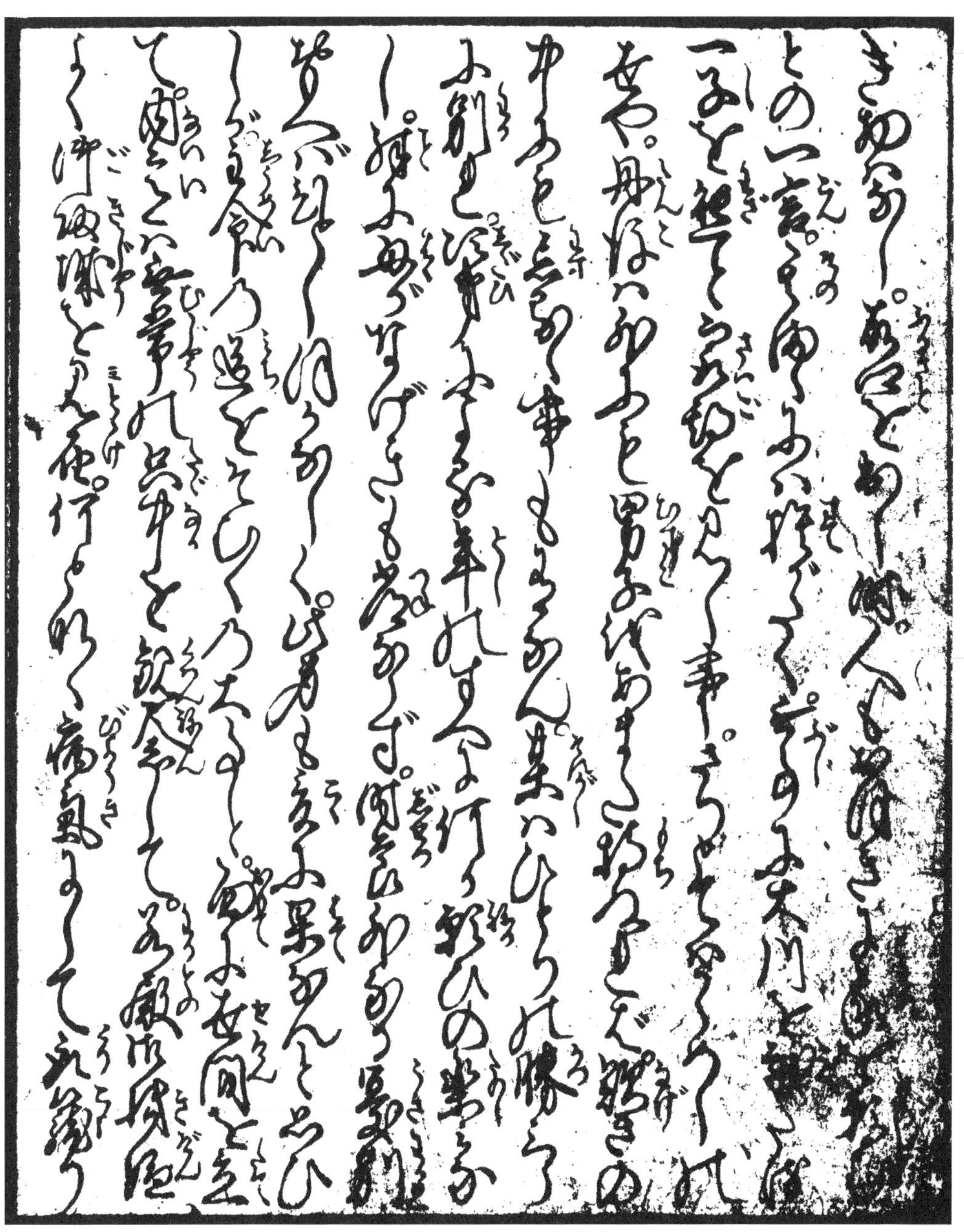

41 무가의리 이야기 1

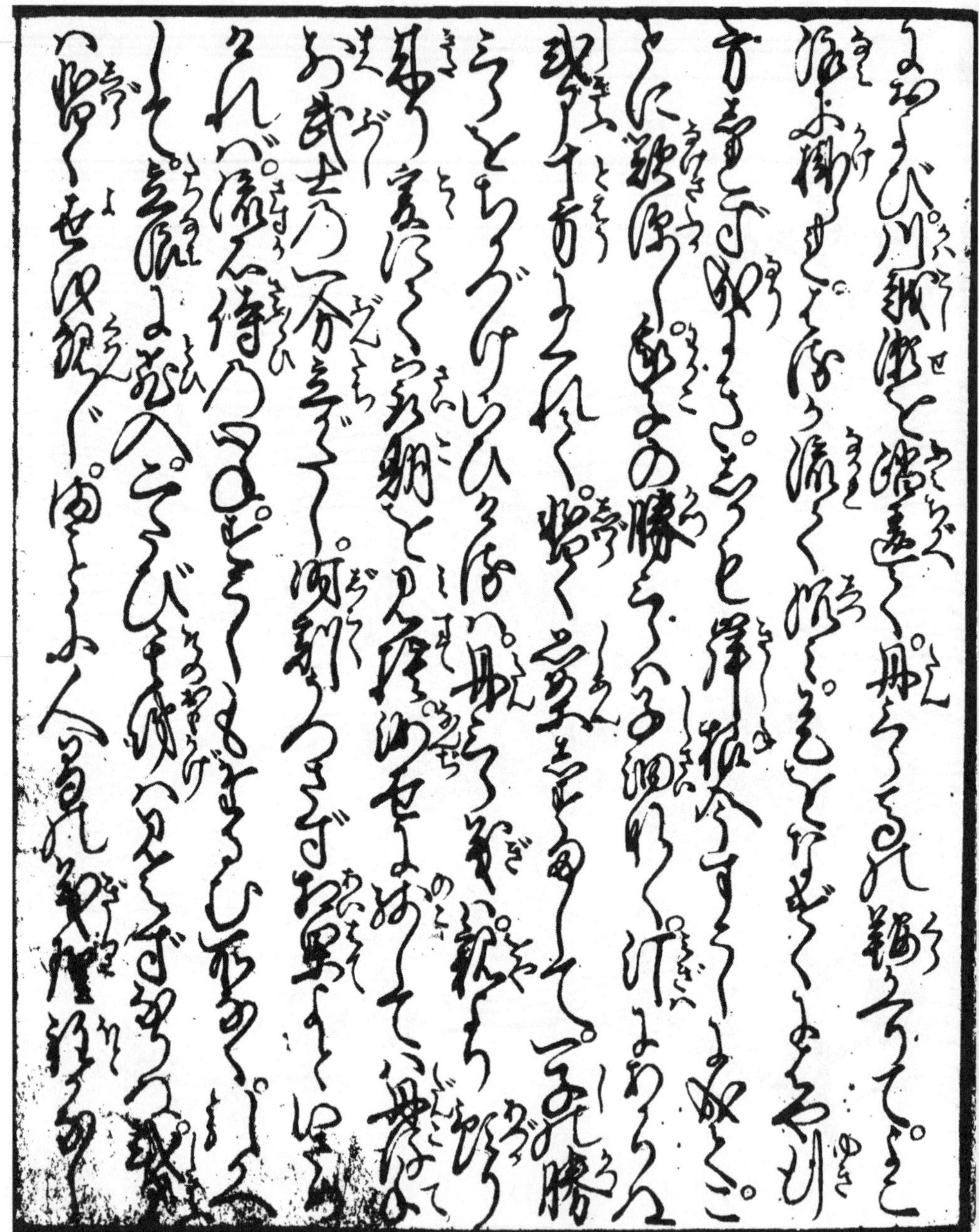

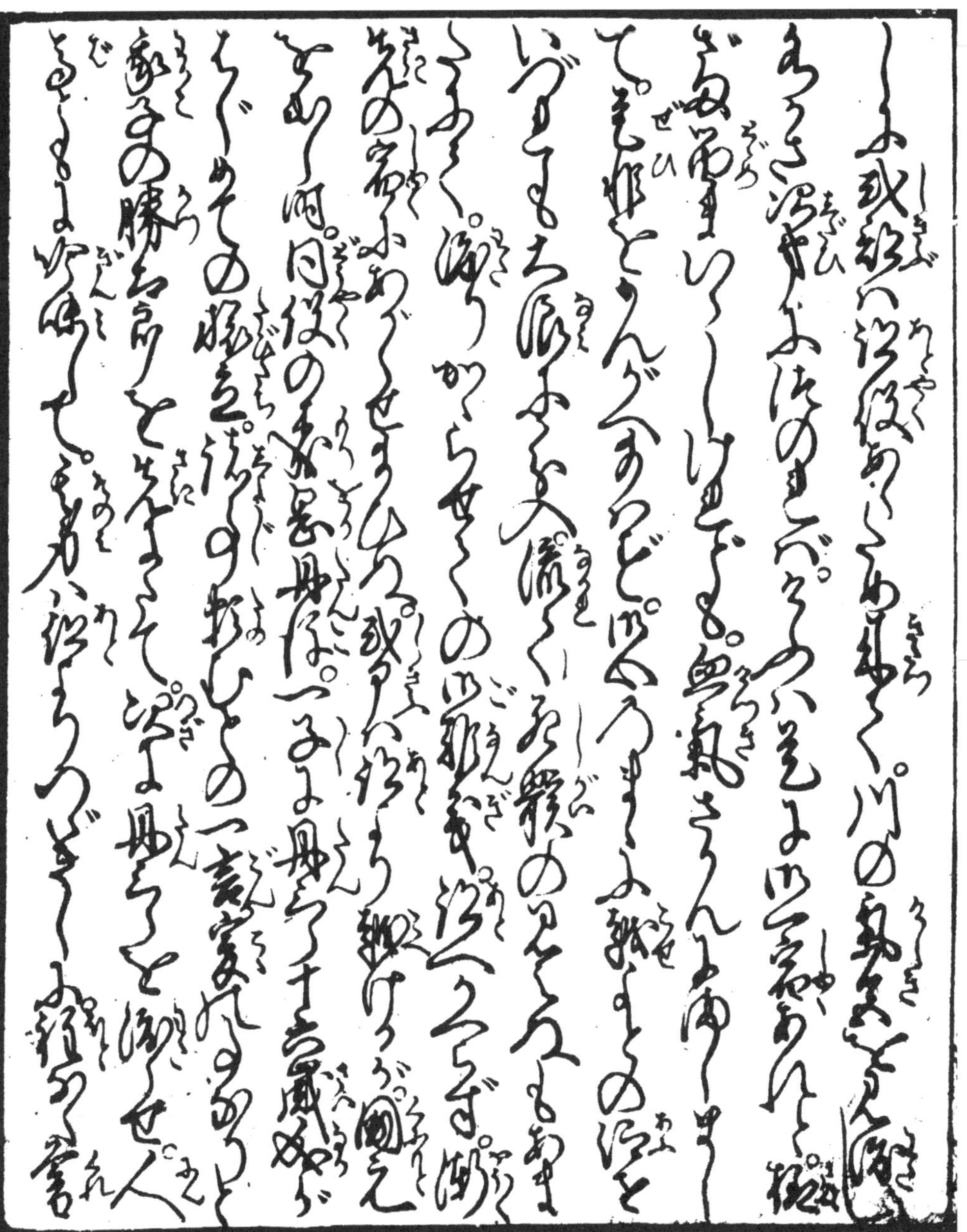

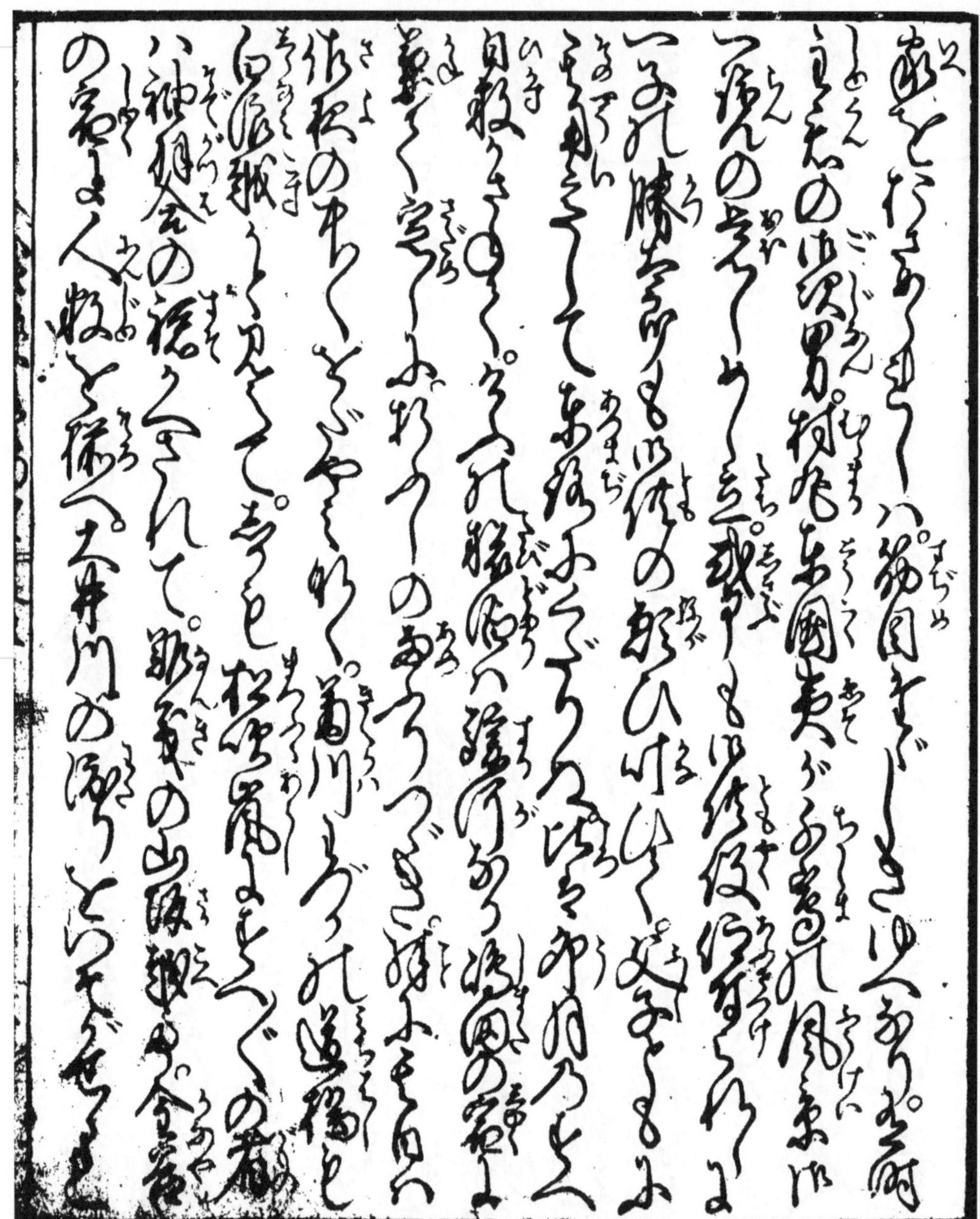

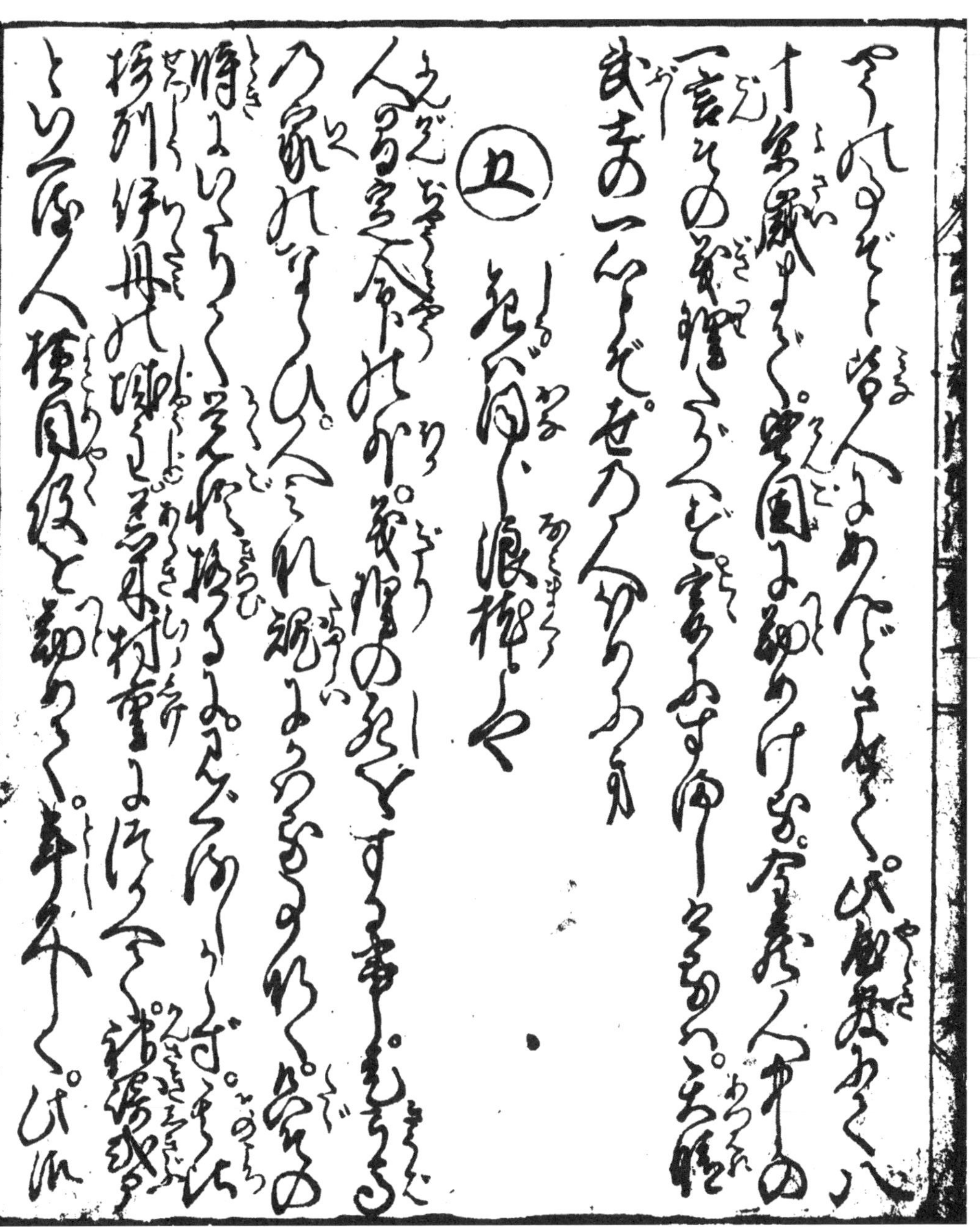

守れるぞと諸人よりもさ[illegible]く。此節穿鑿[illegible]八
十余歳まで堅固に勤めけるが。今[illegible]人の中の
一言其の義理[illegible]
武士の一分ぞせん[illegible]

五　死ば同じ浪枕とや

人間定命の外、義理の死をする事。是弓馬
の家のならひ。[illegible]
中古より[illegible]
摂州伊丹の城主荒木村重に[illegible]神崎式部
といふ人、横目役を勤めて年久し。此比

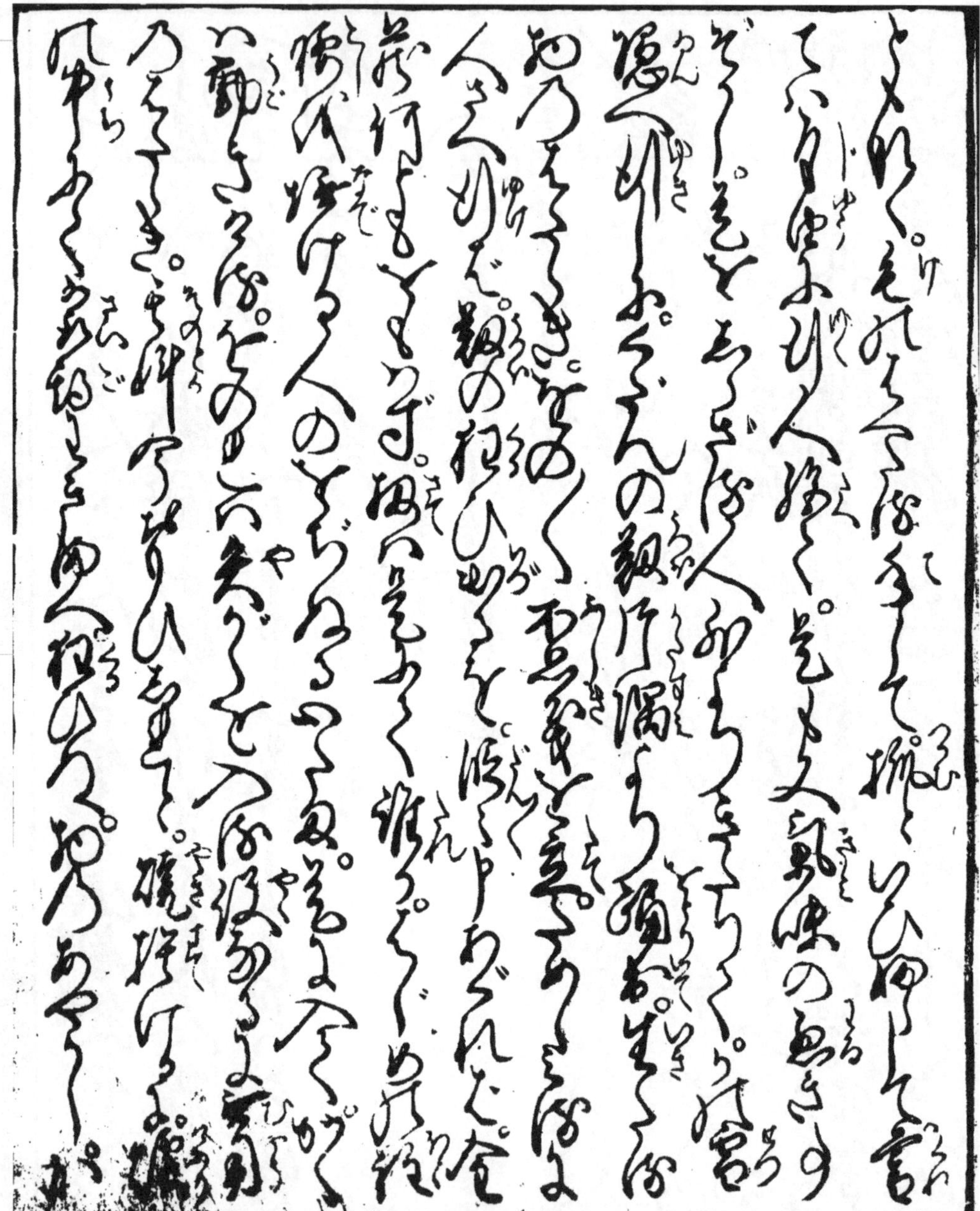

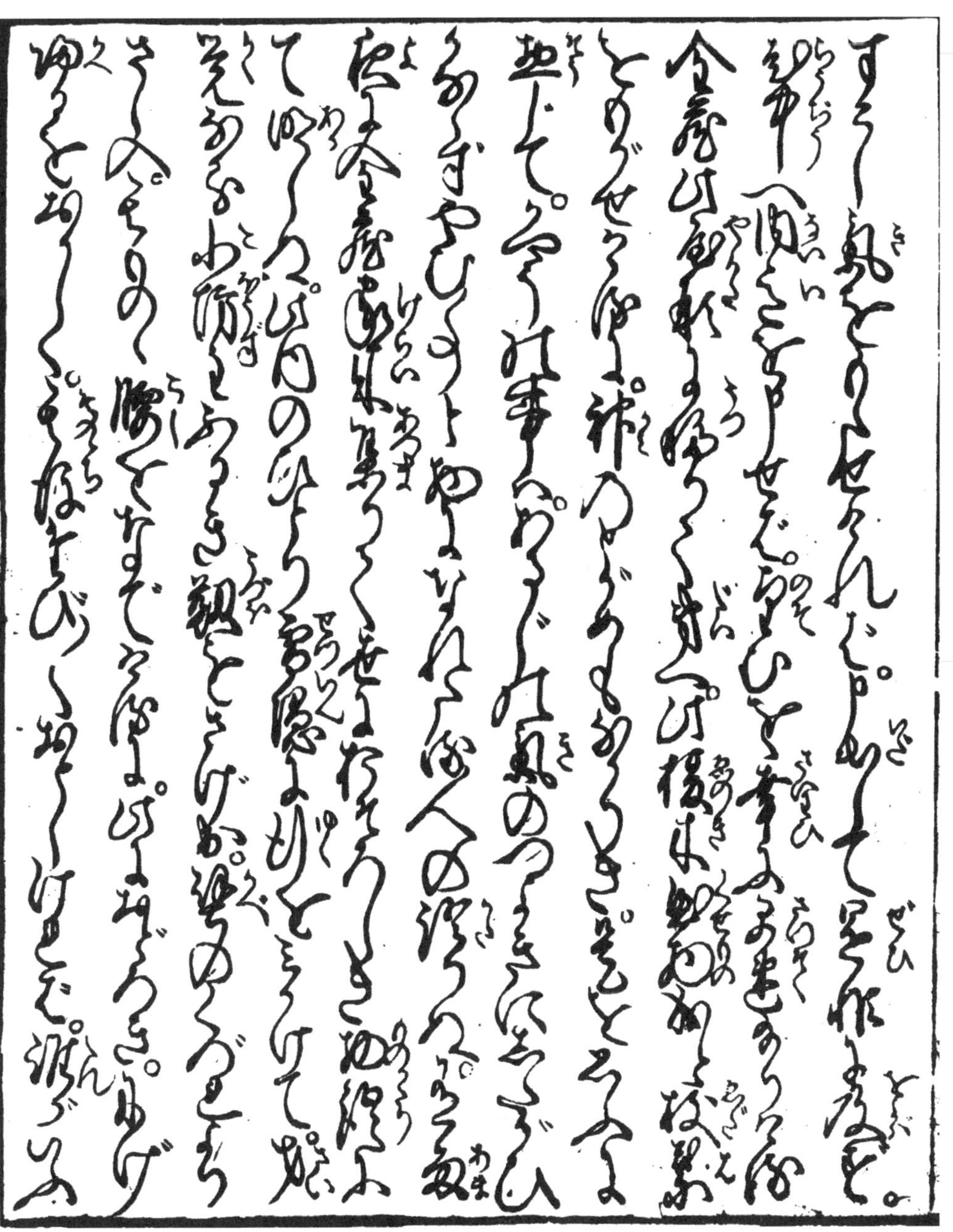

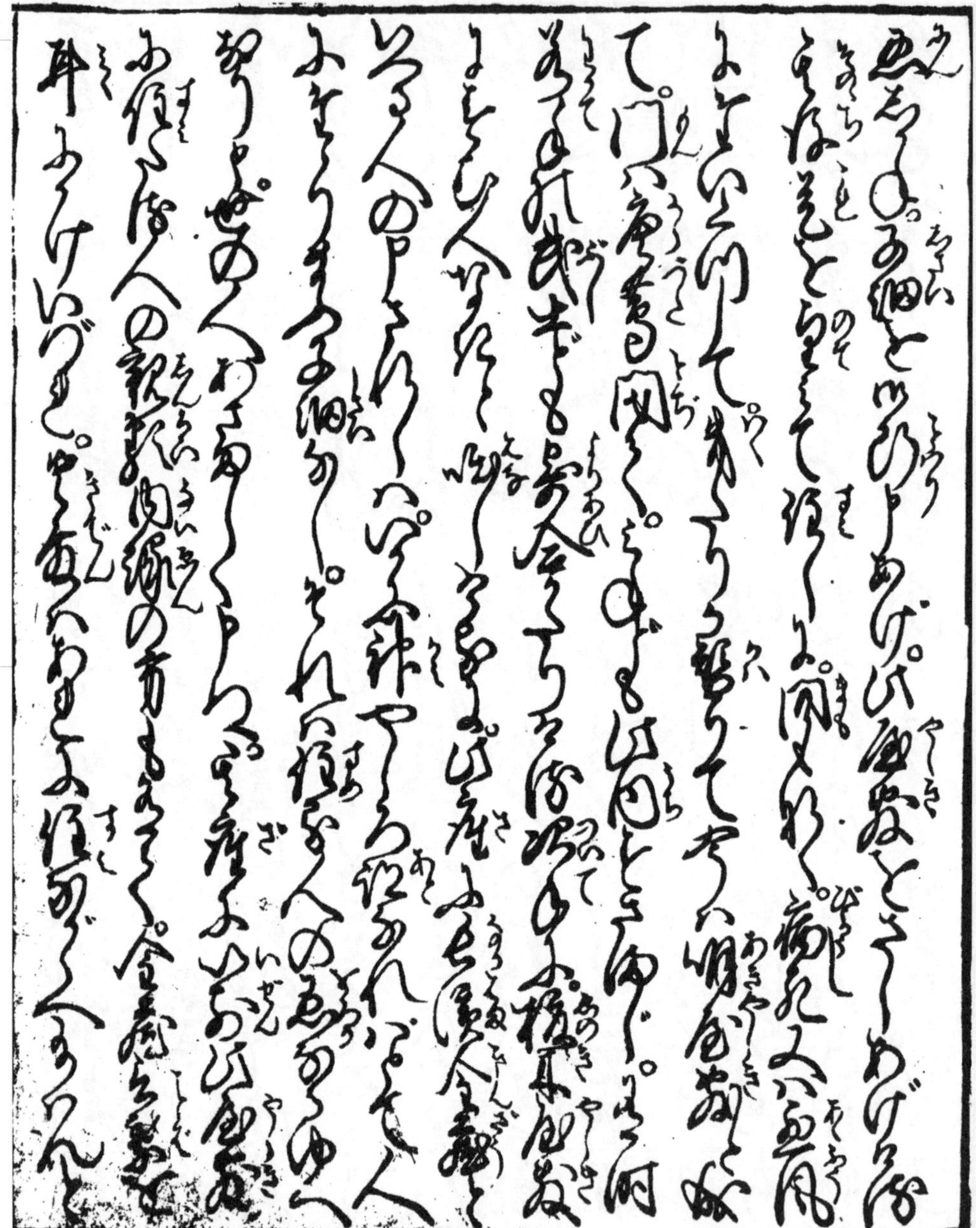

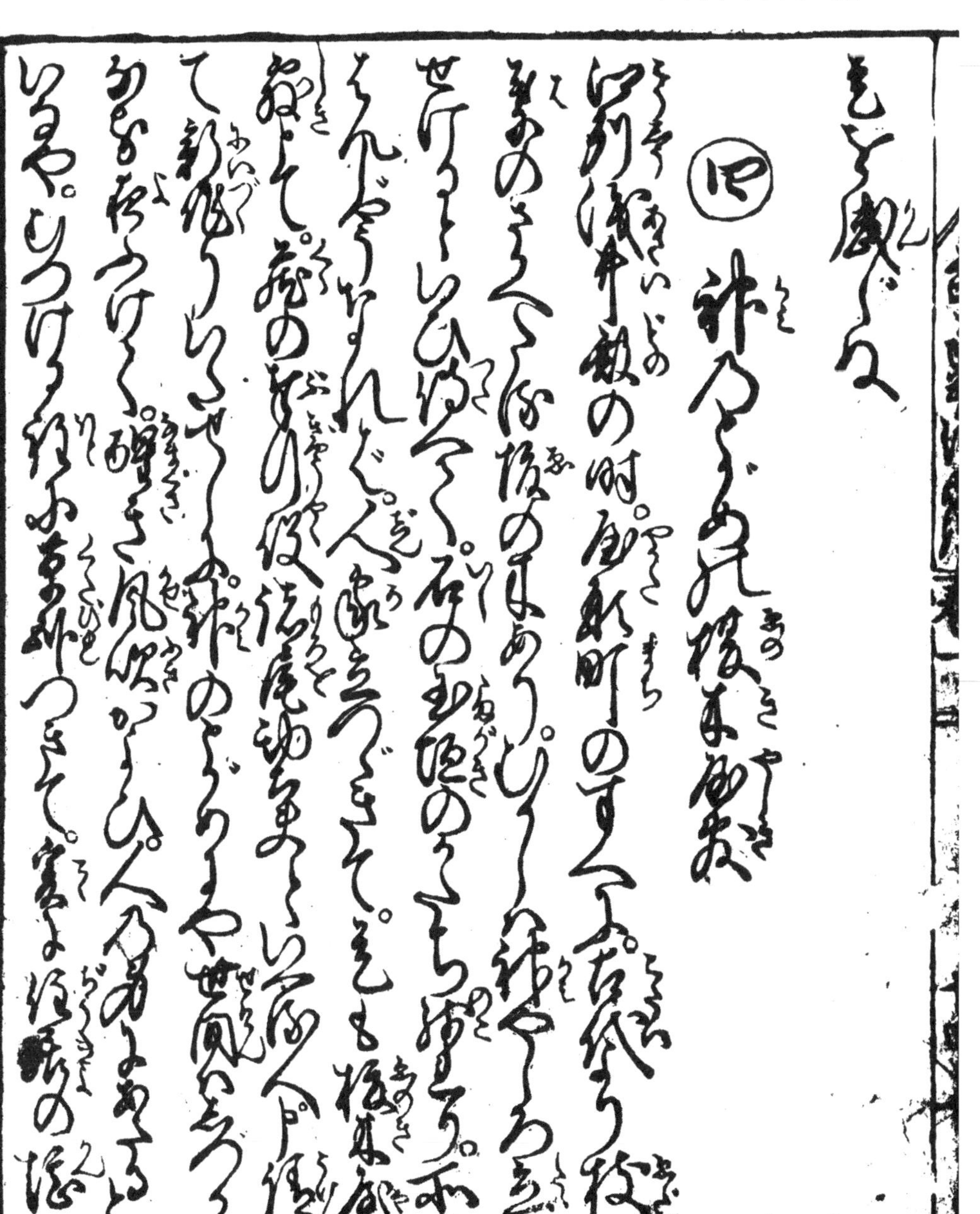

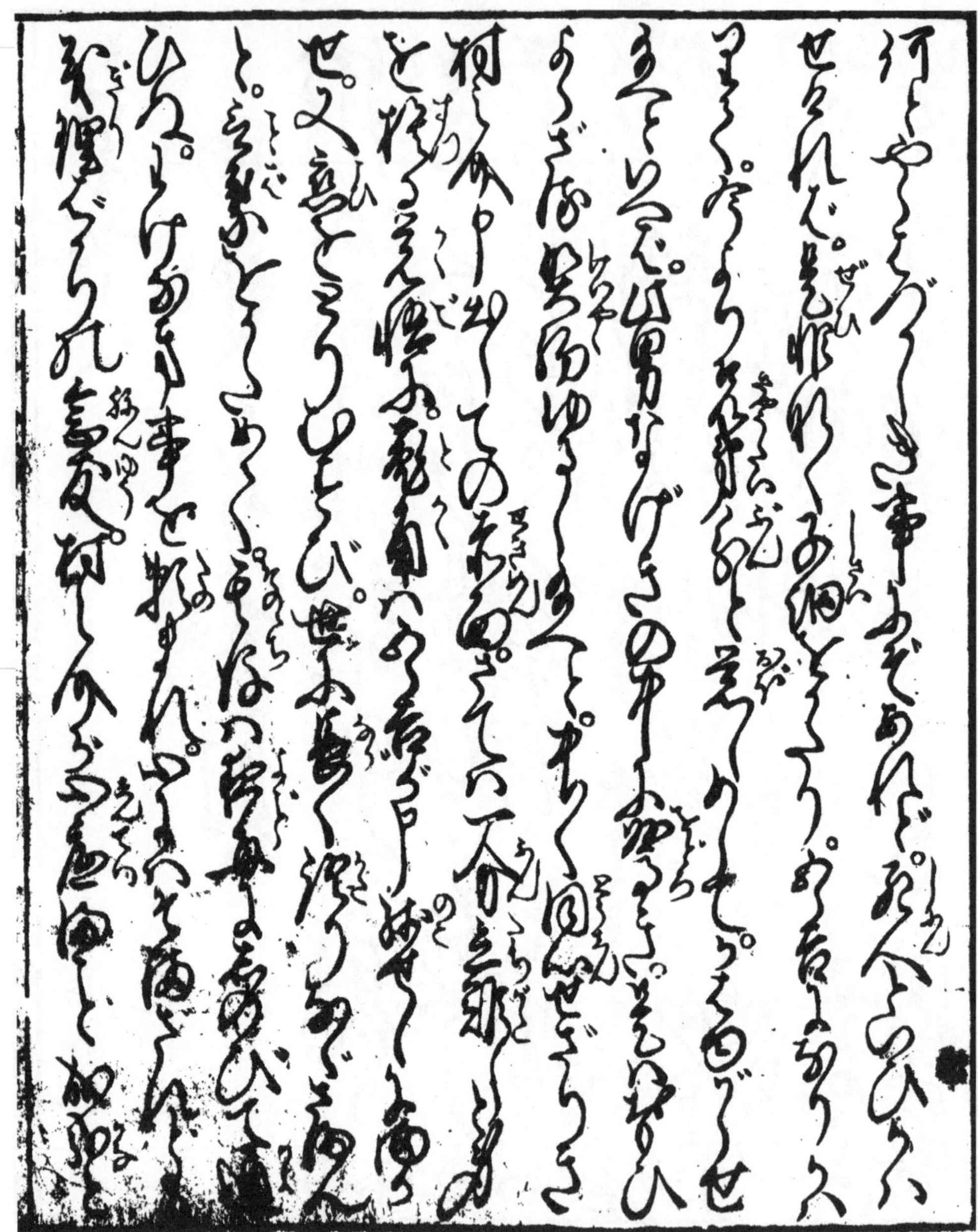

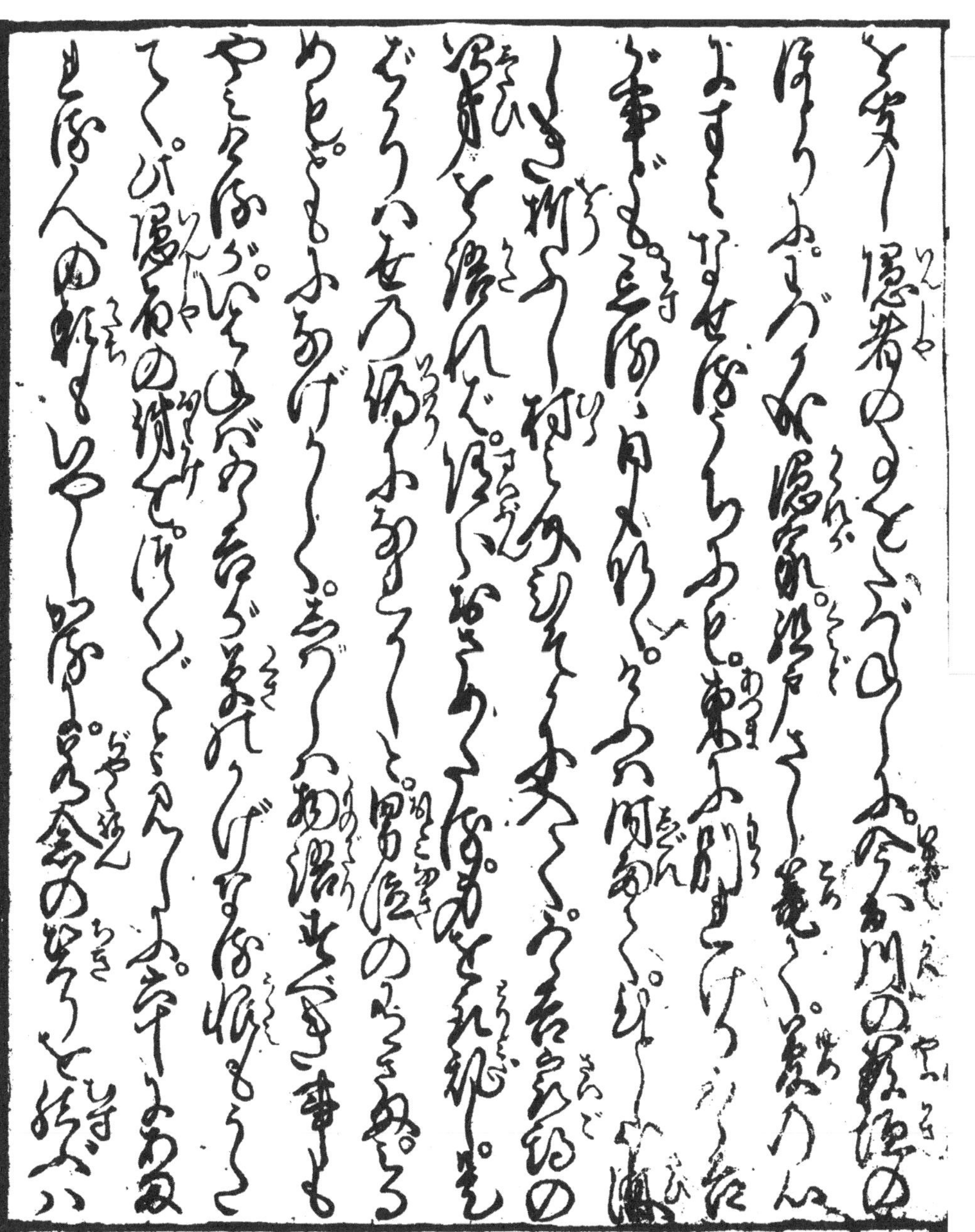

29 무가의리 이야기 1

二十四孝の

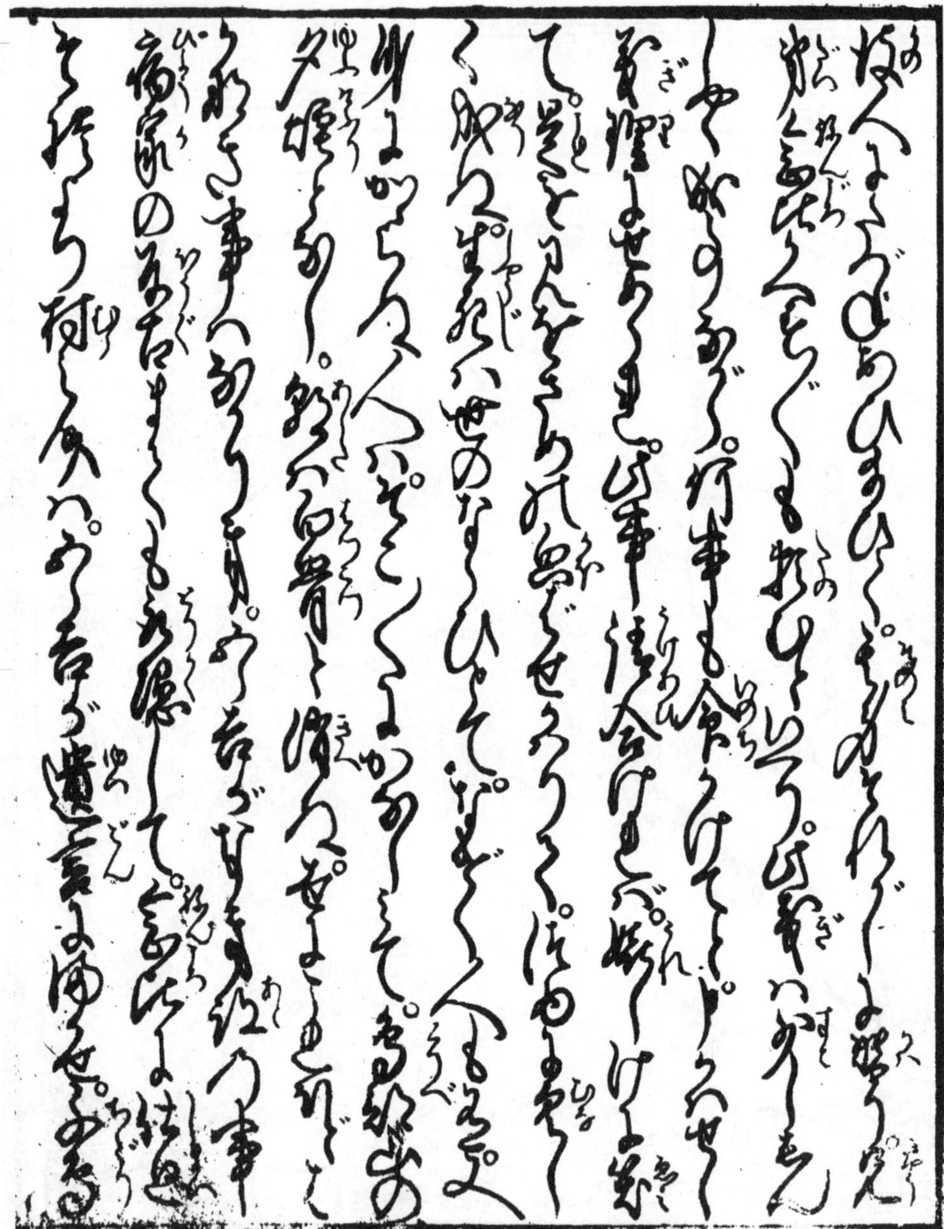

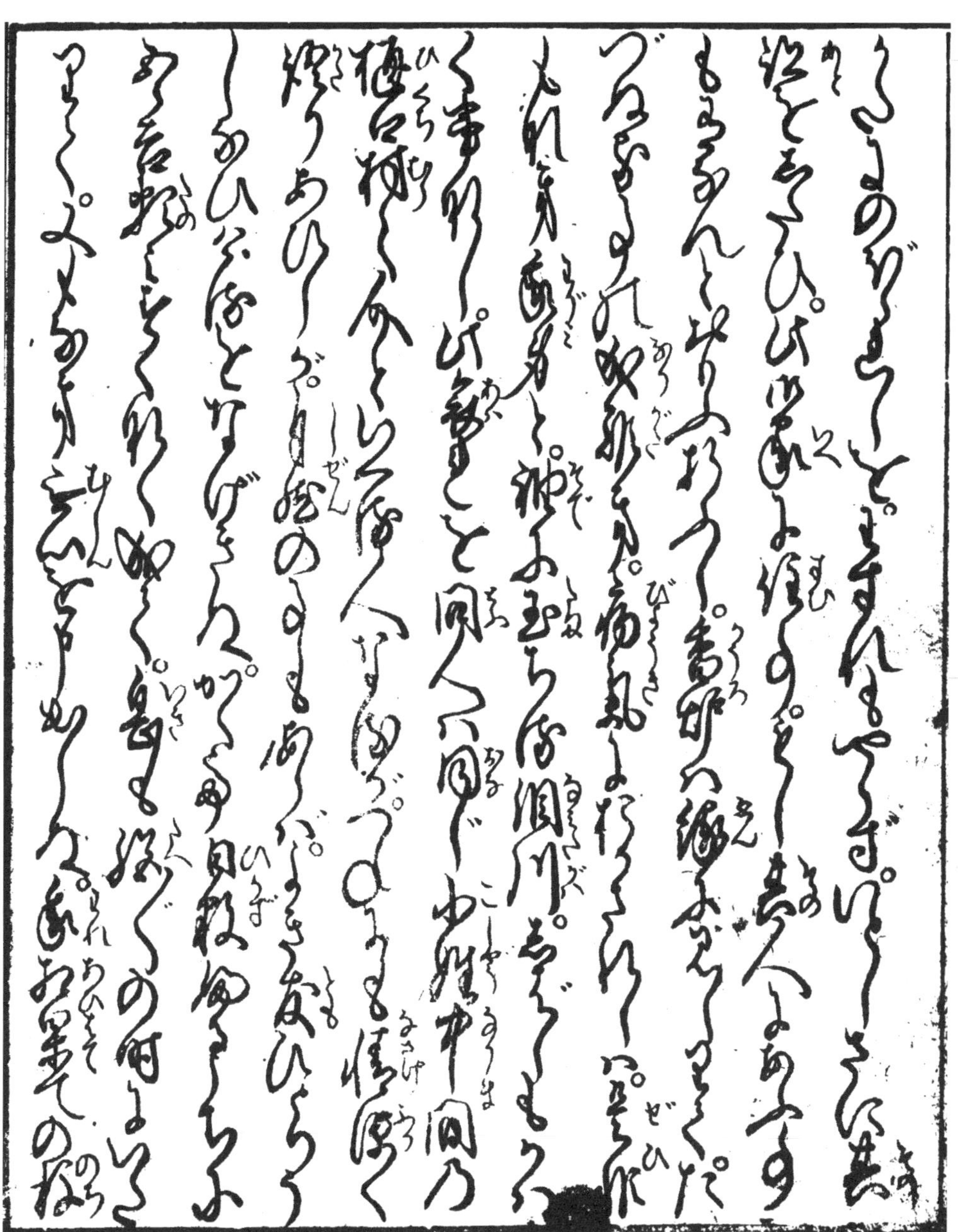

25 무가의리 이야기 1

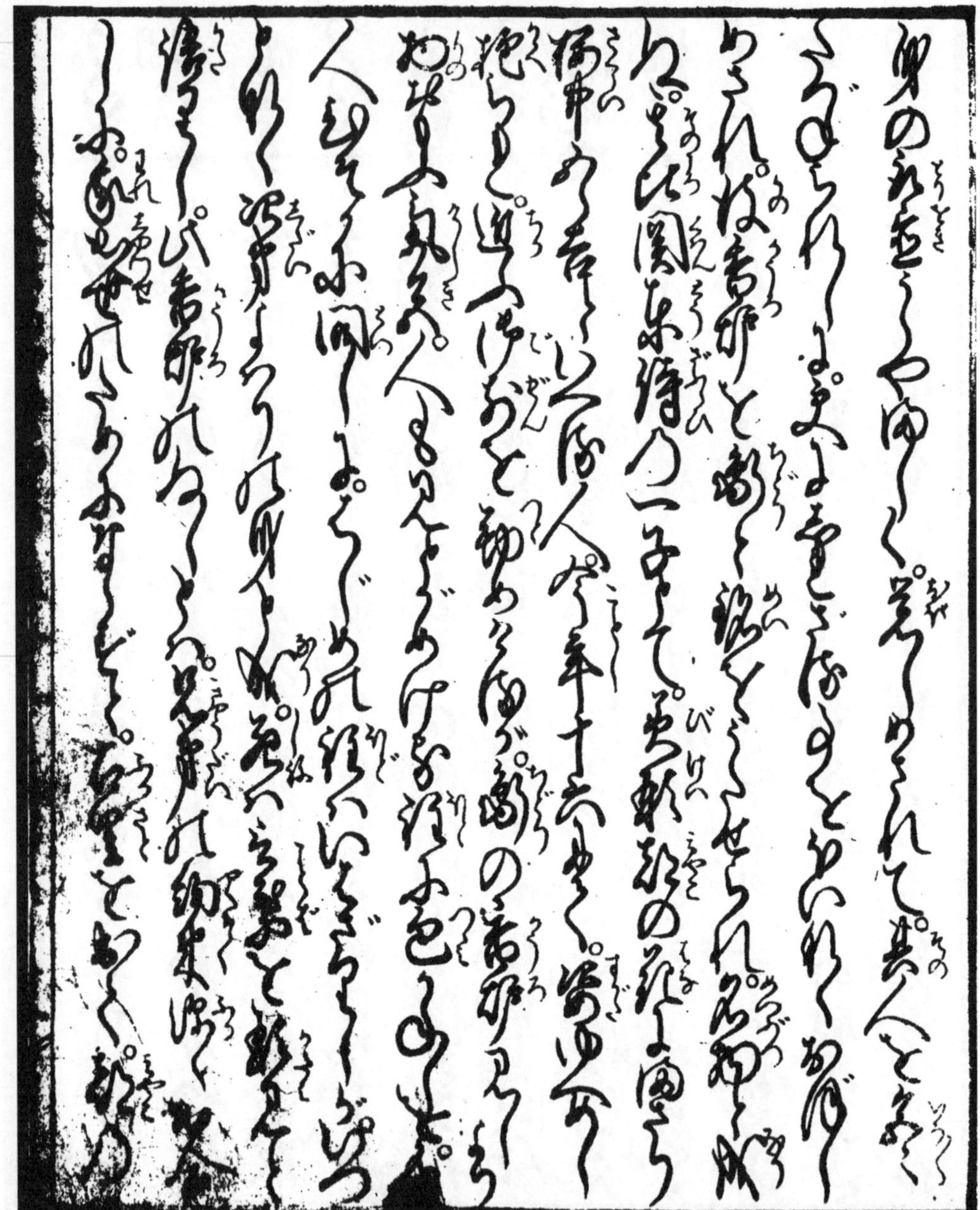

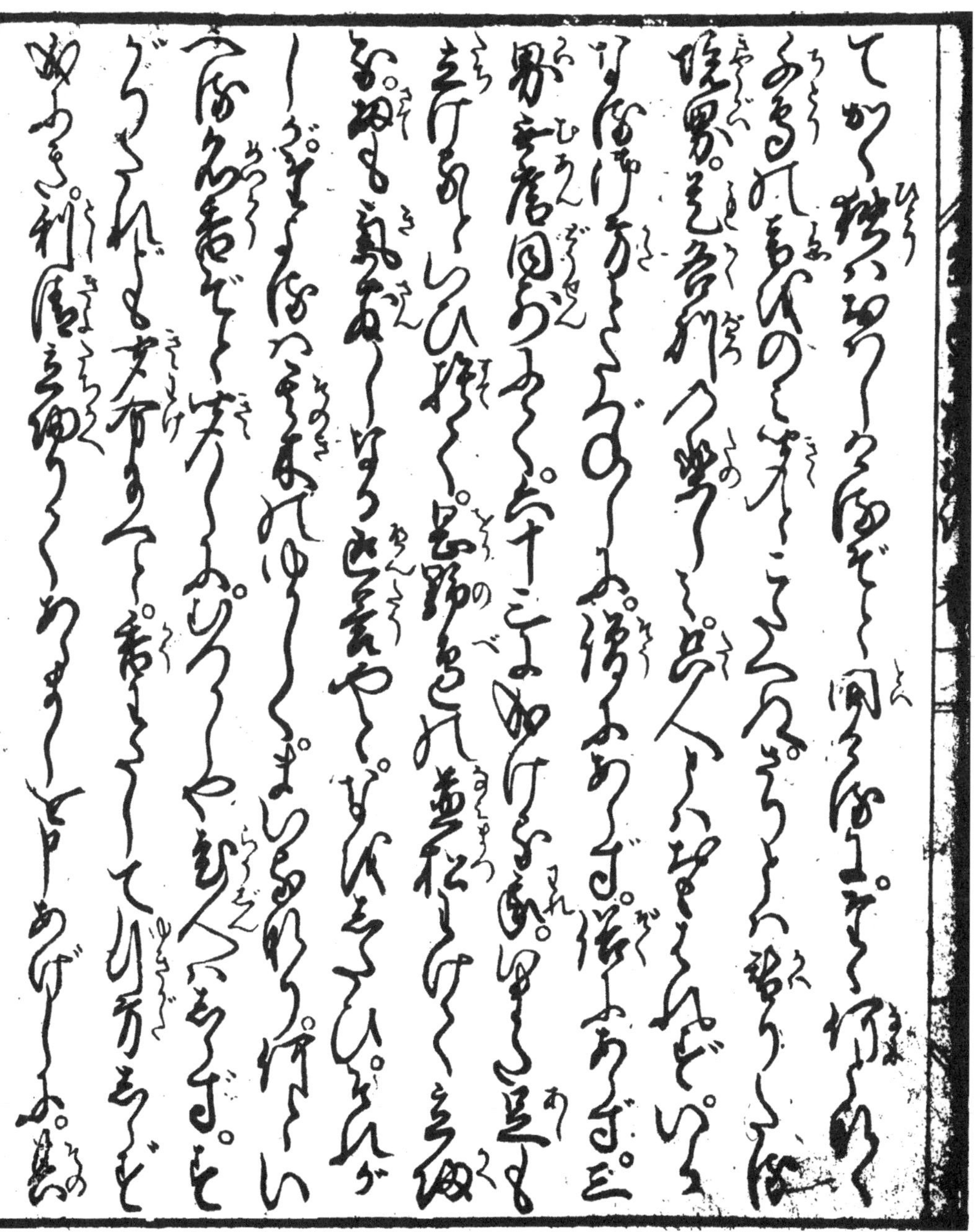

23 무가의리 이야기 1

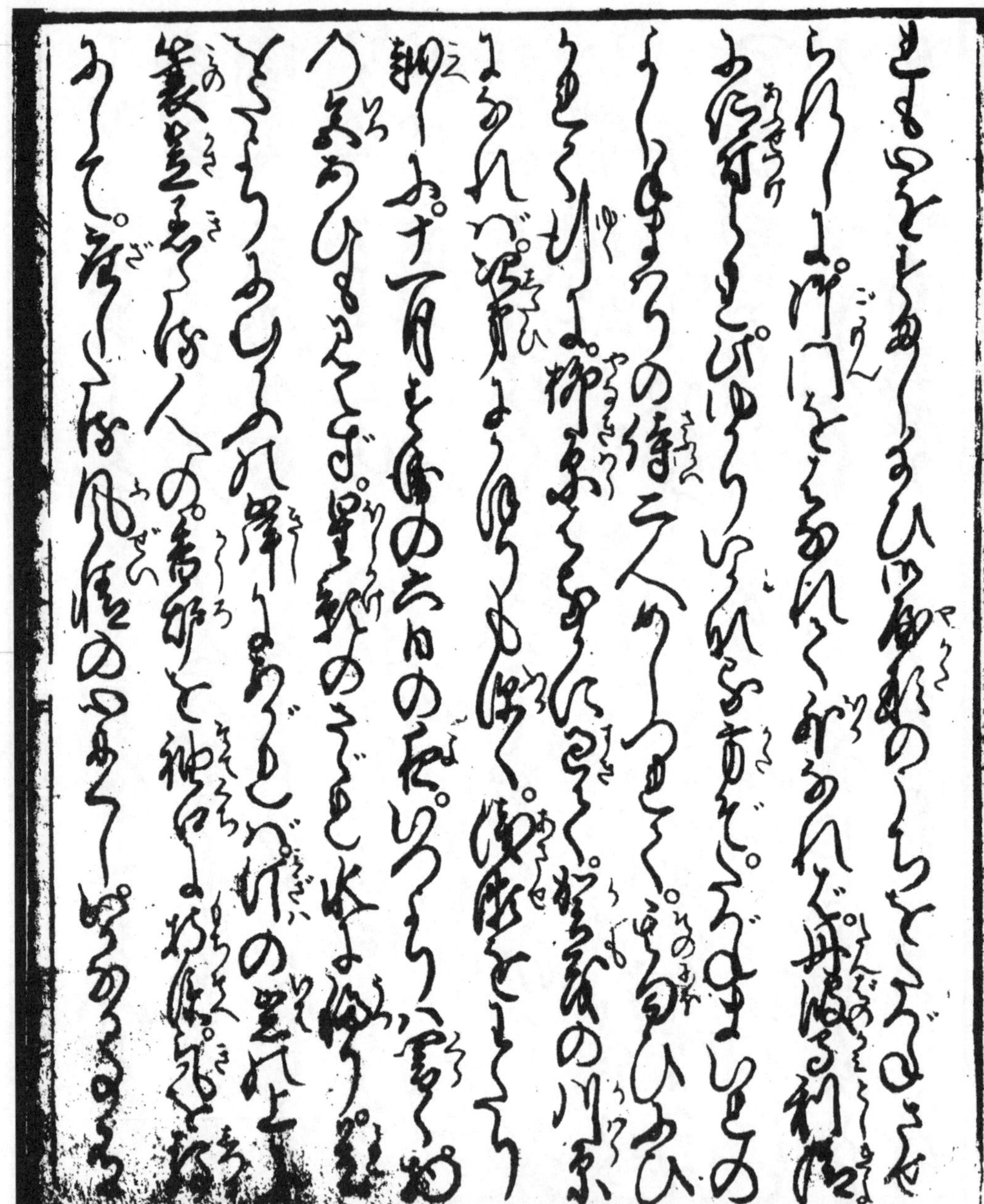

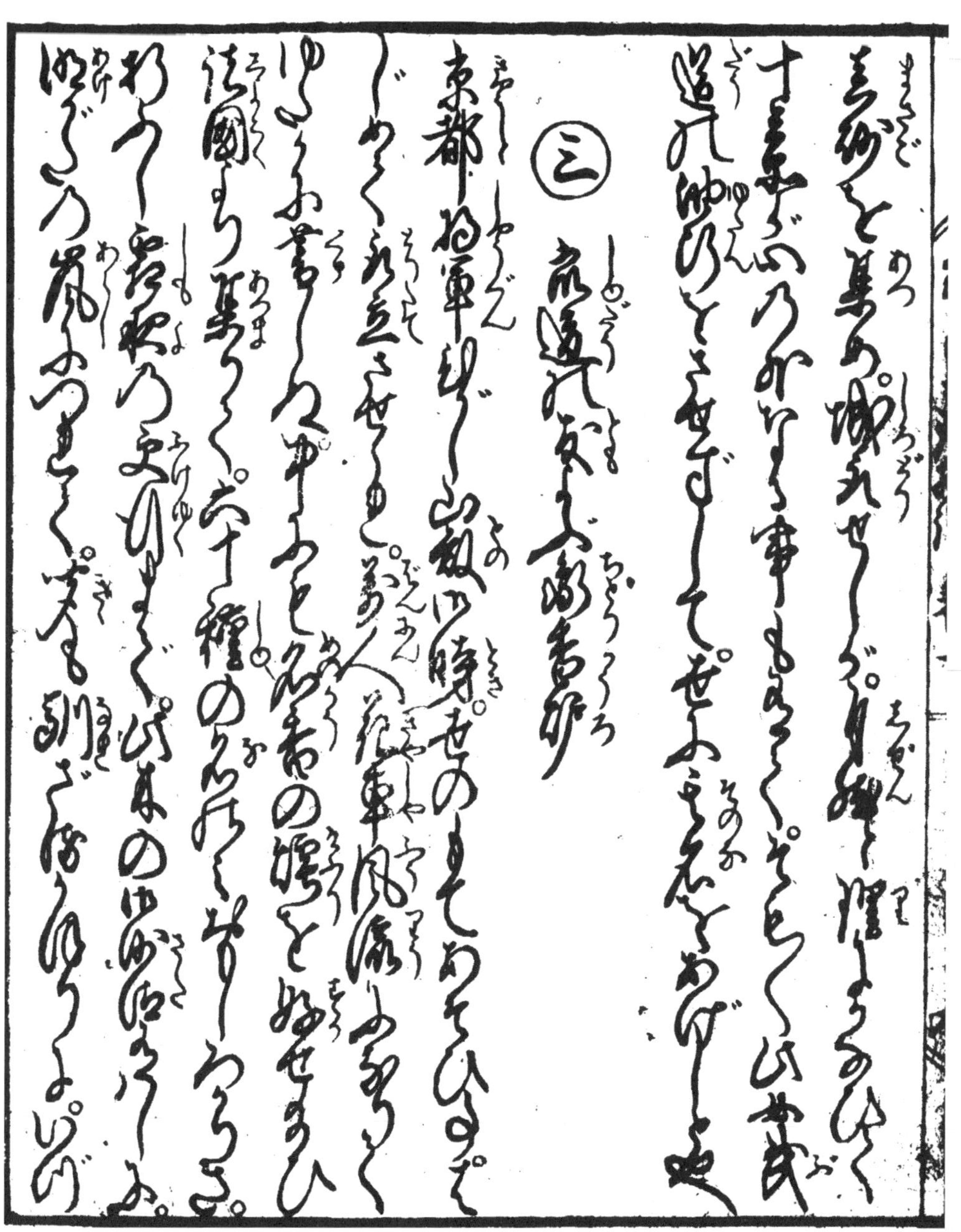

21 무가의리 이야기 1

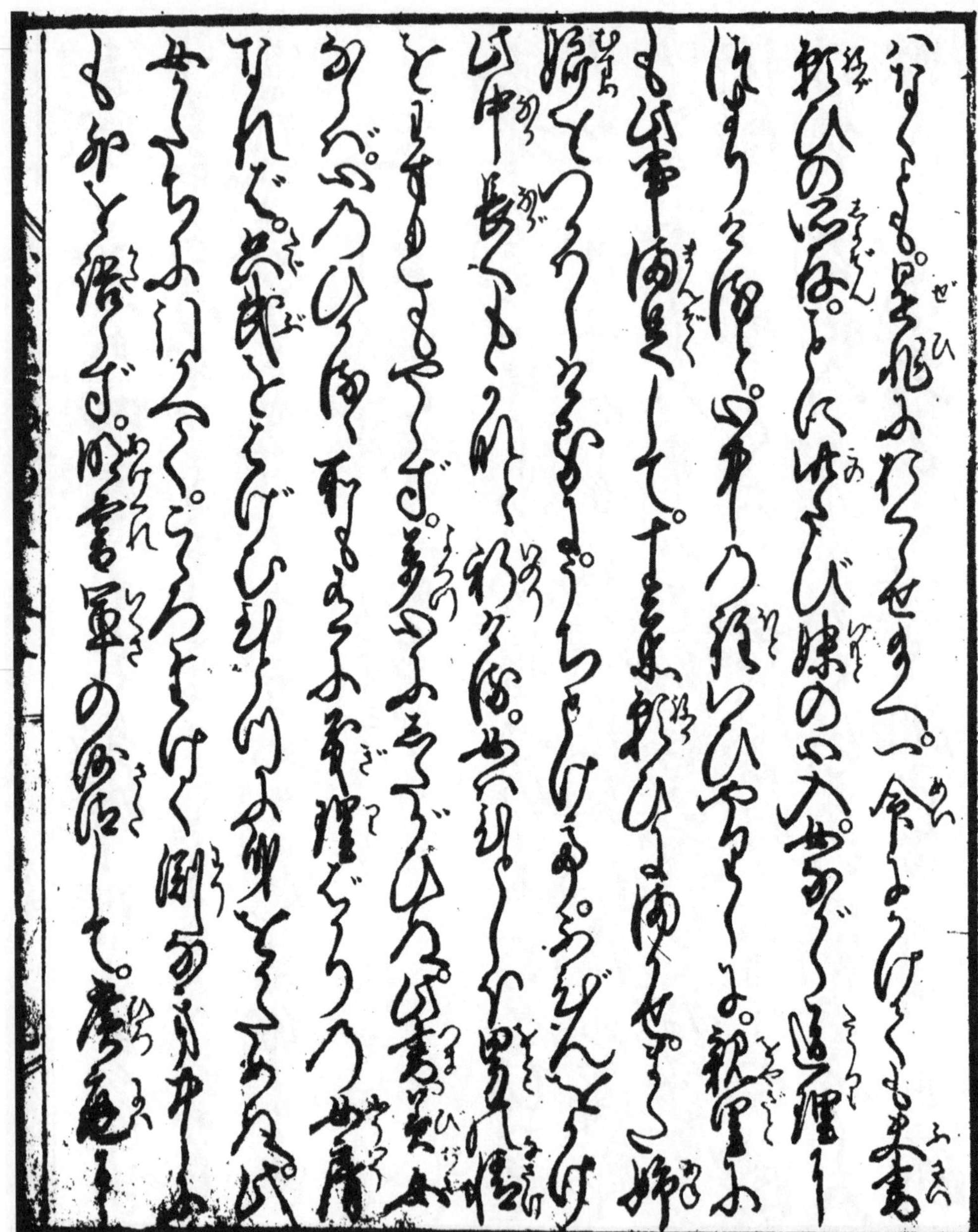

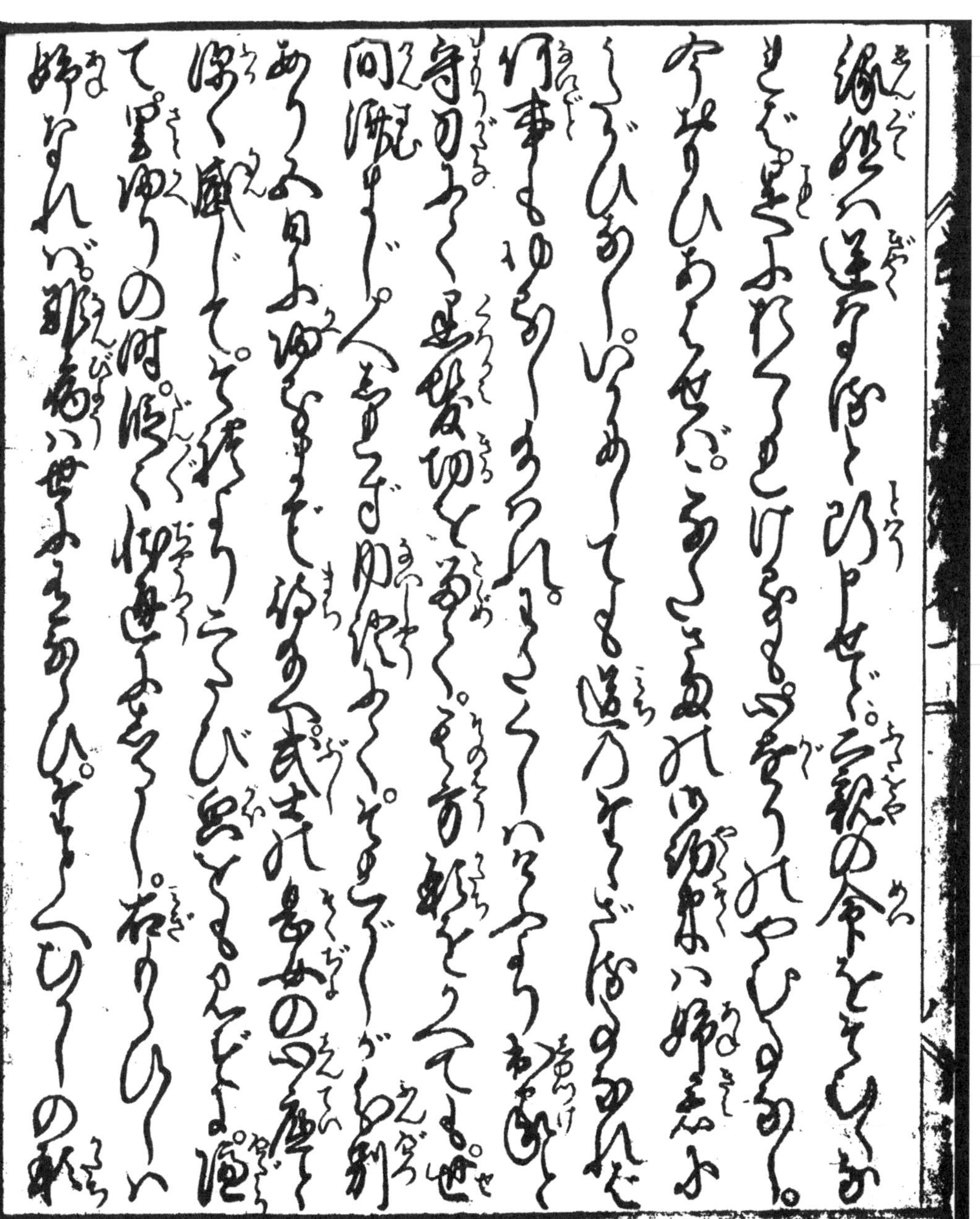

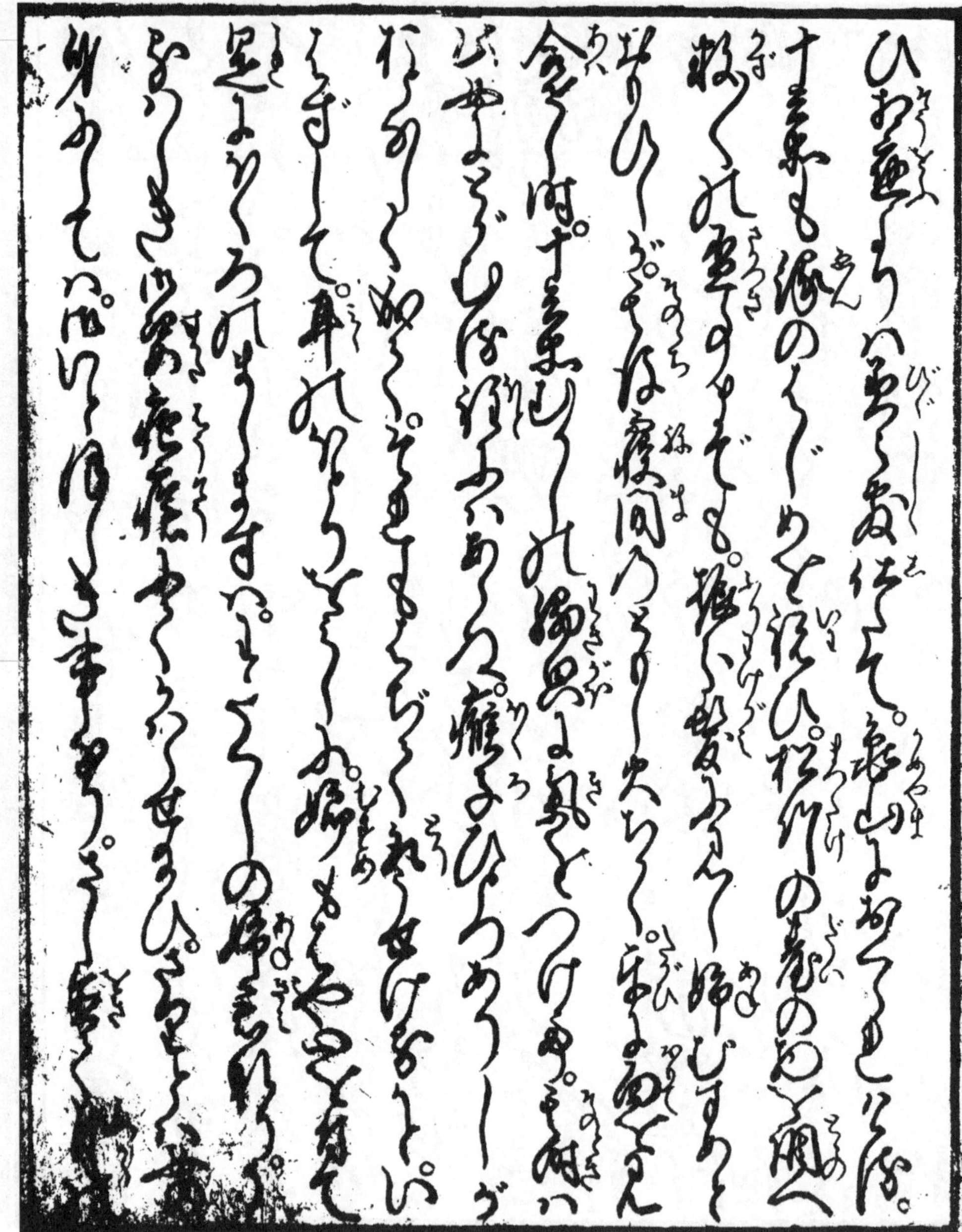

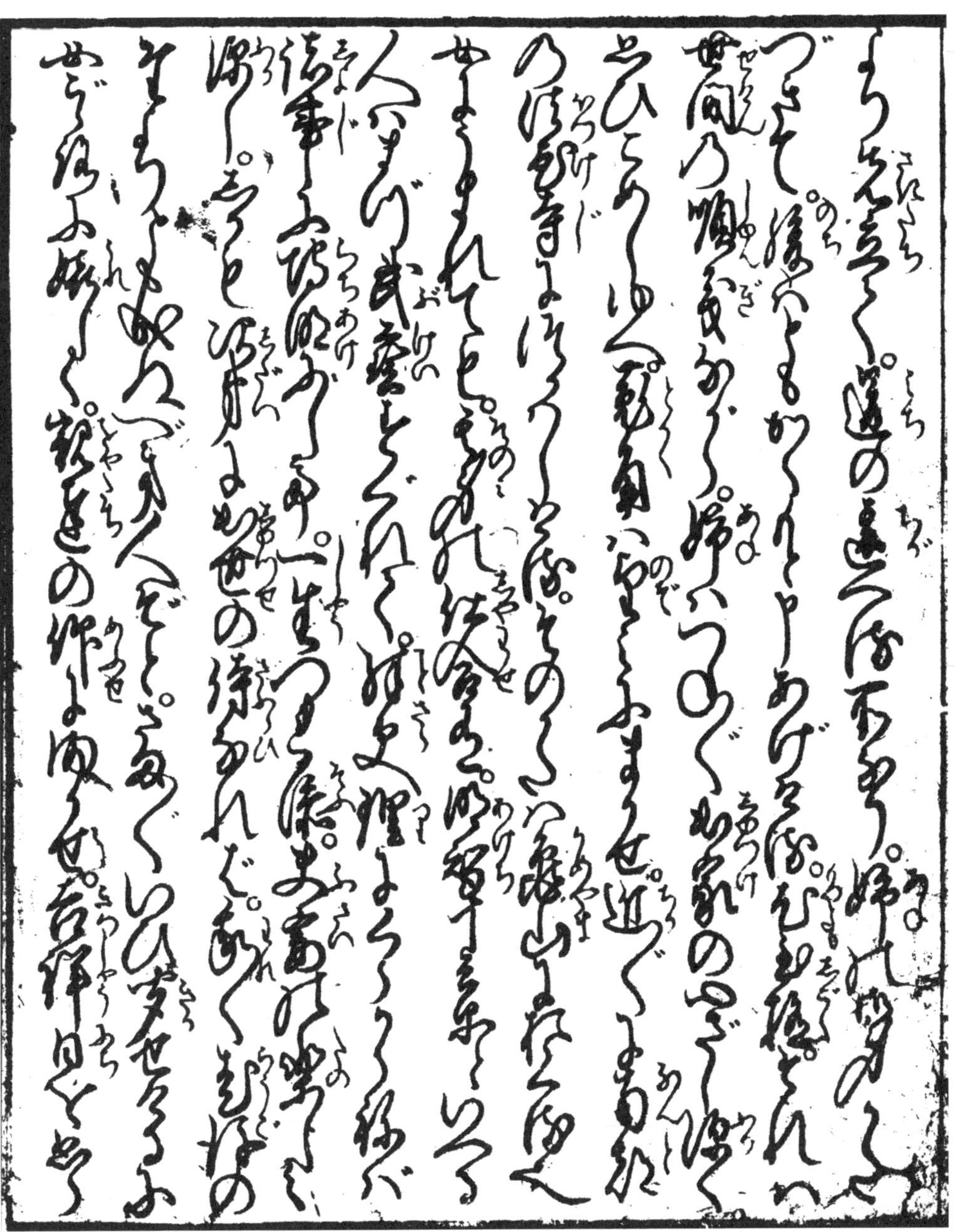

17 무가의리 이야기 1

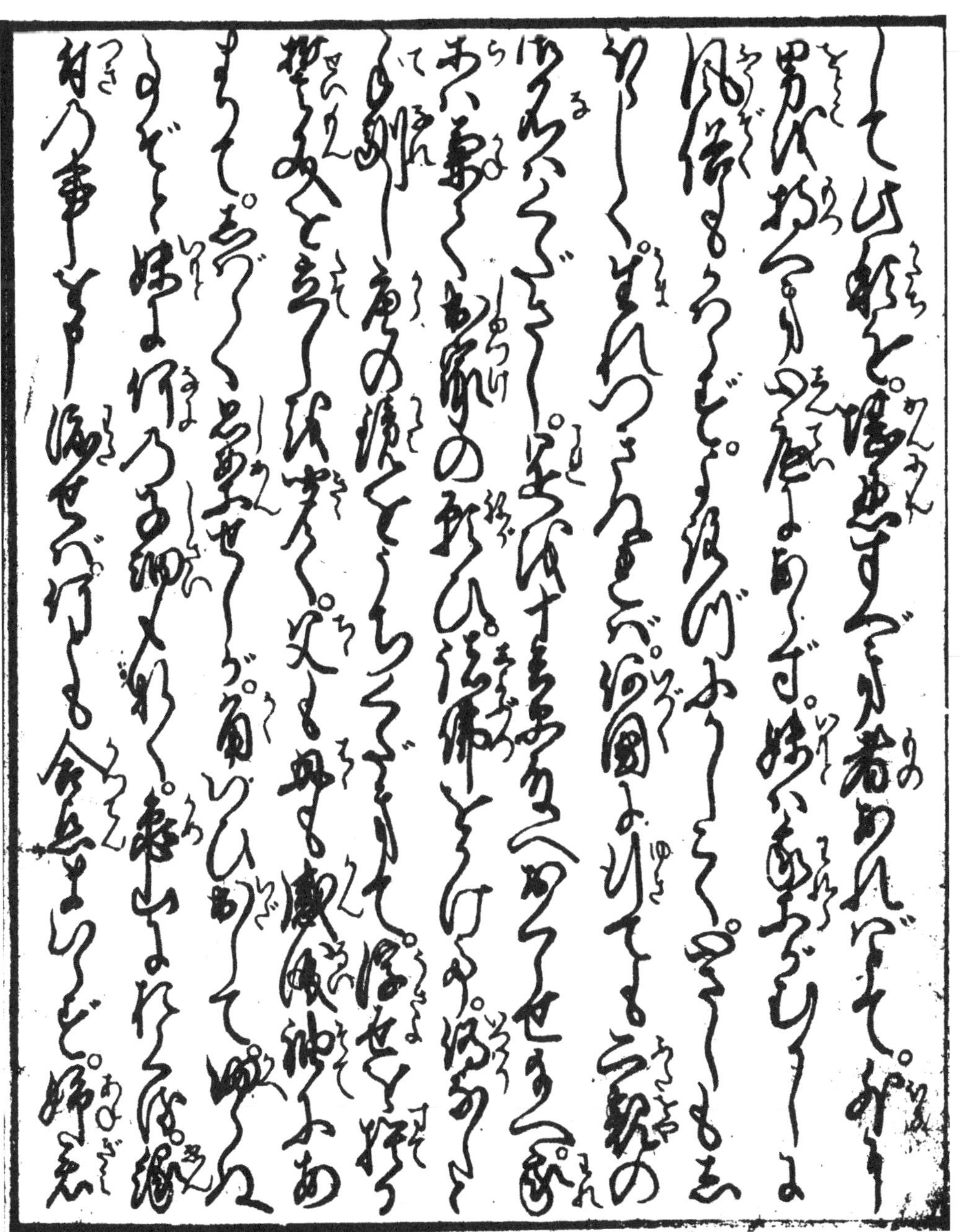

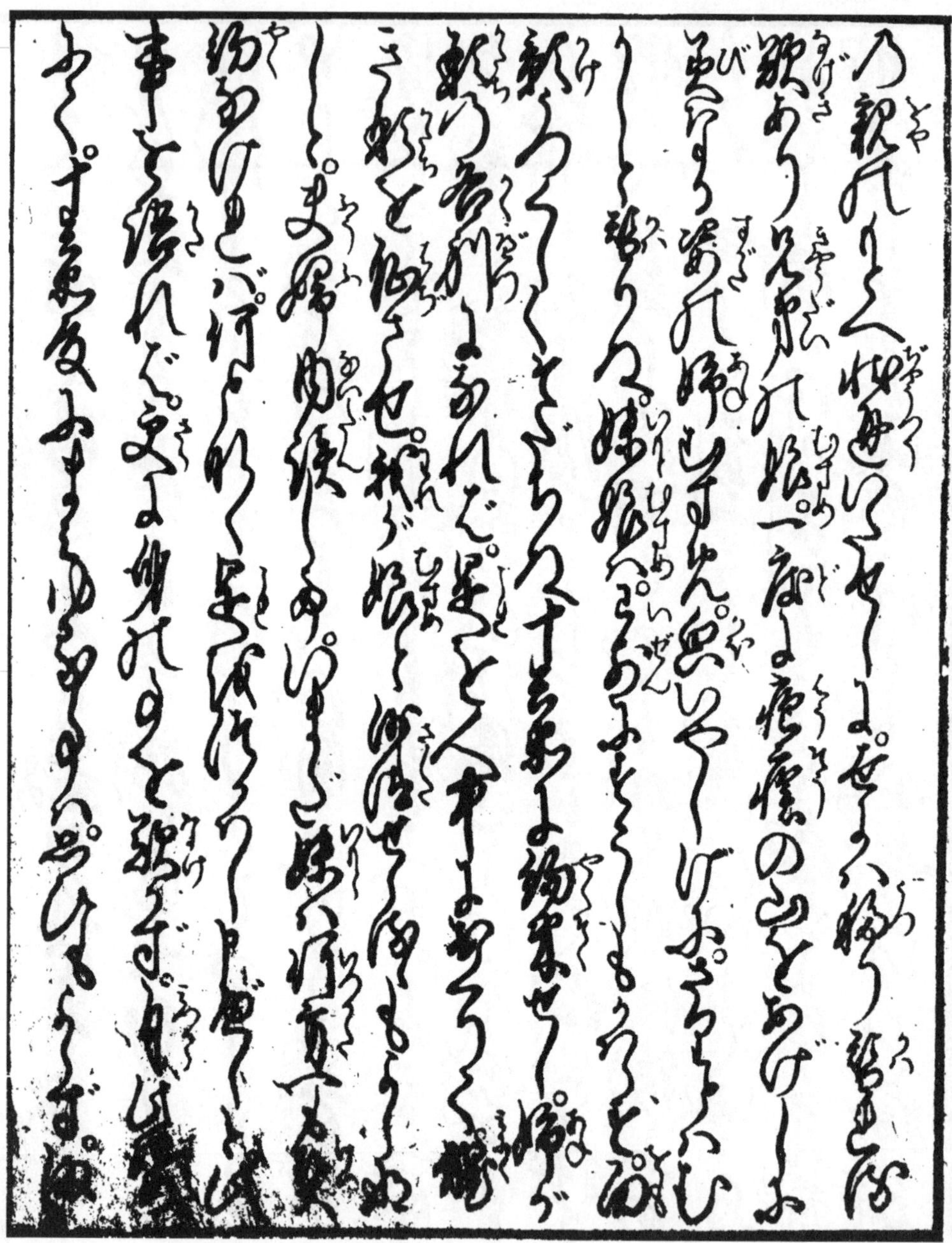

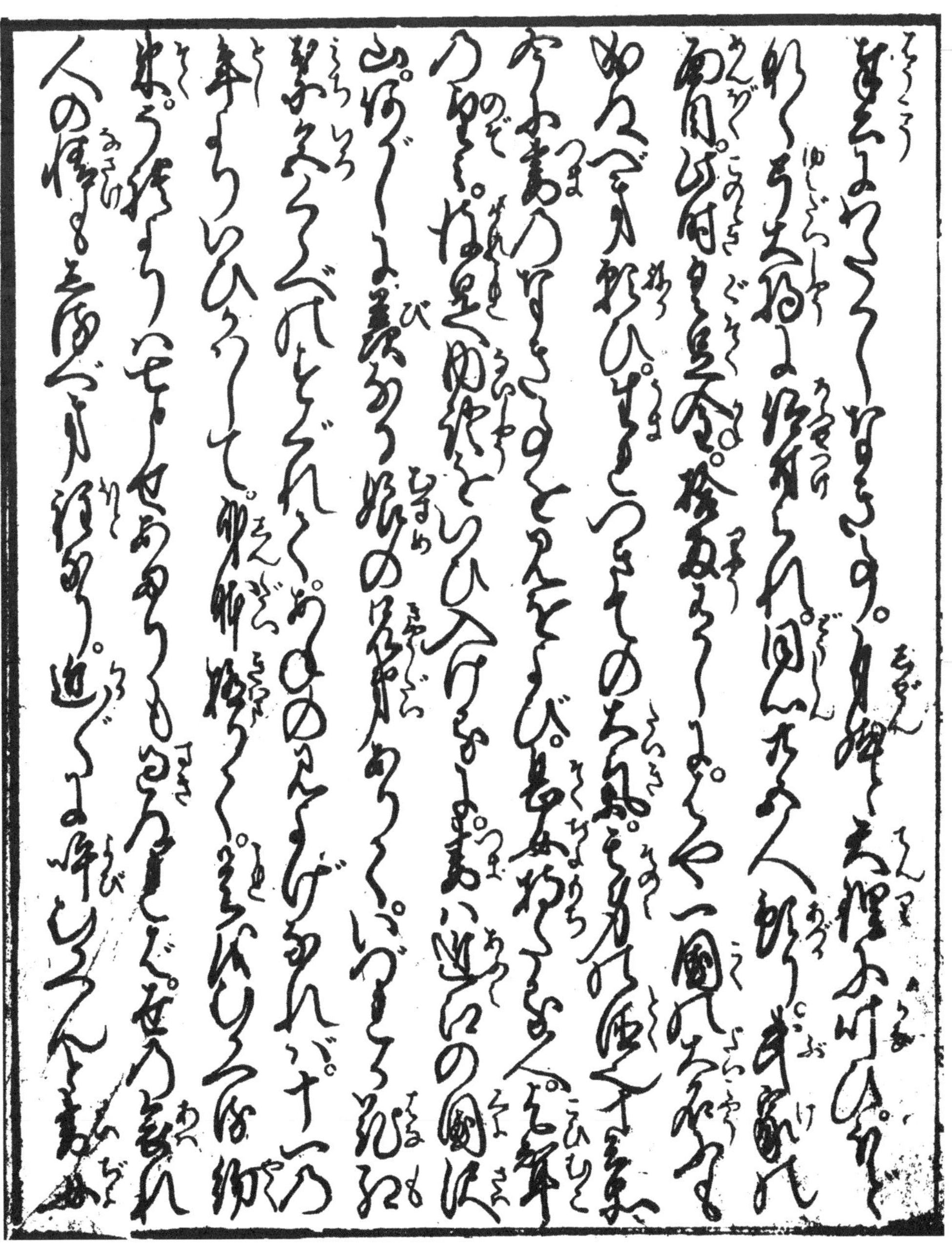

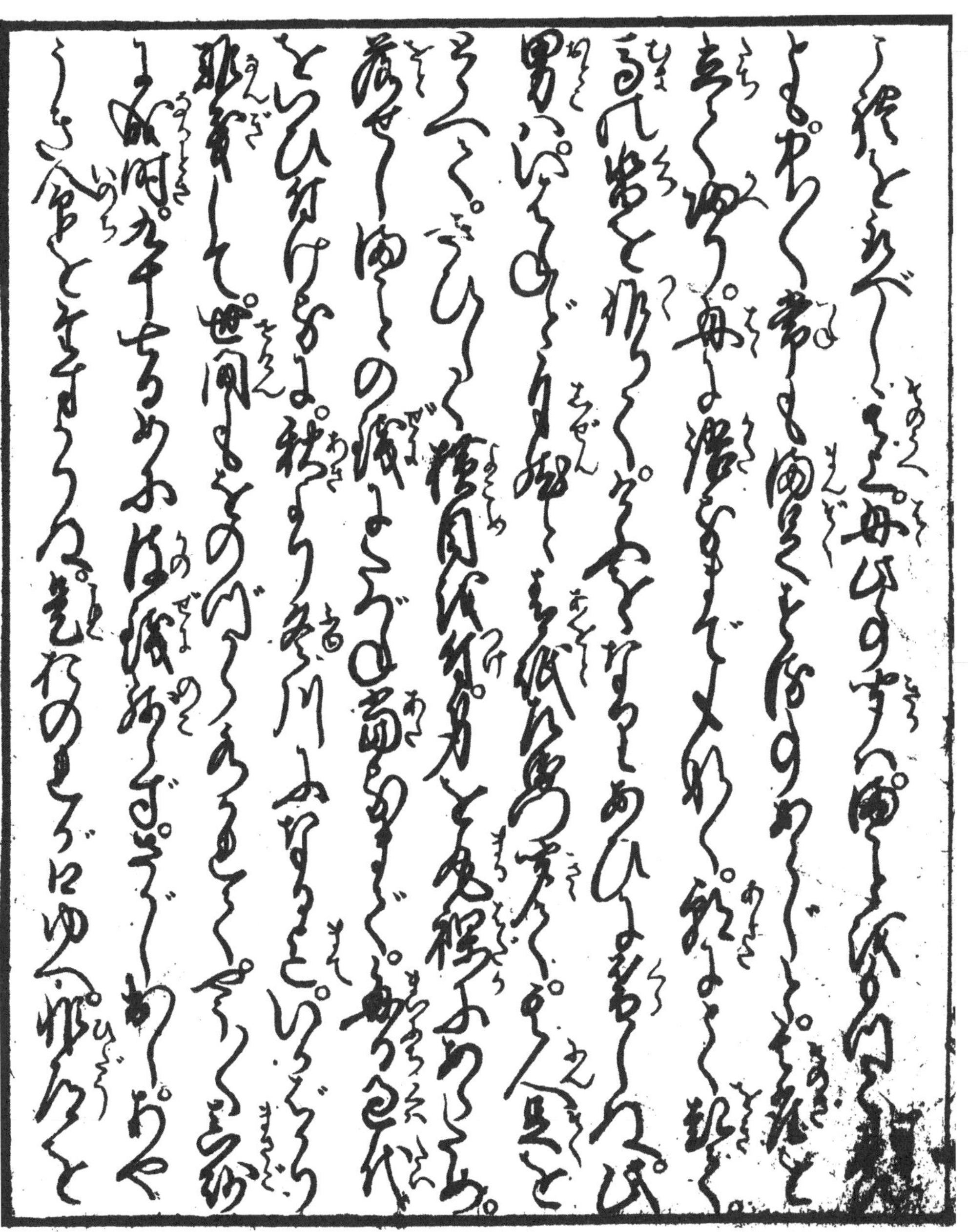

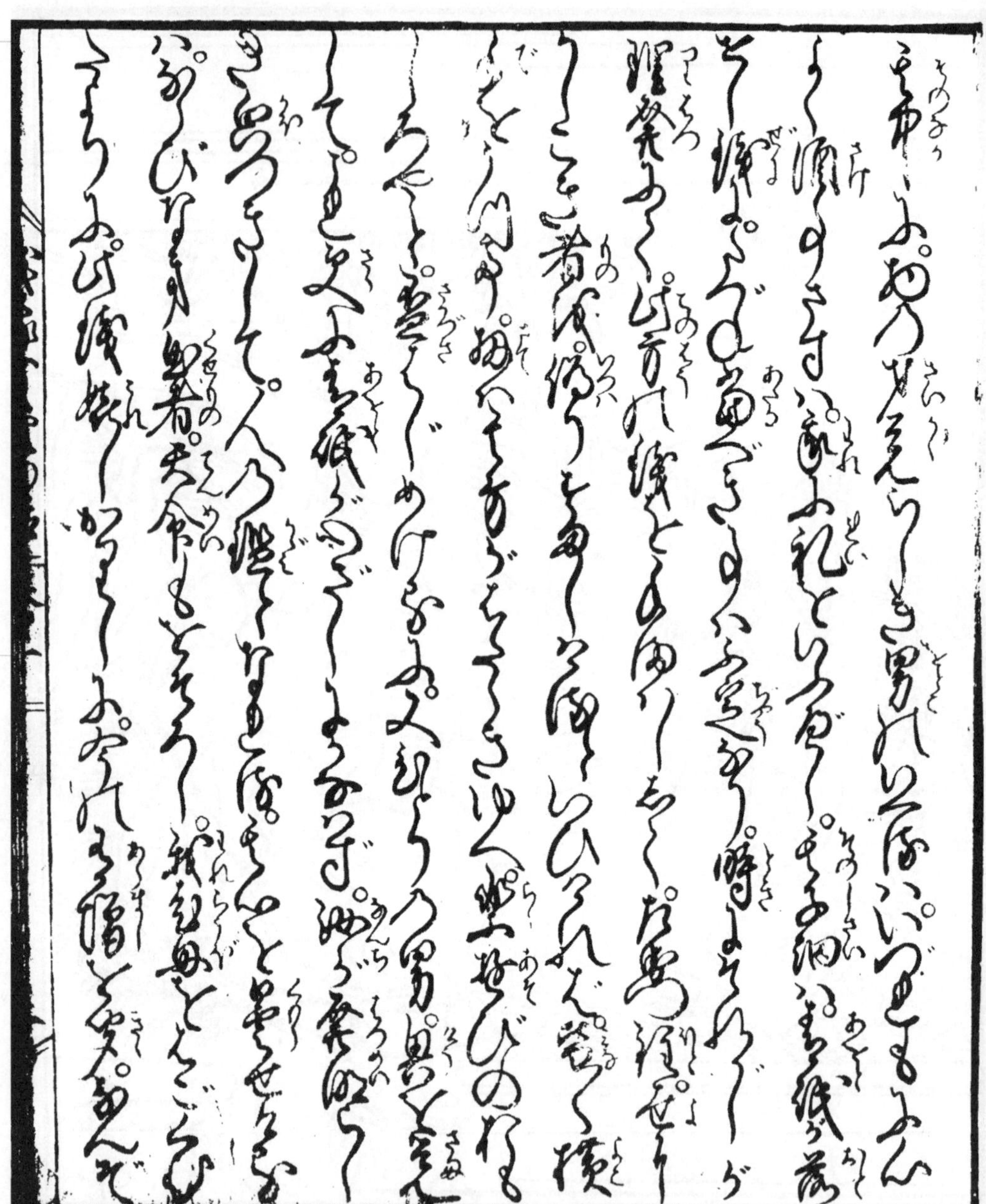

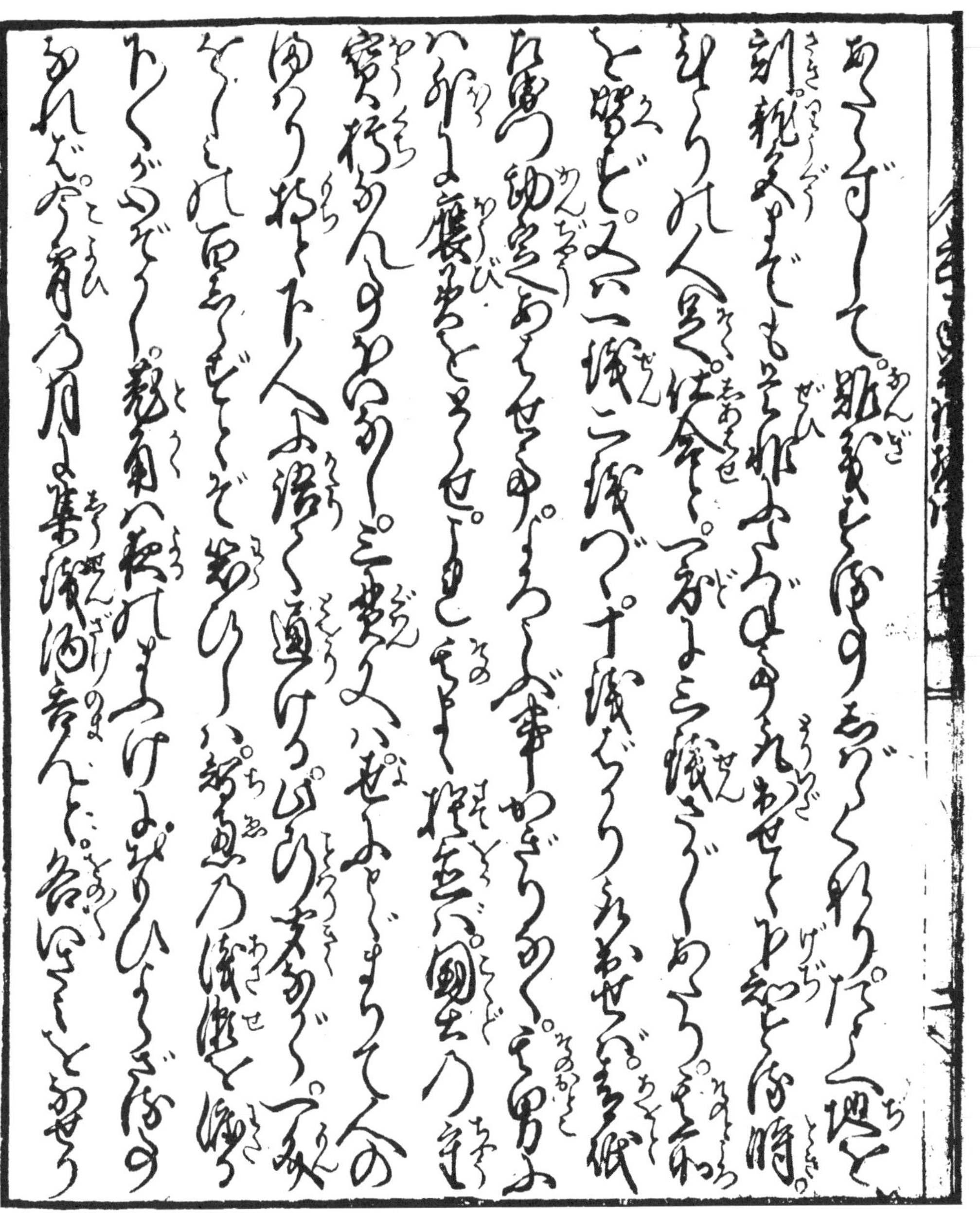

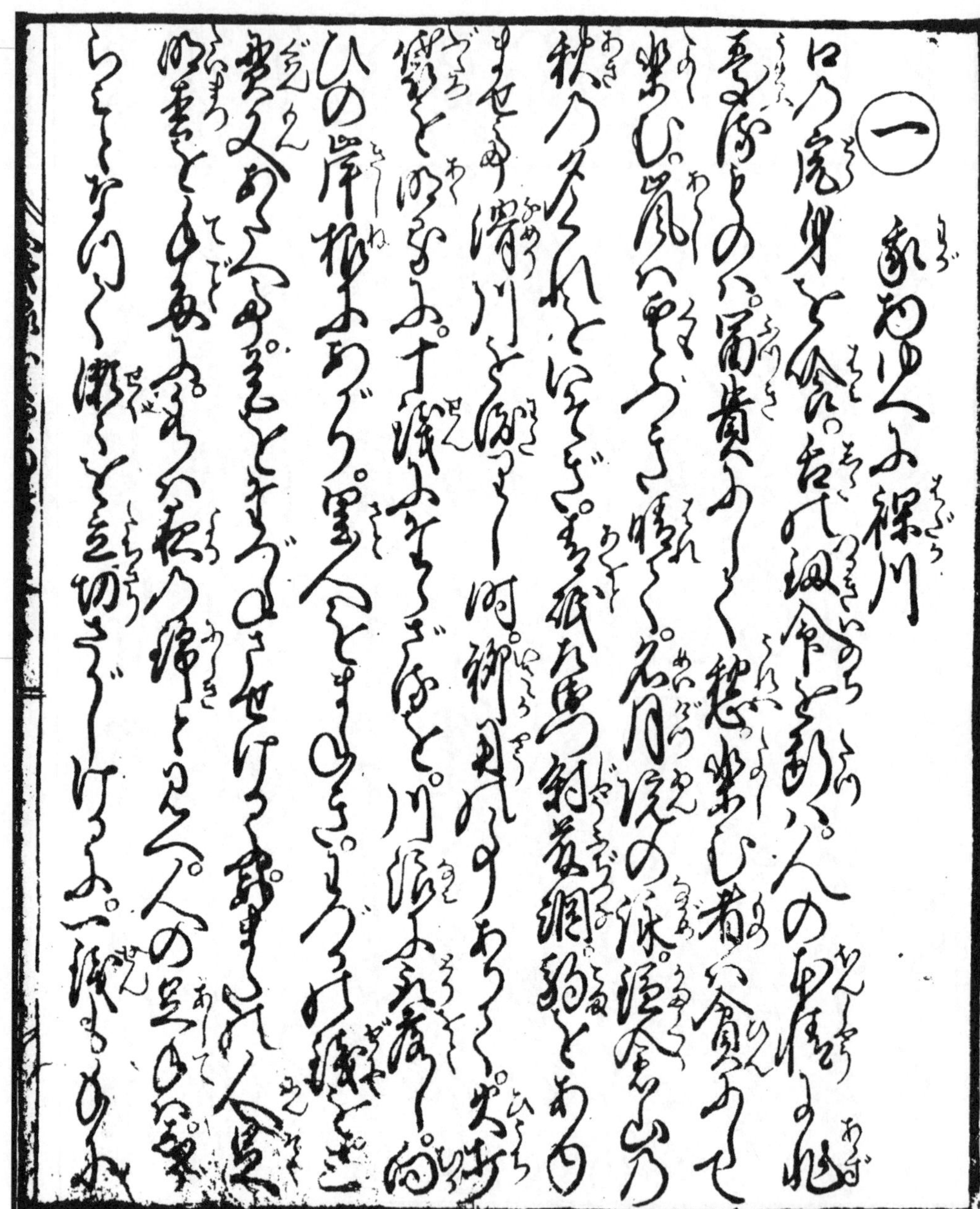

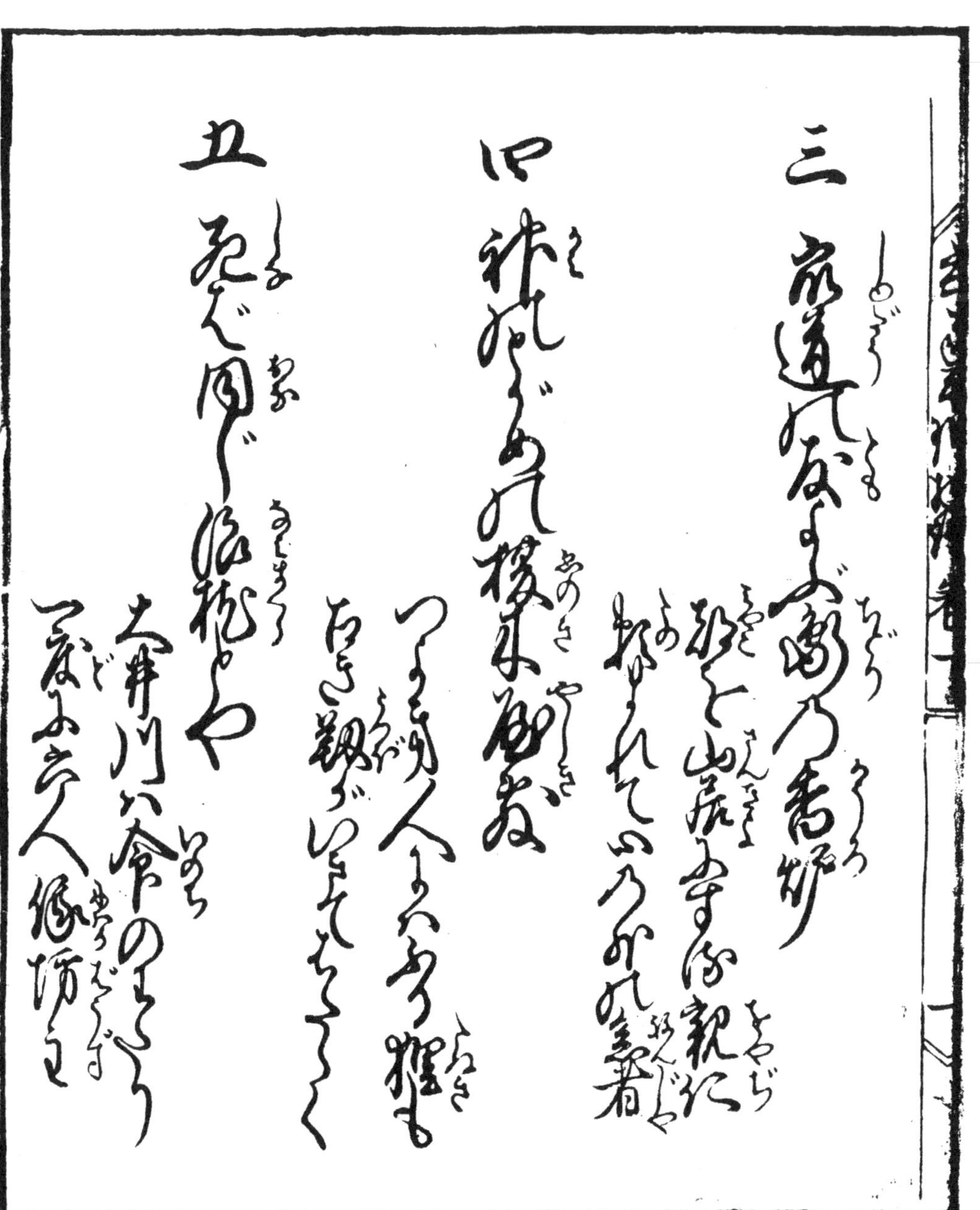

三 衆道の友よぶ鵆香炉

四 神のとがめの榎木屋敷

五 死なば同じ浪枕とや

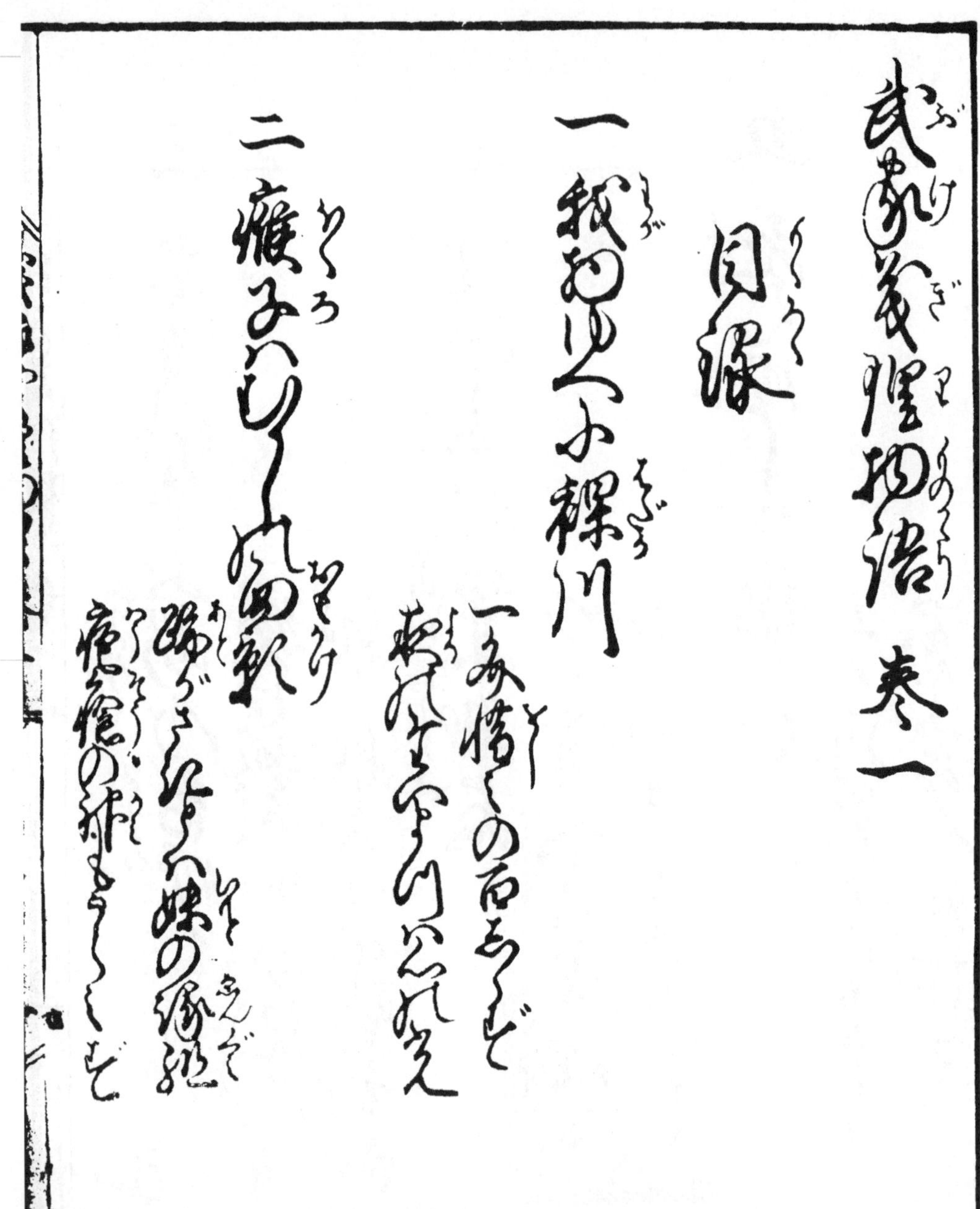
武家義理物語　巻一

目録

一　我物ゆへに裸川

二　瘊子はむかしの面影

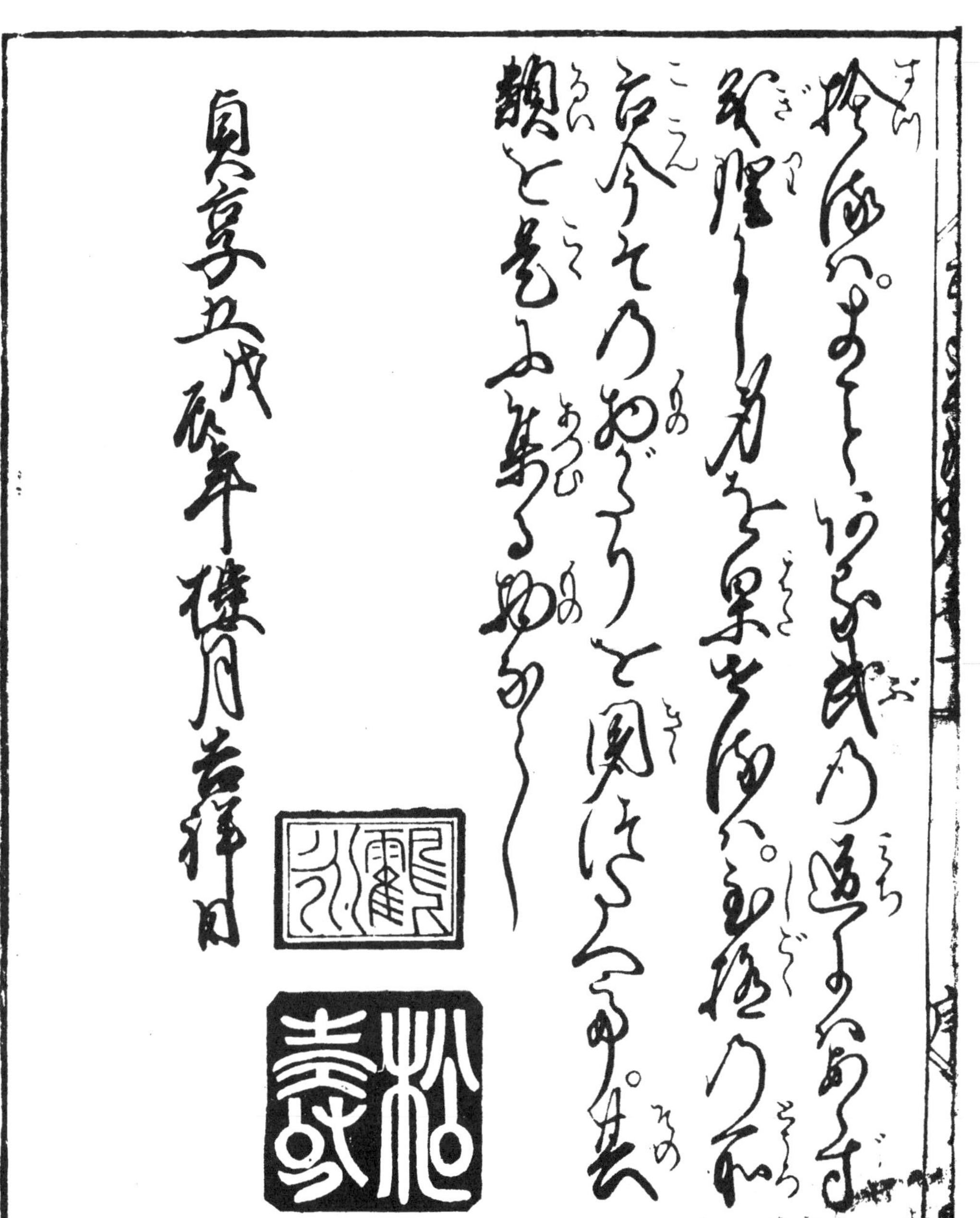

捨る事ハ武の道にあらず義理に身を果せるハ至極の所古今その物がたりを聞つぎて其類を是に集る物ならし

貞享五戊辰年櫻月吉祥日

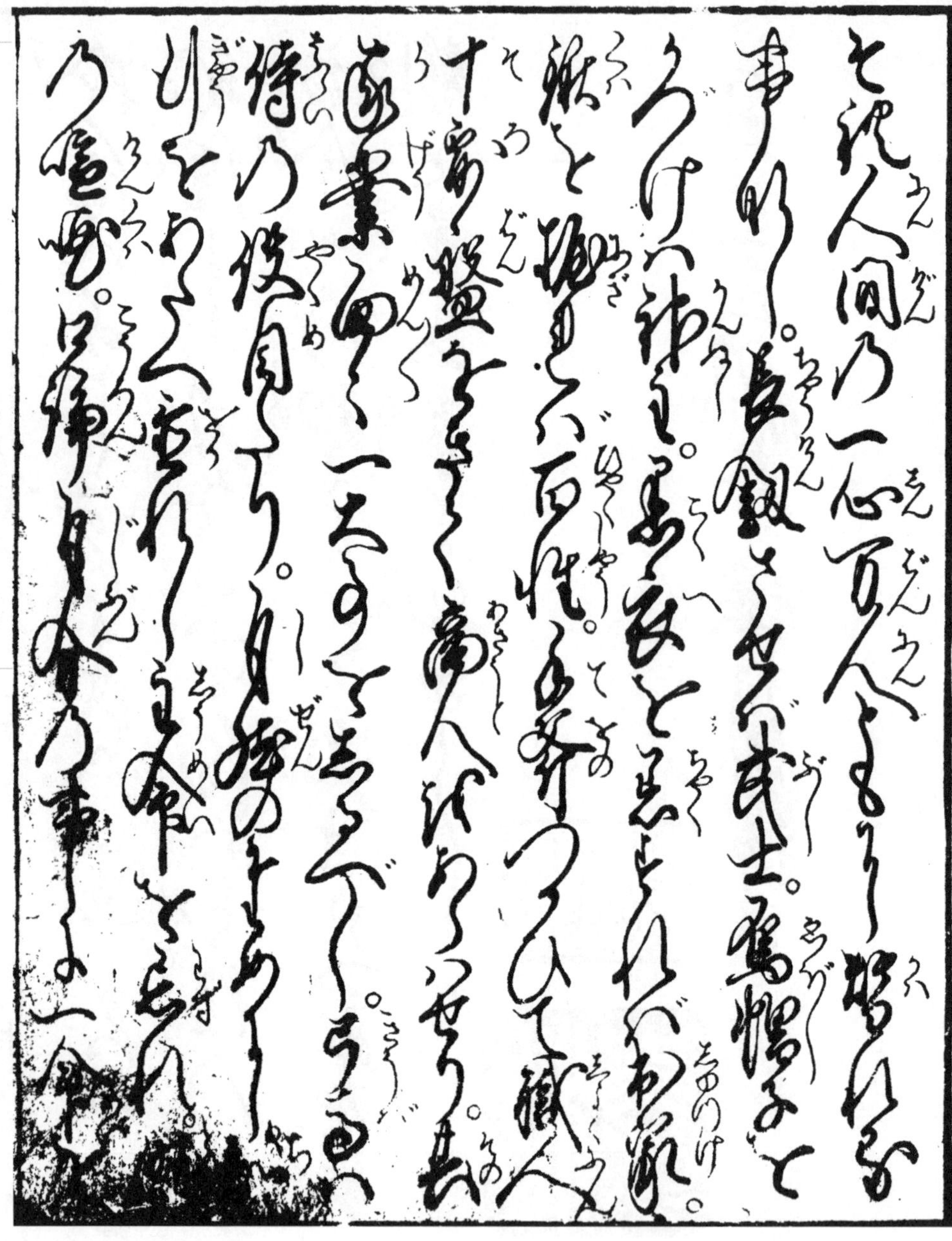

1 무가의리 이야기 1